Duivelsritueel

Van dezelfde auteur:

Nachtrituelen

Michael Gruber

Duivelsritueel

2007 – De Boekerij – Amsterdam

Oorspronkelijke titel: Valley of Bones (HarperCollins)
Vertaling: Hugo Kuipers
Omslagontwerp: Wil Immink Design

ISBN: 978-90-225-4703-8

voor E.W.N.

Er zijn vier tekenen van goddelijke genade hier op aarde. De gunsten van God jegens degenen die in staat zijn tot contemplatie (die geestestoestanden bestaan en maken deel uit van hun ervaringen). De uitstraling van die personen, en hun barmhartigheid, die de goddelijke barmhartigheid in hen is. De schoonheid van de wereld. Het vierde teken is de volstrekte afwezigheid van genade hier op aarde.

– SIMONE WEIL, *Gravity and Grace*

Ik werd opnieuw door de hand van de Heer gegrepen. Zijn geest voerde mij mee en hij zette mij neer in een dal vol beenderen.

– EZECHIËL, 37:1

*Bloed van Christus,
Genootschap van de Pleegzusters
van het Bloed van Christus*

Het Genootschap van de Pleegzusters van het Bloed van Christus, in 1895 opgericht door Marie-Ange de Berville, verleent hulp en medische verzorging aan onschuldige slachtoffers van oorlog en onderdrukking. De orde, een van de weinige die na de hervormingen van het Tweede Vaticaans Concilie het habijt behielden, staat bekend om de bijna militaire discipline en de gewoonte om zeer jonge meisjes te rekruteren uit de gelederen van verwaarloosde en gehandicapte kinderen over de hele wereld, hoewel dit aspect van de orde aan veel kritiek blootstaat. In beide wereldoorlogen en ook daarna hebben zusters van de orde zich op veel terreinen met hun moed en zelfopoffering onderscheiden. De orde telt momenteel niet meer dan drieduizend geprofeste zusters en oblaten, maar heeft meer dan honderdtwintig van haar leden aan de dood verloren, meer dan enige andere orde in de moderne tijd. Van oudsher weigeren de leden categorisch patiënten en gemeenschappen waarvoor zij de verantwoordelijkheid op zich hebben genomen te verlaten, zoals in overeenstemming is met het motto van de orde: 'Waar wij gaan, blijven wij.' *Zie ook* Marie-Ange de Berville; paus Pius XI; kardinaal Matteo Ratti.

– *ENCYCLOPEDIA CATHOLICA, 2E DR., 1997*

1

De politieagent keek toevallig op het juiste moment naar boven, anders zou het hem zijn ontgaan, niet de gespietste man maar de val zelf. Een seconde lang was hij te verbaasd om zich te realiseren wat hij zag, de steeds groter wordende zwarte massa tegen de achtergrond van de hotelgevel van wit steen en glas, en toen was het voorbij, met een geluid waarvan hij wist dat hij het tot aan zijn graf met zich mee zou dragen.

Daarna zat hij, om de plaats delict niet met zijn braaksel te bevuilen, ongeveer een minuut met zijn hoofd omlaag op de bumper van zijn auto, en vervolgens pakte hij zijn radio om het incident te melden. Hij gaf het door als een 31, en dat is bij de politie van Miami de code voor moord, al kon het ook een ongeluk of zelfmoord zijn geweest. Het voelde aan als moord, om redenen die hij zelf niet zou kunnen verwoorden. In afwachting van de sirenes keek hij omhoog naar de rij balkons aan de voorgevel van het Trianon Hotel. De gedachte kwam even bij hem op dat hij bij de man zou moeten gaan kijken om te zien of hij echt dood was. In theorie was het mogelijk dat de smeedijzeren speerpunten met leliepatroon die uit hals, borst en kruis van de man staken geen enkel vitaal orgaan hadden geraakt.

Hij was een plichtsgetrouwe agent, maar dit was zijn eerste verse lijk en hij kwam niet dichterbij dan tot op een paar meter afstand, met het excuus dat hij de plaats delict intact moest laten. Het was een goed uitziende man geweest, vond hij, met een huid zo donker als leer maar ook met scherpe trekken: haviksneus, dunne lippen, spits baardje. Er was iets buitenlands aan zijn gezicht, al had de agent niet kunnen zeggen wat.

Nadat hij zich met enige opluchting van het lijk had afgewend, keek hij naar de gevel van het hotel. Er zaten drie verticale rijen van balkons op de twaalf verdiepingen van het gebouw, dat bekroond werd met een koperen dak zoals je wel bij Franse kastelen zag. Dat was trouwens ook het thema van het Trianon Hotel. Alles was zo Frans als het maar kon: afgezien van het dak waren er vergulde kroonlijsten, wapenschilden, smeedijzeren balkonhekjes in New Orleans-stijl, en natuurlijk de lelies op het ijzeren hek langs de zuidkant van het terrein. Er kwamen nu mensen uit het hotel, geschrokken mannen in witte hoteluniformen, een paar gasten uit de foyer. Toen er een vrouw gilde, werd de agent weer aan zijn plicht herinnerd en stuurde hij ze allemaal het koele gebouw weer in.

Op dat moment kwam een stevig gebouwde man in een roomkleurig pak met een dubbele rij knopen naar hem toe. De man stelde zich voor als de bedrijfsleider van het hotel. Hij wist wie het was, een gast, kamer 9D, en gaf zijn naam. De agent noteerde alles in zijn boekje. De bedrijfsleider ging weg, waarbij hij zijn mondhoeken met een zakdoek bette, en de agent ging verder met het bestuderen van de gevel, al dwaalde zijn blik steeds weer af naar het slachtoffer. De vliegen gingen meteen zoemend aan het werk, en kort daarna kwam er een ambulance aanrijden. De broeders stapten uit, namen de situatie in ogenschouw, verklaarden de man officieel dood, maakten een paar grappen en gingen in de ambulance zitten wachten, in de koelte van de airconditioning. De wagen van de Technische Recherche arriveerde, en de inzittenden daarvan verzamelden hun camera's en de andere dingen die ze voor hun onderzoek nodig hadden. Sommige technisch rechercheurs maakten dezelfde grappen (dat noem ik nou nog eens piercings; sorry, hij kan nu niet aan de telefoon komen) die de ambulancebroeders hadden gemaakt, en na een tijdje kwam er een burgerwagen aan, een witte Chevrolet, en daar stapte een goed gebouwde, toffeekleurige man uit. Hij droeg een grijsgroen zijden-en-linnen pak van prachtige snit. De agent zuchtte. Natuurlijk, dat was te verwachten geweest.

'Morales?' vroeg de man. De agent knikte en de man stak hem zijn hand toe en zei: 'Paz.'

'Aha,' zei Morales. Hij wist wie Jimmy Paz was, zoals iedereen in het politiekorps van Miami dat wist, zoals iedereen in Miami die een televisie had dat wist. Dit was wel de eerste keer dat Morales hem in het kader van zijn werk ontmoette. Beide mannen waren Cubaanse immigranten van de tweede generatie, maar de agent beschouwde zichzelf als blank, zoals achtennegentig procent van de Cubaanse migranten in Amerika, terwijl Paz niet blank was maar er ontegenzeggelijk Cubaans uitzag. Het was een vreemde combinatie, zelfs zonder het racistische aspect, waartegen Morales zich bewust probeerde te verzetten.

'Je was de eerste die hier aankwam?' Paz keek niet naar het lijk. Hij keek Morales aan en deed dat met een vriendelijke glimlach en een glinstering in zijn bruine ogen. Hij zag een man van begin twintig, met een fijn gezicht zonder baard en een teint die meestal 'olijfbruin' werd genoemd maar eigenlijk meer op perkament leek. Het was een gezicht dat als het ontspannen was zo open als dat van een koorknaap kon zijn, maar dat nu behoedzaam en gespannen was. De intelligente donkere ogen keken de rechercheur zo strak aan dat het bijna staren was.

'Nee, ik was hier al. Iemand had een opstootje in het hotel gemeld. Het was een valse melding. Ik wilde net weggaan toen hij naar beneden kwam.'

'Zag je hem vallen?'

'Ja.'

Paz keek op naar de gevel van het hotel en zag wat Morales had gezien. Het was volkomen duidelijk vanaf welk balkon het slachtoffer aan zijn fatale afdaling was begonnen. Bij alle balkons op één na was de glazen deur dicht om de middaghitte buiten te houden. In dat ene uitzonderingsgeval stond de deur open en wapperde de witte vitrage in de wind. Paz telde in stilte.

'Zo te zien is het de negende verdieping,' zei hij. Nu bekeek hij het lijk voor het eerst. 'Mooie schoenen,' zei hij. 'Van Lorenzo Banfi. Ook een mooi pak. Hij wist zich te kleden. Zeg, waarom noemde je het een moord?'

'Hij schreeuwde niet toen hij naar beneden viel,' zei Morales, die zelf verrast werd door zijn woorden. Paz grijnsde naar hem, een katachtige grijns, en Morales voelde dat hij zelf ook glimlachte. 'Heel goed. Uitstekend politiewerk. Als iemand uitglijdt en valt, kun je erop rekenen dat hij op weg naar beneden geluid maakt. En nu we dat weten, is dat streepje bloed daar onder op de achterkant van de schedel des te interessanter, hè?'

'Hij kan tijdens de val zijn hoofd hebben gestoten.'

'Waartegen? Je hebt het gezien: vanaf dat balkon viel hij recht omlaag op het hek, en hij heeft een perfecte drietandslanding gemaakt. Nee, toen hij over de reling ging, had hij die wond al. Hij was waarschijnlijk al dood toen hij neerkwam. En dat is misschien maar goed ook.' Ze keken allebei nog even naar het lijk, dat nu vergeven was van de vliegen.

Toen zei Paz: 'Weet je wat, Morales? Die man loopt niet weg. Als jij en ik nu eens naar die kamer gaan en gaan uitzoeken wat hij deed voordat hij naar beneden kwam?'

'Hij heet Jabir Akran al-Muwalid. Dat heb ik van de bedrijfsleider. Hij is een gast van het hotel. Kamer 9D.'

Weer een brede grijns van Paz.

'Heel goed, Morales. Geweldig! Fantastisch! Dank je. Ik had al weinig zin om in de zakken van die man naar zijn papieren te zoeken.'

Morales bedacht dat de verhalen over Paz wellicht niet klopten. Misschien was hij helemaal niet zo'n arrogante klootzak. Morales zat nu negen maanden bij het korps en dit was de eerste keer dat een rechercheur hem behandelde als iets anders dan een nutteloze hotdogvreter die de plaats delict waarschijnlijk al had verknoeid en de dader beleefd in zijn jas had geholpen. Verder was het bijzonder dat de man in zijn eentje opereerde. Al die jongens van Moordzaken werkten met zijn tweeën, maar Jimmy Paz blijkbaar niet.

Ze haalden bij de balie een sleutelkaart op en gingen naar boven met de lift, die net als de foyer beheerst werd door de kleuren goud en roomwit. Er stond zelfs een Louis Quinze-stoeltje in, met een zitting van brokaat. Ze bleken de sleutelkaart niet nodig te hebben. Er was een opgerolde handdoek op de vloer gelegd om te voorkomen dat de kamerdeur zich automatisch sloot. Ze stapten eroverheen en waren in de kamer.

Het was een suite, ingericht in dezelfde Louis Quinze-stijl als de foyer en de lift, en ze stonden in de royale zitkamer. Een hele muur werd in beslag genomen door een rij spiegels met vergulde lijst, en aan de andere kant zagen ze het balkon met de openslaande deuren; de zware gordijnen, bedrukt met heraldische figuren uit de tijd van het *ancien régime*, waren opzij getrokken en de dunne witte vitrage wapperde in de bries die van Biscayne Bay kwam.

Paz liep naar dat balkon toe, maar zag toen iets in de spiegel en bleef staan. Er was een vrouw in de kamer. Ze zat op de imitatie-Aubusson geknield, haar handen samengevouwen op haar borst, haar ogen wijd open, starend. Paz ging in haar gezichtsveld staan, maar blijkbaar zag ze hem niet. Hij zag dat ze zachtjes in zichzelf praatte. Was ze aan het bidden? Hij kwam dichterbij en gaf tegelijk Morales een teken dat hij in de slaapkamer moest kijken.

Het leek niet op bidden – niet dat Paz erg vertrouwd was met dat geluid. Hij kon de woorden niet verstaan, maar het leek alsof ze gewoon tegen iemand praatte. Het had wel wat weg van die eenzijdige gesprekken die je de laatste tijd op straat hoorde van mensen met mobiele telefoons. Paz keek nog eens goed: geen mobiele telefoon. De vrouw was lang en slank en had de knokige aantrekkelijkheid van een countryzangeres die haar beste tijd had gehad. Een countryzangeres die het nooit echt had gemaakt, of een die het wél had gemaakt en daarna de vernieling in was geholpen door drank en/of waardeloze mannen en nu een armoedig leven leidde in een Hialeah-motel. Een hard gezicht, zou je kunnen zeggen, een gezicht zoals je in de arrestantencel zag wanneer de politie een stel hoeren had opgepakt, alleen zat er in de uitdrukking op haar gezicht ook iets verhevens dat niet bij dat beeld paste. Ze droeg een verbleekt blauw T-shirt, heel wijd en een beetje vuil, een bruine katoenen rok die tot haar kuiten reikte en autobandsandalen. Zwarte voeten. Ze had ravenzwart haar dat in een rattenkopje was geknipt, en daar staken kleine oren zonder oorlellen uit die dicht bij het hoofd zaten. Geen oorhangers. Haar ogen, diep weggezonken achter een waaier van volle donkere wimpers, hadden (verrassend, gezien haar haar en teint) de kleur van verwassen spijkerstof, en de pupillen leken ongewoon klein, als kogellagertjes. Zou ze onder invloed van drugs zijn? Dat zou de uitdrukking op haar gezicht ook verklaren. Ze had geen make-up of nagellak aangebracht en haar huid had de vaalgele kleur van een gebruinde huid die verbleekt was. Om haar hals, net boven haar shirt, zag hij een dun leren koord. Misschien was dat verbonden met een of ander sieraad dat ze onder het T-shirt droeg.

'Pardon,' zei Paz. Tot zijn verbazing liet de vrouw haar ogen in haar hoofd terugrollen, zodat alleen het wit nog te zien was. Ook helde ze nu enigszins opzij. Paz knielde meteen bij haar neer en legde zijn hand op haar hals. Haar huid was vochtig en voelde ongewoon warm aan, maar haar hartslag was krachtig en regelmatig. Er kwam een geur van haar af, zweet en iets wat aan een benzinestation deed denken, benzine en olie, en ook een zweem van bloemen. Paz had in zijn leven veel bloemstukken in handen gehad en herkende de geur: lelies.

De oogleden van de vrouw trilden en haar ogen gingen open. Ze maakte een schokkerige beweging en keek verrast toen ze Paz op haar neer zag kijken.

'Wat is er gebeurd?' vroeg ze. 'Wie bent u?' Ze sprak met een accent van buiten de stad.

'U knielde neer en toen viel u min of meer om,' zei Paz. 'Ik ben rechercheur Paz van de politie van Miami. Wie bent u?'

'Emmylou Dideroff. Is hij hier?' Ze ging rechtop zitten en keek om zich heen.

'Bedoelt u meneer al-Muwalid?'

'Ja.' Ze stond bevend op en Paz zag dat ze inderdaad lang was, iets langer dan zijn eigen een meter vijfenzeventig.

'U kunt beter gaan zitten,' zei hij. 'U bent een beetje zwak.' Ze ging op een van die belachelijke Franse stoelen zitten die er heel oncomfortabel uitzagen. 'Bent u van de politie?' vroeg ze, en toen Paz knikte, zei ze: 'Komt u hem arresteren?'

'Waarom zouden we dat willen doen, mevrouw Dideroff?'

'O, hij is een moordenaar,' zei ze. 'Een misdadiger. Daarom volgde ik hem. Ik kon het niet geloven. Ik was hier in Miami en toen zag ik hem opeens. Hij reed de parkeergarage in en ik parkeerde mijn pick-up op het pad, waar je je moet melden. En ik wachtte in de foyer tot hij eraan kwam. Ik wilde naar hem toe gaan en hem in de ogen kijken om er zeker van te zijn dat hij het echt was. En toen kwam hij niet opdagen en dacht ik: verrek, hij is natuurlijk rechtstreeks vanuit de parkeergarage naar boven gegaan.'

Ze keek Paz aan en zei: 'Gossie, ik ben weer flauwgevallen, hè?'

'Ja, mevrouw. Wat deed u precies voordat u van uw stokje ging?' Paz keek in de spiegel en zag Morales in de deuropening van de slaapkamer staan. Hun blikken kruisten elkaar en Morales haalde zijn schouders op en wees met zijn duim naar de kamer achter hem om te kennen te geven dat daar niemand was. Met een lichte hoofdbeweging knikte Paz naar het balkon. Morales glipte langs de muur, geruisloos voor een politieman, en ging door de open balkondeuren naar buiten.

'O, ik praatte met Catharina,' zei de vrouw. 'Nou, ik nam de lift naar de bovenste verdieping, zag het kamermeisje en vroeg haar wat zijn kamer was, maar hij zat niet op die verdieping, en toen ging ik steeds een verdieping omlaag en praatte met de dames, net zolang tot ik op de negende kwam, en het kamermeisje daar wist meteen wie ik bedoelde. Ik ging naar de kamer en zag dat de deur open werd gehouden en... ging naar binnen. Dat had ik niet moeten doen, hè?'

'Misschien niet. Wie is Catharina?'

'Catharina van Siena.'

'De heilige?'

'Ja. Ze is erg wijs.'

'Was. Ik dacht dat ze dood was.'

De vrouw lachte hem toe. Hij zag dat er aan de rechterkant twee tanden ontbraken, maar afgezien daarvan was het een mooie open glimlach. 'Eh, ja. Maar de doden zijn onder ons. Het is de gemeenschap der heiligen. Bent u katholiek?'

'Wel katholiek opgevoed, maar niet zo'n kerkganger.' Daar had de vrouw niets op te zeggen.

Keelgeschraap achter Paz: hij draaide zich om, en daar stond Morales. Het gordijn woei om hem heen en hij had een opgewonden uitdrukking op zijn gladde gezicht. 'Eh, rechercheur, misschien moet u even komen kijken.'

Paz gaf hem een teken dat hij naar binnen moest gaan en liep de kamer door. Ze praatten met gedempte stem.

'Wat is er?' vroeg Paz.

'Ik denk dat het moordwapen daar ligt. Het ziet eruit als een motoronderdeel met... eh, bloed en haar erop. Ik heb het niet aangeraakt.'

'Goed. Nog iets interessants in de slaapkamer?'

'De papieren van het slachtoffer. Een Sudanees paspoort met een heel stel visitekaartjes erin. Een portefeuille met een paar duizend dollar in nieuwe honderdjes. Ik heb in de bovenste la van de kast gekeken. Mocht dat?'

'Eigenlijk niet, maar we zien het door de vingers. De doden hebben geen rechten, maar we kunnen beter op de Technische Recherche wachten voordat we dingen aanraken. Zeg, als jij mevrouw Dideroff nu eens gezelschap houdt terwijl ik ga kijken naar het spoor dat je hebt gevonden.'

'Wat is haar verhaal?'

'Geen idee,' zei Paz en hij liep naar het balkonnetje. Hij hurkte neer en keek naar het voorwerp. Toen hij zestien was, en straatarm, had Paz de ontplofte motor van zijn eerste auto, een '56 Mercury, opnieuw in elkaar gezet, en hij wist dan ook wat dat was. Het was een drijfstang, het korte, sterke stuk staal dat de zuiger van een inwendige verbrandingsmotor met de krukas verbindt. Het ding was groter dan dat van de Mercury; misschien kwam het uit een grote dieselmotor. Aan de ene kant van de drijfstang zat een ring die om de krukas ging en aan de andere kant een kleinere ring die om een dikke pen in de zuiger ging. Op de zijkant van de grote ring zat een veeg bloed, en daar zaten ook een paar donkere krulharen die eruitzagen alsof ze van het hoofd van het slachtoffer afkomstig waren. Hij boog zich er dichter naar toe en balanceerde daarbij als een chimpansee op de knokkels van één hand. De drijfstang was zo te zien gloednieuw, met een dunne olieglans. Aan de onderkant zaten een stel bijna volmaakte vingerafdrukken waar iemand hem had vastgehouden. Zo, zo.

Paz stond op en keek over het smeedijzeren balkonhek. Hij kon het gespietste slachtoffer zien, negen verdiepingen lager, met al die technisch rechercheurs eromheen die foto's maakten en monsters namen. Paz wenste hun veel succes maar dacht dat het meeste relevante bewijsmateriaal uit deze kamer, 9D, zou komen. Hij pakte zijn mobieltje, belde de leider van het TR-team op haar mobiele telefoon en vond het grappig dat hij degene met wie hij belde kon zien staan. Hij zwaaide en ze zwaaide terug en hij vroeg haar zo gauw mogelijk naar 9D te komen.

Hij ging weer naar binnen en trok een stoel bij om tegenover Emmylou Dideroff te gaan zitten.

'Zo, mevrouw Dideroff, of mag ik Emmylou zeggen?' Ze knikte. 'Emmylou, wat is je connectie met Jabir al-Muwalid? Ben je met hem bevriend?'

'O, nee. Hij was onze vijand.'

'Met "onze" bedoel je...'

'Mijn stam. De Peng Dinka. De Monyjang.'

'Ja. En dat kwam door...?'

'O, hij was verantwoordelijk voor de dood van honderden, misschien wel duizenden mensen. Niet alleen in de oorlog. Hij was de leider van een soort speciaal doodseskader.'

'Op die manier. En waar was dat? Hier in Miami?'

Haar gezicht onderging een verandering, alsof ze plotseling doorhad waar ze was en wat er gebeurde. Ze keek Paz aan met een blik die ook van een hoertje uit Overtown had kunnen komen. 'Sorry, maar wat is er aan de hand? Waar is hij en waarom bent u hier in zijn kamer?'

'Hij is dood,' zei Paz botweg. 'Hij is zo'n twintig minuten geleden van het balkon naar beneden gestort en op de scherpe punten van een hek gevallen.'

Ze hield snel haar adem in en haar ogen gingen een beetje wijder open. 'Zo,' zei ze met een zucht. 'God hebbe genade met zijn ziel,' en toen nog iets in een taal die Paz niet kende. Hij keek aandachtig naar haar gezicht. De verrassing leek oprecht, maar ja, als ze inderdaad de halve gek was die ze leek, wist je nooit wat ze in een onbewuste staat kon doen. Paz had wat meer ervaring met exotische geestestoestanden dan de gemiddelde rechercheur. Een paar centimeter onder de gesp van zijn riem had hij een irritant prikkend gevoel.

'En dus, Emmylou... Eh, weet je hoe hij over het balkon is gegaan?'

'Nee. Ik heb hem helemaal niet gezien. Dat zei ik al. Ik kwam hier aan, zag dat de deur openstond, ging naar binnen en wachtte.'

'En bad.'

'Ik zag de verschijning. Ik had haar een tijdje niet gezien en ik denk dat ik, u weet wel, een beetje afdwaalde.' Hij zag een beetje kleur op haar hoge jukbeenderen komen. Schaamte? Of schuldgevoel?

'Goed. Weet je wat een drijfstang is?'

'Ja. Een motoronderdeel. Hoezo?'

'Heb je er een? Ik bedoel niet in een auto, maar een losse. Bijvoorbeeld als reserveonderdeel.'

'Niet bij me. Zeg, ik begrijp niet waarom u me vragen stelt over drij...'

'Maar je bezit er een.'

Ze schudde haar hoofd. 'Er ligt er een in de cabine van mijn pick-up. Ik bedoel, Jack Wilsons pick-up. Wilson Brothers Marine aan South River Drive. Daar werk ik. Ik werk op kantoor en ik fungeer ook als onderdelenkoerier als er haast bij is. Zo kwam het dat ik de kolonel zag. Ik was bij Shattuck Machine aan Southwest First om een speciaal aangepaste drijfstang op te halen voor een Mermaid Meteor waar ze aan werkten. En daar was hij. Hij stond aan de overkant van de straat naast een telefooncel bij de supermarkt te wachten. En toen volgde ik hem hierheen.'

'Ja. En toen kwam je hier en wachtte hem op, en je had die drijfstang bij de hand en je sloeg hem er hard mee op zijn kop, en toen hij in elkaar was gezakt, sleepte je hem naar dat balkon en gooide hem naar beneden. Is het zo gegaan, Emmylou?'

Haar mond werd een kleine roze O. Als ze komedie speelde, was ze daar goed in, moest hij erkennen. 'Denkt u dat ik hem heb vermóórd?'

'Nou, er ligt daar een drijfstang met bloed en haar erop. Het ziet ernaar uit dat iemand Jabir daarmee op zijn hoofd heeft geslagen en hem daarna van het balkon heeft gegooid. En jij zit hier te bidden. En je zei dat hij je vijand was. En je bent hem helemaal vanaf de rivier gevolgd. Wat moet ik daar nou van denken?'

Ze staarde hem aan. Hij keek in haar ogen en er ging een schokje door hem heen: het was of hij in de ogen keek van twee totaal verschillende mensen. Het ene stel ogen zag eruit als de ijspegels van een keiharde moordenaar, en het andere stel deed denken aan het droevige zachte hemelsblauw van de Heilige Maagd in een kapel.

Dat duurde maar heel even, en Paz dacht al dat hij het zich had verbeeld, maar hij had het zweet op zijn bovenlip en onder op zijn rug gevoeld. Bizar allemaal, zei hij tegen zichzelf. Héél bizar. Toen was het voorbij en deed hij gewoon wat hij moest doen. Paz las Emmylou Dideroff haar rechten voor en Morales deed haar de handboeien om.

De vrouw leek weer in trance te zijn. 'Ze zei dat er meer beproevingen zouden komen.'

'Wie, Emmylou? Wie zei dat?'

'Catharina. Dit is zo vreemd. Je kunt nooit weten wat Hij voor jou in petto heeft. Dat maakt het leven zo interessánt. Maar weet u, ik heb hem echt niet vermoord. Ik wilde dat wel, ooit, en misschien zou het toen ook goed zijn geweest, maar niet nu.'

'Waarom volgde je hem dan hierheen?'

Ze zei: 'Ik wilde hem vergeven.'

Paz wist niet wat hij daarop moest zeggen. Hij maakte een kleine hoofdbeweging en Morales leidde haar weg.

Zoals altijd namen de formaliteiten van de arrestatie enkele uren in beslag. Terwijl ze in de klachtenkamer van het parket zaten te wachten, praatte Paz met Morales, die Tito bleek te heten. Tito en Iago: ze praatten over hun namen en waren weer even in Cuba. Ze praatten ook een beetje Spaans, al kon Morales die taal beter verstaan dan spreken. Op zijn ongedwongen rechercheursmanier kwam Paz bijna alles te weten wat er over Tito Morales te weten viel, zonder iets over zichzelf te vertellen, behalve dingen die al algemeen bekend waren. Morales was drieëntwintig, ongehuwd, en woonde nog thuis. Hij had een paar semesters aan de Miami-Dade gestudeerd en dat ook wel prettig gevonden, maar hij had behoefte gehad aan iets fysiekers, iets avontuurlijkers. Daarom had hij erover gedacht om bij de mariniers te gaan, maar hij had zijn moeder, die ziek was, niet alleen willen laten. De politie leek hem ook wel interessant. Paz vroeg hem wat hij bij de politie wilde gaan doen, en Morales zei dat hij er wel iets voor voelde om rechercheur te worden. Een praatje over hoe je bij de recherche kon komen. Paz vertelde hoe hij er zelf bij was gekomen, namelijk door iemand uit Overtown te arresteren die een Japanse toerist had vermoord, een verhaal dat Morales blijkbaar al kende.

Het duurde even, maar toen drongen er twee dingen tot Jimmy Paz door. Ten eerste was hij slechts tien jaar ouder dan Morales maar was de jonge agent veel Amerikaanser dan hij. Paz beschouwde zichzelf niet in de eerste plaats als een Cubaan, maar dat kwam, besefte hij nu, doordat hij zichzelf onbewust met zijn moeder vergeleek en veel tijd had doorgebracht in het *cubanismo* van haar restaurant en milieu. Als hij zichzelf daarentegen met Morales vergeleek, zou hij net zo goed een strohoed kunnen opzetten en met een ezelwagen vol suikerriet door de straten kunnen gaan. Het tweede dat tot hem doordrong, was dat hij als een held werd aanbeden, niet op een vervelende manier, maar het was duidelijk dat de jongen het geweldig vond een gesprek onder vier ogen met Jimmy Paz te hebben, en dat hij al zijn vrienden erover zou vertellen, en zijn moeder, en dat die op hun beurt onder de indruk zouden zijn. En de jongen was blank. Paz was op tv geweest en had op podiums gestaan, had de hand gedrukt van de burgemeester, een congreslid en de hoofdofficier van justitie van Dade County, maar dat had allemaal in verband gestaan met een bepaalde gebeurtenis, of beter gezegd met een bepaalde versie van die gebeurtenis – de gevangenneming van de beruchte voodoomoordenaar, zoals hij werd genoemd – een versie waarvan Paz wist dat het een verzinsel was. Paz was de enige in Miami die de waarheid kende, en hij had zich aangeleerd er helemaal niet over na te denken. Nu hij al die bewondering van die politieagent kreeg, was het op de een of andere manier anders geworden, reëler. Het leek echt boven het rassenverschil uit te stijgen, en dat was in Paz' ervaring zo'n ongewoon verschijnsel dat het nauwelijks meer dan een stipje op het radarscherm van zijn leven was. Met gemengde gevoelens besefte hij dat hij, op plaatselijk niveau, in het rijk was gekomen dat bewoond werd door de uitverkoren mensen van zijn ras die met één naam door het leven gingen: Oprah, Tiger, Shaq.

Toen de formaliteiten waren afgewerkt, nam hij afscheid van Morales en ging hij naar Moordzaken terug, waar hij de naam Emmylou Dideroff door de database van het National Crime Information Center haalde. Dat leverde niets op, en dat betekende dat de vrouw nooit als volwassene voor een misdrijf was veroordeeld. De computer kon niet vertellen hoeveel misdrijven ze had begaan zonder veroordeeld te worden. Hoewel sofinummers eigenlijk niet voor identificatiedoeleinden mochten worden gebruikt, hield niemand zich nog aan die regel, en Paz vroeg via een commercieel bureau een kredietdossier over haar op. Hij was enigszins verbaasd toen dat net zomin iets opleverde. Ook rijbewijsgegevens waren niet te vinden. De vrouw bestond niet op papier. Dat was onmogelijk en dus moest de naam vals zijn. Hij had wel een adres en kreeg snel een huiszoekingsbevel.

Voordat hij naar het adres ging, woonde Paz de sectie van wijlen kolonel Jabir al-Muwalid bij. Hij hoorde dat het slachtoffer inderdaad met een stomp instrument op zijn achterhoofd was geslagen, en dat kon heel goed een drijfstang zijn geweest. In de loop van de dag werd die theorie bevestigd door het rapport van het forensisch lab, waar ze hadden geconstateerd dat het haar en bloed op de drijfstang overeenkwamen met die van het slachtoffer. Kon het nog mooier? Jazeker: de vingerafdrukken op de drijfstang kwamen overeen met die van Emmylou Dideroff.

Onder het fluiten van een vrolijk deuntje ging Paz met dat materiaal naar een verhoorkamer op het hoofdbureau van politie in Fifth Street, waar ze de vrouw hadden geparkeerd. Hij trof haar aan in het gezelschap van een vrouwelijke rechercheur, die een versleten *People* las. Emmylou las in een bijbel. Paz zag tot zijn genoegen dat er geen advocaat bij was. Hij ging tegenover haar zitten en keek haar even aan. Ze las aandachtig en bewoog haar lippen. Paz vroeg zich af of ze slecht kon lezen of dat het iets met bidden te maken had.

'Emmylou,' zei hij ten slotte, toen duidelijk was dat ze niet op zijn aanwezigheid zou reageren. Ze sloeg de bijbel dicht en keek hem vriendelijk aan.

'Wat betekent *I.X.*?' vroeg ze. Ze wees naar het identiteitsbewijs dat hij, net als iedereen in het gebouw, met een ketting om zijn hals had hangen.

'Iago Xavier,' antwoordde hij.

'Dat is een mooie naam. Welke heilige beschouwt u als uw naamheilige?'

'Laten we eerst over jou praten, Emmylou,' zei hij. 'Je verkeert in grote moeilijkheden.' En nu somde hij de bewijzen en aanwijzingen voor haar op: het stompe instrument, de forensische gegevens, de sectie, het feit dat ze op de plaats van de moord aanwezig was, de afwezigheid van enig teken dat iemand anders de gelegenheid had gehad om Jabir al-Muwalid op zijn hoofd te meppen en van het balkon af te gooien.

'Weet je, hiermee hebben we de zaak eigenlijk al rond. Ik weet niet wat die man je heeft aangedaan om je kwaad genoeg te maken om hem te vermoorden, maar je hebt het gedaan en jij kunt daar alleen je eigen verhaal tegenover stellen. Wij van onze kant hebben maar één verhaal: je wachtte hem op en vermoordde hem in koelen bloede. Geen sporen van een worsteling, als je begrijpt wat ik bedoel. Dat is een bijzondere omstandigheid.'

'Ik begrijp het niet.'

'Het ligt op één lijn met meervoudige moord, of moord met extreme wreedheid, of moord in opdracht. Het betekent dat ze om de doodstraf kunnen vragen. En als de officier van justitie laat zien wat er met het slachtoffer is gebeurd, hoe hij eruitzag op dat hek, denk ik dat de jury daarvoor gaat. Dat is wel iets om over na te denken. Als je daarentegen jouw kant van het verhaal vertelt en een bekentenis ondertekent, bespaar je de overheid de kosten van een proces. Dan hebben we een heel andere situatie.'

'U bedoelt, bekennen dat ik hem heb vermoord?'

'Inderdaad.'

'Maar dat zou een leugen zijn. Ik zou niet kunnen liegen. En het zou nog onder ede zijn ook, hè?'

'Ja.'

Ze glimlachte, en hij dacht: waarom voel ik me zo beroerd? Ze is de moordenaar. Blijkbaar voelde ze aan dat hij zich niet op zijn gemak voelde. 'Het spijt me echt, maar ik zou dat niet kunnen. Ik bedoel, op die manier liegen. Het zou ook betekenen dat u niet meer naar de moordenaar zoekt, en dat zou niet goed zijn. Misschien vermoordt hij dan iemand anders...'

'O, hou toch op!' riep Paz. Hij stond op en sloeg met de dikke dossiermap die hij in zijn handen had op de tafel. Het deed hem goed dat ze ervan schrok. Hij ging dicht bij haar staan en schreeuwde in haar gezicht: 'Allemachtig, Emmylou! We hebben het hier niet over líégen! Je hebt hem vermoord, je weet dat je hem hebt vermoord, en ik geef je verdomme één kans om uit dat kleine kamertje in Raiford te blijven. De naald? Wil je sterven?'

Ze dacht daar langer over na dan hij ooit van iemand had meegemaakt. 'Denkt u echt dat ik word geëxecuteerd?' vroeg ze zachtjes.

'Nou en of!' zei Paz, die zijn best deed om met meer overtuiging te spreken dan de feiten rechtvaardigden. Florida had de afgelopen jaren maar één vrouw ter dood gebracht. 'Ze hebben Aileen Wuornos geëxecuteerd, en dat zullen ze ook met jou doen. Als je iemand wilt vermoorden en je hebt geen zin in de naald, dan moet je het niet in Florida doen.'

De vrouw dacht daar blijkbaar over na. Toen schraapte ze haar keel en zei: 'Ik denk dat ik het als een eer zou beschouwen.'

'Wat?'

'Ten onrechte geëxecuteerd worden, net als Jezus zelf. Wat kan ik nog meer verlangen?'

Er ging een schokje van woede door Paz heen, gevolgd door een golf van spijt. Hier zou hij heel graag zijn oude collega Barlow bij willen hebben. Barlow zou hebben geweten hoe hij die vrouw moest aanpakken. Ze zouden een gezellig babbeltje over de Heilige Geest hebben gehad, en het einde der tijden of wat dan ook, en dan zou ze een bekentenis hebben ondertekend. Paz, die wist hoe de politie bewijsmateriaal verzamelde, had zijn twijfels over de doodstraf, maar hij vond het wel prettig dat je in een verhoor over een moord met de vlag van de dood kon zwaaien. Hij had gemerkt dat het de verdachten bij de les hield. Tenzij ze niet goed snik waren, zoals in dit geval.

'Mits die executie onterecht is,' zei Paz. 'Dat is interessant, Emmylou. De meeste mensen zijn bang voor de dood.' Een knikje en wat gemompel. 'Maar jij niet?'

'Ik heb het meegemaakt. Het stelt niet veel voor.'

'Waar ben je dan wél bang voor, Emmylou? Help me eens. Ik kan je niet bedreigen als ik niet weet waar je het meest bang voor bent.'

Er speelde een klein glimlachje om haar mondhoeken. 'O, weet u, ik heb wel een grote mond, maar zo dapper ben ik eigenlijk niet. Ik ben iemand die wegloopt en zich verstopt. Stiekem. En ik ben wel ergens bang voor, maar ik denk niet dat u me daarmee kunt bedreigen.'

'Zeg het maar. Wat is het?'

'Gelooft u in de ziel?' Ze zei het bijna fluisterend, haar hoofd gebogen. Paz hoorde dat de vrouwelijke rechercheur een bladzijde van haar tijdschrift omsloeg.

Paz wist eigenlijk niet precies wat hij in dat opzicht geloofde, maar hij dacht dat het juiste antwoord nu 'ja' was.

'Dan zou u kunnen zeggen dat ik het ergste vrees voor mijn ziel, dat ik bang ben naar de hel te worden gesleurd.'

'De duivel jaagt op je?'

Ze bracht langzaam haar hoofd omhoog en keek hem aan. 'Nee, hij jáágt niet op me.'

Ze keken elkaar in de ogen. Paz zag dat de kleine pupillen groter werden: ze verdrongen het blauw van de iris en begonnen toen, hoe onmogelijk het ook was, het wit en het hele gezicht en de hele kamer op te vullen. Hij zag de dodelijke aantrekkingskracht van de hel, voelde die kracht, zag hoe de gebeurtenissen uit zijn leven door zijn hoofd wervelden en van betekenis veranderden, ja, dit was zijn lotsbestemming. Hij zag de geweldige kracht, het morele kompas dat ronddraaide als zo'n molentje van kinderen...

Paz stond zo snel op dat de stoel achteroverkletterde. Geschrokken van het lawaai, keek de vrouwelijke rechercheur met verbazing op haar ronde gezicht van haar tijdschrift op. Paz was misselijk, hij zou op de tafel kotsen, zou de macht over zijn lichamelijke functies kwijtraken, de zwartheid kwam op hem af, roodomrand, hij keek door een tunnel naar de verdachte, naar een gezicht dat nu heel gewoon was.

Posttraumatische stress, hij had erover gelezen, een flashback van al dat voodoogedoe, het hoorde bij de nachtmerries, o ja, en het werd nu weer opgeroepen door die krankzinnige vrouw met haar gepraat over duivels, en de zweem van Afrikaanse geheimzinnigheid die hij al eerder had opgevangen.

'Voelt u zich wel goed, rechercheur?' vroeg de vrouw.

'Jazeker,' zei Paz. Hij haalde een zakdoek tevoorschijn en veegde over zijn gezicht. Hij dwong zich haar aan te kijken. Ze leek weer op de Heilige Maagd. 'Dus je maakt je zorgen over je ziel. Nou, ik heb altijd gehoord dat een biecht goed is voor de ziel.'

'Ja, dat is zo.' Ze slaakte een diepe zucht. 'Goed.'

'Goed wat?'

'Ik zal bekennen.'

'Prima. Als je een volledige bekentenis aflegt, is de officier van justitie veel toeschietelijker als het op verzachtende omstandigheden aankomt, en...'

'Dat interesseert me niet,' zei ze. 'Er is me gezegd dat ik het moet doen.'

'Door...?'

'De heilige, zoals ik al zei. Ik moest vergeven en bekennen.'

'De moord.'

Geërgerd schudde ze haar hoofd. 'Nee, ik heb al-Muwalid niet vermoord, dat heb ik u al gezegd. Ik bedoel mijn andere zonden en misdrijven.'

Paz schoof een schrijfblok en balpen naar haar toe. Ze raakte ze niet aan.

'Nee, ik heb een schrift nodig, geen spiraalblok. Iets waar ik geen bladzijden uit kan scheuren.'

'Omdat...'

'Ik zou liegen. Ik zou de waarheid opschrijven en die dan verscheuren. Het moet gebonden zijn, dan kunt u nagaan of er bladzijden ontbreken.'

'Ja. Goed, schriften. Zoals op de lagere school? Zwart met van die witte stipjes?'

Een stralende glimlach waardoor ze opeens acht jaar oud leek. 'Ja, dat is perfect. Ik denk dat ik er.... eh, vier nodig heb.'

'Je krijgt ze. Wil je me alvast iets over die misdrijven vertellen?'

'Nee. Ik moet het opschrijven. In die schriften.'

Een beklemmend gevoel in zijn maag. Het was duidelijk dat ze gek was, en waarschijnlijk werkte ze nu al aan een beroep op krankzinnigheid. Als dat lukte, zou al het schitterende bewijs dat hij had verzameld niets waard zijn. Was ze wel gek? Paz wist dat hij daar in die hotelkamer iets had gezien wat helemaal niet krankzinnig was, die ijzige vrouw, maar dat had geen enkele betekenis op de rechtbank. Paz stond helemaal niet meer stil bij wat hem enkele ogenblikken eerder was overkomen, en als hij het zweet op zijn rug niet had gevoeld, zou hij hebben gedacht dat het helemaal niet gebeurd was. Een of andere aanval, een lage bloedsuikerspiegel of stress of zoiets, niets om je zorgen over te maken, niets in vergelijking met het feit dat die gekke vrouw misschien buiten schot zou blijven. Trouwens, het waren zijn zaken niet meer. Paz had het gevoel dat hij zijn hele dag had verspild.

De plaats Pony-aux-Bois ligt in het Forêt de Vaux aan de rivier de Mance, die een paar kilometer naar het zuiden toe bij Metz in de Moezel uitmondt. Het is een heel oud plaatsje. De kerk, Saint-Martin-de-Tours, dateert uit de negende eeuw, en in de nazomer, als de waterstand laag is, wijzen de mensen je op de pijlers van een Romeinse brug, lichte hoekige schaduwen onder het goudkleurige water. Het is een vredige en mooie plaats, waar veel rijken uit Metz hun zomerhuisje of jachthut lieten bouwen. Een van hen was Georges Hippolyte de Berville, een koopman uit die stad, handelaar in kolen en olie. In 1851 liet hij voor zichzelf en zijn gezin een comfortabel buitenhuis van plaatselijke natuursteen bouwen, met uitzicht op de rivier. Het gezin bestond uit drie zoons, Alphonse, Jean-Pierre en Gérard, en zijn vrouw Sophie Catherine. Ze waren allemaal liefdevol en gezond, en daarvoor dankten ze God, want ze waren erg vroom, vooral Sophie Catherine. Toen het huis in Pony klaar was, brachten ze vaak de hele zomer aan de rivier door, waar ze zich bezighielden met landelijk tijdverdrijf als het vissen op zeelt en brasem en het schieten van duiven en houtsnippen. In deze lieflijke omgeving schonk Sophie op een zomerochtend in het jaar 1856 het leven aan een kind dat ze Marie-Ange Bernardine zouden noemen, want Sophie was de Koningin der Engelen zeer toegewijd, en het was 20 augustus, de dag van de heilige Bernard van Clairvaux.

– UIT ZR. BENEDICTA COOLEY, *Trouw tot de dood: het verhaal van de Pleegzusters van het Bloed van Christus*, ROSARIAN PRESS, BOSTON, 1947

2

De bekentenissen van Emmylou Dideroff

Schrift I

Spring er maar in. Spring er maar in, de stem van mijn papa, spring er maar in, schatje, er zit niks in die rivier wat gemener is dan jij. Ik zal vier zijn geweest, de rivier was de Coelee in Caluga County, Florida, donker als thee, met Spaans mos en dwergpalmen en altijdgroene eiken die eroverheen hingen. Hij leerde me zwemmen. Dus ik spring erin en ik heb echt geen idee. Ik ben lezer, geen schrijver. Ik zou eerst God moeten loven, zoals Augustinus deed, maar natuurlijk ben ik dat vergeten en wat is die vergelijking ijdel van me, maar misschien ziet God ons toch. Hij houdt van ons, al verdienen we alleen maar zijn minachting, de grootste heiligen en ik ook. Van Augustinus' begin herinner ik me alleen de beroemde regel: 'En toch wil hij u loven, die mens, een deel van uw schepping, want gij zet hem aan om er vrede in te vinden, want gij hebt ons gemaakt naar u, en rusteloos blijft ons hart totdat het zijn rust vindt in u.' Natuurlijk weten we dat niet echt, hè, heilige A? We denken dat we andere dingen willen, dingen die gemakkelijker beschikbaar zijn, dus als we er al aan denken om te bidden, doen we dat zoals jij heel lang hebt gedaan: God, maak me goed maar nu nog niet.

Ware ik niet zo verdorven geweest, het bezit van vrome en godvrezende ouders zou, samen met de gunst van Gods genade, voldoende zijn geweest om mij goed te maken. De eerste keer dat ik dat las, lachte ik hardop, dat was in een priorijbibliotheek waar lachen niet op prijs werd gesteld, en toen was ik verdrietig, want ik had zo graag zulke ouders willen hebben, of een beetje verdorven willen zijn als Theresia van Avila, dan had ik mijn bekentenissen met die regel kunnen beginnen, zoals zij haar Leven begon. En ik vind het interessant dat ik er niet echt in spring maar de bladzijde met dit alles vul om eraan te ontkomen, mijn echte en niet uit kuisheid gefantaseerde verdorvenheid. Nu ga ik echt beginnen.

Ik ben geboren als dochter van Joseph R. en Ellen May (Billie) Boone Garigeau in Wayland, Florida. Billie was toen zeventien, en mijn vader, die door iedereen Ti Joe werd genoemd, was tweeëntwintig en hij was een Cajun uit Plaquemines Parish in Louisiana. Ik denk dat ze geen van beiden God erg vreesden, en hun toewijding was groot, maar niet aan Hem. Mama was toegewijd aan Ti Joe, ongeveer zoals Theresia aan Jezus was toegewijd (tenminste, dat dacht ik later), en papa was toegewijd aan twee ideeën: ten eerste dat het leven van een man pas de moeite waard was als hij een Kenworth-truck had en daarin reed, en ten tweede dat je best een goede echtgenoot en vader kon zijn als je daarnaast alles neukte wat los en vast zat. O, nu kan ik blijkbaar schrijven wat ik niet wil uitspreken. De schoft. De lul. De vuilak. Het toonbeeld van hypocrisie. Ik moet nu netjes praten al heb ik nonnen gekend die de verf van een Buick konden strippen. Of misschien heb ik dispensatie omdat ik volstrekte eerlijkheid in acht neem.

We woonden in een grote woonwagen op het Karefree Trailer Park bij de rivier de Coelee, zo'n twaalf kilometer bij Wayland vandaan als je over Route 217 naar Caluga County ging. Het was daar niet slecht voor een woonwagenkamp, vier nette rijen wagens, een speelplaats, een veld voor balsporten, een stuk of wat rode picknicktafels bij een modderige rivieroever, een gammele pier voor boten, een winkeltje. Terwijl hij voor die Kenworth spaarde, reed papa in een vrachtwagen voor een bedrijf in Panama City, en hij was vaak lang weg en dan bestond ons leven vooral uit wachten, zoals de vroege apostelen op de wederkomst van de Heer wachtten, maar dan zonder de Heilige Geest om ons gezelschap te houden. Hij zag er wel verduiveld goed uit, mijn papa, en mama vond dat ze blij mocht zijn dat ze hem had, al was ze zelf ook geen lelijkerd, een vlasblond slank meisje met lange bleke benen. Ze kwam uit de streek, een mooie meid uit Caluga County, en hij was op zijn kousen misschien een haar korter dan zij, maar dat kreeg je praktisch nooit te zien, want hij had altijd van die cowboylaarzen aan, met hakken van vijf centimeter hoog om zo dicht bij de hemel te zijn als hij waarschijnlijk ooit zou komen. Dat is mijn oma Boone die dat zegt, niet ik. Ik moet in de oneindige genade Gods geloven. Na de dood, niet nu.

Als ik oma Boone zeg, zult u een krom oud besje in een verbleekte bloemetjesjurk voor u zien, misschien wel met een maïskolfpijp tussen haar tandeloze kaken geklemd, maar Maureen Boone was een jaar of achtendertig toen ik geboren werd en ze was helemaal niet krom of verbleekt. Ik denk dat oma Boone zo ongeveer de enige uit de hele familie Boone was die je een burger kon noemen, want ze was boekhoudster bij de Coelee River Lumber Company en ze had op de middelbare school gezeten, terwijl alle anderen blank uitschot waren, zoals ze het geloof ik vroeger noemden. Of woonwagenvolk, en wat dat betreft, was oma geloof ik de enige Boone in de county die in een gewoon huis woonde, een oud houten huis met diepe veranda's, wit geschilderd, met grijze vurenhouten planken die zichtbaar waren op plekken waar de verf door de zon was weggeschroeid.

Van oma kreeg ik het geschreven woord. Daar was zíj aan toegewijd. Ze leerde me lezen, een van mijn eerste herinneringen. Ik zat op haar schoot in de luie stoel van mijn vader, en de tv was eindelijk eens uit. We zitten in onze wagen en mama is ergens heen met haar vrienden en vriendinnen van haar oude school, de koninginnen van het bal een beetje minder stralend, de sporthelden met al een aanzet van een buikje, en papa is met de vrachtwagen onderweg, en ik hoor oma's kalme stem in mijn oor. Ze leest ik weet niet meer wat, was het *Dag dag, dag nacht* of *Ben jij mijn moeder*? *Hondje Eigenwijs*? Een van die. Ik zal drie of vier zijn geweest. En toen ik haar boekhoudersvingers over de vertrouwde zwarte vormen zag gaan die DOOS betekenden, of wat het woord ook was, besefte ik opeens dat ik het geluid in mijn hoofd kon maken zonder dat oma het hoefde te zeggen, en dat betekende dat ik het verhaal in mijn hoofd kon aanzetten, zoals wanneer je de tv aanzette. En dát betekende, besefte ik algauw, dat ik alles kon lezen, elk boek in oma's huis, elk boek in de kleine bibliotheek van Wayland.

Het zal wel een verzinsel zijn dat dit gebeurd is, ik vul gaten op om een verhaal te maken, zoals de Heilige Augustinus misschien ook het beroemde verhaal van zijn bekering in de tuin, de kinderstem die roept neem op en lees en hij nam op en las het vers dat de Heilige Geest in zijn hart liet komen, maar zo is het met het geheugen. Wie weet wat er écht is gebeurd en wie kan het eigenlijk wat schelen? Het gaat erom wat wij ervan maken, en de waarheid is door de kracht van de Heilige Geest in ons lichaam gebrand, dus zelfs nu kan ik de uitbundigheid weer voelen, de zinderende vreugde die ik voelde toen ik ontdekte wat lezen was, de op een na belangrijkste spirituele gebeurtenis van mijn leven.

Ik hield het geheim voor papa en mama, want ik was, ik probeer nu eerlijk te denken, want ik was toen al een machtswellusteling, zoals kinderen over wie je hoort dat ze hun poep verstoppen, omdat ik als klein ding al dacht dat ze geen van tweeën blij zouden zijn als ze merkten dat ik slimmer was dan zij. Ze konden allebei een beetje lezen, maar er was geen boek in huis, zodat het niet moeilijk was om het geheim te bewaren, zelfs niet voor een kind van vier.

(U gelooft niet dat ik die prestatie voor me kon houden? U denkt dat kinderen geprezen willen worden, waarom zou ik mijn gave willen verbergen? Waarom bestaat eigenlijk het verderf door gaven? Of de verlossing daardoor? De Heilige Ignatius van Loyola wilde conquistador worden, Hitler wilde kunstenaar worden. Laten we het satanisch noemen, in afwachting van de definitieve onthulling door de psychologie.)

Oma had natuurlijk veel boeken, en een hele tijd dacht ik dat ze daarom zei dat ze boekhoudster was. Mama vond het niet prettig dat ik bij haar moeder thuis was, of misschien was ze alleen maar gemeen tegen oma omdat oma altijd wilde dat ik kwam, of op mij omdat ik dat ook wilde. Ze was jaloers van aard, mama, al was ze niet eens zo bijzonder in mij geïnteresseerd als ze me voor zich alleen had. Gemeen jaloers, God vergeve haar zoals ik ook heb gedaan.

Toen ik vijf was en naar school ging, las ik *Black Beauty* en *Misty van Chincoteague* en kon ik een woordenboek gebruiken om woorden op te zoeken die ik niet kende. Ik dacht trouwens dat ik het opzoeken in het woordenboek had uitgevonden, dat ik had ontdekt dat alle woorden in dat dikke boek in dezelfde volgorde als het alfabet stonden! Ik weet nog dat ik me ergerde toen ik oma iets zag opzoeken en haar vroeg wat ze deed en toen ontdekte dat het een publiek geheim was. Of misschien is dat ook een verzinsel.

In de eerste klas van de Sidney Lanier-school leerden we het alfabet en ik zei dat ik dat allemaal al wist en dat ik kon lezen, maar de juf geloofde me niet en toen hoorde ik voor het eerst die stem in mijn hoofd. Opletten, Emmylou, zei ze, want ik keek uit het raam en wou dat ik iets las, ze zei wat komt er na de H en ik zei dat ik dat allemaal al wist, dat het stom was. Ze kreeg een rood hoofd, mevrouw Barrett heette ze, en ik voelde dat de kinderen onrustig werden, een gemurmel als wind in het gras, en ze zei niet brutaal worden als je zoveel weet zeg dan de rest van het alfabet op en de stem zei nee, dat hoef je niet te doen, je bent slimmer dan zij allemaal bij elkaar. Ik keek zelfs om, zo helder was die stem, alsof een van de andere kinderen praatte, maar dat was niet zo, het was gewoon een mooie zachte stem, je kon niet nagaan of het een man of een vrouw was. Als het je nooit is overkomen, weet je niet waar ik het over heb, en als het je wel is overkomen, beef je nu misschien bij de herinnering daaraan.

Hoe dan ook, dat was het eerste misdrijf dat de duivel me liet begaan, ik moest een halfuur in de hoek zitten en de pauze overslaan, maar toen ze allemaal weg waren en ik ze op het schoolplein hoorde spelen, kwam ik van de stoel waar ik op zat en ging ik naar de plank waar juf Barrett de voorleesboeken had staan en pakte ik een exemplaar van *Alice in Wonderland* en ging dat lezen. Ik zei tegen mezelf dat ik de dingen in mijn macht had als ik het geheimhield, en al toen ik zes was, wist ik dat mijn arme ouders er helemaal niet zo goed in waren dingen in hun macht te krijgen. Mama ging een paar keer naar school en liet zich door juf B. de les lezen en toen kwam ze helemaal niet meer en was ik op mezelf aangewezen, een probleemkind, traag van begrip. En stout. Mama zei, schatje, het is te hopen dat je mooi wordt, want het ziet er niet naar uit dat je veel tussen de oren hebt.

Na de eerste klas zat ik in de klas voor domme kinderen. Op de meeste mooie dagen liep ik in de pauze weg en ging ik naar oma om te lezen. Oma haalde boeken uit de bibliotheek die ze me kon voorlezen, en ik las wat er op het tafeltje in de hal lag, vooral dierenverhalen en Nancy Drews, en dingen van Judy Blume, en Madeleine L'Engle. Het was vooral moeilijk om het geheim te houden voor oma. Ze wilde graag dat ik net zo pienter was als zij, en het was triest dat ze me wilde leren lezen en dat ik het niet kon. Dat was, denk ik, het ergste wat ik deed voordat ik later met jongens ging. Maar de duivel is een en al wilskracht en hardheid, en het was een geweldig gevoel om in zijn gunst te staan en de macht te hebben de hele wereld te slim af te zijn. Dat was beter dan dat ik iemand tevredenstelde die van me hield, en hij deed het door te zeggen: stel je het plezier op haar gezicht voor als je haar eindelijk laat zien wie je werkelijk bent, en dat troostte me in mijn kwaad. Hij maakte me ook duidelijk dat als ik liet blijken wat ik kon ze me in de klas voor begaafde en talentvolle kinderen zouden zetten, waar de rijke kinderen zaten, en die zouden me minachten om mijn kleren en mijn armoedige manieren. Er waren zoveel excuses om me slecht te gedragen!

Naast die boeken las ik haar *Wereldencyclopedie*. In de tweede klas kwam ik van Aardvark, een groot nachtdier in Afrika dat zich overdag diep onder de grond verstopt, tot Dysprosium, een zeldzaam metaalelement dat in bepaalde mineralen wordt aangetroffen. Pas in de derde klas kwam ik bij Eidetisch geheugen en ontdekte ik wat ik was en dat er niet veel mensen zoals ik waren. En de duivel zei dat het zijn geschenk was, dat hij me zo had gemaakt dat ik niet zou vergeten, zodat alle schatten van kennis die hij me zou laten zien altijd in mijn hoofd zouden blijven, en sukkel als ik was dacht ik toen dat niet vergeten iets goeds is en niet wat het echt is, giftig zuur en gal, maar met Gods hulp ben ik een ware getuige.

Dus natuurlijk weet ik het nog heel goed, een dag in de vierde klas na het middageten, gehakt, worteltjes, gebakken aardappelen, cake met bananenglazuur, een regenachtige dag zodat ik in de klas zit te suffen met de domkoppen en daar staat oma in de deuropening van de klas en ze draagt haar lange gele oliejas en een plastic doek om haar hoofd die op haar donkere krullen drukt als druiven in krimpfolie bij de Winn-Dixie. Ze sprak even met de meester, die me een meewarige blik toewierp die een huivering door me heen joeg, tot in mijn buik, en toen haalden we mijn kleine plastic regenjas met capuchon en gingen naar de Dodge en reden weg. De auto rook naar sigaretten en de eau de toilette die ze gebruikte, lelietjes-van-dalen, en we reden een tijdje in stilte en toen zei ze dat er geen gemakkelijke manier was om dit vertellen, schatje, maar je papa is met zijn vrachtwagen van een brug in Alabama gereden en hij is dood. Naar de omstandigheden reageerde ik vrij kalm, in elk geval veel kalmer dan mama die schreeuwde en met haar hoofd tegen de armleuning bonkte toen we thuiskwamen. Ik keek alleen maar naar haar en voelde me zo leeg als de achtermuur van een garage. Dat is een voordeel van een verbond met Satan, je voelt niet veel van het verdriet van het menselijk bestaan. Hij geeft er niet om dus waarom jij wel?

Papa's familie kwam over uit Louisiana om hem te begraven, mensen met een donkere huid en zwart haar die ik nooit eerder had gezien, de Garigeaus. Het waren Cajuns, maar ze horen niet bij dit verhaal, want ik heb ze nooit kwaad gedaan, en ze interesseerden zich ook niet voor mij. Met de Garigeaus kwam een stevig gebouwd meisje mee en dat bleek de eerste, en ik denk ook enige, mevrouw Garigeau te zijn. Dat was een zware slag voor mama, op die manier ontdekken dat ze geen echte echtgenote was, en ik was een bastaard. We mochten wel allemaal mee naar de kerk, de St. Margaret, de eerste keer dat ik ooit in een katholieke kerk kwam en ook de laatste keer voor vele jaren, totdat ik er schreeuwend en tegenspartelend heen werd gejaagd door God, als de stomme hond die ik was en ben. Ik weet nog dat de wierook lekker rook en dat ik wilde opstaan om met de rest ter communie te gaan en dat mama in mijn arm kneep en me heel stil liet zitten. Ze hielden de mis en cremeerden hem en namen hem in een doos mee naar Plaquemines Parish terug, waar ze allemaal vandaan kwamen. Ze hebben hun graven daar in stenen kisten boven de grond, vanwege de overstromingen, dat hoorde ik van een nichtje dat ik nooit meer heb gezien.

Omdat die andere vrouw er was, kregen we geen nabestaandenuitkering, en de verzekeringsmaatschappij wilde niets uitkeren op de polis die papa via het transportbedrijf had, want ze zeiden dat hij nalatig was geweest bij het ongeluk, zo noemden ze het dat hij zich onder het rijden op de Interstate 20 liet pijpen door een hoertje van vijftien dat hij in Decatur had opgepikt en dat hij toen de brug over de Tennessee River was afgereden.

Nou, toen hadden we geen cent. Mama ging weer werken in de Tasty-Freeze, en we gingen allemaal bij oma wonen. Als ik denk aan de kwellingen van de hel, denk ik vaak dat het zoiets is: twee vrouwen en een meisje in een klein huisje, altijd ruzie op allebei de manieren, heet en koud. Ik geloof dat ik de koude ruzie het ergst vond, het slaan met deuren, niemand die praatte, eten dat op tafel werd gesmakt, stilte onder het eten. Oma was een goede vrouw, denk ik, of ze was in het begin goed, maar ze had al haar hoop op haar dochter gevestigd en toen op mij; dat een van ons weg zou komen uit wat ze de stinkende oksel van Florida noemde en iets zou bereiken, en het was toen al vrij zeker dat een van ons een op mannen beluste slet zonder een greintje verstand was en dat de andere achterlijk was, ik dus. Achterlijk zei mama, niet oma, en als ik iets had gedaan wat haar niet aanstond, noemden ze me dagen achtereen zo, of Debieltje, of Slome Emmy.

Maar een paar weken in de zomer na de vierde klas begon mama beter voor zichzelf te zorgen en schoon te maken en te koken. Dat kwam door Raymond Robert Dideroff, die op een warme zomeravond bij ons kwam eten. Ray Bob, zoals ze hem noemden, was de politiecommandant van Wayland. Hij was al een hele tijd getrouwd met Louellen Pritchard en had twee zoons – Jon Dideroff zat bij mij in de klas en Ray junior een klas hoger – maar een paar jaar ervoor was ze weggelopen, niemand wist waarom, want iedereen in Wayland vond Ray Bob een echte kerel. Dat was hij ook, een grote man met brede schouders en een vierkante kaak, en met rossig haar dat hij naar achteren kamde en rimpeltjes bij zijn blauwe ogen. De Dideroffs zaten al sinds het jaar nul in Wayland, ze hadden veel geld, wat ze vooraanstaande burgers maakten, wat de familie Boone beslist niet waren. Ray Bob was ook diaken in de kerk Amity Street Congregatie van God. Ik geloof dat toen we die avond aan tafel zaten het de eerste keer was dat iemand ooit ging bidden voor het eten in ons huis, en ik kreeg een schop onder tafel van mama toen ik voor het bidden een drumstick wilde pakken.

Nou, het was me wel duidelijk wat er aan de hand was, en toen ik daar kip zat te eten, vroeg ik me af hoe ik de boel voor mama in het honderd kon laten lopen zonder dat ik werd betrapt en vermoord. Na de pastei en de koffie had ik een paar goede manieren bedacht, maar toen gebeurde er iets vreemds. Ray Bob leunde na zijn tweede portie citroenpastei in zijn stoel achterover en keek om zich heen naar de kamer, alsof hij van plan was het huis te kopen, en hij zei tegen oma wat zijn er veel boeken in de kamer en vroeg of we allemaal lazen. Oma zei dat ze altijd graag had mogen lezen en ze praatte een tijdje over schrijvers van wie ze hield en Ray Bob en zij bleken allebei van sommige schrijvers te houden, en mama zei dat ze graag mocht lezen maar nooit de tijd had omdat ze in ploegendienst werkte om het geld te verdienen dat ze nodig had, en dat was een leugen, maar oma wist wel beter dan haar op dat moment terecht te wijzen, en toen... Het is moeilijk uit te leggen, maar er kwam met die leugens iets de kamer in, als een rooksliert, maar Satan zelf was er en wij waren zijn marionetten die hij bespeelde en hij had de tijd van zijn leven.

Ray Bob keek mij aan, keek met die blauwe ogen in de mijne en de haartjes op mijn armen en in mijn nek gingen recht overeind staan, want ik zag dat hij dwars door me heen kon kijken tot in mijn diepste geheimen, dat hij het kwaad kon zien dat diep in mij aan het werk was en dat hij dacht dat het best wel leuk was. En ik zag dat wat er in me keek iets was waar zelfs Ray Bob in zijn hart niets van wist, en dat was nog het meest angstaanjagende, alsof je in de rivier speelt en plotseling merkt dat je niet bent waar je dacht dat je was, niet op een veilige zandbank maar in de hoofdstroom en er was geen bodem onder je voeten en de rivier had je te pakken. Ik had gedacht dat ik het slechtste was wat er rondliep, maar op dat moment wist ik dat ik alleen nog maar in de ondiepten van de slechtigheid aan het pootjebaden was.

Hij had een diepe, aangename stem als een tv-presentator, en hij zei: en jij dan, schatje, lees jij ook? Mama bemoeide zich ermee en zei o, ze wil het zo graag maar ze is dysléctisch, we hebben van alles geprobeerd, en waar ze het woord vandaan had weet ik niet, misschien per ongeluk onthouden van een van juf Barretts preken tegen haar, maar hij lette niet op haar, hij bleef met die ogen diep in me kijken en me helemaal ontleden, en hij zei o, ik denk dat Emmylou heel goed kan lezen als ze dat wil. Oma zei al nee, echt niet, Ray Bob, ze kan voor geen meter lezen, maar ik onderbrak haar en ik zei ik kan wél lezen. Het was of mijn eigen stem van een ander klein meisje kwam. Hij zei nou, lees ons dan iets voor, schatje.

Nu was mama om zich zo goed mogelijk voor te doen naar de zolder geweest en had ze de bijbel van haar opa's familie naar beneden gehaald en afgestoft en hem op een kleedje op het dressoir naast de tafel gelegd, alsof we elke dag in de bijbel lazen, en dus hoefde ik alleen maar mijn hand uit te steken en hem te pakken en ik sloeg hem op een willekeurige plek open. Het bloed bonkte zo hard in mijn hoofd dat ik rode vlekken zag. Het was Koningen I 14 waar het boek openviel en ik las: In die tijd werd Jerobeams zoon Abia ziek. Jerobeam zei tegen zijn vrouw: 'Kom, verkleed je zodat niemand je als mijn vrouw herkent, en ga naar Silo. Daar woont de profeet Achia, die mij voorzegd heeft dat ik koning over dit volk zou worden.' Ik las ook het volgende vers, over de koeken en de kruik honing en toen begon mama heel hard te schreeuwen en zei ze dat het een wonder was waar ze zo lang voor had gebeden. Ze kwam naar me toe en trok me van de stoel en omhelsde me hard en hevig. Over haar schouder zag ik de uitdrukking op oma's gezicht, de schok van het bedrog. Ik denk dat ze heel graag had gewild dat ik net zo werd als zij, iemand die van de dingen hield waar zij van hield, boeken en goede muziek, en die misschien naar de weinige culturele gebeurtenissen ging die voor de burgerij van Caluga County beschikbaar waren, misschien een meisje om eens mee te nemen op tochtjes naar Atlanta of Miami, een meisje dat ging doorleren net als zij maar dan niet zwanger werd en van school moest, en daar was ik dan, alles wat ze wilde maar ik had het verborgen gehouden, en nu kwam ik ermee voor de dag voor een type als Ray Bob Dideroff. Terwijl ik naar haar keek, werd ze tien jaar ouder. Na een tijdje, toen ik nog aan mama en Ray Bob liet horen hoe goed ik kon lezen, wilde ze wat te doen hebben en ruimde ze de tafel af. Natuurlijk las ze me nooit meer voor en vroeg ze me ook nooit waarom ik haar dat had aangedaan. Daarna vervaagde ze zo'n beetje uit ons leven, geen ruzie of zo, maar Ray Bob moest niet veel van haar hebben, 'bekakt' was het woord dat hij meestal gebruikte en ze was ook niet van de kerk en ze was lid van de ACLU, die vereniging die voor burgerrechten opkomt, en daarmee stond je bij hem al slecht aangeschreven. Nu ik erover nadenk, stond bijna iedereen die mama kende slecht aangeschreven bij Ray Bob, boeken vol slecht aangeschreven mensen, en misschien had dat ons iets duidelijk moeten maken, maar dat gebeurde niet, mama was heel blij dat ze het eindelijk voor elkaar had.

Gulf Avenue heette onze straat, een groot huis van twee verdiepingen op een perceel van twee hectare waar hij en mama na de bruiloft gingen wonen. Een paar maanden lang was mama in haar glorietijd, moet ik zeggen, Ray Bob kon niet genoeg voor haar doen, en de rest van ons had net zo goed onzichtbaar kunnen zijn. Ze deed haar oude Ford-pick-up weg en reed rond in een gele Mustang-cabriolet die van de eerste mevrouw Dideroff was geweest en die Ray Bob mooi en schoon had gehouden in zijn garage. Ik had mijn eigen kamer en aan de andere kant van de muur was hun slaapkamer, waar ik ze 's avonds bezig kon horen, ik wist wat het was al was ik nog maar negen. Hij had zeker niet veel kunnen vrijen sinds Louellen weg was, hij als steunpilaar van de kerk en zo, en Wayland was zo'n klein plaatsje, dus hij maakte de verloren tijd goed en mama wilde maar wat graag. Nou, toen ze zo'n zes maanden getrouwd waren en Ray Bobs tank, denk ik, zo ongeveer was teruggezakt naar een normaal peil, merkte ik dat er dingen veranderden in huis. Op een avond waren de geluiden aan de andere kant van de muur niet wat ze geweest waren, mama schreeuwde heel hard en schel en het waren niet de woorden die je van een geredde kerkdame zou verwachten en er was het diepe brommen van Ray Bobs stem. (Ik heb die man nooit zijn stem horen verheffen, hij was zo iemand bij wie je doet wat hij zegt zonder dat hij dat ooit hoeft te doen.) Toen werd haar stem heel schel en hield opeens op en ik hoorde gebonk, niet het gebonk van het bed maar een ander soort gebonk. Mama bleef de hele volgende dag in bed, en de dag daarna liep ze een beetje stijf en zei niet veel. Ti Joe had mama wel eens gemept als ze allebei dronken waren, maar dit was anders. Ik kon geen blauwe plekken of zo bij haar ontdekken en ik keek naar haar in de badkamer. Dat verbaasde me, maar in de *Wereldencyclopedie* kon ik geen antwoord vinden.

Ik begon aan de vijfde klas met een nieuwe naam, Emmylou Dideroff, want Ray Bob zei dat we allemaal één familie waren en dezelfde naam moesten hebben. Twee weken nadat de school begonnen was, op een vrijdag, kwam ik 's middags thuis en was mama er niet, en de gele cabriolet stond ook niet in de garage. Ze was nog steeds weg toen Ray Bob thuiskwam. Hij bleef er heel kalm onder en keek me aan met zo'n blik van 'heb niet het lef tegen me te liegen' en vroeg me toen of ik wist waar ze was en ik zei nee dat weet ik niet. Toen voerde hij een paar telefoongesprekken. Die avond hoorde ik sirenes.

Ze vonden mama in Dixie County, ze reed te hard en een agent hield haar aan en belde Ray Bob vanwege het kenteken en hij ging erheen en bracht haar naar huis. Ik zag haar pas weer een tijdje later, want Ray Bob zei dat ze een zenuwinzinking had en het was droevig maar we moesten allemaal heel hard bidden dat ze beter werd. Ray Bobs oom dokter Herm Dideroff had een soort rusthuis in Wayland Beach, ze noemden het een rusthuis, maar het was een huis waar mensen van hun verslaving af konden komen zonder iemand tegen te komen die ze kenden, een voordeel van het feit dat het in zo'n afgelegen uithoek was als Caluga County in Florida. Dus mama werd daar opgenomen voor haar zenuwinzinking en ze kreeg de elektroshockbehandelingen om weer beter te worden, tenminste dat hoorde ik, en ik stelde me voor dat ze van dokter Herm haar vinger in een lampenfitting moest steken met haar natte voeten op de vloer; een beeld waar ik wel van kon genieten want ik was kwaad op haar omdat ze was weggelopen zonder mij mee te nemen en stond er geen moment bij stil wat voor reden ze kon hebben gehad om me zoiets te flikken. Waar ik toen aan dacht, moge God het me vergeven, was hoe ik er mijn voordeel mee kon doen, en in het begin was ik ook bang dat ik mijn positie in het gezin zou verliezen doordat mama er niet meer was.

Maar de volgende dag nam Ray Bob me apart. Hij kwam zelfs mijn kamer in en ging op de schommelstoel met tierelantijntjes zitten die mama had gekocht, en hij zei dat God ons soms beproevingen stuurt om na te gaan of we het koninkrijk waardig waren, en dat hij me wilde laten weten dat wat er ook gebeurde hij er altijd voor mij zou zijn alsof ik zijn eigen kind was. Toen vroeg hij me wat ik las en het was *Ontvoerd* van R.L. Stevenson en hij zei dat het een favoriet boek van hem was geweest toen hij nog een jongen was, en hij vroeg me of ik het prettig vond als mensen me voorlazen. Het antwoord daarop was nee, maar ik voelde aan dat hij wilde dat het antwoord ja was, en hij pakte *Ontvoerd* van mijn bed en zei kom op mijn schoot zitten dan lees ik je voor en zo is het begonnen.

Ik heb nooit geweten of Ray Bob de glanzende man kon zien en horen zoals ik dat kon, of dat hij zijn eigen weg naar de macht van Satan had. Ik schrijf nu glanzende man want zo zie ik hem achteraf, al herinner ik me niet dat ik hem als kind zo noemde, net zomin als je je geweten en je lichamelijke behoeften een naam geeft. Hij zat gewoon in mijn hoofd of soms ging er iets lichts door mijn gezichtsveld; licht als zonneschijn op donker water, mooi als een tijger, en dan wist ik dat hij het was. En hij is hier nu ook, hij is met mij verbonden door kabels van staal, en eigenlijk moet hij worden uitgedreven als je bij de kerk gaat, maar misschien werkt het niet meer zoals vroeger, misschien geloven zelfs de priesters niet in hem. U zag hem, dat weet ik, en toen vergat u het zoals de meeste mensen doen, hij heeft geleerd van je geheugen af te glijden. Kan hij me zelfs nu nog breken, nu ik in Gods hand ben? Alleen als ik hem laat begaan en God helpe me God helpe me, ik wil het nog steeds, mijn wil om me te verzetten is niet sterk, dat is hij nooit geweest, ik wil er weer in weg glijden, weg van het verpletterende licht. Hij wil niet dat ik...

Hou je aan je verhaal, kleine Emmylou.

Hoe dan ook, Ray Bob had een soort duivel in zich. Mama wist dat wel, en toen ze van die zes weken in dat rusthuis terugkwam, heeft ze hem tot het allerlaatst nooit ook maar een strobreed in de weg gelegd. Ze stuurden haar naar huis met een grote witte plastic fles Librium-capsules, dan kon ze geen moeilijkheden meer veroorzaken, en met één uitzondering heeft ze dat ook nooit gedaan. Al met al leek ze wel gelukkig, niet dat het mij toen wat kon schelen.

De geluiden aan de andere kant van de muur kwamen terug, zij het niet zo vaak als vroeger en er waren ook een paar nieuwe bij, onder andere een langgerekt gekreun waarvan je bijna niet kon horen dat het van mama kwam, een soort verraste kreet alsof iets haar pijn deed wat ze niet had verwacht. Ray Bob zei in die tijd tegen me dat hij niet kon geloven dat er zoiets liefs als ik uit zo'n slechte vrouw als Billie Boone kon komen, en als hij van tevoren had geweten hoe ze was had hij haar nooit zijn jawoord gegeven en was hij nooit met haar getrouwd in de kerk Amity Street Congregatie van God.

Wat saai en vervelend is het verkrachten van kinderen en ik zal daar maar niet te veel aandacht aan besteden. Er was niets wreeds aan Ray Bobs verleiding van een negenjarig kind. Ik was helemaal in zijn macht, maar hij ging erg langzaam en ik moet ook zeggen voorzichtig te werk, en ik stond er geen moment bij stil om te denken of tegen mezelf te zeggen: dit is slecht of verkeerd. Natuurlijk zou ik bijna niets slecht of verkeerd hebben genoemd, behalve dingen die me in de weg stonden als ik iets verlangde. Ik had niet veel morele lessen geleerd van mijn arme ouders, en al heeft oma echt wel haar best gedaan om me op het rechte pad te krijgen, ik geloof dat haar progressieve opvattingen niet genoeg invloed op me hebben gehad, of misschien alleen haar ene duidelijke principe: doe wat je wilt zolang je er niemand kwaad mee doet. Geen pantser is sterk genoeg om de Vorst der Duisternis tegen te houden, als hij belangstelling heeft.

Of ik van zijn attenties genoot? Ik moet zeggen van wel, al begrijp ik dat we niet mogen erkennen dat misbruikte kinderen iets anders dan angst en afgrijzen voelen. Ik heb later veel met verkrachte kinderen te maken gehad, en dat is het verhaal dat ze vertellen, ze vonden het afschuwelijk en haatten de mannen die het hun aandeden, en liepen daardoor van huis weg. Maar ik heb nooit gehoord dat iemand het zo goed deed als Ray Bob. Ik denk dat het erger is als het kind ervan geniet, want dan is het een verkrachting van het hart, niet alleen van het lichaam. In mijn geval zei de glanzende man tegen me dat het goed was en dat ik macht over Ray Bob had omdat ik hem liet begaan, en dat was toch wel prettig, en daarvoor hoefde ik me alleen maar daar te laten aanraken, zodat ik dat gekke warme huiverende gevoel kreeg. Ik heb gehoord dat mannen die dat vaak doen gruwelijke bedreigingen uitspreken opdat de meisjes (of jongens) het niet doorvertellen, maar Ray Bob deed dat nooit, daar was hij veel te slim voor, want als je met gruwelijke bedreigingen komt, weet het slachtoffer dat het slecht is en dan voelt ze zich schuldig en vertelt ze het toch, of anders wacht ze af en belt ze jaren later de politie. Hij zei dat hij meer van mij hield dan van wie ook op de wereld, en ik deed alsof ik hem geloofde, want ik wist dat ik boven de liefde van iedereen verheven was, zeker die van zo'n stuk stront als Ray Bob Dideroff. En trouwens, waarom zou ik het vertellen? Ik vond het niets bijzonders.

Op mijn tiende verjaardag kocht hij Solera voor me, mijn lieve merrie, en hij leerde me rijden en ook zijn penis met mijn hand en mond te bewerken zodat het eruit spoot, wat ik zelf nogal grappig vond al zei ik dat niet. Die penis heette Kleine Ray en maakte dat hij tot de Heer riep en Zijn naam ijdel gebruikte, en dat was ook grappig, want hij was diaken en sloeg zijn zoons vaak op hun hoofd als ze dat deden. Of ik het erg vond? Misschien een beetje, maar voor dat paard had hij me op de trappen van de Congregatie van God mogen neuken. Op mijn tiende was ik een perfecte hoer.

Soms betrapte ik Ray Bob erop dat hij naar me keek, en dan zat er iets in zijn ogen, geen angst, maar een soort bezorgdheid, alsof hij alles misschien toch niet zo goed onder controle had als hij dacht. Dat was het mooiste van mijn ondergang, geloof ik, dat ik die blik zag.

Intussen had het eindelijk resultaat opgeleverd dat Ray Bob het bed een paar keer per week liet schudden. Mama werd zwanger en kreeg een klein meisje dat van Ray Bob de naam Bobbie Ann kreeg. Nou, ik geloof dat er iets opensprong in mama toen dat kind geboren werd, een ingedamd meer van liefde waarvan er nooit een druppel mijn kant op was gekomen sprong nu eindelijk open, want ze hield echt van dat kind. Natuurlijk kon ze er alleen van houden als ze niet aan de pillen was, en dat kwam niet vaak voor. We hadden een meisje uit het migrantenkamp, Esmeralda, om voor het kleine ding te zorgen. Zo kan ik nog een tijdje doorgaan, maar dit is geen roman dus u hoeft niet te weten hoe het leven voor ons was. Afgezien van mama's zenuwinzinkingen moeten we voor de rest van Wayland op een normaal gezin hebben geleken. We gingen naar de kerk en namen deel aan evenementen van de gemeenschap. Elke zomer ging Ray Bob met ons vissen in de Golf en elk najaar gingen we duiven schieten. Hij kocht een 16-gauge voor me net als Ray junior had en leerde me ermee te schieten.

Ongeveer twee jaar nadat Bobbie Ann was geboren werd ik ongesteld en Ray Bob legde me uit dat nu ik een vrouw was ik Kleine Ray in me moest opnemen, en dat deed ik op een avond in april in mijn smalle bed. Ik liet me erop zakken, niet met veel ongemak moet ik toegeven, en dat kwam voor een groot deel door al dat gevinger van Ray Bob in de loop van de jaren plus al dat paardrijden dat ik had gedaan. Misschien was dat een van de redenen waarom hij dat paard voor me had gekocht, ik weet het niet. Hij was vrij slim in die dingen, zij het niet slim genoeg, zoals zou blijken. Op mijn twaalfde verjaardag kocht hij een medaillon voor me, met een fotootje van hem in zijn uniform van politiecommandant.

Kort daarna werd ik een echte vrouw. Ray junior hing vaak bij de stal rond als ik Solera aan het verzorgen was, hij moet toen veertien zijn geweest, een echte os, dom en met een rood gezicht. Ik vroeg hem wat hij daar deed, en hij zei dat hij ook wel wat wou van wat ik zijn vader gaf, en hij greep me en gooide me in het stro, rukte aan mijn kleren en ik zei shit, griezel, straks maak je het paard aan het schrikken en scheuren mijn kleren en wat zal Ray Bob dan zeggen? En hij hervond zijn verstand toen ik zei dat ik hem zou afrukken als hij me hielp de stal schoon te maken, en dat deed ik. De stal schoonmaken was het enige wat ik echt niet leuk vond aan het hebben van een paard, en ik vond dat ik beter een vies ding kon doen dat acht seconden duurde dan een ander vies ding dat een uur duurde.

Denkt u dat dit de bron van mijn pathologie kan zijn? Seksueel misbruik in de kinderjaren dat later in het leven tot religieus fanatisme leidt? Dat is een theorie. Het is moeilijk uit te leggen, maar kinderen accepteren wat er bij hen thuis gebeurt als normaal. Als mama je met een roodhete pook brandt, vind je dat niet leuk, maar zo is het leven nu eenmaal, en je denkt dat alle andere kinderen ook de pook krijgen, en je vraagt er nooit naar en vertelt het ook niet want waarom zou je? Je gaat toch ook niet vertellen dat mama melk op de pap giet of naar de wc gaat? Mijn vergissing was mijn god, zoals Augustinus zou zeggen, al had ik Augustinus toen nog niet gelezen. Maar verder las ik bijna alles wat in dat stadje te krijgen was. De bibliotheek was maar drie dagen per week open, en ik werkte me vrij snel door de schamele voorraad heen, alleen wilde mevrouw Oster, de bibliothecaresse, me de echt volwassen boeken niet meegeven. Er was wel een winkel in de stad, Jake's Junk, die de inboedel van overleden mensen opkocht, en Jake had een hele achterkamer vol boeken. Hij zocht de goeie dingen ertussenuit en verkocht de rest voor een grijpstuiver. Daar kocht ik *Lolita* van Nabokov omdat het meisje op het omslag op een lolly zoog met die zonnebril met hartvormige glazen. Een belangrijk boek dat me eindelijk vertelde wat ik was en ik werd verliefd op zijn taal. Ik las de rest van Nabokov, bijna alles, *Pnin* en *Bleek vuur* en de verhalen en essays, al begreep ik het lang niet allemaal, en zo kwam ik op alle grote Russen, nou ja, alles wat in pocketformaat in Caluga County terechtkwam. *Oorlog en vrede*, *De gebroeders K.*, *Schuld en B.*, *Dode zielen* en vreemd genoeg ook *Rode ruiterij van Babel* in een voddige gebonden uitgave van wat zo te zien een linkse boekenclub was. Taaie kost voor een kind van twaalf, zult u zeggen, maar juist de taaiheid van die dikke boeken en hun exotische mensen...

Ik ben weer aan het ontwijken. Ik schrijf over mijn literaire bedwelmingen om niet over het echec van ons familiedrama te hoeven schrijven. Al past het woord 'echec' niet goed bij de ordinaire stem die ik gebruik, en wat zou u zeggen van een lange uitweiding over de stem in de romankunst, en een verhandeling over de vraag welke stem de echte Emmylou is. De stemmen van romans en verhalen zitten in ons, in diegenen van ons die lezen, en voor diegenen van ons die dat niet doen zijn er de films en de tv. Wij zijn die stemmen. Ja, onze ouders vormen ons, wij die zo fortuinlijk, of eventueel zo onfortuinlijk, zijn om ze te hebben, maar zij werden vooral gevormd door wat ze lazen of zagen, en dat gaat helemaal terug tot de tijd van de glas-in-loodramen en de Bijbelverhalen en verhalen over heiligen, helden en monsters. Verhalen leren ons hoe we moeten leven, zegt Anatole France. En hij zegt ook: 'De wet met zijn majestueuze gelijkheid verbiedt rijken net zo goed als armen om onder bruggen te slapen, op straat te bedelen en brood te stelen.' Ik heb de man nooit gelezen, heb geen idee wie hij was, dat en nog veel meer komt uit *Colliers' Citatenboek*, Jake's Junk, vijfenzeventig cent.

Ik zat nu op de middenschool, bij de begaafde en talentvolle leerlingen, omdat ik nu rijk was. God in Zijn grote genade gaf ons de middenschool, opdat we konden ervaren hoe de hel eruit zou zien en opdat we die in ons latere leven konden vermijden, al had het zoals veel van Zijn goede ideeën niet helemaal de juiste uitwerking. Ik was natuurlijk een van de demonen in die hel. Omdat ik geld had en er goed uitzag en zo en het me geen moer kon schelen wat ze van me dachten en ik slim genoeg was om te kunnen spijbelen wanneer ik maar wilde en toch cijfers te halen die hoog genoeg waren om Ray Bob niet te schande te maken, zat ik algauw bij het vlotste groepje. Ik was uiteraard ook cheerleader, en natuurlijk kon ik het leven van meisjes die dat graag wilden zijn en nooit zouden worden tot een hel maken, en ik was ook scherp gebekt, met al dat lezen dat ik deed, zodat mijn wreedheid verfijnder was dan de gebruikelijke schoolbeledigingen als 'je moeder is zo dik dat ze haar eigen postcode heeft'.

En daar leerde ik Randolf Hunter Foy kennen. Hunter zat bij Ray junior in de klas, en allemachtig, wat was het een stuk, in de categorie van Elvis-James Dean-Brad Pitt. Hij was ook de grootste dopedealer van de school en ik wilde hem hebben. Hij was blank uitschot, net als ik, er zaten altijd wel een paar Foys in de gevangenis van de county, en Raiford scheen er mee vol te zitten.

In de zevende klas vuurde ik een salvo van slimmigheid af waardoor ik sneller mocht overgaan, en als gevolg daarvan kwam ik een jaar eerder op de Wayland High School, een veertienjarige eersteklasser, nog maar één jaar achter Hunter aan, die indertijd zeventien zal zijn geweest. In elk geval was hij oud genoeg om te rijden en hij had een auto, een vrij nieuwe Ford-250-pick-up Camper, en gek genoeg vroeg niemand zich af hoe een kind met een moeder die in de bijstand liep en een vader die in de bak zat zich zo'n wagen kon veroorloven. Binnen de kortste keren had ik Hunter verleid. Jake's Junk had ook veel goedkope pornoboekjes, het soort waarin ze veel hoofdletters gebruiken om te laten weten dat het gebeurt (ik KOOOOOOMMMMM!), en dat waren mijn instructieboeken, en verder had ik Ray Bob, die eerlijk is eerlijk een huis-tuin-en-keukenpedofiel was, dus helemaal niet exotisch. Ik was een beetje bang voor het bedbonkstandje, na alles wat ik door mijn muur had gehoord, maar het bleek dat hij het bonken voor mama reserveerde. Bij mij was hij heel attent en vond hij het belangrijk wat ik voelde. (Antwoord: niet veel. Ik zakte altijd min of meer weg als hij aan de gang was, zij het niet zo ver weg dat ik zijn vragen niet kon beantwoorden of de vereiste reacties niet kon nabootsen. Vind je het lekker, schat? Ooo, ja, papa, ram je grote liefdespaal in mijn kut! Want Ray Bob had zijn portie van dezelfde boekjes; het leven volgde de kunst tot in de muffe kelder.) Ik geloof echt dat hij me tot de liefdesslaaf van zijn giftige fantasiewereld wilde maken, maar dat ben ik nooit geweest. Nu ik erover nadenk, was het eerder andersom, al hebben we nooit echt over dat onderwerp gepraat.

Eerlijk gezegd deed Hunter Foy niet veel aan verleiden. Op een dag kwam hij aanrijden met zijn pick-up. Hij zei hallo en ik zei hallo en stapte in. We gingen naar het Sand Creek County Park, bij de trage stroom van het theekleurige water, en rookten een paar joints in de camper. Na de tweede joint begonnen we elkaar af te lebberen en trok ik mijn T-shirt en beha en slipje uit alsof ze in brand stonden, en daarna besprong ik hem, en zoals ze dan in die romantische pocketboekjes zeggen: ik bevredigde mijn lust, al kreeg ik pas bij de tweede keer dat we het die middag deden min of meer het gevoel dat je bij zulke gelegenheden geacht werd te hebben, en het verraste me zo erg dat ik gilde als een puppy.

Vanwege mijn natte ondergoed liep ik met X-benen naar huis, maar mijn hele hoofd wervelde en ik dacht: o, dit is dus liefde als in de liedjes en de films en ik ben de ster. Het was net wat voor mij om van een pedofiel die op me gesteld was over te gaan op een vriendje dat me nog lager achtte dan zijn hond. De duivel mag zijn instrumenten graag breken, dat vindt hij het leukste, maar wist ik dat? Ik vond het allemaal heel logisch, de glanzende man die in mijn oor fluisterde als ik dacht: goh, meid wat dóé je toch? In die tijd was hij trouwens geen glanzende man meer zoals toen ik klein was, maar meer mezelf die met mijn eigen stem tegen me praatte.

Dat is u ook overkomen, nietwaar?

Nou, zo gingen we een paar maanden door, praktisch elke middag, maar triest genoeg kon onze idylle niet blijven bestaan, zoals ze in die romantische boeken zeggen, of vroeger zeiden toen ik ze las, en toen ik op een zaterdagavond om een uur of tien thuiskwam, zat Ray Bob daar te wachten met een blik in zijn ogen die hij nooit eerder op mij had gericht. Hij vroeg me waar ik was geweest, en toen ik opnieuw loog dat ik met een paar vriendinnen had zitten studeren, sloeg hij me zo hard in mijn gezicht dat ik door de halve kamer vloog. Toen vertelde hij me tot in details wat ik met Hunter Foy had gedaan. Ik weet het niet, misschien had Ray junior hem een tip gegeven en had hij ons met zijn politienachtkijker bestudeerd. Hij sleurde me mijn kamer in, gooide me op mijn buik op het bed, trok mijn shorts en slipje uit, zette zijn knie op mijn rug en sloeg me met mijn eigen rijzweep aan flarden. Ik maakte veel kabaal.

Toen hij er genoeg van kreeg me af te ranselen, schold hij me uit voor slet, en hoe kon ik met dat stuk uitschot omgaan na alles wat hij voor me had gedaan. Hij had me grootgebracht alsof ik zijn eigen vlees en bloed was, had alles voor me gekocht wat ik maar wilde, en er ging hier in huis iets veranderen, hij was niet meer meneer Softie. En hij zei dat hij Hunter zou arresteren en achter de tralies zou zetten. Ik zei dat als hij dat deed ik zou vertellen wat hij al die jaren met mij had gedaan, vanaf de tijd dat ik negen was, en hij zei dat niemand zo'n sletje als ik zou geloven, en als ik toch iets zei, zou hij zeggen dat ik mijn verstand had verloren en dan liet hij me voorgoed door dokter Herm Dideroff in dat rusthuis opsluiten en dan kreeg ik de elektroshockbehandeling. En ik zei dat zullen we nog wel eens zien, en ik trok mijn broek weer aan.

Hij probeerde me vast te grijpen, maar ondanks al mijn pijn en ellende glipte ik langs hem en rende de huiskamer in, en daar zat de hele familie, vanwege al dat lawaai natuurlijk. Mama had Bobbie Ann in haar armen, Ray junior was zo bleek dat zijn puisten net sterren waren, en Jon, die altijd een stap achterlag op de rest, keek nu bijzonder geïnteresseerd. En ik krijste dat hij me met de zweep had gegeven omdat ik niet meer met hem wilde neuken, hij neukte al jaren met me. En hij probeerde me vast te grijpen, maar ik rende om hem heen en verstopte me achter mijn moeder en Bobbie Ann, en nu schreeuwde ik alle intieme details van ons gezamenlijke seksleven uit, want dan wist ze dat het waar was. Maar hij zei ze liegt, Billie, dat weet je. Ze liegt, ze heeft nooit gedeugd, precies zoals jij zei. Ik zag dat hij haar met die blik aankeek, en al kon ik haar gezicht niet zien, ik voelde dat haar wervelkolom helemaal samentrok. Bobbie Ann kreeg alleen de naschok, maar die was toch nog erg genoeg om haar een keel te laten opzetten. Mama zei ik moet nu gaan liggen, en ze nam het meisje in haar armen en liep van me weg, en Ray Bob schreeuwde tegen zijn jongens dat ze naar hun kamer moesten gaan en greep mij bij mijn haar vast en sleepte me de tuin in, waar hij me opsloot in een rood schuurtje dat we daar hadden staan. Dat was zaterdagavond. Hij hield me daar twee hele dagen opgesloten, zonder eten en drinken, maar met een heleboel spinnen en kakkerlakken. Niemand kwam me troosten of me iets te drinken brengen, niet één menselijk wezen, en het was daar net een oven, met de stank van chemicaliën en mest, en in mijn ziel was het ook net een oven. Ik kookte van gedachten aan wraak en geweld. Ik zou het ze allemaal betaald zetten en weglopen met Hunter Foy.

Op de derde avond dat ik daar zat en me afvroeg of hij me daar opgesloten zou houden tot ik doodging, hoorde ik Ray Bob zeggen: zul je je nu gedragen, Emmylou, en ik zei ja, als je belooft dat je Hunter niet arresteert, en toen wachtte hij een hele tijd, ik dacht dat hij weg was gegaan, en toen zei hij nou, ik ben er wel voor om mensen een tweede kans te geven, maar je houdt voortaan je vuile leugens voor je, en ik zei ja, goed. Toen liet hij me eruit, en ik knipperde met mijn ogen in het avondlicht. Ik dacht bij mezelf dat het nog wel meeviel als dat mijn hele straf was, plus dat ik Ray Bob niet meer hoefde te neuken, maar zo was het niet. Terwijl ik in het schuurtje zat, had Ray Bob mijn paard verkocht en hij wilde me niet vertellen waar het was. Ray junior zei dat hij het aan de hondenvoerfabriek bij Preston had verkocht. Een hele week huilde ik af en aan, veel langer dan ik had gehuild toen mijn echte vader doodging. Ik huilde voor een deel om het verlies en ook voor een deel omdat ik ze niet allemaal onder mijn voet kon vermorzelen als kakkerlakken. Maar toen ontdekte ik dat hij de schommelstoel uit mijn kamer had gehaald en die naar de kamer van Bobbie Ann had verplaatst, en begon ik aan mijn plan te werken.

3

AFSCHRIFT

VRAAGGESPREK INZ. TOEREKENINGSVATBAARHEID

Gedetineerde: Dideroff, Emmylou (*NMI*) Pol. Miami, zaak 7716
Rolnummer strafrechtbank Dade County 331902
Ondervraagd door: Lorna C. Wise, psychologe
Bandnummer: 2
Opname begonnen: 11.02 uur

Lorna Wise: Nu die stem waarover je tegen de politie praatte. Hoor je die nog steeds?

Emmylou Dideroff: Nee.

W: Heb je hem wel eens gehoord?

D: Ja.

W: En die stem maakte zich bekend als heilige?

D: Ja. De Heilige Catharina van Siena.

W: O. En waren er nog meer stemmen?

D: Nee.

W: Helemaal geen andere hallucinaties?

D: Het zijn geen hallucinaties.

W: Ja, nou, hoor je nog steeds stemmen of geluiden die niemand anders kan horen? Zie je mensen of dingen die niemand anders kan zien?

D: Niet meer sinds de dag van de moord. Maar voordat ik in slaap val, hoor ik het geluid van mijn geschut. En overdag soms ook. Bedoel je dat soort dingen?

W: Wil je me daar wat meer over vertellen?

D: Nou, het is niet precies horen, zoals ik u nu kan horen, zoals ik de geluiden in het huis van bewaring hoor, of mensen die praten of zo, maar het is zoiets als een extra scherpe herinnering. Alsof ik het net héb gehoord, en daardoor word ik opgeschrikt van wat ik ook maar aan het doen was.

W: Wat voor geschut? Een pistool?

D: Een pistool is een pistool. Ik heb het over artilleriegeschut.

W: Je dacht dat je artilleriegeschut had? Je bedoelt een kanon?

D: Ja, het was een L-70 Bofors. Een 40 mm automatisch kanon.

W: Aha. Kun je dat geluid beschrijven?

D: Het was heel, heel hard. (lacht)

W: Nou... Ja, kanonnen maken een heel hard geluid.

D: Ja. En als je nooit in de buurt van geschutvuur bent geweest, is moeilijk te beschrijven hoe hard dat geluid is. Het geluid is harder dan onweer, harder dan van een laag overvliegende straaljager. Het is harder dan die pneumatische boren. Alleen bommen maken een nog harder geluid. Een heleboel lawaai. Natuurlijk deden we allemaal proppen in onze oren, maar zo'n geluid hoor je door je neus. Door je ellebogen en voeten. (lacht) Als je een tijdje automatisch vuur hebt gegeven, neemt het geluid je helemaal in bezit, als God, zou je kunnen zeggen. Ik bedoel, je bent helemaal doof, maar toch lijkt het of je dingen ín het geluid kunt horen, als het kletteren van de grendel die wordt gesloten, een geluid als van een hamer op een aambeeld, en het ratelen van de pallen en rammers in de autoloader, als een trein die over de rails gaat. En het koper dat valt, *tinkel-tenkel*, als bellen. Je zou daar niets van moeten horen, maar je hoort het wel. Tenminste, zo lijkt het. En dan is er het geluid van de granaten, het bulderen door de lucht en de klap van de explosie, maar je bent je daar niet zo van bewust, behalve wanneer je afzonderlijke patronen afvuurt. Verveelt het je al? (lacht)

W: Helemaal niet. Ik vind het heel interessant. Waar heb je zoveel geleerd over... Wat zei je dat het was? Een automatisch kanon?

D: Ja, een Bofors-kanon. Uit de handleiding. Foy zei altijd: lees de handleiding. En dat deed ik. En ik had wat hulp van een vriend.

W: Wie is Foy?

D: Percival Orne Foy. Wijlen. Een leraar die ik heb gehad.

W: Op school.

D: Dit ging buiten het lesprogramma om. Hij leerde me veel, en ik zoog het gewoon in me op, of ik het nou de moeite waard vond of niet. Ik gaf me gewoon over. Ik had er genoeg van om voor mezelf te denken. Dat was voordat ik bij de Bloeds ging en God me vond. Toen verbaasde het me dat ik er zoveel aan had. Zijn voorzienigheid volgt soms vreemde wegen.

W: Met Bloeds... bedoel je een straatbende?

D: (lacht) Nee, ik bedoelde het Genootschap van Pleegzusters van het Bloed van Christus. De Bloeds. Zo mogen we onszelf niet noemen, maar dat doen we allemaal. Deden we. Deed ik.

W: Sorry, maar bedoel je dat je een non bent?

D: O, nee. Ik was maar een postulante. Ik heb de geloften nooit afgelegd. En natuurlijk gooiden ze me eruit.

W: Waarom deden ze dat?

D: Omdat we een medische orde zijn. We... Ik bedoel, ze leggen naast hun geloften van armoede, kuisheid en gehoorzaamheid ook de eed van Hippocrates af. Dus dat ze geen kwaad zullen doen. En ik heb veel kwaad gedaan, moge God me vergeven.

W: Wat voor kwaad heb je gedaan?

D: Dat staat in mijn bekentenis.

W: Ja, maar, Emmylou, wat we hier doen, maakt geen deel uit van de strafzaak. We praten hier vertrouwelijk. Wat je mij vertelt, komt niet in een gerechtelijk dossier en mag niet tegen je worden gebruikt.

D: Je moet uitzoeken of ik gek ben of niet.

W: Nou, eigenlijk of je in staat bent terecht te staan, of je een bijdrage kunt leveren aan je eigen verdediging.

D: Je zou het niet begrijpen.

W: Probeer het eens.

D: Geloof je in de duivel?

W: Het gaat er hier vooral om of jij in hem gelooft.

D: O, ik ben zo moe! Ik heb hier genoeg van. Ik dacht dat het voorbij was, dat hij me niet meer zou gebruiken, dat ik rustig mijn eigen leven zou mogen leiden, en nu begint het allemaal opnieuw, en dat brengt mensen in groot gevaar.

W: Wie gebruikt je?

(Stilte, tweeëndertig seconden)

W: Wie lopen gevaar?

D: Iedereen. Iedereen om me heen. Jij ook.

W: En... dat komt door de duivel? Dat mensen gevaar lopen?

D: Of door God. Het is een kruisvuur. Jij kunt dat niet begrijpen. Het past niet in jouw soort hoofd.

W: Help me dan het te begrijpen.

D: Het is vlak voor je ogen, maar je kunt het niet zien. Niets aan te doen. Maar die rechercheur zag het wel... O, Christus, o, Christus wees genadig!

W: Emmylou? Het is erg belangrijk dat je tegen me praat. Ik wil je alleen maar helpen.

(Stilte, een minuut en tweeëntwintig seconden)

D: Emmylou, wat is er? Zag je iets?

D: Mag ik nu naar het huis van bewaring terug? Ik heb geen zin meer om te praten.

INTERVIEW BEËINDIGD OM 11.38 UUR

Lorna Wise luistert voor de derde keer naar de band, vergelijkt de gesproken met de geschreven tekst, onderbreekt de woordenstroom nu en dan met het voetpedaal om iets in haar notitieboek te schrijven. Als ze daarna haar aantekeningen doorleest, is ze niet tevreden over het vertrouwde jargon. Affectstoornis. Hallucinaties. Confabulatie. Weerstand. Godsdienstwaanzin. Vooral dat laatste is verontrustend. Lijdt Emmylou Dideroff aan godsdienstwaanzin? Wat is dan het verschil met gewoon godsdienstig zijn, als gewone godsdienst betekent dat je een realiteit beschrijft die niet door anderen kan worden geverifieerd? En wat is er uiteindelijk gebeurd? Was het een hallucinatie? Ze leunt in haar krakende draaistoel achterover, trapt haar schoenen uit, legt haar kousenvoeten op de tafel en wrijft over haar ogen.

Ze zit in een voor zulke ondervragingen bestemde kamer in een onopvallend overheidsgebouw aan NW Thirteenth Street, handig dicht bij zowel het huis van bewaring voor vrouwen als de eigenlijke gevangenis. Het is een kleine kamer, zo groot als de badkamer van rijke mensen, in twee kleuren bruin, als een bastaardhond. Er is een houten tafel met kunstmatig nerfoppervlak, een draaistoel voor de ondervrager, een rechte stoel voor de ondervraagde, één vuil raam met een zwaar rooster ervoor, een tl-armatuur met vier buizen waarvan één het niet doet. En een wandklok waar ze nu op kijkt. Ik heb geen tijd voor zulke overpeinzingen, denkt ze; over twaalf minuten heeft ze de volgende ondervraging. De county mag de boel graag snel afhandelen.

Godsdienstwaanzin. Lorna pakt haar exemplaar van *DSM*-IV, het *Diagnostic and Statistical Manual*, een dikke kastanjebruine pocket waarin alle kwalen beschreven staan die de geest kunnen treffen, en bladert erin. Ze kan zich niet zo'n benaming herinneren, en dat betekent dat die er waarschijnlijk ook niet is, want ze kent het hele boek bijna uit haar hoofd. Ja, daar is het: een enkele regel om aan te geven dat sommige schizofrene hallucinaties een religieuze vorm aannemen. En behulpzaam: *In bepaalde culturele contexten kunnen hallucinaties tot de normale religieuze ervaring behoren.* Maar niet in onze context. Blijkbaar kun je niet meer officieel aan godsdienstwaanzin lijden. In de materialistische godsdienstbeleving van Amerika zien we geen heiligen of duivels meer. Afgezien daarvan was Dideroff in geen enkel opzicht schizofreen. Ze had een baan, geen voorgeschiedenis van hospitalisatie, was duidelijk alert, welbespraakt, zelfverzekerd, of tenminste zo zelfverzekerd als de meeste psychologen die Lorna kende. De eerste diagnose is dan ook: 297.1 waanstoornis, type grootheidswaan. Dat 'grootheidswaan' is van toepassing vanwege die religieuze dingen. Als je denkt dat God tegen je praat, is dat volgens *DSM*-IV op zichzelf al grootheidswaan.

Lorna schrijft die diagnose op de desbetreffende regel van het rechtbankformulier. Er is een grotere ruimte om iets over het karakter van de verdachte te schrijven, en daarin geeft ze haar indrukken weer, voor zover ze denkt dat ze belangrijk zijn. Ze noteert ook de resultaten van de tests die ze Emmylou Dideroff in de afgelopen week heeft afgenomen: Rorschach, MMPI, Wechsler IQ. Nu aarzelt ze even, want ze moet de toverformule opschrijven: de verklaring dat naar haar professionele mening de verdachte de aard van de tegen haar ingebrachte beschuldigingen kent, alsmede de gevolgen daarvan als ze wordt veroordeeld, en dat ze in staat is een bijdrage te leveren aan haar eigen verdediging. Lorna merkt dat ze er moeite mee heeft die verklaring af te geven.

Ze legt haar pen neer en leunt weer in haar stoel achterover. Nog vijf minuten, ziet ze op de klok. Ze denkt aan iets wat haar hoogleraar forensische psychologie eens op een college deed. Professor Benicke, een van haar favoriete docenten, was misschien wel de reden waarom ze voor deze specifieke en niet erg prestigieuze en in elk geval slecht betalende tak van de psychologie heeft gekozen. Een wintermiddag op Cornell, de zon die om kwart voor vier achter de rotsen zakt, zwak loodgrijs licht dat door de ramen naar binnen valt, de zaal verduisterd, het zacht ratelende geluid van een filmprojector. Hij liet hun bijna de hele film *The Passion of Joan of Arc* van Carl Dreyer uit 1928 zien. Ze keken allemaal in stilte naar de geluidloze film, en toen de lichten aangingen en ze met hun ogen knipperden, vroeg hij: 'Nou? Is ze in staat om terecht te staan? Vergeet even dat ze een heilige is, vergeet even dat het geen eerlijk proces was, vergeet even de politiek. Als jullie die vrouw daar zo zien, is ze dan in staat om terecht te staan voor een halsmisdrijf?'

Het was een interessante discussie geweest. Wat had ze gezegd? Ze weet waar ze is, ze kent de ernst van de aanklacht, ze komt met een vurige, logische verdediging, en het doet er niet toe of ze stemmen hoort. Als we iedereen die stemmen hoorde incompetent zouden verklaren, zouden er helemaal geen processen meer zijn, want in zekere zin horen we allemaal stemmen. We horen toch de stem van ons geweten? En als sommige mensen de stem van hun geweten op heiligen projecteren, wat heeft dat dan met competentie te maken? Ja, wat? Toch lijkt dat onderscheid haar na tien jaar praktijk minder duidelijk als het om het verwarde leven van de krankzinnige armen gaat dan het haar indertijd in de collegezaal of op grond van haar studieboeken leek.

Ze ziet dat ze het hokje van 'Nader onderzoek vereist' aankruist en verbaast zich enigszins over zichzelf. Ze is een van de drie deskundigen die door de strafrechtbank van Dade County zijn verzocht zich een oordeel over de competentie van deze verdachte te vormen, en een heel enkele keer zijn de drie deskundigen het niet eens. In dat geval heeft de rechter de keuze: andere deskundigen inschakelen of met de meerderheid meegaan. Maar het wordt in de wereld van psychiaters en psychologen ongepast gevonden om niet met een unanieme uitspraak over competentie te komen; dat is een van de redenen waarom dat hokje voor een nader onderzoek op het formulier is opgenomen. Lorna geeft haar collega's te kennen dat dit een moeilijk geval is en dat ze met zijn drieën moeten proberen de neuzen één kant op te krijgen. En zo gaat Emmylou in het uitbakje, waarna Lorna op de knop drukt om de bewaarder te laten weten dat hij de volgende kan binnenbrengen. Aha, dat is een makkie!

Een klop op de deur en een grote bewaarder komt met een bekende wanordelijke persoon binnen: Rigoberto Munoz. Dit is de achtste keer dat hij door de gerechtelijke molen gaat. Munoz is een potige man met warrig lang haar, een huid met de kleur van een oude boodschappentas en veel tatoeages op zijn dikke armen. Zijn gezicht verwringt zich nu en dan tot bizarre uitdrukkingen, want hij lijdt aan tardieve dyskinesie, het gevolg van alle Thorazine en andere tranquillizers die de behulpzame staat door de jaren heen in hem heeft gepompt teneinde hem, onder andere, competent te maken om terecht te staan. Munoz heeft geen geld en geen onderdak, maar wel een geslachtsziekte en natuurlijk die tardieve dyskinesie, maar zijn grote probleem, hoort Lorna nu van hem, is dat ruimtewezens een robot in zijn buik hebben geïmplanteerd en dat die robot zijn penis geleidelijk in zijn lichaamsholte trekt. De robot wordt bestuurd door buitenaardse wezens, die gebruikmaken van afstandsbedieningen die eruitzien als mobiele telefoons. Maar Rigoberto is niet achterlijk. Daarom is hij hier, legt hij de geïnteresseerde vrouw uit: in Flagler Street heeft hij een van de buitenaardse wezens gestoken met een stok waaraan een spijker is bevestigd. Die stok gebruikt hij om stukjes afval op te prikken die vaak geheime boodschappen van het goede soort ruimtewezens bevatten.

Lorna heeft niet veel tijd nodig om Munoz te classificeren als 295.30, schizofrenie, paranoïde type. De bewaarder voert hem weg. Lorna weet dat ze hem naar een gesloten afdeling in het Jackson Memorial Hospital brengen, hem volspuiten met Haldol, hem als een docieIe zombie voor de rechter slepen, zijn verklaring van schuld aanhoren, hem veroordelen tot de duur van het voorarrest en hem dan weer de straat op gooien, met een schouderklopje en een recept voor antipsychotica. Vroeg of laat zal hij iemand vermoorden, en na heel wat formulieren te hebben verwerkt van het soort dat Lorna nu in haar uitbakje gaat leggen, zal de staat Florida hem doden met een injectie. Maar dat kwaad is niet haar zaak, en ze heeft geleerd haar gedachten te beperken tot terreinen die persoonlijke actie betreffen. Ze verklaart hem ongeschikt om terecht te staan, tekent het formulier, en dan is het tijd voor de lunch.

De damestoiletten van het gebouw zijn klein, zoals te verwachten is in een instelling (de gevangenis) die bijna uitsluitend door mannen wordt geleid en bevolkt. Nadat ze het toilet heeft gebruikt (en wat was een grote blaas belangrijk wanneer je psychologisch werk voor de overheid deed!), bekijkt ze zichzelf in de vlekkerige spiegel. Reebruin katoenen pakje, lichtgrijs truitje daaronder, het tegendeel van opzichtig. De gekken houden niet van schreeuwerige kleuren, daarmee rechtvaardigt ze haar smaak tenminste, maar ze droeg al zulke kleren toen ze nog lang geen psychologe was. Meid, waarom wil je eruitzien als een dood blad? Haar vriendin

Sheryl. Ze gaat vandaag trouwens lunchen met Sheryl, en ze weet dat Sheryl zo'n soort opmerking zal maken. Je lijkt verdomme wel een boom. Om Sheryl een plezier te doen brengt ze zorgvuldig wat meer make-up aan dan anders. Oogschaduw nog net blauw, mascara op haar lichte wimpers, rouge, tamelijk donkere matte lipstick. Ze heeft die rouge eigenlijk niet nodig, want ze heeft een smetteloze huid. Het beste aspect van haar uiterlijk, al hebben ze het, als ze 'Ze heeft een mooie huid' zeggen, altijd over dikke, onaantrekkelijke meisjes.

Zoals ze was. Zoals ze soms denkt dat ze nog is. Ze is lang en moet een beetje bukken om haar gezicht in de spiegel te krijgen. Als ze de damestoiletten verlaat, zal ze nog steeds een beetje gebukt zijn, want dat is haar gebruikelijke houding. Ga rechtop staan, zei haar vader altijd tegen haar, maar zoals in wel meer aspecten van het leven is ze ook in dit opzicht geen plichtsgetrouwe dochter geweest. Bij het lopen komen haar brede schouders iets naar voren en blijft haar hals ook niet helemaal verticaal. Dat doet ze om haar borsten te verbergen, die groot en rond zijn. Vooruitspringend, zoals pulpschrijvers graag mogen zeggen. Ze heeft ook een duidelijke taille en brede heupen, die ze onder haar jasje verbergt. Dat trekt ze nu snel uit om een deodorant van industriële sterkte te gebruiken. Lorna is niet voor de tropen gemaakt, en voor de zoveelste keer komt dezelfde vraag bij haar op: waarom blijft ze hier? Opnieuw geeft ze geen antwoord, want het antwoord is inertie. Hoewel ze moedig is als het op de verdediging van haarzelf en haar rechten aankomt, is ze bang voor verandering.

Het andere goede aan haar uiterlijk is haar haar, dat lang, zijdezacht en honingblond is. Ze weet dat ze een praktisch kapsel zou moeten nemen, maar daar verzet ze zich tegen en in plaats daarvan trekt ze het naar achteren in een lastige Franse knoop. Ze werkt het nu bij, stopt de lokken terug die losgeraakt zijn. Jasje weer aan, een laatste kritische inspectie. Een eeuw geleden zou Lorna Wise het verkeer tot stilstand hebben gebracht in elke grote stad in de westerse wereld en zouden spannen paarden op hol zijn geslagen, dwars door winkelruiten heen, en zelfs vijftig jaar geleden zou ze met Marilyn Monroe zijn vergeleken, maar nu is ze totaal uit de mode, want er wordt van vrouwen verwacht dat ze op zeventienjarige mannelijke basketballers lijken. Lorna vindt van zichzelf dat ze over uitstekende feministische geloofsbrieven beschikt, maar haar overtuiging houdt op bij haar huid. En dus kleedt ze zich onopvallend en loopt ze gebogen.

Enigszins gebogen dus verlaat ze de toiletten en het gebouw. Op weg naar buiten wuift ze naar Ernesto in zijn bewakingshokje. Ernesto zucht van verlangen als hij haar fraaie wiegende achterste nakijkt, maar Lorna hoort dat niet, en ze zou het toch niet op prijs hebben gesteld, niet op grond van standsbewustzijn of etnische vooroordelen (daar is ze opmerkelijk vrij van), maar omdat ze zich altijd aangetrokken heeft gevoeld tot mannen die willen dat ze afvalt. Ondanks haar psychologische opleiding weet ze zich geen raad met die catastrofaal afwijkende smaak.

Buiten is het zoals altijd heet en klam, zij het niet zo heet en klam als over een paar uur. Het is eind september, nog zomer in Miami, en de stad hunkert naar het eind van het toeristenseizoen. Ze steekt over naar de schaduwkant van NW Thirteenth en blijft even op de stoeprand staan, in de schaduw van de kolossale bakstenen gevangenis. Zelfs in de schaduw zweet ze, en ze hoopt dat ze geen okselvlekken op haar pakje krijgt. Algauw komt er een zilverkleurige Chrysler aanrijden en stapt ze in, blij met de airconditioning. Sheryl Waits, haar beste vriendin, draagt ook een linnen pakje, maar dat van haar is fuchsiapaars. Eronder draagt ze een witte polyester blouse met ruches bij haar keel. Haar lipstick is ook fuchsiapaars, en glossy, wat een schokkend effect heeft want haar huid heeft de kleur van koffie waarin een plastic kuipje melk is leeggegooid. Sheryl is bijna net zo lang als Lorna en tien kilo zwaarder, maar ze heeft geen enkel probleem met haar lichaam. Ze denkt dat ze er fantastisch uitziet. Ze gaat vaak dansen met haar man, en voor zover Lorna kan nagaan, vindt hij ook dat ze er fantastisch uitziet. Lorna vraagt zich vaak af of dat verschil een van de grondslagen van hun vriendschap is, en soms komen er dan beschamende gedachten bij haar op: dik blank meisje neemt dikke zwarte vriendin om er zelf beter uit te zien, de zoveelste uitbuiting van de zwarte vrouw. Toch is ze heel erg op Sheryl gesteld en heeft ze het gevoel dat het wederzijds is. Is dat ook een illusie? Wie kan dat tegenwoordig nog zeggen?

Ze zijn al vriendinnen sinds de eerste dag van hun studie aan het Barry College, waar ze allebei maatschappelijk werk studeerden. Afgezien van de jaren waarin Lorna in het noorden zat om psychologie te studeren aan Cornell, heeft ze gemiddeld eens per week met Sheryl Waits geluncht en is ze bij wijze van spreken volledig geïntegreerd in de familie Waits. Sheryl is psychiatrisch maatschappelijk werkster en heeft de leiding over een afdeling in het gemeentelijk psychiatrisch centrum in Liberty City, een verarmde zwarte wijk van Miami, waar ze tegelijk als een heilige en als een lastig kreng wordt beschouwd, vaak door dezelfde mensen op verschillende dagen.

Ze gaan naar een tamelijk duur restaurant in een hotel aan de waterkant, met een mooi uitzicht op Biscayne Bay. Het is aan de dure kant, vinden ze allebei, maar ze zijn het waard. Ze letten er goed op dat ze om beurten de rekening betalen, maar splitsen de rekening nooit minutieus op door te discussiëren over wat ieder van hen heeft gehad of over de fooi. Terwijl ze op hun maaltijd wachten, wisselen ze nieuwtjes uit. Tachtig procent van het nieuws komt, gezien het leven dat ze leiden, van Sheryl. Ze kondigt het altijd aan met 'stoornissen in het intacte zwarte gezin' en het is een stroom van grappige nonsens over haar man Leon, inspecteur bij de geüniformeerde politie, de meest nutteloze echtgenoot ooit, en de drie kinderen, teleurstellend, ongehoorzaam, onverantwoordelijk, gedoemd tot mislukking en de straat. Niets van dat alles is waar. Sheryl schept een mythe; ze wil de goden gunstig stemmen en doorgaan met wat Lorna weet dat ze als het grootste geluk beschouwt dat haar ooit is overkomen. Lorna van haar kant vertelt wat anekdotes over haar patiënten, inclusief de vrouw Dideroff met haar heiligen, natuurlijk zonder namen te noemen. Sheryl interesseert zich erg voor dat geval, maar Sheryl is een vrome kerkganger, vreemd genoeg nog katholiek ook, en valt daardoor voor Lorna min of meer in dezelfde categorie als Dideroff. De rest van hun gesprek is zoals gewoonlijk gewijd aan Lorna en mannen.

'Iemand aan de horizon?' vraagt Sheryl.

'Niet als zodanig.'

'Tik tak.'

'O, hou op! Ik ben nog maar vierendertig.'

'Ja. En voor zover ik weet, ben je nog nooit uit geweest met iemand die echt iets om je gaf. Het zijn allemaal van die magere kleine blanke intellectuelen die willen dat je hun mammie bent, terwijl ze je links en rechts bedriegen. Je moet je leven op orde brengen, meid.'

'Het gaat góéd met me, Sheryl. Het is in deze staat geen misdrijf om even geen man te hebben. En weet je, ik vraag me af waarom elke lunch van ons moet eindigen met een uitgebreide bespreking van mijn seksleven. Ik bedoel, het wordt een beetje afgezaagd, hè?'

'Ik zal je vertellen wat ook afgezaagd wordt, schat. Dat jij me om twee uur 's nachts belt. O, Sheryl, hij heeft het wéér gedaan, boehoehoe!'

'Goed, dan bel ik je voortaan alleen onder kantoortijd,' snauwt Lorna.

'Ach, kom nou! Daar zijn vriendinnen toch voor, gekkie! Ik wil alleen maar zeggen dat het zowat mijn hart breekt. Ik wil dat je gelúkkig bent! Normaal. Dat je met een leuke man door groene velden vol bloemen loopt.'

'Als in een tv-spotje voor pleepapier.'

'Precies. En in één op de vier spotjes is het stel zwart, alleen kun je zien dat de man een beetje, eh, verwijfd is? Serieus, schat, je moet je leven anders inrichten.'

'En als dat nog niet genoeg is, moet ik me ook nog een andere houding aanmeten.'

'Ja, drijf er de spot maar mee. Maar de liedjes liegen niet, schat. O, nee. Die liegen niet.'

'Jij wilt per se huiselijke gelukzaligheid in mijn leven brengen, hè? Waarbij je je laat leiden door de eeuwige wijsheid van oude populaire nummers.'

'En door de vaardigheden die ik als maatschappelijk werkster heb opgedaan. Laat me je wat vragen: heb je ooit aan een politieman gedacht?'

'Ja, toen mijn stereo was gejat.'

'Nee, suffie. Ik bedoel, met een agent uitgaan.'

'Je verwart nog steeds mij met jou, schat,' zei Lorna onbehaaglijk. 'Dat is niets voor mij.'

'Omdat...?'

'Gewoon. Eens denken. Zeg, ik weet dat je van Leon houdt, maar ik heb behoefte aan... Hoe kan ik dit zeggen zonder als een arrogante trut over te komen...?'

'O, ga door, ga door! Als ik jou zou dumpen omdat je een arrogante trut bent, had ik dat al jaren geleden gedaan.'

'Dank je. Ik wil iemand met wie ik kan praten. Ik reageer niet goed als iemand een gesprek wil beginnen met "De Marlins hebben weer goed gespeeld". Ik wil iemand die boeken leest.'

'Leon leest boeken.'

'Ik bedoel bóéken. Kom op, Sher, ik wil geen ruziemaken. Jij bent gelukkig, God zegene je, maar ik heb iets anders nodig. Laten we erover ophouden.'

'Het moet een intellectueel zijn, hè?'
'Ik denk het.'
'Net als pappie.'
Lorna doet alsof ze om zich heen kijkt en naar een bordje zoekt. 'Sorry, maar ik dacht dat dit een psychotherapievrije ruimte was. Ober!'
Sheryl negeert dat en kijkt haar vriendin onderzoekend aan. 'Hm, ik had net een interessante gedachte.'
'O, ja? En die blik in je ogen staat me niet aan.'
'Je zou eens in contact moeten komen met Jimmy Paz.'
'En waarom dan wel? Is dat een intellectueel?'
'Hij schijnt boeken te lezen. Leon zegt dat de meeste mensen in het korps vinden dat hij de intelligentste kerel is die daar ooit heeft gewerkt.'
'En hij zal ook wel drie semesters op het Miami-Dade Junior College hebben gezeten.'
'Nu ben je écht een arrogante trut.'
Sheryl kijkt haar aan met de blik die ze meestal gebruikt als een van haar kinderen royaal over de streep is gegaan of als een junk haar geld probeert af te troggelen. 'Goed. Die was onder de gordel.'
'Ik vergeef het je, tenminste, ik zal het je vergeven als je zaterdag over een week bij ons langskomt. Dan geven we een feest voor Amos Greely, die met pensioen gaat. Je hebt hem wel eens ontmoet.'
'De mentor.'
'Ja. Paz komt ook. We hebben ook blanken. We zijn niet bevooroordeeld of zo.'
'Hij is een Cubaan, hè?' Ze sloeg haar ogen ten hemel.
'Afro-Cubaan.'
'Dus géén seksistische macho?'
Sheryl lacht lang en hard. Het levert haar blikken vanaf andere tafels op.
'Meid, het zijn allemáál seksistische macho's, en die magere blanke intellectuelen van jou zijn nog de ergsten, want die willen het niet toegeven. En Paz kan ook koken.'
'Kookt hij?'
'Ja, in zijn vrije tijd is hij kok. Zijn moeder is eigenares van Guantanamera.'
'Heel indrukwekkend,' zegt Lorna, die werkelijk onder de indruk is. Ze heeft in dat restaurant gegeten, dat door velen als het

beste Cubaanse restaurant van Miami wordt beschouwd, en dat zegt veel. 'Eens kijken. Leest boeken, kookt voor zijn moeder, is nog ongetrouwd op zijn...? Is hij vijfendertig?'

'Ongeveer.'

'Homo.'

Weer een lachje van Sheryl, nog harder dan de vorige keer. Ze moet haar ogen met haar servetje afbetten. 'O, nee, schat. Daar hoef je je geen zorgen over te maken. Niet bij Jimmy Paz. Het schijnt dat hij van intelligente meisjes houdt. Intelligente blanke meisjes. De andere meiden gooien me uit de club omdat ik dit probeer te regelen, maar daar moet ik maar mee leren leven.'

'Heb ik even geluk,' zei Lorna zuur.

'Nee, dit gaan we doen,' zegt Sheryl. Ze kijkt op, houdt haar hand bij haar oor. 'Wat zeg je? Echt waar? Een man uit duizenden? Nee maar!'

'Ik bel het alarmnummer hoor,' zegt Lorna.

'Je kunt erom lachen, maar ik heb hier een goed gevoel bij. En ik zal ook een professioneel briefje in je dossier stoppen, honnepon. Wij katholieken praten steeds tegen heiligen. En soms praten ze terug. Voordat je Emmylou bij de krankzinnigen indeelt, moet je meer over haar religieuze achtergrond te weten zien te komen.'

Lorna omzeilt dit pijnlijke moment door de ober bij zich te laten komen, en dan kijkt ze uitgebreid op haar horloge en praat over een afspraak die ze al om halftwee heeft. Het feit dat Sheryl oprecht godsdienstig is, beschouwt ze als een grappig gebrek, net als haar gewicht. Daarentegen heeft Sheryl wel gelijk en wordt ze daarin gesteund door *DSM*. De volgende keer dat ze met Emmylou praat, moet ze daar meer over aan de weet komen. Als ze het restaurant verlaten, bedenkt ze al vragen. Ze moet wel eerst door het overleg met haar collega's heen, maar dat hoeft geen punt te zijn. Mickey Lopez denkt dat iederéén gek is, en dus hoeft ze alleen nog Howie Kasdan te overtuigen; ze weet dat ze dat kan en het schenkt haar altijd een grimmig genoegen.

4

Paz had eindelijk weer eens seks. Het was lang geleden en hij had opgewondener moeten zijn, want hoewel hij dapper aan het rammen was en de vrouw onder hem zuchtte en kreunde, had hij toch het gevoel dat hij enigszins losstond van zijn seksuele apparaat. Bovendien zat het hem dwars dat hij zich de naam van de vrouw niet kon herinneren. Ze waren klaar, en hij was uitgeput maar niet bevredigd. Hoe heette ze ook alweer? Hij rolde van haar af. Ze grinnikte. 'Dat was geweldig, Jimmy,' zei ze. Dus ze wist hoe hij heette, waarom kon hij niet...?

'Kunnen we het licht aandoen?' vroeg hij.

'Weet je zeker dat je dat wilt?' vroeg ze. Ze had een hese, prettige stem.

'Ja, doe maar aan.'

Hij voelde dat ze bewoog en haar hand naar de schakelaar uitstak, en toen ging het licht aan, een kleine roze lamp op het nachtkastje. Paz was in een oogwenk het bed uit en rende naar de deur, graaide ernaar, schopte ernaar, al was nu duidelijk dat de deur alleen maar op de muur was geverfd, en nog primitief ook, een kindertekening van een deur. De kamer had geen uitweg. De vrouw grinnikte nog steeds, al was het de vraag hoe ze dat kon, want haar gezicht was zo glad en egaal en wit als een ei.

De pijn maakte hem wakker, de pijn vanuit zijn tenen. Hij vloekte krachtdadig in de twee talen die hij sprak toen hij besefte dat hij in het gangetje stond dat naar de achterdeur van zijn appartement leidde. Hij had met zijn rechterteen tegen de plint geschopt, tot bloedens toe. Paz strompelde naar het keukenaanrecht, steunde daarop en liet koud water over zijn hoofd stromen. Hij draaide de kraan dicht, droogde zich met een vaatdoek af en luisterde. Mevrouw Ruiz, zijn bovenbuurvrouw, liep rond. De oude dame sliep licht en was wakker geworden van zijn geschreeuw en geschop, zoals al eerder was gebeurd. Misschien de rest van de buurt ook. Hij hoopte dat niemand de politie had gebeld.

Hij had de neiging paranoïde te doen over zijn status in het korps. Op dit moment was hij onaantastbaar omdat hij bijna in zijn eentje de grootste seriemoordzaak uit de geschiedenis van de stad had opgelost, maar die herinnering begon al te vervagen, of beter gezegd het valse verhaal over de zogenaamde voodoomoorden. De werkelijke gebeurtenissen zaten nog vers in Paz' geheugen.

Hij strompelde naar een keukenstoel en onderzocht zijn voet. De grote teen van de rechtervoet was bijna anderhalf keer zo groot als die van de andere voet en liep paars aan. De nagel was losgeraakt, met langs de rand druppels bloed die in het koude harde licht dat door de keukenjaloezieën naar binnen viel zo zwart als Oost-Indische inkt waren. Hij veegde het bloed met een papieren servetje weg en gebruikte dat ook om het zweet van zijn voorhoofd en hals te vegen. Paz had de hele week al nachtmerries, elke nacht, en hij slaapwandelde ook nog. Hij was bang dat zijn geestelijke stabiliteit bedreigd werd, en dat was ook niet vreemd na wat er het afgelopen jaar was gebeurd. Een flashback, iets uit die tijd wat met vertraging tot hem doordrong? Zou kunnen, maar er was ook dat… wat het ook was geweest daar in die verhoorkamer met Emmylou Dideroff. Was krankzinnigheid besmettelijk? Of was dit nog griezeliger dan krankzinnigheid? Toen die gedachte bij hem opkwam, gebruikte Paz al zijn aanzienlijke verstandelijke en emotionele energie om hem terug te duwen.

Het was vooral belangrijk dat het niet opnieuw gebeurde. Straks ging hij de deur uit en liep hij schreeuwend en krijsend door de rustige Cubaanse buurt, een zwarte man in een T-shirt en niets anders. Een bewoner zou hem neerschieten, of de politie pakte hem op, en dan was het uit. Ze zouden hem een rubberen pistool geven en voor de rest van zijn carrière in het loket van een magazijn zetten. Dat was ook de reden waarom hij niet naar de korpspsychologe ging. Als hij echt lef had, zou hij met zijn moeder moeten praten… O, nee; die gedachte zette hij meteen uit zijn hoofd.

Hij keek op de klok op de schoorsteenmantel: tien over vier, te laat om weer naar bed te gaan. Hij trok een ochtendjas aan en pakte de *Herald* van het kleine gazonnetje voor het huis. Hij zag dat hij het dit weekend moest maaien, anders zou mevrouw Ruiz bij zijn moeder gaan klagen. Zijn moeder was eigenares van het duplexhuis, en Paz woonde er zonder huur te betalen; daaraan dankte hij het geld om het soort kleren te kopen dat hij droeg. Niet dat hij helemaal gratis woonde, want afgezien van het onderhoud van het huis verwachtte Margarita Paz ook van haar zoon dat hij een handje hielp in haar restaurant. Paz vond het niet erg om zijn moeder te helpen, maar mevrouw Paz had vaak weinig begrip voor de eisen die het politiewerk aan hem stelde en gaf Paz de wind van voren als hij moordenaars ging vangen in plaats van snappervlees in mootjes hakken in haar keuken. Ze vond politiewerk geen echt werk.

Paz plaatste een grote metalen espressopot in de vorm van een zandloper op het vuur en zette een kwart liter Cubaanse koffie. Hij had honger. Normaal gesproken ontbeet hij buiten de deur, maar hij had geen zin om naar een restaurant te rijden dat de hele nacht openbleef. Hij maakte zijn koelkast open. Paz at nooit thuis, maar soms gebruikte hij zijn eigen koelkast als het restaurant te veel bederfelijke waar had. In de koelkast zaten een paar zakken met vijf kilo bloem, een doos boterkluiten, een zak poedersuiker, een doos gezouten kabeljauw, zes dozijn eieren. Bij de koelkast stond ook een stapel van drie twintigliterblikken arachideolie en een kist mango's.

Paz nam bloem, boter, zout en water en maakte een deeg, waaraan hij een fikse scheut uit een fles Anis del Mono toevoegde, die de fles Ketelwodka in zijn koelkast gezelschap hield. Hij verhitte olie in zijn enige grote pan en rolde de churros met de hand omdat hij geen pers had. Toen hij de deegstengels in het vet liet vallen, herinnerde hij zich, zoals altijd op zulke momenten, dat zijn moeder hem al toen hij nog maar zeven was had geleerd de temperatuur van het hete vet te testen door er druppels water in te werpen en naar de klank van het geknetter te luisteren. Hij maakte er twaalf en at er tweeënhalf zo uit het vet, na ze eerst met poedersuiker te hebben bestrooid. De andere deed hij in een papieren zak. Hij at een mango bij het aanrecht omdat het sap eruit liep, en spoelde zijn gezicht nog eens af.

Dit appartement had twee slaapkamers, en in een daarvan stond een roeimachine met een stel gewichten. Paz zette een koptelefoon op en luisterde een halfuur al roeiend naar Afro-Peruviaanse nummers van Susana Baca. Toen trainde hij met halters van tien kilo en deed een aantal sit-ups en push-ups. Hij trainde elke ochtend, en meestal gebruikte hij die tijd ook om na te denken over de komende dag. Paz was systematisch ingesteld, al had hij in het korps de reputatie dat hij een soort cowboy was.

Langzame stappen boven zijn hoofd. Mevrouw Ruiz zou wachten tot hij het huis uit was en dan zijn moeder bellen om verslag uit te brengen. Mevrouw Ruiz was een vrij goede spion en Paz vroeg zich vaak af of zijn moeder haar korting op de huur gaf in ruil voor die informatie. Of misschien was het alleen maar een normale vorm van dienstbaarheid binnen de Vereniging van Cubaanse Moeders voor Wederzijdse Steun. De zoon van mevrouw Ruiz had aan de Florida Atlantic University gestudeerd. Hij was accountant en had een vrouw en twee kinderen, en hij was een jaar jonger dan Jimmy Paz. Hij leek ook op een peer, maar dat feit sneed weinig hout bij zijn moeder als Paz haar erop wees, zoals hij altijd deed wanneer ze begon te zeuren waarom hij dit niet kon en of dat niet kon. Paz dacht er weer over om de droom en die andere vreemde dingen met zijn moeder te bespreken, maar vond opnieuw dat hij dat beter niet kon doen. Hij was bijna zijn hele leven bezig geweest zijn privacy tegen haar te beschermen, en dat was zo'n gewoonte geworden dat hij deze niet meer kon doorbreken. Aan de andere kant wist zijn moeder wel veel over dromen en bijzondere bewustzijnstoestanden.

Toen hij zich had aangekleed, schonk hij nog een kop koffie in, deed er warme melk in, pakte een vaatdoek en de rest van zijn derde churro en ging naar de kleine achtertuin. Daar veegde hij de dauw van een zitting van een roodhouten picknicksetje en ging zitten. De hemel in het oosten was rozig van de dageraad en de temperatuur was op zijn laagst, met in de lucht de geuren van jasmijn, citrus, het hete deeg en de koffie van zijn ontbijt. In het vroege ochtendlicht dronk en at Paz en las hij de *Miami Herald*. Hij keek het landelijke nieuws door, keek in het plaatselijke nieuws naar berichten over misdaad en schandalen, en nam toen de necrologieën door: een man was dood neergevallen in een kantoorhal, een projectontwikkelaar, zijn levensdraad doorgeknipt op zijn zevenenveertigste. Paz was nog relatief jong, maar omdat hij nu eenmaal was zoals hij was, had hij al ongewoon jong ontdekt dat hij niet onsterfelijk was, en daarom was hij het afgelopen jaar de necrologieën gaan lezen. Toen las hij de sportpagina's om op zijn werk met de mannen mee te kunnen praten, en ten slotte bladerde hij met iets meer aandacht door naar de kunstpagina. Paz was geen vaste lezer van die sectie, die (als je het aan de centimeters tekst mocht afmeten) films en tv als de belangrijkste kunstvormen van de mensheid beschouwde, maar sinds kort had hij meer belangstelling voor deze pagina's, vooral voor artikelen over de Miami-boekenbeurs. Een overzicht van wat er die dag op de campus van de Miami Dade zou gebeuren, nam een halve pagina in beslag, en hij vond de naam die hij zocht en zag de tijd waarop die specifieke auteur zou verschijnen. Voor het eerst sinds hij zo abrupt wakker was geworden, kwam er een glimlach op zijn gezicht.

Die ochtend arriveerde Paz als eerste op de afdeling Moordzaken, die op de vierde verdieping van het hoofdbureau van politie was ondergebracht. In tegenstelling tot wat politieseries op televisie willen suggereren bestaat politiewerk grotendeels uit kantoorwerk, waarbij gebruik wordt gemaakt van computer, telefoon en balpen. Ondanks de daling van het aantal moorden had de afdeling het nog druk genoeg, want ze hielden zich daar ook bezig met mishandeling en huiselijk geweld, en die cijfers waren allerminst gedaald.

De afdeling stond onder leiding van een inspecteur die Posada heette en maakte deel uit van de hoofdafdeling Recherche, onder een commissaris die Oliphant heette. Paz vond Posada nutteloze ballast maar had zich nog geen oordeel gevormd over de commissaris. Oliphant was een nieuwkomer. De vroede vaderen van de gemeente hadden na twee generaties van bijna voortdurende corruptie en schandalen het met een buitenstaander willen proberen. Dat vond Paz een goed idee, want hij had niet veel vrienden bij de oude garde. Oliphant kwam van de FBI, hetgeen hem niet geliefd maakte bij het korps van Miami. Er deden ook geruchten de ronde over de reden waarom hij bij de FBI weg was gegaan, een of andere gecompliceerde toestand, typisch iets voor federale diensten.

Paz voerde telefoongesprekken. Hij was op zoek naar een gouden Lady Rolex-horloge met de inscriptie VOOR ESTELLE VAN EDDIE, MET EEUWIGE LIEFDE, want zo eeuwig was die liefde niet geweest. Eddie had Estelle in coma geslagen en bleek ook nog een ploert te zijn, want hij ging ervandoor met al zijn cadeaus. Met het achtste telefoontje vond Paz het juiste pandjeshuis. Hij legde glimlachend de telefoon neer en draaide zich als een kleine jongen met zijn stoel rond, maar hield daarmee op toen hij commissaris Oliphant in de deuropening van de afdelingsruimte zag staan. De man keek nieuwsgierig naar hem. Paz stond op.

Douglas Oliphant was een zwaargebouwde man, een tint of twee donkerder dan Paz. Hij glimlachte en vroeg: 'Goed nieuws?'

Paz vertelde hem over de zaak. Oliphant knikte en wees in de richting van zijn eigen kantoor. 'Kom mee, dan trakteer ik je op een kop koffie.'

'Wilt u er een churro bij?'

Hij aarzelde even toen hij de vettige zak zag die Paz omhooghield en haalde toen zijn schouders op. 'Ja, goed.'

Oliphants kantoor had een groot raam op het noorden, maar de zonwering was al omlaag om de schittering van de vroege ochtend buiten te houden. Hij schonk koffie in voor Paz en hemzelf en ging aan zijn bureau zitten. Paz zag dat zijn mok een souvenir was van het congres in 1998 van de Nationale Vereniging van Politiecommandanten en dat op de mok van Oliphant FBI stond, met een gouden zegel. Oliphant keek geïnteresseerd naar de churro en nam een hap.

'Mm-mm, die smaakt goed! Waar heb je ze vandaan?'

'Ik heb ze gemaakt.'

'Heb je ze zelf gemaakt?'

'Ja, commissaris. Ik ben eigenlijk een meisje, maar ze trekken me jongenskleren aan omdat ik anders te veel van positieve discriminatie zou profiteren. Dan zouden ze mij de baas moeten maken.'

Dat zei hij met een stalen gezicht, en Oliphant deed er een paar seconden over om het te begrijpen, maar toen kon hij erom lachen.

'Ja, ik hoorde al dat je een grappenmaker was… Je heet toch Jimmy?'

'Ja, commissaris.'

'Waarom werk je niet in een duo?'

De onverwachte relevante vraag van een ervaren ondervrager. Paz was onder de indruk maar niet van zijn stuk gebracht. 'Ik werk het liefst alleen. Ze hebben vorig jaar mijn partner ontslagen en met de nieuwe jongens kan ik niet goed overweg.'

'Nee, en ik heb gehoord dat je ze hebt weggejaagd. Ik heb ook gehoord dat je een mentaliteitsprobleem hebt.' Paz zei daar niets op. Oliphant keek een tijdje over de rand van zijn koffiemok naar hem. 'En toch een perfecte disciplinaire staat van dienst. In mijn ervaring is dat een ongewone combinatie. Nou. Het is nu eenmaal zo dat je, of je het nu prettig vindt of niet, een partner moet hebben. Je weet waarom. In dit korps kan ik geen rechercheurs hebben die in hun uppie door de stad zwerven. Als je een zaak rond hebt, moet ik twee mensen hebben die zeggen wat er is gebeurd. En als er stront aan de knikker is…' Hij maakte een vaag handgebaar, en Paz vulde de zin aan: '… wilt u ze in een kamer met een stel slangen hebben zodat de een de ander verlinkt.'

'Je hebt het begrepen.'

'U zou Barlow weer in dienst kunnen nemen.'

'Ja, dat zou ik kunnen doen, kort voordat ik mijn ontslag indiende en mijn spullen bij elkaar zocht. Die maat van jou heeft de vroegere chef van de recherche onder schot gehouden terwijl hij racistische onzin uitkraamde.'

'Hij was emotioneel gestoord. De dader had hem een of ander middel toegediend.'

'Dat is het verhaal, maar de artsen hebben niets bijzonders aangetroffen toen je hem gevangen had laten nemen.' Hij zweeg afwachtend, maar Paz zei niets. 'Ik heb altijd gevonden dat er een luchtje aan die hele zaak van de voodoomoordenaar zat. Wil je daar iets over zeggen?'

'Ik heb een rapport geschreven. Zevenentachtig bladzijden, de aanhangsels niet meegerekend. En er is een boek verschenen.'

'Ik heb allebei gelezen,' zei Oliphant, en hij kneep veelbetekenend zijn neus dicht. Paz bleef zwijgen. De commissaris ging verder: 'Oké, je hebt een partner nodig en ik zal je vertellen wat je gaat doen, want ik geloof dat we dit wel een speciaal geval kunnen noemen. Ik laat jóú je maat uitkiezen. Iedereen in het korps die de juiste rang en genoeg dienstjaren heeft. Morgen voor het eind van de kantoordag wil ik weten wie. En deze afspraak blijft tussen jou en mij. Is dat duidelijk?'

'Ja, commissaris,' zei Paz, en hij stond op.

'Ga zitten,' zei Oliphant. 'Daarover wilde ik niet met je praten.' Hij nam weer een churro uit de zak, glimlachte, klopte op zijn buik en legde hem op zijn vloeiblad.

'Voor straks. Oké, die moord in het Trianon die je laatst hebt afgehandeld. Dat was snel werk.'

'Het was een makkie. De dader zat daar en het moordwapen lag er ook nog.'

'Maar toch. Het lijdt geen twijfel dat die mevrouw Dideroff de dader was?'

'Voor míj niet,' zei Paz, en toen voelde hij zich niet helemaal op zijn gemak. 'Waarom vraagt u dat?'

'O, zomaar. Weet je iets over het slachtoffer?'

'Een gast in het hotel. Was drie dagen voor zijn dood uit Mexico-Stad komen vliegen. Een of andere Arabische zakenman, begreep ik uit zijn papieren. Een Sudanees paspoort.'

'O. Ik heb een telefoontje over die zaak gekregen.'

'O?'

'Je weet dat ik vroeger voor de FBI werkte.'

'Ja, commissaris, dat heb ik gehoord.'

'Dat telefoontje kwam van iemand die voor de mensen werkt die bepaalde personen uit dat deel van de wereld in de gaten houden. Bij de FBI, bedoel ik. Die Jabir al-Muwalid stond op een signaleringslijst.'

'Dat is interessant. Vertelde hij ook waarom ze in hem geïnteresseerd waren?'

'Eigenlijk niet,' zei Oliphant bruusk om Paz' nieuwsgierigheid te beteugelen. 'Hij wilde vooral weten of het echt al-Muwalid was. Ik heb het dossier naar Washington laten faxen. Hij wilde ook weten of de vrouw, de verdachte, ervoor veroordeeld wordt. Wordt ze dat?'

'Dat is niet aan mij, maar u hebt het dossier gelezen: ik zou niet weten hoe we de bewijsvoering nog sterker kunnen maken. Wat er op het proces gebeurt…' Paz haalde omstandig zijn schouders op. 'Volgens mij is ze niet goed snik. Ze had het over mystieke stemmen. Misschien kan ze zich krankzinnig laten verklaren. Dat weet ik niet.'

'Dat zou nogal vergezocht zijn, denk ik,' zei commissaris Oliphant. 'Maar het zou de bewijsvoering sterker maken als we duidelijkheid hadden over de connectie tussen die twee. Heeft ze daar iets over gezegd?'

'Alleen dat het slachtoffer haar vijand was en dat hij slechte dingen had gedaan in Afrika, waar ze vandaan kwam. Ik nam aan dat ze het over bloedbaden en zo had. Oorlogsmisdaden.'

'O. Heeft ze daar meer over gezegd? Wat er in Afrika was gebeurd?'

'Nee, daar heeft ze mij niets over verteld. Maar ze is iets aan het schrijven wat ze een bekentenis noemt.'

'O ja? Wat schrijft ze?'

'Nou, ik heb het nog niet gezien. Ze zegt dat ze het in een bijzonder soort schrift moet schrijven.' Paz zei dat met een bepaalde uitdrukking op zijn gezicht, en Oliphant trok zijn wenkbrauwen op.

'O, dát soort bekentenis.'

'Het zou heel goed kunnen. Ze is knettergek.'

'Hm. Evengoed zou ik me meer op mijn gemak voelen als het dossier wat dikker was. Meer achtergrondinformatie. Dus ga maar eens op onderzoek uit. De plaatsen waar ze geweest is, haar achtergrond, de plaatsen waar het slachtoffer is geweest. Het zou mooi zijn als we duidelijk konden maken dat ze zwaar de pest aan die kerel had en op de loer heeft gelegen. Dan wordt het voor haar moeilijker om een beroep op krankzinnigheid te doen.'

'Goed, commissaris, dat doe ik. Was dat alles?'

Oliphant knikte. Paz stond op en de commissaris zei: 'En bedankt voor de…' Hij wees naar de zak.

'Churros, commissaris,' zei Paz behulpzaam, en hij verliet de kamer.

Toen hij weer aan zijn bureau zat, merkte hij dat de afdelingsruimte zich met de gebruikelijke bezetting van rechercheurs, agenten en administratief personeel had gevuld, en dat de stilte van enkele minuten geleden had plaatsgemaakt voor het gebruikelijke lawaai van telefoons, gesprekken en klikkende machines. Paz' geest was ook veel onrustiger dan tevoren. Oké, dat van die partner zou hij op de een of andere manier wel oplossen. Wat hem dwarszat, was Oliphants belangstelling voor een zaak die al gesloten was. Bazen waren meestal alleen geïnteresseerd in open zaken, met name zaken waarbij politieke druk werd uitgeoefend om een monsterlijke schurk te vangen, bijvoorbeeld iemand die de ernstige fout had begaan in de staat Florida een blanke te vermoorden. Ze interesseerden zich alleen voor gesloten zaken als het vermoeden bestond dat een politieman aan het knoeien was geweest, bijvoorbeeld een pistool had weggemoffeld om een slechte schietpartij te camoufleren of een getuige onder dwang tot meineed had gebracht. Paz wist dat de arrestatie van Dideroff helemaal koosjer was, dus dat kon het niet zijn.

Het was dus de FBI-connectie. Iemand in Washington interesseerde zich voor zijn gemakkelijke zaak. En die persoon wilde ook graag dat Emmylou Dideroff naar de gevangenis ging, misschien zelfs naar de dodencellen. Oké, hij zou nog eens naar mevrouw D. kijken. Hij haalde een dossier uit het verticale rek op zijn bureau. Hij las het A-formulier door, de arrestatieverklaring, de uitleg waarom de desbetreffende politiefunctionarissen hadden gedacht dat de arrestant het misdrijf had begaan. Daarna las hij de afschriften van het verhoor dat hij de vrouw had afgenomen, en toen hij ze las, dacht hij weer aan wat hem tijdens dat verhoor was overkomen, wat hij had gezien. Of meende te hebben gezien. En toen had hij opeens weer het intense verlangen haar nooit meer in de ogen te hoeven kijken. Dat moest hij onderdrukken. Hij moest zich afleiden met iets anders: aha, een huiszoekingsbevel. Opgelucht ontvluchtte hij het hoofdbureau om politiewerk te gaan doen.

Het adres op het huiszoekingsbevel leidde hem naar een woonboot in de Miami River. De boot lag in de schaduw van het East-West Expressway-viaduct, een weinig aantrekkelijke plaats, en het was een onopvallend massaproduct: platte bodem, plat dak, gemaakt van afbladderend beige fiberglas. Hij stapte op het dek en brak de aluminium hutdeur open, die voorzien was van jaloezieën. Binnen zag hij een eenvoudige formicatafel met een filodendron in een aardewerken pot in het midden, een stel dekstoelen van aluminium en nylon vlechtwerk, een kachel, een aanrecht, een kleine koelkast. Een lange beklede bank boven kastjes aan de wand tegenover hem. Voor de ramen geel geruite en erg verbleekte gordijnen die het zonlicht verzachtten dat erdoorheen viel. Paz keek in de voorraadruimte, de provisiekast en de koelkast en trof alleen keukenspullen en linnengoed en voedsel aan: geen drugs, geen vuurwapens. De enige slaapkamer was voorin, een klein hokje met nauwelijks ruimte voor een tweepersoonsbed. De bergruimte zat daar onder het bed. Paz doorzocht hem en vond alleen een eenvoudige verzameling kleren: rechte katoenen rokken, T-shirts, één katoenen trui, katoenen sokken, katoenen ondergoed, allemaal met etiketten van goedkope winkels, zoals Penney's en Kmart. In een plastic zak vond hij een soort koksschort, een grijze wollen jurk, een witte hoofddoek en hoge zwarte veterschoenen. Aan een haakje hing een goedkope oliejas.

Zag hij iets over het hoofd? Nee, de bewoonster was blijkbaar de enige vrouw in het zuiden van Florida zonder badpak en shorts. Ook geen zonnebrandcrème of make-up op de planken van de kleine ruimte die als toilet en douche fungeerde. Wel haarspray, wat een beetje vreemd was voor een vrouw met maar vijf centimeter haar. Hij nam de bus in zijn hand, schudde ermee en hoorde het balletje niet ratelen. Aha. Een harde draai en de dop ging eraf en legde een pak bankbiljetten bloot, maar het was niet meer dan tweehonderd en nog wat dollars, een bedrag waarvan je zou verwachten dat een loonslaaf zonder bankrekening het ergens had weggestopt.

Toen Paz in de slaapkamer terug was, bleef hij even peinzend staan, zoals hij altijd in zulke situaties deed: huis van slachtoffer, huis van verdachte. Hij probeerde zich in te leven in de bewoonster. Allereerst was het hele interieur van de boot smetteloos schoon. Paz had een tijdje bij de mariniers gezeten, en hij vermoedde dat de boot door elke inspectie van een sergeant in die organisatie zou komen. En hij was ook in nogal wat huizen van vrouwen geweest en had er nooit een meegemaakt dat zo sober was ingericht. Deze vrouw bezat bijna niets. Hij knielde op het bed en keek wat daarachter op de plank stond. Eerst boeken: een *New American Bible* in de wetenschappelijke pocketeditie, beduimeld en met veel briefjes tussen de bladen. Als hij op de spreiding van die briefjes mocht afgaan, waren Job en het evangelie van Johannes haar favoriete gedeelten. Een boek met Arabische letters, ook beduimeld, goud op snee; Paz nam aan dat het de Koran was. Een levensbeschrijving van Catharina van Siena, de *Dialoog* van die heilige, en een Penguin-editie van de autobiografie van Theresia van Avila. Een dun boek met broze vergeelde bladzijden: *Trouw tot de dood: het verhaal van de Pleegzusters van het Bloed van Christus* van zuster Benedicta Cooley. Een pocketeditie van *Gravity and Grace* van Simone Weil, erg versleten. Paz bladerde elk boek vlug door. In de Weil vond hij een polaroidfoto. Daarop stond een blanke vrouw in een groepje van zo'n tien erg lange, erg zwarte soldaten, met dunne boomstammen en donker gebladerte op de achtergrond. De blanke vrouw was gebruind en droeg een blauwe monteursoverall en een witte kap, zoals verpleegsters vroeger en sommige nonnen nu nog droegen. De vrouw en de soldaten grijnsden allemaal naar de camera, en de tanden van de laatsten staken fel af tegen een huid die bijna purper was. De soldaten droegen een haveloze kaki uniformjas, korte broek en sandalen. Ze droegen patroongordels kruiselings over hun borst, en ze hadden AK's en grote donkere geweren van een ouder model. Paz haalde een inklapbaar vergrootglas uit zijn zak en hield het bij de foto. Zoals hij had verwacht, was de vrouw Emmylou Dideroff. Het verraste hem dat alle soldaten jonge vrouwen waren. Hij stopte de foto in zijn zak en ging door met zoeken.

De boeken werden op hun plaats gehouden door een halve baksteen aan de ene en een kolossale roze schelp aan de andere kant. Er lag een rozenkrans met grote kralen in de opening van de schelp, alsof hij daaruit voortgekomen was: een verontrustend gezicht. Achter de boeken zat een goedkoop ingelijste foto van een beeld van een vrouw, dat voor driekwart te zien was. Het hoofd was in een nonnensluier gehuld, het gezicht had sterke en mooie trekken, met opvallend smalle ogen die tegen de zon in tuurden of zich op een innerlijke realiteit richtten. Paz dacht dat hij die ogen ergens had gezien, maar hij kon ze niet goed thuisbrengen. Tussen het glas en de lijst was een kleurenfoto van een knappe sproetige vrouw gestoken. Ze droeg een wit schort, een witte hoofddoek en een grijze jurk en ze stond voor een sierlijk bewerkte deuropening. Een soort non, en Paz dacht meteen: wat zonde! De vrouw zag er beter uit dan van nonnen de bedoeling was.

Naast de grote schelp zag hij een klein staand crucifix. Hij pakte het op en bekeek het aandachtig. Het crucifix was zorgvuldig gesneden uit donker, hard en zwaar hout. Jezus was niet uitgebeeld alsof hij vredig was gestorven, zoals op de meeste van zulke afbeeldingen, maar kronkelend van pijn, verwrongen tot bijna een S, elke afzonderlijke vinger gekromd om pijn tot uiting te brengen. De spijkers waarmee hij gekruisigd was, waren echte metalen spijkers, die niet zoals gewoonlijk door de handpalmen maar door de polsen waren gedreven. Hij was verschrikkelijk mager, je kon zijn ribben en gewrichten zien, en hij had een negroïde gezicht met evenwijdige littekens op de wangen. De huid op Paz' hals prikte toen hij dat zag. Eerst dat vreemde gedoe in de verhoorkamer, en nu weer Afrika. En hij had ook het gevoel dat de figuur weliswaar niet strikt realistisch was maar dat de kunstenaar niet alleen zijn fantasie had gebruikt. Het leek bijna alsof de kunstenaar zijn werk naar het leven had gemaakt, dus alsof hij een echte kruisiging had bijgewoond. Hij vond een canvas koffer en deed er de persoonlijke bezittingen en boeken in, en ook het geld. Het ging hem niet aan of de vrouw dit alles door diefstal kwijt zou raken, zoals op de rivier bijna onvermijdelijk het geval zou zijn, maar om de een of andere reden kon hij de gedachte niet verdragen dat het iemand zou treffen die zo weinig te verliezen had als zij.

Een beweging van de boot wekte Paz uit die onaangename mijmeringen. Er was iemand aan boord gekomen, en nu riep een stem: 'Kan ik u helpen?'

Paz kwam uit de slaaphut en stond tegenover een vriendelijk uitziende man van een jaar of veertig met gemillimeterd haar boven een stel alledaagse Amerikaanse trekken. De man keek onzeker en nerveus door de glazen van zijn hoornen bril en hij hield zijn rechterhand uit het zicht.

Paz haalde langzaam zijn insignemapje uit zijn borstzak en liet zijn legitimatiebewijs zien.

'Paz, politie. Wie bent u?'

De man boog zich naar voren en bestudeerde het legitimatiebewijs langer dan de meeste mensen deden wanneer ze het voorgehouden kregen. Blijkbaar was hij tevreden. Hij richtte zich op en bracht zijn andere hand in het zicht.

'Ik ben David Packer,' zei de man. 'Dit is mijn boot.'

'U verhuurt hem aan Emmylou Dideroff?'

'Ja,' zei hij, en toen fronste hij zorgelijk zijn wenkbrauwen. 'Hé, is er iets... Ik bedoel, er is haar toch niets overkomen?'

'De laatste keer dat ik haar zag, was ze kerngezond. Hoe is ze als huurster?'

'Ideaal. Rookt niet, drinkt niet, geen louche mannen over de vloer, geen drugsfeesten, zoals bij de vorige die ik hier had. Geen ruiten kapot. Maar als ze niets mankeert, wat doet u hier dan?'

'Ze is betrokken bij een misdrijf en we doen onderzoek naar haar. Zeg, kunnen we naar boven gaan, aan dek? Het wordt hier warm.'

'Ja, dat wordt het zeker. De boot heeft airconditioning, maar ze gebruikt hem niet vaak.'

De man draaide zich om en liep naar buiten. Hij was te dik en zijn T-shirt zat te strak om de kolf van het pistool te verbergen dat hij achter de band van zijn verwassen spijkerbroek met afgeknipte pijpen had gestoken.

Aan dek zei Packer: 'We kunnen naar mijn huis gaan en uit de zon gaan zitten, als u wilt praten.' Hij wees naar de volgende aanlegplaats, waar zich een groot bouwwerk met roodhouten shingles verhief. Officieel was het een woonboot, maar het was meer een huis op een boot, met een plat dak, grote ramen, een balkon en een dek vol roodhouten tuinmeubilair en volgroeide potplanten.

'Gaat u voor,' zei Paz, en ze liepen langs de wand van Dideroffs woonboot, verlieten de boot en namen een loopplank naar het grotere vaartuig. Op weg naar het dek aan de kant van de rivier moesten ze zich langs een kolossale motor persen.

Packer leidde Paz naar een gecapitonneerde mahoniehouten dekstoel, maar hij ging in plaats daarvan op een canvas stoel zitten. Packer liet zich op een andere dekstoel zakken, huiverde, trok het pistool achter zich vandaan en legde het zorgvuldig op een zijtafeltje. Hij zei: 'Sorry van mijn houding. We hebben te maken gehad met inbraak, diefstal, vandalisme.'

'Ja,' zei Paz. Als je een zwarte man zag, greep je natuurlijk meteen naar je pistool. Hij keek naar het wapen. Het was een Walther PPK/S. De man zag hem kijken en zei: 'Maakt u zich geen zorgen, agent. Ik heb een vergunning.'

'Rechercheur, en ik maak me geen zorgen,' zei Paz. 'Zo... meneer Packer. Kent u Emmylou al lang?'

'Zo lang als ze hier is. Een jaar of zo. Ik kan in mijn gegevens kijken.'

'Ze kwam op een dag gewoon opdagen?'

'Nee, ze werd... Ik bedoel, ik werd haar aanbevolen door wederzijdse vrienden. Ze zocht woonruimte in de stad, ik had een boot te huur... Zoals ik al zei, was ze een huurster uit duizenden.'

'En u bent hier bijna altijd?'

'O, ik ben nog wel eens weg. Ik heb een motor daar op het achterdek staan. Die hebt u zeker wel gezien.'

'Ja, die Harley. En wat bent u? Rijk en onafhankelijk?'

Packer lachte. 'Was het maar waar. Nee, ik ben ambtenaar geweest en ik heb wat geluk gehad met beleggingen. En ik heb een pensioen.'

'Hm. Voor welke dienst hebt u gewerkt, als ik vragen mag?'

'Neemt u me niet kwalijk, maar ik dacht dat we het over mijn huurster zouden hebben,' zei Packer. 'U zei dat ze betrokken was bij een misdrijf?'

'Ja. Een moord.'

'Heeft Emmylou iemand vermóórd?'

'Dat proberen we vast te stellen, meneer. Goed, hebt u haar ooit met iemand gezien die Afrikaans of Arabisch zou kunnen zijn?'

'Nee, we gingen privé niet met elkaar om en ik heb nooit gezien dat ze bezoek op de boot had.'

'Hebt u ooit een man gekend die Jabir Akran al-Muwalid heet, of hebt u haar over hem horen praten?'

'Nee. Is dat degene die ze zou hebben vermoord?'

Paz negeerde die vraag en haalde een stenoblok en een pen uit zijn borstzakje. 'We proberen iets te weten te komen over Emmylou, haar achtergrond, waar ze vandaan komt. Kunt u daar iets over vertellen?'

'Nee, helaas niet. Zoals ik al zei, gingen we niet met elkaar om. We maakten een praatje als we elkaar tegenkwamen en eens per maand, als ze de huur betaalde. Ze betaalde trouwens altijd cash, en altijd precies op de dag.'

'Nou, dan die wederzijdse vrienden...'

'Hilda en Stewart Jameson. Ik heb een postbusnummer van hen bij Methodist World Missions. Dat kunt u wel krijgen, maar ik heb geen idee hoe u met hen in contact kunt komen. Ze zijn veel onderweg.'

'In Afrika.'

'Ja, toevallig wel. Hoe wist u dat?'

'O, ik riep maar wat.' Paz vond het niet prettig om belogen te worden, en hij was er vrij zeker van dat Packer dat aan het doen was, maar hij kon op dit moment geen druk op de man uitoefenen, en daarom ging hij weg (in het voorbijgaan lette hij op het kenteken van de motor) en reed naar de werkplaats van Wilson Brothers Marine, Dideroffs werkgever. Het was een grote loods bij de rivier en het stonk er naar uitlaatgassen en bedompt water. Hij vond de eigenaar in zijn kantoor, een hokje met goedkope betimmering. Aan de wanden hingen een whiteboard met een lijst van karweien die ze onder handen hadden, ingelijste foto's van boten, een kalender van Volvo Marine en een kalender met een naakte vrouw, waarop veel telefoonnummers waren genoteerd en dagen waren omcirkeld. Jack Wilson was een grote, gebruinde kerel met golvend, achterovergekamd goudblond haar dat tot in de nek hing en niet al te schoon was. Hij droeg de gebruikelijke vettige kaki broek met afgeknipte pijpen en een mouwloos T-shirt met een Floridawaterrat. Hij had immense biceps waarop LEEF VRIJ OF STERF (links) en een marihuanablad (rechts) waren getatoeëerd. Om zijn hals hing een leren veter met een haaientand.

'Ik had jullie al verwacht,' zei hij nadat Paz zich had voorgesteld. 'Toen Emmylou niet met mijn wagen terugkwam, dacht ik dat er iets mis was. Ik belde en ze zeiden tegen me dat ze gearresteerd was.'

'We ondervragen haar. Ze is misschien getuige geweest van een misdrijf. Vertelt u me eens iets over haar. Is ze een goede medewerkster? Kon u op haar rekenen?'

'Ja. Ze was geweldig. Is geweldig. Ik bedoel, iedereen hier mocht haar heel graag.'

'Had ze het ooit over Arabieren? Een zekere Jabir al-Muwalid?'

'Niet dat ik ooit heb gehoord,' zei Wilson. 'Wat voor misdrijf?'

'Zal ik de vragen stellen, meneer? Dan ben ik hier veel eerder weg. Hoe hebt u haar in dienst genomen?'

'Iemand voor wie we wat werk deden stuurde haar hierheen toen mijn vorige meisje ontslag nam.'

'Dus u nam haar aan op aanbeveling van een booteigenaar. Een vriend van u?'

'Nee, gewoon een klant. Dave Packer. Ze huurt een woonboot van hem.'

'Dat weet ik. Ik heb meneer Packer ontmoet. En dus... Ze runde uw kantoor? Ging over de kleine kas. Zo te zien hebt u veel dure dingen te koop. Deed ze uw cheques ook?'

'Ja, waarom niet?'

'Nou, het lijkt me nogal een belangrijke baan om aan een vreemde te geven, alleen op aanbeveling van iemand die u amper kende. Had ze referenties?'

Paz bleef kijken als een politieman, aangemoedigd door zijn politie-instinct dat hij tegenover iemand zat die iets te verbergen had, de schending van een of ander artikel van het Wetboek van Strafrecht. In tegenstelling tot Packer kon deze man wel onder druk gezet worden, en Paz zou daar gebruik van maken. Na een korte stilte zei Wilson: 'Oké, ik zal open kaart spelen. We zijn hier in de haven van Miami, hè? Mensen komen en gaan. Goed kantoorpersoneel is moeilijk te krijgen, en de meeste mensen werken liever op een bank: mooi kantoor, airconditioning, rust... Ik bedoel, dit is een rommelig hok, dampen uit de werkplaats... En dus betaal ik haar buiten de boeken om, cash, zonder iets in te houden. Zo wilde ze het graag.'

'En waarom denkt u dat ze dat wilde?'

'Hé, ze was een goede medewerkster. En ik ben niet nieuwsgierig.'

Paz wachtte, bleef hem aankijken.

De grote man haalde zijn schouders op. 'Het is de zwarte economie.' Een grijnslachje. 'Er zijn duizenden mensen die niet in het systeem zitten. Ze betalen geen belasting. Ze werken met ruilhandel en contant geld. Er zijn veel van die mensen in Miami, en velen van hen komen bij het water terecht. Gaat u me hiervoor aangeven bij de belastingdienst?'

Paz nam niet de moeite daar antwoord op te geven. Met nog een paar vragen stelde hij vast dat de vrouw inderdaad een uur of zo voor de moord ergens heen was gestuurd om een drijfstang te halen.

Paz bedankte Wilson en maakte aanstalten om weg te gaan.

'En mijn wagen?' vroeg Wilson.

'Die kunt u ophalen. Ik denk dat we hem niet nodig hebben.'

'En mijn drijfstang?'

'Ik denk dat u een andere zult moeten kopen,' zei Paz glimlachend, en hij ging weg.

Paz zat in zijn auto, met de motor en de airco aan, en gaf zich over aan zijn ontevredenheid. Als dit een makkie was, en de vrouw had het gedaan zoals je op grond van de aanwijzingen zou denken, hadden deze vraaggesprekken simpele formaliteiten moeten zijn. Maar het was duidelijk dat beide mannen logen. Paz kreeg nu een andere kijk op de zaak; hij probeerde zich daartegen te verzetten, maar de kleine knagende details bleven het raadsel steeds groter maken. Waarom logen ze? Waarom was er meteen een politieagent bij toen het slachtoffer uit het raam viel? Iemand had de politie gebeld om een opstootje in het hotel te melden, maar het enige opstootje was de moord zelf geweest. Iemand had de politie daar willen hebben. En de vreemdheid van de vrouw zelf... Daar wilde hij eigenlijk helemaal niet over nadenken. In plaats daarvan dacht hij aan de nieuwe partner die hij moest kiezen, en meteen zag hij het gezicht van Morales voor zich, de politieman bij het hotel. Ach, waarom ook niet?

Na Sophies dood zat Georges de Berville dagenlang troosteloos in de verduisterde slaapkamer van het huis aan de Rue d'Orléans in Sedan. Hij verwaarloosde zijn zaken, liet die over aan zijn oudste zoon Alphonse, die toen amper zestien was. Hij kwam bijna nooit tevoorschijn en sprak een hele tijd met niemand. Marie-Anges kindermeisje, mademoiselle Rosière, kreeg opdracht het kind bij haar vader vandaan te houden, want haar kleine gezichtje, dat zo op dat van haar moeder leek, bracht hem tot zoveel gesnik en geweeklaag dat ze bang waren dat hij in waanzin zou vervallen.

Toch had Marie-Ange al met zeven jaar een sterke wil en een groot verlangen om troost te bieden aan de bedroefden, en ze hield heel veel van haar vader. Toen mademoiselle Rosière op een avond bij het vuur in de kinderkamer was ingedommeld, glipte het kind weg en draafde het door de gang naar de slaapkamer van haar vader. Ze trof hem woelend in halfslaap aan; hij werd vaak met een kreet wakker om vervolgens in zijn onrustige dromen terug te vallen. Ze ging op de rand van het bed zitten, pakte zijn hand vast en bad tot de Heilige Maagd en de Heilige Catharina om haar lieve vader vrede te geven. Haar vader deed zijn ogen open, en zoals hij zijn oudste zoon later toevertrouwde, zag hij om het hoofd van zijn dochter een halo van licht en hoorde: 'Wees in vrede, Georges de Berville, want je vrouw is bij ons in het paradijs!' Daarna viel hij in een diepe, verkwikkende slaap, en toen hij wakker werd, was hij weer zichzelf. Deze gebeurtenis werd later beschouwd als een wonder in de familie de Berville, en het was het eerste opmerkelijke voorbeeld van de bijzondere gunsten die Bd. Marie-Ange gedurende haar leven van Onze-Lieve-Vrouwe zou ontvangen.

– UIT ZR. BENEDICTA COOLEY, *Trouw tot de dood: het verhaal van de Pleegzusters van het Bloed van Christus*, ROSARIAN PRESS, BOSTON, 1947

5

De bekentenissen van Emmylou Dideroff

Schrift I

Ik ging weer met Hunter Foy, maar het was niet precies hetzelfde als tevoren, want het kleine deeltje van me dat nog kon liefhebben was helemaal kapotgemaakt door alles wat er in het huis was gebeurd en er was niets dan grind en oude oesterschalen in mijn hart. Ik hielp hem in die tijd met de dopehandel en het verbaasde me hoe groot die handel was. Hunter ging vaak naar Gainesville en Panama City om het spul aan zijn klanten daar te verkopen, grote partijen, bakstenen van samengeperste zaadloze marihuana, glanzend van bruine hars. Hij had een erg goed product, Hunter, en dat maakte me nieuwsgierig. Net als iedereen keek ik tv en ik vroeg me af hoe hij dat voor elkaar kon krijgen zonder dat andere drugsbendes zich ermee bemoeiden en hoe hij het allemaal georganiseerd had en wie zijn leverancier was. Ik vroeg me dat vaak af, want ik wist algauw dat Hunter Foy het niet allemaal zelf had uitgedacht, want hij was slim genoeg voor een Foy maar hij had echt niet vooraan gestaan toen de hersenen werden uitgedeeld.

Op 3 februari 1985, een maandag, ontdekte ik hoe het zat. Ik fietste naar Hunters woonwagen en daar stond een oude roestige Dodge-pick-up met een nummerbord uit Virginia, en daar zaten twee grote woeste honden in die naar me gromden toen ik voorbijkwam. Het was niet de bedoeling dat ik daar die avond was, maar ik was een boek vergeten en wilde dat halen. Dat boek was *Wereldschok* van Ayn Rand en zoals elke slecht opgeleide veertienjarige op de wereld vond ik het helemaal het einde. Ik stormde zoals altijd de woonwagen in, zei hé wie z'n pick-up… en bleef toen staan, want ik keek in de loop van een grote revolver. Aan de andere kant van dat wapen zag ik voor het eerst Percival Orne Foy. Hunter zei heel vlug en nerveus o, dat is mijn vriendin maar, oom, en de oudere man liet langzaam de revolver zakken en zei we hebben zaken te doen, meisje, ga maar weer weg, en ik zei sorry, ik was alleen mijn boek vergeten, en ik ging het pakken.

Toen hij het boek zag, keek hij nog eens naar me. Hij had een lichte huidskleur en was slank. Hij had het witgoudkleurige haar en de blauwe ogen die alle Foys hebben en was in die tijd een jaar of vijfendertig. Hij leek wat op Hunter, of misschien moet ik zeggen dat Hunter op hem leek, want hij was de zoon van Ornes broer, maar terwijl Hunters mond en kaak zacht waren en hij een beetje dof uit zijn ogen keek, was Orne Foy staalhard op beide plaatsen. Hij was heel anders dan alle andere mannen die ik tot dan toe had ontmoet, en het eerste wat door mijn hoofd ging toen hij die revolver op me richtte was dat die man Ray Bob Dideroff voor me kon doden, als ik hem zover kon krijgen. Hij keek me aan, het leek wel een halfuur maar het kunnen niet meer dan een paar seconden zijn geweest, en ik voelde me een beetje zoals toen ik voor het eerst die blik van Ray Bob kreeg, alsof hij me kon zíén, niet het masker dat ik aan de wereld liet zien, maar hij had dat kwaad niet in zijn ogen, helemaal geen begeerte, alleen een geïnteresseerde blik van een wezen dat hoger stond dan ik, een van die gevleugelde leeuwen uit de mythologie, of als een man die een hond bekijkt die hij misschien gaat kopen. Hij zei lees je dat boek en ik zei ja en hij vroeg me wat ik ervan vond, en ik zei dat ik het geweldig vond. Hij zei je denkt zeker dat je een van de mensen bent die de wereld overeind houden en ik zei niets en hij zei wat je daar leest is een schaduw van een schaduw van een schaduw. Zou je het echte ding willen zien, de bron van het licht? En ik zei ja en hij stond op en pakte mijn arm vast en nam me mee naar zijn wagen. Misschien is er nog wel ergens anders een grote drugshandelaar die altijd een exemplaar van de verzamelde werken van Nietzsche binnen handbereik heeft, maar in dat geval ben ik hem nooit tegengekomen. Hij gaf het aan me, en ik keek ernaar en zei Nitscha? En hij zei het goed, ik zei ik leer u de übermensch, de mens is iets wat overwonnen moet worden. Hij keek me vreemd aan alsof ik hem wilde bijten en vroeg heb je Nietzsche gelezen? En ik gaf toe dat het alleen maar uit *Collier's Citatenboek* kwam, al scheelde het niet veel of ik had gezegd o ja, de hele tijd, ik wilde zo graag dat hij respect voor me had, en dat was de eerste keer dat ik dat vreemde en nuttige gevoel had. Hij zei dat ik weg moest gaan en dat hij na een maand terug zou komen en dat we er dan over zouden praten. Later ontdekte ik dat hij ze met dozen tegelijk kocht en ze uitdeelde zoals Gideon bijbels uitdeelt, op zijn eigen manier was Percival Orne Foy een zendeling.

Nou, ik begon die avond te lezen en ik geef toe dat er veel in stond wat ik niet begreep, voor het merendeel filosofische termen en verwijzingen naar dingen die ik niet had gelezen. Ik moest Wagner en alle Grieken waar hij het over had opzoeken in de encyclopedie, en dat was niet slecht. Maar de kern van wat hij schreef zette me in vuur en vlam, het leek wel geschreven om intelligente, ongelukkige, wraakzuchtige meisjes van veertien in vuur en vlam te zetten. De wil tot macht! De tirannie van de zwakken! En het christendom kon ook de ziekte krijgen, al die hypocrieten in Amity Street. Middelmatigen! Slaven! Ik beging de gebruikelijke godslasteringen en sleurde die arme Hunter zijn woonwagen uit en brak in Amity Street in en liet hem me neuken op de tafel voorin, joelend en lachend als een kabouter.

Toen Orne Foy de volgende maand terugkwam, was ik erbij. Ik zat aan zijn voeten en dronk wijsheid in. Nietzsche had gelijk gehad, de westerse beschaving was hopeloos decadent en stevende onverbiddelijk op chaos af, Atlas die de wereld van zich af laat glijden, fundamentalisten en joden die door het land renden en ons in een natie van onderdrukte slaven probeerden te veranderen. Maar zo kon het niet doorgaan. Het milieu zou bezwijken, vergiften zouden lucht en water besmetten, nieuwe ziekten, meegebracht door immigranten die niet het verstand of het lef hadden om weg te blijven, zouden ons teisteren. De economie zou instorten, want al die zwakken konden er niet tegen dat de sterken tot bloei kwamen en daarom legden ze hen met hun regels en voorschriften aan banden, zodat een echte man niet kon ademhalen... maar na de instorting zouden de getrouwe overlevenden zwaarbewapend uit hun verborgen forten komen en de wereld opeisen voor glorie en eer en woeste schoonheid.

En nog veel meer in die trant. Ik had eigenlijk nooit veel over de wereld nagedacht, kon er alleen maar verachting voor opbrengen, en Ornes betogen vielen dan ook in vruchtbare maagdelijke aarde en kwamen daar tot bloei. Hij had een stuk grond in de wildernis van Virginia waar hij ondanks het verbod van de slavenregering dope verbouwde en waar hij na de uiteindelijke instorting de kern van de nieuwe beschaving zou vestigen. Uiteraard wilde ik daaraan meedoen, ik was de ideale fascistische discipel, misschien zijn alle tieners wel tot op zekere hoogte fascistisch. En ook zei hij dat hij Ray Bob smeergeld gaf om Hunter zijn gang te laten gaan, en dat had ik moeten weten, gezien Hunters suffe hersenen. Hunter vond al ons gepraat maar saai en lag meestal stoned op de grond met zijn koptelefoon op, terwijl wij filosofeerden en zijn oom mijn geest verkrachtte zoals Ray Bob Dideroff dat met mijn lichaam had gedaan. Het was geweldig, eigenlijk nog beter dan dope, al was het vreemd dat hij blijkbaar niet geïnteresseerd was in mijn lichaam, dat ik hem zo vaak als ik maar kon onder de neus duwde. In die tijd hadden alleen echte professionele hoeren toegang tot het soort kleren dat ze tegenwoordig in elk winkelcentrum voor kleine meisjes verkopen, maar ik droeg mijn dunste T-shirts en strakste spijkerbroeken, en ik bracht zelfs een keer een van die elementen mee die je in koelboxen gebruikt en streek daarmee over mijn tepels zodat ze naar voren staken toen ik de woonwagen binnenging. Maar niets. Ik moest me behelpen met de fantasie dat hij het was als ik met Hunter neukte.

Intussen verstreek de tijd. Het werd weer warm en ik wachtte zo geduldig mogelijk op de dingen die komen gingen, en het bleek dat ik daarvoor tot het weekend van Memorial Day moest wachten. De politie had dan altijd een grote barbecue, en natuurlijk moesten we daar allemaal heen omdat Ray Bob de commandant was. Ik was blij dat mama steeds meer de kluts kwijt was en nu ook al schreeuwbuien kreeg als ze onder de mensen was. Ray Bob liet haar steeds meer pillen slikken, maar die hielpen niet erg. Ik zag hem op de barbecue met dokter Herm praten. Ze keken naar mama die het ene biertje na het andere dronk en grote aantallen van die groen met zwarte capsules slikte om enigszins in balans te komen.

Na de picknick sloop ik met Hunter weg en we gingen naar het strand en luisterden naar mensen die muziek maakten in een huis daar en we verkochten wat dope, en toen neukten we een paar keer op het strand en toen zei ik dat ik naar huis wilde om te douchen. Hij zette me in onze straat af. We hadden een lang pad dat naar ons huis leidde en ik hoorde het huilen al toen ik halverwege dat pad was. Toen ik door de voordeur naar binnen ging, hoorde ik dat het Esmeralda en Bobbie Ann waren. Ze waren in de keuken. Esmeralda keek me aan en zei iets in het Spaans wat ik niet verstond en ik ging kijken wat er aan de hand was.

Ray Bob lag in Bobbie Anns kamer bij de befaamde schommelstoel. Zijn gulp stond open en zijn schedel bestond uit een paar stukken die aan het eind van zijn nek hingen. Ze had meer kogels gebruikt dan strikt noodzakelijk was. Ze zat zelf in de gele Mustang in de garage en je zou zeggen dat ze op het punt stond weg te rijden, als ze niet dood was geweest. Ze zeggen dat vrouwen zichzelf uit ijdelheid nooit door het hoofd schieten en mama had zich daaraan gehouden, ze had de loop van de Colt Python tegen haar borstbeen gezet en het grootste deel van haar kleine koude hart naar de achterbank geschoten. Het stonk daar naar kruit, bloed, stront en whisky, dus ik bleef er niet lang bij staan.

Ik had nooit verwacht dat mama zich echt van kant zou maken, ik had gedacht dat ze zou weglopen, maar ik was ook niet diep geschokt. Ik was eerlijk gezegd bedroefder toen bleek dat ze ook Jon Dideroff had vermoord, die haar voor zover ik wist nooit kwaad had gedaan. Bijkomstige schade, denk ik, hij stond gewoon in de weg, of misschien vond ze het niet prettig dat hij net een Ray Bob in het klein was. Esmeralda en het meisje waren boodschappen aan het doen toen het gebeurde, anders had ze hen misschien ook vermoord. Ray junior was de dans ook ontsprongen, want die was met zijn vrienden naar het strand geweest, en ik weet nog dat ik dacht, nou ja, je kunt niet alles hebben. Ik was toen het blonde beest en zo denken wij.

De Colt Python was natuurlijk van Ray Bob, een van de tien vuurwapens die hij bezat. Hij was voorzitter van de NRA, de wapenbond, in de county en geloofde heilig dat de wereld veiliger werd door vuurwapens, en daarom had hij een grote wapenkluis in zijn studeerkamer, met een sleutel en een cijferslot met vijf toetsen. De fabrikant had twee sleutels bijgeleverd, en een daarvan had in een kist met visspullen op een hoge plank in het schuurtje gelegen, totdat ik hem in mijn zak stak toen Ray Bob me daar opsloot. Hij zat gelukkig nog in het plastic envelopje van de fabrikant, samen met een kaartje waarop de cijfercombinatie stond afgedrukt. Ray Bob bewaarde zijn pedofiele plaatjes ook in de wapenkluis, zoals ik ontdekte toen ik de kluis openmaakte. Ik pakte er een paar op, verbijsterd kijkende kleine meisjes die grote harige rechtop staande penissen vasthielden of met ontblote schaamdelen op een bed lagen, met die beschadigde blik in hun ogen. Ik had een paar van die foto's en het sleutelzakje met de cijfercode een paar weken geleden op mama's kaptafel neergelegd, als hint, en had tot mijn tevredenheid gezien dat ze ze kort daarna had weggehaald. Wie dacht ze dat haar die dingen had gegeven? vroeg ik me af. Ze zei nooit een woord tegen mij en ik denk dat ze in die tijd niet meer helder kon denken.

Het was niet zo moeilijk om haar aan die sleutel en de cijfercode te helpen. Veel moeilijker was het om elke libriumcapsule in het huis uit elkaar te prutsen, het slaappoeder eruit te strooien en er maïzena voor in de plaats te doen. Dat kostte me uren en uren. Mama moet het vreemd hebben gevonden toen na zoveel jaren het echte leven terugkwam, ze kon niet meer zo goed door die lange middagen heen slapen, als de schommelstoel piepte en kraakte en uit de kamer van haar dierbare kleine meisje Ray Bobs zachtmoedige stem kwam, voorlezend uit *De wind in de wilgen.* Ze probeerde het met drank, maar in tegenstelling tot librium geeft drank je geen gegarandeerde slaap en worden je gewelddadige neigingen er ook niet door onderdrukt. Die worden er juist door gestimuleerd. Mama werd altijd gek als ze dronk, iedereen bij de Boones wist dat, en daarom had ze zelf ook altijd voor pillen gekozen.

Ik bleef alleen even bij de keuken staan om tegen Bobbie Ann te schreeuwen: het is allemaal jouw schuld! En toen pakte ik de kleine tas op die ik had klaargezet voor als het zover was en terwijl ik de politiesirenes al kon horen, reed ik op mijn fiets naar Hunters woonwagen om tegen hem te zeggen wat we moesten doen.

6

De spreekkamer is groot en licht. De muren zijn bedekt met dun rijstpapier en er hangt een aantal maritieme schilderijen en prenten, schepen onder zeil, tropische kusten met boten, ingelijste diploma's en eerbewijzen aan. Een model van een jacht in een vitrine. De kamer wordt gedomineerd door een mahoniehouten bureau, en ook door de obligate leren sofa, de leren stoelen en een lang rozenhouten dressoir waarop voorbeelden van Haïtiaanse en Cubaanse volkskunst staan, beeldjes en heiligen en demonen.

Mickey Lopez komt met een oprechte glimlach achter zijn bureau vandaan. Hij omhelst Lorna en drukt een kus op elke wang. Ze moet zich enigszins bukken om die kussen in ontvangst te nemen en een zweem van zijn Acqua di Parma op te vangen, want hij is klein en compact gebouwd. Hij kijkt haar stralend aan en ze glimlacht terug. Hij zegt dat ze er fantastisch uitziet. Bijna geen accent, nog net hoorbaar, al is het natuurlijk een Spaans accent en niet het felbegeerde Midden-Europese. Maar voor Miami is het goed genoeg. Ze zegt tegen hem dat hij geen spat veranderd is, en dat is ook zo: hetzelfde grijze *sharkskin* pak van voortreffelijke snit, wit zijden overhemd, kastanjebruine das, erg Manhattan. Mickey Lopez lijkt schokkend veel op wijlen de Israëlische premier David Ben-Goerion, het enigszins vlakke, vastbesloten gezicht, de befaamde tomeloze wolken van grijs haar om de hoge glimmende schedel. Hij zegt dat hij zijn haar zo heeft omdat alle psychoanalytici hun innerlijke jood oproepen en dat dit de zijne is. Ze is twintig maanden bij hem in analyse geweest en is daar op haar eigen verzoek vorig jaar mee opgehouden.

Howard Kasdan staat ook, en hij buigt zich nu met een handdruk en een kus op de wang naar haar toe, een kus van vrienden onder elkaar die een sadistische veertig milliseconden te lang duurt. De feromonen treffen haar als een klap tegen de onderkant van haar schedel. Howard draagt geen pak; zo'n psychotherapeut is hij niet. Hij heeft het roomkleurige Hugo Boss-jasje van zijde en linnen aan dat hij altijd draagt, en verder een zwarte zijden coltrui, een zwarte broek en glanzende Italiaanse gevlochten loafers. Kasdan is een wetenschapper die de geest onderzoekt. Ze hoeft zich niet voor hem te bukken, nee, hij is een meter vijfentachtig en heeft stralende, donkere ogen onder dikke wenkbrauwen en wimpers, 'diepe ogen' noemt ze ze altijd want ze dringen in je binnen, en dat doen ze inderdaad, zozeer dat ze haar blik moet afwenden naar de toppen van de palmbomen die achter de spiegelglazen ruit heen en weer bewegen.

Als ze allemaal zijn gaan zitten, praat Mickey over zeilen, de kosten daarvan, hij moet verdomme zijn boot verkopen, en Howard, wiens boot anderhalve meter langer is dan die van Mickey, zegt dat het onzin is, iedereen in de stad weet dat Mickey Lopez steenrijk is. Lorna geeft niet veel om zeilen. Dat wil zeggen, ze houdt wel van het zeilen zelf, maar niet van het eindeloze praten erover, de mystiek. Het is een vóértuig, allemachtig, geen persoon, heeft ze tegen Sheryl gezegd, die ook geen zeiler is. Ze praten een paar minuten door en dan zegt Lopez: 'Over geld gesproken. In tegenstelling tot jullie parasieten van de publieke sector heb ik over twintig minuten een patiënt, dus kunnen we een beetje opschieten? Ik geloof dat jij het initiatief hebt genomen, Lorna.'

Ze maakt haar koffertje open, haalt er drie gefotokopieerde pakketten en een notitieboek uit en geeft elk van de twee mannen een pakket. Schraapt haar keel, ademt in, uit, in, en begint. Het professionele scherm valt neer: de emoties kolken nog diep in haar buik, maar daar is niets van te zien. Ze is een kei in psychologisch onderzoek; dat is algemeen bekend.

'De persoon in kwestie is een in Amerika geboren blanke vrouw van drieëndertig met een goede gezondheid. Geen tekenen van recent trauma, maar we zien wel oude littekens achter op haar dijen, en iets minder oude littekens op haar buik. Gekeratiniseerd littekenweefsel op de voetzolen. Uit röntgenfoto's blijkt beschadiging in de buurt van het proximale opperarmbeen en de schouderkom, beide kanten. Dat wijst op recente ontwrichtingen, met behandeling. Ze heeft moeilijkheden met het optillen van haar armen...'

'Neem me niet kwalijk, Lorna,' zegt Lopez. 'Heeft ze verteld hoe ze aan die verwondingen is gekomen?'

'Ze zegt dat ze is gemarteld. Door de man die ze heeft gedood. Als ze hem heeft gedood.' Er volgt een veelbetekenende stilte, maar niemand zegt iets en dus gaat Lorna verder. 'Ze geeft blijk van een enigszins verzwakt affect, of misschien kun je beter zeggen dat ze onnatuurlijk kalm is. Ik bedoel, onnatuurlijk voor iemand die van moord wordt beschuldigd. We verwachten een beetje spanning, maar daar blijkt niets van. Ze begrijpt haar situatie rationeel, maar schijnt geen emotionele component te hebben. Dat lijkt me indicatief, gezien haar testresultaten. En daar komen we nu op. Pagina één van wat ik jullie heb gegeven. We hebben haar de Wechsler-test laten doen, en ze is niet verstandelijk verzwakt; integendeel, ze scoorde op bijna alle onderdelen boven gemiddeld, vooral op de non-verbale onderdelen. Op het onderdeel "onvolledige tekeningen" deed ze het ontzaglijk goed. Ze behaalde de hoogste score die ik ooit heb meegemaakt.'

'Eh, wil je even mijn geheugen opfrissen...?' zei Kasdan.

'Het onderdeel "onvolledige tekeningen" meet de visuele perceptie, het visuele langetermijngeheugen en het vermogen om essentiële van niet-essentiële details te onderscheiden.'

'Dank je. Ga verder.'

Dat doet ze. Ze legt de psychometrische gegevens aan hen voor, op haar gemak gesteld door al die cijfers. Emmylou Dideroff liegt niet en probeert niet te manipuleren; ze is buitengewoon kritisch ten opzichte van zichzelf, laat zich niet gemakkelijk door maatschappelijke normen of gewoonten beïnvloeden, maar is sociaal extrovert. Ze is geen psychopaat en verwerpt normale vrouwelijke rolpatronen.

'Lesbisch?' vraagt Kasdan.

'Dat is niet uit de scores af te leiden,' antwoordt Lorna. 'Je kent die verhalen over mannen die hun leven lang een succesvolle carrière als mijnwerker of cavalerieofficier hebben gehad en na hun dood een vrouw blijken te zijn? Zo moet je het zien.'

'Dus ze was cavalerieofficier?' Lopez, glimlachend.

'Voor zover we weten niet, maar het zou wel bij die fantasie over geschut passen; daar kom ik straks nog op. Ze is een perfectionist, en scoort ongewoon hoog op schaal acht, die van schizofrenie.'

'Je moet ergens in de fout zijn gegaan,' zegt Kasdan zelfverzekerd. 'Die vrouw is niet schizofreen, tenminste niet zoals ik ooit heb meegemaakt.'

'Nou,' zegt Lorna, die zich moet beheersen, want ze herinnert zich weer een van de redenen waarom ze niet meer bij die man is, 'scores van boven de eenennegentig komen vaak voor bij mensen met acute, hevige situationele stress. Bijvoorbeeld mensen in gevechtssituaties of met een identiteitscrisis. Zo'n score hoeft niet op schizofrenie te wijzen. De subscalescore is Sc3, en dat wijst op een gebrek aan egobeheersing. We zouden vreemde gedachteprocessen verwachten, onwerkelijke gevoelens, geheugendefecten, valse herinneringen. Zoals we inderdaad in het vraaggesprek signaleren. Dus: heeft een van jullie de geschutfantasie gehoord?'

Lopez kijkt Kasdan aan. 'Geschutfantasie?'

'Ik heb ook geen idee,' zegt Kasdan. 'Wat is de geschutfantasie?'

'Een ingewikkeld... ik weet niet hoe ik het moet noemen... scenario? Ze herinnert zich dat ze met een kanon heeft geschoten. Ze geeft veel geconfabuleerde details over dat kanon, het geluid, de effecten enzovoort, en ze zegt dat ze het nog steeds hoort in wat blijkbaar sluimertoestanden zijn.'

'Een kanon, hè?' zegt Kasdan grijnzend. 'Dat lijkt me jouw afdeling, Mickey.'

'Ja, maar soms is een sigaar gewoon een sigaar.' Lopez lacht. 'Zoals de meester ons vertelt. Ga verder, Lorna.'

Lorna slaat de laatste bladzijde van haar pakket om. 'Al met al komen de scores niet overeen met wat typisch abnormaal is, als dat geen oxymoron is. Ik geloof zelfs dat ik nog nooit zo'n patroon als dat van haar heb gezien, en ik heb onnoemelijk veel van zulke gevallen gedaan.'

Lopez zegt: 'Dus wat is de eindconclusie? Is ze wel of niet competent volgens de voorschriften van sectie 12(f)?'

'Dat is ze niet,' zegt Lorna. Ze wordt zelf verrast door de zekerheid in haar stem. 'Als je deze resultaten combineert met mijn waarnemingen van confabulatie, denkbeeldige stemmen en extreem verzet tegen gesprekken over negatieve aspecten van haar verleden, zie je een verdachte die de realiteit niet aankan en geen bijdrage kan leveren aan haar eigen verdediging. Ik ben ervoor om haar naar een psychiatrische inrichting te sturen.'

'Howie?' Lopez, met een onderzoekende blik.

'Ik ben het daar niet mee eens. Ze weet waar ze is.' Hij telt het op zijn vingers af. 'Ze weet waar ze van wordt beschuldigd, ze kan vragen rationeel beantwoorden. Ik ben van mening dat ze klaar is voor een proces.'

Ze kijken allebei Lopez aan, die in zijn leren stoel achteroverleunt en peinzend een bruggetje van zijn handen maakt onder zijn neus. 'Nou,' zegt hij na een halve minuut waarin alleen hun ademhaling te horen was, 'ik ben geneigd het met Lorna eens te zijn. De testscores zijn duidelijk abnormaal, maar die denkbeeldige stemmen geven voor mij de doorslag. Ik heb zelf een heel fascinerend gesprek met mevrouw Dideroff gehad over die stemmen van engelen en demonen, en hoe ze ze van elkaar onderscheidt. Ik wil niet graag dat er een proces komt, met alle stress van dien, en dat ze dan plotseling in de rechtszaal opstaat en zegt: "Ja, Jezus, wat is er?" Ik heb geen zin om aan rechter Pakingham uit te leggen hoe zoiets heeft kunnen gebeuren. We kunnen haar in het Jackson plaatsen, haar een tijdje observeren, kijken hoe ze zich gedraagt. Er is toch geen haast bij?'

'Nou, vooruit, Mickey,' zegt Kasdan bruusk. Hij kijkt op zijn horloge en staat op. 'Doe het maar! En je mag mij ook meerekenen. Mijn ideeën hierover zijn niet zo sterk dat ik een minderheidsstandpunt wil innemen. Maar nu ga ik weg. Ik heb een werkbespreking.' Hij wuift luchtig naar hen beiden en is weg.

Lopez kijkt ook op zijn horloge. 'Ik moet ook gaan, Lorna. Het spijt me dat ik je de straat op moet gooien.'

'Ja, de ijzige kou in,' zegt Lorna. Ze komt overeind en bergt haar papieren op.

Lopez staat ook op. 'Het deed me goed je weer te zien. Ik mis je.'

'O, ja? Volgens mij is het niet de bedoeling dat analytici degenen missen die bij hen in analyse zijn geweest.'

Hij haalt zijn schouders op. 'Sommige mensen zijn nu eenmaal dom en anderen niet, en het is natuurlijk veel interessanter om te praten met de mensen die het niet zijn. Als jij het niet aan de tuchtcommissie vertelt, doe ik het ook niet. Hoe gaat het met je?'

'Goed. Ik leid mijn leven. Ik doe mijn werk. Je weet wel.'

'Aanvallen? Dromen?'

'Het gaat goed met me, Mickey,' zegt Lorna resoluut; dit onderwerp is afgesloten. 'Maar mag ik je om een gunst vragen?'

'Wat dan...?'

'Ik wil verdergaan met deze patiënte.'

'Met die Dideroff? Wat bedoel je, verdergaan? In welke hoedanigheid?'

'Ik wil in het behandelingsteam. Sterker nog, ik wil de eerste behandelaar worden. Onder jou, natuurlijk.'

Hij denkt even na. 'Jij bent geen gekwalificeerd therapeute. Formeel gezien.'

'Mensen met veel minder kwalificaties ontvangen daar elke dag patiënten. Maatschappelijk werkers in opleiding? Stagiairs? Dat heet "klinische ervaring onder supervisie".'

Ze dwingt zich hem recht in de ogen te blijven kijken en ontspant de spieren van haar gezicht, laat haar persoonlijkheid enigszins verslappen. Dat laatste doet ze om hem te laten zien dat dit geen neurotische tic is maar een oprecht en redelijk professioneel voorstel, dus dat ze niet aan het manipuleren is en geen voordeel probeert te halen uit het feit dat ze bij hem in analyse is geweest.

'Is dit belangrijk voor je?' vraagt hij.

'Ja. Ik heb zes jaar praktijkervaring en ik heb nog nooit zulke MMPI-testpatronen gezien. Al was het alleen maar omdat ze manifeste godsdienstwaanzin vertoont zonder enige indicatie op de schalen. De resultaten op schaal negen zijn op zichzelf al heel ongewoon, en in combinatie met de afwijkende seksuele geaardheid... Ik bedoel, het is praktisch uniek. We kunnen hier een artikel over publiceren, wij tweeën. Een nieuw syndroom.'

Lopez luistert daar rustig naar en knikte enigszins. Als ze klaar is, zegt hij: 'En ook...?'

Ze voelt dat ze een kleur krijgt. Toen ze nog bij hem in therapie was, zei hij dat tegen haar als ze een van haar zorgvuldig vergulde verbale sluiers weefde om beschamende echte gevoelens te verhullen. En ze krabbelt nu ook niet terug. 'Mickey, allemachtig, het is professioneel interessánt. Is dat niet genoeg? Je zei net zelf zoiets in verband met je eigen praktijk, en voor mij is het net zo. Het is weer eens wat anders dan die gedegenereerde schizofrene daklozen of die klootzakken die een psychose proberen te simuleren, en dat zijn de enige twee categorieën waarmee ik dagelijks te maken heb. Kom op, Mickey. Alsjeblíéft?'

Hij grijnst, laat een lachje horen en slaat zijn arm om haar heen. 'Goed, goed! Zoals je weet, bezwijk ik altijd voor infantiel gedrag; daarom ben ik ook een psychiater van niks. Als we toestemming hebben haar te laten opnemen, bel ik naar de gesloten afdeling van het Jackson. En ik ben van plan zelf de supervisie te doen, dus denk maar niet dat je streken kunt uithalen! En nu wegwezen! Mijn spreekkamer uit!'

'Ja, dokter.' Ze bukt zich om hem op de wang te kussen en gaat weg.

In haar auto blijft ze met het portier open zitten, de motor ronkend, de gekoelde lucht van de airconditioning op haar gezicht, een bekende truc in het zuiden van Florida. Ze zweet meer dan de hitte en vochtigheid rechtvaardigen en voelt dat haar hart bonst. Ze doet het portier dicht en laat de auto afkoelen. Haar gezicht wordt droog. Ze trekt haar jasje uit, richt luchtstralen op haar oksels en houdt de mouwen van haar truitje daarvoor open. Ze zegt tegen zichzelf dat ze zich geweldig zou moeten voelen omdat ze die rat van een Kasdan te slim af is geweest. Ze heeft van hem gewonnen, haar gegevens in de strijd geworpen, Lopez' steun verworven, met succes tegen hem gelogen over haar eigen psychische toestand en ook nog van hem gedaan gekregen dat ze

Dideroff mag behandelen. Een prima dag dus, dus waarom zit ze hier dan maar benzine te verbranden, met haar hand op haar hart om de slagen te tellen, bang als ze is voor hartkloppingen, bang dat ze een angstaanval krijgt waardoor ze urenlang verlamd in haar auto blijft zitten. Ze kijkt op de benzinemeter: goed, driekwart vol. Omdat ze een keer zonder benzine kwam te zitten doordat ze haar motor liet ronken op een parkeerterrein van Dadeland, tankt ze tegenwoordig vaak bij. Ze heeft een veel hogere score op schaal zeven dan Emmylou Dideroff. Een neiging tot obsessie. Angstaanvallen. Nee, nee, nee, ze krijgt níét zo'n verrekte aanval op Mickey Lopez' parkeerterrein. Ze zet de auto in zijn achteruit en hij schiet naar achteren, over de stoeprand heen die een eilandje met planten beschermt. Het komt tot een keurige amputatie van het linkerachterlicht tegen de stam van een maleleucaboom. Hard vloekend rijdt ze naar voren en scheurt Ponce de Leon op.

Op Dixie Highway haalt ze een aantal keren diep adem. Ze produceert kalmte. Wanneer je jezelf niet meer in de hand hebt, is het verstandig om datgene te beheersen wat je in bedwang kunt krijgen, en je kunt altijd je ademhaling in bedwang krijgen, zoals haar vroegere paniekaanvalcoach altijd zei. Tenzij je krankzinnig bent, en dat is ze beslist niet. Of niet erg. Ziek misschien. Waarom zweet ze zoveel? Het begin van diabetes type 2? Haar opa had het. Hoewel ze bijna dagelijks haar urineglucose test. Een obscure hormonale onevenwichtigheid? Of seksuele deprivatie? O ja, het was wel duidelijk dat Kasdan nog steeds op haar valt, zij het op een lichtelijk weerzinwekkende manier.

Toch is de spanning onmiskenbaar en irritant. Ze zou als een moderne vrouw op zichzelf moeten passen, maar dat kost haar moeite. Lorna is niet depressief (MMPI-2, score 53), maar ze kan zichzelf wel verschrikkelijk depressief maken door naar seksuele ontlading te zoeken zonder dat er een ander bij is, en het moet nog een man zijn ook. Sommige vrouwen die ze kent, zijn niet zo kieskeurig, weet ze. Betsy Newhouse, haar andere beste vriendin naast Sheryl Waits, wil vaak over dildo's en vibrators praten en dreigt er een voor Lorna te kopen. Ze heeft een heel betoog waarin ze opsomt in welke opzichten een vibrator beter is dan een man. Lorna heeft al veel variaties op dat thema gehoord, en ze heeft er eigenlijk genoeg van, maar Betsy is een goede vriendin, en trouwens, niemand is volmaakt, Lorna zelf ook niet.

Lorna komt bij haar huis aan, een wit gestuukt huis in ranchstijl in Zuid-Miami. Ze gaat naar binnen, zet de raamairconditioning in de huiskamer hoger en blijft even voor de koele luchtstroom staan. De huiskamer is eenvoudig ingericht: een Bahama-bank bekleed met beige Haïtiaanse katoen, een salontafel met glazen blad, een aantal canvas vlinderstoelen in een lichte citroenkleur, een katoenen kleedje op de hardhouten vloer. Wat de schilderkunst betreft, gaat Lorna's voorkeur uit naar geestig surrealisme, en er hangen wat schilderijen die ze allemaal op kunstbazaars in Coconut Grove heeft gekocht. Ze gaat haar slaapkamer in en trekt al haar kleren uit. Het is koel in de slaapkamer, want ze laat de airco daar van mei tot november altijd draaien, vierentwintig uur per dag, zeven dagen per week. Dan gaat ze naar de badkamer, waar ze snel een lauwe douche neemt en haar blik afwendt van de zwarte schimmel op de tegels en het plafond. Eens per week komt er een Guatemalteekse mevrouw, maar die doet geen schimmel en Lorna zelf ook niet.

Met alleen een gele handdoek om zich heen gaat ze naar de keuken en maakt een gin-tonic, met een hele limoen van de boom in de achtertuin, en drinkt hem voor de helft op. Met een lichte zucht gaat ze naar de slaapkamer terug en trekt daar een dun katoenen shirt en bermudashorts aan. Dan gaat ze haar werkkamer in.

Lorna is freelancer en werkt vanuit huis. Deze kamer is de grootste van het huis, ontstaan doordat de muur werd weggehaald tussen een slaapkamer en wat de plaatselijke bevolking de Florida-kamer noemt, een omsloten patio met stenen vloer die van de achtertuin wordt gescheiden door glazen jaloezieën. Vanaf haar bureau kan ze daardoorheen kijken naar de croton- en gele allamandastruiken in de achtertuin. Ze zit in haar draaistoel van dat uitzicht en het lied van de vogels te genieten, en neemt slokjes uit haar glas.

Het is een sterke gin-tonic en ze heeft geen lunch gehad. In een paar minuten voelt ze de uitwerking. Ze ontspant en voelt dat haar gezicht verdoofd raakt. Artsen raden tegenwoordig een borrel per dag aan, want dat zou goed voor het hart zijn, herinnert ze zich (want ze leest graag medische adviezen), en ze drinkt nog wat meer, genietend van de ijsblokjes die tegen haar tanden tikken. Ze heeft nu het aangename gevoel dat ze iets heeft bereikt, een gevoel dat ze niet te pakken kon krijgen toen ze Lopez' praktijk verliet. Howie is op zijn nummer gezet, ze gaat samen met Lopez aan een zaak werken, en dat is bovendien een professionele gelegenheid om een nieuw soort krankzinnigheid te onderzoeken. Misschien konden ze uiteindelijk zelfs een voorstel doen voor een heel nieuwe categorie in de MMPI-2. Daarmee zou ze naam maken in de wereld van psychologische tests.

Terwijl ze dat alles overdenkt, kijkt ze in haar werkkamer om zich heen en vindt ze dat alles goed is. Ze heeft een groot modern berkenhouten bureau, een bijna nieuwe computer met alle accessoires, een dure bureaustoel met een speciale afstelling voor de lendenen, en veel boeken. Afgezien van een stukje muur dat aan diploma's en professionele certificaten is gewijd, wordt alle wandruimte in beslag genomen door boekenplanken. Lorna koopt haar kleren (en dat zijn er veel) in de uitverkoop, neemt weinig vakanties (en dan altijd naar goedkopere eilanden in de buurt) en rijdt in een auto van zes jaar oud. Haar enige uitspattingen zijn medische onderzoeken en boeken. Ze heeft meer dan vierduizend boeken, en die heeft ze allemaal gelezen, sommige twee keer. Er staat een wankele stapel op een zijtafel, boeken die ze heeft gelezen maar nog niet op de plank heeft gezet. Ze wil net opstaan om dat te doen, want daar beleeft ze een groot genoegen aan, als ze ziet dat het lichtje van haar antwoordapparaat knippert. Ze drukt op de knop. De mechanische man in het apparaat vertelt haar dat ze drie berichten heeft.

Betsy Newhouse' lichte stem: 'Hé, meid. Ik zou je een belletje geven, dat je het niet vergeet: halfvijf in de sportschool. Zorg dat je er bent.' *Piep*. 'Hallo, met mij. Leuk je vandaag weer te zien. Bel me eens. Ik trakteer je op een salade.' Kasdan, de rat. *Piep*. Een onbekende maar sympathieke stem zegt: 'Mevrouw Wise, met rechercheur Paz, politie Miami. Ik was de arresterende politieman in de zaak-Emmylou Dideroff, en ik wil graag met u over haar praten. U kunt me altijd op mijn mobiele nummer bereiken.' Hij geeft een nummer op en verbreekt de verbinding.

Lorna pakt de telefoon en is al bezig dat nummer in te toetsen, al is het alleen maar om zich ervan te weerhouden dat ze die rat meteen belt, maar dan gaat ze niet verder en hangt op. Ze moet hier eerst even over nadenken. Paz is de rechercheur over wie Sheryl het had, de voodooman, de potentiële date. Ze wist dat hij Emmylou had gearresteerd, maar wat zou hij nu toch van haar willen?

Dan breekt er een gedachte door het oppervlak van haar geest, als een haaienvin op een nachtelijke zee. Het verhaal over een nieuwe kronkel in de abnormale psyche was genoeg om Mickey Lopez te overtuigen. Dat verhaal spreekt haar zelf ook aan, en misschien is het zelfs waar. Toch is dat niet de reden waarom ze graag (héél graag, beseft ze nu) met Emmylou Dideroff wil verdergaan. Het dringt nu met een mengeling van verwondering en ontzetting en met een vreemd hol gevoel net onder de gordel tot haar door dat ze geen idee heeft wat die reden is. Plotseling is ze doodsbang. Het heeft niets met de zaak te maken, maar ze is ervan overtuigd dat er nog iemand in haar huis is. Ze verstijft en luistert. Iemand die ademhaalt, een zwaar schurend geluid... of is het de airconditioning? Ze is nu helemaal in paniek. Haar hart bonkt en het zweet breekt haar overal uit. Het gevoel dat er iets in haar huis is, is onmiskenbaar, het is in de kamer, het is vlak achter haar. Haar hart voelt aan alsof het door haar ribben zal bonken. Ze slaakt een kreet en draait zich snel om met haar stoel. Niets.

Pas na bijna een uur en twee valiums komt ze tot zichzelf. Een paniekaanval, misschien de nawerking van de gespannen bespreking. Dat zegt ze tegen zichzelf, hardop in het lege huis. Haar handen beven nu niet meer en ze pakt de telefoon op.

Jimmy Paz voelde dat zijn mobieltje tegen zijn heup trilde maar negeerde het en liet het aan de voicemail over om op te nemen. Hij stond in de gehoorzaal van het Miami-Dade Community College in een lange rij van mensen die allemaal een exemplaar van hetzelfde boek hadden. Ze wachtten allemaal tot hun exemplaar werd gesigneerd door een bleke jonge vrouw die aan een tafel op het podium zat. De vrouw had prachtige roodblonde spiraalkrullen die in de toneelbelichting glinsterden als een nest *slinky's*. Ze had scherpe trekken en haar ogen waren klein en een beetje te fel, maar ze had een brede sensuele mond. Een paar minuten geleden had ze haar poëzievoordracht beëindigd.

Hij kwam bij de tafel aan en gaf haar het dunne boekwerk. Ze keek op met dezelfde vriendelijke glimlach waarmee ze de veertien mensen voor hem had aangekeken en zei: 'Wat moet ik schrijven?'

'Wat u maar wilt,' antwoordde hij.

Ze schreef. Hij pakte het boek op en keek op de titelpagina, waar ze had geschreven: *Kom vanavond om een uur of elf naar kamer 923 van het Grand Bay en we neuken tot de laatste hersencel. Beste wensen, Willa Shaftel.*

'Schrijf je zulke dingen in ieder z'n boek?' vroeg hij.

'Natuurlijk,' zei ze. 'Zo krijg je een bestseller.'

'Dan ga ik maar gauw in de rij staan,' zei hij. Hij wuifde nog even en ging weg.

Willa Shaftel was een jaar of zo een van Jimmy Paz' drie voornaamste scharrels geweest, toen ze als bibliothecaresse in Coconut Grove werkte. Toen had ze als schrijfster een beurs gekregen om naar Iowa te gaan, en in de winter daarna had ze drie weken in Miami doorgebracht, het grootste deel van de tijd bij Paz en bijna voortdurend in bed. In die tijd had ze uit hem los gekregen hoe hij de voodoomoordenaar te pakken had gekregen, en ook details over de verschillende bijpersonen van het verhaal. Ze had daar een vrij succesvolle roman over geschreven en hoefde niet meer in bibliotheken te werken. De volgende winter kwam ze ook, en toen bleef ze zes weken en zagen ze elkaar bijna elke dag. Paz had nooit veel voor trouw gevoeld, maar daarna had hij nauwelijks nog naar alternatieven gezocht. Hij had zelfs lange weekends doorgebracht in haar flatje in Ames, Iowa, een plaats waar bijna geen Cubaanse koffie te krijgen was.

Nu dacht hij aan haar mond. Ze had echt een prachtige mond, en een warme soepele tong, en hij had nooit een vrouw gekend met wie het zo goed neuken was. Dat was, dacht hij, misschien genoeg om er een relatie op te baseren die serieuzer en permanenter was dan al zijn vorige verhoudingen. En ze had een jaar in Spanje doorgebracht, waar ze Lorca had bestudeerd, zodat ze nu een merkwaardige maar elegante vorm van Spaans sprak. Geen noemenswaardige borsten, maar ze kon goed met zijn moeder opschieten. Al met al...

Inmiddels was hij het gebouw uit, dat helemaal versierd was voor de boekenbeurs. Het gebouw stond aan het hoofdplein van de campus, en hij ontweek een pantomimespeler en ging naar een kleine koffiebar, waar hij een *café con leche* nam en zijn mobieltje tevoorschijn haalde. Er stond een aantal berichten op de voicemail, en maar één daarvan was een onmiddellijke beantwoording waard.

'Mevrouw Wise? Met rechercheur Paz. Dank u voor het beantwoorden van mijn telefoontje.'

'Ja. Waarom... Neemt u me niet kwalijk, wat kan ik voor u doen, rechercheur?' zei de stem. Een mooie stem, vond hij, hees maar wat onduidelijk. En een beetje ademloos. Misschien had ze een paar drankjes voor het eten genomen.

'Het gaat over Emmylou Dideroff. Ik heb haar gearresteerd.'

'Ja, dat zei u.'

'Nou, ze schrijft een bekentenis.'

'Dat moet uw dag wel goed hebben gemaakt.'

'Niet echt,' zei Paz, die zich een beetje begon te ergeren. 'Als ze krankzinnig is, hebben we niets aan een bekentenis. Maar het is ook geen gewone bekentenis. Ze vroeg om een schrift zoals ze op school gebruiken, geen notitieblok met een spiraal. Ik kocht er vier voor haar bij Staples. Ze wil al haar misdrijven opschrijven, zegt ze.'

'Ze lijdt aan waanideeën,' zei Lorna. 'Ze had het in ons gesprek inderdaad over een bekentenis, maar als ze die opschrijft, zal moeilijk te zien zijn wat ze fantaseert en wat echt is gebeurd.'

'Net wat ik dacht,' zei Paz opgewekt. 'Daarom belde ik u.'

'O. En waarom mij in het bijzonder? Ik bedoel, er zijn onnoemelijk veel psychologen in Miami, en velen daarvan staan toch al op de loonlijst van de overheid. En ik neem aan dat u weet dat ik geen psychiater ben.'

'Ja, dat weet ik. Ik ben rechercheur. Ik belde u omdat ik iemand wilde hebben die onafhankelijk is, dus niet iemand uit het justitieapparaat zelf. Nou, ik kwam toevallig Leon Waits tegen omdat ik een van zijn agenten voor de recherche heb ingepikt. Hij gaf me daarover de wind van voren en ik herinnerde me dat zijn vrouw een soort therapeute was. Ik vroeg hem of ik haar mocht bellen en om een aanbeveling mocht vragen, en dat deed ik en ze verwees me door naar u. Toen keek ik in het dossier en zag dat u toch al bij de zaak betrokken bent. Het leek wel tovenarij. Dus de vraag is: wilt u het doen?'

Het werd even stil en hij hoorde iets wat op een zucht leek. 'Wat?'

'Lezen wat ze schrijft. Mij helpen te begrijpen wat het over haar geestelijke conditie vertelt. U krijgt daar een honorarium voor. Dat heb ik al geregeld.'

'Goed, ja, maar ik begrijp niet waarom u zich zo druk maakt om Emmylou Dideroff. Ik bedoel, heeft het iets te maken met het oplossen van de zaak? Haar veroordeeld te krijgen? Want als dat zo is, weet ik niet of ik...'

'Nee, het heeft niets te maken met de moord waarvoor ze is opgepakt.'

'Waar heeft het dan wel mee te maken?'

'Gebruikt u een draadloze telefoon?'

'Ja, hoezo?'

'En ik bel mobiel. Ik wil niet dat iemand die via internet wat elektronica heeft besteld meeluistert. We kunnen op het feestje praten.'

'Welk feestje?'

'Morgen. Bij Sheryl en Leon. U komt toch ook?'

Ze lachte, al had ze daar volgens hem geen duidelijke reden voor, en hield daar toen gauw mee op.

'Hoe wist u dat?'

'Ik ben nu eenmaal rechercheur,' zei hij. 'Dan zie ik u daar.'

7

'Heb je nog hersencellen over,' vroeg ze in zijn oor, 'of zullen we doorgaan?'

'Nee, ik denk dat je de laatste neuron hebt,' zei Paz. 'En dat was een hele prestatie. Doen ze in Iowa niet aan neuken?'

'Ik zou het niet weten,' zei Willa Shaftel laatdunkend. 'Ik doe niets anders dan lezen en schrijven. Nee, nu lieg ik. Schrijvers zijn geile wezens, en ik heb wel wat gerotzooid, maar je hebt altijd het gevoel dat ze materiaal aan het verzamelen zijn en dat elke beweging die je maakt in een roman terechtkomt.'

'Zoals die van mij in de jouwe, zoals ik heb gezien.'

'O, ja, maar dat was niet serieus. Ik wilde alleen maar een smak geld verdienen om aan het armoedige dichtersbestaan te ontkomen.' Een diepe zucht. 'God, ik ben in geen eeuwigheid zo genááid.' Ze rekte zich weelderig uit en plukte een paar van zijn borstharen van haar platte borsten.

'Het was me een genoegen,' zei hij. 'Hoe dan ook, je hebt een goed boek geschreven. Ik vond die regel over de kudden erg mooi. "Er zijn openingen in ons leven waar we niets van weten."'

'"En daar trekken de kudden met bellen om hun hals naar willekeur doorheen. Dorstig en op lange poten, bedekt met stof van verre streken." Ja. Heb je het hele boek gelezen?'

'Ja, maar de woorden blijven niet zo goed in mijn hoofd zitten als wanneer jij ze uitspreekt. Dat komt doordat ik nog tot de primitieve orale traditie behoor.'

'Zoals je vanavond ruimschoots hebt gedemonstreerd,' zei ze. 'Is dit paradijselijk of niet?' vroeg ze aan de wereld. 'Hij is geen slapjanus, beschikt over goed geschut en houdt van mijn poëzie. Een tien.' Ze lachte en steunde op een elleboog om wat beter naar hem te kijken. Hij had een serieuzere uitdrukking op zijn gezicht dan ze van hem gewend was.

'Is er iets?' vroeg ze.

'Nee.' Hij bedoelde ja. 'Ik dacht alleen aan iets wat je een keer hebt gezegd. Je zei hoe geweldig ik was, zoals je daarnet ook deed, een van je litanieën van complimenten...'

'Dat is goed: litanieën van complimenten.'

'Ja, dat ik zo beleefd was maar geen gevoelige newageman, dat ik een meisje op champagne trakteer, zorg dat ze het leuk heeft, dat ik zo goed in bed ben, zij het met een penis van slechts middelmatige grootte, en toen zei je dat er een gigantisch bord boven mijn hoofd hangt, zoals zo'n bord van vijftien meter boven de snelweg, met NIET SERIEUS WORDEN, of zoiets.'

'Ja, GEVAAR! HARTZEER OP KOMST. Dat weet ik nog. Het was de avond van een van de moorden, toen ik met je meeging naar de plaats van het misdrijf en je in moeilijkheden bracht.'

'Ja. Nou, ik zat erover te denken om dat bord weg te halen.'

'O, ja?'

'Ja, en je zei toen nog iets anders, over Afro-Cubaanse joodse baby's. Toen je naar Iowa zou gaan?'

'J-a?' Voorzichtig.

'Nou, laten we er een paar nemen.'

Haar mond viel open en toen lachte ze. 'Jimmy Paz, doe je me een áánzoek?'

Hij slikte. Het meeste bloed leek uit het voorste deel van zijn hersenen weg te trekken. 'Bij wijze van spreken. Weet je, de afgelopen, hoe lang is het nu, veertien maanden ben jij mijn enige... vriendin, zou je kunnen zeggen. Ik denk veel aan je, en dan verheug ik me niet alleen op geile dingen... En toen dacht ik: oké, als het niet nu gebeurt, wanneer dan wel?' Hij zweeg even om naar haar gezicht te kijken. Paz was beroepshalve goed in staat om uitdrukkingen te beoordelen, maar uit die van haar kon hij nu niet veel afleiden. Haar ogen waren groot, helder en scherp, en ze had een vage rozige blos op haar wangen. Romantische fascinatie? Of de verschrikte reactie van iemand die een verkeersongeluk heeft gezien? Hij voegde eraan toe: 'Ik heb geen ring of zoiets. Ik wilde het eerst aan je voorleggen.'

'Dat was verstandig,' zei ze. 'Maar ja, ik heb altijd al gevonden dat je verstandig was.' Ze kreunde zacht en werkte zich half overeind, zodat ze tegen de hoofdplank leunde. 'Goh, ik moet hier even van bijkomen. Ik had geen idee. Ik bedoel, ik dacht dat we geweldige neukmaatjes waren en zo, en nu dit. Maar het is niet precies tíjd, hè? Het is niet een kwestie van: "Maar áchter me hoor ik steeds..."'

'"... de gevleugelde strijdkar van de tijd naderbij spoeden." Nee, niet helemaal. Ik ben sinds die zomer met die moorden veranderd, weet je, meer dan ik zelf had verwacht. Vroeger – dit kan niet als een verrassing voor je komen – had ik veel vriendinnen tegelijk.'

'Ja, dat weet ik nog. Ik was er een van.'

'Ja. Drie, vier, vijf tegelijk, en heel openlijk, niet stiekem, en ze konden daarmee akkoord gaan of niet. Ik speelde het heel eerlijk en ik geloof niet dat er iemand gekwetst is. Spel en sport voor gezonde jonge volwassenen, hè? Maar sinds... die gebeurtenissen weet ik het niet. Ik heb geprobeerd weer in het circuit te komen, maar dat had geen zin. Ik kon niet... ik bedoel neuken en pret maken... Ik voelde me een zak, je weet wel, een van die klootzakken op de Beach, achtenveertig, aan hun tweede peeling toe, met hun Tom Jones-shirt en gouden ketting. Dat ben ik niet. Wat ben ik dan wel? En zoals ik daarnet zei: hoe meer ik daarover ging nadenken, des te meer dacht ik aan jou.'

'En waarom aan mij in het bijzonder, van al die duizenden? Als je zelf een litanie van complimenten hebt voorbereid, is dit er het moment voor.'

Hij haalde zijn schouders op. 'Dat weet ik niet. Ik mag je graag. We hebben het leuk met elkaar. Jij hebt je eigen leven en je zou niet van mij afhankelijk zijn om je een echt mens te voelen. Sommige collega's van me hebben zo'n vrouw.' Hij zweeg even en voegde eraan toe: 'Mijn moeder mag je graag.'

'O, dát is een goed argument!'

'Je kunt erom lachen, maar Margarita heeft veel mensenkennis. Daar komt nog bij dat jij niét zo bent als zij.'

'Nee, dat ben ik niet. Ga verder...'

'Je bent verrekte intelligent. Je zegt poëzie op uit je hoofd. Ik hou van je haar. En je huid. En je mond. Je hebt de mooiste mond van de wereld. En ten slotte geloof ik dat ik dit kan zeggen zonder bang te hoeven zijn te worden tegengesproken: we passen seksueel goed bij elkaar.'

'Hm. Natuurlijk is het gemakkelijk om seksueel goed bij elkaar te passen als er niets anders is.' Tien seconden later stootte ze opeens een snik uit en begon onbedaarlijk te huilen.

Paz ging rechtop in bed zitten en hield haar vast terwijl ze beefde en tranen en snot op zijn borst liet druipen. 'Wat is er? Wat heb ik gezegd?' zei hij steeds weer, maar deze keer kon ze de woorden niet vinden.

Even later, toen ze naar de badkamer was geweest, haar gezicht had gewassen en de witte badstoffen ochtendjas van het hotel had aangetrokken, ging ze op de rand van het bed zitten en zei: 'Nou, dat was onverwacht. Sorry.'

‘Maakt niet uit. Eens zien. Je mag me graag, maar niet genoeg om met me te trouwen, en je wilde me niet kwetsen. Ik neem tenminste aan dat het geen tranen van geluk waren en dat we een zaal gaan afhuren.’

‘Nee en nee. Geen zaal. En nee, het heeft helemaal niets met jou te maken. O, hoe kan ik dit uitleggen zonder dat het op totale waanzin lijkt? Kom op, Shaftel, gebruik je vermaarde macht over het woord! Het is ongeveer zo: ik heb geen hart. Nee, zo is het niet. Ik heb er wel een, maar niet zo’n hart als jij hebt. Niet zoals gewone mensen hebben.’

‘Zoals de blikken man uit *De tovenaar van Oz*?’

‘Bijna. Het deel van het hart dat bij gewone mensen in beslag genomen wordt door het leven als paar, door de liefde, het hebben van kinderen, een huishouden, wordt bij mij verteerd door wat ik doe. Ik word verliefd, ik heb verhoudingen. Ik ben ook verliefd op jóú. Op dit moment ben jij absoluut mijn favoriete man op de wereld. Maar dat betékent niets. Want ik zal nooit anders zijn dan ik nu ben. Alle groei en verandering zal zich niet binnen een huwelijk voltrekken maar in verband met de poëzie. Het is een beetje alsof ik een non ben, zo’n non die bloedende handpalmen krijgt. En weet je, ik gedraag me het allerbest als ik bij jou ben. Je hebt me niet aan het werk gezien, als het me helemaal te pakken heeft, als ik mezelf verwaarloos, mijn haar niet meer kam, niet meer met mensen praat en koude chili uit blik eet. Ik heb het nu over weken achtereen. Ik zou een kind doodmaken, dat geloof ik echt. Ik zou het in een auto of in het bad achterlaten en er dan niet meer aan denken. Je leest wel over zulke dingen.’

‘Is dat dan een regel? Krijgen dichters geen kinderen?’

‘Sommigen wel, en die ik ken, zijn meestal trieste gevallen. Voor mannelijke dichters is het waarschijnlijk niet zo erg. Die kunnen een vróúw hebben. Jij bent geen vrouw. Shit, ik weet het niet, misschien is het de geest van Sylvia Plath. Of Virginia Woolf...’

Paz keek haar aan. Virginia Woolf? Virginia Woolf kon naar de pomp lopen! Wees ze hem áf? Wees ze hem verdomme af? Sla haar op haar gezicht. Sla haar, breek haar neus, mep haar tanden eruit, dat vervloekte dikke witte kreng die vervloekte *gusano* worm wees hém af? Hij zou zijn pistool in haar kút steken...

‘Jimmiiiie!’ Een schelle kreet.

Op de een of andere manier was Willa van het bed af gegleden. Ze maakte zich nu zo klein mogelijk in de hoek van de kamer, aan de andere kant van het nachtkastje. Haar gezicht, dat normaal gesproken bleek was, was nu zo blauwig als taptemelk, alleen zaten er grote rode striemen om haar hals en stonden de tranen in haar ogen.

'Wat?' riep hij uit. 'Wat is er?'

'Wat er ís? Jezus christus, Jimmy, ik dacht dat je me ging vermoorden. Het was net Jekyll en Hyde. Je greep me bij mijn hals en je had je vuist gebald en je had een blik in je ogen... Het was net iets uit mijn bóék, verdomme!' Ze stond bevend op. 'Ik neem aan dat je nu weer normaal bent, ha ha. Wat gebeurde er? Kun je niet tegen een afwijzing?'

Paz had er geen zin in om weer badinerend te praten. Hij voelde een enorme minachting voor zichzelf, vermengd met verwarring en nogal wat afgrijzen. Hij pakte zijn kleren bij elkaar en stak zijn armen en benen erin. Hij was plakkerig en wilde erg graag douchen, maar daar leek dit hem niet het moment voor.

'Sorry,' zei ze. 'Ik heb je letterlijk gek gemaakt.'

Hij bleef staan en keek haar aan. 'Nee, ik ben degene die zijn spijt moet betuigen. Ik weet niet wat er daarnet gebeurd is, maar ik denk dat ik op dit moment beter niet met jou alleen kan zijn. Ik bel je,' zei hij, en hij pakte zijn jasje op. Hij liep naar de deur, maar dwong zich toen om te blijven staan en haar te omhelzen.

'Moeten we hier niet over praten?'

'Nee, dat denk ik niet. Sorry.'

'De zoektocht naar de ware begint nu meteen?'

'Misschien wel.' Hij omhelsde haar opnieuw. 'Geen rancune, Willa,' zei hij in haar haar. 'Stuur me je volgende boek.'

'Dat zal ik doen,' zei ze tegen zijn rug en de deur die dichtging.

Paz ging naar zijn auto en bleef daar een tijdje in zitten, kijkend naar zijn bevende handen. Geleidelijk ging het voorbij, want het rationaliserende deel van zijn hoofd, een eenheid met een enorme kracht, herinterpreteerde de dingen die waren gebeurd als iets redelijk normaals, een opwelling van woede die door een hypergevoelige vrouw met te veel verbeeldingskracht voor iets vreemds, iets onwezenlijks was aangezien. Daarna kwam er een diepe verdoving over hem. Hij had er gewoon nooit bij stilgestaan dat iemand hem zou kunnen afwijzen. Willa mocht hem graag, dat had ze gezegd, ze konden goed met elkaar opschieten. Iedereen wíst dat meisjes vastigheid wilden, net zoals iedereen wist dat er zwaartekracht bestond. Nu hij het tegendeel had ontmoet, was het net of hij een voorwerp omhoog had zien vallen. Hij zag het gele poëzieboek op de passagiersplaats liggen. Plotseling kreeg de woede hem weer te pakken. Hij greep het boek en smeet het de duisternis in. Twee minuten later vloekte hij op zichzelf en ging hij de verlaten nachtelijke straat in om het op te rapen. Het lag omgekeerd open en het knalgele omslag lag als een schilderfout op de gele verkeerslijn. Hij stond daar midden op South Bayshore en las het gedicht op de bladzijde die was opengevallen:

Niets blijft
hoe bitter de gedachte bij elk verlies

Niets blijft
een belofte ook van troost

Verdriet en hoop
twee kanten van het springtouw,
tweelingdochters van ongeduld

De een draagt wol, de ander katoen.

Paz voelde een huivering die niets met de frisse wind uit de baai te maken had. Hij vond het niet prettig als boeken openvielen en dan een boodschap met betekenis lieten zien. Nog irritanter was het dat hij zich echt door die boodschap getroost voelde. Hij stapte weer in zijn auto en reed naar zijn appartement, waar hij zich een stevige wodka met limoen inschonk. Hij trok een broek met afgeknipte pijpen en een sweatshirt aan en ging buiten in een tuinstoel zitten. Hij kauwde op de smaak van het drankje en dommelde nu en dan even in, terwijl de milde nacht voorbijgleed.

Toen de zon helemaal op was en hij niet meer kon doen alsof hij zou kunnen slapen, ging hij naar de badkamer, en daarna trok hij een geruite broek uit het restaurant en een paar vettige hoge schoenen aan en liep de hoek om naar Calle Ocho, waar hij in zijn gebruikelijke anonieme restaurantje een café con leche en een vruchtentaartje nam, de *Herald* las en een korte, dikke, sterke, zwarte sigaar rookte. Toen stak hij de straat over en opende hij het restaurant van zijn moeder.

Er was iets fascinerends, vond hij, aan een leeg restaurant vroeg in de morgen, ongeveer zoals wanneer je op dat uur van de dag naar een geliefde maar oudere minnares keek. Je zag de slijtage die in de komende uren door kaarslicht zou worden verhuld, maar dat maakte de intimiteit alleen maar groter; niemand anders kende die kant van haar. Hij ging de keuken in, trok een kokshemd aan, deed een plastic schort voor en zette de met olie bespatte gettoblaster van de keuken aan. Een sambaband schetterde uit de speakers, Martinho da Vila met 'Claustrofobia'. Paz, die een beetje op zijn tenen wipte, gebruikte zijn sleutels om de vleeskoelruimte open te maken, liep naar binnen en kwam terug met een heel lendenstuk, de hele uitgebeende heup van een stier. Bij de spoelbakken haalde hij het dikke plastic omhulsel van de leverancier weg, spoelde het bloed van het vlees, droogde het af en gooide het op het slagersblok dat tussen de twee manshoge koelkasten tegen de muur stond.

Als je in een restaurant veel vlees verkoopt, zit het verschil tussen winst en verlies op die gerechten in de grootte van de porties, en bij Guantanamera waren de porties een zaak van Jimmy Paz. Paz scherpte zijn favoriete mes, streek ermee over de rug van zijn linkerpols, schoor met het lemmet wat haartjes weg en veegde het mes toen zorgvuldig schoon. Toen ging hij aan het werk. Hij veranderde een lendenstuk van ruim vijftien kilo in (het ideale resultaat) honderdtwee *palomilla*-steaks, die elk bijna precies honderdvijftig gram wogen.

Paz sneed zonder zichtbare moeite. Hij haalde de rode plakken van het lendenstuk af, woog ze stuk voor stuk en gooide ze in een stalen bak. Dit werk vereiste al je aandacht, tenminste als je je duimen wilde houden en een paar dollar wilde verdienen, maar het stelde weinig eisen aan de hogere hersenfuncties, en al vanaf jonge leeftijd had Paz het snijden van vlees gebruikt om zijn geest de vrije loop te laten. Hij behoorde tot de kleine broederschap van uiterst intelligente mannen die helemaal niets van intellectuelen moesten hebben, tot de groep waaruit de meeste ondernemende miljardairs uit de geschiedenis zijn voortgekomen, en ook degenen die verantwoordelijk zijn voor het fysieke onderhoud van de westerse beschaving: timmerlieden, metselaars, brandweermannen, soldaten, politieagenten. Zoals de meeste autodidacten had Paz eerder een origineel dan een gedisciplineerd intellect, dat voor een groot deel bestond uit wat hij over het kussen heen had meegekregen van een lange reeks intellectuele vrouwen, de enige soort waarmee hij graag naar bed ging.

Zijn gedachten: wat was het dom van hem geweest om bijna twintig jaar lang juist die kleine groep vrouwen te kiezen die géén vastigheid wilde, en hij was nog verbaasd geweest ook toen een van die vrouwen hem afwees, eigenlijk lachwekkend als je erover nadacht, wat een lul was hij toch; mogelijkheden van liefde, romantische liefde en liefde die blijvend is, en hoe je van de ene op de andere categorie overgaat; lúl, jezus nog aan toe; gekozen genegenheid, de goetheaanse frase die in zijn oor was gefluisterd door een Duitse studente, de witblonde Helga, met de strekking dat een romantische band tussen twee mensen zo natuurlijk en onweerstaanbaar was als een chemische verbinding, natrium en chloor, nee, niet Helga, Trude, Helga was de Deense geologe, zee-oölieten, koolstofdatering daarvan in ondiepe zeeën, hij was met haar gaan duiken bij Pennekamp, hij moest de boot gauw eens laten opknappen en schoonmaken, hij moest eens met de boot weg, een meisje zoeken, misschien naar Bimini gaan, maar waar haalde hij de tijd vandaan?; als een non zei ze, met bloedende handpalmen, stigmata, abnormale psyche, allerlei soorten religieuze ervaringen, William James, sceptische erkenning van de realiteit daarvan, Beth de sociologe, geen gelovige maar het wel eens met James' verwerping van het 'agnostische veto', dat rationaliteit eiste in aangelegenheden waarover onmogelijk met rationaliteit te beslissen was. De aard van het geloof, waarom kan hij niet springen, na wat hij gezien heeft, gezien zijn moeder... en die gekke vrouw, Dideroff, of niet gek, die ógen, nee, dat is niet gebeurd, slaapdeprivatie, en die psychologe, Wise, leuke stem door de telefoon, en Sudan, Emma de geografe, de Sudan, Sahel, savanne, ecotypen, droog, regenseizoen, doornstruiken, de acacia, de apenbroodboom, iets met een burgeroorlog, ze had een onderzoeksreis in de winter moeten uitstellen, ga dat na...

Hij was klaar met snijden en pakte nu de zeshonderd gram zware gietijzeren getande hamer van zijn haak boven het slagersblok en sloeg daarmee op de steaks. Met precies het juiste aantal slagen maakte hij ze een halve centimeter dik, en daarna gooide hij ze in een emmer met de marinade van het huis: knoflook, limoensap, zout, peper en een boeket van kruiden waarvan alleen Paz, zijn moeder en God de samenstelling wisten. Hij sloeg, sloeg in het sambaritme, en merkte (want daarom was hij naar het restaurant gegaan en dit gaan doen) dat hij met dit werk niet alleen de palomillas maar ook zijn hart verzachtte. Even voor negen uur arriveerde Rafael, de voorbereidingskok, en die bracht vijftig kilo aardappelen even aan de kook. Hij zei geen woord tegen Paz, want net als ieder ander kende hij de meditatieve aspecten van het platslaan van *biftek*. Het werd warmer in de keuken, het zweet droop van Paz' gezicht, en hij sloeg de druppels in het vlees. Toen zijn moeder hem twintig jaar eerder in het benauwde smoorhete keukentje van hun eerste restaurant had laten zien hoe het moest, had ze gezegd dat Paz-zweet het echte geheime ingrediënt van hun palomilla was. Paz had dat als jongen geloofd en geloofde het nu nog.

De laatste steak viel in de emmer. Paz maakte het mes en zijn hamer schoon en borg ze weer op, rekte zich uit, hield zijn hoofd onder de kraan en droogde zijn gezicht af. Toen hij de handdoek neerlegde, was zijn moeder er ook: geel broekpak, haar haar in een gebloemde tulband, handen en polsen behangen met kilo's goud.

'Wat is er ?' wilde ze weten.

'Er is niets, *mami*,' zei hij.

'Je hebt vannacht niet geslapen. Je komt hierheen, waar ik je meestal heen moet slepen, en je snijdt en slaat een heel lendenstuk. En...' Ze zwaaide met haar hand boven zijn hoofd, om de aura heen die ze beweerde te kunnen zien, rinkelend met haar vele gouden armbanden. 'En je bent helemaal wolkig en bruin. Dus ga me niet vertellen dat er niets is. Het is een vrouw, hm?'

'Als je het al weet, waarom moet je het dan nog vragen?'

'Wat is er gebeurd?'

'Niets, zei ik al. Ik heb het zo'n beetje uitgemaakt met Willa.'

Mevrouw Paz sloeg haar blik ten hemel en rinkelde met haar handen naar de gevoelloze goden.

'Ik zal nóóit kleinkinderen hebben. Dat is mijn lot. En er is nog iets anders...' Ze bewoog haar handen door de lucht alsof ze een damp probeerde te vangen. 'Een invloed, een vloek? God verhoede het! Nee, geen vloek, maar iets zwaars, donkers...'

Hij wendde zich snel van haar af en camoufleerde die beweging door zijn schort af te doen. 'Hou op, mami! Je weet dat ik me niet voor dat soort dingen interesseer.'

'Nee, jij interesseert je er niet voor, maar het interesseert zich wel voor jóú. Ik zeg het je nog een keer: je moet gereinigd worden.'

'Geen reiniging. Ik zei al dat ik me prima voel.'

'Als je vrouw je heeft verlaten, voel je je niet goed, mijn zoon. En ik was er nog wel zo zeker van dat je haar zou vragen met je te trouwen.'

'Dat heb ik gedaan. Ze zei nee.'

'Wat? Je zei dat je van haar hield, dat je zonder haar geen moment meer op deze aarde kon leven, en ze zei... wat?'

'Dat heb ik niet gezegd, mami. Ik zei dat we heel goed met elkaar konden opschieten en dat we, je weet wel, het formeel en permanent moesten maken. En ze zei: nee, dank je.'

'Natuurlijk zei ze nee, jij *besugo*! *Zoquete!* Weet je dan niet dat vrouwen graag willen horen dat je van ze houdt?'

'Nou, dat weet ik wel, maar in feite bleek dat ik niet van haar hield. Sorry.'

Cesar de kok kwam binnen. Hij voelde de sfeer aan, bedacht dat hij iets in zijn auto had laten liggen en maakte rechtsomkeert.

Paz had het er altijd al moeilijk mee gehad als zijn moeder zo naar hem keek, vooral omdat Margarita, zoals hij al heel jong besefte, alarmerend veel groter leek te worden als ze kwaad was. Ze was een breedgeschouderde vrouw, gespierd na jaren van zwaar werk, bijna even groot als haar zoon, teakkleurig, met uitvoerig bewerkt en gevlochten haar, glanzend als drop, en ondanks een zekere barsheid was ze op haar vijftigste nog adembenemend mooi. Nu torende ze als een Latijnse Godzilla boven Paz uit (tenminste, zo leek het hem). Haar neusgaten gingen alvast wijd open en hij wist al vanaf vierjarige leeftijd dat ze dan zijn fouten ging opsommen. Daarom was hij immens opgelucht toen een trilling bij zijn riem hem liet weten dat hij gebeld werd. Hij pakte zijn mobieltje en drukte op de gespreksknop.

'Sorry, mami, ik moet opnemen. Politiezaken.'

'Zeur niet over politiezaken als ik tegen je praat!'

Paz ging naar het achterste deel van de keuken, nadat hij nog even had gemompeld: 'Zal ik je een spermamonster geven? Dan hoef je me niet meer uit te huwelijken.'

'Wat? Wat zei je daar?'

Hij negeerde haar en ging vlug de achterdeur uit. Op het parkeerterrein leunde hij tegen zijn auto. Hij drukte de telefoon tegen zijn oor en hoorde de aarzelende stem van zijn nieuwe partner.

'Jimmy? Met Morales. Ik stoor je toch niet of zo?'

'Nee, dat heb ik je al uitgelegd, man, je kúnt me niet storen, ik ben je partner. Als je iets hebt wat ik moet weten, is elk uur van de dag of nacht goed. Al ben ik een nummertje aan het maken, ik moet opnemen. Hetzelfde geldt andersom.'

'Ik bedoel, wat zei je nou over een spermamonster? Ik dacht...'

'Nee, dat was mijn moeder maar. Wat heb je?'

Een korte stilte. Toen zei Morales: 'Oké, ik heb David Packer nagetrokken aan de hand van dat motorkenteken. Hij heeft die motor ruim een jaar; geen overtredingen. Ik heb de kredietbureaus gebeld, zoals je zei, en die hebben niets over hem.'

'Hoezo, niets?'

'Ik bedoel dat er geen kredietverleden is van een David Packer, SSN 092-71-9116. Blijkbaar betaalt hij altijd contant.'

'Dat is toch niet te geloven? Een kerel die er redelijk welvarend uitziet, die een boot en een motor van achtentwintigduizend dollar heeft, en die nooit een creditcard heeft gehad? En het telefoonbedrijf?'

'Hij betaalt een klein bedrag met een cheque. Geen interlokale gesprekken. De bank zegt dat hij elke maand een cheque van $ 2.467,18 van de Amerikaanse overheid op zijn rekening krijgt, en elk kwartaal krijgt hij cheques van effectenfirma's. Hij is goed voor zo'n vijftigduizend per jaar, maar hij heeft die boot en die motor schuldenvrij, dus hij heeft het vrij goed, denk ik.'

'Ja. Heb je dat nummer van het paspoortbureau gebeld dat ik je gaf?'

'Ja, en dat was ook zo vreemd. Ik kon er niet achter komen of hij een paspoort heeft of niet. Ik gaf het meisje aan de lijn zijn gegevens door en toen moest ik een hele tijd wachten en toen zei ze dat ze die gegevens niet kon verstrekken, ze waren geheim. Ze gaf me een nummer dat ik kon bellen, haar chef, Floyd Mitchell.'

'En wat had meneer Mitchell te zeggen?'

'Ik kon hem niet te pakken krijgen. De telefoon ging maar over, geen antwoordapparaat of zo. En dus belde ik de centrale van Buitenlandse Zaken en vroeg naar een Floyd Mitchell, en ze zeiden dat er daar niemand met die naam werkte. En dus belde ik het paspoortnummer weer en daar gebeurde hetzelfde, en ik vertelde ze alles over Floyd Mitchell die er niet was, en toen ik nog zo'n tien minuten had gewacht, kreeg ik een man aan de lijn die zei dat hij Floyd was en vroeg wat hij voor me kon doen.'

'En heeft hij wat voor je gedaan?'

'Nauwelijks. Hij zei dat de computer overhooplag en dat ze de informatie die ik wenste er niet uit konden halen, maar als ik mijn naam achterliet, zouden ze me bellen als de computer het weer deed.'

'Ja, en tegen die tijd staat Florida onder water. Zo, zo. Een mysterieuze man, onze Dave. En die andere man?'

'O, dat was geen probleem. John F. Wilson, alias Jack Wilson, heeft dat bedrijf zo'n twee jaar geleden gekocht. Daarvoor werkte hij als chefmonteur bij Empire Boat Livery in Hallandale, acht jaar; daar weer voor zat hij bij de marine. Zijn kredietwaardigheid is goed, hij betaalt zijn rekeningen op tijd, heeft een huis in de Gables en een Lexus van twee jaar oud. Plus die pick-uptruck.'

'Hij werkte voor Empire,' zei Paz. 'Kijk eens aan.'

'Heb je daarvan gehoord?'

'Nou en of. Het is, of was, van een zekere Ignacio Hoffmann. Ignacio had een vloot van sigarettenboten, zoals ze die dingen noemen. Dure speedboten die hij niet verhuurde aan mensen die een dagje gingen vissen bij Fowey Rocks. Hij deed veel nachtwerk in de Straits. Drugssmokkel.'

'Maar hij is niet meer actief?'

'Nee, de FBI heeft hem opgepakt. Dat zal drie of vier jaar geleden zijn. Een van zijn mensen verlinkte hem, ze kregen hem te pakken met een federale tenlastelegging, hij betaalde zijn borgsom van een miljoen dollar cash en ging ervandoor. Interessant. Ik wed dat Wilson zijn bedrijf cash heeft gekocht.'

'Dat weet ik niet,' zei Morales. 'Ik kan het nagaan.'

'Hm. Nou ja, wat maakt het ook uit? We zijn niet in Hoffmann en Wilson geïnteresseerd, behalve voor zover ze met Emmylou in verband staan. Heb je iets bereikt met al die visitekaartjes van Jabir al-Muwalid?'

'Ja, hij had een van die mensen bezocht op de ochtend van de dag dat hij stierf. Ik heb gebeld, maar die man was er niet.'

'Wacht daar maar even mee tot ik er ben. We gaan samen naar hem toe.'

'Oké, wat weten we over die man?' vroeg Paz toen ze in de dienst-Impala zaten en over Flagler Street reden. Morales reed en Paz nam er vorstelijk zijn gemak van en rookte een sigaar. Paz was tevreden met zichzelf en keek welwillend naar zijn partner.

'Hij zit in de oliebusiness,' zei Morales. 'De spotmarkt, wat dat ook mag zijn. Onze man had op de dag dat hij stierf een afspraak met hem. Het lijkt een fatsoenlijke burger.'

'Maar een Arabier.'

'Dat is geen misdaad.'

'Tot nu toe niet. Nee, maar het is de zoveelste kreukel in een overhemd dat er toch al te mooi uitziet. Ik had liever dat hij een Cubaans-Amerikaan was, of voor mijn part een doodgewone presbyteriaan. Een jood zou ook goed zijn geweest. Ons slachtoffer is een Arabier die op een federale signaleringslijst voorkomt, en de laatste van wie we weten dat hij hem ontmoette voordat hij werd doodgemept is een Arabier...' Hij haalde zijn schouders op. 'Waarschijnlijk heeft het niets te betekenen.'

'Mag ik je wat vragen?' zei Morales na een korte stilte. Ze waren inmiddels Second Avenue ingeslagen. Het was druk op de weg, maar ze hadden geen haast.

'Vraag maar.'

'Wat is er verdomme aan de hand?'

'Kun je wat preciezer zijn?'

'Ik kom jou bij toeval tegen en een paar dagen later ben ik rechercheur bij Moordzaken. Mijn inspecteur weet daar niks van. Ik kom op de afdeling en ze behandelen me alsof ik een besmettelijke huidziekte heb. En dan laat jij me aan een zaak werken waarvan ik weet dat hij gesloten is. Is dat genoeg om mee te beginnen? Daar heb je ons gebouw.'

‘Parkeer maar bij de bushalte,’ zei Paz. ‘Oké, ik vroeg me al af wanneer je daarover zou beginnen. Je bent rechercheur geworden omdat ik een partner moest hebben. Oliphant heeft me dat bevolen, en ik heb zelf aan wat touwtjes getrokken. Waarom jij? Waarom jij níét? Ten eerste omdat je weliswaar niets briljants hebt gedaan maar ook nooit iets hebt verknoeid, en ik vond dat je goed werk deed op die plaats delict. Je kotste niet en dat terwijl het tafereel daar volkomen kotswaardig was. Een kleinigheid, maar wel een vereiste voor een rechercheur van Moordzaken. Niet kotsen. Dat verpest de plaats delict en maakt de getuigen van streek, als die er zijn. Verder volgde je op de plaats delict mijn instructies op zonder dat ik ze in grote letters hoefde op te schrijven en op je overhemd hoefde te spelden. Je zou ervan staan te kijken hoeveel kerels dat niet kunnen. Ten slotte vind ik het wel prettig om bevelen te geven aan een blanke Cubaan. Heb ik je eerste vraag daarmee voldoende beantwoord?’

‘Ja,’ snauwde Morales.

Paz zei daar niet meteen iets op. Hij keek in het zijspiegeltje.

‘Wat is er?’ vroeg Morales.

‘Niets, ik dacht dat ik iets zag. Ik word nog paranoïde op mijn oude dag. En jij bent kwaad, maar ik ben eerlijk tegen je. Ik geef het goede voorbeeld. Lieg tegen je vrouw, je vriendin, je moeder, wie dan ook, maar lieg nooit tegen je partner. Word desnoods kwaad op hem, maar lieg niet. Oké, volgende vraag. Een jonge straatagent, aan wie zo te zien niets bijzonders is, krijgt een prestigieuze baan. Wat denken de andere leden van zijn nieuwe organisatie dan? Denk eens na!’

Morales dacht een tijdje na en toen keek hij Paz geschrokken aan. ‘Ze denken dat ik een verlinker ben?’

‘De helft denkt dat, want je bent hier bij de politie van Miami. Ze denken dat de interne controledienst een mol op de afdeling Moordzaken heeft gezet. De rest probeert er nog achter te komen wie je kent, wie je connecties zijn, tot welke factie je behoort, want ze willen weten of ze je hielen moeten likken of je een schop moeten geven. Bovendien ben je míjn partner, en dat is extra zout in de wond, want sommigen maken je het leven zuur omdat je bij mij hoort. Ik ben niet zo populair op de vierde verdieping. Dat is niet leuk, maar ik probeer ermee te leven.’ Hij glimlachte en na een korte aarzeling deed Morales dat ook.

‘Oké, ik kan er ook mee leven. Vertel me dan nu waarom we aan een gesloten zaak werken.’

‘Omdat we daartoe opdracht hebben gekregen. En de zaak is misschien niet echt gesloten. Begrijp je wat ik bedoel?’

Morales knikte energiek. ‘Packer is fout. Wilson is fout, het slachtoffer staat op een signaleringslijst van de FBI, de verdachte is gek, en die Arabier zit in de oliebusiness. Te veel kreukels in het overhemd.'

'Je hebt het begrepen. Over overhemden gesproken, heb je geld?'

'Of ik geld bíj me heb?'

'Nee, op de bank. Bijvoorbeeld een paar duizendjes die je kunt missen.'

'Ja. Hoezo?'

'Je moet wat goede kleren kopen. Ik draag een pak van veertienhonderd dollar en schoenen van driehonderd dollar en jij draagt een vod dat eruitziet alsof je het kreeg toen je je eerste communie deed. Hoe komt dat over als iemand naar ons tweeën kijkt?'

'Dat jij kleren belangrijker vindt? Dat ik ordinair ben?'

'Nee, ze denken dat ik corrupt ben en jij niet. Ik wil dat we er allebei corrupt uitzien.'

'Je wilt dat mensen ons smeergeld aanbieden?' zei Morales.

'Zie je wel, ik wist wat ik aan je had. Je ziet eruit als een koorknaap, maar je hebt een verdorven geest. Precies goed. Toen ik in mijn eentje werkte, hebben drie mensen me geld aangeboden. Er is nooit een betere manier bedacht om een zaak op te lossen. De man heeft het geld in zijn hand, en je hebt het op de band: het is net of hij zijn pik uit zijn broek heeft hangen. Aanklagers zijn daar gek op. Hierna gaan we winkelen.'

Het was een bakstenen gebouw van tien verdiepingen bij het verhoogde metrospoor, wit marmer en zwart glas en met een koraalstenen fontein in de hal. Michael Zubrom had een kantoor op de zevende verdieping met een teakhouten deur waarop bronzen letters prijkten die voorbijgangers vertelden dat zich daarachter Polygon Brokers, PLC, bevond. De receptieruimte was klein, met een glazen hokje voor de receptioniste. Zubrom zelf, die hen kwam begroeten, was een kleine, stevig gebouwde, olijfbruine man van een jaar of veertig met een mooie bos donker haar, een spitse neus en een blik alsof hij meer wist dan hij ooit zei. Ze lieten hun insignes zien en liepen achter hem aan naar binnen.

Zijn kantoor was rommelig, meer een werkplek dan een podium om te spelen dat je succesvol was, ingelijste wereldkaarten aan de muur, met spelden erop, boekenkasten vol technische rapporten, scheefhangende stapels uitdraaien en een rek met geluidloos flikkerende televisiemonitoren, vier in totaal. Ze gingen op stoffige stoelen zitten en Zubrom nam aan zijn chaotische bureau plaats. Om hen te zien moest hij tussen een computermonitor en een hoge stapel tijdschriften over de olie-industrie door kijken.

'Zo, de politie,' zei hij. 'Ik moet u meteen vertellen dat ik echt niet veel over die Sudanees weet.' Hij sprak met een licht accent dat Paz bekend voorkwam.

'Neemt u me niet kwalijk,' zei Paz in het Spaans. 'Bent u misschien Cubaans?'

Een glimlachje. 'Nee, ik ben Mexicaans,' antwoordde hij in dezelfde taal. 'Om precies te zijn Palestijns-Mexicaans. Dit is een filiaal van het bedrijf van mijn familie in Mexico-Stad.'

Paz ging weer over op Engels. 'En wat had meneer al-Muwalid met u te bespreken op de dag dat hij overleed?'

'Hij verkocht me wat olie.'

'Een soort monster?'

'Meer dan dat. Weet u wat de oliespotmarkt is?'

'Niet echt,' zei Paz.

'Nou, het principe is eenvoudig, maar de praktijk is ingewikkeld. Misschien geldt dat ook voor politiewerk? Ik zal proberen u tenminste het principe uit te leggen. Olie is een waardevol en vervangbaar goed. Een vat *light crude* bijvoorbeeld is hetzelfde in een tank in Dubai, in een schip midden op de oceaan, in een pijpleiding in Rusland, en de rechten op die vaten worden verhandeld als valuta. Ik kom uit een familie die vloeiend Arabisch, Spaans en Engels spreekt en we kunnen dus zakendoen met de meeste mensen op de wereld die olie te verkopen hebben.'

'Waarom Miami?' vroeg Morales. 'Waarom niet Houston?'

'Goede vraag. Sterker nog: waarom niet in Mexico? Het antwoord daarop is dat je anderen niet wilt laten weten wat je doet. In oliesteden kijkt iedereen wie er op bezoek gaat bij wie, wie er uit Venezuela, de Golf, Noorwegen, Nigeria is overgekomen. Dit eenvoudige kantoortje in Miami is beter voor de privacy. Bepaalde zaken vereisen nu eenmaal discretie.' Zubrom keek heen en weer tussen Morales en zijn beeldschermen.

'En al-Muwalid had dat soort zaken?' vroeg Morales.

Hij haalde elegant zijn schouders op. 'Hm. U moet weten dat de spotmarkt abstract is. In zekere zin handelen we alleen in chips en fiches, als in een casino. We beloven olie tegen een bepaalde prijs te leveren. Soms doet zich de situatie voor dat iemand ons een specifieke partij werkelijk bestaande olie verkoopt, en dat was bij hem het geval. Hij zei dat hij elfduizend vaten in een tanker in Port Sudan had. Hij had de papieren, de vergunningen van de overheid daar, en dus deed ik zaken met hem. Zoals ik al zei, is olie vervangbaar, het is in zekere zin allemaal één grote plas. Een ogenblik, graag.'

Hij keek naar zijn scherm en typte iets op zijn toetsenbord in. 'Sorry. Ik moet iets in Singapore regelen.'

Paz zei: 'Meneer Zubrom, u hebt iets met ons te regelen, en wel nu meteen. Waarschijnlijk was u de laatste die met het slachtoffer sprak voordat hij werd vermoord. Misschien is hij vermoord om iets wat zich in deze kamer heeft afgespeeld. Misschien moeten we naar het bureau gaan...'

Die woorden leverden een beetje meer aandacht van de man op, al konden ze zien dat hij vanuit zijn ooghoek steeds weer naar de knipperende cijfers en berichten van Bloomberg en CNN keek. 'Nee, alstublieft. En ik begrijp echt niet hoe dat zou kunnen. Voor mij was het een heel eenvoudige transactie. Eens kijken wat ik heb betaald...' Hij typte iets in. 'Ja. Negenentwintig dollar veertig per vat, basisprijs, exclusief commissie, exclusief tarieven, exclusief verzekeringen enzovoort. Het was $ 303.533,76, en dat liet ik overmaken naar een nummerrekening bij de ARPM-bank, Jersey.'

'Waar in Jersey?' vroeg Morales.

Zubrom keek hem onderzoekend aan. 'Niet de staat Jersey. Het is een eiland met soepele bankvoorschriften in het Kanaal tussen Engeland en Frankrijk.'

'Verder nog iets?' vroeg Paz. 'Iets over zijn verdere plannen, andere afspraken?'

'Nee.'

'Had hij het over een vrouw die Dideroff heet?'

'Nee. Rechercheur, ik zit midden in mijn zakendag...'

'Wat heeft hij nog meer gezegd, meneer Zubrom?'

'Nou, we hebben geen beleefdheden uitgewisseld. Eerlijk gezegd vond ik hem niet sympathiek. Maar veel mensen in de oliebusiness zijn zo. Vooral de Afrikanen, als ik dat mag zeggen.'

'En waarom dan wel?' vroeg Paz vriendelijk. 'Als ik dat mag vragen.'

Zubrom schrok blijkbaar van die vraag. Hij likte over zijn lip en stamelde een beetje. 'Ze... Ze... Het was niet kwetsend bedoeld.'

'Het geeft niet, meneer Zubrom. Ik ben geen Afrikaan. Gaat u verder. Wat is er met hen?'

'Het ontbreekt... ontbreekt hun aan het besef van overheidsbezit. Als iemand iets in zijn macht heeft, is het van hemzelf, als zijn schoen of zijn huis, van hem en zijn familie of stam. De natie is alleen maar een theoretisch begrip. Nu is mijn eigen overheid corrupt genoeg, maar we hebben het besef dat er grenzen zijn. We hebben onze commissies en smeergelden, maar we denken niet dat onze olie het persoonlijk bezit is van de minister van Oliezaken en zijn vrienden. Volgens mij denken ze dat in Nigeria en Sudan wel. Ik geloof dat die meneer al-Muwalid connecties had die een hoeveelheid olie naar die tanker konden dirigeren opdat hij die olie voor zichzelf kon verkopen, en dat heeft hij dus gedaan. Maar u vroeg waarover we praatten. Toen de transactie was afgesloten, ontspande hij een beetje. Ik bood hem iets te drinken aan. Hij gaf me een tip.'

'Een tip?' vroeg Paz.

'Bij wijze van spreken. Hij vroeg me wat er zou gebeuren als er een nieuwe olievondst werd gedaan, een olieveld dat, laten we zeggen, vijftig keer zo groot is als de Widha- en Kordofan- en Adar Telvelden samen. Dat zijn de grote Sudanese velden, weet u. Ik zei tegen hem dat het geen onmiddellijk effect op de spotmarkt zou hebben omdat het nog steeds moeilijk is om olie uit Sudan te krijgen. Die olie bevat veel paraffine en moet verhit worden, de pijpleiding via Khartoum is klein en bijna alle olie zit in het zuiden en moet dwars door een burgeroorlog getransporteerd worden. Maar zoals ik tegen hem zei, zou een vondst van die omvang...'

'Waar hebben we het hier over?' vroeg Morales. 'Saudi-Arabië?'

Een neerbuigend glimlachje. 'Natuurlijk niet. Saudi-Arabië is een klasse op zich. Wat oliereserves betreft, heeft dat land geen echte concurrenten. Begrijpt u dat Sudan momenteel een héél kleine producent is? Reserves van misschien 600 miljoen vaten. Ik bedoel heel klein in vergelijking met Libië, dat bewezen reserves van bijna dertig miljard heeft en Irak... Wie weet er tegenwoordig nog iets van Irak? Dat kan van alles zijn, van honderdtwaalf tot tweehonderdtwintig miljard vaten. Dus ik zei tegen hem, als je die zeshonderd miljoen met vijftig vermenigvuldigt, kom je in de klasse van Libië, en dan hoor je bij de grote jongens, en als dat zou gebeuren, zou het een verandering op geopolitiek niveau teweegbrengen, om van de spotmarkt nog maar te zwijgen.'

Weer een schouderophalen, een handgebaar dat het Midden-Oosten en Latijns-Amerika omvatte en daarmee de futiliteit van zulke voorspellingen aangaf. 'Afhankelijk van de kwaliteit van de olie en de productiekosten enzovoort. Ik zei tegen hem dat ik niets over zo'n vondst had gehoord en hij zei: "O, het is er wel, we weten dat het er is, maar we kunnen het nog niet bewijzen." Hij bedoelde dat ze nog geen gegevens voor de oliemaatschappijen hadden en dat die dus nog niet aan de gang konden gaan. Hij was nogal vervuld van zichzelf en praatte alsof hij een belangrijke rol ging spelen in de toekomst van Sudan als hij aan de gegevens over dat veld kon komen, en hij kende iemand die wist waar het lag, iemand hier in deze stad. Daarom had hij dat geld nodig, weet u, voor onkosten, om mensen in dienst te nemen, om te gaan zoeken, u weet wel, harde mensen.'

'Om zich te beschermen, bedoelt u?' vroeg Paz. 'Voelde hij zich bedreigd?'

'Dat geloof ik wel.'

'Door wie?'

'Dat zei hij niet. We waren geen vrienden. Hij werd op zijn mobieltje gebeld toen hij hier was en ging meteen daarna weg. Nogal haastig, herinner ik me. Dat is echt alles wat ik over die man weet.' Hij keek wanhopig naar zijn schermen. 'Echt waar, heren, dit is rampzalig. Ik verlies geld met de minuut.'

Ze bedankten Zubrom en gingen weg.

In de auto zei Paz: 'Dat was goed. Je deed het goed. Je had zijn aandacht.'

'Hij keek mij aan,' zei Morales een beetje onbehaaglijk. 'Hij keek jou bijna niet aan, zelfs niet als je tegen hem sprak.'

'Ja. Als een zwarte en een blanke man samen ergens heen gaan, veronderstellen negen van de tien mensen dat de blanke man de leiding heeft, zelfs als de zwarte man Zegna draagt en de blanke man in een communiepak van de JCPenney loopt. Het leven is niet eerlijk en soms reageer ik daar nogal agressief op; daar zul jij als bleekscheet nog wel mee te maken krijgen. Toch heb je er in dit werk ook voordeel van. Ik kan iets naar voren brengen als ze niet opletten. Een informant die uit zijn evenwicht is gebracht, is de vriend van de politieman, zoals we zojuist hebben gezien. Nou, wat concludeer je uit dit alles?'

'Dat weet ik niet. Het slachtoffer beschikte over veel geld. Hij had vijanden. Hij was op zoek naar iets wat ontzaglijk veel geld waard was. We weten dat de man geen lieverdje was, want de commissaris heeft je over die FBI-signalering verteld en het slachtoffer had ook niets goeds over hem te melden. En dus...' Hij liet zijn handen schommelen.

'Dus het lijkt wat minder op een gek die een aanval krijgt en het slachtoffer op zijn kop mept.'

'Ja. Denk je dat ze erin geluisd is?'

'O, ik denk wel dat ze het heeft gedaan, maar ik denk ook dat ze wat hulp heeft gehad. We hebben geen mobiele telefoon op het slachtoffer aangetroffen, hè?'

'Nee.'

'En Emmylou had er echt niet een. Ze heeft er een in haar hoofd zitten en die is verbonden met een schakelpaneel in de hemel. Dat betekent...'

‘Er was daar nog iemand anders,’ zei Morales meteen. ‘Hij nam de mobiele telefoon mee, want dan konden wij niet nagaan wie hem bij Zubrom had gebeld, het telefoontje dat hem in beweging bracht.’

‘Heel goed. Rijden maar.’

Morales reed bij de stoeprand vandaan, NE First Avenue op. ‘Waar gaan we heen?’

‘Bal Harbour,’ zei Paz. ‘We gaan wat pakken bekijken. Ik denk dat je een blijvertje bent en ik wil zien of er wat van je te maken valt. Daarna... Shit, daar heb je hem weer!’

‘Wie?’

‘Een man in een witte Explorer met getint glas. Hij volgt ons. Ga daar naar links. Já.’

Morales trapte op het gaspedaal en schoot door het tegemoetkomende verkeer naar links, met in zijn kielzog gierende remmen en woedende claxons. Paz draaide zich om. Hij verwachtte dat de witte SUV de afslag ook zou maken, maar die bleef met de rest van het verkeer meegaan. Hij voelde dat Morales naar hem keek. ‘Wacht hier,’ zei hij. ‘Stop hier, dan gaat hij het blok om.’ Morales deed het en ze wachtten. Na vijf minuten stilte vroeg Morales: ‘Heb je zijn kenteken?’

‘Nee. Jij?’

Een onbehaaglijke stilte. ‘Nee. Om je de waarheid te zeggen heb ik die auto waar je het over had niet eens gezien. Een witte SUV? Die heb ik niet gezien. Weet je zeker...?’

‘Verrek, ja, ik weet het zeker!’ Paz schreeuwde bijna. ‘Denk je dat ik niet weet wanneer ik gevolgd word?’ Er kwam zo’n intense woede in hem op dat hij dacht dat hij ter plekke een beroerte zou krijgen. Irrationeel. Hij verbeeldde zich dingen. Het kon een witte Explorer zijn geweest, en misschien was het de volgende keer een lijkwagen met een zombie aan het stuur of een kermiswagen met een stoomorgel. Eerst dat met Emmylou, toen die razernij bij Willa, nu dit. Hij besefte dat hij dat gesprek met Zubrom had verknoeid, hij had de man daar weg moeten halen, hem naar het bureau moeten brengen en hem nog wat meer onder druk moeten zetten. Die man lachte hen uit; hij wist veel meer dan hij zei. Als Paz een fatsoenlijke partner had gehad in plaats van dit stomme jochie, had hij veel meer uit die man gekregen... Nee, dat was niets voor hem, dat was geen gedachte die bij hem moest opkomen. Morales deed het goed. Het koude zweet stond weer op zijn voorhoofd en rug.

‘Hé, Jimmy, gaat het wel?’

Paz keek Morales aan, keek naar zijn bleke, zorgelijke gezicht. ‘Ja, er is niets aan de hand. Ik ben een beetje… Rij nou maar door.'

Een beetje wát? vroeg Paz zich af toen ze reden. Een beetje gek? Met gekte wist hij wel raad, maar niet met dat andere, niet die… het woord 'bezitneming' zweefde door zijn hoofd. Hij vluchtte ervoor weg, zocht zijn heil in oude gebeden en pakte voorwerpen vast die aan zijn hals hingen. Toen ze op hun bestemming aankwamen, voelde hij zich weer bijna menselijk.

De volgende zeven jaren verliepen vreedzaam voor de familie de Berville. George' zaken floreerden. Hij had slim opgemerkt dat de wereld van het midden van de negentiende eeuw een grote behoefte aan verlichting had en dat walvissen nooit alle olie konden leveren die nodig was. Daarom kocht en verkocht hij olie en investeerde hij ook in de gasbedrijven toen die in heel Europa op gang kwamen. In 1870 werd Parijs de Lichtstad genoemd, en een groot deel van dat licht werd geleverd door Georges de Berville et Fils. Georges kocht een groot landhuis in de elegantste wijk van Metz. Het huisje in Pony werd verkocht en vervangen door een groot kasteel, Bois Fleury, in het nabijgelegen Gravelotte.

Met de kinderen ging het ook goed. De jonge Alphonse was zo mogelijk nog slimmer dan zijn vader en bezat ook een charme waaraan de oudere man niet kon tippen. Hij kreeg de verantwoordelijkheid voor onderhandelingen met de leveranciers van olie. In 1869 reisde hij over de Atlantische Oceaan naar Amerika, waar hij algauw vertrouwd raakte met de Amerikaanse manieren om zaken te doen en veel vooraanstaande figuren uit het Amerikaanse bedrijfsleven ontmoette, onder wie de jonge John D. Rockefeller, die meteen sympathie voor de Franse jongeman opvatte en hem zelfs in zijn familiekring introduceerde, wat een zeldzame eer was.

Intussen was Jean-Pierre tot St. Cyr toegelaten. Hij had altijd van paarden en opwinding gehouden en wilde carrière maken in het leger. Gérard, de jongste zoon, had toen hij nog op de St. Arnulfschool zat de roeping ontvangen om Christus te dienen en verbleef in het desbetreffende jaar in het seminarie van Montigny. Zo bleef alleen Marie-Ange thuis over om voor haar vader te zorgen, al volgde ze een opleiding in het klooster van de Zusters van Voorzienigheid, dat zich aan dezelfde Rue Richelieu bevond als het stijlvolle huis van haar familie. We weten uit schoolgegevens dat ze geen uitzonderlijk goede leerling was, al blonk ze uit in talen. In die tijd sprak ze bijna vloeiend Engels en Italiaans; Duits had ze natuurlijk vanaf haar kinderjaren gesproken, zoals de meeste inwoners van Metz. Wat voor meisje was ze toen? Misschien kunnen we daarover iets te weten komen uit brieven die Marie-Ange in die tijd aan de zuster van haar moeder schreef, haar dierbare tante Aurore, die in Parijs woonde. In een van die brieven schrijft ze:

Ik beken dat mijn hart wordt verscheurd door enerzijds mijn verlangen om Christus als non te dienen en anderzijds mijn liefde voor mijn dierbare vader en mijn heilige plicht jegens hem. Hij is zo goed voor mij geweest en heeft zoveel geleden! Hij wenst dat ik me in de maatschappij begeef en naar feesten ga, zoals andere meisjes doen, en daarna dat ik zal trouwen, de arme man! Ik zou hem zo graag ter wille zijn, maar dat kan ik niet. Ik geef niet om feesten, en wat er ook zal gebeuren, ik zal nooit trouwen.

Hieruit blijkt duidelijk dat de Bd. Marie-Ange de Berville al vroegtijdig een krachtige roeping gevoelde.

– UIT ZR. BENEDICTA COOLEY, *Trouw tot de dood: het verhaal van de Pleegzusters van het Bloed van Christus*, ROSARIAN PRESS, BOSTON, 1947

8

De bekentenissen van Emmylou Dideroff

Schrift II

Het is vreemd om bij u te biecht te gaan in plaats van bij God, maar ja, ik heb het altijd al vreemd gevonden om bij God te biechten, vooral schriftelijk. Als God bestaat, moet Hij heel precies weten wat voor kwaad je hebt gedaan, zonder dat je iets zegt, laat staan dat je iets schrijft. Evengoed is de penitentie een sacrament. Je moet biechten, al noemen ze het tegenwoordig verzoening. Het spreken zelf is noodzakelijk om ons met God te verzoenen en de zondaar in Zijn genade en vriendschap te herstellen, al wordt het tegenwoordig nog maar weinig gedaan en zijn de biechthokjes uit de kerken verdwenen of staan ze leeg. Omdat ik pas laat tot het geloof kwam, heb ik dat alles niet meegemaakt, maar u als geboren katholiek moet dat weten, tenminste als de politieman in u dat alles nog niet heeft uitgebannen. Ik hoop van niet. Ik biecht tot de Christus in u, weet u, als u er niet in gelooft, werkt het toch, al denk ik dat het beter is als u ervoor openstaat. Ik weet dat u openstaat voor dat deel van het leven, al is het tegen uw wil.

De Heilige Augustinus zegt in een van zijn latere werken dat hij de *Belijdenissen* schreef om zijn genegenheid voor God te stimuleren en hij geeft (bescheiden) toe dat het boek nog steeds die uitwerking op de lezers ervan heeft. Hij schreef het ook om een schandaal af te wenden toen ze hem als bisschop wilden en zijn vijanden op zijn verspilde jeugd vol seks en ketterij wezen. Het is vier jaar en ongeveer achttien weken geleden dat ik voor het laatst heb gebiecht, een ouderwets onderonsje met pater Manes in de kerk met metalen dak in Wibok. Ik ben niet zeker van de tijd, want in het zuiden van Sudan heeft de tijd een ander verloop en houden we ons niet aan uw kalender.

Nee, ik kan daar nog niet op ingaan, bij een biecht is het belangrijk dat je je strikt aan de chronologische volgorde houdt, want zonde brengt zonde voort. Zonde is een vector, weet u, geen scalair. Het is niet een hoevéélheid zonde, het is een snelheid, hetzij bergopwaarts hetzij bergafwaarts. Om van een zondig leven tot God terug te keren moet je op je schreden terugkeren, achteraf de azimut bepalen, het kwaad ongedaan maken. In theorie. In de praktijk geloof ik niet dat je dat kunt. De meeste mensen denken dat ze het zelf doen, ze streven hun eigen belang na, o, ik neem dit beetje geld, o, ik ga met dit meisje naar bed enzovoort enzovoort, ik bedoel, dat is allemaal bijgeloof, het slimste wat de duivel ooit heeft gedaan was mensen ervan overtuigen dat hij niet bestaat, maar sommigen van ons kunnen hem duidelijk zien, nietwaar, we kunnen voelen dat hij in ons aan het werk is, zoals wanneer je een insect over je arm omhoog ziet kruipen, ik weet dat ú dat kunt, meneer Politieman, ik weet dat u kunt voelen dat hij daar achter uw schouder hangt en dat hij u gedachten geeft waarvan u vindt dat u ze niet moet hebben en dromen ook wed ik...

Ik vermijd het verhaal weer, het is zoveel gemakkelijker om naar andere mensen te kijken dan naar jezelf.

Nou, ik reed dus keihard op mijn fiets naar Oystershell Road, achter het dunne potloodstreepje van mijn kleine koplamp aan, nog een geluk dat ik niet werd overreden, en ik hoorde sirenes in de verte. Hunter was geld aan het tellen en toen hij naar de deur van zijn woonwagen liep, hing er een Mossberg 12 met afgezaagde loop langs zijn been omlaag. Hij liet me binnen en ik zag stapels bankbiljetten, meest tientjes en twintigjes, op de klaptafel liggen. Op de vloer had hij een open plunjezak waarin hij de getelde stapels gooide. Ik was vrij kalm, naar de omstandigheden. Ik vertelde hem wat er aan Gulf Avenue was gebeurd, al liet ik mijn eigen bijdragen weg. Hij reageerde door een heleboel keren 'shit' te zeggen en ging toen naar de tafel terug en vroeg me of ik hem wilde helpen tellen. Hunter was soms moeilijk te geloven.

Ik zei, we moeten hier weg, uit Caluga weg, nu, vanavond, nu meteen, en hij zei dat doen we niet, ben je nou helemaal besodemieterd, en ik zei tegen hem wat Orne Foy had gezegd, dat Ray Bob smeergeld kreeg en dat ze daarachter zouden komen en dat hij geen bescherming meer had en als de politie een inval in die stomme woonwagen van hem deed, wat ze over ongeveer een halfuur zouden doen want ze gingen natuurlijk op zoek naar mij, ging hij naar Raiford en werd hij de komende twintig jaar van zijn leven in zijn reet geneukt door grote negers. Hij stond daar maar wat met zijn mond open, en dus draaide ik de kraan helemaal open en zei ik hoeveel ik van hem hield en dat ik uit dit rotgat weg wilde naar een echte stad, naar een echt leven, een echt appartement, met clubs en concerten en mooie kleren en dat ik hem zou helpen enzovoort, enzovoort. In werkelijkheid wilde ik natuurlijk niet meer in de buurt zijn als ze mama opensneden en al die capsules zonder tranquillizers ontdekten en begrepen wat er aan de hand was. Ik geloofde niet dat ik een echt misdrijf had begaan, maar het zou daarna niet leuk meer zijn om een weesmeisje te zijn in een plaats waar de Dideroffs en hun vrienden het voor het zeggen hadden.

Algauw lagen we op zijn rottige bed en wilde hij me neuken, maar in plaats daarvan pijpte ik hem, want ik wilde niet helemaal plakkerig en bezweet zijn als we wegreden. Ik weet nog dat ik dacht hoe dom mannen waren, je kon ze gemakkelijk laten doen wat je wilde, het was net of ze allemaal een afstandsbediening in hun broek hadden, zoals van een tv; je kon ze op een ander station afstemmen wanneer je maar wilde. Behalve Orne natuurlijk, tenminste, dat dacht ik toen.

Dus we gingen naar Miami. Ik liet Hunter langzamer rijden dan hij anders altijd graag deed, want ik wilde niet worden aangehouden. Ik liet hem naar een winkelcentrum bij Orlando rijden. Daar zetten we de auto op het verlaten parkeerterrein. We aten een afhaalontbijt en wachtten tot de winkels opengingen. Ik wilde wat fatsoenlijke kleren en make-up kopen, dan kon ik me vermommen en er wat ouder uitzien. We gingen ook naar een handel in tweedehands auto's en ruilden de pick-up met bijbetaling in voor een vier jaar oude Triumph Thunderbird. Ik moest Hunter uitleggen dat we geen uitschot meer waren en dat niemand ons het soort woning zou verhuren dat ik in gedachten had als we niet een beetje klasse hadden. Ik wilde in onze eigen respectabele auto naar de verhuurmensen rijden, met mijn respectabele kleren aan, en ik wilde de huur betalen met een cheque waar onze namen op stonden.

Ik zag een opslagbedrijf aan de autoweg en liet hem daar stoppen en ik huurde een opslagruimte voor onze dope en ons geld en we reden de stad in en namen een kamer in een Ramada Hotel. Hunter was brak omdat ik hem geen dope had laten meenemen, maar ik liet hem douchen en daarna gingen we uitgebreid eten in een Red Lobster daar in de buurt en toen kochten we wat bier en neukte ik hem bewusteloos. Daarna nam ik het boekje waarin hij de boekhouding van zijn dopehandel bijhield en vond Ornes nummer. Het was moeilijk om hem aan de telefoon te krijgen. Je moest naar een winkeltje bellen in de buurt van waar hij daar in Virginia woonde en dan een boodschap achterlaten. Maar na een paar uur belde hij terug. Ik vertelde hem wat er in Wayland was gebeurd (gecensureerd) en wat ik dacht en hij zei dat het verstandig was maar dat we moesten afwachten en beslist geen marihuana in Miami moesten verkopen en hij zou ons gauw weer bellen.

De volgende dag trok ik mijn outfit aan, die ik gebaseerd had op de mammies van de begaafde en getalenteerde meisjes in Wayland, een geelbruin pakje en nogal dure geelbruine schoenen, nylonkousen en een leren tas, en genoeg make-up om me ouder dan zeventien te laten lijken. Ik nam Hunters bankbiljetten ($ 12.580,–) en opende een rekening bij de Citibank daar in de buurt, waarna ik naar een makelaarskantoor reed en een gemeubileerd appartement huurde in een huis aan Bird, aan de andere kant van de snelweg. Ik gaf Emily Louise Garigeau als naam op, wat niet de naam op mijn rijbewijs was, maar dat gaf niet, want ik was pas getrouwd en de dame van het makelaarskantoor kirde van o, wat leuk en dat er veel andere stellen als wij in onze wijk (Westfield Lakes) waren, zodat we ons meteen thuis zouden voelen. Ik kocht een telefoon voor ons en belde de nutsbedrijven, al ging veel van ons geld in de voorschotten zitten, want we hadden geen van beiden een kredietverleden of zelfs een sofinummer. Ik deed alle papieren met mijn oude naam weg en nam een rijbewijs met mijn nieuwe naam.

Nou, daar waren we dan, twee voortijdige schoolverlaters uit de rimboe en we woonden tussen de ambitieuze burgers, kerels die een Burger King runden, vrouwen die poedels trimden, postbodes, luchthavenmedewerkers, de mensen die assistent-manager in de grote winkels waren, zoals Home Depot en Staples, en ik merkte (maar Hunter waarschijnlijk niet) dat dit het leven was waarvoor ik was voorbestemd, dat meisjes als ik hiernaar konden streven als we uit de problemen bleven en onze school afmaakten, en ik wist meteen dat het niets voor mij was. Ik was een misdadigster tot in mijn ziel en genoot van alles wat verkeerd was. Het zou geen punt zijn om aan geld te komen, niet met al die dope die in die opslagruimte lag tot Orne Foy ons vertelde wat we ermee moesten doen, en ik had nog meer ideeën die ik niet aan Hunter vertelde, bijvoorbeeld dat ik een heel heel dure hoer zou kunnen zijn als ik kon leren hoe dat moest.

Ze zeggen dat je iemand wel uit zijn omgeving kunt halen, maar zijn omgeving niet uit hem, en Hunter was daar een goed voorbeeld van. Hij haalde dope uit de opslagruimte en rookte dat in het huis, dat was al erg genoeg, maar toen parkeerde hij ook nog in de buurt van de Palmetto Springsschool en ging hij dealen. Toen ik tegen hem tekeer ging, vloekte hij me stijf en zei dat als ik er niet was geweest hij nooit van huis had hoeven te gaan, alsof hij een villa op de heuvel had achtergelaten en nu in een schijtgat woonde in plaats van andersom en toen ik dat tegen hem zei en ook zei dat ik tegen Orne ging zeggen dat hij wiet verkocht zonder zijn toestemming, gaf hij me een dreun, dat was niet zo erg want ik wist hoe ik moest meegeven en hij was tamelijk stoned, maar zo was het met mij en Hunter. De volgende dag belde ik naar Orne en liet een boodschap achter, maar hij belde pas terug toen het te laat was.

Ze houden er in Florida niet van als je drugs verkoopt bij scholen, tenminste niet als je het openlijk doet. De politie houdt er niet van en de andere dealers ook niet. Iemand moet ons hebben verlinkt want twee dagen nadat ik Orne had gebeld, werd onze deur ingetrapt en werden we omsingeld door smerissen met zaklampen en pistolen en ze schreeuwden en krijsten, ik met mijn blote reet onder een T-shirt op de bank in de huiskamer, en we werden gearresteerd.

Ze legden beslag op al ons geld en de auto's en zo omdat ze dat altijd doen bij drugsdealen en vonden de sleutel van onze opslagruimte en dertig kilo puike sensemillawiet. Natuurlijk wilden ze dat Hunter vertelde wie zijn dealer was, maar dat deed hij niet, want dat moet ik de Foys nageven, ze verraden elkaar niet. Dat maakte ze enorm kwaad, en al konden ze duidelijk zien dat hij amper zijn veters kon strikken, ze behandelden hem als een grote crimineel en ik denk dat hij op weg was naar een langdurig bezoek aan zijn pappie in de Uniongevangenis in Raiford. Ik deed alsof ik een beetje achterlijk was, wat ik vrij goed had geleerd in de tijd dat ik bij de domme kinderen zat, en zei dat ik Emily Garigeau heette, want ik wilde niet dat ze verband legden met Caluga County, en ze dachten dat Hunter het grote meesterbrein achter de drugs was. Ze dachten dat alles wat ik in Miami had gepland en uitgedacht aan zijn brein was ontsproten en dat ik het alleen maar als een robot had uitgevoerd. Jeugddelinquenten krijgen geen echt proces, en ik moest voor een vrouwelijke rechter verschijnen en ik huilde veel en raakte in de war, en ik zei dat ik een weeskind was en toen ze me vroegen waar ik vandaan kwam, zei ik dat het een blauwe woonwagen in Alabama was, ik weet niet in welke plaats, mevrouw, het was bij een boom die door de bliksem was getroffen. Ze stuurden me naar Agape House, een tehuis in Dade County voor meisjes die van de drugs moesten afkicken of gedragsstoornissen hadden. Ze zullen wel hebben gedacht dat domheid daar ook onder viel of er in elk geval dicht genoeg bij in de buurt kwam. Het was een Jezus-huis en we moesten van die kerkelijke liederen zingen. Ik was tot zes maanden veroordeeld, maar het was een minimaal beveiligde inrichting en na drie dagen was ik over de omheining en weg. Ik had niets bij me, alleen de kleren waarin ik was opgestaan.

In een andere brief lezen we:

Je zult lachen, maar in de stille warme middagen zit ik hier in Gravelotte en stel me voor wat voor non ik zal zijn, als ik ooit de moed vind om mijn vader over mijn voornemen te vertellen. Zoals je weet, ben ik veel te dom om een geleerde benedictijn te worden, en te nerveus voor een contemplatieve orde. De karmelieten zouden me voor geen goud willen hebben! Ik denk dat ik erg graag de zieken zou willen helpen, zoals onze Heer deed. Ik heb de verhalen over Florence Nightingale met veel belangstelling gelezen en vind het een schande dat de Engelsen veel verder zijn dan wij hier in het katholieke Frankrijk, terwijl wij toch voor het eerst op het idee van ziekenhuizen kwamen. Ik weet dat er tegenwoordig congregaties van religieuzen zijn die zulk werk niet in ziekenhuizen maar in de huizen van de armen en hulpelozen doen, en ik denk dat ik dat wel zou willen. Ik heb een sterke maag, ben niet bang voor bloed en gruw niet van vieze geuren. Zou je zo goed willen zijn je in het Institut de Bon Secours in Parijs te verdiepen en me te vertellen wat je ervan denkt? O ja, en hoewel het erg ondeugend is om dit te vragen: wil je alsjeblieft niets tegen papa zeggen!!

Het is niet bekend of Aurore Puyot haar zwager ooit over die ideeën van Marie-Ange heeft verteld, maar in elk geval werden ze ingehaald door gebeurtenissen die een eind aan Marie-Anges meisjestijd in Metz maakten en haar op de weg zetten die ze de rest van haar leven zou blijven volgen. Terwijl ze in augustus 1870 deze brief zat te schrijven, misschien wel in het tuinhuisje op Bois Fleury met uitzicht op de kleine rivier de Mance, kwam de oorlog naar haar land. Het gruwelijk getij daarvan kwam tot op haar drempel.

Al vanaf het begin verliep deze oorlog niet goed voor Frankrijk. Het Franse Leger van de Rijn trok zich op weg naar Verdun via Metz terug, achtervolgd door de Duitsers. Op de ochtend van 16 augustus werd Marie-Ange gewekt door het geluid van ruiters op de binnenplaats van het kasteel. Omdat ze haar broer Jean-Pierre verwachtte, die met ziekteverlof was, rende ze in haar ochtendjas en op haar slippers de trap af. Ze bleef nog even bij de deur staan om een blauwe uniformjas van haar broer aan te trekken, die daar hing. Maar toen ze naar buiten rende, zag ze tot haar schrik niet het rijtuig van haar broer, maar een troep Pruisische ulanen.

– UIT ZR. BENEDICTA COOLEY, *Trouw tot de dood: het verhaal van de Pleegzusters van het Bloed van Christus*, ROSARIAN PRESS, BOSTON, 1947

9

Lorna loopt achter Darryla Chambers aan door de met dennengeur geparfumeerde gangen van het Jackson Memorial Hospital naar de gesloten afdeling die onder leiding van de afdeling Forensische Diensten staat. Darryla is een grote vrouw, zo groot dat Lorna's gezichtsveld grotendeels in beslag wordt genomen door haar blauwe uniform, de brede rug en schouders, het spectaculaire wiegende achterste. Darryla de Gorilla heet ze op de afdeling, maar dat komt door haar grootte en, voor zover Lorna weet, niet omdat ze woest zou zijn of vanwege haar huidskleur. Ze is juist een zachtmoedig, zorgzaam mens, al duldt ze geen streken van haar criminele krankzinnigen. Onder het lopen denkt Lorna aan grote vrouwen. Rechter Packingham is groot, nog groter dan Darryla, met schouders als een footballer inclusief schoudervullingen, haar gezicht vlak en bleek onder een belachelijk grijs permanentje, haar kolossale omvang nog geaccentueerd door de zwarte toga. Packingcrate noemen ze haar in het gerechtsgebouw, de gebruikelijke wrede bijnaam. Enkele tientallen jaren geleden had ze voor Janet Reno op het Openbaar Ministerie gewerkt, en ze zeiden altijd dat zij de kist was waarin Janet was afgeleverd.

Op de hoorzitting heeft de rechter de juiste beslissing genomen. Eigenlijk had ze ook niets anders kunnen doen, gezien de unanimiteit van de psychologen en de instemming van de officier van justitie. Emmylou werd onbekwaam bevonden om een bijdrage aan haar eigen verdediging te leveren en voor dertig dagen observatie naar het Jackson gestuurd. De verdachte had er tijdens de twintig minuten durende zitting rustig bij gezeten en met heldere stem geantwoord toen de rechter haar uitlegde wat er ging gebeuren. Ze leek Lorna op dat moment allesbehalve krankzinnig.

Dat was eergisteren, en Lorna gaat nu voor het eerst bij Emmylou op bezoek. Ze gaat naast Darryla lopen en vraagt: 'Kan ze een beetje wennen?'

'Dideroff? Hé, geef me nog een paar zoals zij en ik kan de helft van mijn personeel wegsturen.'

'Hoe bedoelt u?'

Darryla blijft staan om een afgesloten deur open te maken met een sleutel van de grote ring die ze om haar middel draagt. Ze geeft Lorna een teken dat ze moet doorlopen, komt dan zelf en doet de deur achter zich op slot.

'Het grootste deel van de tijd zit ze in een schoolschrift te schrijven. Afgezien daarvan... Nou, de patiënten reageren altijd op nieuwe mensen, meestal worden ze heel opgewonden. Er verandert dan iets op de afdeling, in het dagverblijf, begrijpt u? Maar deze keer lijkt het wel of ze iedereen tot bedaren brengt.'

'Ze brengt ze tot bedaren?'

Er is een afdelingspost achter de deur, en Lorna zet haar naam op een klembord.

'Ja,' zegt Darryla, 'ze leest ze dingen uit de Bijbel voor en legt die uit alsof het om krantenartikelen gaat, dus niet prekerig of zo.'

Het dagverblijf ruikt naar mensen en bleekmiddel, eigenlijk niet onaangenaam, vergeleken met sommige dagverblijven in gekkenhuizen waar Lorna is geweest. Het is hier netter omdat deze bewoners niet zozeer het incontinente als wel het gevaarlijke type gek zijn, en behalve echte krankzinnigen zitten hier ook veel criminelen die alleen maar doen alsof ze gek zijn. Darryla wijst en Lorna ziet dat Emmylou op een bank zit met een boek open op haar schoot. Twee vrouwen, een zwarte en een blanke, zitten aan weerskanten van haar op het beschadigde vinyl, en de zwarte vrouw streelt haar arm. Emmylou's lippen bewegen, maar Lorna is te ver weg om te horen wat ze zegt, en bovendien is er iets aan het hele tafereel wat ze zo verontrustend vindt dat ze niet dichterbij wil komen. Ze ziet wel dat de meesten van de ruim twintig mensen in het dagverblijf meer of minder aandacht aan Emmylou schenken, terwijl de rest gesprekken voert met de gebruikelijke demonen: sommige onzichtbaar, andere op het televisiescherm dat aan het plafond hangt.

'U kunt therapiekamer B gebruiken,' zegt Darryla. 'Ik zal haar voor u halen.'

Lorna verlaat het dagverblijf en loopt door de gang. Een glimlachende man verspert haar de weg en het duurt even voor ze Rigoberto Munoz herkent. Rigoberto is opgekalefaterd en ziet er zo normaal uit als voor gedegenereerde schizofrene zwervers maar mogelijk is: niet meer dan enigszins afstotelijk. De man trekt onwillekeurig een grimas en zegt: 'Hallo, dokter.' Lorna glimlacht professioneel en ze praten. Het gaat goed met Rigoberto en hij komt binnenkort in aanmerking voor vrijlating. Waar gaat hij dan heen? De man kijkt aarzelend. Hij denkt dat zijn neef in Hallandale hem wel opneemt. Lorna maakt een draaiend gebaar met haar hand. 'Dus dat is nu goed?' Rigoberto schuifelt wat en kijkt beschaamd. 'O, ja, geen punt,' zegt hij. Zijn tong schiet uit en likt uitgebreid over zijn lip. Lorna is blij dat Munoz niet meer denkt dat zijn penis door buitenaardse wezens in zijn buik wordt getrokken, maar ze wil niet meer over zijn mentale staat of zijn plannen weten. Dat is niet haar werk.

Ze verontschuldigt zich en gaat therapiekamer B binnen, een kamer half zo groot als een klaslokaal, met vrolijk gekleurde stoelen van chroom en plastic en twee tafels met een formicablad. Ze gaat zitten en haalt haar notitieboek en bandrecorder uit haar tas. Even later komt Emmylou de kamer in, gekleed in een hemd en een gestreepte ochtendjas. Ze heeft papieren slippers aan. Lorna wijst naar een van de stoelen en Emmylou gaat erop zitten. Lorna ziet dat ze het boek bij zich heeft dat ze in het dagverblijf had; zoals te verwachten was, is het een bijbel.

'Dus jullie zijn tot de conclusie gekomen dat ik gek was,' zegt Emmylou glimlachend, wijzend naar de omgeving.

'We kwamen tot de conclusie dat je geen effectieve bijdrage aan je eigen verdediging kunt leveren,' zegt Lorna nuffig. 'Zoals de rechter zei, ben je hier voor observatie en behandeling heen gestuurd. Hoe bevallen je medicijnen?'

'Ze maken me suf en slaperig.'

'We kunnen de dosering bijstellen.'

'Tot nul?'

'Nou... Ik zal met dokter Lopez praten. Misschien kunnen we het wat prettiger voor je maken. Intussen schijn je je goed aan te passen. Je schrijft, heb ik gehoord.'

Emmylou knikt en houdt haar bijbel omhoog, en Lorna ziet dat er een schrift onder zit. 'Ja. Rechercheur Paz heeft me deze schriften gegeven. Het eerste heb ik al vol.'

'Nou, we zullen het graag lezen. Darryla zegt dat je de andere patiënten voorleest. Ik zag je in het dagverblijf.'

'Ja, ik hou van gekke mensen,' zegt Emmylou. 'Ze doen minder kwaad dan mensen die niet gek zijn, en velen van hen staan dicht bij God. Dat is een van de moeilijke dingen van gek zijn: mensen beschouwen je niet meer als iemand met een ziel. En ik raak ze aan en help ze met bidden, als ze bezeten zijn. Soms werkt het.'

Lorna heeft plotseling een droge keel, zo erg dat het bijna pijn doet. Ze slikt en wou dat ze eraan had gedacht een fles water mee te nemen. Ze denkt dat ze nerveus is omdat ze al een hele tijd geen echte therapie heeft gedaan, en dat is dit toch, neemt ze aan. Zou ze misschien bang zijn voor de krankzinnigen? Nee, onzin, zet dat uit je hoofd. Een beetje nervositeit in het begin, dat ze bestrijdt door met de recorder in de weer te gaan. Ze valt terug op de oude truc: de patiënte stimuleren door haar woorden te herhalen. Ze zegt: 'Bezeten.'

'Ja. Als ik dat geloof, is dat natuurlijk ook een symptoom van mijn krankzinnigheid, hè?' Emmylou heeft naar haar handen gekeken en naar de bijbel die ze bij zich heeft, alsof ze haast heeft om naar de heilige werelden terug te keren, maar nu kijkt ze op en richt ze haar blik op Lorna. Dit is bijzonder ongewoon. Krankzinnigen houden niet van oogcontact. Heel even komt bij Lorna de gedachte op dat Emmylou Dideroff allesbehalve gek is, dat juist de ziekenhuisautoriteiten en de psychiaters en de bewakers en de vastgoedmagnaten die het in Miami voor het zeggen hebben, en de mensen in Tallahassee en Washington die het in de regering voor het zeggen hebben, gek zijn; heel even ziet ze voor haar geestesoog een andere wereld, een wereld zo echt als steen of brood. Maar even snel krijgt de in een mensenleven opgebouwde afweer tegen die wereld de overhand, en hoewel de haartjes op haar armen overeind staan en er een rilling door haar heen gaat, kan ze doen alsof er niets gebeurd is, alsof zij de situatie in de hand heeft, zij met haar academische studie en haar pasje om weer naar buiten te gaan, en die vrouw is een onontwikkelde ordinaire krankzinnige moordenares...

Lorna schraapt haar keel en zegt: 'Dus... je denkt dat je andere mensen kunt exorciseren door ze alleen maar aan te raken?'

'Christus kan dat,' zegt de ander zelfverzekerd. 'Dat was het voornaamste wat hij deed toen hij onder ons was, en hij doet het nog steeds. Soms gebruikt hij mij, soms andere mensen. Maar eigenlijk kunnen we het allemaal zelf. Christus verdrijft voortdurend demonen uit ons binnenste, anders zou de wereld er veel slechter aan toe zijn, als je je dat kunt voorstellen.'

'Hm. Maar... jij hebt toch geen demon in je?'

'Wie zegt van niet?'

'Ik dacht dat je met heiligen praatte.'

Er komt een verbaasde uitdrukking op Dideroffs gezicht. Haar mond gaat wijd open en plotseling barst ze verrast in lachen uit. Ze krijgt zich snel weer in de hand en veegt dan met de muis van haar hand over haar ogen. 'O, God, dat spijt me. Ik vond het alleen zo grappig. God!'

Lorna heeft niet meegelachen, al komt het prachtige woord 'hebefrenie' nu opeens bij haar bovendrijven. Ze schrijft het op en zet er even later een vraagteken achter. 'Wil je me vertellen wat er zo grappig was?'

'O, het is moeilijk onder woorden te brengen. Alleen dat jij veronderstelde dat demonen en heiligen niet in dezelfde persoon kunnen verblijven, of zelfs dat nog niet: het is vrij duidelijk dat jij helemaal niet gelooft in heiligen of demonen die in mensen verblijven. Je probeerde me, hoe heet dat, erin te luizen met een of andere advocatentruc. En dat terwijl het toch overduidelijk is dat juist degenen die het meest door demonen worden getroffen heiligen worden. Wat jij daar tegen een religieus persoon zei, is net zoiets als wanneer je tegen iemand zou zeggen: omdat je in het donker zit, kun je het licht niet aandoen.' Ze liet nu een giechellachje horen. 'Daarom lachte ik. Sorry.'

Lorna negeerde alles, behalve die verontschuldiging. 'Emmylou, ik voel me niet beledigd. Ik wil je alleen maar helpen.'

'Om...'

'Pardon?'

'Je wilt me helpen om...'

'Ik geloof dat je geestesziek bent. Ik wil je helpen beter te worden.'

'Opdat ik terecht kan staan wegens moord.'

'Eh, ja, opdat je kunt meewerken aan je eigen verdediging. Ik denk dat je vrij goed kunt aantonen dat je ontoerekeningsvatbaar was op het moment dat je het misdrijf beging.'

'Ik zie niet hoe dat zou kunnen. Ik heb geen geestesziekte en ik heb kolonel al-Muwalid beslist niet vermoord.'

'Nou, wie heeft het dan gedaan, Emmylou?' snauwde Lorna. 'De onzichtbare man?' Lorna voelde dat ze een kleur kreeg. Door die verrekte vrouw had ze haar klinische perspectief verloren, al schreef ze dat meteen toe aan het feit dat ze dit werk een beetje ontwend is.

Tot haar verbazing schijnt Dideroff haar retorische uitbarsting als een legitieme vraag te beschouwen. Met een ernstig gezicht antwoordt ze: 'Ja, daar heb ik veel over nagedacht. In zekere zin is het mijn schuld. Ik dacht dat ik het allemaal zelf kon meedragen, maar hij laat zich niet dragen. Hij heeft gewacht en gewacht, dat zie ik nu in, hij rekende op mijn trots, en nu is hij vrij en doet hij zijn werk.'

'Wie? Wie wachtte er?'

'De duivel natuurlijk. En zijn volgelingen op aarde. Weer een zonde op mijn lijst, denk ik.'

Lorna schrijft 'paranoïde ideatie' en 'godsdienstwaanzin' in haar notitieboek.

'Volgelingen?'

'Ja. De geest die vernietigt heeft nooit veel rekruteringsproblemen, en hij vertelt me zijn plannen niet. Zomaar een moord plegen is niks voor hem, maar wat het "waarom" betreft, weet ik net zo weinig als jij. Hij zal gewoon voor de lol dingen hier op aarde verwoesten, hij houdt van ellende en wanhoop en ziet graag dat mensen de Heer verzaken. O, die arme man heeft waarschijnlijk geen idee wat hem overkomt.'

Lorna begreep er niets meer van. Haar pen kwam tot stilstand. 'Welke arme man?'

'Nou, die politieman. Rechercheur Paz. Ik voelde dat hij regelrecht uit me wegvloog en zich aan hem vastplakte en hij zag het ook, alleen zal hij het nooit toegeven, dat is juist zo jammer.'

'Oké, Emmylou, even voor alle duidelijkheid. Je denkt dat de, eh, duivel die in jou zat uit jou is weggesprongen en in rechercheur Paz is gaan zitten?'

'Ja.'

'En dat zou betekenen dat hij niet meer in jou zit, hè?'

Lorna keek de vrouw aan terwijl ze dat zei, en daardoor zag ze iets opmerkelijks gebeuren. Degene met wie ze praatte, is verdwenen en door iemand anders vervangen. De blauwe ogen zijn niet mild meer maar ijzig; het gezicht is tot in de botten vervormd, veranderd in iets wat minder, of meer, dan menselijk is. Lorna kent de uitdrukking 'het bloed stolde in haar aderen', en ze had altijd gedacht dat het alleen maar een gezegde was, maar het is, merkt ze, een goede beschrijving van wat ze nu voelt.

De nieuwe Emmylou zegt met een heel andere stem, een stem die in Lorna's hoofd lijkt door te dringen zonder gebruik te maken van haar trommelvliezen: 'Zo werkt het niet, schatje. Ik heet Legioen.' En ze glimlacht en laat daarbij meer tanden zien dan Emmylou Dideroff in werkelijkheid in haar mond heeft.

Dit kan niet, denkt Lorna, en ze doet haar ogen dicht. Het kost haar grote moeite om niet te gaan schreeuwen. Als ze weer kijkt, ziet ze dat Emmylou opnieuw een verandering heeft ondergaan. Haar lichaam verstijft, ze houdt haar hoofd onnatuurlijk naar links alsof ze moeite doet om iets te horen of haar hals probeert te ontwrichten. Haar mond gaat open, haar ogen fladderen snel, een waas van wimpers. Ze staat op, reikt naar iets wat voor Lorna onzichtbaar is en valt naar voren. Lorna vangt haar op en schreeuwt het nu echt uit.

Tot Lorna's verbazing en opluchting maakt Mickey Lopez zich niet veel zorgen over de sessie met Dideroff van die dag en vindt hij ook niet dat ze heeft gefaald. Ze spreken elkaar in de kamer die hij in het ziekenhuis heeft. Mickey is zo vaderlijk en bemoedigend als altijd. 'Oké, je ging er hard tegenaan, maar ze daagde je uit en ik denk dat je goed hebt gehandeld,' zegt hij als hij naar het bandje heeft geluisterd.

'O, ja?'

'Ja. Je ging mee met de fantasie, alsof je eraan wilde deelnemen, dat spel van boeven en helden dat ze speelt, met de duivel in een hoofdrol. Maar je mag je niet laten afleiden.'

'Nee.' Aarzelend.

'Goed. Zeg, Lorna, ze heeft een stoornis, en we weten nu dat die misschien een neurologische grondslag heeft. Ze had een atonische aanval, nietwaar? Die aanval, religieuze hallucinaties, misschien hebben we met epilepsie te maken, met de kern in de mediale temporaalkwab. Het is bijna diagnostisch. Je moet niet vergeten dat zíj krankzinnig is en jíj niet. Omdat jij normaal bent en je als normaal presenteert, vorm je een grote uitdaging voor haar waanidee. Je kunt dat idee bijna als een persoon op zichzelf beschouwen. Het wil in stand blijven, begrijp je? Als je het onder druk zet, zoals jij deed, vecht het terug, of trekt het zich van het contact terug, en dat hebben we hier gezien. De duivel, of wat het ook is, achtervolgt haar, en ze kan niet met je praten, en dus gaat hij weg.' Lopez leunt in zijn stoel achterover en maakt een bruggetje van zijn vingers, een typisch gebaar, maar hier in deze eenvoudige institutionele kamer en niet in zijn eigen fraai ingerichte spreekkamer, lijkt het onbeduidender, minder een tic. Weet Mickey er net zomin raad mee als zij? Ze verwerpt die gedachte. Hij gaat verder: 'In zulke gevallen van waanvoorstellingen moeten we tegelijk twee dingen doen: ten eerste moedigen we de persoon aan om zijn of haar verhaal te vertellen. We worden vertrouwelingen zonder het waanidee ooit echt geldig te verklaren.' Een vermanende vinger: 'Een subtiel punt. Dat scheidt in dit vak de mannen van de jongens.'

'Bij wijze van spreken,' zegt Lorna. 'En het andere?'

'Vertel jij het maar.'

Lorna denkt even na, blij dat hij vertrouwen in haar heeft, als dat het is. 'Nou, ik denk dat ik, eh, ik bedoel, dat ik moet proberen de onderliggende oorzaak te vinden, de laesie, of neurose, of het trauma, en dat ik de patiënt met gebruikmaking van de juiste middelen moet helpen zich erdoorheen te werken.'

Ze wordt beloond met een glimlachje om dat conventionele antwoord, dat haar twijfels nauwelijks wegneemt. Mickey was er niet bij geweest in therapiekamer B; hij had de ogen van de vrouw niet gezien. Of haar tanden. Hij zegt: 'Ja. Natuurlijk is dat gemakkelijker gezegd dan gedaan. Misschien helpen medicijnen.' Hij keek naar het dossier op zijn bureau. 'We hebben haar aan de Haldol, twee milligram driemaal daags. Hoe reageert ze daarop?'

'Ze heeft last van sufheid.'

'Ja, nou, dat is normaal voor de eerste paar weken. We kunnen haar ook Dilantin geven, tegen die aanvallen. Maar ze is sociaal, niet teruggetrokken?'

'Blijkbaar erg sociaal, de koningin van de afdeling. Het schijnt dat ze anderen tot bedaren brengt.'

Hij grinnikt. 'Ja, dankzij de Haldol. Verder nog iets?'

'Als ze nu eens niet meer wil praten?'

'Dat is altijd een mogelijkheid, dus dat ze jou in haar paranoïde waan opneemt. Laat het me weten als dat gebeurt, dan verhogen we haar dosering of gaan over op een ander medicijn.'

'Ik weet niet of dat de aangewezen weg is, Mickey. Er is iets aan haar... Ik weet het niet, het lijkt krankzinnig' – nu lachten ze allebei – 'maar je weet wat ze zeggen: zelfs paranoialijders hebben echte vijanden.'

Nu verflauwde Lopez' glimlach. 'Wat... Denk je dat ze een echt trauma heeft ondergaan? Mishandeling?'

'Ja, en ik vind het jammer dat we geen echt dossier over haar hebben. Ze heeft geen achtergrond, geen familieleden met wie we kunnen praten... Weet je, ze lijkt zo... ónbeschadigd in vergelijking met de typische patiënt van een gesloten afdeling, zo evenwichtig en kalm...'

'Ze schrijft haar levensverhaal voor je op, nietwaar? Als je dat leest, kom je wel tot een conclusie. Als ze in de hemel is geweest en met de engelen heeft gepraat, is dat een resultaat, en als ze bij een bende Colombiaanse *drogeros* heeft gezeten, is dat er ook een. Intussen zit ze hier warm en veilig en hebben we geen haast. Je gaat hier een artikel over schrijven, hè?'

Lorna erkent dat met enige schaamte. Ze praten nog enkele minuten over technische aspecten en dan zegt Lopez dat hij een volgende afspraak heeft. Als ze weggaat, zegt hij: 'Nog één ding, meid. Word niet verliefd.'

'Verliefd?'

'Ja, word niet verliefd op de patiënte. Iedereen is zich bewust van transferentie, maar het werkt ook andersom. Blijkbaar heeft die vrouw iets wat jou aanspreekt. In zekere zin wil je niet echt geloven dat ze gek is, hè?'

Ze haalt haar schouders op. Hij zegt: 'Pas goed op; dat is alles wat ik zeg,' en hij kijkt haar aan met een grote, warme namaak-joodse Mickey Lopez-glimlach aan.

Daarna rijdt Lorna naar de stad en spreekt daar met een groep personeelsmanagers van een winkelketen over testprogramma's die de neiging tot oneerlijkheid bij potentiële werknemers aan het licht kunnen brengen. Ze is kalm en soepel en oogst de waardering van die groep mannen en vrouwen van middelbare leeftijd, en opnieuw vraagt ze zich af waarom ze haar praktijk niet tot zulke emotieloze dienstverlening beperkt. De omgeving, een stijlvol kantoor in een hoog gebouw aan NE Fifth Avenue, is geweldig beige en heeft een schitterend uitzicht op de baai. Er zijn geen kakkerlakken en het ruikt niet naar dennenspray – allemaal dingen die in aangenaam contrast staan met de plaatsen waar ze gewoonlijk komt. Waarom dan? Nog wat overgebleven jeugdig idealisme?

'Geen domheid, schatje,' zegt Betsy Newhouse als Lorna haar die vraag een uur later in hun sportschool voorlegt. 'Dat zeg ik je steeds weer; de rijken hebben het net zo goed als de armen nodig dat er iets voor ze wordt gedaan, en ze betalen veel beter. Ik bedoel, laten we het onder ogen zien, als ze geld hadden, zouden ze niet arm zijn.' Lorna moet onwillekeurig lachen, zij het niet erg hard, want zoals altijd kost het haar moeite om Betsy bij te houden op de StairMaster. Dat is een van de voordelen van het freelancebestaan, vinden beide vrouwen; ze kunnen naar de sportschool gaan wanneer ze maar willen, dus ook wanneer het er rustig is. Voor Betsy, die in onroerend goed zit, betekent dat vooral dat ze toegang heeft tot alle apparaten die ze maar nodig heeft om elke spiergroep in perfecte conditie te houden, terwijl het voor Lorna betekent dat ze niet al haar kleren hoeft uit te trekken waar een heleboel vrouwen bij zijn. Afgezien van hen zijn er maar twee mannen en een vrouw in de sportschool; die laatste is er gelukkig nog veel slechter aan toe dan Lorna zich voelt.

'Ik heb een sociaal geweten,' puft Lorna. Ondanks de kunstmatige koelte van de airconditioning is ze nat van het zweet, en ze stelt zich voor dat haar gezicht eruitziet als rauwe biefstuk. Ze werpt een bewonderende blik op haar vriendin, die met gemak de treden neemt, kurkdroog, haar borsten zo stevig als halve honkballen in hun omhulsel van spandex. Lorna wil er niet aan denken hoe die van haar het doen: twee puppy's aan het vechten in een jutezak, hoorde ze eens op straat een paar bouwvakkers over een joggende vrouw (niet over haar) zeggen. Die woorden heeft ze daarna nooit meer helemaal uit haar hoofd kunnen zetten.

'Daar is tegenwoordig een ingreep voor,' zegt Betsy. 'Je kunt het laten weghalen, net als vetweefsel. Hé, zullen we straks naar De Lite gaan? Daar hebben ze deze week *pesetje*.'

'Wat?'

'Dat is geweldige Albanese geitenkaas, ongepasteuriseerd en zonder vet. Géén.' Lorna spreekt haar waardering voor de Albanese geitenkaasboeren uit en gaat akkoord, al wou ze dat Betsy niet zo vaak naar zulke chirurgische ingrepen zou verwijzen. Dat doet haar denken aan rat Howie, en ook aan wijlen haar moeder, wier lichaam in het laatste jaar van haar leven door niet-cosmetische chirurgie tot bijna niets werd gereduceerd. Géén chirurgie, is Lorna's gebed, of dat zou het zijn als ze zou bidden. Lorna moet langzaam de eindeloze trap blijven beklimmen (wat een symbool van haar leven tot nu toe!), als Betsy haar portie energie al heeft verbruikt.

Na die klim werkt Lorna een paar andere apparaten af, een beetje minder energiek dan haar trainer zou willen, en dan zwaait ze naar Betsy en wijst naar boven. Betsy zwaait terug en laat vijf vingers zien om te kennen te geven dat ze daar over de spreekwoordelijke vijf minuten aan toe is. De kleedkamer is leeg, ziet Lorna tot haar blijdschap. Met de bewegingen van een dief die een bankkluis leeghaalt, kleedt Lorna zich uit. Ze pakt een handdoek en gaat naar een douchehokje. Met een handdoek bijna om zich heen, want ze is te royaal gebouwd voor die krenterige sportschoolhanddoeken, weegt ze zichzelf, al weet ze dat ze dat niet elke dag moet doen, en constateert tot haar genoegen dat ze sinds haar vorig bezoek een pond is afgevallen, of misschien een beetje meer, want de handdoek weegt minstens een half pond. Maar als ze de douche in loopt, vangt ze in de spiegel een glimp van zichzelf op en ziet ze een figuur waarvoor Auguste Renoir niet in aanbidding op zijn artritische knieën zou zijn gegaan, maar melkwegstelsels van hopeloos vet. Ze huilt niet onder de douche, al heeft ze dat wel vaak gedaan, al vele keren. Ze kleedt zich aan, en zij en Betsy gaan eten. De Albanese geitenkaas smaakt naar lijm en krijt, maar Lorna is een goede eter en neemt er veel meer van dan Betsy, en dat zonder te klagen. Geen vet.

Tegen het eind van de dag werd Paz gebeld door de secretaresse van commissaris Oliphant. Die vroeg hem meteen verslag te komen uitbrengen, en dat deed hij, wat hem onderzoekende blikken opleverde van andere rechercheurs die hem zagen gaan. De commissaris zat in hemdsmouwen aan zijn bureau, dronk uit zijn FBI-mok en at iets waarvan Paz vermoedde dat het een churro was. Oliphant bood koffie aan, en Paz zei ja en kreeg ditmaal een mok met het logo van het ministerie van Financiën en het opschrift DERDE JAARLIJKSE COMPUTERFRAUDE-CONGRES, DENVER.

Oliphant wees met de churro en zei: 'Door jou ben ik verslingerd geraakt aan die dingen, Paz. Al zijn deze lang niet zo lekker als die van jou.'

'Ze moeten vers zijn, commissaris. Als ze dertig minuten uit het vet zijn, kun je ze als kogellagervet gebruiken.'

'We kunnen een frituurpan voor de deur van mijn kantoor installeren.'

'Goed plan, commissaris. Dan mag ik misschien de *churronista* van het korps worden.'

'Dat zou je wel willen, hè?'

'Ik ben altijd in voor een uitdaging.'

Oliphant grinnikte, een donker organisch geluid. 'Nou, ik heb je laten komen voor een oude uitdaging. Het Trianon-incident. Jezus, het lijkt net op een van die dingen die je op de lagere school leerde, de aanleiding van de Eerste Wereldoorlog, maar ik kan de naam van het slachtoffer nooit onthouden.'

'Jabir Akran al-Muwalid.'

'Ja. Ik kreeg vandaag een interessant telefoontje uit Washington, een vriend van me die ik niet met naam zal noemen. Hij gaf me een tip over onze zaak. Je partner heeft kortgeleden met een zekere Floyd Mitchell gesproken, over David Packer?'

'Ja, maar hij kreeg niet veel uit hem los. Meneer Mitchell is karig met informatie.'

'Misschien omdat meneer Mitchell niet bestaat, en dat blijft onder ons. Mitchell is een fictieve persoon. Elke grote inlichtingendienst heeft er een. Een plaatselijk politiekorps vraagt naar informatie over een bepaalde naam, zoals jouw partner deed, en het meisje voert die naam in de computer in, en er gaat een alarmbelletje af en het meisje zegt: "Ik verbind u door met meneer Mitchell", of Blake, of Fox. Ze verbindt je door met de agent die met de zaak bezig is en die stuurt je met een kluitje in het riet, in de hoop dat je weer gaat slapen.'

'En gaan we weer slapen?' vroeg Paz.

'Misschien moeten we dat doen. Mijn vriend zei dat het iets op hoog niveau is. Dat telefoontje liet een heleboel alarmbellen afgaan. Jouw meneer Packer is een man met veel connecties.'

Oliphant gooide de slechte churro in de prullenbak, gevolgd door de zak en het waspapier, mooie snelle worpen, en nam een slok uit zijn FBI-mok. 'Met de nationale veiligheid is het vreemd gesteld. Ik heb er bij de FBI nooit veel mee te maken gehad en wilde dat ook niet. Tegenwoordig rent iedereen natuurlijk rond als een kip zonder kop. Zo ongeveer elke politieman is er op de een of andere manier bij betrokken.'

Het werd even stil. Oliphant vroeg zich blijkbaar nog even af hoeveel hij Paz kon vertellen over wat het maar was. Paz hielp hem op weg: 'Wat deed u bij de FBI, als ik vragen mag?'

'O, de gebruikelijke dingen. Bankroven, ontvoeringen, voortvluchtigen. Huis-tuin-en-keukendingen. Een paar jaar docent geweest op Quantico. Dat vond ik leuk. Toen raakte ik geïnteresseerd in computers en kreeg ik de leiding van een speciale eenheid voor kinderporno. We pakten een paar grote handelaren op en dat gaf me veel voldoening. Toen werd ik plaatsvervangend chef in New York, waar ik de directeur ontmoette, en nu ben ik hier. Het is duidelijk dat er de laatste paar jaar, sinds de gebeurtenissen in New York, veel is veranderd. En wij... de FBI, bedoel ik, is niet goed in staat om zaken van nationale veiligheid af te handelen. De laatste keer dat we het probeerden, in de jaren vijftig, maakten we onszelf belachelijk. We bespioneerden filmsterren terwijl die verrekte Russen alles inpikten wat niet vastgespijkerd zat. Het is ook wel duidelijk waarom. Wij zijn opgeleid om zaken op te lossen, om bewijsmateriaal te verzamelen voor strafvervolgingen. Daar was altijd het goud mee te winnen; dat leverde je promotie op. En nu willen ze dat we voorkomen dat dingen gebeuren, en dat is een heel ander soort operaties. Nou, hoe doe je dat?'

Paz had geen idee. Na enkele ogenblikken vroeg hij: 'Dus Packer had iets met het slachtoffer te maken, en u hoorde dat hij een bedreiging voor de nationale veiligheid vormt?'

'Hè? O, nee, dat is het niet. Mijn vriend liet me weten dat de mensen die Packer op de signaleringslijst hebben gezet tot een nogal vreemde club behoren. Je hebt niet toevallig iemand horen verwijzen naar iets wat de Strategic Resources Protection Unit heet? De afkorting wordt uitgesproken als "serpu".'

'Nee. Wat is het?'

'Nou, het gaat om de bescherming van strategische middelen. Chemische fabrieken, pijpleidingen, elektriciteitsnetten. Overlaadterminals, vooral olieterminals. Als terroristen een stuk of zes bommen op de juiste plaatsen laten ontploffen – de Golf, Saudi-Arabië, Canada, Mexico, Nigeria enzovoort – zijn we maandenlang van zestig procent van onze olieleveranties afgesneden. Het schijnt een tamelijk kwetsbare industrie te zijn. Hoe dan ook, die SRPU heeft die taak, zowel hier in de Verenigde Staten als in het buitenland.'

'Dat zou iets kunnen zijn. Het slachtoffer zat in de oliebusiness.'

'O, ja?'

Paz vertelde wat ze van Michael Zubrom hadden gehoord, inclusief die vreemde kwestie van dat verdwenen mobieltje.

Oliphant zei: 'Oké, dus die Zubrom zei dat het slachtoffer misschien iets van een geheime olievondst wist en... wat? Hij gebruikte ontvreemde olie omdat hij geld nodig had om die vondst te ontwikkelen? Dat begrijp ik niet. Ik weet er niet veel van, maar ik heb altijd gedacht dat olievelden werden ontwikkeld door oliemaatschappijen, en die geven daar miljoenen en miljoenen aan uit. Dus met een paar honderdduizend dollar kom je niet ver. Trouwens, als de Sudanese regering van zo'n grote vondst wist, zou die daar openlijk over onderhandelen. Olie is geen verborgen schat, met een X-tekentje op een kaart, iets waar je diep in de nacht met een vrachtwagen heen gaat zodat je gebakken zit voor de rest van je leven.'

'O, dus u vindt het ook vreemd?' zei Paz. 'Goed. Ik dacht dat ik het niet helder meer zag. En dit is iets nieuws. Het slachtoffer staat dus op een signaleringslijst van een organisatie die bijvoorbeeld olievelden en raffinaderijen tegen terroristen beschermt. Was hij een terrorist? Daar ziet het niet naar uit, tenzij die olieverkoop dat doel had: geld om een terroristisch netwerk op te zetten.'

'Het zou iets kunnen zijn. Hebben we geld gevonden?'

'Niet in die orde van grootte. Ik heb Morales gevraagd overboekingen vanuit die bank in Jersey na te gaan, die bank waar Zubrom zijn betalingen heen stuurde, maar ik verwacht daar niet veel van. Die banken zijn niet bepaald loslippig en ze laten zich heus niet imponeren door een politieman uit Miami.'

'Nee, ze laten zich ook niet imponeren door de FBI. Het zit me niet lekker dat jullie geen mobieltje hebben gevonden.'

'Mij ook niet. Al is het alleen maar omdat je daardoor aan Dideroffs schuld gaat twijfelen. Op zijn minst wijst het erop dat ze niet alleen heeft gehandeld.'

'Heeft ze wel gehandeld?' Oliphant had op een speculatieve, collegiale toon gesproken. Nu was hij weer de baas en keek hij Paz aan.

Paz haalde zijn schouders op en antwoordde: 'Commissaris, u weet wat wij weten, alleen heb ik haar gearresteerd en zag ik daar iets. Ze had hem kunnen vermoorden. Een paar seconden lang had ze die moordenaarsblik in haar ogen. Of ze het heeft gedaan of niet...' Hij haalde zijn schouders weer op. 'Ze is geen doorsneemens, als ik het zo mag zeggen.'

'En die gigantische bekentenis die ze aan het schrijven zou zijn?'

'Blijkbaar is ze daar nog steeds mee bezig. Ik zit te popelen om in mijn luie stoel te kruipen en het te lezen.'

'Dat geloof ik graag. Zeg, ik ga met Posada praten. Ik wil dat jullie twee hier fulltime aan gaan werken. Jullie moeten meer over het slachtoffer en onze verdachte aan de weet komen, en de connectie tussen hen, en het gaat ons er niet alleen om dat we de bewijsvoering tegen Dideroff versterken. Als het kan, wil ik het hele verhaal weten. Maak gebruik van wat ze schrijft, maar ga ook verder. Ik wil dat haar levensverhaal grondig wordt nagetrokken. Zoek uit wie onze Arabier was en wat hij nog meer in Miami deed dan een scheepslading olie verkopen. Dat kan niet het enige zijn geweest. Dat had hij vanuit elke plaats kunnen doen. Hij had een reden om in Miami te zijn. Hij zat achter iets aan en iemand zat achter hem aan, en dat wist hij, anders had hij jullie olieman niet verteld dat hij bescherming nodig had. Misschien heeft hij inderdaad bescherming genomen, zo ja, zoek dan uit wat of wie het was.'

'Oké, maar wilt u me vertellen waarom we ons helemaal gaan inzetten voor iets wat sterk op een duidelijke zaak lijkt?'

Oliphant maakte een geërgerd gebaar. 'Ach, je weet heel goed dat het geen duidelijke zaak meer is. Heb je ooit een rat in een muur zien doodgaan? Het doet er niet toe hoeveel deodorant je spuit, die stank blijft nog steeds achter in je keel zitten. Deze zaak stinkt ook zo. Mensen nemen ons in de maling, grote jongens bespelen ons, en ik verdom het om me te laten bespelen. We moeten de muren in en die rat opsporen.'

Paz haalde diep adem en vroeg: 'Commissaris, heeft dit iets te maken met de reden waarom u bij de FBI bent weggegaan?'

Oliphant keek hem zo lang aan dat Paz zijn ogen moest neerslaan. 'Dat gaat je niets aan, maar als we voor deze zaak iets hebben aan mijn FBI-ervaring, laat ik het je weten. Zijn we klaar?'

Paz stond op. 'Ja, commissaris.'

Oliphant keek hem nog steeds aan. 'Krijg je wel genoeg slaap, Jimmy?'

'Ja.'

'Daar zie je niet naar uit. Je hebt rode randen om je ogen en je hebt het afgelopen halfuur drie keer gegaapt. Misschien moet je wat minder van die Cubaanse koffie nemen.'

'Ja,' zei Paz, 'misschien wel.' Hij stond al op de gang voordat hij besefte dat Oliphant het gesprek had afgeleid van de vraag waarom de naam 'David Packer' de hekken op het ministerie van Buitenlandse Zaken had laten dichtslaan.

10

Lorna Wise ligt in bed en denkt na over haar symptomen. Het is zaterdag en ze kan langer in haar bed liggen en daarover nadenken dan op andere dagen. Een kriebel achter in haar keel. Een trilling in haar kuitspier. Een verdoofd gevoel net boven haar linkerelleboog. Ze knippert eerst met het ene en dan met het andere oog. Misschien ziet ze door het linkeroog een beetje wazig, maar dat kan ook van de slaap komen. Al is het zorgelijk dat het juist het linkeroog is. En ook de linkerkuitspier. Dat is ongunstig, want het wijst op een defect in het centrale zenuwstelsel: ischemie, een lichte hersentumor, de subtiele voorboden van MS. Terwijl ze daar ligt, betast ze haar borsten, al weet ze dat ze zou moeten opstaan, en al zal ze het opnieuw doen wanneer ze onder de douche staat. Ze tast naar de tumor waarvan ze weet dat hij op de loer ligt. Haar vingers, na al die jaren bijzonder competent, kunnen het knobbeltje vast wel in het allervroegste stadium voelen en dan kan ze het operatief laten verwijderen. Al weet ze dat het niet waar is, al is ze inmiddels een vrij goede amateur-oncoloog, al weet ze dat sommige kankers zo verraderlijk zijn dat ze zich, als je het knobbeltje voelt, al door je hele lichaam hebben verspreid. Maar niet het soort dat haar moeder had. Haar moeder had rondgelopen met een tumor zo groot als een mandarijn voordat ze naar de dokter ging. Waarom, mama, ging je niet naar de dokter? Omdat ik dacht dat het niets was. Omdat ik de pest heb aan dokters.

Lorna laat haar borsten los en gaat op de rand van het bed zitten. Ze voelt een golf van duizeligheid en misschien ook een beetje misselijkheid, het onfeilbare teken van hersenen die geteisterd zijn door uitzaaiingen, of anders voelt ze zich alleen maar beroerd en walgt ze van zichzelf. In tegenstelling tot haar moeder is Lorna gek op dokters, soms ook op een seksuele manier, zoals bij rat Howie, en daarom wilde ze altijd een vrouw als huisarts, en dat is nu ook het geval. Ze weerstaat de aandrang om dokter Greenspan te bellen; ze is nog maar vierendertig dagen geleden bij haar geweest en wil niet de reputatie van zeurpiet verwerven. Om de een of andere reden denkt ze, terwijl ze aan haar zaterdagse bezigheden begint, zijn de eerste minuten van de dag altijd de ergste, minuten waarin ze bang is en zich kwetsbaar voelt.

Ze ontbijt met grapefruit en gezondheidspillen en koffie op de kleine patio achter het huis, omringd door bloemen en kwetterende vogels. Ze krijgt elke morgen de *Miami Herald* en de *New York Times* en leest ze allebei helemaal door, met uitzondering van de sportkaternen. De *Herald* is een uitstekende krant, maar ze voelt zich niet beschaafd zonder de *Times*; de *Times* en de *New Yorker* waren de banieren van haar vader geweest, die had gezegd dat hij nu weliswaar in een voorstad van New Jersey woonde maar dat hij zich nog niet helemaal had overgegeven aan barbarij. En ze houdt van het cryptogram. Dat doet ze nu in twintig minuten, niet zo snel als haar vader maar toch een hele prestatie.

Daarna gaat ze in een tuinstoel zitten. Ze neemt teugjes van de niet meer zo hete koffie en denkt aan alle karweitjes die ze tot het weekend heeft uitgesteld en nu moet doen, anders voelt ze zich een luilak. De telefoon gaat en ze pakt het draadloze toestel op dat ze mee naar buiten heeft genomen. Het is Sheryl Waits, die vraagt of ze klaar is. Klaar waarvoor? Nu blijkt dat Lorna's geest de afspraak heeft uitgewist die ze met haar vriendin heeft gemaakt: ze zouden gaan winkelen voor een jurk die ze op Sheryls feest kan dragen, een echte feestjurk, want volgens mij heb jij niet zoiets, schat, en ik wil niet dat je als een hobbezak bij mij over de vloer komt. O, nee!

Die avond verschijnt Lorna meer dan modieus laat op Sheryls feest. Ze draagt een vuurrode jurk met spaghettibandjes, nauwsluitend als een tweede huid en met een bijbehorende beha die haar borsten naar voren steekt als twee puddingen die worden aangeboden. Het is een groot feest, geparkeerde auto's aan weerskanten van de straat, mensen op het trottoir en op het gazon, drankjes in hun hand, lichtsnoeren tussen de dennentakken en om de stammen van de palmen heen, licht dat uit alle ramen van het vrij grote splitlevelhuis naar buiten stroomt, stampende muziek.

Ze vindt Sheryl in de keuken, waar ze een blad met gebraden kippenvleugels uit de oven haalt. Sheryl schreeuwt hoe goed ze eruitziet en eist van iedereen binnen gehoorsafstand dat ze zien hoe goed. Lorna zegt: 'Ik haat je. Sinds mijn vierde heb ik buiten een zwembad nog nooit zo weinig stof op mijn lichaam gehad.'

'Doe niet zo mal, kind! Je ziet er fantastisch uit. Ziet ze er niet fantastisch uit, Elvita?'

Elvita beaamt het. Lorna trekt gezichten voor hen, een verleidster in een derderangs toneelstuk. Hilariteit.

In het algemeen houdt Lorna niet van feestjes. Ze houdt niet van de manier waarop mensen zich gedragen als ze drinken, niet van dansen en niet van handtastelijke vreemden. Op luidruchtige feesten zoekt ze meestal een stil hoekje op waar ze met een glas witte wijn gaat zitten, en dan kijkt ze naar de verschillende soorten en hun sociale rituelen, een ornithologe in een regenwoud. Maar omdat het Sheryls feest is, voelt ze zich verplicht om zich sociaal te gedragen. Ze loopt rond, neemt slokjes wijn en frisdrank. De meeste mensen hebben iets met de politie te maken, iets meer dan de helft is zwart, en de rest is een mix van anglo's en Cubanen. Zoals te verwachten was, staan de mannen in groepjes bij elkaar. Ze drinken uit grote plastic bekers en praten over sport of het werk. De vrouwen staan ook in groepjes bij elkaar, en zij praten over hun werk, winkelen, vakanties, kleding en kinderen. Die laatsten zijn in groten getale aanwezig; ze rennen schreeuwend door de tuin. Sommige mensen dansen in het gekleurde licht van de buitenlampen op 'It's Raining Men' van The Weather Girls.

Een man komt naar haar toe, stelt zich voor als Rod en zegt dat hij een vriend van Leon is. Hij is gespierd, harig, een politieman, en hij heeft nauwelijks conversatie; hij staart naar haar gepresenteerde borsten. Een andere man, langer, Ben, met het soort grote adamsappel waaraan ze nogal een hekel heeft, komt bij hen staan. Hij staart ook naar haar borsten. Ze heeft het gevoel dat ze op een draaiplateau zou moeten staan, als een nieuw model op een autotentoonstelling. Weer een andere man, Martin, jonger en aantrekkelijker, en waar staart hij naar? Niet naar haar smetteloze huid. Ze zijn allemaal van de politie en ze doen op een grappige manier alsof ze elkaars rivalen zijn, vertellen amusante slechte dingen over elkaar, en intussen loeren ze allemaal naar haar lichaam. Ze kan het speeksel bijna horen gorgelen, en het bloed dat door hun genitaliën wordt gestuwd. Dat is het dus, seksuele triomf: ze merkt dat ze het niet serieus kan nemen, dan zou je net zo goed kunnen denken dat het fluiten van een bouwvakker het begin van een zinvolle relatie zou kunnen zijn. Toch voelt ze zich verplicht het spel mee te spelen, met lichtelijk suggestieve weerwoorden te komen, ja, onnozel te glimlachen, in godsnaam! En te zweten. Dat is tenminste een voordeel van deze jurk: hij komt niet dicht bij haar oksels. Er wordt een grote plastic beker met een drankje in haar hand geduwd en ze drinkt: zoet en heel koud. Blijkbaar is Leon zijn beroemde ijskoude daiquiri's aan het maken.

Daarna wordt alles een waas. Ze danst met een aantal mannen, voelt geslachtsdelen tegen haar onbeschermde buik, en sommigen leggen hun hand op haar achterste. Er wordt gedanst op funk en disco, muziek waar ze niet veel om geeft. Dan komt er plotseling verandering in de muziek. Er komt een Latijns ritme, maar anders dan alle Latijnse muziek die ze eerder heeft gehoord. Het is gelaagd, met veel stemmen en met ritmen die ongelooflijk complex zijn en toch een prettig gevoel opwekken. Nu danst ze met een man die haar leidt met passen die ze niet kent, maar dat vrij goed lijkt te kunnen, of misschien is dat het resultaat van de rum. Hij heeft kalme bruine ogen in een gezicht dat de toffeekleur heeft van een Coach-tas die ze in haar bezit heeft. Hij is ongeveer even groot als zij op haar hoge hakken.

'Wat is dit voor muziek?' vraagt ze.

'Het is een machine om de tijd te onderdrukken,' zegt hij.

'Pardon?'

'Lévi-Strauss.'

'Lévi-Strauss?'

'Ja. Speelt derde honk voor de White Sox. Wat vind je van de Marlins?'

'Jij bent Jimmy Paz,' zegt ze.

'En waaruit leid je dat af, mevrouw Wise?' Een grijns, kleine witte glanzende tanden, als van een kat.

'Sheryl zei dat je een intellectueel was. Volgens mij zijn er op dit feest niet veel mannen die een vraag zouden beantwoorden met een citaat van Lévi-Strauss.'

'Alleen degenen die in het softbalteam van structurele antropologie zitten.'

'En jij bent daar lid van.'

'Ja. Links *bricoleur*. We spelen, we drinken een kratje bier leeg en zitten in de kleedkamer over *Tristes Tropiques* te discussiëren.'

'Serieus, wat is dit voor muziek?'

'Het is *timba*. Een Cubaanse plaat van een band die Klimax heet.'

'Waar zingen ze over?'

'*Yo no quiero que mi novia sea religiosa.* Ik wil niet dat mijn vriendin religieus is. Over religie gesproken, hoe gaat het met ons meisje?'

'O, nee, niet over het werk praten! En ik dacht nog wel dat je met me danste omdat je mijn jurk mooi vond,' zegt Lorna, die bijna niet kan geloven dat ze dat over haar lippen heeft laten komen.

Hij gooit haar van zich af en laat haar zo ver achteroverleunen dat haar wervels tegen elkaar worden gedrukt. Hij ruikt naar tabak, een geur die ze niet gewend is van de gezondheidsbewuste mannen met wie ze meestal omgaat. Maar het is geen onprettige geur. Kruidig. Hij gooit haar weer in het ritme van zich af en kijkt haar nu lang en waarderend aan, een blik waarvan ze het gevoel heeft dat hij als warmte over haar huid glijdt. Hij zegt: 'Nee, het was vooral de jurk. Eerlijk gezegd, vooral de zones die niet door de jurk worden bedekt. Roomzacht. Ik zou willen dat ik een lange lepel had.'

'Ik geloof dat we maar iets te drinken moeten nemen,' zegt ze.

Een tijdje later zitten ze naast elkaar met dat drankje op een nogal gammele bank in de Florida-kamer van de familie Waits. Lorna heeft een tweede onbezonnen daiquiri en Paz heeft een donkerbruine vloeistof met ijs. Lorna ziet Sheryl met een dienblad vol hapjes voorbijkomen. Sheryl ziet hen beiden, slaat haar ogen ten hemel en likt overdreven langs haar lippen. Lorna steekt haar tong uit.

Paz ziet dat, maar geeft er geen commentaar op. In plaats daarvan zegt hij: 'Nou. Wat hebben we?'

Het duurt even voor Lorna beseft waar hij het over heeft. Dan hoort ze zichzelf praten. De woorden komen er langzaam en een beetje onduidelijk uit. Het is of ze zichzelf vanaf grote afstand hoort praten. 'Twee vraaggesprekken en één notitieboek vol aantekeningen. Die gesprekken hebben niet veel opgeleverd. Ze is een moeilijk geval, erg intelligent, wil niets prijsgeven. Ze heeft een... ik weet niet hoe ik het moet zeggen, een splitsing in zich, ergens in de diepte. Haar gebruikelijke persoonlijkheid is mild, vroom, met veel godsdienstige verwijzingen. Maar soms, als ze het gevoel heeft dat ze onder druk staat...'

'Komt de spinvrouw naar buiten,' zegt Paz.

'Heb jij het ook gezien? "Haar", moet ik zeggen.' Er gaat een golf van dankbare opluchting door Lorna heen. Ze heeft dit aspect van haar cliënte niet met Mickey Lopez besproken.

'O, ja. Ik zag iets toen ik haar na de arrestatie verhoorde. Een blik in haar ogen. Toen wist ik dat we niet met de Kleine Bloem te maken hadden.'

'Sorry, de kleine...'

'Een heilige, Teresia van Lisieux. Blijkbaar ben je niet katholiek.'

'Nee. Maar ik weet zeker dat ze niet zomaar simuleert. Ik heb dat vaak meegemaakt en het is vrij gemakkelijk aan het licht te brengen. We hebben tests die... nou, dat is nogal technisch, maar ze is echt, er is werkelijk iets met haar aan de hand. Die bekentenis die je haar laat schrijven, bevestigt dat. Ze heeft een afschuwelijke jeugd gehad.'

Paz luistert naar haar samenvatting van het eerste schrift. Hij is professioneel meelevend, maar niet diep geschokt: hij heeft wel ergere dingen gehoord en gezien. Als hij haar bestudeert, ziet hij iets onuitgesprokens achter haar neutrale professionele uiteenzetting, en hij weet dat zij dezelfde soort onverklaarbare verandering heeft gezien als hij. Het was niet zomaar een blik in Emmylou Dideroffs ogen, maar wat het wel was, kan hij niet zeggen, daar wil hij niet over nadenken en hij verdomt het om het ter sprake te brengen.

Hij zegt: 'Een dubbele moord/zelfmoord is gemakkelijk na te gaan. Ze zorgt er dus voor dat haar moeder haar stiefvader overhoopknalt en het kleine broertje gaat er ook aan. Een lief meisje. Maar terwijl ze het geen punt vindt om daarmee voor de dag te komen, blijft ze categorisch ontkennen dat ze onze man van dat balkon heeft gegooid. Wat denk je daarvan?'

'Ze is niet juridisch verantwoordelijk voor wat haar moeder deed. Het is geen misdrijf om een sleutel te laten slingeren en iemand tranquillizers te onthouden. Maar als je iemand op zijn kop mept en van een balkon gooit, is het een heel ander verhaal. Denk ik.'

'Dus je denkt dat ze ons beetneemt?'

'Nee, ze is geen psychopaat. Sterker nog, ze voelt zich verantwoordelijk voor alles.'

Lorna ziet de verwarring op Paz' gezicht en voelt die ook bij zichzelf. Eigenlijk is dit idioot: met een politieman een zaak bespreken terwijl ze half dronken is.

Ze drinkt haar tweede daiquiri op, en op dat moment staat er een jonge jongen voor haar met een dienblad vol bekers met diezelfde vloeistof. Hij draagt een te groot kastanjebruin apenpakje en heeft een vlinderstrik losjes op de boord van zijn witte overhemd geklemd.

'Neem er nog een,' zegt hij.

'Weet je moeder dat je drank verstrekt, jongeman?' zegt Lorna.

'Ze zei dat ik het móést doen, zo diep is ze gezonken. Wilt u een daiquiri, rechercheur Paz?'

'Liever niet, John. Ik denk dat ik dan medeplichtig zou zijn aan de criminele acties van een minderjarige.'

'Oei,' zegt de jongen. 'We hebben de po-li-tie in huis.' Hij kijkt Lorna aan.

'Neem nou maar, Lola, het is feest!' zegt hij, en hij neemt de lege beker en zet een volle op de houten armleuning van de bank. Hij bekijkt Lorna schaamteloos van top tot teen. 'Je ziet er goed uit, Lola. Die jurk is een knaller!' Hij gaat de menigte weer in.

'Lola?' zegt Paz.

'Zo noemen ze me hier. Een van de kinderen noemde me zo toen ze nog klein was en dat is blijven hangen.'

'Die naam past bij je. In deze outfit.'

'Jij vindt het ook een knaller, hè?' Ze neemt een slok uit haar beker. Ze weet dat ze echt dronken is als ze die beker leeg heeft, zo dronken als in een studentenhuis, zo dronken als ze in lange tijd niet is geweest. Toch gaat ze verder. Het was beter om geen woord te kunnen uitbrengen dan om te proberen met een half stel hersens iets van Emmylou Dideroff te begrijpen. Bovendien zit ze hier met een man die weet wie Lévi-Strauss is. Ze drinkt zo snel uit de beker dat de koude vloeistof pijn doet aan haar wangen. Intussen is ze zich ervan bewust dat Paz met een vage grijns om zijn brede lippen naar haar kijkt. Ze buigt zich naar hem toe, een beetje dichterbij dan ze van plan was, en haar borst drukt tegen zijn arm. 'Zullen we een dansje maken, rechercheur?' zegt ze.

Ze kreunt en trekt het laken omhoog om zich tegen het ochtendlicht af te schermen. Er zit een doffe pijn achter haar ogen, en haar hele keel voelt krakend droog aan. Die keel is ook bedekt met een dikke laag van de bijzonder vieze smaak van rottende melasse die je krijgt als je veel rum drinkt. Haar geest is helemaal leeg, enkele ogenblikken zelfs verstoken van haar eigen identiteit. Het geheugen komt langzaam terug: wie ze is, waar ze is (haar eigen slaapkamer), de conditie waarin ze momenteel verkeert. Ze heeft een kater en ze is naakt. Nee, niet helemaal, ze draagt het rode kanten slipje van de vorige avond. Zover gaan haar herinneringen. Ze herinnert zich de derde daiquiri en Paz en dat ze met hem over de patio zwierde, en die brutale, onderzoekende grijns van hem, en daarna niets meer. Het is ondenkbaar dat ze zelf naar huis is gereden, dus iemand moet haar hebben gebracht. Ze kan het zich niet herinneren. Heeft ze seks gehad? Misschien wel met het hele team van de Dolphins; ze weet er niets meer van. Sheryl belt, maar Lorna heeft haar geen nieuwtjes te vertellen. Ze regelen de terugkeer van Lorna's auto, en Sheryl giechelt zo erg dat het de stampende pijn in Lorna's schedel alleen maar erger maakt.

Een uur later is de auto teruggebracht, heeft ze gedoucht (na zich ervan te hebben vergewist dat alle schaamharen die op haar huid plakken van haarzelf zijn), een Advil genomen en een halve pot zwarte koffie gedronken. Ze heeft zich in de ligstoel in haar werkkamer laten zakken en doet vergeefse pogingen zich voor een recent verschenen roman te interesseren. Ze is onrustig, gespannen, haar zenuwen zijn rauw geschraapt door giftige ethanolmetabolieten, en tegelijk is ze doodmoe en ontbreekt het haar zelfs aan de energie om door een fictieve tuin te wandelen. Ze ziet het schoolschrift op haar bureau liggen, legt de roman weg en gaat met het schrift naar de ligstoel terug. Uit Emmylou's bekentenissen is een woud van Post-its gegroeid. Ze bladert naar een in het bijzonder en bekijkt de pagina. Emmylou's grote, forse handschrift.

'Dat is u ook overkomen, nietwaar?'

Onderstreept, gericht tot de lezer, blijkbaar tot Paz, er is dus al een bepaalde relatie tussen hem en haar. Waarom? Iets katholieks? Stemmen die van buiten komen zijn een veelvoorkomend fenomeen, weet ze, vooral in de kinderjaren, maar dit was een extreem geval, de impulsen van het id die naar buiten geprojecteerd werden en in een denkbeeldige figuur veranderden, die glanzende man. Waarom glanzend? Er waren ook enige vroege visuele hallucinaties, die met de jaren minder werden. Fascinerend. Ze kan hier een hele therapie uit opbouwen. Lorna gaat een pen en een notitieboek halen.

Dan gaat de telefoon. Twee keer en het antwoordapparaat neemt op. Een stem, vervormd door de goedkope luidspreker. 'Lorna... Met Jimmy Paz. Ik hoop dat het goed met je gaat. Zeg, je moet me even bellen...'

'Hallo?' Ze is door de kamer gevlogen en heeft de telefoon uit de houder gegrist.

'O, mooi,' zegt Paz. 'Je hebt het overleefd. Ik ga je niet vragen hoe je je voelt.'

'Dat is erg attent van je. Ik neem aan dat jij me gisteravond naar huis hebt gebracht? Het spijt me. Meestal gedraag ik me niet zo.'

'Hoe? Dronken worden op een feest en plezier hebben?'

'Had ik plezier? Dat kan ik me niet herinneren.'

'Je lachte veel. Dat is meestal een indicatie.'

'Nou, het was aardig van je om die moeite te nemen.' Een korte stilte, beiden beschaamd door de gedwongen intimiteit, wachtend tot de ander de eerste stap zet, en uiteindelijk is het Paz die dat doet: 'Ik hoop dat je het niet erg vindt dat ik die jurk heb uitgetrokken. Hij leek me niet comfortabel om in te slapen. Ik wist niet van de bovenkant. Dat er geen aparte beha was.'

'Dat geeft niet.'

'Ik heb mijn ogen de hele tijd dichtgehouden. Bedenk dat wel.'

'Dat was heel attent van je. Was het moeilijk?' Een gezamenlijk grinniklachje. 'Nee, ik bedoel, was het moeilijk om hem uit te krijgen...'

'Helemaal niet. Of je het vel van een makreel stroopt.'

Lorna bedenkt dat niemand ooit zoiets sexy's tegen haar heeft gezegd. Ze probeert iets te bedenken om terug te zeggen, maar kan alleen maar stompzinnig in de telefoon ademen, als een hijger.

'Zeg, eh, er is nog een reden waarom ik belde. Ik wil je om een gunst vragen.'

'Goed, wat dan?' vraagt ze.

'Kun je, eh, bij mij komen?'

'Nu?'

'Ja, als het niet te veel moeite is. Ik zit met een probleem en ik wist niet wie ik anders moest bellen.'

'Wat voor probleem?'

'Eh, dat is moeilijk door de telefoon uit te leggen.'

Lorna gaat meteen akkoord. Hij geeft haar het adres en vertelt haar waar een sleutel van de achterdeur verstopt ligt, onder de voorste linkerpoot van de picknicktafel. Hij bedankt haar hartelijk en hangt dan op. Ze trekt vlug een frisse, energieke outfit aan, kaki shorts en een wit shirt met korte mouwen, als een leidster op een jeugdkamp. Ze rijdt naar Little Havana, sw Nineteenth bij de Calle Ocho, en gaat naar binnen. Ze heeft daar een vreemd maar niet onprettig gevoel bij. Ze is zelfs een beetje gespannen.

'Jimmy?'

'Hier. In de slaapkamer.'

Ze loopt in de richting van de stem. Jimmy Paz ligt op een koperen bed, met een lichte gewatteerde deken tot aan zijn middel. Daarboven ziet ze een indrukwekkende spiermassa, bedekt met gladde donker goudbruine huid. Hij heeft ook een gouden ketting met een crucifix om, en een klein donker voorwerp aan een riempje. Dat was vreemd en een beetje opwindend op een enge manier. Lorna kan bijna voelen dat haar pupillen groter worden.

'Bedankt voor je komst,' zegt hij. 'Ik heb iets heel stoms gedaan.' Hij beweegt zijn voet en ze ziet dat die met handboeien aan een van de buizen van het bed is vastgemaakt. 'Ik had de sleutel hier op het nachtkastje, en om hem absoluut niet kwijt te raken had ik hem binnen mijn horlogebandje liggen, zie je? Nou, natuurlijk werd ik midden in de nacht wakker en het eerste wat ik deed was kijken hoe laat het was, en toen bleef die sleutel achter het bandje haken en gleed hij over de vloer weg. Daar.' Hij wijst. 'Zie je hem?'

Ze pakt de sleutel op en geeft hem aan Paz. Hij maakt de handboeien los.

'Dank je.' Hij grijnst haar toe. 'Eindelijk vrij, eindelijk vrij, godallemachtig...'

'Enzovoort,' zegt ze. 'Nou, zo te zien ben ik hier klaar.'

'Dan is het nu tijd om te spelen. Heb je vandaag iets te doen?'

'Ik ben min of meer vrij, afgezien van wat boodschappen. Waar zat je aan te denken? Het mag niet iets zijn waar alcohol aan te pas komt.'

'Natuurlijk niet. Toch is er hier in Miami ook het nodige geheelonthoudende vermaak, want de stad ligt in de zon en is de *fun*-hoofdstad van de wereld. Hou je van water?'

'Om te drinken?'

'Om op te drijven. Om in te duiken. De zee. Varen.'

'Je bedoelt zeilboten?'

'Nee, ik bedoel een Cubaanse werkboot die onder de vissenschubben zit. We kunnen naar het rif gaan, een lijntje uitgooien, en misschien hebben we geluk en vangen we wat zalm.'

'Ik wed dat jij alle goeie plekjes kent.'

'Een paar. Heb je er zin in?'

'Ja, als ik eerst even naar huis mag om wat spullen te halen.'

'Ik ga met je mee,' zegt hij, 'tenminste, als ik een manier kan bedenken om me aan te kleden terwijl jij hier bent.'

'Ik doe mijn ogen wel dicht,' zegt ze. En dat doet ze, bijna, terwijl hij naakt en met een geweldig lichaam onder zijn deken vandaan komt en een verbleekte spijkerbroek met afgeknipte pijpen en een zwart T-shirt met GUANTANAMERA COMIDAS CRIOLLAS aantrekt, en daaroverheen een wijd katoenen shirt waar de mouwen vanaf gescheurd zijn. Dan maakt hij zijn pistool vast en laat een portefeuille met insigne in zijn achterzak glijden.

Hij ziet haar kijken. 'Voorschriften,' zegt hij. 'Heb je er moeite mee?'

'Ik geloof van niet. Maar ik ben nooit in het gezelschap geweest van een man met een pistool.'

'Gisteravond wel. Ongeveer vijftig.'

'Ik bedoel bewust. Dat moet vreemd zijn.'

'Je went eraan,' zegt hij kortaf, en hij leidt haar naar buiten.

Ze nemen zijn auto, een door de zon gebleekte oranje Datsun Z die al een paar jaar oud is. Voor haar huis zegt ze tegen hem dat ze zo terug is. Als ze de voordeur opendoet, blijft ze even staan, want ze beseft opeens dat haar kater helemaal weg is, en wat nog interessanter is: sinds het moment dat Paz haar belde, heeft ze geen enkele hypochondrische, neurotische of onbehaaglijke gedachte meer gehad. Ze voelt zich zelfs geweldig, beter dan in tijden. In gedachten is ze haar strandtas al aan het inpakken. Ze draait de sleutel om en gaat haar voorkamer binnen. Ze moet een tube zonnebrandcrème met de hoogste factor hebben, en een handdoek, en ja, ze is van plan de staalblauwe bikini te dragen die ze op Antigua heeft gekocht en die ze tot nu toe niet in Miami durfde te dragen.

Ze ziet de man nauwelijks, tot hij haar met zijn vuist opzij stompt en de voordeur uit rent. Paz leunt tegen de bestuurderskant van zijn auto en kijkt Lorna tevreden na, en hij kan dus heel goed zien wat er gebeurt. De man struikelt over een kleedje dat Lorna net binnen de voordeur heeft liggen, en als hij halverwege het pad is en weer enigszins op snelheid is gekomen, staat Paz al over de motorkap van zijn auto gebogen. Hij heeft zijn Glock tevoorschijn gehaald en roept: 'Halt, politie, halt! Ga liggen!'

De man houdt geschrokken de pas in en kijkt voor zich uit. Paz ziet dat hij een magere latino is. De man draagt een satijnachtige zwarte trainingsbroek, een zwarte tanktop met HEAT in rode schuine letters, en grote witte Air Jordans. Om zijn hoofd heeft hij een glanzende zwarte doek. In de twintig, schat Paz, en hij heeft een donker plat voorwerp in zijn hand dat Paz niet goed kan thuisbrengen, want hij concentreert zich op het gezicht van de man, en plotseling ziet hij wat de man gaat doen en is het of hij een klomp ijs in zijn buik heeft. Hij vult zijn longen met lucht om nog eens te schreeuwen.

De rechterhand van de man gaat naar zijn rug en komt tevoorschijn met een donker hoekig voorwerp dat van alles zou kunnen zijn, een stuk speelgoed, een mes, een walkman, maar Paz wacht niet af wat het is. Hij schiet twee keer, en de man gaat op die vreemde marionettenmanier van neergeschoten mensen aan het begin van Lorna's pad zitten, met donkere lekkende gaten boven en onder de A van HEAT. Paz rent naar de man toe, ziet dat hij niet ademhaalt, perst zijn mond over de met bloed gevulde mond, ziet de weinige haren daaromheen. Hij drukt op het borstbeen en het bloed gulpt tussen zijn vingers door.

'Ik heb het alarmnummer gebeld,' zegt iemand achter hem. Lorna, kordate dame. Hij gaat verder met zijn pogingen, al is het duidelijk hopeloos. Hij hoopt dat de man echt een pistool in zijn hand had, al kan hij dat niet zien wanneer hij zijn hoofd even omhoogbrengt om adem te halen. Hij ziet wel een schoolschrift op het trottoir, de verharde rug als een dak naar boven. Het lijkt sprekend op de schriften die hij voor Emmylou Dideroff heeft gekocht.

Opmerkelijk genoeg hebben we een levendige beschrijving van die scène, verteld vanuit het standpunt van de kapitein van de ulanen, Manfred Ems von Frisch. In zijn memoires, *Naar Parijs met het Dertiende Ulanen* (1889) schrijft hij:

Plotseling verscheen er een mooi meisje van een jaar of veertien voor ons, verfomfaaid van de slaap, gehuld in een Franse cavaleriejas en met zijden slippers aan haar voeten. Ze keek ons opvallend kalm aan, alsof het wel vaker gebeurde dat ze voor het ontbijt lansiers op haar binnenplaats aantrof. Ik salueerde en zei in het Frans: 'Mejuffrouw, hebt u toevallig het Franse leger gezien?' Waarop ze me in goed Duits antwoordde: 'Het verbaast me dat u me zo'n vraag durft te stellen, meneer, want u laat me kiezen tussen mezelf bevuilen met een leugen en mijn land verraden. Geen enkele heer zou een dame in zo'n positie brengen.' Ik was enigszins geschrokken van die uitval, en ook geërgerd omdat ik op mijn nummer werd gezet in het bijzijn van mijn troep. Daarom zei ik tegen haar: 'In tijd van oorlog, mademoiselle, moeten zulke verfijningen wijken.' En zij antwoordde: 'Daarover verschillen wij dan van mening, meneer. Oorlog of vrede, er is geen excuus voor botheid. Uw koning zou het niet goedkeuren, en uw moeder ook niet, denk ik.'

Een beter bewijs van Marie-Anges pit en moed zou niet te vinden zijn! Ems von Frisch vertelt verder dat ze hem en zijn mannen verfrissingen en voer voor hun paarden aanbood maar geen enkele informatie verstrekte. Toen de Pruisen weg waren, kleedde Marie-Ange zich vlug aan en liet ze de koets in gereedheid brengen. Ze was van plan in allerijl naar Metz te gaan, want ze wist dat haar vader zich de grootste zorgen om haar veiligheid zou maken als hij hoorde dat de vijand de Moezel was overgestoken.

De weg ten oosten van Gravelotte was verstopt met oprukkende Franse troepen en burgers die de strijd ontvluchtten, want in het noordoosten was het geschut al te horen. De koets werd van de weg af gedwongen door een artilleriecolonne, en terwijl ze wachtten, hoorde Marie-Ange een vrouw huilen. Ze ging kijken wat er aan de hand was en zag een boerenwagen waarop een man en twee kinderen lagen. Ze zaten onder het bloed. De vrouw bedwong haar tranen lang genoeg om te vertellen dat ze uit Villers-au-Pois kwamen en dat hun boerderij door Franse soldaten als versterking in bezit was genomen. De familie hield zich verborgen in een schuur, en die was door een Pruisische granaat getroffen, met dit trieste resultaat tot gevolg. Onmiddellijk gaf het meisje haar oorspronkelijke plan op. Ze liet de gewonde boeren in haar koets leggen en reed naar Bois Fleury terug.

– UIT ZR. BENEDICTA COOLEY, *Trouw tot de dood: het verhaal van de Pleegzusters van het Bloed van Christus*, ROSARIAN PRESS, BOSTON, 1947

11

De bekentenissen van Emmylou Dideroff

Schrift II

Dit is nooit gebeurd, eerst u rechercheur en nu die psychologe. Het is niets voor hem om zich te laten zien en toen viel ik flauw, die arme vrouw moet zich wel halfdood zijn geschrokken. Ik begrijp het niet, meestal verschijnt hij niet op die manier, meestal is het alleen maar een licht gekriebel, zoals je een forel kriebelt tot hij praktisch slaapt en je hem kunt oppakken, een zacht gekriebel, hé, dat meisje, die man, ziet er zo goed uit, wat kan het voor kwaad, zijn vrouw haar man hoeft het niet te weten, het geld lag daar gewoon, ik geef het wel terug, kun je dat verrekte kind niet stil krijgen enzovoort, er gebeurt iets belangrijks om jullie allemaal heen, als in Bijbelse tijden, tenzij we allemaal zo gek zijn als...

Het was avond toen ik wegging, met niets dan de shorts en de bloes die ik aanhad en een denim tas vol make-up en extra ondergoed en mijn beha, die ik had uitgetrokken, en ik maakte de bovenste twee knoopjes van mijn bloes los. Ik liep naar de eerste grote straat met verkeer en liftte mee met een oude kerel in een Buick. We reden een tijdje pratend rond, en hij keek bij elk verkeerslicht naar mijn tieten. Hij verspilde tijd, dus toen hij om het gesprek op gang te houden vroeg wat ik graag deed, zei ik dat ik graag mannen afzoog voor vijfentwintig dollar per keer. En dat deed ik achter een benzinestation aan 112th Street, mijn debuut in het vak. Ik kreeg die avond nog zo'n zes ritjes en kwam daarmee zelfs verder in het noorden. Ik liet me door de laatste man afzetten bij een van die vervallen ouderwetse motels, in een rij betonnen gebouwen en met een sissend neonbord in perzikgeel en blauw: TUD R COURT VACA Y.

Ik werkte de rest van de week vanuit dat motel en verdiende vrij goed. Het is gemakkelijk in de prostitutie redelijk veel geld bij elkaar te krijgen als je het niet aan drugs uitgeeft en geen pooier of kinderen hebt. Het ergste aan die tijd (en ik vond dat echt het ergste, God vergeve me!) was dat ik niets fatsoenlijks te lezen had en Miami is zo groot dat ik vanaf de plaats waar ik was niet bij een goede tweedehandsboekwinkel kon komen en ze willen je geen bibliotheekkaart geven als je niet kunt bewijzen dat je een vast adres hebt. Ik had een van mijn klanten kunnen vragen me bij een winkelcentrum met een boekhandel af te zetten, maar om de een of andere reden deed ik dat niet. Natuurlijk kon ik me bladzijden herinneren van dingen die ik had gelezen, maar dat is niet helemaal hetzelfde, hè? Ik was gedwongen om troep uit de plaatselijke supermarkt te lezen, sciencefiction, thrillers, westerns, romannetjes, hoewel ik ze sneller las dan de vrachtwagen van het boekenbedrijf de voorraad kon aanvullen. Het leven van een straathoer met literaire voorkeuren gaat niet over rozen.

De derde week dat ik op straat was werd ik opgepikt door een man met een nieuwe zwarte Cadillac Eldorado met verguldsel. Hij zei niets maar begon vrij hard over de snelweg te rijden, en toen ik hem vroeg waar hij mee bezig was zei hij hou je bek, kreng en dus deed ik dat. Hij had dezelfde muffe stank van het kwaad als Ray Bob, alleen probeerde hij die stank niet te verbergen, verre van dat, hij was er trots op, het was zijn handelsmerk. Toen we van de snelweg af kwamen, zei hij wat hij allemaal met me ging doen om me af te leren op zijn territorium te tippelen en toen we bij zijn appartement in Liberty City kwamen deed hij dat allemaal plus nog wat dingen waar hij bij het dreigen niet aan toe was gekomen, ik geloof dat hij meer met mij deed dan hij meestal met een meisje deed omdat ik niet zo bang voor hem was. Uiteindelijk kon hij me alleen nog van mijn leven beroven, dat in mijn ogen niet veel waard was, al had ik er toen wel een beetje spijt van dat het me niet was gelukt bij Percival Orne Foy te komen. Jerrell Robinson heette hij. Hij is de moeite van het beschrijven nauwelijks waard, gewoon een van die vele klojo's, het product van films en de straat, niets in zijn gedachten behalve Meer.

Hoe dan ook, het was het gebruikelijke inwerken van een amateur door een pooier, niets wat ik nog niet eerder had gedaan behalve het reetneuken, wat nogal pijnlijk was, en het volspuiten met heroïne, waar ik zo ziek als een hond van werd maar dat de pijn wel verzachtte. Vreemd genoeg raakte ik niet verslaafd, behalve fysiologisch, en dat betekent vierentwintig uur ongemak, niets wat ik niet aankon. Het bleek dat ik niet iemand was die gauw aan iets verslaafd raakt. Maar ik deed alsof ik dat wel was. Hij kickte erop om me om mijn volgende shot te laten smeken. Zelf kickte ik erop om te bedenken hoe ik hem zou doden.

Ik zeg dat nu, maar als ik me echt probeer te herinneren hoe ik me voelde, dag na dag, komt er niets. Misschien had ik helemaal geen gevoelens. Ik weet dat ik over het algemeen buiten mijn lichaam leefde, in een wakende droom die gevoed werd door boeken. Er lag een zwetend varken op me en ik zweefde door een Engelse tuin en praatte met elegante dames en heren, of ik landde met bulderend wit vuur op een nieuwe planeet. Je komt op een punt dat het je niet kan schelen wat er met je gaat gebeuren. Dat is moeilijk te beschrijven aan mensen wier leven beheerst wordt door dingen die ze verwachten en dingen waar ze recht op hebben. Het was wel goed dat Jerrell me in een van zijn hoerenkasten zette, want daardoor had ik een adres en kon ik een bibliotheekkaart krijgen.

Ik was zelfs een heel goede hoer. Ik stal nooit, niet van de klanten en niet van Jerrell. Hij zette me in een driekamerkrot aan NW Thirty-fourth Street met twee andere meisjes, Marlys en Tammy, tienermeisjes als ik maar wel echte junkies. Ze stalen de hele tijd, stompzinnig, nutteloos, en hij sloeg hen beiden gemiddeld eens per week met metalen kleerhangers. En dan sloeg hij mij ook, misschien zelfs een beetje harder dan hen, omdat hij mijn buit of mijn dope niet kon vinden en zijn fantasie niet groot genoeg was om zich een eerlijke hoer voor te stellen, alsof hij op droog water was gestuit. Dat hoorde natuurlijk bij mijn plan. En daarna neukte hij me meestal op een bijzonder vernederende manier en viel in slaap. Dat hoorde ook bij het plan.

Jerrell had een concurrent, de pooier T-bone Carter. T-bone ging er prat op dat hij net een beetje beter was dan het gebruikelijke straatuitschot, en hij was inderdaad iets intelligenter dan Jerrell, al was dat niet zo'n enorme prestatie. Hij reed in een Mercedes in plaats van de Cadillacs die de andere pooiers hadden, en hij kleedde zich in Engelse stijl, altijd een mooi pak en een das en met de hand gemaakte schoenen voor T-bone, en hij hield meer van jazz dan van funk. Ik kende sommigen van zijn meisjes, en ze zeiden dat hij wel meeviel voor tuig, terughoudend met martelingen en gul met cadeaus en dope. Een geweldige kerel.

T-bone organiseerde pokeravonden waar Jerrell elke donderdag heen ging, en natuurlijk verloor hij altijd, stomme klootzak als hij was, dan zei hij dat hij pech had. Dat hoorde ook bij mijn plan, maar de kern daarvan was Marlys, de domste en mooiste van mijn twee huisgenotes. Ik zorgde ervoor dat Marlys bang werd voor Jerrell, nog banger dan ze al was. Ik zei dat hij voor de lol meisjes had vermoord. Ik zei dat hij tegen mij had gezegd dat hij kwaad op haar was omdat ze hem de hele tijd ripte en dat hij een voorbeeld van haar zou maken voor de andere meisjes. Ik zei tegen haar wat hij met haar ging doen, en dankzij de thrillerrotzooi die ik had gelezen, kon ik haar veel details geven. Toen ze bang genoeg was, zei ik dat er misschien een uitweg was: ze kon naar T-bone Carter gaan. Jerrell was doodsbang voor T-bone, zei ik, en T-bone zou er een kick van krijgen om een van Jerrells beste hoeren in te pikken.

Ik was in Jocko's Tropical Lounge aan Second Avenue, waar ik meestal rondhing, en het was vroeg, een uur of vier, en ik dacht erover om naar buiten te gaan en mijn rondje te lopen en bij de afslagen van de 395 naar mannen te vissen die van hun werk naar huis reden, toen Jerrell ziedend van woede binnenkwam. Hij had net het nieuws gehoord. Hij mepte me wat uit principe en om de anderen te laten zien dat hij nog steeds De Man was. Hij dronk wat en zat te zeuren over wat hij met T-bone zou doen, dat hij zich door niemand liet verneuken, en ik gebruikte die gelegenheid om tegen hem te zeggen dat T-bone hem misschien nu weer verneukte omdat hij dat al jaren met kaarten deed, ik had T-bone daar grappen over horen maken, zei ik, en ik vertelde hem een aantal bijzonderheden over de manieren waarop hij was bedrogen, dingen die ik plagieerde uit *Goktrucs* van D. Ortiz, geleend uit de openbare bibliotheek van Miami. Jerrell werd heel stil. Hij ging naar zijn auto en kwam meteen terug en ik wist precies wat hij was gaan halen. Het volgende halfuur dronk hij Courvoisier met 7UP, zijn favoriete drankje, het ene glas na het andere, en toen moest ik aan het werk. Het is jammer dat ik het misliep, want wat zou ik graag zijn gezicht hebben gezien op het moment dat hij de Colt Commander op T-bone richtte en het wapen op die stomme zijdelingse manier vasthield zoals ze tegenwoordig allemaal doen en de trekker een paar keer overhaalde. T-bone droeg nooit een wapen, hij zei dat zo'n bult de snit van zijn pak bedierf, maar hij had altijd een helper bij zich, en die avond had zijn jongen een TEC-9. Ik hoorde dat Jerrell nog steeds bezig was de trekker van de Colt over te halen toen T-bones jongen hem aan flarden schoot.

Ik was op straat, had net een klant gehad en spoelde mijn mond met Lavoris-mondwater, toen een van de meisjes me het nieuws vertelde, en ik spoog het hoog de lucht in, een geelgroene overwinningsfontein onder de antimisdaadlichten en toen danste ik mijn duivelse dans door NE Seventh Street, mijn hart laaiend van een duivels vuur schreeuwend en juichend, en op dat moment wist ik niet dat het alleen maar het gepiep van een dier in een val was. De voorbijgangers staarden me aan en vroegen zich waarschijnlijk af waar die hoer zo blij om was. Ik schaam me er nu voor, maar als ik eerlijk moet zijn, was het schitterend om de kracht van zijn kwade hand in me te voelen.

Ik nam een taxi naar Jerrells huis. Natuurlijk had ik ook een kopie van zijn huissleutel. Toen hij een keer na het martelen lag te snurken, had ik wasafdrukken gemaakt in een blikken doosje dat ik van een van mijn vaste klanten had gekregen, een autodief, en die maakte de huissleutel en autosleutels voor me na in ruil voor een paar keer gratis neuken. Zo kwam ik in Jerrells dashboardkastje, zodat ik de slagpin uit zijn Colt kon halen, zoals Ray Bob me had geleerd op een van zijn beroemde lessen wapenonderhoud en -veiligheid.

Maar ik vond daar geen geld. Iemand anders was me voor geweest of hij had alles bij zich of hij had het allemaal met kaarten verloren. Ik vond wel een mooie zak dope en wat gouden sieraden. Ik probeer me te herinneren wat mijn plan voor daarna was. Ik wilde eerst de stad uit, of tenminste uit het deel van de stad waar ze me kenden. Ik was nog steeds voortvluchtig, en de politie zou gauw genoeg op het idee komen dat Jerrell erin geluisd was. Misschien zou T-bone ten onrechte van het complot worden beschuldigd, met mij als medeplichtige. Ik nam weer een taxi en zei tegen de chauffeur dat hij naar het zuiden moest rijden. Ik dacht dat ik uiteindelijk naar de Keys zou gaan, maar ik had wat tijd nodig om tot mezelf te komen, en daarom zei ik tegen hem dat hij me naar Coconut Grove moest brengen, want ik had gehoord dat daar tieners rondhingen en ik wilde weer een tiener zijn, al was het dan een dakloze tiener.

Als ik het me goed herinner, was het een vrijdagavond, een warme avond en er waren veel mensen buiten. Mensen keken vreemd naar me, want ik droeg een haltertopje met zilverdraad en strakke roze shorts en witte hoge hakken. Ik ging naar een Gap en kocht een spijkerbroek, een paar T-shirts en een schoudertas en gooide de hoerenkleren in een afvalbak. Ik waste de hoerenmake-up af in de toiletten van een restaurant en werd daardoor meteen jaren jonger. Ik had genoeg van het hoerenwerk, tenminste van het tippelen. Ik wist dat ik niet adembenemend mooi was, maar ik had techniek en ik was een goede actrice en sommige mannen voelden zich tot me aangetrokken. Om mijn houding te verbeteren snoof ik een paar lijntjes cocaine in het kleedhokje van de Gap, en toen ging ik naar buiten om te kijken wat voor onderdak ik kon krijgen.

Ik ging naar het park dat ze daar bij het water hebben, en daar hingen veel tieners rond bij de muziek van Def Leppard uit een gettoblaster. Er fietsten ook een paar agenten rond, maar die letten niet op me. Ik kan goed in een groep opgaan. Ik ging naar het meest haveloze stel jongeren dat ik kon vinden, op zoek naar veelzeggende slaapzakken en draagtassen. Ze vroegen me om kleingeld en ik gaf een paar bankbiljetten. Ik raakte aan de praat met een slungelige en getatoeëerde blanke jongen met een hanenkam die een zwart-met-witte bastaardhond aan een lijn had. Tommy en Bo. Tommy had een vriendin, Carmen, bruine huid, vooruitstekende boventanden, dreadlocks, armbandtatoeages om haar polsen, zwaar gepiercet op gezicht en navel. Ik vertelde wat geloofwaardige leugens, leerde hoe je je als dakloze tiener in Miami kon redden. Ze huisden op dat moment in een gekraakt oud winkelpand aan Douglas bij Grand. Dat zou gesloopt worden, maar er waren juridische vertragingen en eigenlijk was niemand de eigenaar. Er hingen daar wat slechte junkies rond en mannen, je weet wel, die jonge meisjes wilden scoren. En jongens. Maar die kon je uit de weg gaan. Meestal brachten ze daar de nacht door, in de Market, zoals ze het noemden.

Ik trakteerde hen beiden op een maaltijd in een fastfoodrestaurant, en laat die avond kropen we door de afrastering en staken het met puin bezaaide parkeerterrein over. Het was een betonnen gebouw van twee verdiepingen met als opvallendste element een hoge vierkante toren waar een watertank in zat en waarop ooit het logo van de ter ziele gegane winkel had gestaan. De krakers zaten vooral in de grote ruimte van een vroegere drogisterij. Het waren enkele tientallen mensen en ze zaten daar bij kaarslicht, waardoor het net een kathedraal leek, maar dan wel zonder een god. Tommy en Carmen waren daar blijkbaar goed bekend. Mensen aaiden Bo en praatten zachtjes. Er waren daar ook kinderen, met ouders en zonder. Carmen leende me een van haar dekens en liet me zien hoe je een matras kon maken van plastic zakken en kranten. Niet het Hilton, maar na alles wat er die dag was gebeurd was ik doodmoe. Ik zou vrij goed hebben geslapen, alleen had ik het tasje met mijn gouden sieraden in mijn slipje gestopt en daar werd ik wakker van als ik me omdraaide.

De volgende morgen nam ik de Metrorail naar de binnenstad. Daar vond ik een pandjeshuis waar ze geen vragen stelden en ontdeed ik me van Jerrell voor vierhonderd dollar en nog wat.

Waarom die details? Ik ben aan het afdwalen, hè? De toon is ook afgedwaald, degene die ik nu ben sijpelt door naar het verleden, kleurt het verhaal met latere ervaringen. Weer dat stemprobleem. O, Jezus, als je me nu maar twee minuten kon helpen mezelf niet in de weg te staan...!

Oké, ik ging naar het park terug en zat daar weer bij Tommy en Carmen. Rookte wat middelmatige dope. Kreeg crack aangeboden maar sloeg dat af. Werd benaderd door twee kerels van in de twintig, ze boden me ook geld aan, ik denk dat het te zien was, ik bedoel wat ik werkelijk was, maar dat weigerde ik ook. Het was een wereld zonder plannen, we waren net duiven die maar wat oppikten. In zekere zin was het wel rustig, veel gemakkelijker dan tippelen. Zo gingen er twee of drie weken voorbij. Toen zei Carmen op een ochtend dat ze jarig was, zestien, en ze huilde. Het bleek dat ze uit een familie kwam die niet in feesten geloofde, een of andere religieuze gekte, en ze had nooit een verjaardagsfeest gehad. En dus deed ik voor het eerst in mijn leven iets voor een ander – hé, ik heb wat geld, ik geef vanavond een feest voor je in de Market, en dat deed ik, taart en kaarsen van de Winn-Dixie, Kentucky Fried Chicken, bier op mijn valse identiteitsbewijs. Ik weet niet hoe ik daarbij kwam. Misschien was het de eerste vederlichte aanraking van mijn heilige.

Het was leuk voor haar en voor de anderen, denk ik. Ik had er zelf niet veel aan want om een uur of vier kreeg ik erge krampen en die werden alleen maar erger, en Motrin hielp ook niet. Ik bloedde ook als een rund, heel anders dan gewoonlijk. Ik was over mijn afvoersysteem aan het denken, zoals ik daar lag te kronkelen op mijn harde matras, en besefte dat mijn cyclus al maanden overhoop lag, al schreef ik dat toen aan mijn beroepskeuze toe. Ik moet ook zeggen dat ik er nooit bij stilstond dat het wel eens gevolgen voor mijn lichaam kon hebben dat ik seks had met honderden mannen per week. Zo jong was ik nog.

Carmen vroeg me wat ik had en ik vertelde het haar en ze zei dat ik naar het ziekenhuis moest gaan en ik zei o nee, om voor de hand liggende redenen, en toen zei Audrey, een oudere vrouw met twee kinderen, dat ik naar het zusterbusje moest gaan, dat was een non die met een witte bakkerswagen rondreed langs plaatsen waar daklozen waren en medicijnen gaf en onderzoeken deed en nooit vragen stelde. Je bent toch op de vlucht? vroeg ze, en ik gaf dat toe.

Min of meer gedragen door Tommy en Carmen ging ik naar een parkeerterrein aan de Dixie Highway bij Douglas, waar onder de oranje antimisdaadlichten een oude, wit geverfde bakkerswagen stond. Er stond een groepje dakloze patiënten omheen. Omdat er bloed uit mijn broekspijp liep, lieten ze me voorgaan. Vanbinnen was het busje helder verlicht, want de motor draaide. Er waren een brancard, een metalen kruk, planken en kasten. De eigenares was een jaar of veertig, gladde bruine huid die donkerder leek door een witte hoofddoek met rode biezen aan de voorkant en onder het brede voorhoofd zwarte ernstige ogen en een bril met stalen montuur. Er was iets mis met haar gezicht, de rechterkant was op een rare manier omhooggetrokken, zodat het leek of ze grijnsde maar de rest van het gezicht grijnsde niet mee, integendeel, dat was heel ernstig. Grijze jurk, wit schort als een restaurantkok, ketting met een zwaar zilveren crucifix eraan, speldje op haar borst, ook een lichtere ketting om haar hals met iets kleins van koper eraan. Ze zag eruit alsof ze schoon aan de haak veertig kilo woog, maar toen ze me op de brancard hielp, had ze de greep van een jockey. Ze gooide de deur dicht voor de geïnteresseerde menigte. Trinidad Salcedo, mijn eerste Bloedzuster.

Uit met de spijkerbroek en het slipje, rood doorweekt. Temperatuur genomen, bloeddruk. Ik huilde van pijn. Ze keek, tastte voorzichtig en langdurig. Een geur van antiseptische middelen en een prik. Nog meer pijn. Ik schreeuwde het uit. Ze was druk bezig tussen mijn dijen. Wat is er met me aan de hand? Haar hoofd kwam boven mijn buik uit. Hoe lang ben je zwanger? Bent u gek? Ik ben niet zwanger! Dat was je wel, zei ze, je hebt net een miskraam gehad. Nog meer antiseptica, een prik in mijn arm, een buisje dat zich vult met rood. Een golf van misselijkheid. Neem deze in. Pillen. Ik slikte, vroeg om nog een glas water. Ik trok mijn bloederige spijkerbroek omhoog.

Hoe heet je? Ik zei Emily, en ze stelde zich voor. Zit je in het leven? Geen praatjes voor de vaak van zuster Trinidad. Een leugen kwam gemakkelijk bij me op, maar in een plotselinge en voor mij vreemde impuls zette ik hem opzij. Ja, zei ik, maar ik ben gestopt. Goed zo, zei ze, en pas op dat moment besefte ik dat het waar was. Ze gaf me een flesje. Je hebt schaamluis. Dit is shampoo met insecticide. Ze gaf me een gefotokopieerde lijst van plaatsen waar ik kon douchen.

Er werd op de deur van het busje geklopt. Ze deed open en daar stond een oude zwerver met een snee in zijn voorhoofd. Ze liet hem binnenkomen en stuurde mij naar een hoek van het busje. Ik ging op een bankje zitten en keek naar haar terwijl ze aan het werk was. Ze praatte meer met hem dan met mij, ze wist hoe hij heette, blijkbaar was het niet zijn eerste bezoek. Hij stonk, en ik vroeg me af hoe ze het uithield hem aan te raken, en op een vreemde manier was ik jaloers en toen was ik kwaad op mezelf omdat ik me daar druk om maakte.

Hij werd gehecht en verbonden en ging weg. Daarna kwamen er nog een paar klanten, de meesten voor eerste hulp, maar ook een baby. De moeder was een beetje ouder dan ik. Ze sprak Spaans en was bang. De zuster scheen mij vergeten te zijn. Misschien ben ik in slaap gevallen.

Haar hand op mijn schouder, haar gezicht dicht bij het mijne. Ik moet naar mijn volgende stopplaats, zei ze, en ze vroeg me of ik onderdak had. Ik zei van wel. Ik vroeg haar of ze een non was. Ze zei dat ze een zuster was, ze legde uit dat nonnen zusters zijn die in een gemeenschap leven, wat zij en de anderen van haar orde niet deden, en ze vertelde me de naam van die orde, en die zei me niets. Ik geloof niet dat we zusters of nonnen in Caluga County hadden. Ze wachtte tot ik wegging, maar om de een of andere reden had ik geen zin om bij haar weg te gaan, nee, niet om de een of andere reden, nee, dit was de Heilige Geest die een deukje sloeg in de keiharde as die rond mijn hart was samengetrokken. Ik vroeg wat die letters betekenden en wees naar haar badge. Het was een gouden kruis op wit email met een rood bloedend hart in het midden en op de armen van het kruis stond U V I M en langs de gouden rand stond:

G P B C * F A M

Ze zei dat betekent Genootschap van de Pleegzusters van het Bloed van Christus en Fidelis ad Mortem, en die letters zijn een afkorting van *ubi vadimus ibi manemur*. Ik vroeg wat dat betekende en ze zei het betekent trouw tot in de dood en waar we gaan daar blijven wij. Ik moet haar verbaasd hebben aangekeken want ze legde uit dat het betekende dat als ze ergens heen wilden gaan om voor mensen te zorgen ze bij hun patiënten bleven al betekende het dat de zusters moesten sterven. Ik vroeg of er ooit zusters gestorven waren, en ze zei niet meer dan een stuk of honderd. In Miami? Ze schoot verrassend genoeg in de lach en verborg haar gezicht in haar handen, een vreemd soort oosters gebaar, en verontschuldigde zich. Nee, in andere landen. We specialiseren ons in het helpen van mensen die door oorlog zijn getroffen, zei ze, en ze vroeg of ik naar het ziekenhuis wilde. Ik zei nee en vroeg haar waarom ze hier was, er waren geen oorlogen in Miami behalve drugsoorlogen, en ze zei dat ze even rustig aan deed, dit was een soort vakantie voor haar.

Ik had nog veel meer vragen, bijvoorbeeld wat dat voor een kleine koperen engel was die ze om haar hals droeg, maar hoewel ze niet ongeduldig keek of zo, voelde ik dat ze wilde dat ik wegging. Ze gaf me een pakje met dik maandverband. Pas goed op jezelf, Emily, zei ze, en God zegene je. Ze keek me aan en ik voelde dat ze door me heen kon kijken zoals ik dacht dat Ray Bob die keer kon, maar in plaats van al het slechte te zien zag ze alleen het goede. Daar schrok ik enorm van, want ik dacht niet dat ik daar iets van had. Toen stond ik buiten en dacht ik dat zij afgezien van Percival Orne Foy de interessantste persoon was die ik ooit had ontmoet.

12

Ze stuurden Paz op administratief verlof voor zolang het onderzoek naar de schietpartij duurde. Hij dacht dat het onderzoek niet veel om het lijf zou hebben, want ze hadden het wapen van de man, er was een burgergetuige (Lorna Wise) die Paz' verhaal tot op de letter bevestigde, en het slachtoffer was een bekende crimineel, een zekere Armando Cortez, Dodo Cortez voor zijn vrienden en de politie, die hem kende als iemand die mensen mishandelde in opdracht van de drugsjongens. Hij was twee keer voor moord gearresteerd en beide keren vrijgesproken, en hij was een keer tot zesendertig maanden veroordeeld voor zware mishandeling en poging tot moord. Hij was ook een tamelijk blanke Cubaan en kon dus door een politieman van elke kleur worden doodgeschoten zonder dat er hysterie uitbrak.

Paz bracht de eerste dag van zijn administratieve verlof met Lorna Wise door, die ook een dag vrij had genomen. Ze had hem in alle vroegte gebeld en daarna haar telefoon uitgezet. Het verbaasde haar dat ze hem belde, maar hij was naar haar toe gereden en ze zaten nu op het kleine terras onder een mangoboom in haar achtertuin en dronken ijsthee als oude vrienden, wat ze beslist niet waren, al speelde er wel iets onder de oppervlakte.

Ze vroeg of hij in de problemen zat, en hij vertelde dat ze dit een goede schietpartij noemden en waarom ze dat deden.

'"Een goede schietpartij,"' zei ze. 'Wat een uitdrukking!'

'In tegenstelling tot een slechte schietpartij, het oude dametje dat in haar rug wordt geschoten omdat de politieman denkt dat ze een krankzinnige crimineel is die met een geweer om zich heen wil schieten.'

'Gebeurt dat?'

'In Miami? Vaker dan zou moeten. Op dit moment staat een stel rechercheurs terecht omdat ze een soort doodseskader hadden gevormd en schurken aan wie ze een hekel hadden om zeep brachten. Hoe voel je je trouwens?' Hij had rimpeltjes bij haar ogen gezien alsof ze elk moment in huilen kon uitbarsten.

'Een beetje verdoofd. Ik heb nooit eerder iemand zien doodschieten. Ik heb zelfs nooit een dode gezien, behalve mijn moeder.' Ze haalde lang en diep adem. 'Jij wel, neem ik aan.'

'Vaak.' Hij zweeg even en glimlachte. 'Zou het geruststellender zijn als ik zei dat je er nooit aan went of als ik zei, ach, na een tijdje zit je er niet meer mee?'

'Als je nu eens gewoon de waarheid vertelde?'

'O, de waarheid! Oké, het hangt van de omstandigheden af en van het soort lijk. Dat is de waarheid. Een kind van drie dat in augustus een week in een kartonnen doos heeft gelegen, is moeilijk, en een verse gangster met een kogel door zijn oor is geen probleem.'

'En als je zelf mensen doodt? Hangt het er dan ook van af?'

'Dat weet ik eigenlijk niet. Ik heb in mijn hele leven maar twee mensen gedood, inclusief jouw man.'

'Die andere was de voodooman.'

'Ja, die,' zei Paz op een toon die het onderwerp afsloot als een luik op een onderzeeboot.

Hij dronk wat thee en zei: 'Nou. We moeten een beetje praten. Eerst iets vertrouwelijks. Ik zag dat je dat schrift hebt ingepikt dat je man liet vallen. Het schrift van Emmylou.'

'Ja. En noem hem niet steeds "mijn man", alsof ik iets met hem had.'

'Sorry. Hoe dan ook, dat schrift. Formeel gezien heb je de integriteit van een plaats delict geschonden.'

'O ja? Ik merkte dat je er niets over te zeggen had tegen je collega's. Is dat formeel gezien niet medeplichtigheid aan het schenden van de integriteit van een plaats delict?'

Hij bewoog zijn wenkbrauwen snel op en neer, als Groucho Marx. 'Ja, we zijn een stel criminelen. Maar wil je het me laten lezen?'

Ze zette haar ijsthee op de picknicktafel en liep weg. Paz keek naar haar lichaam. Paz was een billenman, al was hij zich er op een geamuseerde manier van bewust dat die voorkeur nogal banaal was voor een beschaafd man als hij. Maar het was nu eenmaal zo en het viel niet te ontkennen dat Lorna Wise een fantastisch achterste had, al wist ze niet hoe ze het moest etaleren. Hij geloofde trouwens niet dat hij ooit een vrouw had gekend die zich minder met haar lichaam op haar gemak voelde. Hij bestudeerde haar ook toen ze uit het huis kwam en naar de kleine patio liep. Ze kocht haar kleren natuurlijk bij Gap, kaki bermudashorts en een lichtblauw T-shirt, dat alles prachtig bol. Paz had geen bezwaar tegen een goed stel tieten, al was de afwezigheid daarvan geen afknapper voor hem, zoals het voor sommige mannen was, maar blijkbaar was hun eigenares het daar niet mee eens. Het leek wel of ze haar schouders eroverheen probeerde te leggen. Vreemd, maar ook wel interessant.

'Wat is er?' Ze merkte eindelijk dat hij naar haar keek. 'Heb ik ei op mijn shirt?'

'Nee, je bent eivrij,' antwoordde hij, en hij wees naar het schrift. 'Daar is het. Vind je het erg als ik het nu lees?'

'Ga je gang. Ik heb dingen te doen in huis. Neem de tijd.'

Dat deed hij en het was niet gemakkelijk. Het was een kleine tweestrijd tussen de aandrang die hij als rechercheur voelde om zo veel mogelijk bewijsmateriaal te vinden en in zich op te nemen en zijn persoonlijke verlangen om niets meer te maken te hebben met Emmylou Dideroff en de dingen die ze deed. Hij had gehoopt dat het een normale bekentenis zou zijn, een lijst van feiten, van begane misdrijven, niet zoiets intiems, niet iets wat zo op hem, Paz, gericht was, alsof hij een biechtvader was. Hij had een gevoel alsof ze hem op net zo'n afschuwelijke manier als in de verhoorkamer aankeek, alsof íéts door haar heen naar hem keek. Hij dwong zichzelf het uit te lezen en leunde toen met zijn ogen dicht achterover. Hij was gek aan het worden; dat viel zo langzamerhand niet meer te ontkennen. Het had al invloed op zijn werk, en nu had hij weer dat kriebelige, misselijke gevoel bij het lezen van dat schrift, hij werd gek, of anders...

Zijn geest maakte een sprongetje, als een plaat met een kras. Hij werd gek, of anders... of anders was het... Paz' goed geoliede stroomonderbrekers kwamen in actie. Toen hij zijn ogen weer opendeed, zat Lorna tegenover hem in de warme schaduw en de mangogeur.

'Nou, wat vind je ervan?'

Hij knipperde met zijn ogen en ging rechtop zitten. 'Je sliep,' zei ze. 'Was het zo saai?'

'Nee, ik dacht alleen maar na,' zei hij, wrijvend over zijn gezicht.

'Mensen willen nooit toegeven dat ze slapen, behalve als ze in bed liggen. Waarom zou dat zo zijn?'

'Jij bent de psychologe, Lorna. Vertel jij het maar.'

Ze ging er niet op in en wees naar het schrift. 'Conclusies?'

Met enige moeite veranderde Paz weer in een politieman. 'Nee, maar ik wil heel graag de rest horen. Is er een kans dat we nu een volledige ondervraging mogen doen?'

'Een geesteszieke patiënte? Luister, dit moet gaan zoals het gaat. Ze wordt extreem vijandig als je aandringt op dingen die buiten de stroom van haar verhaal staan. De laatste keer dat ik haar onder druk zette, kreeg ze een aanval.'

'Maar ze speelt met ons. Dat heb je toch wel begrepen? Je hebt dat hele asociale gedoe van die achterlijke mensen, en dan krijg je opeens een ontwikkelde vrouw die meekijkt en cynische opmerkingen maakt, en dan is er nog de religieuze gek die Augustinus citeert. Het is niet te volgen. Het is helemaal geen echte bekentenis.'

'Nee, maar je hebt ook niet met een geïntegreerde persoonlijkheid te maken. We zijn het er allemaal over eens dat ze ernstig gestoord is.'

Paz stond abrupt op en liep een paar keer over de tegels heen en weer. Toen draaide hij zich naar haar om en wees met zijn vinger. 'Stel, ik ga daar ook van uit. Stel, ze is echt gek, ze is getraumatiseerd, weet ik veel, meervoudige persoonlijkheid...'

'Ik heb niets gezegd over een meervoudige persoonlijkheid...'

'Nou ja, wat dan ook – gestoord, zoals je zei. Waar het hier om gaat, waar het hier écht om gaat, is wat níét in dat schrift staat. Hm?'

'De hond die 's nachts niet blafte.'

'Ja, die.' Een snelle grijns. 'Er staat helemaal niets in dat schrift waarvoor iemand het risico zou nemen om in te breken. En het was nog een gewapende inbreker ook; dat is zeldzaam. Inbrekers zijn bijna nooit gewapend. Waarom zouden ze dat extra risico nemen – inbreken is een kwestie van erin en eruit, niemand die je ziet.'

'Dan zijn er de seksuele dingen.'

'Je denkt aan chantage? Nee, de dader is dood, en ik kan me niet voorstellen dat de familie van die goeie ouwe Ray Bob na al die jaren nog zijn goede naam wil beschermen. Oké, de drugshandel van Foy staat er ook in, maar dat kan ik me ook niet voorstellen. Ze kan wel beweren dat ze heroïne heeft gekocht van de gouverneur, maar dat heeft geen enkele bewijskracht, zo'n bewering zegt helemaal niets als er geen concrete bewijzen zijn. Het kan het geraaskal van een krankzinnige zijn, nee, het ís het geraaskal van een krankzinnige. Dus waarom zou het de moeite waard zijn om er iemand voor te vermoorden?'

'Je denkt dat het in verband staat met...'

Hij rolde met zijn ogen. 'Ja! Het slachtoffer, die Arabier, komt naar de stad, verkoopt wat olie en praat over een enorme olievondst die de hele oliesituatie in de wereld gaat veranderen. Hij zegt ook dat hij bescherming wil inhuren, want hij is ergens bang voor. En dan komt hij, van alle mensen die hij in Miami kan tegenkomen, uitgerekend onze Emmylou tegen, die een reden heeft om hem koud te maken en die in zijn hotelkamer wordt gevonden nadat hij een klap op zijn hoofd heeft gehad met een auto-onderdeel uit haar wagen en daarna van zijn balkon is gegooid? Zou dat toeval zijn?'

'Het zou kunnen,' zegt ze zwakjes.

'Welnee. Dat zei mijn baas, en zo is het. Iemand speelt met ons, en... hm.' Paz zweeg en staarde een lange halve minuut voor zich uit. Toen haalde hij een mobieltje uit de zak van zijn spijkerbroek. 'Neem me niet kwalijk,' zei hij en hij toetste een nummer in. Hij liep een eindje weg en ging met zijn rug naar haar toe staan.

'Yo, Tito, met mij. Ja, het gaat goed met me. Hé, man, ik wil dat je wat voor me doet. Doe onderzoek naar Dodo Cortez, ga naar de plaatsen waar hij veel komt, praat met mensen die hem hebben gekend. Nee, dit heeft niets met de schietpartij te maken. Die schietpartij is geen probleem, maar ik wil weten wat hij de laatste tijd heeft uitgevreten, zijn inkomstenbron, voor wie hij werkte. Ik wil vooral weten of er ook maar enige connectie is tussen hem en Jack Wilson. Nee, ga niet naar Wilson toe. Nee, dat doen we samen. Verzamel alleen maar zo veel mogelijk informatie. Kun je me volgen? Je weet toch waarom ik dit vraag?'

'Precies,' zei Paz na een langere stilte. 'Goed zo. Bel me morgen bij mij thuis terug, de vaste lijn, niet mobiel. Oké, tot kijk.'

Paz ging tegenover Lorna zitten. Hij keek ernstiger dan tevoren. 'Lorna. Hoor eens, ik wil je niet bang maken of zo, maar het schoot me net te binnen: het staat me niet aan dat ze Dodo Cortez hiervoor hebben gestuurd.'

'Waarom niet?'

'Omdat hij helemaal geen inbreker is. Hij is een schutter. Je zou die ochtend thuis zijn geweest als ik je niet had gebeld om te vragen of je bij me wilde komen.'

Lorna hield haar adem even in. 'Wat? Je denkt dat hij me zou hebben bedréígd? Maar ik wéét niets.'

'Ja, maar dat weten zíj niet. Zij weten alleen dat ze dingen opschrijft en dat jij haar therapeute bent. Mensen vertellen dingen aan therapeuten. Misschien heeft ze het jou verteld.'

'Wat dan? Wát? O god, dit is belachelijk! Het is net een film... geheime boodschappen, pistolen, mensen die worden neergeschoten. Nee, dank je, dat hoort níét bij mijn werk, dit overkomt mij níét.' Ze wendde haar blik van hem af. 'Sorry. Dit begint op een vergissing van mijn kant te lijken. Ik bedoel, het is een interessante zaak, maar ik, eh, kan dit soort dingen er niet bij hebben, bedreigingen en bloedvergieten. Nee, sorry, dat is niets voor mij.'

Er ging bijna een minuut in stilte voorbij. Toen zei Paz met een neutrale stem: 'Oké, je kunt haar aan iemand anders overdragen. Ik bedoel, we kunnen het risico beperken, haar overdragen aan... wie dan ook. Als je het niet aankunt, houdt het op. Ik houd dit schrift en we zorgen ervoor dat we eventuele volgende schriften ook krijgen.'

Hij pakte het schrift op en zei: 'Als je je terugtrekt, wil je me dan laten weten wie de nieuwe man is? Ik vond het leuk je weer te zien.'

Hij maakte aanstalten om weg te gaan.

Lorna is opgestaan voor ze er erg in heeft. De metalen stoel schraapt met een lelijk hard geluid over de tegels en ze hoort zichzelf zeggen: 'Nee, toe, blijf. Zo bedoelde ik het niet.'

Ze weet dat ze het wél zo bedoelde. De nieuwe man. De nieuwe mán. Deed hij dat met opzet, is hij zo manipulatief ingesteld? Het doet er niet toe; ze wordt gemanipuleerd. Hij houdt zijn hoofd een beetje schuin en kijkt haar onderzoekend aan. Nu staart hij niet naar haar maar kijkt hij haar echt aan. Ze had gedacht, o nee, niet weer een, en nu ziet ze dat hij niet zo is, al weet ze niet goed wat ze moet denken van die blik die op haar lichaam is gericht, en dat nog wel terwijl ze midden in een wanhopig professioneel gesprek zitten. Het felle licht dat door de mangoboom heen valt, legt een camouflagepatroon op zijn bruine gezicht en laat zijn vreemde lichte ogen schitteren. Ze is bang voor hem, er is een stem in haar hoofd die zegt: dom dom gek je bent gek ga weg van die stomme gekke... Het is een stem die ze goed kent, de stem van haar vader, en dat waren zijn favoriete woorden voor iets wat buiten de grenzen van zijn begripsvermogen viel. Doe niet zo dom, Lorna! Dat is krankzinnig, Amy! De overleden moeder. Doe niet zo gek, Amy, er is niets met je aan de hand. Heeft hij dat echt gezegd? Of verbeeldt ze zich dat hij het heeft gezegd. Nee, concentreer je, Lorna...

De politieman kijkt haar nog aan, maar nu ziet ze een rimpeltje op zijn gladde voorhoofd. 'Voel je je wel goed?' zegt hij.

'Ja, ik voel me goed.'

Hij grijnst onbeschaamd. 'Mensen willen nooit toegeven dat ze een probleem hebben, behalve wanneer ze bloeden. Hoe komt dat toch?'

Ze kan niet goed op adem komen en heeft geen kracht meer in haar benen. Ze laat zich op de stoel neerploffen, en opnieuw is er dat lelijke harde geluid.

Nadat ze haar keel heeft geschraapt en wat thee heeft doorgeslikt, kan ze weer praten. 'Het spijt me. Echt. Het kwam allemaal ineens op me af. Er was een... een moordenaar in mijn huis en jij schoot hem dood bij mij voor de deur.' Ze huilt, goddank niet hysterisch, alleen maar tranen die langzaam opwellen. Ze veegt ze voorzichtig met een papieren zakdoekje weg, waarbij ze haar oogmake-up probeert te ontzien.

'O, goed, eindelijk!' zegt hij.

'Wat bedoel je daar nou weer mee?'

'Ik bedoel dat het niet erg is om een beetje van streek te raken als er zoiets gebeurt. Ze hebben therapieprogramma's voor incidenten, voor mensen die bij gewelddaden betrokken zijn geweest. Jezus, uitgerekend jij zou dat moeten weten. Ik heb naar je gekeken, nadat het was gebeurd en vandaag weer, en ik dacht, hoe houdt ze het in en wanneer komt het eruit? En daar is het dan. Het leek daarstraks net of je van je stokje zou gaan.'

'Dat was ook zo,' zegt ze, maar ze weet dat het niet alleen posttraumatische stress is. Diep in haar is iets in beroering gekomen, dingen waar Mickey Lopez in twee jaar therapie nooit bij kon komen, denkt ze, en dan excuseert ze Mickey meteen. Het is allemaal haar eigen schuld, maar nu brengt die combinatie van Emmylou Dideroff, geweld en die vreemde man op haar patio, die man die tegelijk aantrekkelijk en afstotend was (Dat lijk! Dat pistool!) het giftige slijk op de bodem van haar ziel in beroering. Er komen wolken van angst, van opwinding omhoog. Ze wil dat niet aan de politieman vertellen. Ze haalt een aantal keer diep adem om zichzelf onder controle te krijgen. De tranen drogen op.

'Ja, en wat Emmylou betreft, wil je je nog steeds terugtrekken?'

'Nee!' Te heftig. Kalmer zegt ze: 'Nee, ik geloof niet dat het goed voor haar zou zijn om op dit moment... van therapeut te veranderen.'

Ze moet haar ogen afwenden, want zelfs in haar eigen oren lijkt het op schijnheilige onzin. Het moment gaat voorbij. Hij gaat zitten.

'Goed. Mooi. En nu dat geregeld is, moet ik zeggen dat ik vond dat je blijk gaf van veel klasse toen het gebeurde.'

'Klasse?'

'Ja. Een man slaat je neer en dan wordt er buiten je huis geschoten, en jij loopt niet schreeuwend in kringetjes rond, maar belt rustig het alarmnummer en verbergt dan ook rustig het belangrijkste bewijsmateriaal, en al ben je nu dan misschien doodsbang, je nam op dat moment de juiste besluiten. En je hebt een mooie glimlach. Dank je.'

Ze voelt zich een idioot, zoals ze daar nu zit te grijnzen, en hij grijnst ook, die vage kattengrijns met die lichtjes in zijn ogen. 'En dat is nog niet alles,' zegt hij. 'Wat ik helemaal cool vind, is dat je me nooit hebt gevraagd waarom ik geboeid in mijn bed lag.'

'Nou, wij psychologen zijn getraind in discretie.'

'Je wilde me niet in verlegenheid brengen.'

'Je komt niet op mij over als iemand die gauw in verlegenheid wordt gebracht.'

'Dus ook getraind in scherp waarnemen. Kalm, discreet, oplettend: dat is een mooie drie-eenheid.'

Ze lacht, geen meisjesachtig gegiechel maar een echte lach van plezier. Het is prettig om complimentjes te krijgen van deze aantrekkelijke man, en ze begrijpt dat die complimentjes niet alleen seksuele vleierij zijn, maar de eerlijke beoordeling van een potentiële kameraad met wie ze misschien in gevaarlijke situaties zal komen. Hij wil haar echt laten weten hoe hij over haar denkt. Dat is onuitsprekelijk verfrissend en heel anders dan alle ervaringen die ze ooit met mannen heeft gehad. Ze straalt even, en dan is ook dat moment voorbij.

'Nou,' zegt hij met een ferme klap op de tafel. 'Ik ben je een boottochtje verschuldigd. We kunnen eten en bier kopen, naar Bear Cut gaan en daar picknicken en ook nog wat vissen. Heb je zin?'

Dat heeft ze. Ze gaat het huis in en trekt de blauwe bikini aan zonder zichzelf in de manshoge spiegel te bekijken, en dan trekt ze shorts en een hawaïshirt aan en zet een canvas strandhoedje op. In zijn dienstwagen rijden ze naar het noorden, en in de buurt die Souwesera wordt genoemd, rijdt hij naar een rij winkels bij het geelbruine pand van een bedrijf dat opslagruimte verhuurt. Hij gaat een armoedig uitziende Cubaanse winkel in om hun picknick te kopen. Ze zit in de auto, die geleidelijk warm wordt, kijkt door haar zonnebril naar de etalage en vertaalt langzaam de Spaanse opschriften. Ze wou dat ze beter had opgelet in het ene jaar dat ze les kreeg in die taal. Ze voelt zich belachelijk tevreden, met als enige wolkje aan de hemel het feit dat ze in de loop van de middag misschien haar shirt en shorts moet uitdoen en dan in die weinig verhullende bikini staat.

Het is maar goed dat het haar niet meer kan schelen, al vraagt ze zich af waarom dat zo is. Misschien een hersentumor in het rostrale deel van de voorhoofdskwabben. Als die tumor groter wordt, zal ze steeds meer remmingen kwijtraken, tot ze zich niet alleen laat gaan bij haar collega's, maar ook bij alle andere mensen, gevangenisbewaarders, die dikke man die in zijn hemd voor die Cubaanse winkel zit met zijn zwarte sigaar, of patiënten, misschien zelfs Rigoberto Munoz, tardieve dyskinesie of niet, en net als ze dat denkt, wie verschijnt er daar opeens in haar gezichtsveld? Rigoberto zelf. Hij is achteruitgegaan sinds de vorige keer dat ze hem zag. Hij heeft zelf ook een hemd aan, met daaroverheen een open seersucker overhemd, allebei vuil en gescheurd. Hij mompelt, trekt gezichten, steekt zijn tong helemaal uit en laat ook op andere manieren zien dat hij van de pillen af is. Hij probeert dat te compenseren door zichzelf medicatie toe te dienen uit een literfles bier die hij in een papieren zak heeft, en ja, hij heeft haar gezien, al maakt ze zich nu zo klein mogelijk in de auto en heeft ze de rand van haar strandhoed naar beneden getrokken.

Hij grijnst afschuwelijk en beweegt zijn tong heen en weer. 'Hé, dokter,' roept hij, en hij waggelt naar de auto toe, waarbij hij een gigantische stank verspreidt: de biertrein is tegen de kotsfabriek gebotst.

'Hé, dokter, hé, ik heb een baan.'

'Dat is heel mooi, Rigoberto.'

'Ja, hé, ik heb een baan op een visboot, met, hé, u kent mijn neef Jorge? Ik heb een baan bij hem, vis schoonmaken bij, eh, die brug, hoe noem je dat? De visboot.'

Voor het geval ze niet weet hoe vis wordt schoongemaakt, demonstreert hij het door een mes met een dik heft en een zwart lemmet uit een schede te trekken en daarmee voor haar neus heen en weer te zwaaien.

'Die, hé, die mensen zijn terug, dokter,' zegt hij. 'U weet wel. Ze praten weer in mijn hoofd. Ze zeggen dat ik slechte dingen moet doen, maar ik luister niet meer naar ze, o nee. Zoals u zei. Waar gaat u in die auto heen, hé?' Zwaait met het mes. Ze kijkt er half gehypnotiseerd naar en voelt dat haar glimlach aan haar lippen trekt.

Dan is Paz er. Hij heeft zijn arm om Munoz' schouders en grijpt hem hard vast. *'Oye, Rigoberto, mi hermano, ?qué tal?'* zegt hij, en hij leidt de man bij de auto vandaan. Er volgt een kort gesprek in rad Spaans, en dan slentert de krankzinnige weg. Paz heeft het bier afgepakt en mikt het netjes in een afvalbak.

Hij loopt naar de auto terug en zet een papieren zak en een plastic zak met ijs op de achterbank.

'Ken je Rigoberto?' vraagt ze.

'O ja, we kennen elkaar al een hele tijd. Hij was een van mijn eerste arrestanten toen ik nog in uniform was. Hij heeft je toch niet bang gemaakt?'

'Nee, Rigoberto en ik kennen elkaar ook al een hele tijd. Maar bedankt voor weer een redding.'

'Ik weet van geen redding. Hij is vrij onschuldig, als je hem niet kwaad maakt.'

'Ja, onschuldig voor een gewelddadige paranoïde schizofreen met een groot mes. Maar weet je wat zo gek is? Ik dacht aan hem en op precies hetzelfde moment zag ik hem.'

'Portie garnalen,' zegt Paz. Hij rijdt het parkeerterrein af, Twelfth Avenue op.

'Pardon?'

'Portie garnalen. *Repo Man*? Die film?'

'Ik kan je niet volgen.'

Paz praat nu met een lijzig accent. 'Stel, je denkt aan een bord garnalen, en plotseling zegt iemand "Portie garnalen", zomaar opeens. Geen verklaring. En daar hoef je ook niet naar te zoeken.' Met zijn gewone stem gaat hij verder: 'En later zie je in die film een bord in een restaurant: "Portie garnalen $ 2,99." Dat is een klassieker.'

'Het lijkt me wel wat. Ik moet de video eens huren.'

'Ik heb hem thuis. We kunnen er straks naar kijken.'

'Jij verleent volledige service, Paz.'

'We verzilveren geen cheques,' zegt Paz.

Paz' boot is een zeven meter lange kruiser van multiplex, in Miami gebouwd, een glijboot met een 150pk-Mercury-buitenboordmotor. Aan de bovenkant is hij verbleekt roze, en aan de onderkant afgebladderd wit, en volgens metallic opplakletters op de achtersteven heet hij MA TA II. Lorna is er volkomen van gecharmeerd. Ze heeft meer tijd dan haar eigenlijk lief was doorgebracht op grote, smetteloze doktersjachten waar je speciale schoenen moest dragen om het teakhouten dek niet te beschadigen en waar ze tegen je schreeuwden als je aan het verkeerde touw trok. Op deze boot schijnt niets van haar verlangd te worden, en daarom gaat ze als de koningin van Sheba met een koud biertje op de achtersteven zitten terwijl Paz de rivier de Miami afvaart, onder de bruggen door, langs de kleine werven en haventjes, de hoogbouw van de binnenstad en de snelweg vol auto's met mensen die ergens heen moeten, maar zij zijn vrij die dag, en als ze de riviermond achter zich laten en voorbij Claughton Island zijn, geeft hij vol gas. De boot glijdt moeiteloos door het water en ze varen de fonkelende blauwe baai in, naar het zuiden toe. Een last waarvan ze niet wist dat ze hem met zich mee torste valt van haar af.

Ze varen onder de verhoogde weg door en hij gaat naar links, laat de motor zacht pruttelen en stuurt de ondiepten in. Hij zet de motor uit, en als ze naar water van een halve meter diep zijn doorgegleden, trekt hij de motor op en gooit hij een anker uit. Ze drijven bij een strandje waarachter een rij mangroven en Australische dennen zacht deinen en hun bewegende schaduwen op het zand werpen. Omdat het een doordeweekse dag is, zijn er maar weinig dekens uitgespreid. Cubaanse matrones zitten op het strand en de gebruinde kinderen rennen rond, met schelle kreten als die van zeevogels.

Ze waden met hun strandspullen naar het droge en spreiden hun deken uit, Paz' deken, jammer genoeg niet al te schoon, maar hoewel ze geen beschamende vlekken ziet, vraagt ze zich onwillekeurig af hoeveel vrouwen er op deze zelfde deken hebben gelegen. Hij trekt zijn kleren uit en blijkt een minuscule zwarte zwembroek aan te hebben. Ze dwingt zich om niet met haar begerige ogen naar die zone te kijken en concentreert zich in plaats daarvan op zijn borst. Daar hangt dat crucifix en dat bruine ding, zo groot als een walnoot, aan dat riempje. Ze heeft nooit eerder bewust contact gehad met een man die een crucifix droeg, al heeft ze op de middelbare school wel jongens gezien die er een hadden. Die volgden meestal een beroepsopleiding. Om zich van die herinnering af te leiden vraagt ze: 'Wat heb je daar om je hals?'

Hij raakt het crucifix aan. 'Dit? Dat is een symbool van het christendom. Weet je, vele eeuwen geleden kwam God uit de hemel omlaag, en door de kracht van de Heilige Geest...'

Hij dreef de spot met haar. 'Ik bedoel dat andere ding,' zei ze.

'O, dat! Dat is een *enkangue*. Een amulet in Santería. Je weet wat Santería is, hè?'

'Vaag. Welke werking heeft het?'

'Het weert onder andere zombies af.'

'Heb je veel last gehad van zombies?' vraagt ze met een lachje.

'De laatste tijd niet veel,' zegt hij, 'maar toen ik het kreeg, had ik ze overal om me heen.'

Het lijkt of hij geen grap maakt, maar dat moet wel; misschien is het iets Cubaans dat ze niet begrijpt. Ze kijkt om zich heen en zegt: 'Ik zie ze niet. Het moet wel werken.'

'Zo is het,' zegt hij, en hij glimlacht naar haar.

Ze eten hun sandwiches en drinken flesjes koud bier. Paz haalt zijn mobieltje tevoorschijn en belt iemand, maar er wordt niet opgenomen. Lorna vraagt niet wie hij belt maar hoopt dat het geen andere vrouw is. Ze beseft dat ze niets van deze man weet, dat hij best eens zo iemand zou kunnen zijn die de volgende date al regelt terwijl hij nog een afspraakje heeft. Als dit dat tenminste is. Ze wordt geleidelijk een beetje neerslachtig, en daardoor krijgt ze trek in eten. Normaal gesproken geeft ze niet veel om Cubaans voedsel, ze vindt het te vet en te sterk gekruid, maar als ze in deze sandwich hapt, vindt ze hem heerlijk. Het brood is beslist vers, de twee vleessoorten zijn mals en smaken naar de grill, er is verse peper, er is anijs, de kaas is echte rauwe Zwitserse kaas, en het zuur voegt net de juiste scherpte toe, zonder die heftige aandrang waardoor het zweet je uitbreekt.

Ze geniet er hoorbaar van.

'Goede sandwich?'

'Ongelooflijk,' zegt ze met haar mond vol.

Hij vertelt haar over de sandwich, dat het de beste Cubaanse sandwich van het Noord-Amerikaanse continent is en waarom, dat zijn moeder Manny Fernandez jaren geleden in zijn winkeltje had ontdekt, dat ze hem had aangemoedigd om naar perfectie te streven, dat deze sandwich een grote rol speelde in de lunchwagen die ze had voordat ze de restaurants had, dat haar reputatie zich verspreidde, dat Cubaanse bouwvakkers en plantsoenarbeiders kilometers reden naar de plaats waar zij geparkeerd stond en tientallen sandwiches meenamen naar de plaats waar ze werkten, dat ze daardoor zoveel succes kregen dat ze een klein restaurant konden kopen.

Ze vindt dat hij het leuk kan vertellen, grappig maar zonder de spot of rancune die veel moeizaam opgeklommen immigranten in hun verhalen leggen. Dan zegt hij: 'En jij? Wat is jouw perfecte Cubaanse sandwich?'

Lorna gaat er prat op dat ze goed kan luisteren, een nuttige eigenschap, zeker gezien het soort mannen waarmee ze over het algemeen omging. Het was ook een van de redenen waarom ze indertijd voor klinische psychologie koos: mensen vertelden je over hun leven en wilden niet erg veel over het jouwe weten. Er komt dus geen woordenstroom van haar kant; haar Cubaanse sandwich wil haar niet meteen te binnen schieten. Daarom krijgt hij haar levensverhaal, samen met de gebruikelijke anekdotes over haar studietijd en haar stages, maar niets diepers dan dat, en ze verzint ook een paar uitvluchten om niet dieper te hoeven gaan. Toch zegt ze dat ze vooral wil weten wat mensen beweegt, waarom ze zo verschillend zijn, de een van de ander, en dat ze wil nagaan of je met bekwame interpretatie van standaardinstrumenten hun geheime verdriet naar boven kunt halen. Hij luistert. Tot haar verbazing stelt hij goede vragen en gaat hij zich steeds meer voor haar vak interesseren. Ze begon dit uitstapje met allerlei verwachtingen over wat er zou gebeuren, maar een levendig gesprek over de operationele verschillen tussen niet-parametrische en parametrische technieken was daar niet een van. Ze tekent met een stok in het zand, de normaalcurve, de vergelijkingen, de tabellen die de variantie weergeven...

Dan is het eindelijk stil. 'Het wordt warm,' zegt hij. 'Zullen we gaan zwemmen?' Hij loopt naar het water, waadt erin en duikt bijna zonder geluid onder de oppervlakte. Ze trekt haar T-shirt en shorts uit. Ze heeft twee flesjes bier genomen om zich moed in te drinken, maar dit is altijd een moeilijk moment voor haar. Ze loopt naar zijn hoofd dat nu op het glinsterende wateroppervlak dobbert, glad en glanzend als de kop van een zeehond. Hij kijkt met een waarderende glimlach naar haar als ze het water in gaat; ze voelt dat zijn blik op haar rust en versneld haar stappen om haar lichaam onder water te krijgen. Het water is lauw en voelt olieachtig aan, alsof er megatonnen badolie aan de Biscayne Bay zijn toegevoegd.

Ze dobberen samen tot hun kin in het water, raken elkaar even aan en drijven dan bij elkaar vandaan. Ze denkt dat het door het bier komt, die weelderige loomheid die ze nu voelt; ze is niet meer in zee geweest sinds de breuk met Howie Kasdan, die nu even door haar gedachten gaat. Als Howie hier was – en hij zou nooit naar zo'n plebejisch strand gaan als Bear Cut – zou hij baantjes trekken en willen dat zij ook baantjes trok. Hij zou haar coachen en zich laatdunkend uitlaten over haar stijl.

Op het strand zet iemand een radio harder, muziek en een vrouwenstem die in het Spaans zingt. Paz kijkt haar aan en zegt op gemoedelijke toon: 'Haar zang ging het genie van de zee te boven, het water kende geest noch stem, was lichaam niets dan lichaam, fladderde met lege mouwen in de wind; en toch bracht zijn mimebeweging een voortdurende kreet voort...'

Een ogenblik denkt Lorna dat hij de tekst van het nummer op de radio vertaalt, maar even later betwijfelt ze of het de sentimenten zijn die gewoonlijk in de Top 40 van een Cubaanse middengolfzender worden vertolkt.

'... bracht steeds weer een kreet voort, die niet de onze was, al begrepen we hem wel, onmenselijk, uit de diepten van de oceaan.' Een grijns en een gebaar in de richting van de baai, de hemel, het strand.

'Wat is dat?' vroeg ze na een verbaasde stilte.

'"Het idee van orde in Key West", eerste alinea,' antwoordde hij. 'Van Wallace Stevens. Iemand die ik heb gekend, zei het altijd op als we op tropische wateren waren.'

Een onverwachte kleine steek van jaloezie. 'Dus je had Engels niet als hoofdvak.'

'Nee.'

'En psychologie ook niet?'

'Niets.'

'Iedereen heeft een hoofdvak. Waar heb je gestudeerd?'

'Archbishop Curley High.'

'Ik bedoel, welk college.'

'Ik heb niet op een college gezeten,' zei hij.

'O, nee? Maar... hoe... ik bedoel...'

'Hoe kan zo'n domme politieman die niet heeft doorgeleerd over klinische psychologie praten en modernistische poëzie opzeggen?'

'Dat bedoelde ik niet.'

'Je bedoelde het wel, maar ik voel me niet beledigd. Ik ben pienter, maar ik had niet het geduld om in een klaslokaal te zitten of proefwerken te doen. Ik heb de pest aan examens en zo. Ik heb een goed geheugen voor wat ik hoor en ik heb veel kennis opgedaan van veel intelligente mensen, vooral vrouwen. Er worden me boeken aanbevolen en soms lees ik ze. Ik gebruik een woordenboek voor de lange woorden. Je zou kunnen zeggen dat ik op de universiteit van Meisjes heb gezeten. Tot aan vanmiddag wist ik bijvoorbeeld niet wat de Wilcoxon-proef voor twee steekproeven is, en nu wel. Maar eerlijk gezegd ben ik een kilometer breed en een centimeter diep. Ik weet niet echt iets, alleen maar stukjes en beetjes, zoals die vogels die glimmende dingen verzamelen, hoe heten ze ook weer...?'

'Eksters.'

'Eksters, ja. En dat is wel goed, want als je rechercheur bent, is het handig om overal iets vanaf te weten. Want er is maar één ding dat ik absoluut moet weten.'

'En dat is?'

'Hoe je mensen kunt doorgronden,' zegt Paz, en hij verplaatst zich enigszins in het water om haar aan te kijken. Hij heeft de zon achter zich en de schittering op het water vormt een stralende nimbus om zijn hoofd.

'Mag ik je een persoonlijke vraag stellen?' vraagt hij.

Ze voelt druk op haar borst. Een infarct? De Cubaanse sandwich? Ze haalt diep adem, en nog een keer. 'Ja,' zegt ze.

'Waarom loop je zoals je loopt?'

'Wat bedoel je?' vraagt ze, al weet ze precies wat hij bedoelt.

'Gebogen, met je schouders helemaal naar voren. Is het iets gênants? Je hebt toch niet een soort tragische kinderziekte gehad?'

'Nee.' Een en al schaamte.

Hij komt achter haar en legt zijn handen op haar schouders. Zijn vingers tasten en trekken, voorzichtig maar stevig. 'Wat zit hierin, beton?' vraagt hij. 'Ontspan je nou maar. Laat mij het doen.' Zijn linkerarm glijdt voor haar langs en komt net boven de lijn van haar borsten tot rust. Hij oefent druk op haar uit met zijn duim, die nu in haar lijkt binnen te dringen. Ze vindt dat prettig en ook een beetje angstaanjagend. Zijn handen gaan naar de spieren van haar hals. Zijn duimen drukken en verplaatsen zich een paar centimeter, drukken en gaan weer verder. Het is helemaal niet sexy, maar het is ook niet klinisch. Ze is wel vaker gemasseerd, maar nooit zo. Ze voelt golven in haar vlees. Ze raakt de macht over haarzelf kwijt, al weet ze dat ze die ook niet echt heeft uitgeoefend. Maar nu probeert ze het toch.

Hij voelt de weerstand en houdt op. Ze drijft een beetje weg en zegt: 'Wat was dat?'

'Shiatsu. Je *ki* is enorm geblokkeerd.'

'Dank je.' Koel. 'Heb je dat op de universiteit van Meisjes geleerd?'

'Ja.'

Ze is kwaad en zwemt bij hem vandaan. Ze weet nog niet zeker of ze zich bij die universiteit wil aansluiten. Ze gaat het water uit en loopt naar hun deken terug. Ze voelt zich vreemd in haar lichaam, en eerst denkt ze dat het alleen komt doordat ze zo lang in zout water heeft gedreven, maar dan beseft ze dat het niet de gebruikelijke zwaarte en wankelheid is die je voelt als je je niet meer door de zee laat dragen, maar juist het tegenovergestelde daarvan. Ze voelt zich lichter en staat steviger op haar benen. Ze zakt niet zoveel voorover, haar schouders zijn recht, haar borsten lijken zich met lucht te hebben gevuld.

Ze liggen op respectabele afstand van elkaar op de deken. Ze heeft geen idee wat ze nu tegen hem moet zeggen. Hij ligt met zijn ogen dicht op zijn rug, een opgerolde handdoek onder zijn hoofd.

'God, wat ben ik moe,' zegt hij.

Ze wrijft zonnebrandcrème op haar huid. 'Ga dan even slapen,' zegt ze. 'Zal ik je de handboeien omdoen?'

'Je wilde dat al die tijd vragen, hè?'

'Nou en of.'

'Ik had die boeien om omdat ik slaapwandel.' Hij vertelt haar over de nachtmerrie van de eivrouw en over zijn dwaaltochten.

'Interessant. Je weet dat ze intellectuelen ook wel eihoofden noemen, hè? Nou, je kreeg te horen dat anonieme seks met eihoofden een kamer zonder uitgang is. Een gesloten hel.'

Hij lacht en zegt: 'Dus geen seks meer met eihoofden? Is dat het recept om rustig te kunnen slapen?'

'O, ik denk dat er niets verkeerds is aan eihoofden. Je moet wel oppassen voor de anonimiteit.' Ze kijken elkaar aan en er valt een stilte die onbehaaglijk wordt. Zij is de eerste die wegkijkt.

'Heb je pillen genomen?'

'Nee. Pillen helpen niet. Om je de waarheid te zeggen: ik was een tijdje helemaal uit de echte wereld verdwenen. En iets van die andere... wereld is in me blijven hangen.'

'Die voodookwestie?' Ze kijkt weer naar het ding om zijn hals.

'Ja, die voodookwestie.'

'Maar je gelooft toch niet echt, ik bedoel écht, in dat alles?'

Zijn ogen gaan open en hij kijkt haar strak en nors aan. 'Ik weet niet meer wat ik moet geloven. Maar ik noem het geen onzin meer, zoals ik vroeger deed. En ik zal je wat vertellen: ons meisje Emmylou in jouw gekkenhuis is er ook mee in aanraking gekomen. Dat kan ik altijd merken.'

Zijn ogen gaan weer dicht. Er trekt een wolkje voor de zon langs, en een lichte kille wind trekt als een geest over het strand. Ze voelt dat ze kippenvel krijgt.

Als ze klaar is met de zonnebrandcrème haalt Paz zwaar adem. Hij slaapt. Ze is daar eigenlijk wel blij mee, want ze heeft tijd nodig om na te denken. Lorna geeft niet veel om wilde achtbaanritten, maar ze heeft er wel een paar meegemaakt, en ze voelt zich nu als wanneer het achtbaanwagentje de eerste steile helling op gaat: spanning, het verlangen om te vluchten, de verwachting dat ze straks schreeuwend omlaag zal vliegen. Ze werkt aan haar ademhaling.

Ze gaat weer liggen en draait haar gezicht naar hem toe. Zijn huid is tien centimeter van haar mond verwijderd en uit het niets komt een intens verlangen bij haar op om over die huid te likken, en tegelijk daarmee de gedachte dat ze dan een karamelsmaak zou proeven. Nu ruikt ze zelfs een karamellucht die van hem af komt. Synesthesie? Nee, dank u! Ze gaat geschrokken zitten en spreekt zichzelf streng toe. Het is bespottelijk, ze kent die man amper, en met al die andere meisjes, waarschijnlijk houdt hij er op ditzelfde moment wel drie of vier aan het lijntje, daar heeft ze nu echt geen behoefte aan, zeker niet na rat Howie...

Alsof ze wordt voortgestuwd door iets anders dan haar geest, springt ze overeind en gaat naar de waterkant. Ze kijkt uit over de baai. Een grote witte boot beweegt zich langzaam door haar gezichtsveld. Er staat een man op het achterdek. Hij draagt een honkbalpet, en die zet hij nu af en hij veegt met een halsdoek over zijn gezicht. Hij is erg bleek en zijn haar is vuurrood. Hij zet die pet weer op en brengt iets zwarts naar zijn gezicht, een lange buis of zoiets. Een telelens, ze ziet de glinstering van het glas als hij hem in verschillende richtingen beweegt. Hij is daar merkwaardig lang mee bezig. Ze kijkt om zich heen om te zien of er spectaculaire dieren achter haar te zien zijn, maar er is daar niets dan mangroven en dennen en een paar meeuwen. De roodharige man draait zich om naar de bestuurder van de boot, en het volgende moment buldert de motor en schiet de boot weg. Het komt niet bij haar op dat hij haar, Paz en Paz' boot heeft gefotografeerd, want waarom zou iemand dat willen doen?

De hele morgen stuurde de Pruisische generaal Von Steinmetz golven jonge soldaten tegen de steile ravijnwand van de Mance op, waar ze werden neergemaaid door de geweren van de Fransen. Vlak nadat Marie-Ange de getroffen boeren in haar eigen slaapkamer had geïnstalleerd, arriveerden er lopende gewonden bij Bois Fleury, en toen ze die ongelukkige mannen zag en besefte dat veel meer soldaten er net zo erg of nog erger aan toe waren, kwam ze in actie met de energie en besluitvaardigheid die kenmerkend voor haar waren. Ze gaf bevelen aan het personeel van het kasteel en de landerijen, liet de tapijten oprollen, het meubilair weghalen, lampen en kaarsen neerzetten en matrassen maken van stro en het linnengoed uit het kasteel. Dienstmeisjes maakten verband van tafellakens en servetten. Algauw hoorden de Duitse regimentsartsen wat ze deed en zetten ze hun verbandposten in de grote balzaal op.

Nadat ze alles op het kasteel had geregeld en haar rentmeester de leiding had gegeven, verzamelde het onverschrokken meisje boerenknechten en wagens en ging ze naar het slagveld zelf. Daar liet ze de hulpeloze gewonden op wagens leggen en stuurde ze hen naar Bois Fleury. Zijzelf kroop door de struiken op de oevers van de Mance om gewonde mannen te zoeken die daar waren blijven liggen en beval de doodsbange arbeiders en de weinige soldaten die niet aan de gevechten deelnamen om hen daar weg te slepen, terwijl om hen heen granaten explodeerden en kogels door de takken vlogen. Laat in de middag had ze een koksschort voorgedaan en een groot wit damasten servet om haar hoofd gewonden, maar afgezien daarvan had ze nog steeds de kleren aan die ze 's morgens had aangetrokken, onder de cavaleriejas. Haar slippers waren inmiddels vuil en aan flarden gegaan, en een Pruisische officier liet haar de laarzen aantrekken die ze van een omgekomen Franse trommeljongen hadden gehaald. Degenen die zich die afschuwelijke dag herinnerden, vertelden later dat Marie-Ange overal tegelijk was. Ze troostte de zieken, verzamelde de gewonden, spoorde haar mensen aan tot grotere inspanningen. Die dag gaf ze voor het eerst blijk van het grote organisatietalent dat haar in haar latere leven nog goed van pas zou komen. Een Pruisische officier zou hebben opgemerkt 'dat als dat meisje onze generaal was geweest in plaats van die oude gek van een Steinmetz de helft van die arme duivels nog in leven zou zijn'.

Tegen het eind van de slag brachten de Pruisen hun zware kanonnen in stelling en schoten ze de Franse linies aan flarden, waarna de stroom van gewonden die op Bois Fleury aankwam niet meer Duits maar Frans was. Natuurlijk werden zij even goed verzorgd als hun vijanden, en het laatste wat veel stervende mannen van beide naties op aarde zagen, was het gezicht van een jong meisje, vol mededogen, met een wit koksschort en een witte hoofddoek die bespat was met bloed. Zo ontstond in de gelederen van beide legers de legende van de Engel van Gravelotte.

– UIT ZR. BENEDICTA COOLEY, *Trouw tot de dood: het verhaal van de Pleegzusters van het Bloed van Christus*, ROSARIAN PRESS, BOSTON, 1947

13

Paz kreeg zijn insigne een week na de schietpartij terug, geen record voor een commissie van onderzoek, maar toch vrij snel. Paz zag daar de hand van commissaris Oliphant in en vroeg zich af of hij eindelijk een beschermer in het korps had, en ook of hij dat prettig vond of niet. Inspecteur Posada, van wie hij die ochtend zijn insigne en zijn dienstwapen in ontvangst nam, was even chagrijnig als altijd. Hij schoof de voorwerpen over zijn bureau met het enthousiasme van een winkelier die een pakje kauwgom aflevert, en voegde er de informatie aan toe dat de commissaris Paz wilde spreken. Paz had Posada nooit kwaad gedaan en wist niet waarom het hoofd van de afdeling Moordzaken en Mishandeling een hekel aan hem had. Misschien was het alleen maar een racistisch vooroordeel, of de natuurlijke afkeer die sommige domme mensen van intelligente mensen hadden, of iets wat meer op het politieke vlak lag. Paz lag er niet wakker van. Tito Morales stond in de afdelingsruimte toen Paz uit Posada's kantoor kwam, en hij kreeg een opgestoken duim en een grijns van zijn partner, maar niet van een van de andere rechercheurs.

Oliphant schonk hem de rituele mok koffie in en liet hem in een comfortabele stoel plaatsnemen. Paz zag dat op zijn mok het zegel van de FBI-academie in Quantico prijkte; misschien had dat betekenis, misschien niet.

Na de kortst mogelijke inleidende beleefdheden zei Oliphant: 'Nou, is er verband?'

Paz was blij met dat steno. Zijn vroegere partner deed dat ook: over de details heen springen en de gedachte uitspreken die twee even slimme rechercheurs op een bepaald moment moesten hebben. Cletis zei bijvoorbeeld dingen als 'Waar was de sleutel?' en dan wist Paz bijna altijd welke sleutel en waar die sleutel had moeten zijn, al had niemand het ooit eerder over een sleutel gehad. Hij zei: 'Dat moet wel, commissaris. Dodo Cortez had geen enkele reden om met een pistool op zak in een huis in Zuid-Miami te gaan inbreken. Hij was in feite een schutter, en dat was nog niet alles. Hij werkte voor Ignacio Hoffmann, die ook de huidige werkgever van onze verdachte, Jack Wilson, in dienst heeft gehad.'

'Hoffmann?'

Paz herinnerde zich dat Oliphant nog bij de FBI werkte toen Ignacio terechtstond. Hij vertelde wie Ignacio Hoffmann was, de drugshandel, de vlucht nadat hij op borgtocht was vrijgekomen.

'Interessant,' zei Oliphant, 'maar natuurlijk dacht ik niet aan dat aspect.'

'Nee, dat komt er nog bij. De echte connectie is die tussen onze oorspronkelijke moord en de inbraak in het huis van Emmylou Dideroffs psychologe. Ik dacht, waar is dat goed voor? Waarom vermoord je iemand, waarom breek je in bij een psychologe? Het antwoord moet zijn: informatie. Bepaalde personen willen iets weten waarvan ze denken dat onze verdachte het weet en ze zijn bereid geweld te gebruiken om daarachter te komen.'

'Ze zetten het slachtoffer onder druk om iets te zeggen, en het liep uit de hand en toen hebben ze hem vermoord?'

'Misschien wel, maar ik heb het gevoel dat al-Muwalid achter dezelfde informatie aan zat. Ik heb mijn aantekeningen doorgenomen en met mijn partner gepraat en ik denk dat we ons in hem hebben vergist. Hij huurde hier in Miami lijfwachten in en wij dachten dat hij zichzelf wilde beschermen. Maar stel dat hij ze nu eens inhuurde om op Emmylou te passen? Die olieman die hij heeft gesproken, Zubrom, zei dat hij op zoek was naar iemand, en ik ging daar niet op in omdat ik alleen dacht aan gevaar dat al-Muwalid zelf liep, niet dat hij een gevaar voor iemand anders zou kunnen vormen. Ik bedoel, híj was vermoord. De kans is dus groot dat degene die al-Muwalid heeft vermoord Dodo Cortez heeft ingehuurd om uit te zoeken wat Emmylou aan haar therapeute heeft verteld.'

'Ik dacht dat al-Muwalid door die mevrouw Dideroff is vermoord.'

'Dat is het officiële standpunt.'

'Maar dat geloof jij niet meer.'

'Ik weet niet wat ik moet geloven, commissaris. Het hangt er allemaal van af wie Emmylou D. werkelijk is. Bepaalde mensen denken dat ze iets weet, maar weet zij dat ze het weet? Is ze een speler die kaarten achter de hand houdt? Of is ze een slachtoffer?'

'Wat zegt ze in die bekentenis die ze aan het schrijven is?'

'Niet veel. Veel jeugdherinneringen, veel godsdienst. We wachten op de volgende afleveringen.'

Oliphant draaide even met zijn stoel en nam peinzend een slokje uit zijn eigen FBI-mok. 'Het werkt niet.'

'Dat weet ik,' gaf Paz toe. 'Het probleem is, als ze dachten dat Emmylou iets wist, waarom hebben ze haar dan niet gewoon ontvoerd en haar de duimschroeven aangezet? Waarom al die moeite doen om haar de moord op al-Muwalid in de schoenen te schuiven en dan de bekentenis in handen te krijgen? Nou, het zou kunnen dat ze niet weet wat ze weet. Ze is al een keer gemarteld. Misschien was dat hun eerste poging om aan informatie te komen.'

'Gemarteld?'

'Ja, de artsen zeggen dat beide schouders kortgeleden ontwricht zijn geweest en dat ze littekens van zweepslagen op haar rug en voetzolen heeft. En ook brandwonden. Dus misschien denken ze dat ze zich iets laat ontvallen als ze ergens is waar ze zich veilig voelt, bijvoorbeeld bij een therapeute die zich niet voor die geheimen interesseert.'

'Het zou kunnen,' zei Oliphant. 'Misschien wel. Dus... wat doen we nu?'

Paz had zich natuurlijk op die vraag voorbereid en hij gaf soepel antwoord, zij het met meer zelfvertrouwen dan hij in werkelijkheid voelde. Sinds het begin van deze zaak had hij steeds weer een glimp opgevangen van chaos, vreemdheid, complotten op hoge plaatsen, internationale intriges en opnieuw de stank van Afrika. Het was belangrijk dat hij een verhaal had waaraan hij zich kon vastklampen, zoals kinderen hebben, en dat zei hij nu.

'Een elementair feit: als Emmylou Dideroff al iets heeft gedaan, deed ze dat niet in haar eentje...'

'Vanwege dat verdwenen mobieltje.'

'Precies. Er is geen mobiele telefoon. Volgende feit: mijn partner heeft met de kennissen van wijlen Dodo gepraat. Ongeveer een week voor de moord kreeg Dodo een telefoontje dat hem opgewonden maakte. Blijkbaar heeft Dodo niet tot een organisatie behoord sinds de Hoffmann-bende werd opgerold, maar nu had hij het opeens over vast werk. Hij is een paar keer door verschillende mensen in en uit een zilverkleurige Lexus met een grote anglo-man aan het stuur gezien, altijd 's avonds. Volgens de stamgasten van de kroeg waar hij altijd kwam schepte Dodo erover op dat hij meer geld te besteden zou hebben.'

'Je begint het idee te krijgen dat hij de Arabier heeft vermoord.'

'En Jack Wilson, die een zilverkleurige Lexus heeft. Wilson wist dat

Emmylou op een bepaalde tijd bij een bepaalde werkplaats zou zijn, want hij stuurde haar daar zelf naartoe. Er is een telefooncel tegenover die werkplaats. We weten dat al-Muwalid een telefoontje kreeg toen hij in Zubroms kantoor was en dat hij er daarna als een haas vandoor ging. Misschien kreeg hij te horen: we hebben de informatie die je zoekt, ga naar die en die telefooncel. Dan wordt hij, terwijl hij zichtbaar is voor Emmylou, een tweede keer gebeld om een ontmoeting in zijn hotelkamer te regelen. Hij gaat daarheen, gevolgd door Emmylou. Emmylou parkeert de auto en gaat op zoek naar al-Muwalids kamer. Maar Cortez weet al welke kamer dat is. Hij haalt de drijfstang uit Emmylou's wagen, gaat naar al-Muwalids kamer, doodt hem, gooit hem van het balkon en gaat weg. Emmylou komt aan en gaat daar zitten wachten, en dan komen wij binnen.'

'Of Emmylou en Wilson zitten samen in het complot. Misschien heeft ze al-Muwalid voor Dodo aangewezen.'

'Waarom ging ze dan niet weg?' vroeg Paz. 'Waarom bleef ze daar zitten bidden, of wat ze ook maar deed?'

'Misschien gaat het dieper? Misschien wilde ze om de een of andere reden in een gekkenhuis worden opgesloten?'

'Dat is inderdaad erg diep. Al kunnen we het, omdat het Emmylou is, niet uitsluiten.'

'Verzamel meer feiten,' zei Oliphant.

'Goed. Het belangrijkste feit dat ik nodig heb is het volgende: weet u iets van de eigenaar van de woonboot, David Packer, de raadselachtige man?'

'Waarom denk je dat?' Hij keek een beetje fel, maar Paz negeerde dat.

'Omdat u bij de FBI was en de FBI hier op de een of andere manier bij betrokken is, tenzij u denkt dat het toeval is dat de man die Emmylou een woonboot verhuurde door het ministerie van Buitenlandse Zaken wordt gedekt wanneer een politieman om informatie belt. Ik heb het gevoel dat het gonst van het telefoonverkeer tussen dat toestel daar op uw bureau en Washington, en dat een stel van uw FBI-agenten mij volgt om te kijken wat ik ontdek, als kinderen die een mier op een trottoir volgen en hem misschien ook nu en dan met een stokje aanporren. Want als dat het geval is, nou, met alle respect, commissaris, dan kap ik ermee.'

Ze speelden oogspelletjes; Paz had het gevoel dat het een hele tijd doorging. Hij had over dit aspect van de zaak nagedacht, in die vrije week had hij genoeg tijd gehad om na te denken: wat Oliphant de vorige keer had gezegd en hoe onbevredigend dat zelfs toen al was geweest.

Hij had in die week tien keer naar David Packer gebeld en telkens zijn antwoordapparaat gekregen en iets ingesproken, maar hij was nooit teruggebeld. Op zich niets bijzonders, het was geen misdrijf om de stad uit te gaan, maar toch...

'Niet gonzen,' zei Oliphant. 'Ik zou het geen gonzen noemen. Maar ik ben wel een paar keer gebeld. En ik heb zelf ook een paar keer gebeld. En het is aan mij om te beoordelen wat ik je kan vertellen en wat niet, en de reden daarvoor is dat mensen voor wie ik respect heb mij informatie geven die ze eigenlijk niet mogen verstrekken. Ze zetten hun baan en hun pensioen op het spel.'

Oliphant leunde in zijn stoel achterover, vouwde zijn handen over zijn borst, die in Paz' ogen ongeveer zo zacht was als een radiaalband met staalgordel. 'We zullen het eens even over het raakvlak van de nationale veiligheid en het werk van de FBI hebben. Wij van de FBI interesseren ons voor schurken die op ons terrein opereren. Te denken valt daarbij aan georganiseerde misdaad, postfraude, computermisdrijven enzovoort, en natuurlijk kun je het best tot de bendes doordringen door zelf een bendelid te worden. Op die manier hebben we de Klan en de maffia te pakken gekregen. Met terroristen is dat moeilijker, want bij het soort terroristen waar we ons tegenwoordig vooral voor interesseren kan de gemiddelde FBI-agent niet infiltreren. Daarom zoeken we in de periferie. Net als elke andere organisatie hebben terreurcellen diensten nodig. Ze hebben behoefte aan valse papieren, geldoverboekingen, transport, wapens en munitie. En natuurlijk zijn er doodgewone Amerikaanse schoften die al die dingen voor een prijs willen leveren.'

'En dus infiltreer je bij die schoften.'

'Ja, inderdaad. Maar je ziet het probleem. Wil de infiltratie succes hebben, dan moet de persoon in kwestie doorgaan met zijn schoftenstreken, want hij geniet nu in feite immuniteit, omdat hij een dubbelspel speelt. Hij blijft bijvoorbeeld valse papieren verkopen, en hoewel hij ons laat weten wat hij doet, pakken we niet alle schurken op aan wie hij verkoopt, want die kerels zijn niet achterlijk. Ze begrijpen dat als iedereen die valse papieren van die goeie ouwe Charlie koopt wordt opgepakt er iets raars met die goeie ouwe Charlie aan de hand moet zijn. En dat is dan het grote probleem: je geeft mensen een vrijbrief om criminele handelingen te plegen in de hoop dat je nog grotere criminele handelingen kunt voorkomen. Dat is van nature corrumperend. Van nature.'

'Dus wat doe je?'

'Nou, het hangt ervan af of je in ons systeem gelooft,' zei Oliphant.

'Als je gelooft dat de wet in wezen zwak is, verbuig je de wet tot hij breekt. Er staan moordenaars, verkrachters en allerlei tuig op de loonlijst van de Verenigde Staten. En dan houd je wat terreur tegen en gebeurt er toch nog iets. Als je gelooft dat de wet in wezen sterk is, geef je geen vrijbrief aan misdadigers. Misschien maak je dan gebruik van ze of zet je ze onder druk, maar je gaat nooit zover dat je hun criminele handelingen gedoogd. En het resultaat daarvan is dat je wat terreur tegenhoudt en dat er toch nog iets gebeurt. Of er dan meer slachtoffers vallen? Dat is onduidelijk. Dat betwijfel ik. Je kunt negenennegentig procent van de terreuraanslagen tegenhouden door gewoon in actie te komen, zoals we 11 september hadden kunnen voorkomen als we niet hadden zitten suffen en als de verschillende diensten geen oorlog tegen elkaar hadden gevoerd. De rest is zoiets als blikseminslagen en verkeersongelukken. Het hoort bij het leven in een open samenleving: we moeten ermee leren leven, al zal de minister van Justitie dat nooit op televisie verklaren. Maar als je het eerlijk speelt, slaat het tenminste niet in je gezicht terug: geen straffeloosheid, geen corruptie van je eigen dienst.'

'Daarom bent u bij de FBI weggegaan,' zei Paz. Een constatering, geen vraag.

Oliphant keek hem strak aan, maar Paz keek rustig terug, en na een tijdje knikte de man. Ze waren nu een stapje verder. 'Een man in New Jersey vermoordde een tiener met wie hij neukte en we zagen dat door de vingers omdat hij vliegtickets voor al-Qaeda-types kocht. Misschien waren het al-Qaeda-types, ze wisten het verdomme niet eens zeker! Dat was trouwens een beslissing op hoog niveau.' Hij wees naar het plafond. 'Heel hoog. Ik dacht erover om de klok te luiden, maar kwam tot de conclusie dat ik... dat ik geen klokkenluider ben, niet dat ik geen respect kan hebben voor iemand die dat wel is, maar het is niets voor mij. In plaats daarvan leverde ik mijn ontslag in. Dat is mijn trieste verhaal. Nu weet jij het, en als ik het van iemand anders hoor, zal ik ervoor zorgen dat je de rest van je carrière de kraampjes in het stadion mag bewaken.'

Er volgde een lange onbehaaglijke stilte op die opmerking. 'En ja, ik ben erg fanatiek als het op zulke dingen aankomt. En waarom?' Hij wees nu naar zijn gezicht. 'Hierom. Voor mensen als jij en ik is de wet alles wat we hebben. Hoe corrupt en onrechtvaardig de wet ook mag zijn, zonder de wet zouden we allebei nog katoen plukken.'

'In mijn geval suikerriet kappen,' zei Paz.

'Wat dan ook, maar niet in een pak en in een mooi kantoor, met blanken als ondergeschikten. O, nee.'

'Dat was erg inspirerend, baas.'

'Rot op, Paz,' zei Oliphant zonder venijn. 'Ik wilde je niet inspireren. Ik wilde duidelijk maken waarom ik telefoontjes heb gekregen van kerels die kwaad waren.'

Paz week geen duimbreed. 'Welke federale ambtenaar huurt slechte acteurs in? Nee, eens zien. David Packer?'

'Zou kunnen. Hij is in Sudan geweest, heb ik gehoord. Hij werkte voor SRPU. En nu is hij hier. En je moet voorzichtig met hem zijn.'

'Waarom?'

Oliphants gezicht kreeg een hardere uitdrukking. 'Twee redenen. Ten eerste heb ik je net gezegd dat je dat moet zijn en ik ben verdomme de baas van deze organisatie. Ten tweede: als Packer bij zijn superieuren klaagt, komt er een heleboel stront aan de knikker en dan komt er een eind aan die behulpzame telefoontjes uit Washington. Bovendien laten een heleboel federale agenten de boevenjacht dan even rusten om op zoek te gaan naar degene die de informatie heeft laten uitlekken. Dus verzamel informatie over Wilson, over Cortez en over je verdachte. Zoek uit wie al-Muwalid heeft vermoord en waarom. Dat is je taak. Aan het werk.'

Daarmee stuurde hij hem weg. Paz stond op, verliet de kamer en wenkte Morales, die aan zijn bureau in de afdelingsruimte zat, naar zich toe. Toen ze op het parkeerterrein waren, vroeg Morales: 'Wat zei de commissaris?'

'Hij zei dat je er beter uitziet nu je fatsoenlijke pakken draagt. Hij vindt die Fendi mooi.'

'Echt waar?'

Paz vertelde hem wat er echt was gezegd. Morales zei: 'Shit.'

'Zo denk ik er ook over,' zei Paz, terwijl hij in een burgerwagen stapte, een Chevrolet. 'Eens kijken wat Jack Wilson te zeggen heeft.'

Maar toen ze bij Wilson Brothers Marine aankwamen, troffen ze daar niet Jack aan maar een kleinere, dikkere versie van hem, die hen opgelucht bij de deur van de werkplaats begroette.

'Dat is snel,' zei hij. 'Ik heb het nog maar een paar uur geleden doorgegeven.'

'Sorry,' zei Paz. 'U bent...?'

'Frank Wilson. U komt toch vanwege de aangifte van vermissing?'

'Wie wordt er vermist?'

'Jack, mijn broer. U bent niet van Vermiste Personen?'

'Nee, van Moordzaken,' zei Paz.

'O, lieve god!' zei Wilson, en hij verbleekte onder zijn donkere huid.

Ze gingen in het kantoortje zitten en binnen een paar minuten werd de situatie duidelijk. Jack Wilson was al bijna een week niet meer gezien. Zijn auto was weg, hij reageerde niet als ze hem oppiepten of naar zijn mobieltje belden, hij had een paar flinke cheques die waren binnengekomen niet naar de bank gestuurd. Frank, zo bleek, was de technische man. Jack ontfermde zich over de zakelijke kant van het bedrijf, al wist hij ook hoe een dieselmotor in elkaar zat. Frank wilde blijkbaar erg graag praten en ze lieten hem begaan. Hij veronderstelde dat de rechercheurs wisten dat Jack voor een stel louche types aan sigarettenboten had gewerkt en probeerde dat niet te verhullen, maar hij verzekerde hun dat die dingen allemaal verleden tijd waren. Nee, er waren geen grote bedragen van de bedrijfsrekening opgenomen. Nee, hij had nooit van iemand gehoord die Cortez heette en hij herkende de man op de foto die ze hem lieten zien ook niet. Na een halfuur van vragen die blijkbaar niets opleverden gingen ze weg.

'Dat was tijdverspilling,' zei Morales toen ze weer in de auto zaten.

'Nee, dat was het niet,' zei Paz. Hij nam de radio en liet een opsporingsverzoek uitgaan voor Jack Wilson, waarbij hij ook de gegevens van diens auto verstrekte. Toen zei hij tegen Morales: 'Jack Wilson ging er meteen vandoor toen het avondnieuws de dood van Dodo Cortez had gemeld. Waarschijnlijk is dat geen toeval. We zullen eens aannemen dat Dodo in zijn opdracht werkte. Een bekende huurmoordenaar wil een bewijsstuk stelen dat in verband staat met onze verdachte; dat leidt tot de gedachte dat het misschien doorgestoken kaart is en dat niet onze verdachte maar de huurmoordenaar het heeft gedaan. Hij wist dat we hier en daar ons licht zouden opsteken en achter de connectie tussen hem en Cortez zouden komen. Hij wilde dat contact geheim houden maar nam niet de moeite om in een oude wagen naar zijn ontmoetingen met Cortez te gaan, en in die buurt trekt een nieuwe zilverkleurige Lexus meteen de aandacht. Over die buurt gesproken, we moeten eens naar mevrouw Dodo gaan. Heb je het adres?'

'Ja. Second en Fifteenth. Je weet dat ik al met haar heb gepraat. Ze wil niet meewerken.'

'Dan zet ik mijn charme in,' zei Paz. 'Vooruit.'

Het was het soort buurt in Miami waar de gazons voor de huizen werden gebruikt om er auto's op te parkeren. Dat betekende dat de kleine huizen werden bewoond door grote aantallen immigranten die nog maar kort in het land waren. De bewoners van de huizen behoorden niet noodzakelijkerwijs tot dezelfde familie. Het kleine huis van betonblokken dat door Dodo Cortez was bewoond, had een kaal gazon maar daar stonden geen auto's op; dat wees op een iets hogere maatschappelijke positie. Paz zei tegen Morales dat hij bij de voordeur moest blijven staan terwijl hij zelf door de ramen keek om te zien wat de rouwende weduwe deed. Vanaf de zijkant van het huis kon hij door de enigszins geopende zonwering in de huiskamer kijken, waar een vrouw languit op de bank lag. Ze droeg een mouwloze oranje blouse, een zwart slipje en één schoen, die als een ornament aan haar tenen hing. De televisie stond aan, zo te horen een Spaanse soapserie, maar de vrouw keek er niet naar. Tussen de rommel op de salontafel zag hij een brandende kaars, cellofaanzakjes, een verbogen lepel en een injectienaald. Al die dingen samen verklaarden de staat van verdoving waarin de vrouw verkeerde.

Paz ging naar de voorkant van het huis terug. Hij zei tegen Morales: 'Geef me twee minuten en bonk dan op de deur en roep "Politie, opendoen!"' Hij liep naar de achterkant van het huis. Het kostte hem heel weinig tijd om een glazen ruitje uit de achterdeur te krijgen en het slot open te maken, en toen Morales begon te roepen, liep hij al door de keuken en had hij tijd genoeg om de vrouw te beletten de heroïne door de wc te spoelen.

Na veel misbaar en nogal wat tranen hadden de twee rechercheurs de vrouw zover dat ze met handboeien om op de bank zat. Ze zei dat ze Rita heette, dat ze niets wist, dat ze niets had gedaan, dat zij die dope daar zelf hadden neergelegd en dat ze haar advocaat wilde spreken. Ze leek een jaar of negentien.

'Zei ik het niet?' zei Morales.

Paz glimlachte en sprak in het Spaans tegen het meisje. Hij ging naast haar op de bank zitten alsof hij haar wilde versieren, en sprak de gebruikelijke lieve politiewoordjes: dat hij haar wilde helpen, dat hij best weg wilde gaan en haar met de drugs wilde achterlaten, als ze alleen maar een beetje toegaf, hun een handje hielp, ze waren rechercheurs van Moordzaken, niet van Narcotica, en haar drugsgebruik liet hen koud. En toen vertelde hij wat er zou gebeuren als ze niet meewerkte. Nu was de heroïne opeens een zwaar misdrijf dat ze misschien nog ernstiger konden maken dan het al was. De officier van justitie wilde die moord die haar vriendje had gepleegd erg graag oplossen, en dat wilden zij ook, en dus zouden ze haar in de donkerste kerker gooien voor die heroïne, als ze niet meewerkte. En ze zou Dodo ook niet verlinken, Dodo lag in het lijkenhuis van de county, het kon hem geen moer meer schelen enzovoort, dat alles met een kalme stem, in zacht Spaans, alsof hij haar het bed in wilde praten.

Een lange stilte, en toen: 'Nou, wat willen jullie weten? Ik weet helemaal niks van wat Dodo deed.'

'Heeft hij het ooit over een zekere Wilson gehad?'

'Wilson? Nee, die naam ken ik niet.'

'En Jack? Grote kerel, blond haar als een surfer, rijdt in een zilverkleurige Lexus?'

'O ja, Jack, die ken ik. Hij heeft Dodo een paar keer opgehaald.'

'Goed. Zal ik de handboeien afdoen?' Ze knikte, en hij deed het. Na nog een paar vragen was duidelijk dat ze de waarheid sprak. Ze kon haar vriendje in verband brengen met Jack, maar dat was alles.

'Mogen we zijn spullen doorzoeken?' vroeg Paz.

Ze knikte somber en bracht hen, wrijvend over haar polsen, naar een slaapkamer.

De kamer was klein en betimmerd met goedkoop imitatiegrenen. Ze zagen een bed, niet opgemaakt, een kaptafel, een nachtkastje, een televisie op een metalen standaard, een kleurenreproductie van Jezus, ingelijst, en een grote kast met spiegeldeuren. De twee rechercheurs doorzochten de kamer zorgvuldig, voelden in de zakken van alle kleren en keken niet alleen in de bureauladen maar ook naar de onderkant daarvan. Ze namen de tijd en het begon de vrouw te vervelen. Ze vroeg: 'Mag ik weer naar mijn programma gaan kijken?'

'Ja, ga maar,' zei Paz, en toen: 'Hé, wacht, hoe is dit gat in de betimmering ontstaan?'

'O, dat komt door Dodo. Als hij kwaad was, sloeg hij tegen de muur. Hij zou het laten repareren.'

Paz bracht zijn gezicht dicht bij de muur, haalde een klein zaklantaarntje tevoorschijn en scheen ermee in de spouw. Zijn arm ging tot aan de schouder in de leegte, en toen hij hem terugtrok, had hij een wit kledingstuk in zijn hand. Het was een oberjasje met het logo van het Trianon Hotel op de linkerborst en een plastic naamplaatje met LUIS op de rechterkant. Er zat ook een donkerbruin vlekje op de rechtermanchet.

Lorna is al een week uit haar doen en denkt dat ze misschien iets heeft opgelopen. Verder weet ze niet of ze verliefd is op Jimmy Paz en daarom wil ze daar niet over nadenken. Op dit moment wil ze vooral rust. Gesprekken met Sheryl Waits hebben altijd als analytische distilleerkolf van haar emotionele leven gefungeerd, maar nu schiet ze er niets mee op. Blijkbaar wil ze geen advies, geen meelevend oor. Sheryl is te fel, te gretig om dit tot een succes te maken, of tenminste in wat Sheryl onder een succes verstaat. Je hoeft Sheryl maar een klein beetje aan te moedigen en ze komt al met consumentenvergelijkingen van bruidswinkels aanzetten. Lorna heeft helemaal niet over Paz gepraat met Betsy Newhouse, wier belangstelling voor Lorna's emotionele leven zich beperkt tot 'heb je al iemand die het met je doet?', elke keer dat ze elkaar ontmoeten. Ze heeft twee keer afwijzend gereageerd op een uitnodiging van Betsy om uit te gaan met de minder aantrekkelijke vriend van een van Betsy's scharrels, en dat leidde tot opmerkingen over een voorraad nieuwe batterijen die ze voor de vibrator moest inslaan.

Lorna heeft het nog niet met Paz gedaan. Ze heeft drie tamelijk kuise zij het oprechte kussen van de man gehad, elke keer dat ze met elkaar uitgingen één kus: het uitstapje naar het strand, een diner in een Chinees-Cubaans restaurant en een avondje dansen. Ze hebben zich alle drie de keren geamuseerd, maar niemand heeft het over een ring. Soms vraagt ze zich af of hij haar wel aardig vindt, en zodra die gedachte bij haar opkomt, gaan allerlei goed geoliede kleppen automatisch open en vullen de bassins in haar hoofd zich met alle redenen waarom Jimmy Paz niet geschikt is. Iemand zonder noemenswaardige opleiding? Kom nou! Lorna heeft in haar hoofd een lijst zitten met precies de dingen die ze van een man verwacht. Ze wil bewondering hebben voor zijn intelligentie en zijn carrière, waarbij hij natuurlijk evenveel respect moet hebben voor háár carrière; ze wil dat hij voortreffelijke beslissingen neemt over levensstijl, vakantie en woning, waarbij hij ook rekening houdt met haar smaak; ze wil een gezonde seksuele relatie, waarbij hij het initiatief neemt maar geen perverse of verontrustende dingen doet; ze wil zich laten meevoeren maar ook min of meer op dezelfde plaats blijven; ze verlangt naar gezelligheid en comfort, het cryptogram in de *Times* op zondag, maar ook naar onvoorspelbaarheid en opwinding; ze wil trouw, maar geen verveling.

Ja, Paz schiet tekort op veel van die terreinen. Ze kan zich niet voorstellen dat hij het cryptogram in de *Times* maakt. Of een balletvoorstelling uitzit, niet dat ze vaak naar het ballet gaat, maar evengoed... En dan is er nog de kwestie van dat pistool en die gewelddadigheid. Dat is een beetje weerzinwekkend, en ze weet niet of ze ooit het beeld uit haar hoofd kan krijgen van Paz die voor de deur van haar huis een mens doodde, al heeft hij waarschijnlijk haar leven gered.

Aan de andere kant... Ze herinnert zich zijn handen op haar lichaam, en zijn lijf, de beheerste rust daarvan, het perfect ingehouden geweld. Ze denkt aan de zenachtige eenvoud van zijn leven. Ze bedenkt dat veel van de mannen met wie ze iets heeft gehad bemoeials en zeurpieten waren, dat rat Howie altijd een bepaald merk bosaardbeienjam moest hebben, anders kon hij niet ontbijten, en dat hij vaak eten naar de restaurantkeuken terugstuurde met uitgebreide instructies voor de kok, en al die poeha over wijn, al die poeha over jachten... ook al kon hij het cryptogram in de *Times* binnen een halfuur oplossen, en Paz' ogen, ze had nog nooit een man gezien met zulke ogen, geïnteresseerde ogen, geïnteresseerd in háár, en dan bedacht ze met een schuldgevoel, al maakte dat het niet minder echt, dat er ook een eind zou komen aan een bepaald soort politiek correct gezeur, want als je man zwart was, bewees dat genoeg, nietwaar? Ja, waarschijnlijk vindt hij haar niet zo aardig, maar aan de andere kant had hij haar deze week al drie keer gebeld, al wilde hij het contact misschien vooral om professionele redenen aanhouden, maar... Of misschien is ze gewoon gek aan het worden, raakt ze in de eerste stadia van erotomanie, straks gaat ze nog naar zijn huis om de banden lek te steken van de auto van zijn echte vriendin...

Ze lacht hardop, want als ze gek is, bevindt ze zich beslist op de juiste plaats. Veel van de mensen in het dagverblijf van de gesloten afdeling zouden net als zij met onzichtbare personen praten (maar dan hardop), als ze niet suf van de geneesmiddelen waren. Of bijna: een grote blanke man doemt voor haar op, jaar of veertig, rossig haar met naar buiten stekende slierten als van een circusclown. Op zijn pafferige gezicht heeft hij de strakke starende uitdrukking van de paranoïde psychoot. 'Lach je om mij?' wil hij weten.

Haar professionele kalmte dient zich aan; deze man moet wat meer medicijnen hebben, denkt ze automatisch, en ze kijkt hem met een neutraal maar zorgzaam gezicht aan.

'Helemaal niet,' antwoordt ze. 'Ik dacht net aan iets grappigs.'

'Leugenaar,' zegt hij met een schorre fluisterstem, maar ze glipt hem voorbij en ziet dat de stevig gebouwde Darryla en Ferio, de oppasser van het dagverblijf, het contact hebben opgemerkt. Ze komen een beetje dichter bij de grote man. Nou ja, het is niet haar probleem.

Ze ziet Emmylou, die in haar eentje in een hoek zit en druk aan het schrijven is in een van haar schoolschriften. Wanneer Lorna haar begroet, kijkt ze geschrokken op, als iemand die net wakker is geworden, en wanneer ze ziet wie het is, komt haar beleefde glimlach weer tevoorschijn.

'Je bent dus nog steeds aan het schrijven.'

'Ja. Het is een interessant proces. Pijnlijk, maar interessant.'

'Hoezo pijnlijk?' Lorna trekt een plastic stoel bij en gaat tegenover haar zitten. Ze is een beetje bang, merkt ze; ze heeft zich nog niet helemaal ontdaan van de herinnering aan wat ze de vorige keer had gezien, wat er gebeurde voordat de vrouw haar aanval kreeg. Ze hoopt dat deze sessie op het psychologische vlak blijft en dat ze het gesprek ver bij die bizarre dingen vandaan kan houden.

'Ik bewoon daarmee mijn vroegere ik,' zegt Emmylou. 'Ik herinner me gevoelens die ik toen had, zie dingen door mijn ogen van toen. Ik wou dat ik een betere schrijver was, maar ja, het is ook geen roman, maar een bekentenis, en dus moet ik de meeste dingen weglaten die de oorzaak waren van de gevoelens die ik toen had, vooral mensen, maar ook de lucht die ergens hing, de essentie van de andere mensen, zoals Flaubert en Dickens doen. Het is helaas tamelijk saai leesvoer. Al geloof ik ook dat de waarheid niet saai kan zijn, want de waarheid heeft deel aan God. Ik bid alleen dat ik mezelf kan dwingen het te doen. Ik heb weer een schrift af. Wil je het hebben?'

Lorna neemt het schrift aan en zegt: 'Ik vind dat je je geen zorgen hoeft te maken over het schrijven. Het is erg helder en levendig en helemaal niet saai. En bewust. Eigenlijk is het verbazingwekkend, gezien…'

'Gezien het feit dat ik geen opleiding heb? Geen hogere opleiding. Maar wel genoeg van de lagere soort.'

'Ja, en het is opvallend dat je zo… neutraal over die dingen kunt schrijven,' zegt Lorna. 'De meeste mensen zouden jaren van therapie nodig hebben om de confrontatie met al die verschrikkelijke dingen aan te gaan, maar jij schijnt er geen moeite mee te hebben. Dat getuigt van psychologische taaiheid. Dat is een goed teken.'

'Niet zo goed, want ik zit opgesloten in een gekkenhuis.'

'Nou, het is duidelijk dat je problemen hebt. Allemachtig, wie zou die niet hebben na wat jij hebt doorgemaakt?'

De vrouw kijkt Lorna weer met zo'n onderzoekende, verontrustende blik aan. Dan zegt ze: 'Ik weet dat je me wilt helpen en dat stel ik op prijs, maar we praten langs elkaar heen als je mijn leven vanuit dat standpunt beziet. Je denkt dat alle slechte dingen die mij zijn overkomen trauma's zijn, dat ze psychologische littekens hebben achtergelaten die tot een geestesziekte zijn uitgegroeid, en je denkt dat ik zo'n ziekte heb. Ik zie ze als smarten die me door God zijn gezonden om mijn aandacht op hem te vestigen. Mag ik je vertellen over een droom die ik een keer heb gehad?'

'Ja, natuurlijk, maar ik wil onze sessie graag in de therapiekamer voortzetten.'

'O, dit duurt maar even,' zegt Emmylou, en ze wendt haar blik van Lorna's gezicht af. Lorna volgt haar blik en ziet de grote man die haar op de gang heeft aangesproken bij een van de houten tafels staan die voor kaartspelen en legpuzzels zijn neergezet. De man staat bij een kleine vrouw die een puzzel maakt. Hij heeft zijn schouders opgetrokken en zijn vuisten gebald. Darryla en Ferio staan een paar meter van hem vandaan te kijken.

'Ik droomde dat ik een rondleiding door de hemel kreeg,' zegt Emmylou. 'Ik had een jumpsuit aan en een helm op en mijn gids was natuurlijk een engel, maar hij zag eruit als een gewone man, in dezelfde kleren als ik, en we waren in een gigantisch gebouw, een soort industriële loods als in die saaie oude films die ze ons vroeger op de middelbare school lieten zien, hoe ze papier maken of roomijs. En daar stond een kolossale machine, snorrend en kletterend, en aan het ene eind kwam er een lopende band uit, en op die band lagen rijen goudstaafjes, maar dan zachter; het leken net gigantische Twinkies, je weet wel, die repen, de ene rij na de andere, en als ze aan het eind van de lopende band kwamen, vielen ze eraf. Ik keek waar ze in vielen en zag dat daar een groot gat in de vloer zat en daardoorheen kon ik wolken en blauwe hemel en helemaal in de diepte ook de aarde zien. Ik vroeg de gids wat die Twinkiedingen waren, en hij zei dat het zegeningen waren, en ik herinner me dat ik dacht, in die droom, wat geweldig dat de Heer al die zegeningen over ons laat neerdalen. Toen liepen we verder. We gingen door een steegje en kwamen in een andere kolossale loods waar eenzelfde soort machine aan het kletteren was, met dezelfde lopende band, dezelfde reusachtige Twinkies die naar beneden vielen, en ik zei tegen de gids: "O, dat zijn ook zegeningen," en hij zei: "Nee, dat zijn beproevingen," en ik zei: "O, maar ze zien er hetzelfde uit als de zegeningen," en hij zei: "Ze zíjn hetzelfde!" Neem me niet kwalijk...'

Emmylou staat op. Lorna blijft zitten, met stomheid geslagen door wat ze zojuist heeft gehoord, en dan gaat er een gebulder door het dagverblijf. 'Ik wist het! Ik wist het!' schreeuwt de psychoot die te weinig medicijnen krijgt, en hij heeft de puzzeldame nu omgeduwd en de klaptafel opgetild, zodat de kleine stukjes van een zicht op Mount Shasta als sneeuw naar beneden dwarrelen. Hij houdt de tafel bulderend boven zijn hoofd en slaat er dan mee op de vloer. Darryla en Ferio grijpen snel in; Darryla heeft een of ander elektrisch apparaat. De man slaat opnieuw met de tafel op de vloer, en deze keer bezwijkt het hout. Hij zwaait met een van de poten, met een lange scherpe schroef en puntige splinters aan de onderkant. De man schreeuwt nu in tongen, volstrekt onverstaanbaar. De tafelpoot zwiept als een ventilator in het rond als hij ermee om zich heen zwaait. Nu worden zijn ergste paranoïde fantasieën werkelijkheid, want zes broeders en zusters stormen het dagverblijf in. En allemaal willen ze hém grijpen.

Darryla praat sussend op hem in, en Ferio maakt een omtrekkende beweging om achter de gek te komen, maar de man ziet hem en slaat met de tafelpoot naar zijn hoofd, en Ferio zakt met een kreet in elkaar, zijn hand om zijn onderarm, zijn gezicht vertrokken van pijn. Er gulpt bloed uit een lange snee boven op zijn hoofd. Darryla bestormt de patiënt alsof ze rugby spelen. Ze tackelt hem en hij valt op zijn rug, waarbij hij enkele keren met zijn tafelpoot naar haar slaat. Een van die slagen treft haar hoofd en ze rolt versuft van hem af.

Nu doet de rest van de patiënten mee met de pret. Ze schreeuwen, gooien met dingen, vechten met elkaar en vormen obstakels voor de troepen die de orde komen herstellen. Lorna blijft verstijfd naast haar stoel staan. Ze ziet de gek en zijn met bloed bespatte tafelpoot, hij zit nu op handen en knieën, brullend als een beer, en daar is Darryla, die probeert op te staan; het bloed stroomt uit een wond op haar slaap. Ferio krabbelt overeind, maar het is duidelijk dat hij zijn arm niet kan gebruiken.

En plotseling hurkt Emmylou Dideroff voor de gek neer. Lorna ziet haar mond bewegen. Het speeksel druipt uit de mond van de gek. Emmylou houdt zijn hoofd vast, en dan komt er uit zijn open mond een geluid waarvan Lorna nooit zou hebben gedacht dat het uit de vocale machinerie van een mens kon komen, een bulderen, schreeuwen, joelen, snikken, zo intens en zo schel dat een ogenblik alles in de kamer lijkt stil te staan.

Emmylou valt van hem weg, valt op haar rug, Lorna hoort boven alle herrie uit het dreunen van haar schedel op het linoleum, en Emmylou krijgt nu iets wat op een aanval, een grand mal, lijkt. Lorna komt in beweging, maar Darryla is er het eerst bij en steekt de beklede tongspatel die ze altijd bij zich heeft in Emmylou's happende, schuimende mond. Er valt een druppel bloed van Darryla's hoofd op Emmylou's voorhoofd. Lorna slikt; ze is bang dat ze flauw zal vallen.

Intussen wordt de psychoot in bedwang gehouden door een heleboel broeders, al verzet hij zich niet meer. Lorna ziet zijn gezicht. Het is het gezicht van een verwarde man, iemand die in een beschamende situatie verzeild is geraakt waarvan hij hoopt dat er vanzelf een eind aan komt. De waanzin is uit zijn ogen verdwenen. Niettemin wordt er een naald in zijn achterste gestoken. Ze halen een brancard, sjorren hem erop vast en rijden hem weg.

Ze geven Emmylou ook een spuit, en de spastische bewegingen gaan over in een diepe slaap. Als ook zij op een brancard is weggereden, merkt Lorna dat haar armen en benen onbedaarlijk trillen. Omdat ze van films de indruk heeft gekregen dat geweld van lange duur is, en balletachtig en gemakkelijk te volgen, was ze niet voorbereid op geweld zoals het werkelijk is. Vanaf de psychotische bulderkreet tot het afvoeren van de patiënt zijn er maar zo'n veertig seconden verstreken. Een zware hand komt op haar schouder te liggen en drukt haar in een stoel. 'Gaat het wel, meisje?' vraagt Darryla. 'Kijk me aan. Gaat het wel?'

Darryla houdt verbandgaas tegen haar eigen slaap. Het is doorweekt met bloed, net als de voorkant van haar groene uniform. Lorna kijkt de zuster aan, knikt, en dan komt er een golf van misselijkheid bij haar op. Het koude zweet breekt uit over heel haar gezicht. Ze laat haar hoofd tussen haar knieën zakken tot het ergste voorbij is.

'Oef. Daar was ik niet op voorbereid,' zegt ze. 'Hoe gaat het met jóú?'

'O, ik overleef het wel,' antwoordt de zuster, en ze grijnst. 'Ik ben al vaker gesneden, gestompt en mishandeld, meid. Het dagelijks leven op de gesloten afdeling.'

'Dat denk ik niet,' zegt Lorna. 'Wat gebeurde er? Wie was die man?'

'Horace Masefield? Horace heeft een jaar of wat geleden zijn vrouw vermoord, hij ging haar met een hakmes te lijf. Dat kwam uitgebreid op tv, de Hakker van Hialeah. Hij zat vijf jaar in Chattahoochee en genas helemaal van zijn geestesziekte, en toen trouwde hij met een vrouw die het plaatselijke nieuws waarschijnlijk niet zo goed had gevolgd, en wat denk je? Hij gebruikte deze keer een bijl, en daarom zit hij hier. Hij heeft een lading Haldol in zijn lijf die een stier plat zou leggen, maar zoals je net zag, heeft hij nog steeds gedragsproblemen.'

'Maar wat gebéúrde er, Darryla?'

'O, dat. Nou, meid, ik heb mijn PDR, en mijn DSM, en ik ga op zondag naar de kerk in Sunset Park, en dat is alles waarin ik geloof. Als we in Bijbelse tijden leefden, zou ik zeggen dat we net een onreine ziel hebben zien uitdrijven, maar dat ga ik niet op mijn rapportformulier voor geweldsincidenten zetten. O, nee!'

Nu een onderzoekende, professionele blik. 'Weet je zeker dat je niets mankeert? Wil je water? Valium?' Lorna zegt nee, en Darryla legt grijnzend nog even haar arm om haar heen en gaat dan weer aan het werk.

Emmylou's schrift zit nog onder Lorna's arm geklemd. Ze pakt haar spullen op en ook de tas die Emmylou heeft laten liggen, en geeft die af bij de afdelingspost. Zoals gewoonlijk heeft ze een evaluatiebespreking met Mickey Lopez op het programma staan. Zodra ze zijn spreekkamer binnenkomt, vraagt hij: 'Wat is er gebeurd?'

Ze laat zich in een stoel zakken en huilt even. Dat mag wel, gezien de omstandigheden, vindt ze. Na flink met Kleenex in de weer te zijn geweest, vertelt ze hem wat er in het dagverblijf is gebeurd, maar ze kan het niet opbrengen om ook te vertellen welke rol Emmylou Dideroff heeft gespeeld. Of leek te spelen, want inmiddels heeft de concrete herinnering aan wat ze heeft gezien het moeten afleggen tegen alles wat ze gelooft en heeft geleerd. Het kón niet zo zijn gegaan, en dus ís het niet zo gegaan. In plaats daarvan zegt ze dat hun patiënt weer een epileptische aanval kreeg in reactie op het geweld, en Mickey knikt wijs en zegt dat zoiets niet ongewoon is en in feite bevestigt dat er een fysiek trauma aan Emmylou's problemen ten grondslag ligt. Ze zijn het erover eens dat er voldoende reden voor een MRI-scan is en spreken een tijdje over de betaling daarvoor, want ze hebben te kampen met een labyrint van budgettaire relaties tussen universiteit, ziekenhuis, county en ziekenfonds.

Nu vat ze de informatie uit het eerste schrift samen en voegt er het materiaal van de ochtendsessie aan toe. Ze bewaart het beste, de droom, voor het laatst. Mickey luistert aandachtig, knikt en maakt aanmoedigende geluiden. Per slot van rekening is dit helemaal zijn terrein. Dan vraagt hij: 'Wat vind jij van dit alles?'

'Een verwerkingsmechanisme? Ze kan het emotionele effect van het trauma dat ze heeft ondergaan niet echt toegeven en schuift het dus af op de wil van God. Ze heeft ook schuldgevoelens over de dood van haar moeder en die kleine jongen, en dus... Als zegeningen en smarten werkelijk hetzelfde zijn, kan ze zowel met het schuldgevoel als met het trauma afrekenen. Ze heeft geleden, ze heeft leed veroorzaakt, maar de zaak is in balans, en trouwens, het is allemaal Gods schuld.'

Mickey knikt en glimlacht. 'Hm, ja, dat is een goede interpretatie. En ik denk dat sommige problemen die we met dit soort seksueel misbruik krijgen ook met schuldgevoelens te maken hebben. Het kleine meisje wordt betast, de genotgevoelens zijn echt, ze heeft papa helemaal voor zich alleen, zeker als de moeder koud en afwijzend is, zoals in dit geval. Ben je het daarmee eens?'

Natuurlijk is ze het daarmee eens, al gelooft ze er diep in haar hart niets van dat Emmylou Dideroff aan het psychologische standaardmodel voldoet, om van freudiaanse theorieën nog maar te zwijgen, maar welke andere verklaring heeft ze?

Mickey Lopez kijkt aandachtig naar haar, en de uitdrukking op zijn gezicht verandert van collegiaal in therapeutisch. 'Over trauma gesproken. Je ziet er niet zo goed uit.'

‘Ik mankeer niets, Mickey.’

‘Je bent nerveus en je hebt geen kleur op je wangen. Wil je valium? Xanax? Een halve milligram, je komt tot rust...’

Iedereen wil me verdoven, denkt ze, ik heb iets gezien wat ik niet had moeten zien en nu willen ze dat ik weer ga slapen, en dan... O, fantastisch! Paranoïde ideatie, net wat ik nodig had na de obsessies en de hypochondrie. Intussen voelt ze zich echt een beetje grieperig.

‘Nee, ik heb alleen wat rust nodig,’ antwoordt ze met een geforceerd glimlachje. ‘Ik ga naar huis om te douchen. Ik red me wel.’

Buiten het gebouw voert ze een mobiel telefoongesprek. Ze laat een boodschap achter en tegen de tijd dat ze bij haar auto is, belt Paz terug. Ze vertelt hem dat ze het volgende schrift heeft en hij zegt dat hij naar haar huis komt.

Ze concentreert zich op het rijden, doet alsof ze het net heeft geleerd en alle handelingen bewust moet uitvoeren: rood licht betekent stoppen, dus voet van het gas voet op de rem zachtjes drukken, langzaam...

Paz is al bij haar huis als ze daar aankomt.

Hij pakt het schrift aan en legt het in de kofferbak van zijn auto. Hij zegt: ‘Heb je op dit moment iets te doen?’

‘Niet echt, maar weet je, Jimmy, ik ben doodmoe. Ik wil alleen nog maar gaan liggen.’

Ze wendt zich van hem af naar de deur, die een waas is geworden, maar dan steekt hij zijn hand uit en pakt haar arm vast. ‘Wat is er gebeurd?’ vraagt hij, en ze draait zich om en drukt haar gezicht tegen de holte van zijn hals. En zonder dat ze het van plan was, komt het er nu allemaal uit, het hele verhaal; het demongezicht eerder, de maniak vandaag, het geweld, Emmylou, de droom, het uitbannen van de boze geest, vooral dat, want op de een of andere manier weet ze dat Paz het zal begrijpen, dat het hem niet bang maakt en hem ook niet het idee geeft dat ze zelf gek is.

En hij is de eerste die dag die niet aanbiedt haar te verdoven. In plaats daarvan omhelst hij haar lang genoeg, en ze is trots op zichzelf omdat ze haar tranen niet de vrije loop laat over zijn mooie pak, en dan zegt hij: ‘Kom, dan gaan we een eindje rijden. Ik wil dat je mijn vroegere partner Cletis ontmoet. Die is goed in dat soort dingen.’

14

De bekentenissen van Emmylou Dideroff

Schrift III

Wat onder ons gevallen mensen voor goedheid doorgaat, is meestal niet veel meer dan een wederzijds verwijderen van luizen uit elkaars pels, een opschorting van ons verlangen om elkaar op te eten, het is alleen maar sociale goedheid, zoals een kindermeisje tegen een gehoorzaam kind zegt dat het zo'n lieve brave jongen is. We moeten goed zijn op die manier, niet moorden stelen liegen, om onszelf te helpen meer van de schatten der aarde te verzamelen. Toen wist ik dat nog niet en daarom verkeerde ik na mijn ontmoeting met zuster Trinidad Salcedo in verwarring. Op een vreemde manier (kun je dat zeggen?) kende ik in mijn onschuld het goede niet. Ik was net een seksueel rein meisje van lang geleden, zeg maar uit victoriaanse tijden, dat begrijpt dat er iets voor haar verborgen wordt gehouden, want ze staat niet helemaal los van de samenleving en ziet de tekenen overal om zich heen, de giechelende fabrieksmeisjes, de toespelingen, de blikken van mannen op straat, en ze ziet ook hoe haar leeftijdgenoten zich gedragen. Laten we zeggen, ze is nieuwsgierig, ze voelt zich misschien tekortgedaan en incompleet: wat is dat afschuwelijke dat ik moet vermijden maar wat de hele wereld als vanzelfsprekend beschouwt en zelfs het allerbelangrijkste vindt? Zo was bij mij het goede de verboden vrucht. Ik voelde me ertoe aangetrokken en werd er tegelijk door afgestoten. Want als het goede een vorm van bedrog was, zoals Ray Bobs kerkbezoeken, was er niets met mij aan de hand, dan was ik een beest als de andere beesten met wie ik nu in het Market-kraakpand omging. Maar zo niet, als de wereld nu eens níét alleen Grijpen en Neuken was, dan...

Dan was het voor mij niet uit te houden in de wereld. Ik zeg dit nu, wetend wat ik nu weet, maar toen was het niet eens een gedachte, alleen een vaag voorgevoel, een gevoel van vage ontevredenheid dat tot uiting kwam als een slecht humeur en prikkelbaarheid. Ik las ook dingen die ik niet zo goed kon begrijpen omdat ze te moeilijk voor me waren en dat maakte me kwaad, hoe kon die glorieuze briljante ik niet alles begrijpen wat er op papier stond? Ik herinner me dat ik mijn Russen aan het lezen was en *Schuld en Boete* moest wegleggen omdat ik niet kon begrijpen waarom die lul zichzelf aangaf, was hij nou helemaal gek geworden? Ik wist niet wat een bekentenis inhield, wat berouw inhield. Ik bedoel, ik kende de woorden en hun formele betekenissen wel, maar de onderliggende gedachte had nooit vat op mijn onbeschaafde geest kunnen krijgen.

Toch las ik altijd. Ik had mijn bibliotheekkaart met mijn hoerenadres en ik ging vaak naar de Coconut Grove-bibliotheek in Peacock Park. In die tijd was mijn straatnaam Boeken. Hé, Boeken, wat ben je aan het lezen? Ik las ze soms voor, vooral boeken die verfilmd waren. Ze jatten die boeken uit winkels of vonden ze bij de vuilnis, vooral de kinderen, die konden amper lezen maar ze wisten alles van Star Trek en Star Wars en Harry Potter. Ze hadden geen geld voor de films, maar ze wilden zo graag in de grote Amerikaanse mediadroom worden opgenomen.

Het leven van de daklozen: daar valt hier niet veel over te zeggen, het is onromantisch, vuil, soms gewelddadig, verzacht door drugs, seks en drank. Ik kon het vrij goed aan, maar toch wilde ik vooral heel graag weer bij Orne Foy zijn, alleen wist ik niet hoe ik dat voor elkaar kon krijgen. Ik had zijn nummer en belde hem van tijd tot tijd, maar hij kon me niet terugbellen. Ik gaf hem het nummer van een telefooncel, maar dat werd te frustrerend, de hele dag daar staan wachten en gek worden als iemand gebruik van die telefooncel maakte.

Ik wilde ook de aandacht van zuster Trinidad trekken, maar daar had ik evenmin geluk mee. Ik dacht altijd dat nonnen je vroom probeerden te maken, zodat je naar de kerk ging als de kerkdames in de Amity-Street-kerk in Wayland, maar blijkbaar was dat niet zo, dat scheen ze niet belangrijk te vinden, alleen het genezen van de daklozen, en dat ook op een nuchtere manier, alsof haar blik eigenlijk op heel iets anders gericht was. Ze babbelde niet, ze gaf niet veel informatie, ze wilde me niet vertellen wat die koperen engel betekende en ik vond het niet prettig dat ze naar me keek alsof ik in haar ogen helemaal niets was of een klein kind dat had geknoeid en ze nu wachtte tot ik het ging opruimen. Ik merkte dat ik haar verveelde, en daar had ik de pest over in. We kunnen saaie mensen vergeven, maar nooit mensen die ons saai vinden, zoals La Rochefoucauld zegt in mijn citatenboek.

Op een dag, toen ze me niet de behandeling had gegeven die ik vond dat mij als koningin van het universum toekwam, ging ik in een slecht humeur naar de Market terug. Ik wilde wat coke nemen om me op te vrolijken. Ik had het meeste nog van de zak die ik uit Jerrells huis had meegenomen. Het was overdag en het kraakpand was grotendeels leeg, afgezien van de mensen die hun roes uitsliepen en de gebruikelijke junkies en wie kom ik daar tegen het is Tommy, en we snoven samen een paar lijntjes en toen leek het wel een goed idee om naar een van de kantoren op de bovenverdieping te gaan om te neuken, de arme stumper. Ik plantte dat idee uit pure slechtheid in zijn hoofd.

Daarna was hij gek op mij, en dat was vreemd want Carmen hield van hem en had alles voor hem over, maar zo zijn mannen nu eenmaal heb ik ontdekt. Hij stuurde haar weg om boodschappen voor hem te doen, eten te kopen dat hij moest hebben of sigaretten of om te gaan bedelen en zodra ze weg was gingen we naar de kantoren, smerige kamers vol troep en glasscherven en pleisterstof en stinkend naar pis en katten. Weer een romantische affaire voor Emmylou.

Het pleisterstof verried ons, ze zag het op mijn rug en ze moet slimmer zijn geweest dan waarvoor ik haar had aangezien of misschien was ze alleen maar slim in dat ene opzicht, want ze kwam naar ons toe toen we het aan het doen waren en schreeuwde en krijste, en ik ging maar weg voor de rest van de dag. Als ik zeg dat de duivel het me liet doen, is dat nu een grap, maar die hele dag vroeg ik me af waarom ik zoiets stoms en onnadenkends had gedaan, terwijl dat meisje me toch alleen maar had geholpen en waarschijnlijk mijn leven had gered, en terwijl ik helemaal niet veel om die man gaf. Maar u weet nu waarover ik het heb, rechercheur, u denkt niet dat het een grap is.

Toen ik in de Market terugkwam, werd het al donker, en er waren cameralampen en knipperende politielichten en felle lichtstralen van brandweerwagens, gericht op de toren boven de Market, en daar zag ik Carmen, en een brandweerman op een ladder, zo te zien probeerde hij haar over te halen naar beneden te komen. En de hele buurt stond er, de gebruikelijke idioten die spring spring spring riepen, en de tv-camera's waren op ons allemaal gericht zodat de mensen in hun huiskamer konden zien hoe verdorven wij straatmensen waren. Een vrouw die ik kende, zei dat Carmen de hele dag had gehuild en alle drugs had genomen die ze te pakken kon krijgen, heroine, amfetaminen, pcp, lsd, wat er maar was en ik zei als ze eraf springt kan ze waarschijnlijk vliegen, maar nee net op het moment dat de brandweerman zijn hand naar haar uitstak stapte ze de lucht in en viel op de normale manier en de vrouw keek me aan alsof ze net in de hondenstront was gestapt.

Trini Salcedo was er ook, in haar busje, en ik ging naar haar toe en begon tegen haar te praten, en voor ik er erg in had vertelde ik haar het hele verhaal van mij en Tommy en Carmen. Ze luisterde en toen ik klaar was vroeg ze me waarom ik haar dat vertelde en ik wist niet waarom en ze zei nou denk er maar goed over na en toen draaide ze zich om en ging haar busje weer in en ik weet nog dat ik hartstikke kwaad was. Ik had alles bekend en ze liep gewoon weg in plaats van ik weet niet wat ik had verwacht, maar wel íéts. Als ik een wapen had gehad, zweer ik u dat ik haar ter plekke had vermoord.

Ik ging naar de Grove terug. Ik weet nog dat ik woedend was, razend, ik liep op straat te vloeken alsof ik gek was, maar ik weet nu niet meer waar ik zo kwaad over was en misschien wist ik dat toen ook niet. Wat had ik van de non verwacht? Dat ze me vergaf? Ik wist eigenlijk niet dat er zoiets bestond of dat ik er behoefte aan had. Weer een vederlichte aanraking van Hem, het rukje van een baby.

Omdat ik kwaad was, deed ik iets stoms. Ik had genoeg van dakloos zijn dacht ik, een stelletje losers was het, waarom ging ik eigenlijk met ze om? Tommy deed alsof het allemaal mijn schuld was en sprak zo veel mogelijk kwaad van me in de Market, alsof hij een onschuldig kind in de grote stad was en ik hem verleid had. Ik vond het kinderachtig, iets wat je op school doet, maar ik merkte ook dat mensen me uit de weg gingen. Intussen had ik nog steeds zo'n tweehonderd gram zuivere coke over, en dat had toen een straatwaarde van ongeveer tweehonderd dollar per gram. Als ik het in zijn geheel verkocht, ging de helft naar de tussenhandel, maar zou ik toch ruim twintigduizend dollar kunnen scoren, genoeg om een nieuw leven te beginnen, en daarom liet ik op straat weten dat ik een half pond coke te verkopen had en een paar nachten later werd ik wakker van een schop tegen mijn ribben. Er stonden een paar kerels bij me, waar is het spul, kreng. Ik zal er wel op gerekend hebben dat de mensen die daar woonden me zouden waarschuwen, wat we meestal voor elkaar deden, maar op dat moment besefte ik dat de gemeenschap als zodanig mij eruit had gegooid om wat ik met Tommy had gedaan, of hij zich nu kinderachtig gedroeg of niet. Misschien geloofden ze nog steeds in echte liefde, dat weet ik niet, of misschien had Tommy me in de val laten lopen om wraak te nemen op de verleidster.

Evengoed maakte ik een boel herrie, want er hingen daar vaak politieagenten en maatschappelijk werkertypes rond en ik zag zaklantaarns en kaarsen aangaan. De mannen vloekten en sloegen me en ten slotte mepte een van hen me met iets hard op mijn hoofd en werd ik slap. Ik was niet helemaal bewusteloos, dus ik merkte dat ze me wegdroegen en achter in een SUV gooiden. Die was nieuw, ik rook de geur van een nieuwe auto en het reukwater en het zweet van de mannen. Het probleem met die SUV's, die in de mode waren gekomen bij gangsters, is dat ze geen kofferbak voor zoiets hebben, maar gangsters denken meestal niet over dat soort dingen na. Ze persten me op de vloer van de achterbank. Een van de mannen had zijn grote Nike op mijn nek en de twee anderen zaten voorin. Ze discussieerden in het Spaans, en de man die achterin zat deed van tijd tot tijd ook een duit in het zakje, en toen we een tijdje hadden gereden schreeuwde de bestuurder *mierda* en ik hoorde het piepen van remmen en een hevige druk die me naar voren drukte en toen een klap en glasgerinkel en twee explosies doordat de airbags voorin in actie kwamen. Maniakaal gevloek van de bestuurder. De voet ging van mijn nek af. Ik zag hem boven me trillen, samen met de andere voet, want de man die achterin zat was over de voorbanken gevlogen en tegen de voorruit gedreund en ik werkte me omhoog en greep naar de hendel van de achterdeur. Ik hoorde de portieren opengaan en toen een serie kleine plopgeluiden als voetzoekers die afgingen alleen wist ik dat het geen voetzoekers waren. Een van de mannen kreunde. De achterdeur zwaaide open en daar stond Orne Foy met een rokend machinepistool in zijn rechterhand. Hij stak zijn andere hand uit en trok me uit de auto. Mijn hoofd deed heel erg pijn en toen ik het aanraakte waar die pijn zat voelde ik een warme gevoelige bult groter dan mijn duim, daar hadden ze me op mijn kop gemept. Ik kon bijna niet rechtop staan en dus sloeg hij zijn arm om mijn middel.

Hij zei ik heb naar je gezocht en ik vroeg hem hoe hij me had gevonden en hij zei je was op televisie en ik heb dagenlang bij dat kraakpand rondgehangen, heeft niemand je dat verteld? Nee, niemand. Hij zei dat hij het huis 's nachts had willen doorzoeken en hij kwam er net aan toen ze mij meenamen. God had hem gestuurd zoals ik nu weet, maar toen dacht ik dat het geluk was. Ik keek om me heen. De SUV was tegen een elektriciteitsmast op gereden, de hele motorkap ingedeukt, en de twee mannen lagen languit op de grond dood met veel bloed dat in zwarte stroompjes onder de antimisdaadlichten liep en de voorruit was verbrijzeld met kogelgaten en ik nam aan dat de derde niet meer uit de auto was gekomen. We waren op Douglas tussen Grand en U.S.1 en er was geen auto te zien. Er stond daar een rode Ford 150 Supercab pick-uptruck met extra grote banden en een grote deuk aan de achterkant en we stapten in en reden weg. Het was wel duidelijk wat er gebeurd was, hij had de kidnappers achtervolgd en ze tegen de elektriciteitsmast gedreven. Orne praatte er daarna nooit over en ik vroeg hem er niet naar, want ik voelde aan dat hij niet veel over de operationele details wilde praten. Op dat moment was ik high van de adrenaline en de opluchting en wilde ik overal wel heen gaan in die pick-uptruck met Orne Foy, de eerste man die ooit iemand voor me heeft gedood en zeker niet de laatste, o nee, Christus zij me genadig.

Ik ging van mijn stokje zodra de wagen wegreed, ik lag op de achterbank van de Ford-cabine, en toen ik wakker werd, we waren net op de 75 de grens met Georgia overgestoken, lag ik op de achterbank van een Chevrolet Suburban. Ik keek of hij nog aan het stuur zat en dat was zo en dus viel ik weer in slaap. Ik stelde geen vragen. Ik had er zo genoeg van om dingen te weten en plannen te maken.

Al met al was het veertien uur rijden. Toen hij bij Valdosa tankte en eten kocht, nam ik een handvol aspirines bij mijn cola. Ik had geen honger, werd zelfs misselijk bij de gedachte aan eten, en ik ging weer op de achterbank liggen slapen. Toen ik wakker werd, was het al bijna avond en waren we van de snelweg af. We reden over een tweebaans asfaltweg door bergen die begroeid waren met weelderig zomers groen. Ik was nooit eerder in de bergen geweest. Ik had nu honger en zei dat en hij zei we zijn zo thuis. Toen ik dat hoorde, had ik een geluksgevoel dat ik in lange tijd niet had gehad, niet sinds mijn papa me vasthield voordat ik kon lezen. De duivel kan ons de gelukzaligste dingen voor ogen toveren om ons van God weg te lokken. Maar het is echte gelukzaligheid, geen valse, want het kómt van God, al weten we dat niet. Satan zelf heeft niets in zijn zakken wat God daar niet in gestopt heeft.

Na een tijdje gingen we van de asfaltweg af en volgden we een steile grindweg de helling op, zigzaggend omhoog langs ravijnen vol kamperfoelie en omgevallen bomen overwoekerd met kudzu en op de plateaus tulpenbomen, lijsterbes, kornoelje, moeraseiken, hickory niet dat ik al die namen toen kende, het was mij allemaal onbekend voordat ik het land bestudeerde. We passeerden een slagboom met een bord waarop VERBODEN TOEGANG PRIVÉTERREIN stond. Hij vroeg me uit te stappen en hem achter ons te sluiten en toen ik dat deed hoorde ik hem in een radiootje praten. Toen gingen we een nog steilere weg op, de grote v-8 spande zich in met vierwielaandrijving en toen we om een grote grijze rots heen reden stopte Orne. Hij riep wat en even later dook een man in camouflagekleren met een geweer opeens uit de struiken op. Orne stelde ons aan elkaar voor. Wavell dit is Emmylou ze blijft bij ons. Hij knikte en dook weer in de struiken. We namen een houten brug over een kabbelend beekje en toen waren we er. Orne zei dit is Bailey's Knob, het laatste stukje vrij Amerika. Het was net een dorp, oude huizen en een paar kleine woonwagens, de geur van houtrook en een diepere dierlijke lucht die ik maar al te goed kende. Varkens zei ik snuffelend en hij zei niet alleen varkensstront. Ik stapte uit en plotseling kwam de pijn met volle hevigheid terug, het licht was te fel en toen werd het zwart als een fade-out in een oude film.

Toen ik wakker werd, lag ik in een groot ouderwets hoog houten bed in een kleine kamer. De duisternis werd verzacht door een geel schijnsel van een muggenlamp buiten het raam. Ik had zo'n hoofdpijn dat ik er misselijk van werd en als ik mijn hoofd bewoog zag ik felgekleurde lichten. Toen mijn ogen aan het donker gewend raakten, zag ik dat er een vrouw bij me in de kamer was, klein, tenger en met een soort witte kap op haar hoofd die haar hele haar bedekte. Ik dacht aan de zusters in Miami en zei bent u verpleegster? Maar ze gaf geen antwoord en ik vroeg waar is Orne? Maar daar gaf ze ook geen antwoord op. Ze keek me alleen maar aan en glimlachte een beetje raar. Ze had een lange neus en vreemde lange ogen als wilgenbladeren. Ik vroeg haar of ik een aspirientje of codeïne met water kon krijgen, maar ze zat daar maar aan het voeteneind van het bed en pakte mijn hand vast, tenminste dat herinner ik me maar toen moet ik weer in slaap zijn gevallen en toen werd ik weer wakker en de vrouw was weg en de pijn ook.

Ik voelde me nu goed genoeg om uit bed te komen en de kamer te verlaten. Ik kwam op een smalle gang en daar bleef ik even staan om me te oriënteren. Het huis deed me denken aan dat van oma, die geur van stof en oude verf en kookluchtjes die je hebt in een houten huis dat er al een tijdje staat. Het was nu stil, afgezien van het normale gekraak en de wind buiten en de krekels. Ik had bijna in Wayland kunnen zijn, alleen was de nacht koel en hing er een soort zwavellucht en rommelde er een soort motor in de verte. Ik ging op zoek naar een badkamer en gebruikte hem, waste mijn gezicht en probeerde mijn warrige haren in het gareel te krijgen, wat een puinhoop, blauwe plekken en donkere wallen onder mijn ogen. Toen volgde ik het licht naar de voorkamer.

Orne lag op een gebarsten bruine leren bank te lezen. Ik zag alleen de kruin van zijn blonde hoofd en de bladzijden van het boek en zijn voeten in grijze sokken op de andere armleuning en ik kreeg zo'n goed gevoel alleen door naar hem te kijken dat ik geen woord zei en alleen maar om me heen keek. Er stond een vierkant fornuis van email in een hoek van de kamer en verder zag ik een grote oude tafel en wat stoelen en een rafelig kleed op de vloer, een haard met schoorsteenmantel, een schommelstoel met een deken erover, en de rest van de kamer was niets dan boeken, duizenden leek het wel, planken met boeken die aan elke muur hingen behalve waar de ramen ertussendoor keken. En alles was keurig netjes, nergens rommel, de vloeren geveegd en gedweild en ook geen boeken die in open ruimten boven op andere boeken waren gestoken zoals bij oma, het leek meer op de bibliotheek.

Ik deed een stap en er kraakte een plank en daar vloog Orne als een slang omhoog, recht overeind, zijn boek weg en een .380 stevig in zijn hand. Shit zei hij en hij haalde een paar keer diep adem en stopte het pistooltje in zijn zak en hij zei ik ben het niet gewend 's avonds andere mensen in huis te hebben en ik was blij want het betekende dat hij geen vriendin had. Hij vroeg me hoe ik me voelde en ik zei goed en vroeg hem wie de vrouw was die me verzorgde. Hij keek me vreemd aan en zei er was geen vrouw ik heb je zelf verzorgd en niemand anders. En we waren het erover eens dat het een droom moest zijn geweest. Hij zei dat ik meer dan vierentwintig uur buiten westen was geweest en hij had zich zorgen gemaakt en als ik niet gauw was opgestaan had hij me naar het ziekenhuis in Bradleyville gebracht.

Op dat moment begon mijn maag gênant hard te knorren in die stille kamer en we lachten allebei en hij zei kom we zullen je wat te eten geven. Hij had een grote stoofpot met hertenvlees, we aten veel wildbraad in Bailey's Knob, het wemelde in de staatsbossen van de herten en we hadden geweren genoeg en geen respect voor de jachtwetten, al kwam ik daar pas later achter. Hij warmde iets op en terwijl ik at, keek hij naar me, achterovergeleund in zijn stoel en onder het drinken van een glas troebel bier. Ik nam ook wat, het smaakte naar mout en brood, zelfgemaakt zoals de meeste dingen die we aten en dronken. Ik vroeg hem wat dat voor een motorgeluid was en hij zei de generator, we zijn hier niet op de stroom aangesloten.

De vraag die me het meest bezighield – nou ja, op een na het meest, want wat ik vooral wilde weten was wanneer ik met hem naar bed zou gaan – was waarom hij me was komen zoeken, maar ik wist niet hoe ik dat moest zeggen, maar toen kon hij blijkbaar mijn gedachten lezen en stelde hij de vraag en gaf hij er antwoord op. Hij was op zoek geweest naar een vrouw die jong was en kon worden opgeleid – dat zei hij niet precies maar dat bedoelde hij wel – intelligent, capabel, en hij dacht dat ik die vrouw was. Het werd tijd dat hij een gezin stichtte, eigenlijk was die tijd al bijna voorbij maar hij had het zo druk gehad met zijn Werk. Ik schrijf dat met een hoofdletter want zo klonk het altijd als hij het zei. Ik had daar al iets van gehoord toen hij bij Hunter met me kwam praten, maar nu kwam het er allemaal achter elkaar uit, en ik luisterde terwijl ik at en knikte instemmend. De grote instorting was niet ver meer, ze hadden nog maar weinig tijd om zich voor te bereiden, de Schoften hadden met hun geld en manipulaties en hersenspoeling de wereld verwoest en het zou binnenkort tot een uitbarsting komen, met epidemieën en nucleaire oorlog en anarchie, net als in die Afrikaanse landen, al die klootzakken dachten dat wij daar immuun voor waren maar nee en we moesten ons voorbereiden. Als de maatschappij bezweek, zouden miljarden mensen sterven, al die mensen die alleen maar symbolen konden manipuleren, die dachten dat symbolen echt waren en dat het eten uit een supermarkt kwam en dat energie uit de muren kwam, en water uit een kraan, en dat afval gewoon door tovenarij verdween, al die mensen zouden hulpeloos zijn. De enige mensen die het zouden overleven, zouden degenen zijn die de Echte Dingen wisten, die geen morele lafaards waren die tegen een dode god jengelden, nee, wanneer alle onwetende en onwaardige mensen waren weggevaagd, zouden wij een nieuw ras stichten en de fundering daarvan zouden de mensen zijn die de Schoften tot blank uitschot hadden bestempeld. Waarom? Omdat dat het beste volk ter wereld was, de afstammelingen van Vikingen en Keltische krijgers en Teutoonse stammen; ze waren met niets naar Amerika gekomen en hadden hier in de bergen de enige echte beschaving opgebouwd die ooit in Amerika had bestaan. Vrije boeren trots en onafhankelijk, vrij van het sociale afval van Europa en Afrika en Aziatische horden, totdat de Schoften naar de Appalachians waren gegaan en alles wat goed was hadden vernietigd met hun kapitalisme en hun mensetende kolenmijnen en nu vraten ze het land zelf. In hun hebzucht scheurden ze bergen uit elkaar en veranderden ze alles op aarde in geld, nou, laat die Schoften maar eens proberen hun geld en hun verrekte computerdata op te eten als de dag des oordeels aanbrak!

Hij wilde dat ik de humor ervan inzag: de triomf van het uitschot dat betaald werd voor dope die de Schoften nodig hadden omdat ze zo'n ellendig geldzuchtig leven leidden en hun dode god hun niets kon geven om voor te leven, geen goed voedsel, geen schone lucht, geen goed water, hun hoofden vol tv-gelul bedacht door joden, geen goede seks, hun mannelijkheid opgedroogd door het grauwe leven dat ze moesten leiden om het geld te verdienen waarvan ze dachten dat ze het nodig hadden om de troep te kopen die de joden en de mietjes zeiden dat ze moesten hebben om mannen te zijn... enzovoort enzovoort dat moet uren zo zijn doorgegaan, en ik vond dat het perfect verklaarde waarom het zo'n rotzooi was in de wereld al was ik de draad van het verhaal eerlijk gezegd kwijt toen hij het over goede seks had. Misschien dacht u dat ik na al mijn ervaringen op dat terrein genoeg van het hele gedoe had maar dan zit u er faliekant naast want weet u, terwijl dat alles vanaf mijn negende aan de gang was, had ik maar één gedachte in mijn hoofd en dat was dat ik wachtte op iemand die helemaal goed was en die met vurige hartstocht mijn bezoedelde lichaam zou zuiveren en alle smetten zou wegvegen, verlossing door seks, een veelvoorkomende Amerikaanse stijlfiguur en ik had daar geen joden of mietjes voor nodig want het zit in de lucht van mijn geboorteland.

Ik was klaar met eten en hij praatte maar door, er zijn maar weinig mensen voor onafhankelijkheid geboren want dat is het voorrecht van de sterken, Nietzsche, o god als hij eenmaal over Nietzsche begon, hij had daar bladzijden van in zijn hoofd zitten, het was zijn evangelie, Nietzsche en de twee Toms, Jefferson en Paine, en hij praatte nog steeds toen ik met mijn bord en beker naar het aanrecht ging en ze afspoelde en hij praatte nog steeds toen ik me omdraaide en hij praatte alleen een beetje minder toen ik snel mijn T-shirt uitdeed en mijn broek uittrok zodat ik spiernaakt was en op hem sprong en mijn benen om hem heen sloeg en zijn nog steeds pratende mond met mijn mond smoorde, maar daarna hield hij een tijdje zijn mond en ik liet me door hem neuken op het koude email van de keukentafel.

Achteraf moet ik zeggen dat hij in al die tijd dat ik bij hem was nooit heeft gezegd dat hij van me hield en dat we ook nooit veel tedere woorden hebben gewisseld. We leefden als wilde dieren met elkaar, soms een grauw een graaiende klauw en dan helemaal opgaan in vurige seks, de wereld vergeten. Ik denk dat veel mensen zo leven en sommigen van hen schrijven songs over hoe geweldig het is en ik dacht ook dat het geweldig was, ik dacht dat liefde zo wás. Ik houd nog steeds van hem. Als hij nu kwam binnenlopen, zou ik alles opgeven en hem volgen, ik heb geen zekerheid, mijn geloof is eigenlijk zo zwak dat het een lijfwacht van heiligen nodig heeft. God zal oordelen niet ik.

De volgende morgen kreeg ik de rondleiding. Bailey's Knob was geen commune en stelde zelfs als gemeenschap niet veel voor. Het was een bedrijfsstadje. Orne was een president-directeur regelrecht uit Ayn Rand en de bedrijfsactiviteit was het kweken van eersteklas marihuana. Ik denk dat de mensen die daar woonden min of meer geloofden wat Orne over de regering geloofde, ze waren allemaal van die survivaltypes, maar ik heb nooit veel organisatie gezien, behalve een wachtrooster, dat door iedereen als iets noodzakelijks werd geaccepteerd. Het was niet echt een ideologisch centrum en ik betwijfel of een van de mensen die ik daar ontmoette wist wie Nietzsche was of zich daar druk om maakte. Het waren allemaal slanke, bleke mensen met licht haar en fletse ogen, de kinderen en kleinkinderen van mijnwerkers die door de bovengrondse mijnen van hun boerenland waren verdreven en werkloos waren geraakt toen de ondergrondse mijnen dichtgingen. Zeker, ze koesterden wrok en ze hadden wapens en ze stuurden hun kinderen niet naar de scholen in de stad waar ze zouden leren de mensen te minachten die ze zelf waren, zoals ik had geleerd. Ze hadden geen behoefte aan het soort Amerika dat je op televisie zag, ze begrepen het niet en wilden het ook niet begrijpen. Het waren geen grote fans van diversiteit maar het waren ook niet precies fascisten want al hadden ze respect voor Orne er was voor zover ik kon zien geen persoonsverheerlijking. Ze wilden vooral met rust gelaten worden, en als Orne hun de gelegenheid gaf om zichzelf en hun gezin te onderhouden wilden ze hem tot op zekere hoogte wel volgen, en de meesten van hen geloofden dat de wereld echt zou vergaan, zoals Orne zei, en misschien hoopten ze dat alleen maar en wilden ze niet achtergelaten worden. De Foys bleken oorspronkelijk bergbewoners uit deze omgeving te zijn. De meesten waren naar het noorden van Florida getrokken en de gedegenereerde bende uit mijn jeugd geworden, maar sommigen waren hier gebleven, en Orne was teruggekomen met geld waarvan niemand wist waar het vandaan kwam, en hij had een hele berg met leegstaande kolenmijnen en bedorven beekjes en stapels afval gekocht en was zijn onderneming begonnen.

Het hart van de onderneming was Caledonia 3, de naam van zijn kolenmijn, in een galerij zestig meter diep in de berg. We namen een kooilift naar beneden, en het was daar niet donker als in een kerker maar alles werd fel verlicht door lange rijen Gro-Lux-lampen. Die lampen schenen op tafels die vol stonden met lange rubberen bakken waarin groene marihuanaplanten dicht opeen groeiden, meer dan achtduizend stuks in diverse stadia, van zaailing tot klaar voor de oogst. Een team van vrouwen bewoog zich langs de rij op en neer, ze verzorgden planten, verspreidden kunstmest uit schoudertanks, verwijderden knoppen en deden ze in plastic emmers, snoeiden en knipten. Orne zei dat ze regelmatig verschillende soorten planten uittestten om te kijken wat hun opbrengst was, dat maakte deel uit van het kweekprogramma. Toen gingen we naar het verwerkingscentrum in een zijgang, waar andere mensen mannen en vrouwen en jonge meisjes de knoppen van geoogste planten haalden en de bladeren en stelen in een wagentje gooiden, die werden later fijngehakt en tot goedkope wiet verwerkt, en sommigen gebruikten een hydraulische pers om knoppen samen te persen tot blokken. Ze droegen mondkapjes om te onthouden waarvoor ze daar waren en niet de hele dag stoned te zijn van het fijne bedwelmende stof dat geelgroen in de lucht hing en elk oppervlak bedekte. Ik voelde me al zweverig toen ik daar nog maar vijf minuten was.

Ze hadden ook een expeditieruimte, waar ze de blokken in krimpfolie verpakten en in dozen deden. Orne leverde ze met gewone vrachtwagens en privévliegtuigen in het hele land af, net als UPS. Hij had computerprogramma's voor facturering en voorraadbeheer. Als dekmantel kocht hij handvaardigheidsproducten – poppen en lappendekens en kleedjes – van vrouwen uit de omgeving en verkocht ze via een postorderbedrijf. Dat verklaarde dat er zoveel dozen met vrachtvliegtuigen werden verstuurd en het waste ook het drugsgeld schoon.

Hij stuurde tonnen van het spul openlijk de wereld in zonder dat de politie er ooit lucht van kreeg, want volgens hem waren de politie en de DEA erop ingesteld om sukkels op te sporen, niet slimme mensen als Orne of Kaczynski de Unabomber, een plaatselijke held, tenzij ze verraden werden door iemand uit hun naaste omgeving. In een andere galerij van de mijn had hij het wapenarsenaal en daar gingen we ook naar kijken. Hij had allerlei wapens, pistolen, geweren, machinegeweren, mijnen, raketwerpers, dozen met granaten en munitie, plus ander militair materieel als radio's en generatoren, en in een andere kamer had hij voedsel en water voor wanneer de nucleaire vernietiging kwam en ze die tijd moesten uitzitten in de diepere tunnels waar de straling niet kon komen. De elektriciteit voor dat alles wekten ze op met methaan die onttrokken werd aan varkensmest in North Carolina en hij had ook een kleine stoomgenerator die op steenkool draaide, maar die was nog niet aangesloten. We kookten ook op methaan.

Zo begon ik aan mijn leven in Bailey's Knob. Iedereen was vriendelijk tegen me op die terughoudende, formele manier van bergbewoners, behalve een paar van de jongere vrouwen die een oogje op Orne hadden en kwaad waren omdat ik hem had gekregen, maar ook dat viel wel mee. Het draaide daar allemaal om familie; ze waren allemaal Randalls, Warrens, Wendells, Coles, min of meer familie van elkaar en van de Foys, want zo'n onderneming kon je niet draaiende houden met alleen maar betaalde werkkrachten. Ieder van hen had ons kunnen verraden, maar niemand deed dat ooit en ik zal nu ook niemand van hen verraden door te zeggen hoe ze heetten. Verder was er in de Knob geen tv. Er was natuurlijk geen ontvangst vanwege de bergen en niemand wilde een schotelantenne. Ze luisterden naar de radio en maakten zelf muziek, net als vroeger, of ze keken naar films op de video. Ik vond het wel rustig, geen mensen die elke avond in reclamespotjes tegen je schreeuwden en er was meer tijd om te lezen. En geen telefoon, geen gerinkel om je af te leiden en nieuws van de buitenwereld te brengen, geen elektronisch overgebracht goed of slecht nieuws om het leven te verstoren. Geen telefoon dus niet afgeluisterd, was Ornes regel en hij wilde ze niet hebben. De telefooncel voor de winkel in Tiptree was ons enige contact met de buitenwereld, en Orne betaalde het salaris van een meisje daar die niets anders deed dan de telefoon opnemen en boodschappen aan hem doorgeven. Een of twee keer per dag reed ze de berg op om de boodschappen te brengen en om de paar dagen of eens per week ging Orne naar het dorp om zelf te bellen.

Ik ben daar twee jaar en vier maanden geweest en ik denk dat ik in die tijd elk boek in Ornes bibliotheek heb gelezen. Hij had natuurlijk alles van Nietzsche en bijna alles wat iedereen ooit over hem had geschreven biografieën en zo, en nog meer boeken over filosofie en politicologie en economie, zolang er maar niets over godsdienst of uitkeringen of socialisme in stond. Afgezien daarvan werden de meeste planken in beslag genomen door geschiedenis en militaire geschiedenis en zelfhulpboeken, en ook naslagwerken, opdat we de beschaving weer konden opbouwen als de wereld instortte, maar dan zonder de dingen waar Orne niet van hield. Er waren geen romans. Orne vond fictie tijdverspilling, en er was ook geen poëzie behalve één boek dat de *500 beste gedichten* heette, iemand die de gedichten had verzameld die het meest in bloemlezingen voorkwamen, en Orne vond dat goed genoeg, plus de complete werken van Shakespeare. Hij had ook een bijna volledige verzameling van handboeken van het Amerikaanse leger, allerlei boeken over hoe je thuis een terrorist kon zijn of je identiteit kon veranderen en dat soort dingen.

Hij leerde me meteen het vak. De handel in binnenlandse marihuana is veel groter dan de meeste mensen denken. In Californië is alleen de druivenoogst groter. Ik weet niet hoe het in Virginia was, maar ik denk dat we in de buurt van de appels kwamen. Slade County had sinds de sluiting van de Caledonia nooit zoveel inkomsten gehad als nu. De eersteklas sensemilla die we kweekten leverde op straat ruim zeven dollar per gram op en wij kregen er zo'n dertienhonderd dollar per kilo voor en we verkochten vier- tot vijfhonderd kilo per maand, zodat we een half miljoen dollar per maand binnenhaalden. Trek daar zeventig procent voor salarissen en andere kosten van af en je hebt nog steeds een heleboel geld en dat werd allemaal in goud omgezet, want Orne wilde niet dat zijn geld in data was omgezet wanneer alle computers het begaven. Eens per maand ging hij naar Roanoke en dan huurde hij een privévliegtuig en ging daarmee al zijn distributiepunten af, waar hij zijn geld in ontvangst nam, waarna hij dat omzette in goudstaafjes en gouden munten en als hij er genoeg had begroef hij ze in vaten van vijf liter op het terrein. Hij gebruikte een militaire gps-ontvanger en maakte een digitale foto van de plaatsen waar hij die vaten begroef en sloeg de foto in encryptieform en de gps-coördinaten vervolgens op in zijn kleine Argonaut-laptop, die op zonne-energie draaide en die ook 'ruggerized' was, dus tegen een stootje kon. Ik leerde ook hoe dat moest.

Afgezien van dat werk kon ik over mijn eigen tijd beschikken. Als ik geen zin meer had om te lezen, liep ik met kaart en natuurgids door de omgeving en leerde ik de bomen en planten kennen, soms met Orne, die het terrein als zijn broekzak kende, soms alleen. Ze hadden een wachttoren op de rotsige top van de Knob gebouwd en we gingen daar soms heen om onze driehonderd hectare in ogenschouw te nemen. Van daaruit kon je de deken van de staatsbossen zien, je zag ze groen en goud en rood worden en je zag ook de geteisterde stukken land waar de steenkoolbedrijven de toppen van bergen af haalden en ook de St. Catherine's Priory, die op de helling van zijn eigen heuvel stond, Sumpter Ridge aan de andere kant van Cricken-den Hollow, een stel blauwgrijze blokken tussen de bomen. Orne wees het me aan en zei dat ze het misschien als de Vikingen zouden plunderen wanneer het einde kwam. In mijn eerste herfst daar zag ik voor het eerst van mijn leven sneeuw, en ik had het ook voor het eerst koud in een koude wind en voelde hoe het was om warm te worden door de omhelzing van iemand anders.

Het spijt me, u bent niet geïnteresseerd in de dingen waaraan ik plezier beleefde, al heeft de duivel daar een grote zak van vol. Niet als in de horrorfilms waar je altijd meteen kunt zien hoe gemeen de duivel is, gele ogen en vingers waar vlammen uit komen waardoor mensen tegen de muur vliegen, o nee hij is hartstikke aardig en wil het je heel graag naar de zin maken. God is degene die maakt dat je ineenkrimpt en je gezicht verbergt en die je de ene kwelling na de andere stuurt, en die je tegen de muur gooit, niet dat ik dat toen al wist, en niet dat u dat nu weet, maar ik bid dat u erachter zult komen.

Wat nog meer? We speelden veel paintball, met zijn allen na werktijd en in weekends, oorlog met twee teams of soms ontsnapping en ontwijking met drie of vier die erdoor probeerden te komen en de anderen die ons tegen probeerden te houden. We waren om beurten commandant. De meeste mannen en sommige vrouwen waren in dienst geweest, dus de tegenstand was zwaar en in het begin werd ik meestal vrij gauw gedood. Ik werd er nooit erg goed in om commandant te zijn, wat nogal vreemd was, gezien de dingen die later zouden gebeuren. We schoten ook veel, allerlei pistolen geweren machinegeweren raketwerpers. We hadden een 60mm-mortier en ik leerde daarmee schieten en we oefenden ook in het maken van boobytraps en het opblazen van dingen. Orne had overal explosieven liggen voor het geval er een inval kwam. Hij was van plan de mijnen dicht te gooien met tonnen gesteente hopelijk met alle narcoticarechercheurs erin. We testten die explosieven in ongebruikte tunnels uit. Door de mijnbouw waren er in die heuvels zoveel explosies dat het lawaai nooit iemand opviel. Ik vond het prettig om dingen op te blazen, als ik dat deed ging er een weldadige huivering door me heen. Orne zei dat ik er heel goed in was.

Ik leerde Skeeter Sonnenborg pas kennen toen ik daar ruim een jaar was, om precies te zijn op 10 oktober 1989, want hij was naar een verre uithoek van de aarde geweest, al had ik van Orne en alle anderen veel over hem gehoord. Die goeie ouwe Skeeter. Weet je nog, die keer dat Skeeter met zijn motor door die bruiloft in Boonetown reed? Of dat hij met de geitenraces begon? Of dat hij dronken werd en een meisje mee naar huis nam want hij was vergeten dat hij daar al een meisje had en dat hij haar net had gevraagd met hem te trouwen? Skeeter was een beste kerel. Op die ochtend lag ik met Orne in bed en we wilden net opstaan of het nog een keer doen, toen we geknerp van grind hoorden en daarna het roffelgeluid van een Harley-Davidson en Orne begon meteen te grijnzen en zei verrek daar heb je Skeeter weer. We kwamen uit bed en ik zocht net naar iets om aan te trekken toen de deur werd opengetrapt en daar stond Skeeter in zijn motorleer en met zijn nazihelm op. Hij liet zijn blik over me gaan en zei mooie tieten, schat, en toen sprong hij op Orne en ze worstelden en juichten en stompten elkaar daar op de vloer tot Orne hem in een houdgreep kreeg en hij het uitschreeuwde.

Nu is er vaak een probleem met de vriendin en de beste vriend. Nu Skeeter er was, leek het of Orne twintig IQ-punten verloor, niet dat Skeeter dom was verre van dat. Hij was naar een dure school geweest die heette Andover of Hand Over Your Money Daddy zoals hij hem vaak noemde en hij had ook een tijdje aan de universiteit van Pennsylvania gestudeerd tot hij in '73 bij de mariniers ging, en daar had hij Orne leren kennen. Ze wilden de oorlog niet mislopen. Hij vertelde nooit veel over waar hij vandaan kwam, alleen dat zijn vader een plutocraat was en dat hij niet veel met zijn familie omging. Dat vond ik vreemd, want bij Orne ging je niet zomaar bij je familie weg al was het tuig van de richel maar er waren veel regels die blijkbaar niet van toepassing waren op Skeeter, ook dat hij de spot dreef met Ornes filosofische ideeën. Skeeter geloofde niet dat je je op het Einde van de Wereld moest voorbereiden, en strikt genomen geloofde hij ook niet dat je je moest voorbereiden op de dag van morgen. Tenminste, zo leek het, want in werkelijkheid was hij een heel gewiekste zakenman. Hij verkocht wapens. Hij woonde in Kelso, Virginia, ongeveer twintig kilometer bij ons vandaan aan de andere kant van Sumpter Ridge, en daar had hij een zaak die The Gun Nut heette. En hij verkocht niet alleen Remingtons en Colts aan de plaatselijke bevolking. Hij was wapenhandelaar op vrij grote schaal en bereisde de hele wereld om dodelijk wapentuig te kopen en verkopen. Hij was de eerste die me ooit over Afrika vertelde, maar ik ben door de bladzijden heen dus hier eindigt het derde schrift.

Kort voordat Metz aan de Pruisen werd overgegeven, stuurde de bezorgde Georges de Berville zijn dochter naar Parijs, waar hij dacht dat ze veilig zou zijn. Marie-Ange arriveerde op de tweede dag van september in de hoofdstad, maar binnen drie weken werd de stad door de vijand belegerd. Ze logeerde eerst bij haar tante Aurore maar werd algauw als postulante aanvaard door het Institut de Bon Secours. Deze vrouwen, die *gardes malades* werden genoemd, wijdden zich aan de verzorging van zieken, zowel rijk als arm, in hun eigen huis. Die hele verschrikkelijke winter van 1870 werkte Marie-Ange onophoudelijk in de armere wijken van de Linkeroever. Ze bracht voedsel, kolen en medicijnen wanneer ze maar kon, uit haar eigen zak gekocht voor belegeringsprijzen, en aan het eind, toen er voor geen enkele prijs nog iets te krijgen was, bracht ze een opgewekt gezicht en een woord van troost.

Parijs gaf zich in januari over, maar daarmee was de ellende in de stad nog lang niet voorbij. In maart kwam de bevolking van Parijs in opstand en nam de revolutionaire beweging die de Commune werd genoemd de stad over. In die tijd werkte Marie-Ange in Neuilly, dat zwaar gebombardeerd werd door regeringstroepen. Toen de Commune priesters en religieuzen ging arresteren, trok ze alleen andere kleren aan. Ze verving het Bon Secours-habijt door het kostuum dat haar in de slag bij Gravelotte zo goed van pas was gekomen.

Dat voorjaar rukten de regeringstroepen onverbiddelijk op en werden de communards teruggedreven in enkele zwaar verdedigde bastions. In de laatste week van mei bevond Marie-Ange zich in een wijnkelder in Monmartre, waar ze een verbandpost had ingericht met geen andere medicijnen dan wijn en geen ander verband dan oud zakkengoed en de in repen gescheurde kledingstukken van de overledenen, gewassen in azijn. Op 23 mei verloren de communards in hun versterkingen in Montmartre, aan alle kanten omsingeld en bestookt met een verwoede kanonnade, de moed en trokken ze weg. Haar metgezellen drongen er ook bij Marie-Ange op aan dat ze zou vluchten, want ze kon niets doen voor de stervende mannen en vrouwen die ze verzorgde en bovendien schoten de aanvallende troepen op elke rebel die ze tegenkwamen. Ze was er al bijna van overtuigd dat het vergeefs was wat ze deed, toen, zoals ze later schreef, 'ik me plotseling bewust werd van een Figuur aan mijn zijde, de Heilige Maagd, die tegen mij zei: "Zoals ik mijn Zoon niet onder aan het kruis verliet, moet jij bij je patiënten blijven, want ook zij zijn dierbaren van Christus." En dus bereidde ik me met een goed hart op de dood voor, al stemde het mij droevig dat ik mijn lieve papa en mijn broers tot aan onze glorieuze hereniging in het paradijs niet meer zou zien.'

Toen hoorde ze een salvo en vloog de deur open. De soldaten maakten aanstalten om de hulpeloze gewonden aan hun bajonet te rijgen, maar Marie-Ange ging met haar zwakke lichaam voor hen staan en riep: 'Soldaten van Frankrijk! Zijn jullie geen christenen? In de naam van Christus en zijn Heilige Moeder, heb genade!' Ondanks die smeekbede zou Marie-Ange de Berville waarschijnlijk in die smerige kelder zijn omgebracht, als de Voorzienigheid van God niet luitenant Auguste Letoque op dat moment daar had laten verschijnen. Deze jonge officier was een goede vriend van Jean-Pierre de Berville en was vaak te gast geweest op Bois Fleury. Hij sloeg met zijn sabel de geweren weg en schreeuwde: 'Idioten! Willen jullie een engel doden?'

– UIT ZR. BENEDICTA COOLEY, *Trouw tot de dood: het verhaal van de Pleegzusters van het Bloed van Christus*, ROSARIAN PRESS, BOSTON, 1947

15

Ze reden urenlang naar het noordoosten en waren nu in een deel van Florida waar Lorna nooit was geweest. Toen ze de snelweg verlieten, was het of ze in een andere wereld kwamen, een wereld die niets te maken had met de vrolijke vakantiestemming die Florida probeerde uit te stralen. Ze reden over een tweebaans asfaltweg langs troebele kanalen en brandende stoppelvelden van suikerriet. Vaak werden ze vertraagd door vrachtwagens met gazen wanden, hoog beladen met gesneden riet. Ze haalden een keer een open vrachtwagen vol staande rietsnijders in, mannen en een paar vrouwen, met doeken om hun hoofd tegen het stof dat hun kleren bedekte en hun pruimzwarte huid wit maakte.

'Mijn lot,' zei Paz, 'al zijn dat Jamaicanen, geen Cubanen. Ze vliegen ze over voor het rietsnijseizoen. Amerikanen willen geen riet snijden.'

'Wat vind je daarvan?'

'Dat Amerikanen geen riet willen snijden? Dat is een nationaal schandaal.'

'Nee, dat je aan je lot bent ontkomen.'

'Eh, daar voel ik me wel goed bij,' zei Paz.

Lorna voelde dat ze een kleur kreeg. 'Ik bedoelde niet...' begon ze, maar hij onderbrak haar: 'Nee, dat geeft niet, maar ik moet toegeven dat ik nu en dan mijn hakmes pak en een hectaretje riet ga snijden om het in de vingers te houden, voor het geval jullie opeens vinden dat die gelijke rechten toch niet zo'n goed idee waren. En jij? Ben jij aan je lot ontkomen?'

'Nee, ik zit helemaal in het stramien. Mijn vader heeft me ontworpen als een intelligent klein ding dat ging studeren en een respectabel academisch beroep ging uitoefenen en het zondagse cryptogram van de *Times* binnen twintig minuten kan oplossen.'

'Twintig minuten is vrij goed,' zei Paz. 'Ik doe het in ongeveer drie.'

'Nee!'

'Ja, ik wacht gewoon een week en dan laten ze je zien wat je moet invullen. Je bent zo klaar.'

'Lach maar als je wilt,' zei ze lachend, 'maar het is een belangrijk deel van mijn armzalige vingerhoedje zelfrespect. Mijn broer Bert denkt trouwens net zo over die heilige puzzel als jij. Hij is aan zíjn lot ontkomen.'

'O, ja? Wat moest hij dan worden?'

'Een beroemde medische onderzoeker die het middel tegen kanker ontdekte. In plaats daarvan bleek hij van meisjes en geld te houden. Hij handelde in New York in effecten en dat doet hij niet slecht, denk ik: mooie flat, weekendhuis in de Hamptons. Hij is aan zijn derde vrouw toe, waarschijnlijk omdat de eerste twee net niet geesteloos genoeg waren om aan zijn verfijnde smaak tegemoet te komen. Jammer genoeg had papa nog een kind. Jammer genoeg was dat een meisje. Gelukkig wel met veel meer academisch talent dan Bert. Jammer genoeg niet talentvol genoeg om medicijnen te kunnen studeren. Gelukkig wel talentvol genoeg om een Ph.D. aan een prestigieuze universiteit te behalen, zodat ze kan worden voorgesteld als mijn dochter, doctor Wise.'

'Dus dat middel tegen kanker is uit beeld?'

'Helaas wel. Mijn trieste levensverhaal. Wat een stank! Wat ís dat?'

'Suikerraffinaderijen. Als een kudde brontosaurussen die dronken van rum zijn en alles onderkotsen. We zijn er gauw doorheen. En bedenk wel: hoe triest je verhaal ook is, je hoeft dit niet elke dag in te ademen.'

'Ik krijg van jou niet veel medelijden, hè?'

'Nee, al ben ik misschien wel kwaad op je als ik kanker krijg. En op je broer. Over het lot gesproken, de man die we gaan opzoeken was door de natuur helemaal voorbestemd om rechercheur te worden. Vergelijkbaar met Mozart, Michael Jordan, dat niveau. Waarschijnlijk heeft hij meer misdrijven opgelost dan ieder ander uit de geschiedenis van het politiekorps van Miami. En door een situatie waaraan hij niets kon doen kreeg hij de zak.'

'Wat gebeurde er met hem?'

Paz vertelde haar het verhaal, de officiële versie: dat Cletis gek was gemaakt door drugs van een toverdokter zoals ze in Afrika hebben. Toen wilde ze meer over de beroemde zaak van de voodoomoordenaar weten, en hij vertelde haar nog wat meer van de officiële versie.

Ze zei: 'Waarom wordt je stem zo vreemd als je het hierover hebt? Het lijkt wel of je een van die gehersenspoelde krijgsgevangenen uit de Korea-oorlog bent die vertelt dat ze aan biologische oorlogvoering deden.'

'Je merkt dat ik eromheen draai.'

'Dat is mijn vak. Wat is er werkelijk gebeurd?'

'Je zou het niet geloven.'

'Vertel het maar.'

'Oké. Er is een stam in Afrika die echt kan toveren. Ze kunnen dromen opwekken, onzichtbaar worden, zombies creëren. Ze kunnen in hun eigen lichaam psychedelische drugs aanmaken en ervoor zorgen dat je dingen ziet die zij willen dat je ziet. Een Afro-Amerikaan ging daarheen en werd een heks, en toen kwam hij weer terug en sneed hij de ingewanden uit zwangere vrouwen om de macht te krijgen die hij nodig had om Amerika te vernietigen, en wij konden niets doen om hem tegen te houden. En geesten bestaan echt.'

Ze lachte. 'Kom nou.'

'Zie je wel? Ik hou erover op.' Toen begon hij over Cletis Barlow in zijn beste jaren, zijn verbazingwekkende wapenfeiten, zijn bijzondere geloofsovertuigingen, zijn goedheid voor Paz. 'Ik zou nog steeds achter nikkers aanrennen op Second Avenue, zoals ze in het korps zeggen, als hij me niet bij de recherche had gehaald. Ik had een paar mooie arrestaties verricht, maar niemand was van plan me tot rechercheur te bevorderen. Het etnische beleid van de politie van Miami is een beetje vreemd. Ik heb dus veel aan hem te danken.'

'Een vaderfiguur.'

'Dat zou je kunnen zeggen.'

'En je echte vader? Die is er niet?'

Een lange stilte. Lorna dacht dat Paz de vraag negeerde en had er een beetje spijt van dat ze hem had gesteld. Ze reden de suikerstreek uit en kwamen in een aangenamer landschap, groene velden met dikke witte koeien die stompzinnig achter hun afrastering voor zich uit staarden.

'De korte versie,' zei Paz nadat hij zijn keel had geschraapt, 'luidt dat hij een rijke blanke Cubaan is. Hij leende mijn moeder het geld om een cateringbedrijfje op te zetten en gebruikte haar lichaam als onderpand. Ik was het product. Hij heeft geen vaderlijke gevoelens. Toen ik een beetje beroemd werd door die zaak en vaak op de plaatselijke televisie te zien was, maakte hij een wereldreis met zijn gezin omdat hij bang was dat iemand het verband zou leggen.'

'Dat is heel droevig. Wat erg.'

'Ja. Maar *amor fati*.'

'Pardon...'

'*Amor fati*. Je moet liefde voor je lot hebben. Iemand die ik heb gekend, zei dat altijd. De sleutel tot geluk.'

Lorna zei daar niets op. Ze wilde niet weten wie de bron van dat Latijnse gezegde was, want ze vermoedde dat het iemand van de universiteit van Meisjes was. Ze keek uit het raam. Even later verlieten ze de asfaltweg en reden ze over een grindweg, en vervolgens op een smalle onverharde weg tussen rijen stoffige dennen door, langs een bord met BARLOW GEREGISTREERD CHAROLAIS. Zo kwamen ze bij een rood geverfde boerderij met een metalen dak en een brede veranda, een schuur en nog wat bijgebouwen. Er stond een lange, rijzige vrouw van begin zestig met een gehavende strohoed en een schort.

Paz stapte uit en liet zich door de vrouw omhelzen.

Ze werden aan elkaar voorgesteld: dr. Wise, Edna Barlow. Lorna vroeg zich af waarom Paz haar titel noemde. Ze schudde Edna's hand, die hard en sterk was, en keek in haar gezicht, dat eenvoudig, sterk, gerimpeld en gebruind was, duidelijk een vrouw die niet naar kuuroorden ging. Edna had ook scherpe blauwe ogen. Lorna trok haar formele gezicht, zoals ze altijd deed bij mensen die zich misschien gekwetst zouden voelen door moderne ideeën. Ze had een gevoel alsof ze een film uit de jaren dertig was binnen gewandeld.

Ze gingen op de veranda zitten en dronken zoete ijsthee uit grote glazen. Paz en mevrouw Barlow praatten over hun wederwaardigheden en die van de drie jongere Barlows (universiteit, mariniers, highschoolbasketbal), en hoewel mevrouw Barlow in de verleiding kwam haar bij het gesprek te betrekken, was het een enigszins pijnlijke situatie, zodat Lorna zich afvroeg wat ze daar eigenlijk deed. Ze zag Edna meermalen onderzoekend naar haar kijken en vroeg zich af wat daarachter zat.

Een witte Dodge-pick-up kwam met veel stofwolken aanrijden en daarin bleken Cletis Barlow en zijn zestienjarige zoon James te zitten. Nog meer begroetingen, maar blijkbaar omhelsden mannen elkaar niet in huize Barlow. Lorna vond dat Cletis Barlow het gemeenste gezicht had dat ze ooit bij een man had gezien, het gezicht van de leider van een lynchbende in een film, met dit verschil dat er per ongeluk een aardige man achter dat gezicht zat. Het was een en al littekens, bulten en tanden en verkeerde hoeken, en de ogen hadden de kleur van een wasbord.

Ze kregen een rondleiding over de boerderij. De twee gasten liepen voorzichtig op geleende rubberlaarzen tussen de grote koeien in de schuur door en sloegen zo onopvallend mogelijk de vele vliegen weg. Paz probeerde na te gaan hoe zijn vroegere partner eraan toe was. Lorna had het gevoel dat het een schoolreisje was, een gevoel dat versterkt werd door James, die blijkbaar door haar gefascineerd werd, al noemde hij haar mevrouw en vertelde hij haar meer over Charolais-koeien dan ze wilde weten.

Het is hier de gewoonte om vroeg te eten. Als gevolg van manipulatie die tegen al Lorna's psychologische vaardigheden en feministische principes is opgewassen, komt ze bij Edna in de keuken terecht om bonen en tomaten uit hun tuin voor te bereiden en aardappelen te schillen. Lorna beseft dat ze nog nooit een aardappel heeft geschild. Thuis is ze altijd als een jongen behandeld. De kinderen werden aan een gedekte tafel geroepen en de moeder vroeg nooit om hulp van de dochter. De boodschap: dit meisje is voor hogere dingen bestemd, papadingen. Het feminisme is blijkbaar niet van toepassing op mama, al praat papa er wel veel over. Het is duidelijk dat ze hier in het zuiden van Midden-Florida in een heel andere tijd terecht is gekomen. Wie schilt er nu aardappelen? Lorna ontvangt niet zo vaak gasten, en bij die weinige gelegenheden heeft ze gebakken aardappelen, en terwijl ze liggen te bakken is zijzelf in de huiskamer om gevatte opmerkingen te maken.

Edna kijkt ongelovig toe. Ten slotte zegt ze: 'Schat, ik geloof dat je niet veel aardappelen hebt geschild.'

'Nog nooit één,' geeft Lorna toe, en nu kan ze het mesje wegleggen en een papieren handdoek tegen haar wondjes drukken.

'Nou, ga dan maar. Ik heb je alleen maar voor de gezelligheid in de keuken gevraagd,' zegt Edna, die nu bij het aanrecht staat en er met snelle halen van het mesje voor zorgt dat de schil bijna enthousiast van die verrekte piepers af springt.

Lorna voelt zich verplicht de vrouw een compliment te maken met die handigheid. Als ze dat doet, voelt ze zich meteen onuitstaanbaar hooghartig en daarom voegt ze er een geringschattende opmerking over zichzelf aan toe. 'Ik geloof dat ik niet erg huiselijk ben.'

'Nou, als psychologe heb je vast wel veel andere dingen te doen. Ik heb je hier alleen naartoe gehaald om de jongens met elkaar te laten praten.'

'Vertellen ze geheimen?'

'Dat weet ik niet, maar ze zijn graag onder elkaar. Ze hebben een bijzondere band, die twee, en Cletis heeft dat verschrikkelijk gemist, al zegt hij er nooit iets over. Trouwens, ik kan niet tegen mannen in de keuken. Ze werken op mijn zenuwen.'

'Maar als je er zo over denkt, word je altijd met al het koken en serveren opgezadeld. En het schoonmaken.'

'Nou, ik zou het niet "opgezadeld" willen noemen,' zegt Edna. 'Er is genoeg werk te doen in de wereld en ik zie niet waarom dat niet verdeeld kan worden, zodat we allemaal weten wat we moeten doen en daar goed in zijn. Ik geloof dat de Heer het zo bedoeld heeft. Ik heb vrachtwagenolie ververst, kogellagers ingevet, op landbouwmachines gereden en veevoer versjouwd. Wie denk je dat deze boerderij runde toen Cletis politieman was in het zuiden?' Ze houdt het mesje omhoog. 'Schat, als je denkt dat dit moeilijk is, moet je eens proberen een stierkalf te castreren. Nee, dank je! Daarom dank ik de Heer voor mannen. Al zijn ze soms een beproeving. Hoelang ken je onze Jimmy?'

De onverwachte vraag van de bekwame ondervrager. Lorna voelt zich plotseling uit haar evenwicht gebracht. 'Niet zo lang. We werken samen aan een zaak.'

Omdat Edna dat antwoord blijkbaar teleurstellend vindt, voegt Lorna eraan toe: 'Hij lijkt me erg goed in wat hij doet.'

Nu kijkt Edna haar met een onverwacht stralende glimlach aan. 'Nou en of, dat is hij. O, wij hebben een heel hoge dunk van Jimmy Paz. Het is gewoon een ontzettend lieve man!'

De ontzettend lieve man zat op dat moment in een doorbuigende rieten stoel op de veranda. Hij wenste vaag dat geheelonthouding niet een van Cletis' vele deugden was. Paz had trek in een borrel en een sigaar. Hij had Cletis verteld wat Lorna hem over de gebeurtenissen in de gesloten afdeling had verteld en somde nu op wat hij over de moord op al-Muwalid wist. Het was moeilijk. Paz verwachtte elk moment dat Cletis hem zou onderbreken met een vraag over iets wat Paz persoonlijk had kunnen doen om de zaak open te breken, dus over iets wat Paz verzuimd had te doen en waar het nu te laat voor was. Maar toen Cletis hem inderdaad onderbrak, ging het over een detail uit de eerste ondervraging van Emmylou Dideroff.

'Wát zei ze?'

'Ze zei dat het een eer zou zijn om ten onrechte geëxecuteerd te worden, net als Jezus.'

'Zo, zo. Dat slaat alles! Ik zou die vrouw best eens willen ontmoeten.'

'Ja, jullie twee zouden goed met elkaar overweg kunnen, de paus even buiten beschouwing gelaten.'

'Denk je dat ze het echt meende?'

'Misschien wel. Maar op dat moment was de heilige in haar aan het woord. Ze heeft ook een kant die minder fraai is.'

'Dat zegt niets,' zei Barlow laatdunkend. 'Er zitten demonen in ons allemaal. Ga verder. Wat gebeurde er toen?'

Paz maakte zijn verhaal af. Hij voegde er die kwestie met Wilson, Packer en Cortez aan toe en vertelde wat er in het eerste schrift stond. Toen dacht Barlow een tijdje na. Hij liet zijn stoel met hoge rug tegen de muur van zijn huis kiepen en staarde, kauwend op een tandenstoker, voor zich uit. Paz wist wel beter dan hem op zo'n moment te storen.

Ze werden aan tafel geroepen.

Barlow liet zijn stoel met een dreun naar voren komen. 'Het werkt niet, Jimmy,' zei hij. 'Ik kan het niet met zekerheid zeggen zonder dat meisje zelf te hebben gezien, maar ze heeft het niet gedaan. De truc is te duidelijk en nog slordig ook. Ik denk dat ze de waarheid sprak. Ze is in de val gelokt en ze liep gewoon die kamer in, precies zoals ze zei. Ze wisten dat jij zou komen, en ze wisten dat jij haar zou vinden, en het moordwapen, en ze wisten dat je zou denken dat ze gek was. Ik zie dat je het niet helemaal begrijpt. Dat komt doordat we altijd naar het slachtoffer kijken, waarom hij vermoord is, wie zijn vijanden waren, wat hij in de vierentwintig uur voor zijn dood heeft gedaan enzovoort.'

'Jongens!' Uit het huis. Barlow maakte de verandadeur open.

Paz liep achter hem aan naar binnen. 'En...?'

'Het gaat niet om hem, maar om haar. Zij is de reden waarom hij is vermoord. Hij was toevallig bij de hand. Ze hadden het op haar voorzien, niet op hem. Hé, wat ziet dat er goed uit!'

De tafel stond vol met eten, dampende schalen aardappelpuree met veel boter, wienerschnitzels zo groot als wieldoppen, stukken maïsbrood, genoeg bonensalade om de hele stad Orlando in de stank te zetten. Barlow ging zijn handen wassen en Paz nam Lorna apart.

'En heb jij geholpen dit alles klaar te maken?' vroeg hij.

'Nou! Ik werd als een porseleinen poppetje in de hoek gezet terwijl Edna alles deed. Ze prijst zich gelukkig omdat ze niet ook nog stierkalveren hoefde te castreren.'

'Jij was het daar natuurlijk niet mee eens. Ik hoop dat je Edna de complete feministische catechismus hebt gegeven.'

'Ik weet dat je dat prachtig vindt. Weet je, ik persoonlijk zou gráág stierkalveren castreren. Volgens sommigen van mijn vriendjes ben ik dat al een tijdje figuratief aan het doen.'

'Je hebt dat natuurlijk ook aan Edna verteld.'

'Is dit soms een soort test? Heb je de hele universiteit van Meisjes hierheen gebracht om ze door Edna te laten testen?'

Paz dacht daarover na. Met enige verbazing in zijn stem zei hij: 'Nee, jij bent de eerste.' Lorna wist niet wat ze daarop moest zeggen.

Ze gingen zitten, Cletis aan het hoofd van de tafel, en hij zei een gebed. Lorna had ook in het huis van de familie Waits horen bidden, maar daar was het een routineklus die door een van de kinderen werd afgeraffeld. Hier daarentegen werd het eerst helemaal stil en kwam het over alsof Cletis Barlow echt aan God liet weten dat hij dankbaar was. Zoals altijd voelde Lorna zich enigszins in verlegenheid gebracht. Ze keek naar Paz, die eruitzag alsof hij in trance was. Na het gebed boog ze zich over het eten. Jammer genoeg had ze helemaal geen honger, al was ze door Emmylou's aanval zo van streek geweest dat ze haar lunch had overgeslagen. Er was iets mis met haar maag, en het kostte haar moeite om zoveel te eten als de beleefdheid gebood. De Barlows, die blijkbaar altijd zulke maaltijden aten, waren allemaal zo rank en taai als wijnstokken. Misschien hield God hen slank. Dat was een mogelijkheid. Paz at als een machine. Blijkbaar werd er aan de tafel van de Barlows geen opgewekte conversatie verwacht.

Paz was druk bezig met eten om te voorkomen dat zijn gedachten onwelkome wegen insloegen. Natuurlijk ging het om dat meisje Dideroff, die vrouw, en niet om die ongelukkige Sudanese functionaris. Hij had dat ook met Oliphant besproken, maar dan alleen als een van de vele mogelijkheden, en als Cletis nog steeds zijn partner was geweest, zouden ze het de eerste dag al in de gaten hebben gehad, en natuurlijk had Cletis maar één blik op de vrouw hoeven te werpen, plus misschien een babbeltje over Jezus en de heiligen, en dan zou hij binnen zes minuten het juiste antwoord hebben gehad. Hij moest nog wat meer met Cletis praten, maar niet nu; Barlow had een muur opgetrokken tussen werk en thuis, niet dat het nog zijn werk was, maar evengoed...

Het kletteren van bestek en de andere eetgeluiden namen in intensiteit af. Mevrouw Barlow drong er bij hen op aan dat ze meer aten. Ze probeerden het, aarzelden, faalden. Mevrouw Barlow zuchtte. Ze zei dat ze het dan maar moest weggooien. Bij het opstaan wierp ze een veelbetekenende blik op Lorna, die zich door prefeministische oerkrachten overeind getrokken voelde. Ze hielp met afruimen, maar toen ze Paz' spullen weghaalde, voelde ze zich door zijn zelfgenoegzame grijns geïnspireerd om een beetje ijsthee op zijn schoot te morsen. Oeps! Hij had nog het lef om te lachen ook.

Het dessert bestond uit Moskovisch ananasgebak, zo zoet gemaakt als de wetten van de fysiochemie toestonden, en slappe zure koffie. Blijkbaar mocht er tijdens het toetje wel worden gepraat. James zat rechts van Lorna en hij vertelde alles over een scoutingtocht van kortgeleden. Hij was Eagle-scout en assistent-leider. Lorna had nooit eerder naast een padvinder gezeten. Er kwamen golven van gezondheid van hem af, en telkens als Lorna sprak, kreeg hij een kleur. Toen zei Cletis: 'Lorna, Jimmy zegt dat jij een vrouw een demon hebt zien uitbannen.'

Nu was het haar beurt om een kleur te krijgen. 'Ik weet niet zeker wat ik heb gezien,' zei ze.

‘Ik neem aan dat je niet in demonen gelooft.’

‘Ik geloof niet dat ze de oorzaak van geestesziekte zijn, nee.’

‘Wat is volgens jou dan de oorzaak?’

‘Allerlei dingen. Als je het over manifeste psychoses of schizofrenie hebt, geloven de meeste autoriteiten dat het een chemische onevenwichtigheid in de hersenen is.’

‘En wat is daar de oorzaak van?’

‘In sommige gevallen erfelijkheid, misschien milieu; dat is niet duidelijk. Vroeger dachten ze dat het door een slechte opvoeding kwam, maar dat denken ze niet meer.’

‘Hmm. Hoe verklaar je wat je hebt gezien?’

‘Tja. Het ging allemaal zo snel. Misschien verwar ik wat er gebeurde nadat de broeders hem verdoofden met wat er vlak daarvoor is gebeurd, toen Emmylou hem aanraakte.’

Ze zag Barlow en Paz een blik wisselen. De eerste deed dat met een sluw glimlachje en op het gezicht van de tweede tekende zich iets af wat in de buurt van schaamte kwam.

‘Ja, misschien verkeerde je in verwarring. Dat is soms met getuigen het geval. Maar wat zul je denken als je naar dat ziekenhuis teruggaat en ontdekt dat die hoe-heet-hij, Masefield, net zomin geestesziek is als jij?’

‘Dat is heel onwaarschijnlijk.’

‘Maar laten we het even veronderstellen.’

‘Nou, in dat geval zou ik het aan spontane remissie moeten toeschrijven. Dat is zeldzaam, maar een enkele keer gebeurt het.’ Ze zweeg even. Ze keken allemaal naar haar, niet als een stel inquisiteurs, maar als een gezin dat het kleinste kind iets nieuws ziet doen. ‘Toch zou ik dan nog niet in demonen geloven.’

‘Nou, dat is interessant. Dus je sluit je af voor alles wat kan verklaren wat je ogen zien en je oren horen, behalve als het in je eigen theorieën past, zelfs als die theorieën onlogisch zijn. Spontane remissie? Dat lijkt op een chique manier om te zeggen: “Hé, nu snap ik er niks meer van!”’

‘Het is beter dan in demonen geloven,’ snauwde Lorna, die zich kwaad begon te maken.

Barlow zei: ‘“Want zo hoog als de hemel is boven de aarde, zo ver gaan mijn wegen jullie wegen te boven, en mijn plannen jullie plannen.” Jesaja 55:9. Ik zal je een verhaal over mijn achtergrond vertellen. Er was eens een wilde jongeman. Hij vloekte, hij dronk, hij beging daden van geweld en onzedelijkheid, hij schond elk gebod behalve het zesde. Hij had nog niemand gedood, maar alleen omdat hij nooit iemand was tegengekomen die hij wilde doden. Nou, op een dag veranderde dat. Hij had voor iemand een partij illegale stook uit Georgia gehaald, en die man had hem wat geld betaald en beloofd hem nog meer te betalen bij aflevering. Hij leverde het af, maar die man zei dat hij hem niets meer schuldig was, en hij grijnsde alleen maar wat en wisselde blikken met de andere mannen die daar op hun drank stonden te wachten, en onze jongeman kon niets doen, want de man was gewapend en alle andere mannen waren dat ook, zulk soort mannen waren het. Hij was zo kwaad als een overhoopgeschopt nest horzels en hij rende naar zijn wagen, pakte zijn geweer uit het rek, laadde het en had zijn hand al op de deur gelegd om te gaan moorden, toen hij zag dat hij niet alleen was in die pick-uptruck. De Here Jezus zat op de passagiersplaats en zag eruit als een gewone man. En Jezus keek die jongeman in de ogen en alle liefde en vergevingsgezindheid van de wereld stroomden in hem en hij hoorde de stem van Jezus zeggen: "Jongen, leg je wapen weg, ga naar huis en zondig niet meer." En dat deed hij. Nou, dat is een waar verhaal en die jongeman was ik, de Heer zij geprezen.'

James en zijn moeder mompelden: 'De Heer zij geprezen,' en Barlow voegde eraan toe: 'Wat vind je daarvan?'

Lorna zei: 'Dat is echt heel moeilijk voor mij. Ik wil jullie niet kwetsen...'

Barlow grijnsde daarom. 'O, dat zijn we wel gewend. "Maar wij verkondigen de gekruisigde Christus, voor joden aanstootgevend en voor heidenen dwaas." 1 Korintiërs 1:23. Ga verder met wat je wilde zeggen. Wij bijten niet.'

Paz zei: 'Nee, als ze de tafel hebben afgeruimd, leggen ze jou daarop en folteren je met hete ijzers tot je bekeerd bent.'

'Ja, en ik denk dat we voor haar de grote ijzers nodig hebben,' zei Edna met een stalen gezicht. 'James, ga ze maar klaarleggen in de folterkamer.'

'Ach, ma, moet dat?' jengelde James. 'Ik moet áltijd de folteringen doen.'

Er werd gelachen, en Lorna lachte mee, zij het een beetje zuur. Op de feestjes waar ze meestal naartoe ging werden mensen als de Barlows altijd belachelijk gemaakt, en hoewel ze het wel ironisch vond dat de rollen nu waren omgedraaid, vond ze dat niet erg prettig. Daarom sprak ze een beetje scherper dan ze anders misschien zou hebben gedaan. 'Ja, nou, zoals ik al zei, het is niet kwetsend bedoeld, maar wat jij hebt meegemaakt zouden wij beschouwen als hallucinatie ten gevolge van stress. De bloeddruk gaat omhoog, adrenaline en andere hormonen komen vrij, en die hebben hun uitwerking op de mediale temporaalkwab en je hoort stemmen en ziet visioenen. In een laboratorium kunnen we met elektrische stimulatie dezelfde effecten reproduceren.'

'En maakt het je gelukkig om dat te geloven?' vroeg Barlow. Zijn kleurloze ogen keken haar strak aan.

'Geluk heeft er niets mee te maken. Het is de waarheid. Zo is de wereld. We moeten ermee leven.'

'Hm. Nou, dat is ook een standpunt. Maar omdat ze erachter zijn gekomen hoe de zon werkt, en omdat ze een bom kunnen bouwen die op dezelfde manier werkt, wil dat toch niet zeggen dat er geen zon aan de hemel staat?'

Terwijl Lorna daarover nadenkt, zegt Barlow: 'Jimmy, als je het niet erg vindt, zou ik graag in die bekentenisschriften willen kijken die je hebt. Misschien ontdek ik iets, want ik denk niet dat ik die vrouw te zien krijg.'

Paz zei: 'Als Lorna het goed vindt. Ze zijn haar eigendom. Ik bescherm ze alleen maar.'

Lorna ging akkoord. Ze ergerde zich aan de ongebruikelijke aspecten van de zaak, maar was blij dat de theologische discussie blijkbaar voorbij was. De streep tussen vertrouwelijk therapeutisch materiaal en een openbaar juridisch document was hopeloos vaag geworden, en dat zat haar dwars. Ze pakte de dessertspullen een beetje ruw op en liep naar de keuken.

'Sorry dat we je zo plagen,' zei mevrouw Barlow nadat Lorna vijf minuten een geïrriteerd gezicht had getrokken en korte antwoorden had gegeven. 'Maar dat doen we altijd met Jimmy. Het is een soort familiegrapje geworden. Ik hoop dat we je niet hebben gekwetst. Dat zou wel het laatste zijn wat we willen.'

Lorna was de tranen nabij; ze wist zelf niet waarom en dat maakte het alleen maar erger. 'O, dat is het niet. Ik voel me een beetje vreemd sinds ik die vrouw ken. En ik vróég erom.' Nu gooide Lorna alle vreemde aspecten van haar relatie met Emmylou Dideroff eruit; het stroomde allemaal de warme keukenlucht in.

'Jullie worden naar iets toe geleid,' zei mevrouw Barlow.

'Maar ik gelóóf daar niets van!' klaagde Lorna.

'Weet je, het doet er niet zoveel toe wat je gelooft. Je hebt Cletis' verhaal gehoord. Je kunt het wel over chemische stoffen in de hersenen hebben, maar er trad toen een echte verandering op en die kwam uit het niets. Ik kende Cletis Barlow daarvoor al en ik kan het je verzekeren. Hij was de wildste jongen in Okeechobee County, de indianen meegerekend.'

'Ging je toen met hem om?'

'Welnee! Mijn vader zou me levend hebben gevild als ik zelfs maar naar Cletis Barlow had gekéken. Maar ik keek toch. Ik denk dat ik al vanaf de derde klas verliefd op hem was. Toen hij daarna naar onze kerk ging en gered werd, viel ik bijna flauw van dankbaarheid.'

'Wat beviel je aan hem? Ik bedoel daarvoor.'

'Ik hield van de manier waarop hij liep. En als hij slecht was, was hij niet gemeen slecht, als je begrijpt wat ik bedoel. En om je de waarheid te zeggen, denk ik dat ik gewoon niet van een man zou kunnen houden die niet een klein beetje gevaarlijk was. En jij?'

Opnieuw wist Lorna niet wat ze moest zeggen.

Het volgende uur deden Paz en James wedstrijdjes werpen tegen de oefenbasket op de schuur. Paz werd voor het eerst in zijn leven ingemaakt en voelde zich een wrak en oud. Opnieuw zou hij iets anders willen drinken dan ijsthee. Cletis zat in zijn stoel op de veranda met de twee schriften op zijn schoot.

'Word je trager, Jimmy?'

'Hij wordt groter. Wat vind je van ons meisje?'

'Weet je, jongen, ik verlang er niet vaak naar om weer te werken, maar als ik dit lees, voel ik me net een oude lamme hond op een koude avond als de wasberen rondlopen. Wil ze helemaal niet met je praten?'

'Nee, ze zegt dat ze de duivel in zich heeft en dat die haar laat liegen, tenzij ze het allemaal in de juiste volgorde opschrijft.'

'Dat wil ik wel geloven. Maar als ze schrijft, liegt ze ook. Misschien maar één keer, in de hoop dat ze het niet doorhebben.'

'Ze?'

'Ja, degenen die achter dit alles zitten. Degenen die jouw commissaris Oliphant van de FBI zo opgewonden maken. Overigens zul je er in Miami nooit precies achter komen hoe het zit.'

'Nee? Waar dan wel?'

'Waar zij is geweest. In Virginia, waar ze gewoond heeft, en je kunt met die nonnen van haar praten... Maar dat staan ze niet toe?'

'Denk je?'

'Welnee! Zij heeft die Arabier niet vermoord, maar je hebt een dode van wie je kunt bewijzen dat hij het heeft gedaan, wat altijd handig is, en verder heb je die Wilson als meesterbrein. Verder zul je niet komen. Eigenlijk is dat erg jammer. Ik zou graag willen weten wat erachter zit.'

Paz zei dat hij dat ook graag zou willen weten. Hij ging naar de keuken om afscheid van Edna te nemen en Lorna op te halen. Hij trof Edna in haar eentje aan.

'Nou, wanneer is de bruiloft?' vroeg ze.

'Edna, ik ken haar nog maar net. Weet je, je zou vast goed kunnen opschieten met mijn moeder.'

'Waarom denk je dat we elkaar nog niet kennen? Misschien praten we al urenlang over je en bidden we voor je redding en een heleboel kleinkinderen.'

Paz lachte, maar niet van harte. 'Hou op, Ed, ik krijg de kriebels van je.'

'Ze mag je graag. Dat kan ik merken.'

'Ze is een sympathieke collega; dat is alles. Ik heb haar meegenomen omdat ze een vreemde ervaring heeft gehad en omdat ik hier toch naartoe wilde omdat ik met Cletis wilde praten. Hoe gaat het met hem?'

'Hij verlangt een beetje naar de politie terug, maar de boerderij houdt hem bezig. O, daar ben je!' zei Edna opgewekt, op een toon waaraan de nieuwkomer kon horen dat ze het gespreksonderwerp was geweest.

'Ik ben zover,' zei Paz, en toen: 'Wacht even...' Want hij voelde dat zijn mobiele telefoon in zijn zak trilde. Hij ging de hal in om op te nemen.

'Waar ben je?' vroeg Morales.

'Ten noorden van het meer. Wat is er?'

'Je moet terugkomen, baas. Jack Wilsons auto is bij Alligator Alley het kanaal in gegaan. Het ziet ernaar uit dat er iemand in zit.'

'O, fijn. Waar is dat precies?'

'Even ten westen van de Miccosukeegrens.'

'Ik zie je daar binnen een uur,' zei Paz, en hij gaf zijn jonge partner ingewikkelde instructies voor zijn contacten met de staatspolitie, de politie van Broward County en de desbetreffende indiaanse stam.

Lorna heeft een aantal gevatte opmerkingen over het bezoek aan de Barlows verzameld, bijvoorbeeld dat het net een excursie was geweest naar een van die toeristenattracties in het noorden van de staat waar je kunt zien hoe onze voorouders leefden. Ze is ook van plan om Paz met die religieuze dingen te plagen. Ze schaamt zich een beetje voor haar eerdere gedrag, haar bijna snotterende verhaal over wat ze dacht dat ze op de gesloten afdeling had gezien. Ze is dat aan het camoufleren, laag na laag van logische ontkenningen en verklaringen, en ze wil dat Paz daaraan meedoet, dat hij haar helpt het bedreigde model te verdedigen. Paz is cool, vindt ze, hij is een beetje cynisch en grappig, en ze denkt dat die houding van pas kan komen. Als dat niet zo is, als hij die onzin echt gelooft, is ze niet geïnteresseerd, verzekert ze zichzelf.

Alleen kan ze die opmerking over gevaarlijke mannen niet uit haar hoofd krijgen. Lorna is gevaarlijke mannen altijd zorgvuldig uit de weg gegaan. Gevaarlijke mannen zijn gewelddadig en stom en vaak ook seksistisch, heeft ze altijd gedacht. Romantiek is goed, is zelfs iets moois, maar daarbij denkt ze alleen aan een zeker savoir-faire, het vermogen om over de actuele films en boeken te praten, de correcte progressieve ideeën te verkondigen, en natuurlijk professioneel succes, de moed om het risico van een ongewoon academisch standpunt in te nemen, een controversieel artikel te schrijven.

Maar niet zoiets als dit, als dit moment: met loeiende sirene en met een snelheid van honderdvijftig kilometer per uur midden over een tweebaans asfaltweg rijden. Nu blijven ze niet achter vrachtwagens hangen, nu vliegen ze om de vrachtwagens heen en schieten ze net opzij voor het tegemoetkomend verkeer. Lorna heeft gehoord dat mensen soms in hun broek pissen van angst, maar ze heeft nooit zelf die aandrang gevoeld. De avond valt op de theatrale manier van de tropen – een rood schijnsel in het westen en dan zwart fluweel, vooral hier in de lichtloze Glades – de wereld verdwijnt behalve de koplampen van Paz' auto, de angstige lichtbundels van de bijna geraakte tegenliggers, de rode schittering van snel ingehaalde achterlichten. De sirene boort zich in haar hoofd, haar spieren doen pijn omdat ze constant gespannen zijn, bang als ze is voor een botsing. Paz heeft boven het lawaai uit verteld dat hij naar een plaats delict moet om daar invloed uit te oefenen, al zal hij geen officiële status hebben. Het belang daarvan ontgaat haar, ze denkt dat hij gek is, ze haat hem. Hij rookt een sigaar en ze kan zijn gezicht in het rode schijnsel van de punt zien. Ze haat dat ook, ongezond, walgelijk...

Nu rijden ze in westelijke richting over Alligator Alley. Ze denderen door de poort voor tolvrij verkeer en accelereren op de kaarsrechte autoweg. Lorna heeft nooit harder dan honderdzestig kilometer per uur gereden en ze vindt dat het bijna vliegen is, je voelt het dreunen van de wielen niet meer. Plotseling is ze de angst voorbij; ze laat zich wegzakken in een bijna sensuele passiviteit. Ze hangt in de hoek van de stoelen, haar dijen van elkaar.

In de verte duikt een stel zwaailichten op. Paz gaat langzamer rijden, rijdt de berm in en manoeuvreert tussen auto's van politie en andere nooddiensten door. 'Blijf hier maar, het duurt niet lang,' zegt hij. 'Voel je je goed?'

'Prima,' zegt ze. Hij loopt weg.

Ze voelt zich niet prima. Ze beeft. Omdat de airco van de auto uitstaat, is het benauwd en vochtig. Haar keel is rauw van de dorst en ze heeft hoofdpijn en voelt zich ronduit ziek. Desondanks, en ondanks de klamme hitte, zakt ze weg in een lichte sluimering.

Ze wordt wakker doordat het autoportier wordt dichtgesmeten. Meteen daarna wordt de motor gestart en strijkt er een heerlijke ijskoude luchtstroom over het zweet op haar gezicht. Paz rijdt met een grimmig gezicht uit de berm. Geüniformeerde agenten dirigeren het verkeer en ze kunnen de autoweg weer op rijden.

'Wat is er gebeurd?' vroeg ze.

'Onze hoofdverdachte is zojuist om het leven gekomen. Dit is waarschijnlijk de man die de man inhuurde die ik heb neergeschoten, en dat was waarschijnlijk de man die al-Muwalid in werkelijkheid heeft vermoord. We kunnen het dus wel schudden, en daar komt nog iets bij: ik belde mijn commissaris om hem dit te melden en hem aan onze korpscommandant te laten vragen het lijk, de auto en de inhoud daarvan op te eisen, maar dat schijnt niet door te gaan. De moord heeft plaatsgevonden in een indiaans reservaat, en dat valt onder de jurisdictie van de FBI, en blijkbaar zijn ze niet van plan afstand van hun rechten te doen. Integendeel, de FBI heeft nu veel belangstelling voor de hele zaak; al die sterfgevallen, de Sudanees, Dodo Cortez en Jack Wilson, hebben een lichtje laten branden op het grote bord in Washington. Hoe dan ook, de FBI bemoeit zich ermee. Oliphant is razend, maar hij kan er niet veel aan doen.'

'En Emmylou?'

'Dat is onduidelijk. Door die nieuwe antiterreurwetten mogen die lui van de FBI min of meer doen wat ze willen. Misschien verklaren ze haar tot vijandelijke strijder en laten ze haar verdwijnen.'

'Nee, serieus...'

'Ik ben serieus. Ik wou dat ik dat niet was. Oliphant vat het ook zo op. Hij zei dat Emmylou in feite onder de procureur-generaal van de staat valt, en die valt onder de gouverneur van de staat, en dat is weer het kleine broertje van de president. Ik denk niet dat de procureur-generaal veel stennis zal maken als ze haar willen inpikken. Shit!'

Lorna voelt een kilte die niets met de airco te maken heeft. Haar bescheiden, beheersbare leven lijkt helemaal uiteen te vallen. Plotseling is ze, hoe zijdelings ook, betrokken bij iets kolossaals. Moord. Internationale intriges. Gouverneurs en presidenten. Ze wou dat dit alles niet gebeurd was. Ze wou dat er nooit een eind aan zou komen. En er overkomt haar nog iets anders. Ze voelt de meest intense seksuele opwinding die ze zich zo gauw kan herinneren.

Ze komen bij haar huis. 'Wil je iets drinken?' vraagt ze.

'Nou en of!' zegt hij.

Binnen zet ze de airconditioning in de huiskamer aan, maar het huis heeft de hele dag warmte opgezogen en het zal even duren voor het koel is. Ze mixt twee kolossale rum-tonics. Ze zitten samen op de bank en drinken hun glas leeg alsof het bier is, en dan betrappen ze zichzelf daarop en giechelen ze.

'Wil je er nog een?'

'Graag.'

Ze komt met de koud beparelde glazen terug en zegt: 'Weet je, ik druip hier van het zweet.'

Zoals altijd zweet Paz bijna niet, maar hij beaamt het, ja, het is zweterig. Ze voegt eraan toe: 'In deze tijd van het jaar is er maar één koele kamer in het huis.'

Hij loopt met haar mee naar de slaapkamer, die net een koelcel is. Hij laat zich voorzichtig op een fauteuil zakken. Ze zegt: 'Ik heb het gevoel dat ik onder het vet en slijm zit. Ik ga even douchen.' Ze doet het heel snel. Misschien komt het door de angst, of het geweld, of door hem, maar als ze naar de slaapkamer terugloopt, vindt ze het niet nodig haar kleren weer aan te trekken.

Toen Georges in 1889 stierf, stond de hele familie, behalve Alphonse, versteld van zijn nalatenschap. De Berville et Fils was de grootste raffinadeur van olie in Europa en beheerste de gasverlichtingsbedrijven in de meeste Franse steden. De oprichter had via zijn Rockefeller-contacten ook bijna zeven procent van de aandelen van de Standard Oil Company in New York bezeten, evenals grote belangen in andere oliebedrijven. Alphonse erfde de onderneming en Jean-Pierre kreeg aandelen en onroerend goed ter waarde van vele miljoenen francs. Twee van zijn kinderen daarentegen maakten deel uit van religieuze orden en mochten niet veel bezit hebben. Voor hen had Georges een stichting in het leven geroepen, die naar zijn dierbare landgoed Bois Fleury was genoemd om 'het doel van Christus na te streven door werken van barmhartigheid'. In die stichting bracht hij al zijn aandelen Standard Oil onder en hij gaf zijn zoon pater Gérard de Berville de leiding.

Het duurde bijna twee jaar voordat Marie-Ange haar plannen kon uitvoeren. Gérard stelde zich zo behulpzaam op als ze maar kon wensen: geld zou geen punt zijn. Daarentegen bleven haar superieuren bij Bon Secours en vooral de antiklerikale ambtenaren bij wie ze haar aanvragen indiende hardnekkig volhouden dat het idee absurd was. In die tijd was het op zichzelf al controversieel dat respectabele vrouwen als verpleegster werkten, maar dat zulke vrouwen zonder escorte naar oorlogsgebieden gingen? Dat was dwaasheid.

Terwijl de zaken er zo voor stonden, ging ze verder met haar voorbereidingen. Er werd een organisatie opgericht en daar werden jonge vrouwen voor gerekruteerd. Voor het merendeel waren dat taaie, werkende vrouwen uit de mijnstreek bij Lille, of zoals Otilie Roland uit de arbeiderswijken van Parijs. Een leven van toewijding aan zieken, soms onder levensgevaarlijke omstandigheden, was minder angstwekkend voor zulke vrouwen dan voor vrouwen die een meer delicate opvoeding hadden genoten, al behoorden tot de eerste twintig leden de dochters van een graaf en een senator.

Vanaf het begin had de orde een militaire structuur. De oprichtster liet zich daarbij inspireren door haar broer de jezuïet. Ze was ook de slechte discipline van de communeverdedigers nog niet vergeten. Haar rekruten zouden niet afdruipen als er gevaar dreigde, en als het moest, zouden ze de dood enthousiast tegemoet treden. In diezelfde tijd ontwierp ze ook het habijt van wat ze hoopte dat op een dag een religieuze orde zou zijn. De zusters zouden ongeveer dragen wat zijzelf bij Gravelotte had gedragen: een grijze jurk van katoen of wol, een koksschort, een eenvoudige witte linnen hoofddoek die in de nek werd samengeknoopt, hoge soldatenschoenen en een blauwe cavaleriejas.

– UIT ZR. BENEDICTA COOLEY, *Trouw tot de dood: het verhaal van de Pleegzusters van het Bloed van Christus*, ROSARIAN PRESS, BOSTON, 1947

16

Paz had weer een nachtmerrie, alleen wist hij deze keer, zoals dat bij heldere dromen wel vaker het geval is, dat hij er een had, en hij wilde eruit. Hij was op de plaats van een misdrijf, een gruwelijk misdrijf, de atmosfeer van verschrikking hing nog in de lucht en het was allemaal des te erger omdat hij geen namen kende. Hij ondervroeg twee kleine meisjes, allebei een jaar of zeven. Ze waren op straat en lieten een springtouw achter zich ronddraaien. Hij wilde dat ze daarmee ophielden, maar zoals je in nachtmerries dan hebt kwam hij op het idee dat ze hem meer zouden vertellen als hij zelf ging springen, en dat deed hij, sneller en sneller, de kleine meisjes lachten nu met ogen zonder enige vreugde, en hij zag dat een van hen een wollen jurk droeg, en de ander een jurk van katoen...

Hij deed zijn ogen open en zag waar hij was: in het bed van Lorna Wise, en door de airconditioning was de kamer zo koel dat het lekker warm was onder haar dekbed. Hij herinnerde zich de vorige avond. Fantastisch, en nu was hij wakker, tenzij natuurlijk... de gedachte bracht zijn buik in beweging en liet het zweet uit al zijn poriën springen. Hij draaide langzaam zijn hoofd om. Lorna's blonde lokken lagen op het kussen naast het zijne. Hij hoorde het zachte zuchten van haar ademhaling. Hij bracht zijn neus dicht bij haar hoofd en snoof. Kruidenshampoo. Hij snoof wat lager, de warme lucht onder het dekbed. Essence van meisje, de fascinerendste geur van de wereld. Dit moest wel echt zijn, in dromen had je geen geuren, dat had hij eens ergens gehoord; aan de andere kant kon hij ook op de een of andere manier buiten westen zijn en kon dat mooie kleine hoofd zich nu op een onnatuurlijke manier omdraaien en een grijnzende schedel of een hondensnuit laten zien die 'Verrassing!' zei. Hij voelde het kloppen van zijn hart in zijn borst en dacht toen bij zichzelf, eventjes maar, nee, als dit niet echt was, ging hij naar zijn moeder, liet hij haar doen wat ze moest doen, en als dat niet lukte, zou hij de zaak opgeven en naar een psychiater gaan, want dan hield hij het niet meer uit.

Hij geloofde oprecht dat mensen die met wapens rondliepen met beide benen in de realiteit moesten staan.

Dat waren Paz' gedachten terwijl hij Lorna Wise inademde alsof hij zuurstof uit een masker opzoog. Minuten gingen voorbij. Ze mompelde, rekte zich uit en rolde zich om. Het was, zag hij tot zijn immense opluchting, haar gewone gezicht. Hij dacht dat hij nog nooit zo'n mooi gezicht had gezien, al had hij er veel gezien, in precies zulke situaties. Hij ging op de rand van het bed zitten en keek een tijdje naar haar tot de stralen uit zijn oog haar wakker maakten. Ze deed haar ogen open, zag hem en glimlachte, maar toen ze met haar getrainde ogen de uitdrukking op zijn gezicht zag, fronste ze haar wenkbrauwen en zei: 'Wat is er?'

'Niets.'

'Er is iets. Had je een nachtmerrie?'

'Ja, een vreemde met personages uit een gedicht. Ik dacht dat ik er nog in zat. Heb jij dat ooit meegemaakt, je wordt wakker en je zit er nog in?'

'Nee, ik heb nooit nare dromen. En als je persoonlijk therapeut moet ik je zeggen dat de medische wetenschap maar één remedie kent.'

'En wat is dat dan wel, dokter?'

'Helaas zul je een bepaalde periode op een naakte vrouw moeten liggen.'

'Nee, nee, dat niet!' riep Paz, al begon hij meteen aan de therapie. 'Hoe lang moet ik?' vroeg hij nadat de noodzakelijke glibberige aanpassingen tot stand waren gekomen.

'Totdat de naakte vrouw zegt dat je van haar af moet gaan,' zei Lorna.

Lorna zweeft nu in de aangenaamste fase van de postcoïtale hypnopompische halfslaap. Ze is wakker genoeg om te beseffen dat ze voor de verandering niet in de gevreesde natte plek ligt, en niet wakker genoeg om zich druk te maken om de toekomst van haar relatie met Jimmy Paz, een bijna perfecte combinatie die tot een kosmisch welbehagen leidt. Hij ligt op dit moment niet in bed, maar dat is ook goed. Ze zakt weg in dromenland en komt pas aan de oppervlakte als ze het gekletter van serviesgoed en bestek hoort. Paz komt de kamer binnen. Hij heeft een dienblad met daarop de kan van haar Krups-koffiezetapparaat, gevuld met een klotsende zwarte vloeistof, en verder een paar kannetjes, mokken, servetten en bestek. Van het dienblad stijgt een heerlijke geur van koffie en versgebakken voedsel op. Paz zet het op de zijkant van het bed. Hij is naakt, afgezien van een kleine zwarte Hugo Boss-onderbroek.

'Wat is dat?' zegt ze. Ze gaat rechtop zitten en wijst.

'Dat is een bord *magdalenas*,' zegt Paz, en hij neemt er een. 'Omdat je geen rum had, moest ik cognac gebruiken. Maar ze smaken niet slecht.'

'O, nou, dan moet dat maar. Je verwacht van me dat ik madeleines zonder rum ga eten? Wat voor soort meisje denk je dat ik ben? God, dit is echt verrukkelijk.'

'Denk je al aan het huis van je oudtante in Combray?' vraagt Paz.

'O, hij leest ook Proust? Of heb je dat opgepikt van een van de velen?'

'Van Willa Shaftel, om precies te zijn. We keken naar een herhaling van Monty Python, je weet wel, de wedstrijd "Proust samenvatten". En daarna heeft ze de rest van het weekend echt Proust voor me samengevat.'

'O. Weet je, het kan snel gaan vervelen als je het steeds over vroegere vriendinnetjes hebt.'

'Net als jouw gewoonte om me elke keer te stangen wanneer ik maar iets zeg waarvan jij denkt dat het de hersenmassa van de doorsnee domme politieman te boven gaat.'

'O, hebben we onze eerste ruzie?'

'Ja, en die is nu voorbij. Neem nog een madeleine.'

Ze deed het en zei: 'Die is zeventien extra uren op de StairMaster waard. Waar heb je ze vandaan?'

'Ik heb ze gemaakt.' Terwijl hij koffie inschenkt.

'Wa... je hebt ze gemáákt? In míjn keuken? Heb je altijd een madeleinepan bij je?'

'Nee, ik heb die van jou gebruikt. Hij stond achter in de kast in de bijkeuken. Hij zat nog in de doos. Het moet een cadeau zijn geweest.'

'Ja, dat klopt. Van mijn broer. In zijn fantasie ben ik altijd een koekjesbakster.'

'Nou, ik heb hem voor je ingewijd. Ik hoop dat je dat niet erg vindt.'

'Natuurlijk vind ik het erg! Heb nóóit meer het lef een madeleinepan in mijn huis in te wijden! Jezus, wat is dit sterke koffie!'

'Slap,' zegt Paz. 'Het blijft amper aan de lepel plakken.'

Lorna eet nog een madeleine en valt dan met een zucht in de kussens terug. Eerlijk gezegd voelt ze zich een beetje misselijk, maar verder voelt ze zich zo goed dat ze er geen aandacht aan wil schenken. 'Ik wou dat me iets heel interessants overkwam. Fantastische seks en elke ochtend weer ontbijt op bed van prachtige naakte mannen, ik bedoel, soms schreeuw ik het uit van verveling.'

'Doe het voor mij,' zegt Paz.

'Jij bent in werkelijkheid homo, hè? Dat is het addertje onder het gras.'

'Jammer genoeg wel. Ik moet doen alsof ik van vrouwen houd, anders word ik uitgelachen door de jongens op het politiebureau.' Ze lachen, maar intussen voelt Lorna al het echte leven knagen. De duivel spreekt in haar oor: ja, dit is geweldig, maar je weet hoe het gaat, jullie gaan nog een paar keer uit, neuken als konijnen, hebben veel plezier, lange gesprekken, en dan belt hij een dag niet, drie dagen, een week, en omdat je wanhopig bent en wilt weten wat er aan de hand is, bel je hem en spreek je steeds humeuriger boodschappen in en dan belt hij terug en dan is het net alsof er een vreemde belt.

Paz voelt de verandering. Hij zegt: 'Ik ruim het even op' en pakt het dienblad.

'Nee, laat maar staan,' zegt ze. 'Dat doe ik wel.'

Lorna kan bijna geen weerstand bieden aan de aandrang om iets scherps en verstorends te zeggen, want het is allemaal veel mooier dan haar lief is. Terwijl ze zich daartegen verzet, piept er iets in Paz' jasje, dat over een stoel hangt: de eerste maten van 'Guantanamera'. Goddank, denkt ze, eindelijk iets ordinairs.

Paz neemt op. Hij luistert een hele tijd en gooit er nu en dan een paar woorden tussendoor. Lorna staat op, trekt een lichte ochtendjas aan en gaat met het dienblad naar de keuken. Die is smetteloos schoon en ruikt naar koffie en heerlijk gebak. Als ze de kopjes omspoelt, voelt ze dat de tranen haar in de ogen springen. Precies zo had ze zich gevoeld toen ze bij hem op het strand van Bear Cut was. Nee, denkt ze, dit is te wreed, mijn hart kan dit niet aan. Alsof haar lichaam het daarmee eens is, voelt ze opeens een scherpe pijn door haar middel gaan, een soort pijn dat ze nooit eerder heeft gehad. Het zweet breekt uit op haar gezicht en haar rug. Dat gaat voorbij, en voor het eerst sinds een tijdje komt de oude angst terug. Er is iets mis, iets mis vanbínnen. Opnieuw onderdrukt ze die gedachte.

Ze gaat naar de slaapkamer terug, en als ze de douche hoort stromen, laat ze de ochtendjas vallen en gaat bij hem staan. Na wat geklier met gladde ingezeepte huid zucht hij en zegt: 'Ik moet aan het werk.'

'Dat telefoontje.'

'Ja, mijn partner. Bij de sectie op Jack Wilson is gebleken dat hij een alcoholpromillage van 3,6 had.'

'Allemachtig, dat is verlammend.'

'Ja, en ze vonden ook sporen van Nembutal. Plus een lege fles goedkope wodka in de auto. De FBI behandelt het als een ongeluk, en Broward County gaat daarmee akkoord. We mogen blij zijn dat we die informatie nog uit ze los konden krijgen.'

Paz zet de douche uit. Ze voelt dat hij al ergens anders is.

Ze kleden zich in stilte aan, hij veel vlugger dan zij. Paz is in haar studeerkamer. Als ze in een van haar keurige pakjes uit de slaapkamer komt, is Paz in haar studeerkamer en kijkt hij met zijn aandachtige politieogen naar haar boeken en bezittingen.

Hij zegt: 'Hé, ga je vandaag naar Emmylou?'

'Ja, ik wil kijken hoe ze eraan toe is. Hoezo?'

'Wil je haar iets voor me vragen?'

Lorna aarzelt. 'Een politievraag, bedoel je.'

'Niet echt. Ik wil alleen weten wie haar met David Packer in contact heeft gebracht.'

'Jimmy, ik kan je echt niet helpen bij je onderzoek. Dat is onethisch.'

'Oké, maakt niet uit. Kom je erachter of ze hoe-heet-hij-ook-weer heeft genezen?'

'Dat is niet erg waarschijnlijk, hè?'

Hij kijkt haar een tijdje aan zonder antwoord te geven, loopt dan door de kamer en omhelst haar. 'Heb je plannen voor zondagavond?'

Die had ze niet. 'Nou, dan gaan we in het restaurant eten. Je moet kennismaken met mijn moeder.'

'O, nee.'

'Ze is een charmante vrouw,' zegt Paz. 'Iedereen houdt van Margarita.'

Frank Wilson woonde in een flat, een modern gebouw van acht verdiepingen in een zijstraat van Le Jeune in de Gables. Toen Wilson hen binnenliet, kon Paz zien dat hij had gehuild. Zijn ogen waren rood en het was of zijn gezicht van het bot was losgeraakt en sponzig was geworden. Hij streek steeds met een prop tissues over zijn neus. Paz vond dat een vreemde reactie, maar hij had nooit een broer of zus verloren, of er een gehad. Wilson liet zich op een leren bank zakken. Hij vergat de twee rechercheurs uit te nodigen om te gaan zitten, maar dat deden ze evengoed. Beiden haalden een notitieboekje tevoorschijn. De geelbruine gordijnen waren helemaal dicht en Wilson had geen licht aangedaan. Het was dan ook donker in de kamer, waardoor het moeilijk was het gezicht van hun informant te zien.

'Dit is net een schop in je buik,' zei Wilson. 'Ik kan het nog steeds niet geloven. Het is helemaal niets voor Jack.'

'Wat niet?' vroeg Paz.

'O, drinken en dan aan het stuur zitten...' De stem stierf weg.

'Dronk hij veel wodka, meneer Wilson?' vroeg Morales.

'Hij kon er niet tegen,' zei de broer. 'Hij vond dat het naar medicinale alcohol rook en ook zo smaakte.'

De twee rechercheurs dachten daar even over na en toen vroeg Paz: 'Hoe zou u uw broer beschrijven, meneer Wilson? Wat voor man was hij?'

Wilson ging een beetje meer rechtop zitten en keek Paz aan. 'Wat voor... Ik begrijp het niet. Het is een dodelijk verkeersongeluk in Broward. Ik bedoel, waarom wil een politieman uit Miami dat weten?'

'Nou, meneer, zoals u waarschijnlijk wel weet, was Jack zijdelings betrokken bij een andere zaak en daar zijn we nog mee bezig. Bovendien... denken we dat de dood van uw broer misschien een nader onderzoek verdient. U zegt dat uw broer niet veel dronk en een hekel had aan wodka, dus, eh, zou je je kunnen afvragen hoe het kwam dat hij met een promillage van 3,6 en een lege wodkafles in die auto zat.'

Wilson keek hem met grote ogen aan. 'Wat... Denkt u dat iemand hem heeft vermoord? Dat ze hem hebben gedwongen al die wodka te drinken?'

'Ja, of ze hebben hem bewusteloos gemaakt met Nembutal en het daarna via een slangetje in zijn maag gegoten.'

Wilson keek verbijsterd en stamelde: 'Maar dat is krankzinnig! Wie zou zoiets doen?'

Dat was natuurlijk precies de vraag die Paz en Morales bezighield. Frank Wilson had hun de sleutels van Jacks huis gegeven en daar reden ze nu naartoe. Hij had hun ook een beschrijving van Jacks persoonlijkheid gegeven. Een beetje wild, het werk verveelde hem enigszins, een man die van de dames hield, een goede consciëntieuze monteur, al was hij iets te gauw geneigd om na werktijd de bloemetjes buiten te zetten. Als ze ervan uitgingen dat Jack Wilson was vermoord en dat niemand hen bij de zaak in de buurt zou laten komen, de indianen niet, de FBI niet, waren ze in feite min of meer op een dood spoor beland. Wilson was het laatste draadje geweest dat ze vanaf de moord op al-Muwalid konden volgen. Degenen die achter die moord zaten, wisten hoe ze hun sporen moesten uitwissen. Paz vertelde zijn partner wat Cletis Barlow had gezegd: dat het niet om de Sudanees ging maar om Emmylou Dideroff, en dat al dat bloedvergieten tot doel had gehad bepaalde informatie uit haar los te krijgen.

Morales zei dat het vergezocht leek, maar wat wist híj ervan, Cletis Barlow was de grote rechercheur. Paz bespeurde een beetje jaloezie, maar ging daar niet op in. Misschien zou hij het ook wel vergezocht hebben gevonden, als hij persoonlijk niet dingen had meegemaakt die nog veel vergezochter waren, maar hij had geen zin om daar nu over te praten. Ze kwamen bij Jack Wilsons huis aan, een klein huis in Spaanse koloniale stijl in Coral Way, niet ver van de Palmetto Expressway. Jack Wilson had het in nautische stijl ingericht: meubilair bekleed met seinvlaggen, zeegezichten aan de muur, kapiteinsstoelen om een tafel met een scheepsluik als blad in de eetkamer, scheepsmodellen in een vitrinekast. 'Schoon schip,' zei Paz. Ze lachten een beetje, maar alles zag er inderdaad schoon uit. Wilson was blijkbaar een netheidsfanaat; dat was misschien niet aan zijn uiterlijke verschijning te zien geweest, maar in zijn huis zag je het wel. Hij hield van gaatjesboard met haakjes, en op het bord waaraan de pannen en keukenhulpmiddelen hingen, had hij een silhouet van elk voorwerp onder het desbetreffende haakje geschilderd, opdat er niets verkeerd kwam te hangen.

Ze doorzochten het huis snel. Paz deed dat met de handigheid van de ervaring, en Morales leerde al doende. Paz nam de grote slaapkamer en schrok een beetje van wat hij daar aantrof; Morales doorzocht een andere slaapkamer die als studeerkamer of kantoortje was ingericht en verbaasde zich over dingen die hij niet kon vinden. Zijn collega riep hem, en hij liep de grote slaapkamer in, waar hij Paz naar een fel gekleurd beeldje zag kijken. Het was ruim een halve meter hoog en stelde een vrouw met een stralenkrans voor, gekleed in een goudkleurige jurk en een rode mantel. In haar handen had ze een zwaard en een kelk, die op een verticaal kanon rustten.

'Er heeft hier al iemand gezocht,' zei Morales.

'Ja, dat is zo,' beaamde Paz. 'Maar ze hebben dat heel netjes gedaan. Hoe kon je het zien?'

'Er zijn geen persoonlijke papieren in dat kantoortje, behalve een map met betaalde rekeningen. Geen adresboek, geen mappen, geen Rolodex, geen persoonlijke post. Geen dagboek met een notitie als "Ik ben doodsbang dat X me te pakken krijgt". Hij heeft een groot houten bureau met twee laden voor hangmappen, en die zijn allebei zo goed als leeg, maar je kunt aan de stofsporen zien dat ze vol mappen hebben gezeten. Er is een digitale telefoon waarin je een groot aantal nummers kunt opslaan, maar die zijn allemaal gewist, en je kunt zien dat hij een lijstje, misschien met sneltoetsen en bijbehorende namen, op het bureaublad had vastgeplakt; het hout is daar minder verkleurd en er zijn plakbandsporen. Iemand heeft het weggehaald.'

'Heel goed, heel interessant,' zei Paz. 'Dat past bij de rest van het plaatje. Iemand knipt connecties door, de connecties tussen Jack Wilson en degenen die hem opdrachten gaven. Er is in deze kamer ook iets vreemds aan de hand. Ten eerste liggen de kleren in de laden door elkaar. Iemand heeft ze doorzocht, want de rest van het huis is netjes en ze liggen er slordig bij. Dat bevestigt dat ze op zoek waren naar een bepaald voorwerp of naar voorwerpen. Wat is het interessantste ontbrekende voorwerp in deze zaak?'

'Al-Muwalids mobiele telefoon.'

'Precies. Ik wed dat ze daarnaar zochten. En dan is er dat nog.' Hij wees naar het beeldje. 'Weet je wat dat is?'

'Een religieus beeldje?'

'Het is een cultusfiguur van Santería, de Heilige Barbara, alias Shango, de *orisha* van onweer en geweld. Zoiets verwacht je niet in het huis van een doorsnee blanke kerel.'

'Ach, je weet maar nooit. Mensen verzamelen allerlei vreemde dingen.'

'Zeker, maar hij heeft ook dit.' Paz hield een tweekoppige bijl van hout omhoog. De bijl was rood en geel geverfd en er hing een snoer met rode en witte kralen aan. 'Dit bijltje is een *oshé*, het symbool van Shango, en die armband is een *eleke*. Je krijgt alleen een eleke bij een initiatie, als je je aan een orisha wijdt. En is die zoete geur je opgevallen? Dat is *omiero*. Ze smeren het tijdens ceremonies op mensen en voorwerpen. Nee, dit is geen toeristensouvenir. Het is een werkende schrijn. Wilson, of iemand die hij heel goed kende, was betrokken bij Santería.'

'Je weet iets van die dingen?'

'Meer dan ik zou willen,' zei Paz, en hij legde het bijltje neer. Plotseling had hij te veel speeksel in zijn mond. Hij zei: 'Heb je trouwens honger? Ik heb vanochtend alleen wat koekjes gegeten.'

Een beetje geschrokken van deze plotselinge overgang antwoordde Morales: 'Ja, ik heb wel trek.'

'Dan gaan we naar het restaurant,' zei Paz. 'Mijn moeder maakt wel iets voor ons klaar.'

Op weg naar het ziekenhuis vraagt Lorna zich voor de zoveelste keer af of ze verliefd is. Nee, dat is absurd, de man is geweldig maar ook een volslagen onberekenbare rokkenjager, hij heeft het hele repertoire in huis, de charme, het pronken met zijn nieuwe liefje enzovoort, zelfs de moeder, maar ze heeft die gedachte nog niet afgemaakt of ze weet al dat ze dit allemaal verzint. Ze voelt zich leeg en hulpeloos, alsof ze door een stroom wordt meegevoerd. In een kringetje om de afvoerput, denkt ze cynisch, en ze lacht.

Over afvoerputten gesproken: de eerste die ze tegenkomt als ze op de gesloten afdeling komt is haar vroegere vriendje Howie Kasdan. Zoals altijd wanneer hij zijn kamer uit komt en de wereld van het ziekenhuis betreedt, draagt dokter Kasdan een lange witte jas. Uit de zak daarvan steekt een stethoscoop, al heeft dokter Howie voor zover Lorna weet al in een hele tijd niet meer naar iemands hart geluisterd. Zijn voet staat op een stoel en schrijft op een klembord dat op zijn knie rust, maar hij ziet Lorna ondanks haar gebruikelijke camouflagekostuum en knippert met zijn ogen naar haar.

'Lorna! Hé, je ziet er geweldig uit. Zo te zien ben je wat afgevallen.'

'Dank je, Howie,' zegt Lorna koel. 'Wat voert jou naar de patiënten zelf?'

'O, een van de patiënten die ik een nieuw middel heb gegeven, is in volledige remissie. Het zou een grote doorbraak kunnen zijn. Ik bedoel, die kerel is opeens normáál. Hij wil weten wat hij in een gekkenhuis doet. En dat terwijl hij twee echtgenotes tot vrouw stroganoff heeft gehakt...'

'Wacht eens even. Je hebt het toch niet over Horace Masefield?'

'Ja, die. Vriend van je?' Weer dat geknipper van zijn ogen.

'Ik was erbij toen hij door het lint ging. Ik zag hem in remissie gaan. Wat voor middel is het?'

'Het heet traxomonide. Het is een volledig nieuwe benadering van hersenchemie, werkt direct op de SEF2-1-mutatie in, die een toegenomen allelle frequentie bij schizofrenen te zien geeft. Het codeert voor een helix-lus-helix-proteïne waarvan we denken dat hij een significante rol speelt bij...'

'Hoe groot is je *n*, Howie?' vraagt Lorna.

Kasdan fronst zijn wenkbrauwen; hij wordt niet vaak onderbroken als hij zijn uiteenzettingen houdt. 'Honderdtien. Ze worden hier uitgetest, en in Chatahootchee en op een paar andere plaatsen.'

'Zijn er daar ook zulke remissies geweest?'

'Niet dat ik weet, maar we zijn nog maar net met het onderzoek begonnen, de drug is amper op een therapeutisch niveau. Ik wilde Masefield zo gauw mogelijk laten scannen, en ik weet dat we veranderingen gaan zien. Ik ben hier heel enthousiast over.'

Vroeger zou Lorna ook enthousiast zijn geweest bij het vooruitzicht van roem en geld waarmee de vondst van een nieuw psychiatrisch geneesmiddel gepaard gaat, maar nu niet meer. Niet alleen laat Kasdan haar tegenwoordig onverschillig en heeft ze minder vertrouwen in het chemische model dan vroeger; het stoort haar vooral om te horen dat wat ze heeft gezien waarschijnlijk de uitwerking van een nieuw geneesmiddel is en niet... wat? Iets vreemds en bijzonders. Net alsof je hoort dat je ouders in werkelijkheid Sinterklaas waren. Het stemt haar droef, en ze weet dat het op een verwarrende manier iets met haar relatie met Jimmy Paz te maken heeft.

'Lorna?'

'Hmm?'

'Is er iets mis?'

'Nee. Hoezo?'

'Zo te zien ben je er niet meer bij. Slik je nog medicijnen?'

'Nee.'

Op dat moment voelt Lorna dat er een golf van zwakte door haar heen gaat. Ze wankelt bijna en moet de muur vastpakken om zich in evenwicht te houden. Het zweet staat op haar voorhoofd en bovenlip. 'Ik moet bij een patiënte gaan kijken,' zegt ze. 'Leuk je weer te zien!' En ze loopt vlug met bevende knieën bij hem vandaan.

Wat was dát nou? vraagt ze zich af als ze even later zichzelf inspecteert in de spiegel van de toiletten. Ze ziet bleek, en sterker nog, ze voelt zich fragiel. Dat mooie gevoel van die ochtend, het gevoel dat haar ledematen goed geolied waren, is helemaal verdwenen, en ze herinnert zich nu ook die pijnscheut bij het aanrecht. En nu dit. Kan het door een onderdrukte afkeer van Howie zijn gekomen? Dat was onwaarschijnlijk. Was het een terugkeer van het panieksyndroom waarvan ze de laatste tijd opvallend weinig last heeft gehad? Misschien wel. Ze gaat op een plastic stoel zitten en haalt een paar keer diep adem. Ze betast de lymfklieren in haar hals. Zijn ze groter, rubberachtiger? Ze kan het niet nagaan. Ze wast haar gezicht en maakt zich opnieuw op. Er is iets niet in orde.

Op weg naar Emmylou's kamer komt ze langs een doktersweegschaal. Lorna heeft zich nooit eerder in het openbaar gewogen, maar nu stapt ze erop en verschuift de gewichten. Ze is drie kilo afgevallen. Ze probeert zichzelf ervan te overtuigen dat het door de sportschool komt, maar gelooft dat niet. Een knoopje van angst begint rond te tollen in haar buik. Ze denkt aan het oude cliché, zelfs paranoialijders hebben vijanden; zoiets geldt ook voor hypochonders. Ze leunt tegen de muur en gebruikt haar mobieltje om dokter Mona Greenspan te bellen, maar verbreekt de verbinding als de assistente opneemt. Hier moet een eind aan komen, zegt ze tegen zichzelf, er is niets met me aan de hand, ik beeld me ziekten in, ik heb geen kanker.

Emmylou Dideroff zit rechtop in bed en leest in haar bijbel. Als Lorna binnenkomt, kijkt ze op en glimlacht. Lorna zegt: 'Heb je dat boek nog niet uit?'

'Ik hoop steeds dat het anders wordt. Heb jij het ooit gelezen?'

'In mijn studietijd. Als literatuur. Hoe voel je je?'

'Dat vraagt iedereen aan me en dan zeg ik dat ik wou dat ze eens ophielden met al die pillen. Ik kan er niet tegen om gedrogeerd door het leven te gaan.'

'Dat is waarschijnlijk de Dilantin. Ze willen niet dat je weer een aanval krijgt.'

'Het was geen aanval. Ik heb geen epilepsie.'

'Ik was erbij toen het gebeurde. Het leek mij ook een aanval.'

'Niet iedereen in een kerstmanpak is een kerstman, zoals mijn vader altijd zei. Hij gebruikt ons lichaam. Ik bedoel God. Wat anders ís er? Mensen begrijpen dat niet. Ze denken dat het allemaal hersenschimmen en trucages zijn, maar wij zijn vlees; niet alléén vlees, maar wel voornamelijk.'

'Wat denk jíj dat er is gebeurd, Emmylou?'

'Het leek me gewoon goed om dat te doen, dus hem aan te raken. En de demon kwam uit hem. Natuurlijk was ik het niet, maar de Heilige Geest. Bij professioneel exorcisme gebruiken ze teams, soms wel vijf of zes mensen en dan kan het dagen duren. Daar weet je niets van? Nou, om voor de hand liggende redenen houdt de Kerk het geheim, maar je kunt nog steeds een uitbanning laten doen. Hoe dan ook, God vond dat Horace Masefield lang genoeg gek was geweest en dat ik het instrument zou zijn waarmee hij bevrijd zou worden. Ik ging er bijna aan kapot, maar dat zou niet de eerste keer zijn geweest.' Ze glimlacht en tikt op de bijbel. 'Ik denk dat jullie me vast wel van de Zoon der Mensen kunnen onderscheiden als het op exorcisme aankomt. Je gelooft er geen woord van, hè?' Om de een of andere reden deed dat haar blijkbaar wel goed.

'Nee, helaas niet. Het blijkt dat meneer Masefield een experimenteel antipsychotisch middel krijgt. Dat ging toevallig op dat moment werken.'

Emmylou grijnsde haar toe. 'En ik kreeg op datzelfde moment toevallig een epileptische aanval, al heb ik er nooit eerder een gehad.'

'Nou, je hebt een voorgeschiedenis van flauwvallen. En trouwens, toeval bestaat.' Lorna beseft hoe geforceerd die woorden zijn, al klampt ze zich vast aan de geldigheid ervan.

'Ja, dat is zo,' beaamt de vrouw. 'Weer zo'n verrekte Eskimo. Er is in het Vaticaan een hele congregatie gewijd aan het onderscheid tussen het toeval en het wonderbaarlijke. Natuurlijk zul jij zeggen dat het allemaal bijgelovige idioten zijn.' Ze hield de bijbel omhoog. 'God spreekt tot ons in de Schrift, en door onze innerlijke stem, maar hij spreekt ook tot ons door een samenzwering van toevalligheden. Dat heeft George Santayana gezegd, en die heeft aan Harvard gestudeerd.' Ze rekte zich uit en gaapte. 'Goh, wat ben ik het hier zat! En ik wil geen medicijnen meer.'

'Het is de bedoeling dat ze je helpen,' zegt Lorna, die zich afvroeg of ze het goed had verstaan. Verrekte Eskimo?

'Nee, ze helpen júllie. Ik voldoe niet aan jullie model van wat iemand moet zien en geloven, en dus ben ik gek, en als ik gek ben, moet ik medicijnen krijgen. Maar ik ben niet gek, zoals jij heel goed weet.'

Bij die laatste woorden richt ze haar blik op Lorna. Ze kijken elkaar recht in de ogen, en opnieuw merkt Lorna dat de zuilen die haar wereldbeeld en ook haar zelfbeeld ondersteunen zacht worden en buigen. Zij is degene die het oogcontact verbreekt. Ze zweet en haar hart fladdert. Ze doet verwoede pogingen om die ervaring in een vertrouwd vakje onder te brengen. Hypnotische elementen. Haar eigen fysieke conditie, weinig energie, veel stress, geneigd tot korte hypnagogische episodes, Emmylou is hier de krankzinnige, niet jij enzovoort, tot ze zichzelf weer onder controle heeft en weer kan praten.

'Emmylou, ook als we er even van uitgaan dat er hier, eh, spirituele krachten aan het werk zijn, is het niet logisch. Waarom wachtte God tot dat moment met genezen van Horace? Waarom genas hij hem niet voordat hij twee vrouwen vermoordde? Waarom niet voordat hij hier op de afdeling een paar mensen kwaad deed?'

Dideroff gaf niet meteen antwoord. Ze had een vreemde uitdrukking op haar gezicht, als een ongetrouwde tante aan wie een kind net heeft gevraagd waar de baby's vandaan komen. 'Nou, weet je, "waarom" is geen vraag die we graag aan God stellen. Daarmee snijd je de hele kwestie van de theodicee aan, en je weet dat Milton een gedicht van een triljoen regels schreef om de handelingen van God voor de mens te verklaren, en ik weet niet hoeveel succes hij daarmee had, behalve dat mensen bewondering kregen voor Satan.' Ze tikt weer op de bijbel. 'En dan is Job er natuurlijk ook nog. Ik weet niet of je *Antwoord op Job* van C.G. Jung kent. Heb je nagedacht over mijn droom met de gigantische Twinkies? Die is toch relevant?'

'Natuurlijk,' zegt Lorna spontaan, maar ze denkt aan Milton en Jung. Natuurlijk kent ze hen, maar ze heeft de werken die Emmylou noemt niet gelezen. Het gebeurt bijna nooit dat psychologen die voor de overheid werken cliënten hebben die intelligenter of beter opgeleid zijn dan zijzelf. De gedachte komt bij Lorna op dat deze magere vrouw op haar bed in het gekkenhuis, deze vrouw zonder schooldiploma, intelligenter is dan Lorna zelf en in elk geval meer van de westerse canon heeft gelezen. Ze beseft dat ze niet weet wat 'theodicee' betekent. De vrouw kijkt haar afwachtend aan, maar Lorna's geest is helemaal leeg.

Emmylou komt haar te hulp. 'Ik denk dat hij is voortgekomen uit een regel van Weil. De droom, bedoel ik.'

'Wail?'

'Ja, Simone Weil. Je weet toch wie ze is?'

'Ja,' liegt Lorna.

'Nou, ze zegt dat de zuivere liefde van God betekent dat je net zo dankbaar moet zijn voor je smarten als voor je zegeningen. Dat is een interessante manier om tegen de wereld aan te kijken, nietwaar?'

Lorna herinnert zich de droominterpretatie die ze voor Mickey Lopez heeft bedacht. 'Ja, als slechte en goede resultaten hetzelfde zijn, ben je uit de problemen, nietwaar?'

'Uit de problemen?'

'Ja. Dan hoef je niet meer rond te lopen met de ondraaglijke verantwoordelijkheid voor slechte dingen die je hebt gedaan. Als slechte dingen en goede dingen willekeurig worden uitgedeeld door God, is het niet nodig dat je groeit, dat je verantwoordelijkheid neemt voor je daden. Ik bedoel, zou dat niet een andere interessante manier zijn om dat beeld te interpreteren?'

'Je denkt dat ik verantwoordelijkheid uit de weg wil gaan?'

'Tot op zekere hoogte. Ik denk dat je je terugtrekt van wat je hebt gedaan, van wat je is overkomen. En ik neem je dat helemaal niet kwalijk.'

Emmylou leunt achterover en slaakt een zucht. *'Ok anhier ok yin.'*

'Pardon?'

'Dinka. Het betekent: "Het is mijn geluk dat ik bij jou ben." Het was een illustratie. Het betekent dat je mijn taal niet verstaat en dat ik net zo goed Dinka zou kunnen spreken. Het spijt me, het is lang geleden dat ik een gesprek heb gehad met iemand zonder enig religieus besef. Zeg... o, God, hoe kan ik dit op een zodanige manier zeggen dat je het begrijpt? Oké, God is almachtig, en goed, maar er is kwaad in de wereld, er gebeuren slechte dingen en die overkomen soms goede mensen. Hoe kan ik dit uitleggen? Nou, er wordt ons in niet mis te verstane termen te kennen gegeven dat we het niet moeten proberen, maar afgezien daarvan, en ook even afgezien van zuiver materialistisch atheïsme, hoe kun je in zo'n wereld leven? Jullie kunnen je als de boeddhisten opstellen en zeggen dat het allemaal een illusie is, geen goed, geen kwaad, loskomen van alle bindingen, en als jullie dat dan voor elkaar krijgen, komen jullie terug als bodhisattva, vol medegevoel met anderen. En dan is er fatalisme. Dat zie je in Job, in de klassieke wereld, de stoïcijnen, en het leeft nog steeds min of meer intact voort in de islam. God weet het, wij niet, dus hou je mond en ga door, niet zeuren, dat is onwaardig enzovoort. Geen houding die ons ambitieuze Amerikanen zou aanspreken, en dus zeuren wij véél en verdoven we ons intussen met werk, seks, geld, natuurlijk ook echte drugs, en de illusie dat we het eeuwige leven hebben. De meesten van ons leiden een doodsbang, wanhopig leven en sterven als stomme dieren in plaatsen als deze. Aan de andere kant is er wat Weil zei: het christendom is niet groot omdat het een bovennatuurlijke verlichting van leed verschaft, maar een bovennatuurlijk gebrúík daarvan. Stel, je hebt alle goede dingen. Dan dank je God voor de eer om de armen en ellendigen te kunnen dienen. Stel nu dat alles van je wordt afgenomen, dat je wordt verpletterd als een insect. Simone noemt dat *malheur*, de laatste extremiteit, er is niets meer van je persoonlijkheid over, de sociologie heeft gefaald, de geneeskunde, de economie, de politiek, alle gebruikelijke uitvluchten zijn zinloos, maar aan de andere kant ben je nog maar een dun papiertje verwijderd van God. Als je alles verliest, krijg je alles en nog meer onvoorstelbare genade. Gezegend zijn de armen van geest. Je kunt nooit verliezen.'

Er drong maar een deel van dat alles tot Lorna door. Ze was getraind om niet te letten op de inhoud van wat krankzinnigen te zeggen hadden en alleen in hun taalgebruik naar tekenen van pathologie te zoeken of op een geschikte opening te wachten en dan een therapeutische opmerking te maken. Dat laatste doet ze nu.

'Nou, als lijden zo geweldig is, waarom heb je je leven dan gewijd aan een verplegende orde? Ik bedoel, waarom zou je het lijden verlichten, als het lijden iemand dicht bij God brengt?'

'Omdat het een gebod is. Het is ook een paradox, maar als je niet tegen paradoxen kunt, moet je bij het christendom vandaan blijven. Het atheïsme is zo heerlijk simpel, als een kindertekening. Ik kan me wel voorstellen dat je het niet wilt loslaten. Dat had ik ook toen ik in St. Catherine was.'

'Wat is dat?'

'Dat is een priorij van het Genootschap van Pleegzusters van het Bloed van Christus. Het is in de Blue Ridge, de uitloper van de staat Virginia, dicht bij de plaats waar ik toen was. Je zult er alles over lezen in het schrift dat ik je heb gegeven, de eerste keer dat ik het zag. Wat daar allemaal gebeurde, staat in het volgende schrift, en ook alles over Afrika.'

Dideroff laat zich in de kussens zakken en doet haar ogen dicht. 'Sorry, dat komt door de medicijnen. Heb je me vandaag genoeg genezen? Ik heb echt behoefte aan slaap.'

Lorna stopt haar notitieboek en recorder in haar canvas koffertje en maakt instemmende geluiden om niet te laten blijken hoe verontrust ze is. Ze heeft nooit eerder zo'n sessie met een patiënt gehad; ja, soms kom je therapeutisch geen stap verder, maar op deze patiënt had ze helemaal geen vat gehad. Het leek wel of zijzelf therapie kreeg van de patiënte!

Dideroff doet haar ogen open en glimlacht. 'Sorry voor die twee minuten theologie; dat is een slechte gewoonte van me. De Heilige Johannes van het Kruis waarschuwt daartegen omdat het spirituele vooruitgang kan belemmeren. Vergeet het schrift niet. Ik heb er net weer een afgemaakt. Ik heb nooit gedacht dat er zoveel bladzijden voor nodig waren. Nog één erbij en het zal genoeg zijn.' Dideroff wijst naar een schrift op haar nachtkastje; Lorna pakt het op en loopt weg. Bij de deur blijft ze staan. Ze voelt een zekere afkeer, heeft er behoefte aan de leiding te nemen. Daarom zegt ze: 'Emmylou, wil je dat ik iets aan je woonboot doe? Ik wil best met je huisbaas praten, als je hem wilt houden.'

'O, dank je, maar dat lijkt me niet nodig,' zegt Dideroff.

'Ik zou zelf ook wel op een boot willen wonen. Hoe ben je eraan gekomen?'

'Hij werd me aangeboden, en de prijs was gunstig. Ik had bijna geen geld toen ik hier aankwam, en meneer Packer zei dat hij graag een goede huurder had en dat ik er mocht blijven wonen tot ik mijn zaken weer op orde had. Hij heeft me ook aan die baan bij Wilson geholpen.'

'Dus hij was een oude vriend of zoiets?'

'O, nee, een barmhartige samaritaan. Ik kwam hem toevallig tegen in de hal van het vliegveld. Ik had hem nooit eerder gezien. En het bleek dat we gemeenschappelijke vrienden hadden.'

Lorna, die zich nu enigszins slijmerig voelt, meldt zich af en neemt de lift naar de hal. Vandaar gaat ze niet naar de parkeergarage maar naar de personeelskantine, waar ze een ijsthee bestelt. Ze gaat alleen aan een tafel zitten en leest het schrift vlug door zonder aantekeningen te maken. Ze wil Paz bellen om hem erover te vertellen en om te regelen dat hij het in handen krijgt, maar zijn mobieltje is bezet. Ze spreekt een bericht in. Ze voelt zich beter dan even daarvoor, al komt haar hand steeds weer omhoog om de lymfklieren onder haar kin te bevoelen. Rubberachtig. Ze zegt tegen zichzelf dat het een milde infectie is die ze afweert. In de lift wordt ze zich bewust van een lichte jeuk op armen, rug en dij. Dat was het: op die avond laatst in de Glades is ze door muggen gebeten en nu ondergaat ze een lichte reactie op die beten. Dat is al eerder gebeurd. Maak je geen zorgen, zegt ze tegen zichzelf, maar haar hart blijft tekeergaan.

Ze loopt naar haar auto toe. Ze voelt zich nooit op haar gemak in parkeergarages en houdt haar koffertje onder de ene arm en heeft haar sleutels paraat in de andere hand. Als ze bij haar auto is, komt er een man achter een zuil vandaan. Hij draagt een zwart Porky Pig-masker en heeft een groot jachtmes in zijn hand. Ze geeft haar koffertje af zonder het hem moeilijk te maken.

17

De bekentenissen van Emmylou Dideroff

Schrift IV

Het lijkt wel of we die winter niets anders deden dan praten, wij drieën in Ornes huiskamer om het hete vierkante kacheltje heen en soms gooiden we er een stuk eikenhout in en soms trokken we een idee uit onze mond, op maat gehakt, gekloofd en gedroogd als het hout. Het waren vooral Skeeter en ik die praatten, en dat vond ik vreemd want Orne was altijd de grootste prater geweest die ik kende, maar hij vond het blijkbaar genoeg om zelfgebrouwen bier of maïsbrandewijn te drinken en te luisteren hoe wij de logica aan mootjes hakten.

In onze gesprekken probeerden we vooral elkaar te slim af te zijn, moet ik zeggen. Skeeter werd geacht Ornes beste vriend te zijn maar hij was op een sluwe manier gemeen tegen hem en om de een of andere reden scheen Orne dat niet erg te vinden. Skeeter kleineerde hem altijd als het om dingen van de geest ging. Hij had geen goed woord over voor die ouwe Nietzsche want hij wist dat Orne de hele structuur van zijn leven min of meer op die filosofie had gebaseerd, en Skeeter was er vrij goed in om die filosofie aan flarden te scheuren. Hoe kon je die Nietzsche nou serieus nemen? zei hij. Die Nietzsche heeft nooit geld verdiend en nooit een nummertje gemaakt. Wat kan zijn filosofie nou voorstellen als hij nooit geld verdiende en nooit een nummertje maakte, als het nou juist de kern van zijn filosofie was dat je God verwierp en dan zelf de superman was en kon doen wat je wilde? Superman Nietzsche zelf zwierf door Europa, rukte zich af in goedkope hotels en verzamelde goedkope soep in die stomme snor van hem. En meer van die strekking.

Ik dwaal weer af. Dit is niet het belangrijke materiaal. Waar het om gaat, is dat Orne die winter steeds minder aandacht aan me schonk. Ik dacht dat het kwam doordat ik niet zwanger kon worden en Orne was een plannenmaker en een plannenmaker houdt er niet van als zijn plannen niet doorgaan zelfs niet als het zo'n klein detail is. Ik zei dat ik naar een vruchtbaarheidskliniek in Roanoke kon gaan, die had ik in het telefoonboek opgezocht, maar hij zei nee want hij vertrouwde artsen niet. Over hen had hij ook een paar theorieën. Het kwam nooit bij me op dat Skeeter mij bij zijn beste vriend tot op het bot afkraakte als ik er niet bij was, maar daar kwam ik pas achter toen het veel later was en het er niet meer toe deed.

Op een dag was Orne op reis gegaan zonder zelfs maar een afscheidsnummertje met me te maken zoals we altijd deden en hij was nog maar amper de deur uit of zijn beste vriend probeerde in mijn broekje te komen. En ik stond dat niet toe en dat maakte hem heel kwaad, want we waren niet erg moreel ingesteld, zoals je dat zou kunnen noemen, iets waar hij veel nadruk op legde. Ik bedoel waarom niet? Wat is nou een keertje neuken onder vrienden, waarom is het anders dan een auto of een hamer lenen, zei hij. Orne vond het niet erg, wil je het hem vragen? Ik kan trouwens zien dat hij al probeert om van je af te komen, en luister, schat, ik wou dat ik een dollar kreeg voor elke keer dat Orne en ik van vriendin ruilden, ik bedoel waar zit je mee?

Aan de andere kant... Het was niet alleen vervelend maar ook interessant dat me op die manier het hof werd gemaakt, iets wat je nogal mist in het hoerenvak, en Skeeter was een interessante man al was hij ook een hanig type met die kaalgeschoren kop van hem en die tatoeages, al was hij gespierd doordat hij aan gewichtheffen deed. Hij was echt op al die plaatsen geweest om wapens te kopen en verkopen, en soms vergat hij zijn versierderspraatjes en praatte hij gewoon over Abidjan en Mombasa en Nairobi en de bergen van de maan en de Andes en vliegtuigen die 's nachts op geheime vliegvelden landden en het zwetende gezicht van desperate mannen die glansden in het licht van fakkels.

Op een dag, Orne was nog steeds wie weet waarheen, zei Skeeter tegen me ik moet naar een Depot van de Verdoemden gaan kijken wil je soms mee en ik zei wat is dat en hij vertelde me over legereenheden die dingen verzamelden die ze niet mochten hebben en de officieren en onderofficieren logen daarover en als er inspectie kwam verstopten ze het spul in een vrachtwagen of zo. Na een tijdje werd het spul te opvallend en moesten ze het wegdoen zonder dat er vragen werden gesteld, en dan zorgde Skeeter ervoor dat het kon verdwijnen. Hij was piloot, heb ik dat al gezegd? We vlogen in een Cessna naar Georgia en hij overwon mijn tegenstand dus ik vond het goed dat hij me achter in het vliegtuig neukte, gewoon om het achter de rug te hebben en ook om het Orne betaald te zetten en het bleek mijn allerlaatste vrijwillige neukpartij te zijn zoals ik nog zal vertellen.

Het is heel moeilijk om het kwaad te bedrijven tenzij je hypocriet bent, en om tegen jezelf te liegen over wat je werkelijk doet. Ik heb in mijn tijd veel slechte mensen meegemaakt en Skeeter Sonnenborg was een van de weinigen die niet op die manier logen – hij was slecht en genoot daarvan – en iets anders dat ik hem moet nageven was dat hij geen rancune koesterde, dat soort slechtheid had hij niet. Op het vliegveld kocht hij een grote doos toffees voor me en hij stopte zijn visitekaarten van de Gun Nut erin met een briefje waarop stond wanneer je maar wilt, schat, en goh, wat was dat stom ik bedoel tóffees maar ik vond het toch ontroerend want ik had in mijn leven niet veel cadeaus gekregen zonder dat er onmiddellijk iets voor terug werd verwacht.

De volgende dag kwam Orne terug en hij gedroeg zich kouder dan voordat hij wegging. Dat probleem heb je wanneer je als wilde dieren leeft, je hebt niet veel te praten en als je credo zo'n extreem individualisme is dat intimiteit als onderdrukking aanvoelt, is er toch al niet veel wat je kunt zeggen. Wil je dat ik wegga? Doe maar wat je wilt. En dus bracht ik mijn dekbed en kussen naar een lege kamer over en huilde een paar nachten, in de hoop dat hij het zou horen en bij me zou komen of zou toegeven of zoiets, maar nee. Na ongeveer een week liep ik op een ochtend naar de keuken om koffie te zetten en was daar een meisje dat jonger dan ik was met het koffiezetapparaat bezig, Sharon heette ze, en we gingen zitten en hadden een beschaafd gesprek bij de koffie en broodjes en ze vertelde me dat ze zwanger van hem was en ik kon zo lang blijven als ik wilde, ze wilde me er niet uit schoppen of zoiets.

Ik dacht erover hen beiden te doden, Sharon en Orne, en daarna mezelf, daar dacht ik dagenlang over na, de duivel in me toverde het me voor ogen hoe goed het zou zijn om zijn gezicht te zien en zo, maar uiteindelijk deed ik het niet, God stuurde me naar een ander lot. Ik wilde wel íéts doden, en dus trok ik op een ochtend in alle vroegte een dikke wintercamouflagejas een overall en mijn goede laarzen aan. Ik nam Ornes Jarrett 280 met het Swarovski PH-vizier, waar niemand anders dan hijzelf eigenlijk aan mocht komen, en mijn jachtmes een rugzakframe en touw, en ik ging eropuit om een hert te schieten. Toen ik wegging, speelde iemand op een banjo en zong:

Up in the Blue Ridge mountains
It's there I'll take my stand.
A rifle at my shoulder
A six-gun in my hand.

Je zou dat ons volkslied kunnen noemen. Gewapend en verschanst in de bergen.

We jaagden meestal op een heuvel met uitzicht op een veld dat afliep naar de oevers van de Crittenden Run, het stroompje waar onze berg op uitkeek. Op die heuvel kon je goed dekking zoeken en de herten gingen vanzelf naar het water, terwijl de hertenbokken het veld in het voorjaar gebruikten voor hun gevechten. Ik maakte het me gemakkelijk op een stukje grond vol bladeren dat we met een camouflagekleed hadden bedekt en vanuit die positie kon ik onder een laurierstruik door kijken en een groot deel van het veld en de beek zien. Door het vizier zag ik hertensporen in de zandige oever aan mijn kant van de beek. Ik laadde het geweer en wachtte af en algauw kwamen er een bok en een paar hinden naar de beek om te drinken. Ik richtte het vizier op de bok en dacht zoals altijd wanneer ik op jacht was aan Ray Bob, die me had geleerd niet te proberen het dradenkruis van het vizier helemaal stil te houden maar de trillingen te beheersen door het in kleine cirkeltjes rond te bewegen en in coördinatie daarmee langzaam de trekker over te halen, zodat het beeld precies goed was op het moment dat de kogel werd afgeschoten. Waar ik vandaan kom doen we niet sentimenteel over eetbare dieren. De bok hief zijn mooie kop uit het water en verstijfde, alleen zijn oren trilden, en ik legde hem neer met een schot vlak achter zijn oog.

Een uur later had ik hem leeggehaald en gevild en had ik een lendenstuk op mijn rugzakframe gebonden, toen ik schoten hoorde. Eerst lette ik er niet op, maar toen kwamen er een heleboel meer, automatisch vuur, en toen schudde de hele berghelling en was er een daverende klap en rende ik over het pad omhoog. Ik dacht dat het een ongeluk moest zijn de explosieven moesten per ongeluk zijn afgegaan en ik dacht aan al die mensen die daar beneden waren en nu verpletterd werden. Ik dacht echt geen moment dat hij ze opzettelijk had laten afgaan dat de

Knob door de politie werd aangevallen, totdat ik van het pad op de grindweg kwam en zag dat het daar wemelde van de SUV's met overheidslogo's. Mannen zaten ineengedoken achter auto's, en sommigen van hen waren door kogels geraakt en bloedden en er vlogen kogels over ons heen en ze beantwoordden het vuur. Twee van hen draaiden zich om en keken naar mij, het waren net ruimtewezens met die gasmaskers en helmen. Ik denk dat ze me voor een verdediger aanzagen. Ik had een geweer in mijn hand en kwam niet op het idee het neer te gooien. In plaats daarvan draaide ik me om en rende weg en een van hen schoot me in mijn rug en ik viel van de weg en over de berghelling omlaag ik rolde en rolde tot ik tegen laurierstruiken smakte en daarin belandde.

Het was donker onder de bladeren en het stonk er naar rotting en die typische lauriergeur. Ik was op mijn buik terechtgekomen, zodat het verzwaarde rugzakframe me in de koude aarde en de harde takjes van de laurierstruiken drukte. Een hele tijd bewoog ik niet. Geleidelijk kwam er een eind aan het schieten. Er waren nog explosies te horen, maar die waren niet zo hard. Ik hoorde ook sirenes en vrachtwagens en mensen die opgewonden in radio's praatten. De pijn in mijn rug was niet zo erg, meer druk dan pijn en moeilijk te onderscheiden van het gewicht van het hertenvlees dat op het frame drukte en het in mijn vlees boorde, erger waren de kleine stekels van de struik, er was er een die aanvoelde alsof hij dwars door mijn borstbeen naar mijn hart ging. Ik dacht dat ik daar in de laurierstruiken zou sterven, maar ik schreeuwde niet of zo, ik vroeg me alleen af of Nietzsche iets over de dood had gezegd en kon niets bedenken behalve dat het onwaardig was om je er te veel zorgen over te maken.

Ik viel in slaap, of misschien verloor ik het bewustzijn, en toen ik wakker werd, was het donker en stil en hoorde ik het regenen op de bladeren boven mijn hoofd. En het was koud. Daardoor was ik blijkbaar wakker geworden. De glanzende man was er ik zag hem in de glinstering van de regendruppels, en hij vertelde me dat ik zou worden opgegeten door dieren en insecten en in een geraamte zou veranderen en was dat niet triest, arme Emmylou, en dat maakte me zo kwaad dat ik het rugzakframe van me af schudde en overeind krabbelde en toen voelde ik de pijn pas goed.

Ik rende een tijdje de helling af, strompelend en vallend, het regende nu harder en toen ik de beek overstak kwam het water tot aan mijn dijen en natuurlijk struikelde en viel ik en kwam ik hoestend en proestend boven, drijfnat en ik dacht als ik nou even kon gaan liggen dan zou ik me beter voelen maar de zuster zei niet hier niet hier kind ga verder ga nog een klein eindje verder. De zuster van daarvoor toen ik die eerste nacht alleen in Ornes huis was, met die ogen als wilgenbladeren. Ik stond er niet bij stil hoe ze daar gekomen was het leek zo vanzelfsprekend dat ze daar was ik zag haar witte hoofddoek glanzen al was er veel bewolking en was er geen maan te zien. Maar die doek gaf licht.

De zuster sprak nu ook maar in een taal die ik niet verstond, ik bedoel ik kon de woorden niet verstaan maar hun betekenis wel afleiden. Ze zei God heeft je zover gebracht kind nu moet je de rest van de weg zelf afleggen en ik zei ik geloof niet in God en op dat moment wist ik dat ik doodging en dat het een droom was.

Toen had ik het weer warm en zweefde ik dicht onder het plafond van een langgerekte witte kamer en dacht ik o, dit is dus dood zijn. Ik zag dicht bij mijn hoofd de ruwe structuur van het plafond en de lamp en de witte verf die geschilferd was bij de chromen rand van die lamp en er stond KayBee Electric Inc., Decatur, Georgia, op de onderkant en toen ik omlaagkeek, zag ik een rij ziekenhuisbedden leeg op mij na en het was ochtend en ik lag op mijn rug in het bed maar niet dood al voelde ik me wel zo, en een bruine vrouw met een witte hoofddoek en een schort nam mijn bloeddruk. We keken elkaar aan en een ogenblik dacht ik dat het zuster Trinidad Salcedo in Miami was en misschien was alles wat na mijn vorige ontmoeting met haar was gebeurd een droom geweest, maar nee, dat mocht niet zo zijn, ze zei nou je bent bij ons terug, hoe voel je je, en ik zei het gebruikelijke waar ben ik en ze zei dit is de ziekenzaal van de priorij St. Catherine en ik ben zuster Mercedes Panoy. Wie ben jij vroeg ze en ik zei dat ik Emily Louise Garigeau was. Ik zei, u bent een bloedzuster nietwaar? Ze keek me merkwaardig aan en vroeg of ik goed lag, wat zusters zeggen als ze willen weten of iets verrekte pijn doet en toen ze het zei besefte ik dat mijn hele rug in brand stond van een pijn die vanuit mijn linkerschouderblad alle kanten op schoot. Ik zei nee mijn rug doet pijn en ze ging weg en kwam terug met twee rood-met-witte capsules en een kartonnen beker water.

De week daarop bracht ik in een waas van oxycodone door. Ik hoorde dat ik door mijn schouderblad was geschoten maar dat het vlees op mijn rugzakframe de kracht van de kogel had gereduceerd. Waarschijnlijk had dat laatste mijn leven gered. Toen ik was gevonden, had ik aan onderkoeling en een hevige infectie geleden, en ook aan een immuunreactie omdat het hertenvlees in mijn wond was gedreven. Niemand vroeg me hoe ik was neergeschoten en ik vertelde dat ook niet uit eigen beweging. Ik was in een tehuis van de Pleegzusters van het Bloed van

Christus, zoals ik al had verondersteld. Dit was zelfs hun centrale opleidingsinstituut in Noord-Amerika.

Toen ik na een dag of tien voldoende was hersteld om te kunnen lopen, ging ik naar het kleine dagverblijf dat ze daar hadden en las ik de *Roanoke Times*. Het verhaal kreeg nog steeds veel aandacht, een grootscheepse aanval op een marihuana-imperium van internationale criminele blanke racisten. Zes politiemannen en een onbekend aantal criminelen waren omgekomen door de schietpartij en de explosie, onder wie Percival O. Foy, het meesterbrein. Er waren protesten van de gebruikelijke idioten, de FBI had onschuldige slachtoffers doodgeschoten en o, wat afschuwelijk gewapende milities in onze staat Virginia geen oorlog maar liefde alle wapens de wereld uit.

Dus dat was het einde van Orne Foy, bloed en vuur, de dood van een nietzscheaanse held, zoals hij wilde. Ik ontdekte dat ik geen tranen voor hem vergoot al was hij de eerste geweest van wie ik hield in die zin dat ik voor hem nog meer het beste wenste dan voor mezelf. Hij geloofde natuurlijk helemaal niet in dat soort liefde en achteraf zie ik dat God hem aan me gaf om een barst te maken in de pantsering van mezelf en alleen een instrument zo hard en genadeloos als Orne kon zoiets tot stand brengen. Ik geloofde ook in hem, in zijn onzin, zijn apocalyps, en ik zie dat nu ook als mijn introductie tot de dáád van het geloof, en ook als oefening in het beminnen van wat bijna onbeminbaar was, mijn liefste, de racistische moordenaar. 'Dat heb ik gedaan, zegt mijn geheugen; dat kan ik niet hebben gedaan, zegt mijn trots en houdt dat vol. Ten slotte geeft het geheugen toe.' Nietzsche. Maar niet voor mij, zelfs dat wordt me ontzegd.

Ik moest aannemen dat de nonnen precies wisten waar ik vandaan kwam maar niemand zei er wat over en ik zag ook geen autoriteit, en dat vond ik prima. Wie ik wel veel zag was zuster dokter McCallister, een uitgedroogde oude vrouw, de chirurg die de kogel uit me haalde en ook hoofdarts van de priorij. Ze vertelde me onder andere dat ik, afgezien dan van een spoedgevallenafdeling in een grote stad, waarschijnlijk op de beste plaats in het oosten van Noord-Amerika was terechtgekomen om een lelijke schotwond te laten behandelen. Ik dacht dus dat ik geluk had, al weet ik nu dat het niets met dat soort geluk te maken had. De dokter vroeg me wel hoe ik de priorij had gevonden in die regen en duisternis en ook nog met zo'n afschuwelijke wond en ik vertelde haar over de vrouw die me naar hun poort had geleid. Ik zei dat een van de zusters buiten moest zijn geweest en me in de regen had zien liggen, maar ze verzekerde me dat dat niet het geval was geweest. Ze vroeg me de persoon te beschrijven en dat deed ik: de witte doek die het gezicht omlijstte, de lange dunne neus en die ogen. Ze keek me vreemd aan maar zei niets.

Ik genas langzaam en had veel pijnlijke therapie nodig om weer beweging in mijn arm en schouder te krijgen. Die fysiotherapie deed ik samen met Margaret Chitoor, een postulante van achttien. Die was aan een horrelvoet geopereerd. Van haar hoorde ik iets over de manier waarop het genootschap zijn leden rekruteerde. Chitoor was niet haar achternaam maar de naam van de plaats waar ze door een missionaris was gevonden. Ze was als baby op een vuilnisbelt gegooid om daar te sterven, een ongewenst meisje, een ongewenste mankepoot. Ze lachte toen ze me dat vertelde, alsof er met haar als baby een grapje was uitgehaald. Ze zei dat mensen in India en andere landen zich op die manier van veel meisjesbaby's ontdeden, en dat het genootschap maar een heel klein deel van hen kon redden, en die werden dan grootgebracht in priorijen over de hele wereld. Een groot aantal van hen bood op achttienjarige leeftijd aan om te dienen in de organisatie die hun leven had gered.

Ik beken dat Margaret me mateloos irriteerde. Ik vond het irritant dat ze ondanks haar pijn zo opgewekt was. Ikzelf schreeuwde het uit en vloekte op onze fysiotherapeute, een potige vrouw met gemillimeterd haar en het gezicht van een buldog. Ik was gemeen tegen haar en zou haar later om vergeving hebben gesmeekt alleen ging ze weg voordat ik genezen was. Ik was ook gemeen tegen Margaret. Ze bad 's avonds en ik dreef de spot met haar gebeden. Ik citeerde uit Nietzsche om haar geloof te vernietigen, als een willekeurige dorpsatheïst. Het christelijk geloof is van het begin af een offer: je offert alle vrijheid op, alle trots, alle zelfvertrouwen van de geest, en tegelijk brengt het je tot slavernij en zelfspot, zelfverminking enzovoort enzovoort, maar vreemd genoeg maakten de woorden van die negentiende-eeuwse, briljante, uit een gegoed milieu afkomstige en aan syfilis lijdende filosoof weinig indruk op een meisje dat van een vuilnisbelt was gered. Ze keek me aan alsof ik gek was en zei o, Emmylou, zulke dingen moet je niet zeggen het maakt me verdrietig om je zo te horen praten, en ik hoorde dat ze mij in haar gebeden noemde. Ik wilde haar vermoorden. Dat zou ik ook hebben gedaan. Ik zou ze allemaal om hun goedheid hebben vermoord als ik daarvoor de middelen had gehad.

Machteloos ging ik tekeer en ik was sarcastisch, want sarcasme is het laatste redmiddel van de machtelozen en ik koesterde mijn minachting voor de zusters. De meesten van hen waren in enig opzicht verminkt, behalve zuster dokter McCallister. De meesten waren uit hellepoelen in de derde wereld gered en opgeleid om naar hellepoelen in de derde wereld te worden teruggestuurd en daar voor Jezus te sterven. Ik vond dat het summum van waanzin en zei dat ook vaak en luid.

Het duurde bijna twee maanden voordat ik me zonder pijn kon bewegen. Ze lieten me steeds langere wandelingen maken, eerst door de ziekenzaal, toen naar de refter voor maaltijden en toen over het terrein. De priorij bestond uit vier gebouwen van drie verdiepingen, opgetrokken van grijze natuursteen. Tussen de gebouwen lag een rechthoek en in het midden daarvan stond een beeld van een vrouw die een gewonde man in haar armen hield. Ze vertelden me dat het de heilige Marie-Ange de Berville was, die lang geleden met de Bloedzusters was begonnen. Twee vleugels van het gebouw waren woonruimte en in een andere bevonden zich kantoren en de kapel en weer een andere was de dienstenvleugel, en daar waren de refter en de ziekenafdeling en de bibliotheek.

Het genootschap dacht ongeveer hetzelfde over poëzie als Orne en ze hadden vooral religieuze werken en medische en verpleegkundige handboeken, maar ze hadden ook een romanafdeling met veel klassieken. Ik las alle romans. Niemand stelde voor dat ik de andere boeken zou lezen. Ik liep toen al niet meer in ziekenhuiskleren rond en droeg wat alle anderen ook droegen als ze geen verpleegdienst hadden. Ze noemden dat *bleu de travail*, Franse monteursoveralls, een souvenir van de Franse oorsprong van het genootschap. Ik zat in die outfit in het dagverblijf Daniel Deronda te lezen toen zuster Mercedes binnenkwam en zei dat de priores me wilde spreken. Ik zei ik ben bezig, waarop ze het boek resoluut uit mijn hand trok en zei de priores wil je nú spreken. Nou ik had genoeg over de priores gehoord. Ze noemden haar de rottweiler en als ze in een goed humeur was at ze mensenvlees. Mercedes zei kam je haar, het is een warboel en ik zei pleur op en liep de kamer uit.

Ik had verwacht dat ze een grote, grove dragonder was als zuster dokter McCallister, een meter tachtig groot en rook uitademend. In plaats daarvan kwam ik bij Jette von Schwerigen, een kleine, tengere oudere dame in het volledige habijt van het genootschap. Ze zat in een fauteuil te lezen. Toen ze me aarzelend in de deuropening van haar werkkamer zag staan, maakte ze een gebaar dat ik dichterbij moest komen en wees ze me een stoel tegenover haar aan. Ze pakte een dossier op en bestudeerde het. Haar werkkamer was eenvoudig ingericht, witgeverfd, een bureau, lage boekenplanken, een grote houten tafelklok op een houten dossierkast, ingelijste foto's, een groot crucifix als enige decoratie aan de muren. Ze keek me aan tot ik me niet meer op mijn gemak voelde.

Scherpe blauwe ogen achter ronde glazen in een gouden montuur. Slaakte een lichte zucht en zei Emily Louise Garigeau, wat moeten we met je aan?

Een accent dat nog net te horen was. Ik vroeg me af hoe het kon dat een Duitse vrouw aan het hoofd stond van een Amerikaanse organisatie. Ik zei dat ik weg wilde en ze sprak haar bezorgdheid uit, waar kon ik heen gaan geen kleren geen geld en ik zei ik red me wel want ik dacht aan al die vaten met gouden munten, ik had de kaarten vrij goed in mijn hoofd zitten. Ze zei dat de politie achter me aan zat, ze wist van de drugshandel en zei dat mijn foto was gepubliceerd en op tv was geweest, en er waren federale agenten komen rondneuzen in de priorij. Ik vroeg haar waarom ze me niet aangaf en ze zei dat het haar zaken niet waren en toen zei ze vertel me over die vrouw die je hebt ontmoet, die voor je zorgde toen je gewond was en die je hierheen leidde.

En dus beschreef ik die raadselachtige zuster, haar gezicht, de hoofddoek of wat het ook was, en de priores knikte en stelde vragen. Toen opende ze een boek dat ze op een tafel naast haar had liggen een kunstboek rood omslag met een kleurenafbeelding van een man uit wie pijlen staken en ik las de titel op zijn kop het was *Middeleeuwse Italiaanse schilderkunst*. Ze sloeg het op een bladzijde open en keerde het boek om en gaf het aan mij. Er stond daar een afbeelding van mijn zuster die omlaag keek, een driekwartsportret van dichtbij in kleur je zag de dunne barstjes die ze op oude schilderijen hebben.

Een kilte bracht de haartjes op mijn armen omhoog en ik werd een beetje misselijk. De afbeelding had een bijschrift, detail van de Heilige Catharina door Andrea Vanni, San Domenico, Siena.

De priores zei dat de kunstenaar die haar schilderde een vriend van Catharina van Siena was en dat hij haar naar het leven had geschilderd, dus dat ze er echt zo had uitgezien. En dat heb jij gezien, hè? Ik neem aan dat je dat schilderij nooit hebt gezien?

Ik klapte het boek dicht. Ik zei ik weet niet waar u het over hebt en ze zei jongedame, blijkbaar sta je onder de bescherming van een heilige. Ik hoorde dat je niet in God gelooft en al die onzin, en ik zei ja, zo is het, en ze glimlachte en schudde haar hoofd. Weet je dat op ditzelfde moment misschien wel duizenden mensen op hun knieën zitten te bidden om een teken van God, een teken om hen te belonen voor hun geloof, en dat ze misschien nooit zo'n teken zullen krijgen, en hier ben jij, die helemaal niet gelooft en toch zulke zegeningen krijgt. Wat zeg je daarvan?

Ik haalde mijn schouders op. Ik zei dat ik het schilderij ergens in een boek moest hebben gezien en het blijkbaar was vergeten, al verzuurde de leugen al in mijn mond. Het was een hallucinatie, zei ik, ik was ziek.

De priores was zo beleefd om aan die opmerking voorbij te gaan. Ze zei ik heb altijd gedacht dat de Heilige Geest gevoel voor humor had en dit is daar weer eens een bewijs van. En zo komen we terug op de vraag wat je gaat doen. Ik neem aan dat je niet in de gevangenis terecht wilt komen.

Nee. Ik was nu nors. Mijn blik ging door de kamer, ik wilde haar niet aankijken, maar er was daar zo weinig te zien dat mijn blik op niets kon blijven rusten behalve het crucifix maar daar wilde ik niet naar kijken want ik kreeg er de kriebels van. Er stonden boeken in een lage vitrinekast, daar had ik ook niets aan want ik kon de titels niet zien en een van de foto's, die in een ovale zilveren lijst zat, was van een man in uniform. Ik kende de man niet maar het uniform was beroemd.

Ik vroeg haar bent u familie van generaal Hanno von Schwerigen? Kinderen die zijn verkracht, leren handig van onderwerp te veranderen.

Ze trok haar wenkbrauwen op, keek even naar de foto en zei dat het haar vader was en vroeg me hoe ik die naam kende, en ik zei dat ik me voor militaire geschiedenis interesseerde. Hij voerde het bevel over de 22ste Pantserdivisie in Normandië. Het stond in dat boek van John Keegan over de gevechten daar.

Blijkbaar was ze in dat opzicht net zo handig als ik, zij het dan in omgekeerde richting. Ze zei maar jij bent hier het onderwerp van gesprek, niet mijn vader of veldslagen van lang geleden. Ze zei dat ik voldoende was hersteld om te werken, en dat ik de keuze had: ik kon weggaan, en dan zouden ze me kleren en een beetje geld geven, of anders zouden ze iets zoeken wat ik kon doen. Ze zei dat hun regel afgeleid was van de regel van Benedictus: werken en bidden.

Ik zei dat ik atheïst was, en zij zei goed, dat is een oud en respectabel geloof. Sommigen van mijn beste vrienden zijn atheïsten. Ik heb met atheïsten gewerkt die betere christenen waren dan ik ooit zal zijn. Toen zei zei hoe dat ook zij, je moet niet proberen het geloof te bederven van degenen die geloof hebben want als het echt van God komt is het verspilling van je tijd en in elk geval is het onbeleefd. Ze zei goede manieren zijn belangrijk in een gemeenschap als deze, dus als je blijft, mag je dat niet meer doen.

Nu was het vooral interessant dat ik de glanzende man duidelijk vanuit mijn ooghoek kon zien, net voorbij mijn linkerschouder waar hij meestal hing en niets zei maar wel zijn wegwezen-vibraties uitzond zoals hij had gedaan toen mama zich van kant had gemaakt en met Hunter toen die zich zo verschrikkelijk stom gedroeg, en ik wilde net zeggen nou dan ga ik maar, toen ik zag dat de priores over mijn linkerschouder keek en toen haalde ik me in mijn hoofd dat zij hem ook kon zien en dat maakte me banger dan alles wat ik tot dan toe had doorgemaakt. Ik verstijfde als een dode en de minuten tikten maar voorbij en ik hoorde het geluid van de klok plotseling luid in de kamer en op de een of andere manier rekte de tijd zich uit van *tiktaktiktak* tot *Tik. Tak. Tik.*

Zij verbrak de stilte. Ze zei ik wil je niet beïnvloeden, maar dit is wel iets om over na te denken. Het is duidelijk dat God door middel van zijn heilige tot je spreekt, al weten we niet waarom. Hij heeft beslist nooit zo tegen mij gesproken en ik ben al drieënvijftig jaar religieus. En Hij heeft jou hierheen geleid, en ook daarvan weten we de reden niet. Dus laten we zeggen dat je een bepaald talent hebt om dingen te zien die meestal onzichtbaar blijven. Ik vermoed dat je ook van de andere kant hebt gehoord, hè?

Ik zei dat ik niet in die onzin geloofde! Mijn stem was hard en schel en ik kon er niets aan doen. Ze zei dan ben je krankzinnig. Voel je je krankzinnig?

Daar moest ik over nadenken. Ik had genoeg met krankzinnigen te maken gehad, mijn moeder en de daklozen in Miami en ik wist in mijn hart dat ik niet zo was als zij. Als het erop aankwam, waren krankzinnigen min of meer hulpeloos en dat was ik niet. Dus ik moest nee tegen haar zeggen.

Daar was ze kennelijk wel blij mee. Ze zei er is je iets interessants overkomen, we zullen niet de vrijheid nemen te zeggen wat het is, maar waarschijnlijk ben je door het lot naar deze plaats gebracht. De Heilige Catharina die je naar een priorij brengt die naar haar is genoemd?

Toeval, zei ik als een echte materialist. Tot mijn verbazing lachte ze. Voor een klein vrouwtje had ze een diepe lach, bijna als die van een man. Toen vertelde ze me het Eskimoverhaal, dat ik zal opschrijven want het is belangrijk voor u.

Een piloot loopt een bar in Alaska binnen en de barkeeper zegt, hé, Fred, we hebben je de laatste tijd niet in de kerk gezien. Waar heb je gezeten? De piloot zegt ik ga niet meer naar de kerk. Ik geloof niet meer. De barkeeper zegt maar waarom dan niet meer? De piloot zegt vorige maand stortte ik met mijn vliegtuig in de wildernis in de bergen neer en zat ik klem in de wrakstukken. Ik bad tot God dat hij me eruit zou halen maar er gebeurde niets. Dag na dag bad ik maar er gebeurde niets. Ik kwam tot de conclusie dat er geen God was en dat ik zou sterven en dat er na de dood niets zou zijn. Zo verloor ik mijn geloof. Toen zei de barkeeper maar je bent wél ontkomen. Je bent hier en je leeft. En de piloot zei o, dat had niets met God te maken. Een of andere Eskimo kwam voorbij en trok me eruit.

Dat is niet de reden waarom ik bleef, niet dat verhaal. Maar toen ze me dat had verteld, zei ze en dan nog iets, meisje, er zijn hier geen mannen. Soms is het wel prettig om vakantie te nemen van mannen, nietwaar?

Nou en of.

Zo begon ik mijn leven in de religie, God had me gevonden en hield me in dat kleine hoekje vast en perste heiligheid door mijn onwillige keel. Zo betrad ik een vreemde plaats, zelfs vreemd onder de religieuze organisaties. Zoals iedereen weet leidt in rijke landen het religieuze leven een kwijnend bestaan. De tijd van de gigantische religieuze organisaties is voorbij, er zijn nog maar weinig roepingen onder jonge meisjes, de priorijen en kloosters zitten vol met oude en stervende mensen en hun verzorgers. Het St. Catherine was niet zo, en dat kwam door een bijzondere eigenschap van de Bloeds. Dat las ik in drie boeken die ik van zuster Marian Dolan kreeg, die onderpriores was en de leiding over de lekenzusters had. De boeken waren *Trouw tot in de dood*, dat ging over de oprichting van de orde en hoe geweldig Marie-Ange de Berville was, en dan een boek van haar, *De vorming van pleegzusters*, en een dun boekje, *De regel van het Genootschap van Pleegzusters van het Bloed van Christus*, dat had ze ook geschreven. Ze hadden jonge nonnen en oblaten omdat ze hen rekruteerden uit degenen die ze hadden grootgebracht in vreemde landen en ook uit degenen die ze van de straat hadden gered. In een groot deel van de wereld zijn meisjes nog steeds menselijke vuilnis en ze halen er een paar van die grote vuilnisbelt.

Zuster Marian was een vrouw van in de vijftig met een stevige kin en dikke brillenglazen in een stalen montuur. Ze liet haar haar tot laag op haar voorhoofd groeien, zodat ze er een beetje als een motorrijder met zo'n stofbril uitzag. Het leek altijd of zuster Marian tegen de wind in liep. Ze zei dat ik als lekenzuster zou worden beschouwd zolang ik daar was. Het St. Catherine had geen gasten, je kon er niet in retraite gaan. Iedereen daar maakte deel uit van de gemeenschap en werkte. Ze vroeg me welke vaardigheden ik had, en ik zei tippelen, stelen en helpen een drugshandel te runnen. En ik kon ook schieten en paardrijden. Ik dacht dat ik haar zou choqueren, wat wist ik ervan. Ze schreef iets op en zei we laten nieuwe mensen meestal eerst onderhoudswerk doen. Dat is eenvoudig, gezond werk en het geeft je een goede indruk van hoe we leven.

Of er is de keuken, als je daar liever werkt. Ik zei en verplegen dan, ik dacht dat jullie allemaal verpleegsters waren. Ze zei dat verplegen was voor geprofeste zusters, ze wilden de anderen de opleiding niet laten doormaken, en ze dacht niet dat ik daar een roeping voor had, of wel? Nou, die had ik zeker niet, dat hele gedoe met onderstekingen en injectienaalden was niets voor mij en ik wilde ook niet in de keuken werken, dus ik zei dat het goed was en deed alsof het me niet kon schelen.

We zaten met een stuk of tien in de onderhoudsploeg. Zes waren Filippina's, plus het Indiase meisje Margaret, en de rest bestond uit allerlei typen schorem die in de handen van een Bloed terecht waren gekomen, een paar hoeren zoals ik, iemand die een zelfmoordpoging had gedaan, een paar heel jonge weglopers. Onze leidster was zuster Lorette, die een jaar of negentig leek maar nog kwiek was. Ik herinnerde me wat de priores over spotten met religie had gezegd en ik hield me daar vrij goed aan, ik bedoel, wat kon het mij nou verrotten wat ze geloofden, zolang ze het mij maar niet opdrongen. Toch vond ik het niet zo prettig om bij hen te zijn. De Filippina's waren opgewekt en vroom en praatten in hun levendige taaltje onder elkaar. Het waren allemaal weesmeisjes die in hun eigen land voor diverse gruwelijke lotgevallen waren behoed. De anderen waren bekeerlingen en irritant dweperig, ze praatten over Jezus en de heiligen alsof ze met hen in contact konden komen wanneer ze maar wilden. Ze schenen geen van allen tegen hun wil door een heilige te zijn benaderd, zoals mij was overkomen, al besprak ik dat met niemand.

Het werk was niet zo zwaar, vergeleken met ander werk, maar ik had er een hekel aan en dat maakte het vermoeiend. Ondanks mijn zogeheten eidetische geheugen kost het me moeite om me te herinneren wat er in die tijd door mijn hoofd ging. Veel woede, vooral op mezelf omdat ik mijn leven had verknoeid, en op alle mensen die me hadden teleurgesteld, mijn vader door op die stomme manier dood te gaan, mijn oma omdat ze me niet op tijd door had gehad, mijn moeder omdat ze met een hypocriete pedofiel trouwde, Ray Bob omdat hij er een was, Foy omdat hij zichzelf had opgeblazen, en ook de mensen in de priorij omdat ze zo oliekoekendom waren dat ze niet eens konden zien hoe dom en waardeloos ik was, en dat alles vloog in alle richtingen als de vonken van een sterretje, dat vuurwerk bedoel ik, maar dan zwart, en ik was vooral kwaad op de mensen die het aardigst voor me waren, vooral op Margaret en zuster Lorette, maar ook op iedereen die toevallig binnen gehoorsafstand kwam. Ik wilde een gevecht, maar niemand wilde tegen me vechten. Op een dag stond ik op een ladder in de ziekenzaal een gloeilamp te vervangen, en toen ik de bol losmaakte, zag ik dat er Kay-Bee Electric Inc., Decatur, Georgia, op de onderkant stond en toen herinnerde ik me mijn eerste nacht daar en hoe ik daar bij het plafond had gezweefd en ik liet de bol vallen en vertelde het niemand maar het joeg me wel de stuipen op het lijf. Daarna bood ik me aan voor werk buiten het gebouw, bomen kappen en sloten uitbaggeren.

Soms zag ik haar, dan stond ze aan de rand van mijn gezichtsveld, en toen ik een keer het portier van mijn vrachtwagen opendeed, stond ze heel dichtbij, zo dichtbij dat ik haar zou kunnen aanraken. Ze zei nooit iets, al schreeuwde ik tegen haar en gebruikte ik lelijke woorden en gooide ik als een maniak met stenen naar Catharina van Siena. Ik was bang dat ik net zo gek zou worden als mijn moeder, en dat was, denk ik, een van de voornaamste redenen waarom ik in de priorij bleef: als ik de wereld in ging en mensen zagen hoe ik me gedroeg zou ik worden gearresteerd en dan zouden ze mijn vingerafdrukken nagaan en dan zou ik op de een of andere manier (ik wist niet precies hoe het zou gaan maar het was wel een grote angst) in dokter Herms rusthuis in Wayland terechtkomen en dan konden de Dideroffs met me doen wat ze wilden.

Afgezien daarvan en afgezien van het feit dat iedereen een hekel aan me had (zoals ik geloofde), was het leven in het St. Catherine niet slecht. De Bloeds zijn geen ascetische orde, integendeel. Als ze voedsel kunnen krijgen, eten ze er goed van. De oprichtster heeft een deel van haar boek aan recepten gewijd, hoe je daube voor tweehonderdvijftig personen moet maken enzovoort, navarin van lamsvlees, blanquette de veau, coq au vin, soupe à l'oignon. Ze bakten ook hun eigen brood en croissants. Ik heb daarvoor en daarna nooit zulke dingen gegeten. Bd. Marie-Ange dacht dat het leven al moeilijk genoeg was en dat ze allemaal tamelijk vroeg zouden sterven, en dat God ons al die goede dingen als voedsel en wijn had gegeven opdat we het prettig zouden hebben en dat we er dus van moesten genieten. Boven de ingang van de refter was een gezegde van de Heilige Theresia van Avila uitgesneden: 'Als het tijd is om te bidden, bid dan; als het tijd is om fazant te eten, eet dan fazant.' We dronken ook wijn bij het eten, behalve op vrijdag (dan aten we alleen soep en brood) en in de vastentijd. De orde was in sommige opzichten vooruitstrevend en in andere opzichten conservatief, zoals in dat opzicht, of misschien stonden ze buiten dat hele gedoe van vooruitstrevend en conservatief, maar daar wist ik toen nog niets van. Ik denk dat ze vooral van hun tradities hielden, zoals hun habijt en de Franse woorden die ze voor verschillende dingen gebruikten. *Goûter* voor het hapje dat om een uur of drie in de refter werd opgediend. En *principe*, als je iets ging doen wat enigszins buiten de regels viel; *en principe* is het niet toegestaan, maar. En *débrouiller* natuurlijk, maar daar moet ik straks over vertellen want dat had met Nora Mulvaney te maken.

En *rappel*. Elke zondag hadden we rappel, dat betekende de hele bevolking stond op lijnen die op de grond waren aangegeven, de zusters met hun kappen en cavaleriecapes en wij leken en postulantes in onze bleu de travail en baretten en de kleine oude priores stond dan zo recht als een vlaggenmast voor het grote bronzen beeld van de Oprichtster als de Engel van Gravelotte die iets te drinken gaf aan een gewonde boerenjongen, en dan zei de onderpriores, zuster Marian, in het Frans, hier zijn honderdtwintig (of wat het aantal maar was) zielen tot uw dienst en ook hoeveel zieken of afwezigen er waren en dan zei de priores, dank u, zuster, mijn dienst aan God en Zijn volk, wij zijn trouw tot de dood. Moge de Heer ons allen genadig zijn. Komt mijn kinderen naar het huis van de goede Heer. En dan draaide ze zich abrupt om en liep ze de kapel in. De zusters liepen achter haar aan, en daarna wij leken. Ze zeggen dat ze vroeger in Europa trommels en trompetten bij het rappel hadden, maar hier hebben ze die niet. Ze zetten nog wel het jongste lid van het gezelschap bij de kerkdeur, klaar om alarm te slaan als er gevaar dreigt, zoals lang geleden in Algerije is gebeurd, een stel schurken overviel toen een groep Bloeds en patiënten en vermoordden ze allemaal. Ik begrijp dat niet, want wat wilden ze doen behalve vermoord worden of ze nu gewaarschuwd waren of niet, en ik vroeg een van de geprofesten daarnaar en ze keek me vreemd aan en zei ze hadden kunnen ontkomen. Ze zei het is niet het doel dat we sterven maar dat we onze patiënten nooit verlaten. Lieve help, zei ze, we rennen de hele tijd weg met onze patiënten op onze rug, en ze lachte.

Eigenlijk was het niet zomaar een van de geprofesten, het was Nora, en omdat ik merk dat ik erg graag aan haar deel van het verhaal wil toekomen ga ik nu vlug verder.

Nou, ik wilde niet naar de kerk gaan en na een tijdje liet de priores me bij zich komen. Ze draaide er niet omheen. Zodra ik haar kamer binnenkwam, zei ze Emily, luister naar me. Je bent hier in een religieuze gemeenschap. We werken allemaal samen, we eten allemaal samen, en op zondag gaan we allemaal samen naar de kerk. Dat is de regel en als je hier wilt blijven moet je je eraan houden. Ik eis niet van je dat je het credo erkent of aan de dienst deelneemt, maar je aanwezigheid in de kerk is verplicht. Misschien wil je me vertellen wat je daar zo sterk op tegen hebt. En ik zei zo gemeen mogelijk dat ik de pest had aan haar religie dat ik het walgelijk vond de dood te aanbidden, een dode man, dat je wel gek moest zijn om te denken dat de wereld werd geleid door een God die goed was, dat het christendom het leven en de gezondheid smoorde en alleen geschikt was voor doodsbange slaven, en dat het idee dat het oké was om nu ongelukkig te zijn, in de hoop op een beloning na de dood, het slechtste idee was dat ooit bij iemand was opgekomen. Zo ging ik nog een tijdje door.

Ze zei ik merk dat je Nietzsche hebt bestudeerd, en ik beaamde dat en ze glimlachte en zei ik ook, hij is geweldig in het Duits, een groot kunstenaar. Jammer genoeg is hij het product dat je krijgt wanneer een levendig klein genie wordt grootgebracht door een stel vrome kerkdames. Nietzsche heeft in zijn hele leven waarschijnlijk nooit een echte christen ontmoet. Die zijn ook in de gunstigste tijden erg zeldzaam. Dus neem het me niet kwalijk als ik zeg dat je niet weet waar je het over hebt. Ik zei dat het nog steeds stom was en dat zij stom was als ze wilde dat ik mijn lichaam op een bepaalde tijd op een bepaalde plaats parkeerde ook al zou er verder niets gebeuren, en dat ik elke seconde daarvan zou verafschuwen en zij zei het is belangrijk waar het lichaam is, en je kunt nooit weten wat er in een kerk gebeurt. Trouwens, zei ze, het is de regel en je moet je nu eindelijk eens aan een regel houden, want tot nu toe heb je ze allemaal aan je laars gelapt en daar ben je blijkbaar niet veel mee opgeschoten. Toen werd ik pas echt kwaad, zoals ik niet meer was geweest sinds die tijd met Ray Bob toen hij Hunter zou gaan arresteren en ik schold haar uit voor alles wat mooi en lelijk was, zo hard als ik kon, en raakte toen helemaal over mijn toeren en voor ik er erg in had stroomde het hele verhaal van de bijzonder christelijke diaken en kinderneuker Ray Bob met tongen van vuur uit mijn mond plus nog wat verhalen over perverse priesters en nonnen die ik de laatste tijd in de pers had gelezen en ook vroeger in pamfletten die Ray Bob in huis had over de Hoer van Rome.

Ze nam het allemaal in zich op alsof ik haar over mijn zomervakantie vertelde, ze knikte en toen zei ze, ja, zoiets had ik wel gedacht. Ik zal je twee dingen zeggen. Ten eerste, je zei dat de kerk corrupt is, en ik bedoel niet alleen de katholieke kerk ik bedoel de hele kerk, want het is allemaal hetzelfde tot in elke splinter, en ik ben het met je eens, want weet je, het is voor een deel een menselijk instituut en als zodanig onderhevig aan het verval van de wereld, en des te meer omdat dit instituut van tijd tot tijd macht heeft uitgeoefend en macht corrumpeert altijd. Daarom is de kerk gedurende bijna zijn hele geschiedenis geleid door gangsters, soms door letterlijke gangsters maar bijna altijd door egoïstische machtswellustelingen die absoluut niet geneigd waren Christus te volgen. Misschien hebben ze bewondering voor Christus en vinden ze hem geweldig, maar daar was het Christus niet om begonnen, weet je, helemaal niet. Een van mijn landgenoten schreef eens dat de kerk het kruis is waarop Christus elke dag wordt gekruisigd, maar hij zei ook dat Christus niet van Zijn kruis kan worden gescheiden, dat betekent dat de kerk niet alleen een groezelige club van saaie mannen met gekke kleren is, maar ook het eeuwige, volmaakte en mystieke Lichaam van Christus, en daarom houden wij vrouwen ons ermee bezig en geven we ons leven ervoor en beschouwen we onszelf als gelukkig. Jij begrijpt dat nu niet, maar ooit misschien wel.

Ik zei iets of wilde iets zeggen en zij zei wees alsjeblieft even stil. En dat was ik, en ze zei ten tweede het verhaal dat je me hebt verteld, je bent wreed behandeld en bedrogen, je kindertijd is je ontstolen. De wereld is vaak *une pâtisse émerdée*, een strontpastei, maar dat is helemaal niets nieuws. Het is alleen interessant hoe we gebruikmaken van het leed dat in het leven onvermijdelijk is. Geloof me, ik begrijp wat je hebt doorgemaakt.

Ik zei daar weet u geen moer van.

O, nee? zei ze. Luister dan. In de winter van 1945 was ik vijftien. Mijn vader was gearresteerd en geëxecuteerd vanwege het julicomplot tegen Hitler, zoals je misschien wel weet, want blijkbaar weet je veel van geschiedenis. Mijn twee broers waren aan het oostfront gesneuveld, en we zaten in een boerenwagen en probeerden uit Oost-Pruisen weg te komen voordat de Russen ons te pakken kregen, mijn moeder, mijn zus Liesel die drie jaar jonger was dan ik, en ik. Het lukte ons niet en we kwamen tussen honderden vluchtelingen terecht die in een verwoeste fabriek gevangenzaten en toen de Russen ons vonden verkrachtten ze alle vrouwen. Ons drieën bonden ze naakt aan buizen vast en twee dagen en twee nachten werden we onnoemelijk veel keren verkracht. Mijn zusje werd verkracht tot ze dood was. Ik zag twee dronken Russen haar als een vuilniszak uit het raam gooien. In haar hele leven had niemand ooit een lelijk woord tegen haar gezegd, en zo stierf ze. Mijn moeder verhing zich de volgende dag. Ik dwaalde wekenlang rond en verkocht mijn lichaam voor voedsel en sigaretten aan eenieder die het maar wilde kopen. Toen vonden de Bloeds me, een groep Duitse zusters, en natuurlijk waren die ook allemaal verkracht. Nu is het interessant dat we nooit klaagden over wat ons was overkomen, want we wisten inmiddels heel goed dat ons eigen volk veel ergere dingen had gedaan in Polen en Rusland. Daarom leden we in stilte, als honden.

Ik kan me die laatste woorden heel goed herinneren al ben ik niet zo zeker van de rest. Ik verzin het zoals we dat doen in ons hoofd wanneer we onze herinneringen afdraaien. Dat wordt ons geleerd door de voice-overs in films. Maar ik herinner me het in stilte lijden als een hond, dat is in mijn hart blijven zitten.

Ze ging door en vertelde me dat ze met die zusters naar het westen was gelopen, en dat ze gezelschap kregen van mensen die waren vrijgelaten uit concentratiekampen waar ze door de nazi's in waren gezet. Toen de oorlog voorbij was, verzamelde een kleine groep van hen, afkomstig uit heel Europa, zich in een gebouw dat een priorij van de Bloeds in Rottweil in Duitsland was geweest. Ze zei ik zag al die vrouwen die in veel gevallen veel erger hadden geleden dan ik, die alles hadden verloren, waren gemarteld, wier gezondheid was verwoest, en ze konden maar aan één ding denken en dat was anderen helpen, en ik was gek van woede ik wilde tegen hen schreeuwen waarom, waarom, hoe kun je in een God geloven die zulke dingen toestaat, dood, marteling, verkrachting, het afslachten van kleine kinderen? En op een dag kwam een van hen, zuster Magdalena, naar me toe. Ze had ook aan de terugtocht deelgenomen, ze hadden haar naakt op een boerenwagen vastgespijkerd, zodat elke soldaat die over de weg voorbijkwam haar kon nemen, als een openbare latrine. En op een dag zei ze tegen me je moet ze vergeven, ze wisten niet wat ze deden. En ik werd helemaal gek toen ik die woorden hoorde. Ik viel haar aan, spuwde op haar en krabde over haar gezicht. Maar ze sloeg haar armen om me heen en algauw worstelden we op de vloer, en ze drukte me neer en hield haar crucifix voor mijn gezicht, het was dit crucifix – en nu bracht de priores het crucifix omhoog dat ze droeg en hield het voor mijn gezicht – ditzelfde. Toen, zei ze, liet zuster Magdalena me de littekens op haar handen zien die door de Russische spijkers waren ontstaan. Kijk, kijk, stom kind, schreeuwde ze tegen me, wat denk je dat dit is, een grap, een sprookje? Ik werd gekruisigd en ik stierf en nu leef ik in Christus, gezegend zij Zijn naam. En jij! Zie je dan niet dat je ook een lijk bent na wat jou is aangedaan en dat het echte leven wacht tot je het oppakt. Maar dat wil je niet, nee, je klampt je aan de dood vast zoals een kind zich aan een lappenpop vastklampt. Alleen moet je ze nu vergeven, dan zul je het ook jezelf kunnen vergeven dat je niet met je familie bent gestorven en weer tot leven komt in God.

Dat was dus het verhaal van de priores, tenminste het belangrijkste deel daarvan. Uiteindelijk raakte God haar hart en ze bleef bij de Bloeds toen die zich na de oorlog weer organiseerden, en later werd ze zelf een zuster. Ze vertelde dat de vrouwen die daar toen waren, dus de overlevenden van de catastrofe in Europa, rottweilers werden genoemd en ik zei ik dacht dat ze dat deden omdat jullie zo gemeen als een valse hond zijn en ze lachte en zei er is nog iets anders dat je niet goed hebt begrepen. Toen ik wegging, hoorde ik de glanzende man zeggen, nou je hebt haar goed op haar nummer gezet. Ik gebruik nog steeds mijn kinderlijke naam voor hem. Ik zou nu Lucifer moeten zeggen, maar dat lijkt op iets in een film, met trucages en rare ogen.

U weet dat ik ondanks mijn harde houding in werkelijkheid een heel zwakke geest heb, mijn hersenen zijn een vat waarin alles gegoten kan worden en ik ben geneigd alles te accepteren. Mijn arme ouders hebben me zo leeg achtergelaten. Jammer genoeg heeft dat vat geen afvoer. Daarom bleven de woorden van de priores me tegen mijn wil altijd bij en peinsde ik erover in mijn hart, zoals Maria in het evangelie.

Ik zei bereid te zijn naar de kerk te gaan en dat deed ik. Ik stond ik zat ik knielde ik bekruiste me met de anderen ik sprak de woorden uit en ik zong. Ze wilden uiterlijk vertoon, zei ik tegen mezelf, nou dat konden ze van me krijgen, maar vanbinnen zou er niets veranderen. De priester was pater Munch, een kleine oude man met een glimmend kunstgebit. Hij kwam in processie aan, hij verkondigde het evangelie, hield een slappe preek, zei zijn magische woorden bij het brood en de wijn, en ging weer weg. Ik had het gevoel dat hij zich helemaal niet op zijn gemak voelde in het St. Catherine. Ik heb gehoord dat in normale kloosters priesters in de watten worden gelegd, maar de Bloeds die ik kende behandelden hen altijd als loodgieters, ze mochten het werk doen omdat ze hun vak verstonden, maar dat wilde niet zeggen dat je ze aardig moest vinden. De arme man, ik krijg onwillekeurig het gevoel dat hij zich ondergewaardeerd voelde, hij moest voor dag en dauw uit zijn bed komen en over glibberige winterwegen vanuit Bradleyville de berg op rijden en de mis opdragen voor een stel norse vrouwen die hun hele leven bomexplosies en doodseskaders hadden ontweken en ongetwijfeld het gevoel hadden dat ze het allemaal veel beter konden doen dan hijzelf. En dat waarschijnlijk ook hadden gedaan, zoals ik later ontdekte.

Na een paar weken merkte ik dat het moeilijk werd om tijdens de mis aan iets anders te denken dan God. Ik had de Bijbelse woorden eerder gehoord en die waren aan dovemansoren gericht geweest zoals ze dan zeggen maar mijn lichaam maakte de rituele bewegingen en hoewel ik er in gedachten de spot mee dreef drong het toch geleidelijk tot mijn peinzende hart door. In deze oecumenische tijd mogen we eigenlijk niets ten nadele zeggen van de charisma's van de verschillende scherven waarin de kerk is uiteengevallen maar ik heb onwillekeurig het gevoel dat geen andere kerk me zo had kunnen aangrijpen als deze. Ik ben een lichamelijk wezen en de katholieken werken in alle opzichten meer via het lichaam dan de andere kerken denk ik. De Bloeds brachten een groot deel van hun leven in afschuwelijke lelijkheid door dus als ze, zoals in het St. Catherine, de kans kregen om het er dik op te leggen – processies, wierook, vaandels, koren, orgel – dan deden ze dat ook. Ik had nog nooit zulke muziek gehoord, barbaarse armoedzaaier als ik was, alleen de lompe psalmen die ze in Wayland zongen, en dus troffen Palestrina en Mozart en Schubert me als een baksteen op mijn hoofd, of eigenlijk het tegenovergestelde, die muziek sloeg me wakker zoals ik me nooit had kunnen voorstellen. Een aantal keren moest ik onwillekeurig huilen.

Zoals ik al zei, begon ik op te letten, en toen die arme pater Munch het brood in zijn bevende hand omhooghield en zei dit is het Lam Gods dat de zonden van de wereld wegneemt begon de kriebelende gedachte bij me op te komen als het nu eens wáár is? En toen kwam de ontkenning. Ik betrapte me er een keer op dat ik mijn hoofd schudde; mensen keken naar me. Verder lieten ze me met rust, ook een katholieke gewoonte. Als ze naar me toe waren gekomen met argumenten en traktaten zoals in Ray Bobs kerk zou ik hard zijn weggelopen als een paard dat door een horzel is gestoken, maar dat was ook Gods werk geloof ik. Misschien werkt het niet voor u, misschien bent u ontvankelijker voor vuurspuwende baptisten, of het koude licht van de congregationalisten, wat weet ik ervan behalve wat mijzelf aangreep?

Ik heb die winter veel gelezen, met dat slechte weer, niet meer de romans maar werken die ik nauwelijks kon begrijpen, de evangeliën, Augustinus, Origenes, Thomas van Aquino, de Heilige Theresia, Chesterton, Rahner, Küng. De *Katholieke Encyclopedie* verslond ik in een week, wat zocht ik daarin, instemming of munitie dat weet ik niet, maar het hielp bij het peinzen. Ik noem mezelf een rebel, maar in werkelijkheid kan ik er niet tegen om in enig opzicht een onwetende te zijn, en dus laat ik me gemakkelijk naar het licht roepen. Ik zal het gevoel hebben gehad dat er wegen waren afgesloten, een gevoel van uitputting. De 'Hound of Heaven' stelt als gedicht niet veel voor maar het was een van de vijfhonderd en het zat in mijn hoofd en droop neer in mijn hart, ik hoorde de stappen nu achter me, alle dingen verraden u, die Mij verraadt, maar ik was te laf ik had een hartsvriendin nodig zoals de priores zuster Magdalena had, iemand die me over de laatste kloof kon trekken de kloof met de titanische duisternis van de angst.

Het was een maandag, herinner ik me, 7 maart, toen ik haar voor het eerst ontmoette. Op maandagen kwamen we allemaal bij elkaar in de gereedschapsschuur, eigenlijk een grote garage waar de trekkers en auto's en maaimachines stonden en al het gereedschap was. Het was een heldere ochtend, niet te koud, en ik had een grote thermosfles en een lunchpakket uit de keuken meegenomen, want ik dacht dat ik de bossen in zou gaan. Toen ik de deuropening naderde, hoorde ik gelach, het bescheiden gegiechel van de Filippina's vermengd met het Amerikaanse geblaf van de andere vrouwen en ook een lach die ik niet eerder had gehoord, luid vrij en diep. Ik ging naar binnen en daar zat ze op een olievat, een vrouw die een jaar of tien ouder was dan ik. Ze had haar benen over elkaar geslagen en alleen haar linkerschoen kwam onder het schort vandaan. Ze vertelde een grappig verhaal in het Tagalog en vertaalde het voor de anderen in het Engels, iets over een man in een dorp op Mindanao die verliefd werd op zijn buffel en met haar wilde trouwen en wat de priester toen had gedaan of niet had gedaan. Ze had een Iers accent. Tagalog met een Iers accent is blijkbaar buitengewoon grappig, want de Filippina's lagen dubbel van het lachen.

Ik kon het verhaal niet volgen omdat ik naar haar gezicht keek. Niet dat het mooi was zoals dat van supermodellen mooi is, ik ben geen schilderij was een van haar gezegden, maar ze wás net een schilderij, een schilderij van een koningin van vroeger, alleen zat haar gezicht onder de sproeten en ik denk dat die oude meesters dat soort dingen meestal weglieten. Ze had rood haar, het echte metaalachtige koperhaar dat in strakke kurkentrekkerkrullen groeide en dikke roodblonde wenkbrauwen en groenbruine ogen diep in hun kassen. Ik denk dat ik dat alles in me opnam toen ik haar voor het eerst in die schuur zag, maar het was niet iets fysieks dat zo'n indruk op me maakte. Het was als toen ik Orne Foy voor het eerst zag, het gevoel dat dit een van de mensen was die buiten alle categorieën vielen, de bron van licht in elke kamer waar ze binnenkwamen. Ik weet niet wat het is. Een volledig zelfvertrouwen? Het mooie woord ervoor is charisma maar wat is dat anders dan een etiket? Zij had het en hij had het en ik heb het niet, maar ik tril erop als een snaar bij de juiste noot, en wat ik sinds Ornes dood het allerliefst wilde was dat ze naar mij keek en me aardig vond.

Maar dat was pas later. Eerst voelde ik afkeer: wie denkt ze wel dat ze is, dat ze al dat licht kan uitstralen dacht ik want in mijn verdorvenheid zag ik vrouwen als tegenstanders en mannen als instrumenten. Ik voelde dat mijn kaken op elkaar werden geklemd toen ze naar me keek, nog steeds lachend, en me naar zich toe wenkte en haar grote sproetige hand uitstak. Die omvatte mijn hand helemaal en ze hield hem warm en zei Nora Mulvaney. Jij moet Emily zijn.

Wat was het, zuster Loretta moest naar het ziekenhuis en Nora was er toevallig om een bijeenkomst van topfiguren van de Bloeds te helpen organiseren, een bijeenkomst die ze het komend voorjaar in de priorij zouden houden, en ze was bereid een tijdje leiding te geven aan de onderhoudsploeg, een typische Bloed-oplossing, hoewel ze een van de naaste medewerkers van de moeder generaal was kon ze bij wijze van spreken toch met een hark werken al kon ze dat niet echt want ze was dat been kwijt. De volgende dag was ze er in alle vroegte toen ik de wagen kwam halen en ze zei dat ze met me over het terrein wilde rijden want het was jaren geleden dat ze hier was geweest. We reden de berg op en zij zong een lied in het Gaelic alsof we bloemen gingen plukken tra la la, en ik moest mijn uiterste best doen om me niet te laten inpalmen. Ze had ook een geur als van vers brood, en die vulde de hele cabine. Toen zei ze dus jij bent de atheïstische drugsbaron, of beter gezegd -barones. Wat is dat nu allemaal? Ik gaf geen antwoord. Ze zei ikzelf heb nooit het genoegen van atheïsme gesmaakt, want ik ben als katholiek geboren en van drugs moet ik overgeven, geef mij maar een pint bier. Mijn vader was wel atheïst, hij vond dat de kerk de vloek van Ierland was, alleen die vervloekte Britten waren nog erger. Ik was zeven toen ik erachter kwam dat je de bewoners van Groot-Brittannië ook zonder dat bijvoeglijk naamwoord kon aanduiden. Mijn moeder was de religieuze bij ons en ik volgde haar daarin. Misschien uit zelfbehoud, weet je, want hij was een man die alles verteerde, mijn vader, hij at mensen op. Al was hij op zijn terrein een groot man, neurochirurg in Dublin nog wel. Hij was getrouwd met een vrouw die een jaar jonger was dan ik. Mijn moeder was gestorven aan acute alvleesklierontsteking veroorzaakt door drank en waarschijnlijk ook door de manier waarop hij haar behandelde, ik zou zeggen als een hond, maar we hadden een hond, Raffles, een grote stomme setter en ik heb nooit meegemaakt dat hij zijn stem verhief tegen dat dier. Hij was zo fatsoenlijk om zes weken te wachten voor hij met zijn vriendin trouwde. In zijn ergste nachtmerries had hij zich niet een vreselijker lot voor zijn kleine meisje kunnen voorstellen dan dat ze zowel non als verpleegster werd, het laagste van het laagste. We praten niet met elkaar. Ik heb ook een broer, Peter. Weet je wat hij doet? Ik zei bisschop en ze liet dat lachje horen. Bijna net zo goed, zei ze, hij ging bij het Britse leger en niet eens als officier. Hij werd gewoon soldaat, al is hij nu sergeant-majoor. Wij praten wel, Peter en ik, en de complotten die we tegen de Man Zelf smeden!

Ik was inmiddels uit de wagen gestapt om benzine in de kettingzaag te doen. Ze leunde tegen de achterklep. Ze ging verder, dat ze een verpleegopleiding volgde in Ierland en dat ze toen bij de ZBC ging en de speciale vaardigheden leerde die de ZBC je bijbrengt hier in dit goeie ouwe St. Catherine en dat ze naar de Filippijnen ging waar een terreuroorlog werd gevoerd op de zuidelijke eilanden, en dat ze toen vervangen werd door Filippina's en naar Zuid-Sudan ging, waar ze nog steeds zou zijn geweest als ze dat been niet was kwijtgeraakt. Ze zei ik stapte op een klein landmijntje toen ik achter een kind aan rende, en het grappige was dat het kind door het mijnenveld rende zonder een schrammetje op te lopen en Nora, die grote vleesklomp van een vrouw, werd opgeblazen.

Het was de eerste keer dat ik iemand met dat zangerige Ierse accent hoorde spreken. Het was of ik met haar in een boek figureerde, en ik vond dat prachtig al liet ik dat niet blijken.

Ik zie dat je geboeid wordt door mijn trieste verhaal, zei ze, maar ik vond dat we een beetje meer op gelijke voet moesten beginnen, want ik weet alles van jou. Ik zei je weet er geen moer van. En ze zei, o ja, ik weet er alles van. Ik weet dingen die je waarschijnlijk zelf niet eens weet. Bijvoorbeeld dat je ook als katholiek geboren bent. Ik zei onzin! Dat is niet zo! O ja, zei ze, je bent gedoopt in de kerk van de Heilige Familie in Gainesville, Florida. Je was toen een maand en acht dagen oud en het is precies zo gegaan als het hoort. Je vader heeft je gebracht. Ik staarde haar aan. Ze ging verder, hoor eens, schat, je denkt misschien dat wij een stel vrouwen zijn door wie een streepje loopt, maar de ZBC heeft een van de beste inlichtingendiensten ter wereld. De jezuïeten zijn ouder, maar wij hebben meer geld. Denk je dat we hier iemand zouden toelaten als we niet alles over zo iemand weten wat er te weten valt? Het is het geld, weet je, de stichting. Je weet toch van de stichting? Ik zei van wel maar ik dacht dat het allemaal verloren was gegaan in de oorlog. Ze lachte bij dat idee. O nee, er zou meer dan een wereldoorlog voor nodig zijn om de Bloeds te breken er zijn diepe diepe kluizen, schat. Nee, het meeste is bewaard gebleven en daarna is het alleen maar toegenomen, al moesten we de Heilige Vader helpen toen hij in de jaren zeventig een beetje in de problemen kwam door die toestanden met de Banco Ambrosiano. De Heilige Stoel was bankroet en toen zijn wij als ware dochters van de kerk bijgesprongen, wij en Opus Dei. Als we dat geld niet hadden, geloof me, schat, dan zouden we allemaal theezetten voor bisschoppen. Dankzij het geld kunnen we doen wat we willen, en wij zijn de favoriete kleine pleegzustertjes van de paus, ook doordat we zo ongewoon vaak om het leven komen. Dat maakt het moeilijker voor ze om tegen ons op te treden, weet je, de kerk heeft nog steeds een zwak voor heilige martelaren. Jimmy De Bree is min of meer ons officieuze motto. Ik zei dat begrijp ik niet en ze zei dat het Frans was *je me débrouille*, dat betekent zoiets als dingen laten gebeuren op manieren die misschien niet helemaal door de beugel kunnen. Toen zei ze, dus als er in onze grootste priorij een meisje bij ons binnenkomt dat halfdood is en op de vlucht is voor de politie en dat atheïstische taal uitslaat en zegt dat ze door de Heilige Catharina van Siena is bezocht, trekken ze in Rome hun wenkbrauwen op en strijken ze over hun kin. Jette is niet achterlijk zoals je zult hebben gemerkt en ze denkt dat je nogal bijzonder bent. Tenminste geen spionne, geen bedriegster. Wat zeg jíj dat je bent?

Ik zei dat ik het niet wist. Ik was in de war en bang en begon een beetje te huilen wat ik op dat moment beslist niet wilde, en ze deed een stap naar voren en sloeg haar arm om me heen en zei dan moeten we je helpen daarachter te komen, hm?

Die aanraking gaf de doorslag de elektriciteit van goedheid of iets vreemders want opeens werd ik hysterisch. Ik zakte letterlijk in elkaar in haar armen en maakte haar kraakheldere witte schort nat met snot en tranen. Eigenlijk had ik geen idee waarom ik huilde misschien kwam het door die aanraking, door een dieper liggende communicatie. Ik was nooit eerder zo aangeraakt, zelfs niet toen ik klein was, mijn moeder deed het nooit en de mannen deden het ook nooit, en ik had nooit een echte vriend gehad, het was een erotische maar niet seksuele aanraking heel zeldzaam in deze wereld. Het is troostend als iemand zegt dat we allemaal ongelukkige schepsels hier op aarde zijn. Schat zei ze keer op keer, schat met dat Ierse accent van haar. Ze zei laten we teruggaan maar dan moet jij rijden want ik kom een voet tekort. Daardoor huilde ik niet meer hysterisch maar lachte ik hysterisch tot mijn buik zo strak als een wasbord was.

Dat bleek mijn bekering te zijn. C.S. Lewis zei dat hij bekeerd werd op een motorrit naar Whipsnade, en de Heilige Paulus werd van zijn paard geworpen op de weg naar Damascus en ik reed de berg af in een pick-uptruck, met Nora Mulvaney aan mijn zijde ze neuriede 'Stór Mo Chroí'. Zo simpel was het, ik stapte als ongelovige met een hoofd vol theologie in die wagen en toen ik in de garage uitstapte was ik katholiek.

Daarna ben ik zeven maanden en drie dagen in St. Catherine gebleven. Vreugde is heel eenvoudig en het is niet moeilijk om erover te vertellen ik denk dat verdriet en strijd veel literairder zijn. Ik werd min of meer haar chauffeur en vertrouweling. In die tijd heb ik Lucifer niet gezien en ook geen heiligen of engelen, want die hadden hun missie nu volbracht zei Nora en ze zei de duivel is welbeschouwd ook een goede katholiek, hij doet wat er van hem wordt verlangd en hij houdt van de kerk, sterker nog, hij is er niet uit weg te slaan. O Christus, wat hield ik van haar, en het kostte me moeite om onderscheid te maken tussen die liefde en de liefde die ik aan God verschuldigd was, al komt het uiteindelijk misschien op hetzelfde neer.

Met Pasen reden we naar Roanoke en een man met een maangezicht, een eunuch voor het koninkrijk der hemelen, oliede een kruis op mijn voorhoofd en toen was ik gevormd en deed ik mijn eerste communie. Ik wou dat ik kon zeggen dat het een transcendentale ervaring was, maar dat was het niet. Nora was natuurlijk mijn meter, en ze gaf me een rozenkrans, die ik nog steeds heb maar zelden heb gebruikt. Ik ben niet het devote type, ik vind dat je dat soort dingen van je geboorte af moet hebben meegekregen, tenminste dat geldt wel voor mij. Maar het maakte haar gelukkig. Terwijl we in Roanoke waren, zag ik Skeeter Sonnenborg op zijn Harley rijden, als een luidruchtige geest uit mijn vroegere leven. Toen hij ons voorbijreed scheurden zijn rechte pijpen de lucht uit elkaar. Ik schrok ervan want ik dacht dat hij dood was zoals de meeste anderen. Ik zei daar niets over tegen Nora of iemand anders, maar ik werd er wel heel paranoïde van en drong er bij haar op aan dat we vlug terug zouden gaan naar het St. Catherine, maar we moesten eerst wat pakjes naar het postkantoor brengen en daar hing mijn foto aan de muur bij de andere gezochte misdadigers. Als een idioot stond ik er met open mond naar te kijken en toen ik me omdraaide keek er een vrouw van middelbare leeftijd naar me en ik zag haar meteen weer naar de foto van de beruchte politiemoordenares en drugshandelaar Emily Garigeau kijken. Ik maakte dat ik daar wegkwam en dat ik weer bij Nora was, en die zei maak je geen zorgen schat, we regelen wel iets, *je me débrouillerai*, en daarna ging ze naar een telefoon en voerde een stuk of vijf gesprekken en we reden niet naar de priorij terug maar naar het oosten van Virginia bij Arlington en daar zette ze me in een huis bij andere zusters. Die avond hielp Nora me het volledige habijt van de Bloeds aan te trekken, dat ik eigenlijk niet mocht dragen, en iemand bracht een paspoort met mijn foto erin maar op naam van een zuster die in Colombia was omgekomen. Nora zei: met het oog op zoiets bewaren we de paspoorten van onze overledenen en houden we hun dood stil. We moeten vaak mensen over grenzen helpen en we *débrouillons* als het nodig is, begrijp je dat? Ja, dat begreep ik.

Aan geen van beide kanten leverde het vliegveld een probleem op. Dat was voor de terreurtijd waar we nu in leven, en trouwens niemand kijkt ooit goed naar een non. Twee dagen later waren we in Rome.

In het begin van 1914 beschikten de zusters over priorijen en andere voorzieningen in bijna elk West-Europees land en hadden ze ook vestigingen in de Verenigde Staten (Baltimore, 1908), op de Filippijnen en in Brazilië, Mexico en Chili. Het opleidingscentrum in Nemours floreerde, evenals het taleninstituut in Rome dat onder leiding stond van Claire de Roighy-Brassat. Dat waren dure ondernemingen, maar de geldstroom naar de stichting ging altijd maar door, want in de nieuwe eeuw werd olie steeds meer waard. De wereldoorlog waarvoor iedereen bang was geweest, begon in augustus van dat jaar. Marie-Ange schokte haar omgeving door 'Nu is het mijn beurt' te zeggen en haar functie van moeder-generaal op te geven ten gunste van Otilie Roland.

Ze gaf zichzelf de leiding van de operaties in het westen van Europa. Ze vestigde haar hoofdkwartier in Lille, een stad die ze goed kende, en eind augustus stroomden er al vluchtelingen binnen van de grensgebieden die door de Duitse invasie waren getroffen en zelfs van zo ver weg als het Belgische front. Ze vestigde haar voornaamste ziekenhuis in een school bij de kathedraal en organiseerde medische hulp voor de vluchtelingen. Degenen die haar in die tijd aan het werk zagen, zeiden dat ze haar jeugd had hervonden en een energie uitstraalde die je niet van iemand van achtenvijftig zou verwachten.

In de eerste week van oktober hoorden ze het geschut van de naderende Duitsers. Marie-Ange leek overal tegelijk te zijn, ze sprak mensen moed in, hielp zelfs een handje met de doodsbange patiënten. Onder hen bevond zich monseigneur Matteo Ratti, een Italiaanse geleerde die op 26 augustus in Leuven gewond was geraakt toen de Duitsers de universiteit en de mooie oude stad verwoestten. Het leek erop dat ze nu hetzelfde met Lille gingen doen.

Vanaf 11 oktober werd het artillerievuur bijna niet meer onderbroken. Toen er granaten insloegen in de kathedraal zelf, liet Marie-Ange de patiënten naar het souterrain van de school verplaatsen. Volgens monseigneur Ratti hielp de oprichtster een novice hem op een brancard te leggen. Hij herinnerde zich dat hij tegen het doodsbange meisje zei: 'Maak je geen zorgen, God zal je beschermen', en dat haar superieur toen zei: 'Of God haar beschermt of niet, ze moet haar plicht doen. Til zijn voeten op.'

Dat waren de laatste woorden die van haar bekend zijn. Op dat moment explodeerde er een zware granaat in dat vertrek en kwam het plafond naar beneden. Uren later werd Ratti ongedeerd uit het puin gehaald. Het was Marie-Anges laatste bewuste daad geweest dat ze zichzelf beschermend over haar patiënt wierp. Daardoor had ze een stalen splinter door haar dappere hart gekregen.

– UIT ZR. BENEDICTA COOLEY, *Trouw tot de dood: het verhaal van de Pleegzusters van het Bloed van Christus*, ROSARIAN PRESS, BOSTON, 1947

18

Paz nam zijn Cubaanse vrienden bijna nooit naar het restaurant mee, en zijn moeder (die alles merkte) had daar vaak over gezegd: 'Schaam je je soms voor mij?' Maar dat was het helemaal niet; het had te maken met wat nu met Morales gebeurde. De jonge rechercheur at *zarzuela*, wat de Cubanen eten in plaats van bouillabaisse, en die werd hem door de eigenares zelf geserveerd uit een schaal zo groot als de autoband van een bus. Een buitenstaander die dat zag, zou moeilijk kunnen zeggen wie van de twee mannen de geliefde zoon en wie de vreemde was, of beter gezegd, hij zou zich bijna zeker vergissen, want Morales kreeg de koninklijke behandeling en mevrouw Paz liet de lekkerste zeevruchten op zijn bord vallen, terwijl Paz maar iets voor zichzelf moest opscheppen uit wat er overbleef. Ze zaten nog geen twintig minuten aan de speciale tafel die ze voor haar favoriete gasten reserveerde of mevrouw Paz had uit Morales al zijn hele levensgeschiedenis en die van zijn onmiddellijke voorouders losgekregen. Het bleek dat Morales bij zijn moeder woonde, dat zijn twee oudere zussen allebei getrouwd waren en kinderen hadden, dat hijzelf verloofd was (foto getoond, bewonderende zucht van mevrouw Paz), dat hij een studie aan de Miami-Dade University volgde en op weg was naar een bachelorgraad. Paz had daar niet veel van geweten en wenste onwillekeurig dat Morales een geheim leven leidde als gewelddadige pedofiel. In de loop van dat liefdesfeest wierp zijn moeder hem steeds weer blikken toe: kijk, dat is nou een goede Cubaanse zoon!

Om haar dat betaald te zetten at Paz nogal lusteloos van het heerlijke voedsel, maar natuurlijk liet hij ook daarmee zien hoezeer hij tekortschoot, want Morales at of zijn leven ervan afhing. Uiteindelijk moest de jonge man ophouden toen zijn fysiologische beperkingen zo groot werden dat zelfs de wil van Margarita Paz het ertegen moest afleggen. Toen hij een massa eersteklas zeevruchten ter grootte van zijn eigen hoofd had verorberd en de tranen nabij was, stond Morales op en ging naar de herentoiletten.

'Weet je, mami,' zei Paz, 'ik vind het een ernstig misdrijf om een politieman in het openbaar te laten ontploffen.'

'Dat is een aardige jongen,' zei zijn moeder, die daar volkomen aan voorbijging. Ze maakte een gebaar en een ober haalde de kliekjes weg. 'Jammer dat zijn zussen al getrouwd zijn.' Een diepe teleurgestelde zucht. En toen in de aanval: 'Je at als een klein vogeltje. Je bent niet helemaal gezond.'

'Ik mankeer niets, mami. Het is midden op de dag. Als ik zoveel at als hij, werkten mijn hersenen niet meer.'

'Heeft hij soms geen hersenen?'

'Die heeft hij niet nodig zolang ik zijn partner ben. Zeg, mami, ik wil je om een gunst vragen...'

'Nee, je ziet er slecht uit, zoon van me. Eerst maak je die *brujo* dood, en laatst heb je weer iemand doodgeschoten. Weet je niet dat je je na zoiets moet laten reinigen?'

'Ik ga niet naar je *ilé*, mami.'

'Natuurlijk niet, jij weet alles al, waarom doe ik nog moeite?' Een vinger met een rode nagel wees naar zijn oog. 'Je hebt ook weer een vrouw,' zei mevrouw Paz. Het zweet stond opeens op zijn voorhoofd en de zarzuela danste de fandango in zijn buik. 'En natuurlijk schaam je je voor je oude moeder en neem je haar niet mee. Ik weet dat de geesten kwaad op mij zijn, welke andere réden zou er kunnen zijn waarom ik zo word behandeld...'

'Mami, zondag. Ik heb haar zondag voor het eten uitgenodigd.'

'Hm. Dan maak ik *langosta à la crema*. En welke gunst wil je van me?'

'Ik moet met Ignacio Hoffmann praten.'

Ze wendde haar ogen af. Dát was ongewoon. 'Die komt hier niet meer.'

'Mami, ik weet dat hij hier niet meer komt. Hij is voortvluchtig. Zeg, ik interesseer me niet voor die man en ik wil hem ook geen kwaad doen. Ik moet gewoon met hem praten.'

'Waarom denk je dat ik weet waar hij is?'

'Kom nou, mami. Ignacio heeft jarenlang zowat aan deze tafel gewóónd. De stoel is nog warm van zijn reet.'

'Let op je woorden!'

'En trouwens, je móét hem kennen. Hij is *omo-orisha*.' Dat was een gok. Paz wist niet of Hoffman aan Santería deed, maar het altaar in Jack Wilsons huis maakte dat aannemelijk. Waar zou een anglo als Wilson dat hebben opgepikt als het niet van zijn vroegere baas kwam? En hij wist dat zijn moeder iedereen kende die ook maar enige rol van betekenis speelde in de cultus.

Nu keken die ogen hem weer met volle kracht aan. Hij dwong zich om in hun krachtige stralen terug te kijken. 'Ik zal erover nadenken,' zei ze.

'Mami, het hoort bij een moordonderzoek. Ik vraag het je vriendelijk, maar elke burger heeft de plicht de politie te helpen wanneer die daarom vraagt.'

Ze hield hem haar handen voor, de polsen bij elkaar, de gouden armbanden zacht rinkelend. 'Arresteer me dan.'

'Mami, kom nou...'

'Ik zéí dat ik erover zal nadenken.'

Paz wilde net iets zeggen over de tijd die drong, maar op dat moment ging zijn mobieltje. 'Dat is de vriendin. Ik ga haar nu meteen vragen met me te trouwen en je vier kleinkinderen te schenken.'

'O, wat ben je toch slim!'

'Hallo, Lorna. Wát? Wanneer? Rustig maar, Lorna. Porky Pig? Is de politie er al? Ja. Oké. Oké, laat me met hem praten. Hé, Jerry... Ja. Nee, dit hoort bij een moordonderzoek. Ja. Weet je iets over die kerel? Ja, Porky Pig, dat hoorde ik al. Geen kenteken? Zo. Zeg, wil je wat voor me doen? Wil je iemand het slachtoffer naar me toe laten brengen? Ik ben op Nineteenth en de Trail... Ja, het restaurant. Oké, geweldig, ik ben je een etentje schuldig. Nee, ik neem de verklaring op en dan handelen we de aangifte af. Ja, ook alle papieren. Dank je, Jerry. Geef me het slachtoffer weer.'

Na wat sussende woorden verbrak Paz de verbinding en vertelde hij zijn moeder wat er gebeurd was. 'Kijk, je hoeft niet eens tot zondag te wachten,' zei hij.

'Niet gewond?'

'Nee. Maar het is niet leuk om beroofd te worden.'

Mevrouw Paz keek haar zoon aandachtig aan en wuifde met haar hand alsof er iets om zijn hoofd zweefde. 'Je maakt je nu zorgen. Ik denk dat je erg op deze gesteld bent.'

'Ja, dat is waar, ik ben op deze gesteld, en ik denk dat ik haar in grote moeilijkheden heb gebracht.'

'Als je in het restaurantvak was gaan werken of een mooi beroep had gekozen, zou je geen vrouwen in moeilijkheden brengen.'

'Dank je, mami, daar heb ik veel aan.'

'Doe niet sarcastisch tegen mij, Iago.'

Op dat moment kwam Morales weer terug. Hij pikte de nieuwe atmosfeer op en keek onderzoekend naar Paz, die zijn eigen blik op het grote aquarium richtte. Mevrouw Paz daarentegen keek de jonge rechercheur met een stralende glimlach aan en zei: 'Je hebt nog wel ruimte voor een beetje vla, ja?'

'Nee, dank u, mevrouw Paz, echt niet...'

Ze maakte een gebaar naar de wachtende ober. 'Twee vla,' beval ze.

De vla werd gebracht en Morales werd overgehaald er iets van te eten, waarna mevrouw Paz wegging om zich over andere klanten te ontfermen.

'Ik krijg dit niet op,' zei Morales terwijl hij naar zijn vla keek. 'Ik ga dood.'

'Oké, maar als je het niet doet, ben je niet de perfecte Cubaanse zoon. Mijn moeder heeft nu veel in je geïnvesteerd, en reken maar dat ze kwaad is als je het niet tot de laatste lepel opeet. Aan de andere kant heb ik een rotklus die je voor me kunt opknappen.'

'Wat je maar wilt,' zei Morales.

Paz vertelde wat er met Lorna Wise was gebeurd. 'Jerry McLean ging erheen, maar die gaat zich niet uitsloven voor een beroving waarbij niet veel gestolen is en niemand gewond is geraakt. Neem de zaak van hem over, doe een grondig onderzoek in de omgeving, kijk of er iemand is die de man heeft zien wegkomen, zijn auto, wat dan ook.'

'Doe ik,' zei Morales, en hij stond op. 'Porky Pig, hè? Zou dat een betekenis hebben?'

'Het zou kunnen, Tito. Misschien stuurt Elmer Fudd ons een boodschap. Of Bugs Bunny zelf. Ga het maar na. Vooruit!'

Tien minuten later werd Lorna Wise door een politiewagen voor restaurant Guantanamera afgezet. Paz had onder de luifel op haar staan wachten en sloeg meteen zijn armen om haar heen. Ze zag er verschrikkelijk uit, vond hij, bleek, vlekkerig, haar make-up geruïneerd door tranen, en ze beefde. Hij wilde iemand doodschieten.

Binnen ging ze regelrecht naar de toiletten en bleef daar zo lang dat hij bijna aan een van de serveersters vroeg bij haar te gaan kijken, maar uiteindelijk kwam ze tevoorschijn en zag er enigszins gefatsoeneerd uit. Hij bestelde koffie voor haar en ook een bord *torticas de Morón*, maar ze raakte geen van beide aan.

'Hoor eens,' zei hij, 'ik weet dat je geschokt bent en ik vind het verschrikkelijk dat dit gebeurd is, maar ik moet dit vragen. Heb je de kans gekregen om het schrift te lezen voordat het werd afgepakt?'

Ze knikte.

'Oké, dan moet je me vertellen of er iets in stond wat relevant is voor de zaak. Het zit nu nog vers in je geheugen...'

'Ja, oké. Maar ik weet niet wat relevant is en wat niet, het waren gewoon nog meer verbijsterende avonturen van Emmylou.' Ze gaf hem een samenvatting van het derde schrift en voegde eraan toe: 'Het is een voortzetting van haar trieste verhaal. Blijkbaar heeft ze opnieuw iemands dood veroorzaakt, daarna ging ze ervandoor met een drugsbaas die zich in de bergen had verschanst, en toen werd ze neergeschoten. Geen geheimen die iemand zo graag zou willen weten dat hij iemand daarvoor met een mes zou beroven, of het moet al het goud zijn...'

'Welk goud?'

'Die drugsbaas bij wie ze woonde had overal op zijn berg vaten met goud begraven. Zij weet waar die liggen.'

'En iemand uit Sudan ging ernaar zoeken? Dat is niet logisch.'

'Al is bijna al het andere volkómen logisch,' riep ze uit, en haar stem sloeg over.

Hij maakte troostende geluiden en gaf klopjes op haar hand, maar ze trok hem weg en vluchtte weer naar de toiletten.

Lorna kokhalst en geeft een beetje op. Dit is de tweede of derde keer die dag. Het kan een reactie van haar zenuwen zijn op wat er gebeurd is, denkt ze, of misschien is ze echt ziek. Ze wast haar gezicht en kijkt naar zichzelf in de spiegel. Ze denkt aan een vernietigingsproces: dat dit lichaam smal en ingevallen en geel zal worden wanneer de kanker het lichaam overneemt, en dan wasachtig op de tafel van een uitvaartbedrijf waar het wordt opgemaakt om er natuurlijk uit te zien, om ten slotte door vlammen tot helemaal niets te worden teruggebracht, een paar korrels stof. Ze betast haar hals en oksels weer, zoals ze tegenwoordig elk uur doet, en vindt dezelfde rubberachtige bultjes. Symptomen van lymfklierkanker, evenals het zweten en de zwakheid, de jeuk en het gewichtsverlies. Ze heeft niet gehoord dat misselijkheid ook een symptoom is, maar het is heel goed mogelijk dat haar maag ook is aangetast, dat het ding haar ondanks al haar voorzorgsmaatregelen heeft beslopen, ondanks alle lichaamsbeweging en alle diëten waaraan ze zich zo goed heeft gehouden, ondanks al die doktersbezoeken. Vreemd, ze wist al heel jong dat dit haar lot zou zijn, misschien al voordat haar moeder bezweek, misschien vertellen de cellen het ons. Reken niet op een lang leven, schatje, het genoom is helemaal verknoeid. Wat voelt ze nu? Ze telt haar hartslagen, ondergaat een vreemde opluchting: daar hoeft ze zich geen zorgen over te maken, de dood zal ten minste aan die neurose een eind maken, ze hoort nu bij de kamikazepiloten, de zelfmoordterroristen en er daalt een onwezenlijke kalmte op haar neer. Ze krijgt ook een zekere belangstelling voor religie, al kan dat ook te maken hebben met de slangenpredikers en sprekers in tongen met wie ze de laatste tijd te maken heeft gehad, al zou het misschien nog mooier zijn om te geloven dat Jezus in al zijn liefde haar mee wilde nemen. Waarheen? Ze heeft nooit eerder aan de eeuwigheid gedacht en merkt dat ze geen idee heeft van de betekenis daarvan. Ze voelt ook een aandrang om te huilen, te huilen en daar nooit mee op te houden. En een aandrang om een drug te zoeken, om de geest helemaal uit te schakelen tot aan het eind. En nog meer aandrangen, die heel verrassend zijn.

Ze trekt haar gezicht in de plooi en gaat naar het restaurant terug, waar ze de misselijkheid onderdrukt die door al die etensgeuren bij haar wordt opgewekt. Een grote vrouw in een gebloemd geel broekpak en met veel rinkelende gouden sieraden staat tegen Jimmy Paz te praten, die beleefd opstaat als Lorna eraan komt en haar aan zijn moeder voorstelt. Ze krijgt een langdurige blik en beantwoordt die. Het is grappig, vindt ze, dat zij en mevrouw Paz bijna precies even lang zijn en ook, als je rekening houdt met het leeftijdsverschil van twintig jaar, in feite hetzelfde figuur hebben. Ze moet erom glimlachen en ze voelt zich tegelijk idioot, want het is vreemd dat ze de humor van zulke dingen nog inziet. Mevrouw Paz glimlacht ook. Ze gaat aan de tafel zitten en trekt Lorna naast zich neer. Na de verplichte woorden van medegevoel over de beroving en een zeer korte biografie van Lorna maakt mevrouw Paz haar een compliment met haar haar en andere uiterlijkheden en zegt dan: 'Weet je, je lijkt me een serieuze vrouw. Ik geef toe dat ik verrast ben, deze zoon van mij komt altijd aanzetten met, hoe noem je ze, *esqueletas...*'

'Skeletten,' zegt Paz.

Lorna moet onwillekeurig lachen. 'Onschuldig,' roept ze uit.

'*Sí, sí*, ik kan zien dat je een serieuze vrouw bent,' gaat mevrouw Paz verder. 'Je hebt een goed stel hersens, een mooi vak, en ik moet zeggen, al doet het pijn aan mijn hart, dat mijn zoon geen serieuze man is.'

'Hartelijk dank, mami.'

'Kijk, zo is hij nu, altijd een sarcastische opmerking paraat. Wil je de waarheid weten? Ik denk dat je iets veel beters kunt krijgen.'

'Dat denk ik ook,' zegt Lorna ijskoud. 'Maar weet u, ik kan er niets aan doen, hij is zo knap.'

Mevrouw Paz kijkt naar haar zoon. 'Hij ziet er niet slecht uit,' geeft ze met tegenzin toe. 'Niet wat je lelijk zou noemen.'

Paz kijkt nadrukkelijk op zijn horloge en staat op. 'Nou, dit is allemaal heel gezellig, maar ik moet aan het werk. Lorna, ik breng je naar huis, tenzij je denkt dat je er eerder bent als je gaat staan liften op de Calle Ocho.' Hij omhelst zijn moeder en geeft een kus op haar wang. 'Mami, altijd weer geweldig...'

'Jullie komen morgen lunchen.'

'Dat gaat niet, mami, morgen werk ik overdag. Over werken gesproken, ga je me met Ignacio in contact brengen of niet?'

'Kom vanavond naar de *bembé*,' zei mevrouw Paz. 'Dan zullen we zien.'

'Mami, toe...'

'Ik meen het, Iago. Ik moet de orishas hierover raadplegen en jij moet erbij zijn.'

Dat zegt ze in het Spaans en in het dialect van Guantánamo, opdat Lorna het niet kan volgen. Maar nu kijkt de moeder Lorna aan en zegt ze in het Engels: 'En neem haar ook mee.'

Ze schrijdt weg om een paar favoriete gasten te begroeten. Lorna zegt: 'Waarheen?'

Paz vertelt over de connectie tussen Wilson en Santería, en wie Ignacio Hoffmann is, en diens connectie met de zaak, en wat een bembé is en dat zijn moeder hem in de tang heeft omdat alle sporen zijn doodgelopen en dat Hoffmann, als hij bij hem kan komen, de laatste schakel is, de laatste die misschien weet waarom iemand als Jack Wilson er belang bij zou hebben om een Sudanees uit de oliebusiness te vermoorden.

'En waarom wil je moeder dat ik meega?'

'Waarom wil mijn moeder ooit iets? Ik probeer haar niet meer te doorgronden. Maar het zou interessant kunnen zijn, een deel van de rondleiding door idioot bijgeloof die ik je aan het geven ben.'

'Het is net zoiets als voodoo, hè?'

'Niet precies. Je moet namelijk weten dat mijn moeder een belangrijke figuur in de Santería is.'

'Wat doet ze?'

'Ze krijgt hulp van de geesten,' zegt Paz, 'en ze wordt bereden door de *santos* als die naar de aarde afdalen.' Er volgt een verbaasde stilte.

'Geloof jij dat?'

Paz haalt zijn schouders op. 'Nee, maar ik heb vreemde dingen zien gebeuren.' Lorna voelt dat hij zich niet op zijn gemak voelt en dringt niet aan.

Ze komen bij Lorna's huis. Paz vraagt of hij haar straks moet oppikken.

'Voor de voodoojamboree? Ja, goed. Waarom niet? Voorspellen ze mijn toekomst?'

'Misschien wel. Ik ben ook nog nooit op zo'n bijeenkomst geweest, dus wat weet ik ervan?'

'O, ja? Dus het is voor ons allebei nieuw.'

'Ja. Goed. Ik ben er om een uur of acht. Red je je wel?'

'Natuurlijk, Jimmy,' zegt ze. 'Kun je even binnenkomen?'

'Nee, ik moet wat dingen uitzoeken.'

'Dat is jammer.' Ze buigt zich naar hem toe om hem te kussen.

Paz denkt dat het een eenvoudige afscheidskus wordt, maar dat is het niet. Ze pakt zijn hoofd vast en plant haar open mond op de zijne. Er komt damp vrij, zijn tong wordt zacht bewerkt, ze hijst haar rok op en duwt een dij in zijn schoot. Hij voelt hoe haar rokende kruis tegen zijn been wrijft.

Na enige tijd voelt hij zich verplicht zich los te trekken en kijkt hij haar aan. Haar pupillen zijn onnatuurlijk groot en het blauw eromheen bijna niet meer zichtbaar. 'Jezus, Lorna,' zegt hij een beetje hees, 'even kalm aan. Straks moet ik mijn onderbroek vervangen.' Ze bijt nu zachtjes in zijn hals.

'Hou op, Lorna,' dringt hij aan. Hij voelt zich ongemakkelijk en duwt haar van zich af. Hij bekijkt haar gezicht. Als hij niet wist dat ze nuchter was, zou hij hebben gezegd dat ze dronken was. Ze zakt op de passagiersplaats terug en laat een lange zucht ontsnappen. Daarna maakt ze het portier open en loopt langzaam over het pad, en hij ziet dat er iets vreemds is aan haar manier van lopen. Ze loopt te langzaam en onzeker. Hij vindt het rottig dat hij haar zo achterlaat, maar hij moet naar het hoofdbureau terug. 'Ik bel je,' roept hij haar na, maar ze reageert niet.

Paz zag de envelop al op zijn bureau liggen zodra hij de afdelingsruimte binnenkwam, een eenvoudige bruine envelop van twintig bij dertig centimeter zonder opschrift. Hij maakte hem open en liet de inhoud op zijn bureau glijden.

'Heeft iemand gezien wie dit hier heeft neergelegd?' riep hij met luide stem. De vier andere rechercheurs keken op, maar niemand reageerde. 'Niemand heeft gezien wie dit heeft neergelegd?' Blijkbaar niet. 'Jezus christus!' riep Paz uit. 'Niet iedereen mag hier zomaar komen. Je komt hier alleen binnen met een pasje, verdomme. Iemand die toegang heeft moet dit naar binnen hebben gebracht.'

Nog meer nietszeggende blikken. Een rechercheur, O'Connell, zei: 'Wat is het, Jimmy? Kinderporno?' Paz keek zijn collega's aan en kreeg vijandige blikken of gemene grijnslachjes terug.

Hij pakte de envelop en de inhoud en liep met grote stappen de afdelingsruimte uit, op weg naar de kamer van commissaris Oliphant. Daar stoof hij een protesterende secretaresse voorbij en ging hij de kamer van de man binnen zonder te kloppen, wat hem een kwade blik opleverde, want hij was net aan het telefoneren. Hij zei: 'Dank je, Arturo, maar ik heb hier iets – ik bel je zo terug.' Hij hing op en bleef kwaad kijken. Paz gooide de twee grote kleurenfoto's op Oliphants bureau neer. De commissaris bekeek ze, hield ze automatisch bij de randen vast. 'Wie is die vrouw?' vroeg hij.

'Lorna Wise, de psychologe die Emmylou Dideroff behandelt. Iemand is hier binnengekomen en heeft dit op mijn bureau neergelegd. Dat betekent dat iemand een pasje heeft die dat niet zou moeten hebben of dat een van onze mensen zich laat omkopen. Dit zou niet mogen gebeuren.'

'Nee, dat is zo,' zei Oliphant met doffe stem. Hij bekeek de twee foto's. Op de ene zag je Lorna Wise en op de andere zag je Paz, die op zijn rug lag te slapen. Met een dunne viltstift had iemand heel zorgvuldig een dradenkruis op elk hoofd getekend. 'Telelens,' zei hij. 'Waarschijnlijk vanaf een boot, gezien de hoek. Ben je met haar naar het strand geweest?'

'Ja. We hebben een relatie.' Oliphant keek zwijgend naar de foto's. Paz zei: 'Wat gaan we hieraan doen, commissaris?' Geen antwoord.

'Commissaris?'

'Nou, Jimmy,' zei Oliphant met vermoeide stem. 'Dat weet ik niet. Degene die hierachter zit, heeft de volumeknop verder opengedraaid. Ik heb het afgelopen uur een paar telefoontjes van vrienden gehad. Het ziet ernaar uit dat ik in staat van beschuldiging word gesteld.'

'In staat van beschuldiging! Waarom?'

'Een ambtsmisdrijf. Verduistering van overheidsmiddelen. Ik heb vier jaar geleden bij de FBI een team geleid dat onderzoek naar kinderporno deed – dat heb ik misschien al verteld – en daarvoor moesten we grote aankopen doen. We deden ons voor als een grote organisatie om producenten uit de hele wereld naar ons toe te lokken. Daarbij werkten we samen met Interpol en buitenlandse politie... Hoe dan ook, er ging veel geld door mijn kantoor, natuurlijk allemaal in de vorm van bankbiljetten. Nou, je weet hoe het werkt met zo'n operatie: als ze je willen pakken, dan kunnen ze dat. De jongens met de groene oogschermen gaan aan het werk en ze ontdekken dat je hier duizend tekortkomt, en daar tweeduizend. Dan laten ze een of ander stuk tuig zeggen: hé, ik heb maar vijfduizend gekregen, en dan zeggen ze dat jij acht hebt opgegeven. Op die manier. En dan dat telefoontje waar ik mee bezig was toen jij binnenkwam, een oude vriend die me vertelt dat ze op het Openbaar Ministerie zeggen dat er misschien een eind aan dat alles komt als die zaak met Emmylou gunstig uitpakt. Dat betekent dat we ons als goede plaatselijke politieagentjes moeten gedragen: we moeten de zaak als gesloten beschouwen, zoals van ons wordt verwacht, en overgaan tot de orde van de dag. Ik heb ook gehoord dat ze van plan zijn haar te arresteren voor een oude zaak, iets met drugshandel in Virginia; er is daar een inval gedaan en daar zijn politiemensen bij omgekomen. Weet jij daar iets van?'

'Ja, maar iemand kan alleen weten dat onze Emmylou en Emily Garigeau dezelfde persoon zijn als hij dat heeft gelezen in het schrift dat een gewapende overvaller vanmiddag van Lorna Wise heeft afgepakt. Ik had het nog niet gelezen, maar Lorna wel, en de connecties worden er uitgebreid in beschreven.'

'Hm, zoals ik al zei, hebben ze de volumeknop verder opengedraaid. Het betekent ook dat er een direct verband bestaat tussen de FBI en het ministerie van Justitie en degene die al die misdrijven hier pleegt.' Oliphant bracht zijn grote bruine handen ter hoogte van zijn schouders, met de palmen omhoog, en liet ze toen weer zakken. 'Ach, Jimmy... Ik weet bij god niet wat ik moet doen. Ik sta open voor alle voorstellen.'

'Hé, we hebben verloren, baas. Wij hadden de Red Sox en zij hebben de Yankees erbij gehaald. We kunnen maar beter naar de kleedkamers gaan.'

'Meen je dat?'

'Zeker weten. Ik raad u aan om onmiddellijk een schriftelijke order voor mij en Morales te dicteren. Daarin zegt u tegen ons dat we geen kostbare korpstijd meer aan een gesloten zaak moeten verspillen. U kunt uw vriend in Washington daar een kopie van sturen.'

'Dan zou ik uit de problemen zijn,' zei Oliphant. 'En jij?'

'O, nou, u hebt al gezien dat ik doodmoe ben; dat hebt u zelfs tegen mij gezegd. Dat zal ook wel de reden zijn waarom ik zoveel tijd aan deze zaak heb verspild. Waarschijnlijk is mijn beoordelingsvermogen dermate aangetast dat u me kunt bevelen mijn jaarlijkse vakantie op te nemen, vier weken of zo. U schrijft een brief en doet hem in mijn dossier. Ik heb er de uren voor.'

'Dat zou ik kunnen doen. Wat zou jij in je vakantie gaan doen?'

'Rust en ontspanning, commissaris. Ik zou met mijn vriendin Lorna op reis gaan, misschien naar de eilanden.'

'Goed idee. Maar ik hoop dat je die vrije tijd niet gaat gebruiken om stiekem aan deze zaak te werken.'

'Nee, commissaris, dat zou verkeerd zijn. En als u het ontdekte, zou u een strenge reprimande kunnen schrijven. U kunt me desnoods naar de uniformdienst terugzetten, of me schorsen.'

'Ja, dat zou ik kunnen doen.' Oliphant grijnsde nu, maar Paz hield zijn gezicht in de plooi. 'Nou, ik denk dat we hier klaar zijn, Jimmy. Ik ga die papieren opstellen. Bedankt voor je advies.'

Paz bleef in de afdelingsruimte tot Oliphants secretaresse hem de brieven bracht, waarna hij een vakantieformulier voor achtentwintig dagen invulde en aan inspecteur Posada liet zien, samen met de brief waarmee Oliphant hem beval die vakantie op te nemen. Posada wilde het formulier blijkbaar maar al te graag ondertekenen, want dan was hij een maand van Jimmy Paz af. Toen Paz naar zijn auto liep, belde Morales hem op zijn mobieltje om te zeggen dat de beheerder van de parkeergarage in Jackson ongeveer op het moment waarop Lorna was beroofd een witte Explorer met getinte ruiten had zien wegscheuren.

'Kenteken?' vroeg Paz.

'Hij had geen kenteken. Hij dacht dat het misschien eentje van buiten de staat was.' Een korte stilte. 'Jij zag ook zo'n auto toen we naar die Zubrom toe gingen.'

'Ja, en nu duikt hij opnieuw op, en waarschijnlijk komen we er nooit achter wie erin reed,' zei Paz, en hij vertelde hem wat hij met de commissaris had besproken, dat ze de zaak nu moesten laten rusten, dat hij met vakantie was gestuurd, dat ze waarschijnlijk weer zouden samenwerken als hij terugkwam en dat de afdeling intussen ander recherchewerk voor Morales zou zoeken.

'Dat is klote,' zei Morales.

'Ach, zo gaan die dingen,' zei Paz luchtig. Op dat moment was hij alleen maar blij dat die witte Explorer niet alleen in zijn fantasie maar ook in werkelijkheid bestond.

Lorna vraagt zich af wat ze naar de voodoobijeenkomst moet dragen en merkt dat ze nog om zichzelf kan lachen. Ze vindt dat een goed teken. Meer nog dan voor het verval van haar lichaam is ze bang dat haar geest zal breken en ze in het universum van ziekte zal wegzakken. Tot op zekere hoogte weet ze dat ze een beetje gek is, ze zou nu met dokter Greenspan en een team van oncologen over haar genezingscampagne moeten overleggen, ze zou over behandelingsmogelijkheden moeten praten, ze zou het aan haar naasten moeten vertellen, zodat ze haar konden behandelen op die zalvende, half verafschuwende manier waarop mensen met kankerpatiënten omgaan, ze zou een biopsie moeten laten doen en aan een chemokuur moeten beginnen. Maar ze pakt de telefoon niet op. In plaats daarvan kijkt ze het monster in de ogen, omhelst ze het, zegt ze: je mag me hebben, maar eerst ga ik leven zonder angst. Dan denkt ze aan Emmylou, aan wonderen, aan leven zonder angst. Ze vraagt zich af of dit een van de beroemde stadia van de dood is, de ontkenningsfase of zoiets, maar op dit moment, nu ze in de kast aan het zoeken is, voelt ze zich niet sterfelijk. Ze voelt zich alsof er een last van haar is afgegleden.

Paz komt. Hij maakt een gespannen indruk en ze biedt hem iets te drinken aan. Ze zitten op haar patio en drinken wodka met limoen. Ze voelt dat hij naar haar kijkt en zegt: 'Deze kleren zijn toch goed? Ik heb me nooit eerder gekleed voor hoe-heet-het-ook-weer.'

'Een bembé,' zegt hij. 'Het is een ceremonie waarbij ze de geesten vragen mensen te berijden. Heb je dat net uitgekozen?' Ze draagt een witte katoenen omslagrok, een gele trui met korte mouwen, een boothals en smalle lichtgroene verticale strepen, en gele sandalen.

'Ja. Te gekleed? Niet gekleed genoeg?'

'Nee, ze maken zich bij Santería niet druk om kleding. Maar je hebt Ifa's kleuren gekozen.'

'En Ifa is...'

'De orisha van de profetie. Nu kun je erop rekenen dat je toekomst wordt voorspeld.' Hij dronk zijn glas leeg. 'Kom, we gaan.'

Het is een gewoon huis in een klasseloze straat in wat ze Souesera noemen, een verbastering van het Engelse 'South-west area', de naam voor een grote wijk met bescheiden huizen die zich ten zuidwesten van Little Havana uitstrekt. Het vroegere gazon wordt als parkeerplaats gebruikt en beide kanten van de straat staan vol met auto's. Paz parkeert bij een brandkraan; er zit een politiekaartje op zijn dashboard geplakt.

Als ze langs de geparkeerde auto's lopen, horen ze getrommel. Binnen zit de huiskamer vol met mensen, vooral vrouwen. Hij wordt verlicht door heel veel kaarsen. Het ruikt hier naar wierook, en de zoete heilige sprays die ze in *botanicás* verkopen, en het parfum van de mensen, en nog iets anders, iets wat aards en bijna ranzig is. Het getrommel komt van een trio van zwarte mannen in een hoek, met trommels van drie verschillende grootten. Ze tikken snelle riffs en draaien aan de schroeven.

Mevrouw Paz komt door de menigte naar hen toe. Ze draagt een witte jurk met blauwe zoom en heeft een blauwe tulband op haar hoofd. Om haar hals hangt een waaierschelp. Enigszins tot Lorna's verbazing (om van die van Paz nog maar te zwijgen) begroet ze hen beiden hartelijk met omhelzingen en kussen. Haar ogen zijn kolossaal en glanzen vochtig in het kaarslicht, en Lorna vraagt zich af of ze iets heeft ingenomen. Lorna voelt zich nu een beetje misselijk door de geuren en de warmte en al die mensen dicht opeen. Mevrouw Paz houdt haar arm vast, leidt haar door de kamer, begroet mensen, stelt haar zoon en zijn vriendin aan anderen voor en wisselt een paar woorden in een taal die Lorna niet kent. Mevrouw Paz vertelt dat het Lucumi is, de taal van de religie, uit Afrika.

De andere mensen hebben het afgetobde gezicht van hardwerkende niet-rijke Cubanen in Miami, schoonmakers, bejaardenverzorgsters, broodjessmeerders. Veel van deze mensen dragen vreemde kleuren, en mevrouw Paz vertelt dat die kleuren de specifieke santos of orishas aangeven waarmee ze verbonden zijn: wit voor Obatala de Kalmeerder, rood en wit voor Shango, de geest van de kracht; geel voor Oshun, de Venus van Afrika; groen en zwart voor Ogun, de Krijger, blauw en wit voor Yemaya, de Moeder, de Zee.

'Dat ben jij,' zegt Lorna.

'Ja, ik ben al sinds vele jaren Yemaya toegedaan. Nou, kijk, je ziet dat we palmbladen op de muren en het plafond hebben, want in Afrika dansten we in bossen onder de hemel.'

'Waar zijn al die yams voor?' Lorna heeft de bron van de aardse geur ontdekt. Zo'n tweehonderd grote yams liggen opgestapeld om een voetstuk dat is behangen met geel-en-groen zijdebrokaat waarin ontelbaar veel kralen zijn opgenomen. Een soortgelijk brokaat hangt als een baldakijn van het plafond. Daar flakkeren tientallen kaarsen omheen, met daartussen opengesneden kokosnoten en geopende flesjes bier, frisdrank en rum.

'Geschenken voor Ifa,' zegt mevrouw Paz. 'Dit is zijn *sopera*, die pot, zie je, daar zitten zijn *fundamentos* in, zijn heilige stenen, en al die dingen, die beeldjes en medailles, zijn geschenken van degenen die hij heeft geholpen.'

Mevrouw Paz raakt aan de praat met een kleine man die helemaal in het wit gekleed is, de santero, Pedro Ortiz, en Paz fluistert in Lorna's oor: 'Heb je al plezier?'

'Het is... fascinerend,' fluistert ze terug, maar als ze naar zijn gezicht kijkt, ziet ze tot haar verbazing dat hij bang is. Zijn moeder komt eraan met twee streng kijkende vrouwen aan haar zijde, en na een kort gesprek in rad Spaans tronen zij drieën Paz mee.

Opeens, zonder een teken of bekendmaking, gaan de trommels

roffelen. De menigte verzamelt zich voor de trommels, waarbij ze een kleine sikkelvormige ruimte vrijlaten. Lorna heeft nooit op die manier horen trommelen; het is heel anders dan de drums van de populaire muziek, zelfs de Cubaanse populaire muziek, enorm complex, als een taal, vol informatie, aanhoudend; ze voelt dat haar lichaam op een verontrustende manier wordt overgenomen. De mensen wiegen nu heen en weer, en ze reciteren: *ago ago ago*. Onwillekeurig wiegt ze met hen mee.

Er staan nu mensen op het dansgedeelte, ze zijn op blote voeten, en hoewel het vrouwen en mannen van middelbare leeftijd zijn, lijkt het of ze bewegen met de gratie van professionals. Lorna kijkt langs hen naar de mensen die aan de andere kant van de kleine dansvloer staan en ziet Jimmy Paz. Hij draagt een wit gewaad en heeft een witte doek om zijn hoofd. Zijn gezicht is leeg, nee, niet precies leeg maar met een uitdrukking die ze er nooit eerder op heeft gezien, helemaal geen Amerikaans gezicht meer, eerder een sculptuur van geelbruin hout. Ze voelt zich hier een vreemde, en de angst dient zich aan. Dat gênante monster praat weer op haar in: wat doe je hier dit is krankzinnig wat moet je met die idiote relatie wat zullen je vrienden zeggen...? Het reciteren wordt luider en luider en de stem van het monster verdrinkt erin. Dan zwijgen de trommels plotseling.

Er is iets in de kamer veranderd. Lorna is zich daarvan bewust zonder precies te weten wat het is. De lucht voelt koeler en droger aan, maar het is tegelijk ook moeilijker om erdoorheen te kijken. Het gezicht van de mensen heeft een vreemd schijnsel en lijkt raadselachtig mooi. In haar studententijd heeft Lorna een aantal keren lsd genomen en daar doet dit haar aan denken: er is iets met haar hersenen gebeurd. Ze weet dat ze zich zorgen zou moeten maken maar doet dat niet. Ze wendt zich tot de vrouw die naast haar staat en fluistert in haar gebrekkige Spaans: 'Waarom hielden ze op? Wat gebeurt er?'

De vrouw zegt: 'Eshu heeft de weg vrijgemaakt voor de orishas.'

De trommels beginnen weer, ditmaal in een iets ander ritme. Nu is er een danseres bij gekomen, en Lorna ziet dat het mevrouw Paz is. Ze danst snel en golvend, een en al deining en vaart. Al haar bewegingen komen voort uit een uitgebalanceerde kracht. Het beeld van de zee komt bij Lorna op en het is of ze zilte lucht en koelte ruikt. De mensen reciteren: '*Oké oké Yemaya l'odo, l'ari oké.*' Het trommelen bereikt een crescendo, de hoger afgestemde trommel laat een serie scherpe tikken horen, en mevrouw Paz valt op de vloer alsof ze is neergeschoten. Vrouwen gaan om haar heen staan, helpen haar overeind en voeren haar weg. De trommels vallen stil en mensen praten nu alsof het pauze is. Lorna vraagt dezelfde vrouw wat er gebeurd is. De vrouw glimlacht en zegt in het Engels: 'De orisha is gekomen. Yemaya is hier.'

Mevrouw Paz komt in de kamer terug en nu gaat er voor het eerst een golf van echte angst door Lorna heen, want dit kan niet echt gebeuren. Ze hebben haar een blauw-met-witte mantel omgehangen waarin duizenden kleine schelpjes zijn verwerkt en die minstens tien kilo moet wegen, maar mevrouw Paz draagt hem alsof hij van een fijn zijden gaas is. Ze is minstens twintig centimeter langer dan ze een ogenblik geleden nog was en ook dertig kilo zwaarder, en haar borsten zijn net kanonskogels en haar buik is een walvisrug. Haar gezicht is streng maar onuitsprekelijk vriendelijk en helemaal niet het gezicht van een mens. Haar haar is losgekomen en valt in dichte stijve krullen over haar rug, alsof het uit ebbenhout gesneden is. De trommels beginnen weer, en de trommelaars zingen een lied in een Afrikaanse taal. Mevrouw Paz/Yemaya beweegt zich over de dansvloer, nodigt mensen uit te dansen en fluistert dingen in hun oren. Ze komt naar Lorna toe, trekt haar de dansvloer op. Wervelend gaan ze samen in het rond.

Lorna kijkt in de ogen van de orisha van het moederschap en van de zee. Nu is ze niet meer op de bembé. Ze ligt met haar moeder op de schommelbank op de veranda van hun strandhuis aan de kust van New Jersey. Ze is vier. Ze zijn alleen thuis, haar vader en broer zijn ergens heen, en ze heeft haar moeder helemaal voor zich alleen. Ze bekijken Lorna's schelpenverzameling en praten zachtjes, en haar moeder leest voor uit *Het gouden boek van schelpen*. Lorna ruikt de jodiumgeur van de zee en ook de geur van haar moeder, zoet zweet en zonnebrandolie. Ze voelt zich volkomen geborgen in liefde.

Het duurde maar even, maar het was zo echt!

Yemaya streelt nu Lorna's lichaam, haar handen sterk en zacht, het voelt aan alsof ze door haar huid heen gaan en haar vanbinnen strelen. Ze praat met een diepe stem, helemaal niet de stem van mevrouw Paz, maar Lorna kan de Afrikaanse woorden niet verstaan. Lorna voelt dat haar knieën bezwijken, maar de vrouwen die aan weerskanten van haar staan houden haar overeind. Ze voelt de tranen in haar ogen springen, het gevoel van een mes in het achterste van de keel, en herinnert zich dat vanaf het moment dat de trommels begonnen het gewicht van haar naderende dood niet meer op haar drukte. Maar nu komt het terug.

De trommels veranderen hun lied. Ze zijn nu wilder, nerveus, irritant. Ze ziet dat Paz in de kring terug is. Hij kijkt recht naar haar maar laat niet blijken dat hij haar heeft gezien. Mevrouw Paz omhelst hem, het lijkt wel of ze boven hem uittorent, of ze hem oppakt alsof hij een kind is, en dat is onmogelijk, weet Lorna, maar toch lijkt het of ze dat ziet. Er staan nu mensen in de weg, ze kan hen niet zien, en trouwens, het is niet meer het middelpunt van de aandacht. Aller ogen zijn nu gericht op een vrouw van een jaar of dertig met een rond gezicht, ze wervelt en danst vol overgave, duwt haar heupen naar voren, maait met haar armen. De congregatie reciteert 'Oya Oya', en na een onmogelijke sprong valt de vrouw in zwijm. De oudere vrouwen helpen haar overeind. Ze laten een hemd van kastanjebruine zijde en een halssnoer van schedels over haar hoofd zakken. In haar handen leggen ze een lange zwarte houten lans waarin figuren zijn uitgesneden.

Lorna vraagt de vrouw naast haar wat er gebeurt. 'Oya,' zegt de vrouw met ontzag in haar stem. 'Heerser over de doden.' Oya blijkt een populaire figuur in de bembé te zijn. Mensen gaan om hem heen staan om nieuws over de doden te vernemen, en drukken offergaven in de vorm van bankbiljetten tegen zijn huid die nat van het zweet is. Als dat een hele tijd zo is doorgegaan, danst Oya met sommige mensen, een wilde bacchantische dans, en dan voelt Lorna, voordat ze eraan kan denken zich te verzetten, dat haar arm met onweerstaanbare kracht wordt vastgepakt en danst ze opeens met de Dood. Het zweet loopt prikkend in haar ogen, en dat moet ook de reden zijn waarom ze geen jonge vrouw met een rond gezicht ziet, maar een broodmagere man met ogen die hun hele kassen met zwarte glanzende olie lijken op te vullen, en ze herinnert zich met schrik wat ze zag toen Emmylou haar de demon liet zien. De orisha zegt tegen haar dat ze op het ergste voorbereid moet zijn, haar leven is bijna voorbij, misschien met woorden, misschien in haar hoofd. Ze voelt zich lichtvoetig, gracieus, doodsbang, een en al seksuele overgave. Tegelijk met de angst heeft ze een heel goed gevoel, want net achter haar linkerschouder voelt ze de vage verschijning van haar moeder, haar geur. Ze weet dat als ze zich omdraait de geest daar zal zijn en dan zal ze haar verstand verliezen en krijsend de duisternis in rennen.

De misselijkheid stijgt op naar haar keel. Met een diepe zucht maakt ze zich van haar danspartner los. Ze baant zich een weg door de menigte en gaat de voordeur uit. Het is een koele avond en op haar drijfnatte gezicht voelt de buitenlucht aan als airconditioning. Ze wankelt naar de stoeprand, knielt neer en geeft over.

Lorna loopt wankelend bij de bembé vandaan. Ze komt bij Paz' auto, stapt in en valt binnen enkele minuten in een heerlijke, diepe slaap.

Als ze wakker wordt, zit Paz naast haar en rijden ze met hoge snelheid in zuidelijke richting over Ludlum Street.

'Gaat het?' vraagt hij, als ze beweegt.

'Ja. Wel een beetje uitgeteld. Wat is er met jou gebeurd?'

'O, ze... Ik nam deel aan wat ze een *limpieza* noemen. Ik werd gewassen en gezalfd in de badkamer. Nu ben ik zuiver.'

'Wat deden ze met je?'

'Dat is moeilijk te beschrijven,' zegt Paz zorgvuldig.

'Probeer het.'

Paz negeert dat. 'Ik hoorde dat Oya met je over de dansvloer heeft gezwierd.'

'Ja.'

'Heb je daar iets over te zeggen?'

'Nee. Waarom wil jij het me niet vertellen?'

'Jij eerst. Oya verschijnt niet erg vaak, en als hij komt, is het een hele gebeurtenis. Heeft hij iets tegen je gezegd?'

'Ik kon er niets van verstaan.' Onwillekeurig komt er een kreun over haar lippen. Ze zegt: 'Maar... maar hoe dan ook, het was een gewéldige avond, Jimmy, en ik wil het héél gauw nog een keer doen.'

Ze barsten in hysterisch lachen uit en kunnen daar bijna niet mee ophouden. In Lorna's huis schieten ze nog steeds telkens in de lach als ze de kleren van elkaars lijf rukken en samen op de vloer van haar hal vallen.

19

De bekentenissen van Emmylou Dideroff

Schrift IV

Mijn religie, zoals ik die heb, was een zuiver geschenk, een gecompliceerd, gelaagd instrument dat ik nauwelijks kan begrijpen. Zeker, ik heb de glorie gekregen, traktaties voor beginners zoals de Heilige Theresia zegt, de heerlijkheid van Gods omhelzing, zoals de Heilige Johannes het noemt, maar waarschijnlijk zou ik zelfs daarvan zijn weggelopen God vergeve me als ik niet van Nora Mulvaney had gehouden, waarover later meer, al was het niet wat u waarschijnlijk denkt.

Het hoofdkwartier van de ZBC in Rome is een kolossaal zeventiende-eeuws gebouw dat het Palazzo Treschi heet, aan de Via Giulia tussen het Palazzo Ricci en het Criminologisch Museum. Je gaat door een ijzeren hek in een muur van purperachtige bruine steen die ze in Rome graag voor paleizen gebruiken en dan sta je op een binnenplaats met een fontein en het oorspronkelijke bronzen beeld van Marie-Ange en de stervende jongen. Op de marmeren sokkel staan de namen van de zusters die dienend zijn omgekomen, en hoewel het vrij kleine letters zijn, hebben ze twee kanten van de sokkel al helemaal bedekt en is er aan de derde kant een begin gemaakt.

Ze hebben daar de talenschool, de woonverblijven en de administratie, elk in een van de drie vleugels. Nora bracht me daarheen toen we in Rome waren aangekomen en het bleek dat we allebei in grote moeilijkheden verkeerden. We werden bij Constance Mucha ontboden, de priores-generaal, de vrouw die de leiding heeft van de dagelijkse gang van zaken in het genootschap, de hoogste functionaris na de moeder-generaal zelf. Het was een scherp klein vrouwtje met het gezicht en de kleine ronde brillenglaasjes van een Gestapo-inspecteur in een slechte film. Twintig minuten lang gaf ze ons ervan langs vanwege mijn ontsnapping. Toen werd ik weggestuurd en praatten zij en Nora over mijn lot. Het ging vooral over mijn geheugen. Nora overtuigde haar ervan dat ik heel snel vreemde talen zou kunnen leren, en dat ik bij uitstek geschikt was voor haar werk in Afrika, en dus was ik die hele vochtige Romeinse winter en nog een jaar daarna druk bezig Arabisch en Dinka te leren. Mijn leraar Arabisch was meneer Sulieman. Hij zei dat ik een vreselijk accent had maar stond versteld van mijn vorderingen bij het lezen. Voordat het jaar om was, had ik stukken van de Koran en *Duizend en een nacht* gelezen en uit mijn hoofd geleerd. Niet dat het erg nuttig was, vonden we, maar het deed hem goed om mij het te zien doen.

Nora en ik woonden in een klein appartement in Monti bij de markt van Trajanus. Ik had niet veel tijd om de stad te bekijken en was ook niet erg geïnteresseerd, Rome is nogal overweldigend voor een boerenmeisje uit Caluga County. De indrukwekkendste gebouwen waarin ik ooit was geweest, waren het gerechtsgebouw van Caluga County (1911) en hotels in Miami. We gingen dagelijks naar de mis in de Chiesa Nuova, een traditie. Vroeger liepen we twee aan twee van ons palazzo naar de kerk, maar tegenwoordig gaan we er gewoon heen. Ik vond dat helemaal niet erg, het enige deel van de kerkgang dat altijd diep tot me doordrong, de eucharistie zoals de dichter Robert Lowell zei, volkomen echt alsof je hand nat werd, nou ja hij was ook gek. Een keer naar de Sint-Pieter, van afgrijzen vervuld, dit was duidelijk de Zaal van de Demonkoning, vol Japanse toeristen die de ruïnes van mijn stervende beschaving komen bekijken.

(Moet u dit weten? Ik wil dit ongelukkige verhaal in dit schrift afmaken, de vier schriftboeken naar Emmylou, mag ik er meer doen dan de evangeliën, nee, en trouwens ik weet dat ik een gevaar voor u en anderen vorm. Dat ik officieel gek ben is wel even rustig, maar daar moet gauw een eind aan komen.)

's Avonds gingen we naar een Ierse kroeg aan de Via Leonina. We dronken Guinness en ze zette het complexe beleid van het Genootschap van Pleegzusters van het Bloed van Christus voor me uiteen. Macht corrumpeert, zei ze, zoals onze goede oude lord Acton altijd zei en je weet hij had het over de kerk en de paus. En geld is macht en dat heeft ons gecorrumpeerd, ik bedoel het genootschap. Je hebt geen idee hoeveel geld we hebben, schat, we leven van de rente van de rente daarvan, en nu zeggen sommigen van ons, nou: we sturen altijd onze arme meisjes naar vreemde kusten om daar door onwetende heidenen te worden neergeschoten en verkracht, waarom draaien we de dingen niet om en geven we die onwetende heidenen niet ook op hun donder, wat smeergeld hier en daar, een privélegertje, zodat we Gods werk kunnen doen en meer mensen kunnen helpen? En weet je, dat is het levensdoel van de priores-generaal, moeder poeha. Denk maar eens aan de tempeliers en de johannieters, zegt ze, die namen de wapenen op om de zieken en de arme pelgrims in het Heilige Land te redden. Daarbij vergeet ze dat ze ook hielpen het Heilige Land te verwoesten en de naam van Christus tot op de dag van vandaag tot een stank in de neusgaten van die mensen daar maakten, en de tempeliers zijn allemaal op de brandstapel terechtgekomen vanwege hun hebzucht. Maar veel zusters zien dat niet in, zeker niet degenen uit de derde wereld, die hebben een andere mentaliteit, en het soort oorlog dat ze hebben meegemaakt is anders dan de oorlogen waarmee het genootschap vroeger te maken had. Tegenwoordig zijn het alleen maar bendes schurken die moordend en plunderend rondtrekken, geen echte legers met frontlinies en bevelsstructuren, en ze denken: o, hadden we maar een groep jongens met geweren, dan zou die arme zuster Angela misschien niet zijn omgebracht, wat is daar verkeerd aan? Nu heeft de moeder-generaal een goed stel hersens, maar ze wil niet dat het tot een splitsing in het genootschap komt, en daarom talmt ze en laat ze de confrontatie met zuster Constance Mucha aan mij over om zelf bij wijze van spreken boven het strijdgewoel verheven te zijn, de strijd tussen degenen die willen dat we privélegers inhuren en mijn vriendinnen en ik die dat een heel slecht idee vinden. En die hele kwestie zou er niet zijn geweest als de stichting er niet was, ons gouden kalf, want ook al zijn we dankzij de stichting onafhankelijk en is de paus daardoor bereid sommige stunts door de vingers te zien die we van tijd tot tijd uithalen, dat vele geld laat ons ook op het idee komen soldaten in te huren, dus in feite is het een gouden kooi, begrijp je?

Dat begreep ik niet. O, schat, zei ze, heb je het kleine boekje niet gelezen? Waar denk je dat de stichting haar geld vandaan haalt, en natuurlijk wist ik het weer en ik zei olie, en ze grijnsde en zei zo is het, en olie betekent politiek, en door de olie behoren we tot het ergste van het ergste op deze wereld, want wat heeft olie ooit anders gedaan dan despoten rijk maken en de ondergang bewerkstelligen van de mensen die de pech hadden dat ze olie onder hun voeten hadden, en nu heb ik het nog niet eens over het opbranden van de wereld. Bij

God, als ik op haar stoel zat, zou ik alles verkopen en het geld aan de armen geven en op straat bedelen om het weinige wat we nodig hebben. Sterven voor Christus is het goedkoopste spel ter wereld, weet je, het kost bijna niets.

We hadden geen seksuele relatie moet ik hier zeggen. Nora was een vreemd aseksueel persoon, maar met een geweldige erotische energie die meer op het charismatische dan op het genitale liefdesspel gericht was. Zulke mensen zijn er, al zijn het er niet veel. Haar broer was er ook een. Op een avond kwam ik van mijn Arabische les terug en zat hij in onze keuken glazen vol te schenken, Nora in mannenkleren en twee keer zo groot als zij. Peter was met verlof uit het leger, hij dacht erover om ontslag te nemen, en toen ik hem vroeg wat hij deed zei hij kwartiermeester, de lakens tellen, en Nora lachte en zei: hij neemt je in de maling, hij zit bij de speciale troepen, hij heeft honderden mensen gedood met zijn blote handen, en toen kreeg hij zowaar een kleur. Ik heb nooit een man ontmoet die zo sexy was en tegelijk helemaal geen blijk gaf van lustgevoelens. Het bleek dat hij getrouwd was, drie kinderen had en net zo vroom was als Nora. We gingen uit en werden dronken en hij moest ons tweeën naar huis dragen.

De week daarop gingen we naar Nettuno ten zuiden van Rome, naar het parachutecentrum daar, en ik leerde uit vliegtuigen te springen. Het duurde twee weken, een week waarin je lessen op de grond krijgt en van torens springt, en dan drie echte sprongen vanuit een licht vliegtuigje dat rondjes boven de Tyrrheense Zee vloog, het gleed door een zuiver blauwe hemel en landde op een breed strand, en toen nog een keer 's nachts. Het genootschap had zijn eigen vliegtuigen en piloten, de grootste luchtmacht van alle religieuze orden en de reden daarvoor is ubi vademus ibi manemur, het genootschap is vaak onpopulair bij naties, maar daar trekken we ons niets van aan en daarom blijven we soms bij de wegen en bij de grenzen vandaan en verplaatsen we mensen en goederen met luchtdroppings. Bovendien is zo'n parachutetraining geschikt om diegenen eruit te pikken die gauw bang zijn of te veel angst voor de dood hebben. Ik merkte dat ik het helemaal niet erg vond, nee, toen ik na Nora uit het vliegtuig stapte leek dat me de normaalste zaak van de wereld, vliegende nonnen, al vonden ze het ordinair als je dat zei.

De laatste avond in Rome, 14 maart, toen ik bijna twee jaar in de stad was geweest en me verstaanbaar kon maken in Italiaans, Arabisch en Dinka, liepen we door de oude stad en gaven we al onze lires aan bedelaars, iets wat zij toch al de hele tijd deed al was het mij duidelijk dat het bijna allemaal oplichters waren. Maar ze zag hen als lijdende mensen die ons een dienst bewezen door ons de genade van de weldadigheid toe te staan.

En toen gingen we naar Afrika, een paar vliegtochten, Cairo, Nairobi, en toen met een landcruiser over rode onverharde wegen naar de grens tussen Kenya en Sudan. Ik voelde me daar meteen thuis, want Afrika is net een kolossaal vervallen woonwagenkamp in het noorden van Florida, gloeiend heet, vergeven van de insecten, rijk aan bijtende vliegen, zweterig, stinkend naar rioolwater en plantaardige rotting en goedkoop voedsel, vol arme arme mensen in T-shirts met sportlogo's. Er zijn wel minder schoenen en er staan geen autowrakken in de voortuinen. We gingen naar Lokichokio in Kenya, waar tal van hulporganisaties hun hoofdkwartier voor die regio hadden. Nora had een hekel aan Loki en alles waar die plaats symbool voor stond, de rijken die in een relatief comfortabele omgeving hun schuldgevoel in slaap susten, die drie maaltijden per dag aten tussen uitgehongerde mensen, die hun plannen om de wereld te verbeteren op de verworpenen der aarde uitprobeerden, oei dat werkte niet, dan proberen we dit eens, en als de kogels vliegen, is het allemachtig, tot kijk arme mensen, we kunnen niet blijven, want wij zijn blank en gewoon meer waard dan jullie.

Het genootschap had zijn hoofdkwartier voor de Sudanese activiteiten in Mokilo, ongeveer tien kilometer dichter bij Sudan, zodat we niet besmet werden door de helpers. We hadden daar een vliegveld, tenten om in te slapen, een kantoortent, een veld met opslagcontainers omringd door prikkeldraad, en een houten bewakingstoren. Op het veld stond een antieke Convair 580 waaraan een paar vettige zusters in een overall met afgeknipte pijpen en mouwen werkten, en kort nadat wij daar waren aangekomen landde er een nieuwere Fokker 27 in een wolk van rood stof.

In het genootschap wordt het hoofd van een regionale operatie een prefect genoemd, en de prefect hier was zuster Isobel Alecran, een tonronde Fillippina met een hard vlak gezicht dat in een brede grijns met gouden tanden veranderde zodra mijn Nora de kantoortent binnen liep. Ze begroette mij formeler en zei dat ze me op logistiek zou zetten want in Mokilo hadden ze geen behoefte aan mijn talenkennis. Logistiek bleek, net als religie en talen, ook iets te zijn waarvoor ik me niet erg interesseerde maar waar ik toch handig in was, ik ben een wandelende demonstratie van Gods mysterieuze wegen.

De medische logistiek begint met de patiënten die dagelijks verzorgd moeten worden (en de voorzieningen voor poliklinische patiënten). Die veroorzaakte een fysieke stroom van elementaire behoeften, variërend van geneesmiddelen tot rubberen handschoenen en kussenslopen. Die werden belichaamd door pakketten van een triljoen verschillende gewichten en afmetingen en die gingen op hun beurt in palletpakketten die vanuit een vliegtuig konden worden afgeworpen. Die palletpakketten hadden wel standaardvolumes en -gewichten. Als bijvoorbeeld een F-27 in een bruikbaar volume van 62 kubieke meter 6,3 ton kan vervoeren, moet je uitrekenen hoe je het grootste aantal pakketten in een toestel krijgt terwijl je er tegelijk voor zorgt dat er geen dag is waarop je ontvanger alle katheters krijgt maar geen morfine. Het genootschap deed dit natuurlijk al een hele tijd en ze hadden het goed onder de knie, maar toch is het nuttig om iemand te hebben die alle logistieke schema's in haar hoofd heeft, vooral wanneer de computers crashen, wat in Afrika vaak gebeurt.

Ik werkte dus in het operatiecentrum, waar ik pakschema's opstelde voor de Sudanese locaties Wau en Juba en Bor en de meer afgelegen plaatsen Wibok en Pibor Post, waar we heen gingen. We vlogen 's nachts, want al die plaatsen liggen in de no-flyzone die door de regering van Sudan is afgekondigd in de regio's die worden beheerst door het Sudanese Volksbevrijdingsleger, het SPLA, waarmee de regering al oorlog voert sinds 1955, afgezien van een korte onderbreking in de jaren zeventig. Het regeringsleger, dat we GOS noemden, en het SPLA zijn samen verantwoordelijk voor de dood van ongeveer twee miljoen mensen en hebben vijf miljoen mensen tot vluchtelingen gemaakt. Er zijn veel pogingen gedaan om de oorlog te beëindigen, maar die zijn allemaal mislukt want alle natuurlijke rijkdommen bevinden zich in het zuidelijk deel van het land, vooral de olie in het dal van de Bahr al-Ghazal, en de politieke macht van het land bevindt zich in het noorden, en de noorderlingen denken dat ze Arabieren zijn en dus superieur zijn ten opzichte van de mensen in het zuiden, die Niloten zijn, al zouden volgens mij alle inwoners van dat land in Caluga County, Florida, als nikkers worden beschouwd. De noorderlingen zijn moslims en zouden graag willen dat de islamitische sharia-wet in het hele land gold, maar de zuiderlingen zijn voornamelijk christenen of traditionalisten, wat we vroeger heidenen noemen denk ik, en die voelen daar niets voor.

De echte reden is volgens Nora raciaal en cultureel. De Sudanezen die islamieten zijn geworden haalden vroeger slaven uit het zuiden, dat was de enige echte economische activiteit voordat de Britten het land overnamen, en ze noemen elke zuiderling nog steeds *abd*, dat betekent slaaf, en ze hebben nog steeds slavernij, en zo verdreven ze de zuiderlingen uit de oliegebieden. Ze geven islamitische stammen wapens en sturen ze erop uit om te plunderen en verkrachten. En het beroep dat ze op de islam doen is nep, want ze vallen ook de Nuer aan, die moslims zijn, maar dat telt niet want ze zijn ook *abd*. En dus zijn de SPLA de goeien? Nou, nee, niet echt want ze splitsten zich steeds weer op in legertjes van stammen of clans of krijgsheren, en soms kiezen die zelfs partij voor GOS of een regionaal verbond van schurken. Eerlijk gezegd heb ik de politiek nooit begrepen en ik vind dat alles nu zo stomvervelend dat ik er niet meer over kan praten, en het zou ook allemaal onzin zijn als al die mensen er niet door om het leven kwamen.

Maar Nora hield van de Dinka. Zo noemen ze zichzelf trouwens niet, de eerste geletterde persoon die een Dinka tegenkwam vroeg hem uit welk volk hij kwam, en die Dinka zei wij zijn van Deng kak, de naam van de voorouder van zijn clan, en zo werden ze Dinka, maar ze noemen zichzelf Monyjang, dat betekent de echtgenoten van mannen, waarmee ze bedoelen dat ze zo mannelijk zijn dat andere mannen vrouwen zijn in vergelijking met hen, waaruit wel zo'n beetje blijkt hoe hooghartig ze tegen de wereld aan keken. Maar ze noemen zich ook de slaven van vee. Ze houden van hun koeien, en niet met de boerentrots van Caluga County. Vee betekent voor hen rijkdom, trots, eer. Ze schrijven liefdespoëzie over hun koeien, dat is een van hun belangrijkste kunstvormen. Elke jongen heeft een persoonlijke os waaraan hij hetzelfde soort aandacht schenkt als een Amerikaan aan zijn vriendin, als het meisje geluk heeft. De waarde van vrouwen wordt bepaald door het aantal koeien dat ze als bruidsschat meebrengen en het aantal zonen dat ze baren. Dus zoals gewoonlijk zijn de vrouwen de lul zei ik, maar Nora zei nee, niet echt, het is moeilijk uit te leggen, de vrouwen zijn net zo trots als de mannen, het zijn allemaal aristocraten, al hebben ze geen ander bezit dan speren, koeien, potten en poëzie. Er is bij de Dinka ook een grote traditie van vrouwelijke krijgers, en er is niets waarvoor ze zoveel respect hebben als spirituele kracht. De Dinka bij wie wij zouden verblijven – de Peng Dinka – voerden hun herkomst terug tot een vrouw die Atiam heette en die hen honderdvijftig jaar geleden over de Nijl naar een beloofd land leidde, net als Mozes.

Nora was iemand die graag in stamverband leefde, net als alle Ieren, en ze dacht dat Afrika zoiets was als Europa in de duistere middeleeuwen, wanhopig, moorddadig maar vervuld van hoop, ze dacht dat het land bekeerd kon worden, niet door missionarissen maar echt, door de Heilige Geest en heiligen, zoals de Europese barbaren bekeerd werden. Ze dacht dat de Dinka net zo waren als de Ieren in de tijd voor Sint-Patrick: krijgers, dichters, koningen van kleine stukjes land, met veel liefde voor hun vee. In hun lange zwarte lichamen zag ze Cuchulainn en Finn, koningin Maeve en koning Ailil en de Veeroof van Cooley. Ik geloofde haar want ze had geschiedenis gestudeerd aan het University College Dublin en trouwens ik zou haar ook hebben geloofd als ze had gezegd dat de Dinka de Choctaws waren of de Tien Verdwenen Stammen, niet alleen omdat ik in haar ban was maar ook omdat ze de scharnieren van een deur af kon praten.

Na de lange werkdagen in Mokilo lagen we in de warme tent onder onze klamboes en dan praatte ze en dronk ze whiskey uit een metalen bekertje, een drupje om tot bedaren te komen zoals ze zei. Wij behoren tot een uitstervend ras, meisje zei ze dan, wee Babylon, met al ons goud en al onze macht kunnen we er niet voor zorgen dat onze vrouwen kinderen krijgen en kunnen we onze kinderen er niet van weerhouden zichzelf te doden en kunnen we de haat niet van de wereld verdrijven en denk je niet dat het op een dag allemaal instort? O, niet volgend jaar misschien zelfs niet bij ons leven, maar het teken van de dood is waarlijk op ons, en de kerk is stervende en het genootschap ook, ik bedoel niet dat het zal verdwijnen, maar het zal veranderen in iets nieuws zonder zijn eigen nieuwe glorie, bij God zelfs Rome is na de plundering niet verdwenen en de kerk is per slot van rekening niet iets sterfelijks.

Ik kan haar stem nog horen, met dat Ierse accent dat zwaarder werd door de drank. Ik denk dat je haar wel een alcoholiste kon noemen, maar ik zag naar nooit iets drinken tussen zonsopgang en zonsondergang zoveel staal had ze in zich, maar ze had haar drupje nodig als het donker werd in Afrika. En wie niet?

We wachtten op een volle maan tot onze groep mensen naar Pibor ging, een stadje dat min of meer door GOS-troepen werd belegerd, we hadden daar een ziekenhuis voor vluchtelingen. Toen kwam er een laatste vliegtuiglading binnen en waren we klaar, twee zuster-dokters, een stel verpleegsters, een hygiënedeskundige, een paar technici, en onder hen vond ik mijn oorspronkelijke Bloedzuster terug, Trinidad Salcedo uit Miami. Het verbaasde haar niet dat ze me daar zag of wat er van me geworden was, maar het verbaasde mij wel dat ze een normaal persoon bleek te zijn, sympathiek, efficiënt, niets bijzonders, niet de vreemde mystieke figuur waarvoor ik haar in Miami had aangezien, en toen ik dat alles aan Nora vertelde, zei ze: jij bent degene die is veranderd, schat, Trini is niet kleiner geworden, jij bent gegroeid en natuurlijk bleek dat Trini een soort speciale discipel van Nora was en ooit met haar had samengewoond, wat mij jaloers maakte, nee het was alleen maar de geest van jaloezie en ik vertelde Nora erover en we moesten lachen.

We gingen er in de nacht van 1 april heen, veel grappen over de datum, acht zusters in een blauwe overall en met een hockeyhelm in de Fokker, gevlogen door twee zuster-piloten en een zuster-springleider en vier mannen, Afrikanen, die de lading overboord moesten zetten. We vertrokken bij zonsondergang, een metalen buis vol zenuwen en herrie. Ik keek naar Nora haar gezicht vreemd in het rode schijnsel en ze glimlachte naar me ik zag haar tanden. Toen veranderde het vliegtuig van richting en daalde het wat en de ladingmannen stonden op en deden hun tuig om en het vliegtuig ging aan de achterkant open, als een schelp, en de gruizige Afrikaanse wind stroomde naar binnen en de mannen zetten de kisten overboord. We kwamen terug om nog een keer over de zone te vliegen, trokken het toestel vlak, het rode licht werd spookachtig groen, zuster-springleider gaf de bevelen, we maakten onze lijnen vast en in maar een beetje meer tijd dan nodig is om het te vertellen gingen we door het middenpad en sprongen we in het maanlicht.

Het was een goede dropping. Geen van de kisten sprong open, de vrachtwagens uit Pibor waren waar ze moesten zijn, niemand kreeg een kist op zijn kop, geen van de zusters brak iets. We zongen onder het rijden, een Salve Regina uit de elfde eeuw in vier delen en daarna 'Finnegan's Wake', een bijdrage van Nora, ze kende alle coupletten en de rest zong het refrein mee, veel pret in Finnegans kielzog. Nora trok een van haar dierbare flessen Jameson open en we dronken allemaal iets en toen hing Nora een ketting met een kleine koperen engel om mijn hals en ze klapten allemaal in hun handen en kusten me. Daar waren die dingen dus voor. En toen ik bedacht waar ik was en wie ik was toen ik voor het eerst een van die dingen zag, huilde ik van schaamte.

Het leven in Pibor. Pibor ligt in de *gòk*, een Dinkawoord voor een bebost gebied met een zandige vruchtbare bodem boven de overstromingszone. Deze specifieke *gòk* lag een heel eind buiten de gebruikelijke stamgebieden van de Dinka, die in het noordoosten liggen, en de mensen waren naar dit gebied gevlucht om aan de plunderingen door het GOS-leger te ontkomen. Er waren overal veekampen van de Dinka, enorme ronde stallen met een kegelvormig strodak en kleinere hutten van hetzelfde model. Het gebied werd als relatief rustig beschouwd, en het SPLA stuurde zijn gewonden daar voor behandeling en herstel heen, evenals de grotere aantallen burgers die gewond waren geraakt door de GOS-bombardementen op dorpen. Onze activiteiten werden beschermd door een SPLA-militie, een stel niet al te capabel ogende tieners met kalasjnikovs en granaatwerpers en een vloot gehavende pick-uptrucks. Het genootschap kocht de plaatselijke krijgsheer om in ruil voor bescherming en kocht ook de plaatselijke GOS-commandant om opdat zijn troepen wegbleven. Nora zei, op een plaats waar iedereen straatarm is en alleen trouw is aan zijn directe omgeving, kun je met weinig geld veel doen. Zij had ook geen hoge dunk van de SPLA-soldaten. Als er in heel Sudan een echte soldaat was, zou ik hem graag eens willen zien, was haar mening, ze zei één gedisciplineerde brigade kon als de wiedeweerga het hele land veroveren. Maar er was er niet één, aan geen van beide kanten, en dus ging de oorlog maar door zonder hoop dat er een eind aan kwam.

Maar er was iets gaande en Nora maakte zich zorgen. Er waren de vorige maand twee bombardementen geweest, en dat betekende dat de orders van hogerop waren gekomen, misschien uit Khartoum, misschien vonden ze dat het te goed met ons ging in ons kleine hoekje. Daarom werd er nu veel gegraven en werden er zandzakken gevuld. Ze hadden een schuilkelder gebouwd onder een van de tenten en waren een andere aan het bouwen voor de afdeling geopereerde patiënten, en die graafgeluiden gingen dag en nacht door. Een van mijn kisten was met kruiwagens en schoppen volgegooid.

We hielden alarmoefeningen. Je kon de langzame Antonov 32's die ze gebruikten al van verre horen, dus we hadden genoeg tijd en trouwens het waren maar vrachtvliegtuigen geen echte bommenwerpers, ze lieten de bommen, dichtgelaste olievaten met semtex, gewoon door het luik aan de achterkant naar beneden vallen, nog juist accuraat genoeg om mensen schrik aan te jagen.

Ik zag Nora voor het eerst als verpleegster werken, en ik zag ook voor het eerst dat de witte schorten van het genootschap doorweekt raakten met bloed. Er kwam altijd een dun stroompje gewonden naar ons toe, en soms zwol dat stroompje aan tot een rivier doordat een dorp of een ander ziekenhuis was gebombardeerd. We hadden ook te maken met ziekten, ondervoeding, al hadden we genoeg voedsel, als je doerrapap voedsel wilt noemen, en dysenterie. Zo nodig maakte ik vloeren schoon die door diarree vervuild waren, zij aan zij met Nora en de anderen, Nora altijd opgewekt, o de romantiek van het katholieke geloof! riep ze dan terwijl ze viezigheid opveegde.

Ik maakte me nuttig. Ik entte mensen in en verspreidde dingen, hield de voorraadlijsten bij, en omdat ik Dinka sprak, hielp ik ook pater Manes, onze priester, ook een Amerikaan. Manes was een klassieke whiskeypriester, een grote sloffende man met een bos lange grijze krullen, hij droeg een stoffige soutane en een gleufhoed van stro, God mag weten waar hij de drank vandaan haalde. Hij was altijd halfdronken, nooit meer dan dat, nooit minder. Het gerucht ging dat hij vrijwillig in ballingschap was gegaan vanwege een voorliefde voor koorknapen. De zusters behandelden hem vriendelijk genoeg, als een grote vieze hond, en naast zijn religieuze taken had hij ook de leiding van de school.

Daar leerde ik Dol Biong kennen, op de school. Ik gaf les aan een klas jongens. Ze waren gek op me, niet omdat ik als lerares veel voorstelde maar omdat ik elk van hen een schrift en een potlood had gegeven. Als je een Afrikaanse tiener een potlood schenkt, is dat net zoiets als wanneer je een Amerikaanse tiener een sportwagen geeft. Ik moest erop aandringen dat ze de potloden gebruikten om ermee te schrijven, want die hadden veel meer nut als cultus- en statusobject. Bovendien waren ze geen van allen ooit eerder naar school geweest, zodat ik het hele idee van school aan hen moest uitleggen, ik die zelf mijn school niet had afgemaakt, en ik was net de wonderen van het alfabet aan het beschrijven, toen ik hem zag. Hij stond op één been, zoals Dinka doen, net buiten de kring van de klas. Ik riep naar hem, maar hij kwam niet in beweging. Een van de jongens zei o, Dol Biong komt nooit naar de klas hij is te *adheng* voor ons. Hij zegt dat hij de zoon van een stamhoofd is maar we weten niet van welke stam, en ze lachten allemaal. En dus ging ik verder. Hij kwam nooit bij de klas, maar sloeg ook nooit een les over, hij stond daar en er brandde iets in zijn ogen, haat of verlangen, zwart als teer, huid en botten, naakt afgezien van een rafelig T-shirt en een korte broek. Ik vroeg pater Manes naar hem en het bleek dat hij een ontsnapte slaaf was, Baggarastamleden hadden zijn dorp overvallen en zijn hele clan gestolen. Hij kwam uit de streek rondom Wibok, ten noorden van ons. Manes wilde hem terugbrengen zodra hij weer eens met een SPLA-konvooi mee kon.

Hij at ook alleen. Aan de andere kant had ik het gevoel dat ik hem vaker tegenkwam dan toevallig was. Een of twee keer hielp hij me de zware koelkisten te dragen die we voor vaccins gebruikten, dan dook hij ineens naast me op. Hij zei nooit een woord behalve met die ogen. De laatste week van mei stuurde het SPLA zes trucks met soldaten en voorraden en een aantal zusters van ons naar Wibok. Wibok zat vol met weeskinderen die de slavenrazzia's in het noorden, bij Nasir, waren ontvlucht. Manes ging met hen mee in de hoop dat hij de SPLA-commandant daar kon overhalen hem een school te laten beginnen in plaats van ze allemaal in het rebellenleger op te nemen. Trini ging mee om de leiding te nemen van de hulppost daar. Ik dacht dat Dol Biong met hen mee was gegaan, maar in de loop van de dag zag ik hem weer staan. Ik vroeg hem in mijn beste Dinka waarom hij niet was meegegaan, maar kreeg geen ander antwoord dan die starende blik.

Al met al was het een mooie tijd en de dagen vlogen om. 's Avonds zaten Nora en ik in onze tent, zij op een brits met haar whiskey en orakelend over de gebeurtenissen van die dag of het lot van de mensheid, ik meestal aan haar voeten, leunend tegen haar dij als een hond, terwijl ze gedachteloos over mijn haar streek. Ik vond het prettig om haar hond te zijn. Na een leven zoals ik had geleid valt er veel te zeggen voor gedachteloze toewijding. Achteraf denk ik dat zij dezelfde relatie met Christus had, ze was Zijn hond zoals ik de hare was, al ging dat in die tijd mijn verbeeldingskracht verre te boven. Van tijd tot tijd zei ik gedichten op uit de *500 beste*, ze hield van Yeats Auden Donne Carlos Williams Southey Marvell Herbert. O, je bent een wonder, Emily, ik kon nooit wat onthouden ik moest bedrog plegen als een zigeuner om door mijn examens te komen.

Over zigeuners gesproken: ik werd weer donker. Als klein meisje was ik 's zomers altijd erg bruin geworden, mijn Cajunbloed, zei papa altijd, maar na zijn dood moest ik dat van mama altijd camoufleren, die Garigeaus hadden ergens wat negerbloed opgedaan nou en of zei ze altijd, maar nu maakte Afrika me zo bruin als een Arabier.

Ik ben weer aan het ontwijken merk ik en dat moet ik niet doen, er is amper ruimte om de rest te vertellen, wat slim van me, het betekent dat ik op sommige van mijn misdaden moet besparen. Het is 13 juni, een zondag en we zitten allemaal in de kerk van de oude Italiaanse missie, zelfs de atheïsten, want pater Manes is naar Wibok vertrokken en er is niemand om de mis op te dragen, alleen doet Nora het toch, ja dat is ons lelijke geheim we doen dat bij de Bloeds altijd als er geen priesters zijn, en die zijn er vaak niet op de plaatsen waar we werken. Misschien zijn de atheïstische Europese dokters er daarom vaak ook bij, solidariteit met het feminisme, of een stomp in het oog van het patriarchaat, al weet ik dat Nora helemaal niet aan zulke dingen denkt. Als het goed is, is de hostie bij zulke gelegenheden al geconsacreerd door de priester, maar Nora doet het zoals het hoort, ze verkondigt het evangelie, houdt de preek, zingt met haar heldere stem de woorden van de mis, verheft uw hart enzovoort, en we verhieven het. Ik zag het haar niet precies doen want ik was de jongste zuster en volgens onze traditie stond ik met mijn rug naar het altaar toe en keek ik uit de deur om te zien of de vijand eraan kwam.

Vanuit de deuropening zag ik Dol Biong roerloos in de schaduw van een watertank staan. Hij leek net een lucifermannetje zoals kinderen op papier zetten, maar dan met houtskool op het lichtgekleurde golfstaal getekend. Achter me zongen ze het Agnus Dei. Over een paar minuten zou een van de zusters me het brood en de wijn brengen, ook een kleine traditie. Toen voelde ik dat er iets langs me streek, en ik zag dat een klein kind, een jaar of vier, lachend de kerk uit was gerend en ik riep naar haar moeder ik krijg haar wel! en ik rende weg. Ik kreeg het meisje te pakken en kietelde haar en noemde haar *rac* (stout) en liep terug, en op dat moment hoorde ik de motoren voor het eerst.

In de Spaanse burgeroorlog zetten de fascistische bommenwerpers hun motoren altijd boven zee uit en gleden ze geluidloos landinwaarts, om de motoren pas weer aan te zetten als ze het doel naderden, en dat werkte vrij goed in de tijd voordat er radar was en zo zie je maar weer dat een goed idee steeds terugkomt want de piloot van de Antonov had het ook gedaan. Ik schreeuwde een waarschuwing en rende naar de kerk terug, maar ze zongen allemaal dona nobis pacem en trouwens het was te laat. De Antonov ging op een hoogte van zo'n vierhonderd meter over ons heen en liet vier grote bommen vallen, ik zag de lange zwarte cilinders uit het ladingluik aan de achterkant vallen. De eerste bom trof de garage en onze brandstofvoorraad, de tweede een groep tenten. Ik had nooit eerder een bomaanval meegemaakt maar ik wist iets van explosieven en deze ontploffingen waren gigantisch, vijfhonderdponders, een geluid om je hele geest te verdoven en al je darmen week te maken. De derde bom sloeg door het metalen dak van de kerk en explodeerde daarbinnen. Ik zag niet waar de vierde terechtkwam want ik stond daar aan de grond genageld met het kind op mijn heup toen de schokgolf en de wolk van verpulverde bakstenen kerkbanken beelden boeken brood wijn kelken en mensen me tegen de grond sloeg.

Ik werd van de wereld weggeslagen, echt waar, nu ik erover nadenk, en dat maakte het me moeilijk het hiernavolgende te vertellen. Van het proza naar de poëzie. Van het wereldse naar de mythe. Van *chronos* naar *kairos*. Gods tijd.

Nee, maar niet meteen. Ik kwam bij en merkte dat ik blind was en dat iemand aan mijn arm trok. Mijn oogkassen zaten vol stollend bloed uit een wond op mijn hoofd. Ik veegde het weg. Ik zag rook en stof in de lucht hangen en een ruïne waaruit scherven dakmetaal omhoogstaken, zo klein, de ruïne had nooit zoveel zielen kunnen bevatten. Ik schreeuwde haar naam en graaide als een hond door het puin, maar ik werd teruggetrokken door de jongen, Dol Biong. Emily, Emily, ze zijn allemaal dood, ze zijn allemaal dood, zei hij en ik sloeg naar hem tranen die het kleverige bloed wegspoelden, maar hij hield me vast. Kom met me mee zei hij, er is hier niets, en na de bombardementen komen altijd de Baggara. Ik riep nee nee en rende van hem weg naar de slaaptent, ik zal wel hebben gedacht dat ze daar nog was, God had haar op het laatste moment uit de kerk weggehaald maar nee, en ik zag dat de vluchtelingen de bezittingen van de dode helpers al aan het plunderen waren. En waarom ook niet? Toch schreeuwde ik en sloeg ik op hun doffe zwarte huid en baande ik me een weg naar de plaats waar Nora en ik hadden geslapen. Ik nam de oude rugzak waarin ze haar dingen bewaarde en stopte daar alles in, haar verkreukelde kleren haar kleine houten crucifix haar rozenkrans en sommige van haar boeken, dingen die roken naar haar toen ze nog leefde ik wilde de stank van de dood afdekken die van de ruïne kwam, verschroeid haar en bot en de barbecuelucht die het afschuwelijkste is van verbrandende mensen je buik zegt mm, goed vlees! Ondanks alles wat je weet.

Kom kom, hij trok aan me en we baanden ons een weg door de menigte en het terrein af. De SPLA-soldaten die naar de kerk waren gegaan hadden hun geweren netjes buiten neergezet, met patroongordels en al en ik zag Dol een AK en munitie pakken. Ik zag dat hij ook een tas had. Toen we weggingen, zag ik ook het kind dat mij had gered door weg te lopen, een stuk puin had haar uit mijn armen gerukt en haar halve hoofd meegenomen ik was jaloers op haar ik wilde dat de vliegen mij ook opvraten. Maar ik ging met hem mee, en nogmaals waarom ook niet? Nora was weg en God zweeg nu eindelijk in mijn hoofd, geen middeleeuwse heiligen die mij leidden alleen een Dinkajongen.

We liepen naar het oosten. Dit was de *sudd* zelf, rivieren die door kleivlakten kronkelden, en papyrusmoerassen die in de regentijd een soort kolossale matten vormden die de rivieren soms tegenhielden. Sudd betekent obstakel en heeft het land zijn naam gegeven. Het was het einde van het droge seizoen en daardoor kon je gemakkelijker lopen dan in enige andere tijd van het jaar. Er stond nog net genoeg water op het land, en hij had voedsel bij zich, bonenkoek, gemalen aardnoot, gedroogde vis, gekookte rijst. We praatten bijna niet. Ik zat waar hij me neerzette, ik liep als hij me meetrok en als er brokjes voedsel in mijn hand werden gelegd bracht ik ze naar mijn mond.

Een aantal keren moesten we ons voor Baggaraplunderaars verbergen. De Baggara zijn gearabiseerde stamleden die van oudsher op de *abd* aasden, vooral de Dinka maar ook de Nuer. We verstopten ons in het gras, hij met zijn geweer in de aanslag, ik in stilte maar onverschillig. Het is moeilijk om je iets van leegte te herinneren, je hebt dan niets meer in je wat op de wereld reageert. Ik weet dat we rivieren overstaken en dat er krokodillen en nijlpaarden in de diepe gedeelten waren. Hij was een moedige jongen, maar hij was op zijn hoede voor nijlpaarden, lachwekkende beesten waardoor meer Afrikanen het leven verliezen dan door krokodillen, ook weer een voorbeeld van Gods duistere wegen. We waadden een keer door een rivier die breder was dan de meeste andere en hij zei dit is de Pibor en dit is mijn land. Nu overnachtten we in dorpen, in de ronde huizen van de Dinka. De Dinka verlangen dat je met open mond eet, maar wat kon het mij schelen? Het was in die tijd een triest land, de GOS-soldaten verjoegen Dinka uit de oliegebieden, dreven hen naar het oosten, stalen hun vee, maakten hen tot paupers, bewapenden de Baggara en de *murahileen*, de islamitische stamlegertjes die de jongens en meisjes als slaven meenamen. Niemand schonk me enige aandacht. Ik zat onzichtbaar tegen de muur. Maar hem behandelden ze goed. Elke Dinka is een aristocraat, maar sommige families genieten bijzondere eer, en hij was de laatste van zijn familie, de laatste mannelijke afstammeling van Peng Biong en Atiam, de heilige vrouw. Daar hoorde ik voor het eerst het lied:

In de dagen van Peng Biong en Atiam
Kon niemand ons vee tellen
De heilige mensen brachten ons over de rivier
Naar vruchtbare velden
Maar nu is het land vol zonde

En onze rijkdom is niet meer
Niemand heeft de geestkracht
Tenzij Atiam en Peng Biong terugkeren
Uit hun graf

Ik weet niet hoelang we onderweg waren. Voor hen was het Ker, het eerste deel van de regentijd, en het enige waar de mensen over praatten was dat de buien zo laat kwamen. De hemel was een dun uitgerekt heet membraan, de wolken hingen boven de horizon en leken nooit dichterbij te komen, het leek wel of ze op blauw porselein waren geschilderd. Hoe langer we reisden des te leger werd ik en alle dagen losten op in een en dezelfde dag, eindeloos lang. Hij zuiverde mij in Zijn heilige vuur om me tot een waardig instrument van Zijn wil te maken. Dat weet ik nu maar toen wist ik het niet.

Op een avond kwamen we bij een hut met een rieten dak zoals de jongens maken als ze 's zomers met hun kudden op weg zijn, de *toc*, en die ze achterlaten als ze weggaan. Er stond een grote dode doornstruik in de buurt en de jongen maakte een vuurtje van takjes. We aten en sliepen.

Ik werd in het donker wakker, en de hut stond vol rook, zoveel rook dat ik dacht dat ik zou stikken, maar er zat geen scherpte in mijn keel, en midden in de rook gloeide een vlam maar niet van een vuur van takjes, die vlam was zo fel als een lasbrander. En de hut was ook vol wezens, kolossaal, onmenselijk, zo vol als een lift waar te veel mensen in staan, ik voelde dat ze van alle kanten tegen me op drongen, niet met mijn zintuigen maar met mijn ziel en die menigte riep heilig heilig is de Heer der Heerscharen de hele aarde is vervuld van Zijn Glorie. Stelt u zich nu de grootste schaamte voor die u in uw leven hebt gevoeld de ergste schaamte die u kent, en dat u die schaamte al uw levensdagen zult meedragen, en dan zeg ik, dat is niets in vergelijking met wat ik toen voelde, ik viel voorover en wreef mijn gezicht in de grond, piste van angst in mijn broek, de aarde gruizig in mijn mond, graaiend met mijn handen tot mijn nagels braken gravend met mijn knieën om Het te ontvluchten, het licht te fel om het te kunnen verdragen, weg van Hem. Nee nee zei ik hardop ik ben te vuil vuil maar ze hielden me vast en trokken me terug en ik schreeuwde van pijn. En ik zag een van hen een kooltje uit dat vuur nemen en dat vlammende kooltje op mijn mond leggen (en het brandde van de vreselijkste pijn, maar mijn vlees werd niet verteerd) en ik zei ziet ge zijt verlost van de zonde.

Toen hoorde ik Zijn kleine heldere stem midden in mijn hoofd zeggen: wie zal ik zenden wie zal voor Ons gaan?

En ik hoorde mijn eigen stem hardop zeggen: hier ben ik. Zend mij.

En de Heer zei: ga en red dit volk dat veracht en gekweld wordt en maak dat ze Mijn woorden met hun hart begrijpen en zich bekeren en genezen worden. En leid hen in Mijn naam naar gerechtigheid, want zij zullen een groot volk zijn.

Ja, wat ze een gemeenplaats noemen, een cliché van religieuze ervaring, maar wie weet misschien is het altijd wel zo wanneer God je uitverkiest, zoals chocolade-ijs altijd is wat het is of een hand in koel water, echt. Misschien moest Jesaja ook een andere broek aantrekken, de Schrift zegt daar niets over.

De rest van de nacht was ook interessant. Nora was er en de heilige Catharina van Siena en de duivel ook. Ik was zo blij Nora terug te zien, bedekte haar handen en gezicht met kussen en ze zei doe niet zo stom meid weet je niet als je van mensen houdt leven ze eeuwig door en je dacht toch niet dat de gemeenschap der heiligen alleen maar een frase was? Het verraste me mijn oude glanzende man daar te zien want het was nu heilige grond, maar als je er goed over nadenkt moet hij daar wel zijn om elk goed ding tot het kwaad te brengen als hij dat kan het is de manier waarop we hier op aarde leven en hij zei gefeliciteerd we werken nu allebei voor dezelfde organisatie en ik zei tegen hem hou je mond en zoog hem weer in me.

Toen werd het ochtend en was ik een ander persoon, zo anders dat Dol me vreemd aankeek. Ik at met graagte, meer dan ik in dagen had gedaan, ik was leeg en had mijn kracht nodig om Gods werk te doen, maar ik wilde meer dan een handvol bonenpasta ik zei dat ik vlees nodig had en hij zei er is geen vlees, Emily, het wild is allemaal op door de oorlog en alle hongerige mensen. Maar toen we de hut uit kwamen, hoorden we iets in het riet en daar kwam een rietbokjong tevoorschijn. Het bleef staan en ik nam ons geweer en doodde het met één schot en slachtte het en we maakten een groot vuur en aten zoveel vlees als we op konden. Toen pakten we onze spullen bij elkaar en ik raapte een stok van doornhout op en we gingen op weg. Ik bepaalde nu het tempo, ik hoefde niet meer meegetrokken te worden, de jongen stond er versteld van.

Ik zag zijn ontzetting en zei ik ben geen heks en ik ben vannacht ook niet behekst, maar de Heer (*Nhialic* noemen de Dinka Hem) heeft mijn geest vergroot en tegen me gezegd dat ik de Monyjang

Peng tegen de oorlogen en de slavenhalers moet beschermen en dat ik hen weer groot in vee moet maken zoals in de tijd van Atiam. Daarop werden zijn ogen heel groot en hij zei maar jij bent een roze buitenlander. Ik zei ik ben helemaal niet erg roze meer en ook, wie heeft me gered toen de kerk gebombardeerd werd en wie stuurde het vlees naar ons en wie maakte dat jij in Pibor achter me aan liep als een kalf achter een koe? In je hart wist je het al. Ik zag in zijn ogen dat hij het geloofde daardoor geloofde ik het nog meer en zo gingen we weer op weg naar Wibok.

De volgende dag staken we de Kongkong over en daar lag Wibok, dicht bij de rivier. Nora had me verteld dat het ooit een plaats van aanzienlijk belang was geweest. Het bevond zich op het punt waar de Kongkong en de noordelijke en zuidelijke vertakkingen van de Sobat samenkwamen en in de Turkse tijd was het de residentie van een *beylik* geweest. Muhammed Ali, de kedive van Egypte, had er bijna twee eeuwen geleden een fort gebouwd om de Abessijnen te imponeren en ook als barakkenkamp om de slaven op te sluiten die hij in grote aantallen uit de landen tussen de Nijl en de andere rivieren vandaan haalde. De Britten hadden het kamp in hun tijd overgenomen en een stadje gebouwd, de zetel van een districtsambtenaar en zijn koloniale troepen. Na de onafhankelijkheid hadden de Sudanezen het plaatsje in verval laten raken, en toen het SPLA in deze recente oorlog naar Wibok was opgetrokken, hadden de GOS-troepen zich nauwelijks verzet. Er was niets om voor te vechten in Wibok of het achterland daarvan. Het voornaamste product van de streek was een beetje wapensmokkel uit Ethiopië en een rijke oogst aan uitgehongerde vluchtelingen.

Die lagen in grote stervende velden rondom het stadje Wibok, een vallei van beenderen als in Ezechiël, en de hand van de Heer had mij waarlijk in hun midden gezet opdat zij weer zouden kunnen leven. Het waren vooral vrouwen en oude mensen en jonge kinderen, want de mannen en jongens van militaire leeftijd waren in de oorlogen terechtgekomen. We liepen zonder verbazing door die velden Dol en ik, want hij had het zijn hele leven gezien en ik had het als iedereen in de rijke wereld op televisie gezien maar het is niet hetzelfde zonder de geur: stof, en uitwerpselen, en de scherpe lucht van duizenden dode en stervende mensen. Kleine kinderen met ledematen als stokjes lagen bedekt met vliegen en mieren in de zon, werden letterlijk levend opgevreten, met gezwollen buiken en rode haren van de *kwashiorkor*. Misschien gingen de eerste vijftig je aan het hart en daarna waren het net bierblikjes in een Amerikaanse straat. De kleine kinderen verhongerden, de vrouwen en de oude mensen verhongerden, maar de mannen met geweren blaakten van gezondheid.

Ik vond Trini Salcedo in de ziekenhuistent van het genootschap en ze liet een ondersteek vallen toen ze me zag. Natuurlijk had ze over de radio van het genootschap gehoord welke catastrofe Pibor had getroffen en ze dacht dat ik dood was net als de anderen. Ben je ongedeerd, vroeg ze en ze keek nog eens goed naar mijn gezicht. Ik zei dat ik niets mankeerde en ze zei: goed, we hebben iemand nodig die hier de boel organiseert. Ze vertelde me dat er drie verschillende medische instellingen aan het werk waren, plus zo'n twintig hulporganisaties, en die hadden allemaal hun eigen logistiek, generatoren, distributiesystemen, prioriteiten en noem maar op. Het enige wat ze allemaal met elkaar gemeen hadden, was dat ze de SPLA-jongens alles gaven wat ze wilden, het beste spul, want anders werden ze het stadje uit geschopt. Het fort zat boordevol voedsel en medicijnen en de commandant gebruikte dat om via ruilhandel met Ethiopische smokkelaars aan brandstof, generatoren, drank en wapens te komen. Ik zei dat ik graag wilde helpen en ik liep de tent uit.

Met Dol aan mijn zijde ging ik naar het fort. Eerst een afgebrokkelde muur met een Turkse boogpoort en met een vierkante toren uit Beau Geste aan weerskanten. Bij de poort was een SPLA-wachter met een AK geposteerd. Hij zat op een bureaustoel zonder rugleuning en dronk uit een blikje Orangina, twee symbolen van ongenaakbare status in dit deel van de wereld. Hij liet ons doorlopen, mijn Europese uiterlijk was mijn legitimatiebewijs, zoals vaak in Afrika. In het midden van de binnenplaats stond een bakstenen gebouw van twee verdiepingen met Turkse bogen als deuren en ramen, vaalgroen geverfd en met een vierkante toren, voorzien van Moorse kantelen, op de twee hoeken tegenover elkaar. Het gebouw had een breed metalen afdak dat langs de bovenrand van de begane grond liep, zodat de mensen die eertijds de bey of de Britten wilden spreken droog konden wachten. Voor de hoofdingang verhief zich een vlaggenmast, maar daar hing geen vlag aan. Op de begane grond was een rij kleine tralieramen dichtgemaakt met beton, een overblijfsel van de oude slavenbarakken. Er lagen duizenden kilo's voorraden opgestapeld op de binnenplaats, bewaakt door haveloos geklede SPLA-soldaten.

Ik negeerde hen en ging de kerk in. De kerk zelf was in de jaren twintig gebouwd door de Verona-missionarissen en heette St. Philip

Neri. Het was een groot lemen bouwwerk, mooi wit bepleisterd, met een hoog metalen dak dat op palen en balken boven de muren rustte zodat er een brede opening voor lucht overbleef, ongeveer als de opgeblazen kerk in Pibor. Er waren een eenvoudig altaar en een groot kruisbeeld in Italiaanse stijl en een piepend pomporgel. Pater Manes was daar met zijn koor aan het repeteren. De Dinka zijn misschien wel de beste zangers van Oost-Afrika, eigenlijk waren hun liederen het enige wat ze hadden behalve hun koeien dan. Ze zongen een Ave Maria en een Dinkahymne over Christus die de regen brengt. Pater Manes was ook verbaasd toen hij me zag en des te meer toen ik hem later, in de kleine achterkamer die hij als woning gebruikte, vertelde wat er in die rokerige hut met me was gebeurd en ook wat ik van plan was te doen. Ik kon zien dat hij dacht dat ik gek was en ik zag ook de angst dat ik dat misschien niet was. In Afrika worden steeds weer blanken gek, en soms neemt die gekte, vooral onder missionarissen, de vorm van godsdienstwaanzin aan. Hij zat dus zalvend en meevoelend in de whiskeydampen te luisteren, totdat ik zei dat hij geen drank meer mocht kopen van het SPLA met geld dat hij van Amerika kreeg om de kerk in stand te houden. Hij keek me met grote ogen aan.

Ik denk dat hij later met Trini heeft gepraat want ze kwam de volgende dag naar me toe. Ik verbleef met Dol Biong in een lemen slaaphut met een grasdak die van zijn moeders familie was. Dit was een van de traditionele Peng Dinkadorpen rondom Wibok, vol mensen die de gewoonten en discipline van de stam probeerden te handhaven en een kleine kudde vee probeerden te houden, al was dat bijna onmogelijk, gezien de duizenden uitgehongerde vluchtelingen om hen heen. We spraken buiten, in de schaduw van een grote koortsboom. Ik zag aan haar gezicht dat ze het vreemd vond dat ik niet ijlde. Zoals veel vrome mensen die in het geloof zijn grootgebracht had ze nooit een religieuze ervaring gehad. Ik heb ontdekt dat zulke mensen met gemengde gevoelens over personen denken die ze wel hebben gehad, het is een mengeling van verlangen en rancune en ook een beetje jaloezie, als de goede zoon in de parabel: ik heb mijn hele leven in de wijngaarden gewerkt o Heer en geen vetgemest kalf voor mij? Ik vertelde haar wat me was overkomen en wat God had gezegd dat ik moest doen, maar ik geloof dat ze me niet echt hoorde.

Daarna keerde ik naar het Wibokfort terug en ging de confrontatie aan met de SPLA-commandant, een dikke kerel die Nyoung heette. Geef de mensen eten, zei ik, in naam van de Heer, en toen stopte de Heer alle onrecht dat hij deed in mijn hoofd en ik sprak het allemaal uit en hij slaakte een kreet van woede en noemde me een heks, en richtte een pistool op me en haalde de trekker over. Maar de Heer beschermde me en het wapen ging niet af. Ik ging erg dicht naar hem toe en zei je weet dat ik geen heks ben, Nyoung, maar een profeet van Nhialic Zelf. Ben jij niet Monyjang? Heb je van je vaderen geleerd voedsel te stelen van de hongerigen? Is dit *cieng*? Is dit nobel, om te leven als buitenlanders? Wanneer hebben de Monyjang geleerd hun mond zo vol te stoppen? Je vaderen schamen zich. Hun geesten vragen Nhialic om over jou te oordelen. Als je geen berouw hebt, zal hij jou dan niet afsnijden, jou en je hele familielijn?

De angst groeide in zijn ogen. De hele binnenplaats was stil, afgezien van het ronken van de generatoren. Zelfs de wind scheen te zijn opgehouden met waaien. Met een stem die alleen hij kon horen zei ik Nyoung luister, God heeft me gestuurd om de Monyjang te genezen van hun bederf en hun een nieuw leven te geven. Voor elke maat voedsel die jij geeft, worden jouw tien maten, honderd maten gegeven. Er zal weer vee zijn en vrede en de buitenlanders zullen je niet meer lastigvallen. Je hoeft alleen maar te geloven en mij te volgen!

Toen geloofde hij me en hij gaf bevel het voedsel te verdelen dat ze hadden opgeslagen. Ik zei dat zijn soldaten erop moesten toezien dat het voedsel naar de vrouwen ging en dat de vrouwen eerst hun kinderen te eten moesten geven. Daarna konden de mannen eten. Ze reageerden met verbijstering, want het was in strijd met hun gewoonte, het was niet cieng. Maar ik zei dat God een nieuwe cieng voor de Dinka had bevolen en dat Hij toekeek en elke man dood zou laten neervallen die voedsel nam dat voor de kinderen bestemd was, en toen ging ik weg en zei ik hetzelfde tegen de menigte. Zo ging het de volgende dagen, en twee mannen die zich hiertegen verzetten werden dood aan de rand van het kamp aangetroffen, hun mond vol met gekookte rijst, en daarna was er geen verzet meer.

Ik ging met Dol in een van Nyoungs trucks naar de naburige veekampen en dorpen. Daar vertelde ik de mensen en de oudsten over mijn missie, of beter gezegd ik liet Dol namens me spreken en vertellen wat er in Wibok was gebeurd en hoe de rotting van de wereld zoals de Dinka het noemen ongedaan gemaakt kon worden. De jonge mannen waren opgewonden bij dat idee en wilden hun speren opnemen, maar ik zei nog niet, want de regering en de milities zijn goed bewapend en het zou verspilling van mensenlevens zijn. Ik zei tegen hen dat God hen van voldoende wapens zou voorzien als de tijd daar rijp voor was en hun de overwinning zou geven. Dol was hier geweldig goed in; hij had in hoge mate *dheng*, de combinatie van gratie, schoonheid, manieren, houding, welsprekendheid, dat is de eigenschap die onder Dinkamannen het meest op prijs wordt gesteld. Hij zag eruit als een stamhoofd, en ik hoorde de mensen over hem en zijn voorvaderen praten, en ze herinnerden elkaar aan het oude lied over Peng Biong die terugkwam. Dat is zo interessant als je een profeet van God bent: je hoeft nooit na te denken over wat je gaat zeggen. Soms komen de woorden gewoon in je hoofd op en spreek je ze uit en voor de rest is het een kwestie van je overgeven aan je geloof. God zou handelen of niet; intussen was het aan ons om Hem te volgen en geduld te oefenen.

Er gingen enkele weken voorbij waarin Dol en ik de nieuwe cieng predikten. De hele teneur van de nederzetting veranderde. Met een beetje meer voedsel konden de mensen weer werken. Ze konden latrines graven en slaaphutten bouwen. Daarvoor was er genoeg gereedschap in Wibok. De vrouwen konden bonen, aardnoot en doerra gaan planten voor de komst van de regen. Er werd weer gezongen. Ik ging elke dag naar de mis en zong met het koor mee. Om me heen hoorde ik mensen me Atiamabi noemen, of Atiam-opnieuw, ik kreeg een plaatsje in de mythe, zoals voorspeld was. Ze vroegen me: Atiamabi, wanneer komt de regen? En ik antwoordde gauw, gauw, tot de dag waarop God via mij sprak en toen antwoordde ik morgen.

De volgende morgen begon met een rode dageraad en in het westen zagen we dat de wolk die zo lang boven de uiterste rand van de wereld had gehangen groter was geworden, en ook zwart en purper was geworden, en vervuld van de bliksem en er stond een beetje wind. Dat was ook de dag waarop we bij het ontwaken constateerden dat het stadje bezet was door Baggaramurahileen. Ze hadden onze weinige soldaten gevangengenomen of gedood, nadat ze hen slapend hadden aangetroffen, en ze hadden de rest weggejaagd en het stadje in bezit genomen. Ze verspreidden zich nu door de nederzettingen en de hutten, grepen kinderen en vrouwen en sloegen de mannen die verzet boden of schoten hen dood. Het waren zwarte mannen met een hard gezicht en een tulband en een lang gewaad en de flarden van uniformen, maar ze waren goed bewapend met semiautomatische geweren. Tegelijk met de kreten en schoten en het gehuil hoorden we het onweer dichterbij komen. Toen ik de binnenplaats van het Wibok-fort op rende, vielen er al zware druppels. De hemel kwam omlaag en werd zwart.

Er waren daar enkele tientallen van hen, allemaal met kalasjnikovs. Een stuk of wat SPLA-soldaten lagen dood op de grond. Een van hen kroop langzaam weg als een geplette kever, niemand die op hem lette. De Baggara's verzamelden hun vangst, meisjes en jonge jongens en bonden hun handen vast met telefoondraad of touw. Ik zag het hele meisjeskoor daar vastgebonden en huilend zitten. Bij de hoek van het fort stond een gehavende Toyota-pick-uptruck geparkeerd, met een Russisch 12.7-machinegeweer in de laadbak, en achter de schutter stond de man die de leiding had, een grote zelfverzekerde man in een camouflage-uniform, bevelen te schreeuwen.

Het regende inmiddels flink en de commandant zei tegen zijn chauffeur dat hij de pick-uptruck onder het metalen afdak moest zetten. Ik klom op een olievat en schreeuwde boven de regen en donder uit Arabische woorden die ik in Rome uit mijn hoofd had geleerd: in de naam van God, de Genadige, de Barmhartige. O, gelovigen! Twist niet met het Volk van het Boek behalve op de eerlijke manier, met uitzondering van diegenen van hen die verkeerd doen; en zeg: 'Wij geloven in wat ons wordt gezonden, en wat is u gezonden; onze God en uw God is Een, en aan Hem hebben wij ons overgeleverd.'

Ik sprak de heilige woorden van de soera in de langzame reciteertrant van *tartil* opdat mijn stem verder zou dragen. Ik zag natte zwarte gezichten verbaasd onder tulbands naar me omkijken. Ze waren het niet gewend om iets uit de Koran te horen van mensen die eruitzagen als ik, en zeker niet van een vrouw. Ik ging verder: heeft de Profeet, vrede zij met hem, niet gezegd, God is zachtmoedig en houdt van zachtmoedigheid in alle dingen? O, gelovigen, is dit zachtmoedig? Het stelen van kinderen? Is dit wat mannen doen? Nee! Lafaards en afgodendienaren doen dit en het is verboden het Volk van het Boek aan te vallen. Hoort mij nu aan, die spreekt in de naam van God. Vanaf deze dag is al het land aan deze kant van de rivieren verboden voor u. Ga in vrede naar uw eigen land en breng uw vee en uw zoons groot. Zij die dat niet doen zullen de dood vinden en hun ziel zal in Gehenna met kokend water worden begoten.

Maar de commandant noemde me een hoer en een ongelovige en ze sloegen me met hun geweerkolven tegen de grond en schopten me de modder in. De regen kwam nu met bakken neer en de donder liet een onophoudelijk gebulder horen. Ik kwam overeind en riep opnieuw: laat vuur van God u verteren en uw botten zwart maken! Vandaag, op dit uur, zullen demonen uw vlees eten in de hel. De vloek van God zij op u en op zeven generaties van uw zoons!

Ik zag de commandant tegen zijn schutter spreken en de loop van de 12.7 draaide naar me toe en op dat moment sloeg de bliksem in het fort.

Een grote dikke witte bliksemschicht die ieder die het hoorde doof maakte, bewoog zich van het metalen dak door de afvoerpijp naar het metalen afdak en sloeg in het dak van de pick-uptruck. De chauffeur, de schutter en de commandant veranderden op slag in rokende lijken, en alle munitie in de kist ging meteen de lucht in, lichtspoorgranaten vlogen alle kanten op. De murahileen schreeuwden en renden in het rond en een aantal van hen werd geveld door de grote kogels.

En er kwam nog geen eind aan de bliksem. In het noorden van Florida hebben ze veel bliksem en ik heb daar heel wat van meegemaakt, maar nooit zag ik iets wat hieraan kon tippen. Het hele fort lichtte blauw op van de inslagen. Witte vuurballen vlogen over de grond, en de hemel was zo zwart en de regen zo hard dat alles tot stilstand leek te zijn gekomen als op een popconcert wanneer ze de stroboscooplampen aanzetten. Er hing zoveel ozon in de lucht dat het pijn deed om adem te halen. Ik schreeuwde nog steeds de bloeddorstigste delen die ik me uit zowel de koran als de psalmen kon herinneren, fragmenten over de toorn van God en de straf die boosdoeners te wachten stond, al is het sterk de vraag of iemand me kon horen. Ik kan niet zweren dat ik een militieman zijn geweer op me zag richten en vervolgens in een zuil van vuur zag exploderen, maar het kan zijn gebeurd. Bijna iedereen die daar was, zag wonderen, en minstens een daarvan was echt: afgezien van de SPLA-soldaten die bij de eerste aanval waren neergeschoten, bleven al onze mensen ongedeerd. Ten slotte was er een ontzaglijke knal te horen. Een bliksemschicht sloeg in de rechtertoren en de benzinetank van de pick-up ging tegelijk als een rokerige vuurbal de lucht in en toen stortte de hele toren in als Jericho.

De militie vluchtte te paard en te voet, met achterlating van hun doden en gewonden. Toen ze weg waren en we overeind krabbelden, onze eigen gewonden verzorgden en onze gevangenen losmaakten, hield het op met regenen en kwam de zon tevoorschijn die zond zijn stralen als door gebrandschilderde ramen naar ons omlaag, de damp sloeg overal vanaf. Het was net de schepping van de wereld. Toen zag ik dat er door de val van de toren een gat in de zijkant van het gebouw was gekomen, helemaal tot aan de grond toe, en in de hoek van het gebouw zag ik een driehoek van zwarte leegte.

Nu geloofde iedereen in Wibok dat de Britten de oude kerker met puin hadden gevuld en er beton overheen hadden gegoten om hem af te sluiten, maar dat was niet het geval, zag ik nu. Zeker, ze hadden beton gegoten, maar over een stalen rasterwerk, zodat er een valse vloer was ontstaan. Daaronder zat een leegte. Ik greep een jongen vast en stuurde hem naar het ziekenhuis om een zaklantaarn te halen en toen hij terugkwam stuurde ik hem het gat in om te zien wat daar was. Onder het stof en de spinnenwebben kwam hij tevoorschijn, en toen ik hem vroeg wat daar was, zei hij dozen en dingen die in doek zijn verpakt en er waren ook geweren.

Ik zei hardop, hoewel er niemand was die me kon verstaan, een Depot van de Verdoemden, en ik wist dat God dit ons in deze tijd van nood had gezonden. Na wat er zojuist was gebeurd wilde iedereen natuurlijk heel graag doen wat ik zei. Ik beval mannen de opening groter te maken met houwelen en schoppen en ging er toen zelf in. Het werd me duidelijk wat dit was. In heel Oost-Afrika waren er in de Britse tijd legereenheden geweest en legereenheden hebben sergeant-kwartiermeesters en die hadden meer materieel dan voorgeschreven was of wapens die onder beschamende omstandigheden defect waren geraakt en die ze niet konden weggooien (want stel je voor dat een officier zo'n wapen op een inheemse souk zag liggen met de brede pijl van de Britse strijdkrachten erop) en die ook niet terug konden naar waar ze vandaan kwamen, en die sergeant-kwartiermeesters hadden tegen hun korporaals gezegd ik wil die verrekte ... nooit meer zien en hup, dan ging het naar een verborgen plaats. Geen plaats was verborgener dan Wibok, en toen in 1956 het bevel kwam de terugtocht te aanvaarden en het land terug te geven aan de nikkers, en tegelijk het bevel om de oude slavengevangenis af te sluiten opdat de nikkers deze niet konden gebruiken om andere nikkers in slavernij te houden, nou toen was er een godsgeschenk. De troep werd de kelders in gegooid, er werd rasterwerk overheen gelegd en daar werd weer beton op gegoten, dat gebeurde natuurlijk allemaal 's nachts zonder dat die nieuwsgierige inboorlingen toekeken. En daarna gingen ze onder het zingen van een vrolijk lied naar het goeie ouwe Engeland terug.

Er lag het volgende:

121 stuks gereedschap, graafgerei, houwelen
200 shirts, klein tenue, katoen, kaki, overige rangen
650 zandzakken, jute, in balen

18.000 patronen .303-kogelmunitie in blikken van 500 met het stempel 'verlopen/voor vernietiging'
12 Lee-Enfield Mk III-geweren, in kisten, in Cosmoline, kisten met stempel 1918 ALDERSHOT
8 Lee-Enfield Mk V-geweren met opschrift 'onbruikbaar' in gele verf
2 Mk III Bren-geweren, idem
31 Bren geweermagazijnen, leeg
4 spoelen met vijfhonderd meter prikkeldraad
6 verrekijkers, Mk II, gestempeld 1943, allemaal met minstens één gebroken lens
2 Very-pistolen in kistjes
6 Very-vuurpijlen in afgesloten kistjes
3 dompelaars op benzine
12 fluitjes, verchroomd, onderofficieren, voor gebruik door
16 Wilkinson-bajonetten, 40 centimeter m/schede
122 helmen, staal, Mk II, model 1916
10 machetes m/schede, opdruk SAM'L. KITSCHIN & CO., SHEFFIELD, 1917
214 grondzeilen, met rubber bekleed, 180 bij 120 centimeter
plus kisten met metaalafval, webbingmateriaal, patroongordels, rottende rubberproducten, vuurpijlen om van de schouder af te schieten, kettingen, touwen, camouflagenetten, blikken vol bacteriën, radio's die van trucks waren gevallen, beenwindsels, allerlei optische apparatuur met onbekende functie, emmers met gaten, linkerlaarzen, enz.

We haalden alles uit de grot en spreidden het op de grondzeilen uit en de mensen gingen eromheen staan en keken ernaar te midden van de opstijgende dampen en de bittere stank van de verbrande truck. De volgende dagen liet ik de mensen zien hoe ze de Cosmoline met benzine konden verwijderen en hoe ze de wapens konden invetten en oliën met de schoonmaaksetjes die bij elk nieuw wapen zaten. Ik laadde de wapens en testte ze uit. Een van de Mk V's werkte niet goed, en een van de Brens had geen standaard meer, maar je kon met allebei nog schieten. Het was niet veel, maar ik diepte uit mijn geheugen het feitje op dat de Vietcong in 1945 drie geweren en een pistool bezat. Ik liet het materieel naar het fort overbrengen, waar het door Nyoung en zijn overgebleven mannen zou worden bewaakt. Toen ging ik naar de Dinka om hen op de oorlog voor te bereiden.

De Dinka zijn grote krijgers, dat betekent dat ze niets van oorlog weten, al zijn ze in de strijd zo dapper als heiligen. Door weer een wonder kreeg Dol Biong het te pakken, mijn mix van *Clausewitz* en *The Combat Leader's Field Guide*, elfde druk. Na de aanval van de militie zaten we avond aan avond bij elkaar en pompte ik de kiemen van beide boekwerken in zijn hoofd. Toen gingen we naar de Peng-goudsten, en hij sprak en ik zat erbij en straalde spirituele energie uit, het enige gezag dat de Dinka erkennen. De gemiddelde Dinkaoorlog begint met een belediging; de stam komt bijeen, georganiseerd in pelotons op grond van leeftijd. Ze slaan op trommels en dansen en bedenken *dor*, hun strijdliederen waarin de vijand wordt beledigd en zijzelf worden geprezen. Dan rennen ze zingend op de vijandelijke stam af, geflankeerd door de vrouwen die voedsel en extra wapens dragen, en dan vechten ze man tegen man. Gewonde vijanden worden altijd gedood. Het wordt oneervol gevonden om in hinderlaag te liggen en vanuit dekking te vechten. Als ze de overwinning behalen, nemen ze het vee van de vijand mee. Het doet erg aan de vlakten bij Troje denken, *magnifique mais ce n'est pas la guerre* tegen troepen die met kalasjnikovs zijn bewapend.

De oudsten overlegden en argumenteerden en ten slotte zeiden ze dat we een leeftijdsgroep, het peloton dat de Leeuwenmannen heette, zeventien jaar oud, op de nieuwe manier mochten trainen. Dol zei tegen hen dat het hun dheng niet zou aantasten, een factor die bij Dinkamannen altijd meespeelde. Ook dat maakte deel uit van de nieuwe dispensatie. Toen zei ik dat ik ook een leeftijdsgroep van meisjes wilde. Opnieuw werd er geargumenteerd, maar per slot van rekening was ik nu de stem van Nhialic, en ze gingen akkoord en zeiden dat de Geelbruine Leeuwenwelpen aan onze oorlog mochten meedoen. Dol koos de twintig geschiktsten van beide seksen en we begonnen aan de basistraining.

Het waren goede jongeren en ze waren gemakkelijk te trainen. Om te beginnen verkeerden ze in perfecte fysieke conditie en verder waren ze lenig en onvermoeibaar, en toen ze leerden schieten, deden ze dat met plezier en een indrukwekkend talent. Het waren geboren machete- en bajonetstrijders. Het moeilijkste was het om hun stilte en geduld bij te brengen. Dinka's mogen graag zingen en lawaai maken, dingen die je niet moet doen als je in hinderlaag gaat liggen. Toch was nog het opmerkelijkste aan hen dat ze ongelooflijk goed konden hardlopen. Stuk voor stuk hadden ze de vloer kunnen aanvegen met de beste atleten van Amerikaanse universiteiten, en dan ook nog met volledige bepakking. Ik gaf ze twee maanden. Toen ze konden manoeuvreren, zich konden ingraven, dekking konden geven en binnen een minuut op driehonderd meter afstand twaalf kogels in een blik nummer tien konden schieten, en ik de besten van hen tot afdelingsleiders had benoemd, pakten we onze armzalige wapens op en gingen we achter de murahileen aan.

Zelfs voor getrainde soldaten is het erg demoraliserend om op grote afstand beschoten te worden door vijandelijke scherpschutters die je niet kunt zien, en de stammilities waren niet meer dan bandieten. Ze vuurden met hun AK's maar een eind weg en sommigen vielen ons aan en we maaiden ze neer met de Brens. In een maand verdreven we ze uit het hele gebied ten oosten van de rivieren en maakten we meer dan tweeduizend stuks vee buit, zoals de Heer had beloofd. Ik reed voor de grote kudden uit op een zwarte Baggarahengst, ook oorlogsbuit, toegejuicht en bezongen door de hele stam. En ik verdeelde het vee onder de strijders zonder onderscheid te maken naar sekse of clan en de mensen waren kwaad want vrouwen hadden nooit eerder rijkdom bezeten, maar ik zei dit is de nieuwe cieng die jullie is gegeven door God die jullie de overwinning gaf, en ze luisterden, want mijn woord was wet.

Ja, mijn woord was wet onder de Peng en mijn woord was graven graven met onze Britse schoppen, schuilkelders in Wibok en in elk dorp, want ik wist dat de militie tegen de GOS zou zeggen dat er een sterke SPLA-troepenmacht in die regio was, want hoe anders hadden de machtige murahileen verslagen kunnen zijn? Niet door slaven.

Op een ochtend werd ik wakker van geweervuur en zag ik dat jongeren van mij op een vliegtuig schoten. Gelukkig raakten ze het niet want het was de Fokker van het genootschap uit Pibor en er vielen dingen uit met parachutes, waaronder een man, en dat bleek Peter Mulvaney te zijn.

Hij kwam Nora's as ophalen, maar toen hij hoorde wat ik daar deed, stond hij erop om mee te gaan. Hij zei laat de doden hun doden begraven, dat zou Nora ook hebben gezegd als het andersom was geweest en hij vroeg wat kan ik voor jullie doen en ik zei ik heb krijgers maar ik heb infanterie nodig, ik heb een bataljon infanterie nodig want ik wil dit land behouden. En hij keek een dag of twee naar mijn mensen en zei het is te doen, je kunt soldaten van krijgers maken, per slot van rekening is dat ook gelukt met de Ieren en de Schotten. En dus leerde ik hem genoeg Dinka om bevelen en beledigingen en complimenten uit te spreken, het was net of ik Nora weer bij me had, ik was zo gelukkig, maar toen vroeg ik Peter waarom lieten ze hem hun vliegtuig gebruiken om voorraden bij ons af te leveren en hij zei je hebt belangrijke vrienden, en daardoor wist ik dat de prioresgeneraal had gehoord wat ik deed en ermee instemde, en ik dacht dat is weer verraad, Nora zou dit alles verschrikkelijk hebben gevonden, denk ik, en ik bad om haar vergeving.

Hij was veel beter dan ik, een echte professional, en hij kleedde de besten van hen in shirts uit het Depot van de Verdoemden en vond pakketten schouderemblemen en maakte van de helft van hen de Somerset Light Infantry en van de rest de Royal Inniskilling Fusileers, dat waren de badges die we hadden. Hij deelde hen in zonder te letten op sekse, leeftijdsgroep of clan en hij liet hen schijngevechten met elkaar leveren en op verschillende manieren met elkaar wedijveren, je moet elke identiteit die ze hebben afbreken behalve die van hun regiment zei hij en dat was waar, maar evengoed was het pijnlijk voor hen, kerk en regiment waren de door ons gewenste loyaliteiten en natuurlijk moesten ze ook trouw zijn aan Dol Biong, die de noodzaak ervan inzag, God zegene hem. En natuurlijk hadden we nu meer rekruten dan we aankonden, en onze oorspronkelijke veertig werden hun officieren.

Een maand verstreek en toen kwamen ze bij het krieken van de dag met veel motorgerommel op Wibok af: een truck vol infanterie met een 12.7 op de cabine, de commandowagen, een Humber Pig 4x4, en dan het kanon en de andere drietonners. Ze stopten zo'n vijfhonderd meter bij het fort vandaan en gingen schieten, en voor het eerst hoorde ik het vreselijke geluid van wat mijn kanon zou worden voor het eerst. Nou dit is niet leuk, zei Peter, dat is een L70, die haalt dit fort in ongeveer tien minuten neer en ik zei laten we hem gaan halen. Hij nam een sectie van onze beste schutters en ik nam de rest van ons leger en we verlieten het stadje aan de achterkant en maakten grote omtrekkende bewegingen in beide richtingen en natuurlijk had de vijand helemaal niet voor dekking gezorgd. Alle soldaten bij het kanon werden door Peters groep doodgeschoten voordat ze wisten wat er gebeurde, en daarna gingen alle officieren eraan. De meeste legers in de derde wereld zijn gespecialiseerd in het neerschieten van hulpeloze burgers en dit was daar geen uitzondering op. Nu ze geen leiders meer hadden, renden de soldaten maar wat rond en schoten ze in alle richtingen, waarmee ze aantoonden dat automatische vuurkracht waardeloos is als je niets raakt. In veertig minuten was het voorbij. De dragers kwamen naar voren, hakten de gewonden dood met hun machete en ontdeden de lijken van laarzen, munitie en wapens. Wij hadden twee doden en tien gewonden. In ruil daarvoor kregen we het materieel van een infanteriecompagnie en mijn kanon. God vergeve me, ik vond dat indertijd een goede ruil.

Kort daarna, laat op de dag, hoorden we in het oosten geluiden die op artillerievuur leken. Het is goede doctrine om op het geluid van schoten af te rijden, dus we stapten in onze nieuwe trucks en reden in die richting. En daar, ongeveer tachtig kilometer bij de Akoborivier en de Ethiopische grens vandaan, vonden we een olie-exploratieteam. De explosies die we hadden gehoord waren seismische sonderingen geweest. Het team had bewakers ingehuurd, maar die renden allemaal weg toen ze zagen wie we waren. De leider van het team, Terry Richardson, een Canadees, nodigde me uit in de grote camper die hij als kantoor gebruikte. Daar was airconditioning, al was het nu in de regentijd koel voor Sudan. Hij zei dat ze nog niets van belang hadden gevonden, en we praatten een tijdje over olie-exploratie, een beschaafd gesprek totdat ik hem vertelde dat hij krijgsgevangene was en dat ik al zijn materieel in beslag nam. Hij zei dat ik dat niet kon doen, want hij had vergunningen van de Sudanese regering, en ik moest hem vertellen dat hij niet meer in Sudan was. Dat was, geloof ik, de eerste keer dat ik de onafhankelijkheid van mijn volk uitriep.

In het voorjaar van 1937 wist moeder-generaal Roland, inmiddels vijfentachtig jaar oud, dat ze ernstig ziek was en het eind van het jaar misschien niet zou halen. Als gevolg daarvan deed ze twee dingen: ten eerste ging ze naar Rome en vroeg daar kardinaal Ratti om raad. In die tijd begrepen de meeste politiek bewuste mensen dat er weer een Europese oorlog op komst was. Roland vreesde dat er in die oorlog, in tegenstelling tot de vorige, weinig ruimte zou zijn voor nonnen om de slagvelden af te lopen en voor burgers te zorgen, terwijl het op grond van de Spaanse burgeroorlog die toen nog aan de gang was waarschijnlijk mocht worden geacht dat er veel meer burgerslachtoffers zouden vallen dan in de vorige oorlog. De kardinaal beloofde met zijn broer, paus Pius XI, over de diplomatieke aspecten van het probleem te overleggen. Intussen verstrekte hij de leiding van het genootschap heimelijk relevante informatie die door de voortreffelijke diplomatieke dienst van het Vaticaan was verzameld.

Ten tweede organiseerde ze een convocatie van alle zusters van het genootschap. Op 17 mei 1938 kwamen meer dan zevenhonderd zusters – allen die hun werk konden onderbreken – in het Moederhuis in Nemours bij Parijs bijeen. De meesten waren jonge vrouwen voor wie Marie-Ange de Berville een legende was, en de oude vrouw, hun generaal, die hen nu aansprak, was dat tot op zekere hoogte ook. De toespraak die ze hield, is nooit gepubliceerd, maar haar betoog was zo indrukwekkend en haar opmerkingen getuigden van zoveel inzicht dat veel aanwezigen de tekst later konden reconstrueren. Deze auteur had het voorrecht aanwezig te zijn en kan zich de toespraak goed herinneren, al gebiedt de eerlijkheid te zeggen dat een toespraak die de toekomst beoogt te voorspellen onderhevig is aan wijzigingen ten gevolge van de uiteindelijke loop der gebeurtenissen. Ze voorspelde de Europese oorlog, en die oorlog kwam. Ze voorspelde dat de daar aanwezige vrouwen tot verschillende naties zouden behoren die met elkaar in oorlog zouden zijn, en dat kwam ook uit. Ze voorspelde dat vooral burgers door de oorlog zouden worden getroffen, op een schaal die Europa sinds de Dertigjarige Oorlog niet meer had meegemaakt, en dat is ook gebeurd, zij het in een mate die zelfs de pessimistische moeder-generaal zich niet kon voorstellen. Ze sprak over de neiging van moderne staten om beleidsmatig oorlog tegen burgers te voeren, en ze deinsde er ook niet voor terug de schuldigen te noemen. Ze zei dat de Spaanse, Italiaanse en Duitse zusters wellicht hun regering ongehoorzaam zouden moeten zijn om hun eed van bescherming gestand te doen, en dat ze wellicht hun habijt moesten uittrekken om in het geheim hun werk te verrichten. Ze besloot de toespraak met de erkenning dat ze stervende was en dat het aan hen was haar opvolgster te kiezen.

De volgende dag deden ze dat. Ze kozen Elisabeth Maria Sapenfeld tot de derde moeder-generaal van het genootschap. Drie dagen later verliet Otilie Roland dit leven na een verblijf op aarde dat zo opmerkelijk was als een sprookje. Geboren in een Parijse kelder, op haar twaalfde dievegge en prostituee, op haar zestiende communard en atheïste, blijft zij een toonbeeld van regeneratie door liefde, een toonbeeld ook van het charisma en de scherpzinnigheid van de oprichtster, die in haar zag wat niemand ooit in haar had gezien en haar door haar eigen voorbeeld en de gratie van God voor een leven van glorie en dienstbaarheid redde. Toen sommige kerkelijke autoriteiten over Otilies onverkwikkelijke antecedenten klaagden, en over de ijver waarmee het genootschap meisjes van de straat rekruteerde, antwoordde de oprichtster met haar typische scherpte: 'Ik kan iemand vroomheid bijbrengen, ik kan iemand vaardigheden bijbrengen, maar moed is van God: wij moeten moed hebben, en de *grisettes* hebben moed.'

– UIT ZR. BENEDICTA COOLEY, *Trouw tot de dood: het verhaal van de Pleegzusters van het Bloed van Christus*, ROSARIAN PRESS, BOSTON, 1947

20

Ze lagen naakt in Lorna's bed, maar geen van beiden herinnerde zich hoe ze daar gekomen waren. Lorna sloeg haar been over hem heen. Ze wilde meer. Ze vond het jammer dat ze wakker was geworden, ze wilde dat alles uitgewist werd. Ze ging ervan uit dat elke keer neuken haar laatste kon zijn, wie wist wanneer de ziekte haar weerzinwekkend of incapabel zou maken?

'Zeg, we hebben een probleem,' zei hij.

'Wil je me niet meer?'

'Nee, ik wil je heel graag. Maar we moeten Emmylou bevrijden. Ze zullen haar gaan halen en dan verdwijnt ze.'

'Dat kunnen ze niet doen.'

'Dat kunnen ze wel. Ze kunnen haar een terroriste noemen vanwege de drugs- en wapenhandel waarbij ze betrokken was. Bovendien stond ze op de een of andere manier in verband met die Sudanees, en Sudan is een terroristencentrum, en verder kunnen ze elk verhaal verzinnen dat ze maar willen. Dit zijn de nieuwe Verenigde Staten, en de rechtsstaat kan doodvallen. Daarom moeten we haar eruit halen.'

'Jimmy, dat is krankzinnig.'

'O, ja? Wacht.'

Hij ging het bed uit en verliet de kamer. Een paar minuten later was hij terug, gekleed in zijn broek en T-shirt en op blote voeten. Hij had een geelbruine envelop in zijn hand.

'Godsamme!' riep ze uit toen ze de foto's zag.

'Ja. Dit is niet goed. Dit is een boodschap dat ze ons elk moment om zeep kunnen brengen, en wat ik niet begrijp...'

'Ik heb de man gezien die deze foto's nam. Op het strand. Jij lag te slapen en ik zag een man met een telelens op een boot.'

'Zou je hem herkennen als je hem terugzag?'

'Misschien wel... waarschijnlijk wel... hij had rood haar. Lieve god, Jimmy! Wat gaan we doen?'

'We gaan die kerels opsporen, uitzoeken wat hierachter zit, waarom ze de Arabier en Wilson hebben vermoord en waarom ze de bekentenissen van Emmylou Dideroff zo graag in handen willen hebben. En zo mogelijk arresteren we ze. Jij gaat met me mee.'

'Met je mee? Waarheen?'

'Om te beginnen naar Grand Cayman. We moeten uitzoeken wat er in die hotelkamer gebeurde toen die Arabier het raam uit ging. Ik denk dat we ook in haar geboorteplaats moeten kijken, Caluga County.'

'Daar zullen ze niets relevants te zeggen hebben, en trouwens, wat doet het ertoe? De sleutel van Emmylou's raadsel is haar religieuze leven en dat heeft ze gekregen in het St. Catherine.' Toen ze hem onderzoekend zag kijken, voegde ze eraan toe: 'Dat is een priorij in de Blue Ridge Mountains van Virginia. Waar ze is bekeerd. Tenminste, dat heeft ze me verteld.'

'Goed, dan gaan we ook naar de Blue Ridge. Maar eerst moeten we haar bevrijden. Is er een manier waarop ze uit de gesloten afdeling kan komen? Speciale behandelingen of zoiets?'

'Er staat een MRI voor haar op het programma. Dat is in een ander gebouw. Ik kan erheen gaan en zeggen dat het vandaag is.'

'Perfect,' zei Paz, en samen werkten ze een plan uit, waarna Lorna zei: 'Weet je, als iemand een maand geleden tegen me had gezegd dat ik zou meedoen aan een complot om iemand uit een gesloten afdeling te bevrijden die daar door een rechtbank was neergezet, zou ik hem voor gek hebben verklaard.'

'Dat zou hij ook zijn geweest. Je bent veranderd.'

'Ja. Jouw slechte invloed.' Ze keek hem aan. 'Hoe heb je geslapen?'

'Als een roos.'

'De kracht van de voodoomama.'

'Nee,' zei hij. 'De voodoomama zegt dat het vooral door jou komt.'

Lorna merkt dat ze een geboren samenzweerder is en ze weet ook wel waarom. Sinds de gebeurtenissen van de vorige avond heeft ze veel aan haar moeder gedacht en ze begrijpt dat ze zichzelf in haar jeugd getraind heeft om wat persoonlijke vrijheid over te houden, tegen de didactische bemoeienissen van haar vader en de eisen van haar grote broer in. Stilzwijgen, valse instemming, vleierij en regelrechte leugens, dat was de essentie van hun gezinsleven. Ze denkt nu positiever over Emmylou, in zekere zin zijn ze lotgenoten. Daarom kost het haar geen moeite om een afspraak op het MRI-centrum te verzinnen en de nodige hulpmiddelen te bemachtigen: een roze OK-pak, een paar Nikes, een klembord, een goedkope leesbril met stalen montuur en een blonde pruik. Ze heeft ook nog een verlopen identiteitskaart van het ziekenhuis, die je aan een ketting kunt dragen. Emmylou gaat meteen akkoord met het plan. Ze vraagt waar ze zal worden ondergebracht, en Lorna moet antwoorden dat ze het niet weet. Dat heeft Paz nog niet gezegd.

Darryla vergezelt de twee vrouwen op het korte bustochtje over het Jackson-terrein naar Gebouw 403, waar het MRI-apparaat zich bevindt. Ze gaan naar de juiste verdieping. Darryla gaat met de receptioniste in discussie over de vraag of ze een afspraak hebben. Emmylou vraagt of ze naar het toilet mag en Lorna biedt aan met haar mee te gaan en voor de deur te blijven wachten. Ze geeft haar grote handtas aan Emmylou wanneer die naar binnen gaat. Enkele minuten later komt iemand die duidelijk tot het ziekenhuispersoneel behoort, een blonde vrouw met een bril en een roze OK-pak, de damestoiletten uit. Ze loopt zo vlug als zulke mensen doen en kijkt in de papieren op haar klembord. Darryla let nauwelijks op haar. Ze hangt al tien minuten aan de telefoon om met de administratie te bellen, en dan gooit ze de telefoon neer, vloekt zacht en gaat naar de damestoiletten, waar ze Emmylou's ziekenhuiskleren op de vloer aantreft. Er wordt alarm geslagen, maar Emmylou Dideroff is het gebouw al uit.

Paz zat aan het stuur van de gehuurde witte Taurus. Hij reed snel in noordelijke richting dwars door de staat. Lorna is om de een of andere reden achterin gaan zitten, zodat de plaats voorin aan Emmylou is toegevallen, die een zonnebril, een honkbalpet van de Marlins, een T-shirt en shorts draagt. Paz keek nu en dan even in haar richting en vond dat ze eruitzag alsof ze opeens tien jaar jonger was. Ze had een van haar schriften op haar schoot en schreef daar soms iets in, en verder keek ze met een tevreden glimlach uit het raam. Paz voelde zich niet helemaal op zijn gemak. Hij hield van een geordend leven en zoals veel jonge mannen die onder armoedige omstandigheden zijn opgegroeid hield hij in het algemeen ook van discipline. Hij was zich ervan bewust dat hij nu over de schreef ging, om nog maar te zwijgen van al die gekke toestanden op de bembé. Hij deed wat hij altijd deed, speelde de geheugenband in zijn geest af, herinterpreteerde alle dingen die hij had gezien en voelde zich daardoor meer afgestemd op wat hij als het echte leven beschouwde. Nu en dan keek hij ook in het spiegeltje naar Lorna, ook een probleemkind. Paz was niet afkerig van grote hoeveelheden seks, maar hij vond dat Lorna in dat opzicht ook een beetje vreemd was. Er zat iets niet helemaal goed. Misschien was het een angst, gebruikte ze seks om iets te verdringen. Hij vroeg zich af of ze hem ooit zou vertellen wat het was. Maar ach, dacht hij nu, wat maakt het eigenlijk uit? Hij kende de vrouw amper, en nu sleepte hij haar het halve land door om uit te zoeken waarom die maniak naast hem een maniak was. Was hij dat aan het doen? Hij probeerde zich te herinneren waarom hij zojuist zijn hele carrière had getorpedeerd en een fikse gevangenisstraf tegemoet kon zien... Wat dácht hij?

De weg strekte zich als een donker tweebaanslint door een groene vlakte uit, saai om doorheen te gaan, net als zijn leven, dacht hij, saai en onzinnig, als deze autorit naar het niets met een jezusgek voorin en een dikke, neurotische nymfomane op de achterbank. Een klein gedenkteken langs de weg vloog voorbij, een wit kruis en wat plastic bloemen, en hij dacht: dat was iemand die het goed had begrepen, hij wou dat hij iets te drinken had, rum of zelfs wodka, maar eigenlijk had hij dat niet nodig, hij hoefde alleen maar een rukje aan het stuur te geven en waarom ook niet, wat had het allemaal eigenlijk voor zin? Een grote vrachtwagencombinatie dook op uit de zindering van de hitte, kwam steeds dichterbij, hij hoefde alleen maar een rukje naar links te geven, een...

Een harde claxon, en Emmylou's schreeuw in zijn oor en toen had ze het stuur te pakken en slingerden en hobbelden ze over de rechterberm.

Bevend en zwetend bracht Paz de auto tot stilstand. 'Shit, ik moet in slaap gevallen zijn. Christus...'

'Nee, dat is niet zo,' zei Emmylou. 'Je was klaarwakker en je had de auto in je macht. Ik keek naar je. Je stuurde ons recht op die vrachtwagen af.'

'Ach, kom nou! Dat deed ik niet! Waarom zou ik zoiets doen?'

'Waar dacht je daarnet aan?' vroeg ze.

'Niets,' zei hij, 'gewoon, je weet wel, rijden, de tijd, het landschap...' Haar ogen maakten al een eind aan de gemakkelijke verzinsels voordat hij zichzelf ervan kon overtuigen dat hij niet echt de auto had willen laten verongelukken.

'Je bent niet krankzinnig,' zei ze. 'Hij doet het, en ik weet niet waarom. Je hebt al eerder zoiets gehad, hè? Dromen, en dat je dingen zag die er niet waren, en dat je gedachten had die niet echt van jou waren?'

Paz aarzelde, knikte toen en zei: 'Die eerste keer, in de verhoorkamer... Toen veranderde je gezicht. Ik zág het.'

'Ja, dat is zo vreemd.' Emmylou knikte. 'Iemand heeft gezegd dat het de grootste truc van de duivel is dat hij iedereen ervan kan overtuigen dat hij niet bestaat, en dat hij dan opeens tevoorschijn springt als een duveltje uit een doosje. Zij heeft het ook gezien.' Ze keek achterom naar

Lorna, die bleek en trillend op de achterbank zat. 'Al zal ze dat nooit toegeven.'

Paz draaide zich om en keek onderzoekend naar Lorna, maar die wilde niet terugkijken. Hij zei: 'Nou, Emmylou, hebben we daar ook engelen, een paar medestanders, of zijn we op onszelf aangewezen?'

'Ja, iedereen denkt dat het een strijd tussen goed en kwaad is, maar in werkelijkheid is er nooit een strijd gewéést. Dat is nu de betekenis van almacht. De duivel is een werknemer.'

'Wat is er aan de hand, Emmylou?'

'Ik heb geen flauw idee,' antwoordde ze meteen. 'We worden voor een of ander doel gebruikt en voor een of ander doel gekweld, maar we weten niet wat het is. Net als de aardkorst, die zwak is en er schieten opeens vulkanen uit. Om de een of andere goddelijke reden is om ons drieën heen de natuurlijke materie doordrongen geraakt van geest, en God mag weten waartoe dat zal leiden. Er wordt ons gezegd dat we ons geen zorgen moeten maken en geloof moeten hebben. Dat is het voornaamste.'

'Ja ja. En dat betekent dat het goedkomt met ons?' Paz praatte langzaam en zorgvuldig, alsof hij tegen een kind sprak of tegen iemand met veel gijzelaars en een grote bom.

'O, hemel, ja! Alles komt goed.'

Paz startte de auto. 'Ben je daar zeker van? Wij drieën kunnen ons redden totdat, je weet wel, die gekke dingen, die demonische dingen, wat dan ook...'

'Wij? O, ik had het niet over ons als individuele personen. Ik had het over het menselijk ras. Weet ik veel, misschien zijn wij drieën wel verdóémd.' En ze keek hem weer met een van die stralende glimlachjes aan.

De rest van de rit zeiden ze niet veel. Lorna vroeg hem twee keer te stoppen omdat ze moest overgeven. Wagenziekte, zei ze, al had hij daar niets van gemerkt toen ze de vorige keer deze kant op reden. Zijn mobieltje ging een aantal keren en hij belde zelf twee keer. Er moest het een en ander worden geregeld, en toen hij Cletis Barlows pad op reed, was dat allemaal voor elkaar. Dat was tenminste iets.

Hij droeg Emmylou over aan Edna Barlow, sloeg lunch af en ging de weg weer op. Hij reed in westelijke richting door de staat en toen in noordelijke richting over de 75. Aan het eind van de middag kwamen Paz en Lorna bij het vliegveld van Tampa aan. Daar leverde hij de auto in en nam hij een kamer voor hen in de Ramada van het vliegveld. Hij betaalde voor de kamer met een creditcard die op naam stond van Cesar Somoza, de kok in het restaurant van zijn moeder. Ze aten in de kamer en dronken eerst een paar glazen. Hij hoorde haar huilen in de badkamer. Toen ze tevoorschijn kwam, gehuld in de ochtendjas van het hotel, vroeg hij haar wat er mis was. Niets, zei ze, ik dacht alleen aan mijn moeder. Echt waar? Nee, zei ze, dat waren tranen van seksuele frustratie. Het is uren geleden. En ze liet de ochtendjas vallen.

De volgende morgen namen ze de vroege vlucht van US Airways van Tampa naar Georgetown, Grand Cayman, en even na de middag arriveerden ze in het vakantie- en corruptieparadijs. Een kolossale zwarte man in een safaripak stond op hen te wachten en reed hen naar een grote perzikkleurige villa, met om het terrein hoge muren waarop glasscherven in de middagzon fonkelden. De chauffeur leidde hen door een koel huis, alle luiken dicht, naar de patio aan de achterkant. Daar zat in een rieten stoel onder een parasol een dikke man van halverwege de zestig. Zijn gezicht was net iets lichter dan dat van Paz en hij had een grote vlezige neus in de vorm van een onrijpe papaja, en krullend peper-en-zoutkleurig haar dat recht naar achteren was gekamd. De man stond op. Hij droeg een glanzend wit overhemd met korte mouwen, een lichtbruine broek en gevlochten leren sandalen. Hij zag eruit als een typische Cubaanse zakenman, vond Paz, totdat je in zijn ogen keek. Die waren gelig, bloeddoorlopen, met wallen eronder. Die ogen gaven je een vrij goede indruk van het atypische beroep dat hij uitoefende.

Maar Paz en Lorna werden hartelijk begroet. Ze werden uitgenodigd te gaan zitten en er werden drankjes en Cubaanse hors d'oeuvres aangeboden. Ze bewonderden het uitzicht. Ignacio Hoffmann hield zijn blik op Paz gericht; het leek wel of Lorna niet bestond.

'Zo, kleine Jimmy Paz. Ik kan me herinneren dat je liep af te ruimen in het restaurant van je moeder, niet het nieuwe, het vorige, dat tentje aan Flagler. Je hoofd kwam amper boven de tafel uit.'

'Dat is lang geleden, Ignacio.'

'Ja, en nu ben je bij de politie.'

'De politie van Miami.'

'Ja. Je weet dat je moeder en ik elkaar al heel lang kennen. We zijn ongeveer tegelijk in de Verenigde Staten aangekomen.'

'Dat heb ik gehoord.'

'Ik heb mijn leven aan haar te danken. Heb je dat ook gehoord?'

'Nee, dat heb ik niet gehoord.'

'Nee. En je zult er van mij ook niets over horen. Het heeft met de *brujería* te maken.' Nu maakte Hoffmann een vreemd gebaar met zijn hand en schudde hij even zijn hoofd. 'Hoe dan ook, daarom heb ik gezegd dat ik je zou ontvangen. Niet dat ik niet altijd een oude vriend terug wil zien, alleen, weet je, ik wil me hier een beetje gedeisd houden.'

'Nou, dat stel ik op prijs, Ignacio, en ik zal mijn best doen om niet te veel van je tijd in beslag te nemen. Ik interesseer me voor Jack Wilson en Dodo Cortez. Ik wil weten waarom ze een Sudanees hebben vermoord, een zekere Jabir Akran al-Muwalid.'

'Hé, je komt meteen ter zake,' zei Hoffman met een brede grijns die zijn gouden tanden zichtbaar maakte. 'Oké, allereerst was dit Jack Wilsons deal, niet de mijne. Absoluut. Hij kwam hierheen, wat was het, een maand of drie geleden, en zei, ik heb een kans om grote zaken te doen. Hij wilde een paar van mijn jongens mee. Ik ben met pensioen, zoals je weet, maar ik heb toch nog mensen die me diensten bewijzen. Waar is dat voor, vroeg ik, en waarom zou ik geïnteresseerd zijn? Hij zei: dit is de FBI, ze willen dat ik een clandestiene klus doe, en als ik het doe, laten ze me een tijdje met rust en wordt misschien zelfs die belachelijke beschuldiging ingetrokken. Nou, natuurlijk was ik geïnteresseerd, maar ik doe zoiets niet alleen omdat Jack Wilson het zegt. Ik bedoel, het is een beste kerel, maar hij repareert boten. Hij zou graag een speler willen zijn, maar in feite is hij een monteur. Dus ik zei: ik ga met iemand praten en als het me aanstaat, kunnen we iets doen.'

'Wat wilde hij laten doen?'

'Mensen volgen. In tassen en laden kijken. Misschien ook lijfwachten afleiden. Maar hij zei niks over vermoorden.'

'Dat betrof al-Muwalid?'

'Er werden toen nog geen namen genoemd. Nou, ik bel mijn advocaat en die belt terug en zegt dat hij met de FBI heeft gepraat, en dat ik met een zekere Floyd Mitchell moet praten en dat ik hem moet geven wat hij nodig heeft, of zoiets, daar was hij niet helemaal duidelijk over, je weet wel. Oké, een paar dagen daarna belt Wilson. Hij zegt dat een zekere meneer Mitchell en hijzelf bij me op bezoek komen. En dat gebeurt ook.'

'Hoe zag Mitchell eruit?'

Hoffmann haalde zijn schouders op. 'Een normale blanke Amerikaan. Stevig gebouwd. Blauwe ogen.' Hoffmann raakte de kruin van zijn hoofd aan. 'Dat soort kort kapsel, als de astronauten hebben. Maar geen harde man, weet je wat ik bedoel? Ik ben een harde man, en jij bent een harde man, maar dit was een man van papieren, een man van telefoongesprekken. Nou, we gingen zitten. Hij zei dat er een Arabier naar Miami zou komen. Die ging geld inzamelen voor terroristische activiteiten daar in het Midden-Oosten en ze wilden hem in de gaten houden, misschien in zijn kamer inbreken, zijn spullen doorzoeken. Ik zeg: wat is dat nou? Hebben jullie bij de *federales* geen mensen meer in dienst die dat soort dingen doen, en hij zegt: ja, maar ze willen geen huiszoekingsbevel aanvragen want ze zijn bang dat er ergens lekken zijn, ze willen die kerel niet afschrikken, ze willen zien waar het geld heen gaat enzovoort, enzovoort. Gelul, denk ik, maar ik luister en als hij klaar is, zeg ik: goed, geen punt, meneer Mitchell, maar wat zit er voor mij in, heeft de regering ook een cadeautje voor Ignacio? Hij zegt, er is geld beschikbaar, maar ik zeg: ik heb geld genoeg, ik heb wat hulp met mijn juridische problemen nodig en dan zegt hij: ik weet niet of we genoeg invloed hebben om dat te regelen. En dan komt Jack tussenbeide en zegt: "Kom nou, wou je beweren dat Serpu geen beschuldiging kan laten intrekken?" En Mitchell kijkt hem aan met een blik, ik zweer je dat je er een biefstuk in kon bakken, en Wilson wordt helemaal bleek, en ik vind die twee *pendejos* wel grappig en zeg: nou, zullen we meneer Serpu dan maar bellen om het uit te zoeken, en Mitchell wordt heel kalm en zegt: nou, bedankt voor uw moeite, we nemen nog contact met u op. En dat was het.'

'Dat was het?'

'Ja. Ik heb nooit meer van ze gehoord. Maar voordat ze weggingen, toen de grote *guapo* ging pissen, zei ik tegen Jack: weet je wat jij moet doen? Je moet je verre van die *cagada* houden. Maar het blijkt dat hij mijn goede raad in de wind heeft geslagen.'

'Omdat hij met Dodo Cortez in zee is gegaan?'

'Precies. Ze neukten met de stier en kregen de hoorns.'

'Ja. Je weet dat ze die Arabier hebben koud gemaakt.'

'Dat heb ik gehoord. Klap op zijn kop en het raam uit. Een beetje opzichtig, als je het mij vraagt. Je hebt daar de hele Glades en de oceaan, als je je van iemand wilt ontdoen.'

'Van wie had je dat gehoord?'

'Wat? Dat ze hem hebben gemold? Dat stond in de *Herald*.'

'Niet dat hij een klap op zijn kop heeft gehad. Dat hebben we achtergehouden. Dodo heeft jou gebeld, nietwaar?'

Hoffmann kijkt opeens veel minder vriendelijk. 'Wat is dit, Jimmy, ben je me aan het verhóren? In mijn eigen huis, waar jij te gast bent?'

'Ignacio, dit heeft niets met jou te maken. Als je me vertelt dat Dodo je iets heeft gegeven van wat hij heeft gekregen, zit ik daar niet mee. Als je me vertelt dat je Kennedy hebt vermoord, zit ik daar ook niet mee. Maar ik moet weten wat er in die hotelkamer is gebeurd en waarom, en jij bent de enige die dat weet en die nog in leven is.'

'Jimmy, het was heel gezellig. Doe de groeten aan je moeder.'

Paz haalde zijn mobieltje tevoorschijn. 'Dat kun je zelf doen. Ze zei tegen me: "Ignacio zal je helpen, en als hij moeilijk doet, bel je mij maar, dan regelen we het wel."' Paz drukte wat toetsen in en wachtte. 'Hallo, Donna? Met Jimmy. Is mijn moeder er ook? Ja, geef haar maar...'

Hoffmann wuifde met zijn hand alsof hij een aanstormende stier wilde afleiden. Hij zei: 'Kom op, Jimmy, val de dame nou niet lastig met die onzin.' Paz zei: 'Hé, Donna? Laat maar. Zeg maar tegen haar dat ik haar bel als we terug zijn.' Hij stopte het mobieltje weg en keek Hoffmann afwachtend aan. Die schraapte zijn keel en zei: 'Ik doe dit alleen vanwege je moeder. Ze is bijna familie voor mij. Ik wil niet dat je denkt dat je daarvan kunt profiteren, hè?'

Paz beaamde dat hij dat nooit zou doen.

'Oké, dan. Dodo belt me op, een paar dagen voordat het ging gebeuren. Ze hadden bij elkaar gezeten: hij, Wilson en een andere kerel, die de leiding over de hele zaak had.'

'Dat was Mitchell?'

'Nee, een andere man. Harding, Hardy, zoiets. Eerlijk gezegd heb ik niet zo goed opgelet. Hoe dan ook, het was vijftigduizend vooruit, maar ze moesten het wel op een bepaalde manier doen. Die man had het allemaal uitgedacht. Ze hadden een vrouw die ze het in de schoenen zouden schuiven. Die werkte voor Wilson in zijn zaak.'

'Waarom? Waarom zij?'

'Hé, hoe moet ik dat nou weten? Het is mijn operatie toch niet? Nou, Wilson stuurt die vrouw naar een bedrijf om een motoronderdeel op te halen, lang en zwaar, als een knuppel, en dan bellen ze die Arabier en zeggen ze dat hij bij een telefooncel vlak bij dat bedrijf moet staan wachten. Ze willen dat die vrouw hem ziet en hem naar het hotel volgt. Ze bellen hem in de telefooncel op: ga naar het hotel terug, dan spreken we je daar. Het blijkt dat de man informatie over die vrouw wil. Nou, zo gezegd zo gedaan en Dodo en Wilson zijn in het hotel. Wilson belt het alarmnummer en zegt dat er een opstootje in het hotel is. Dodo heeft een apenpakje aan alsof hij een ober van het hotel is. Hij wacht tot ze uit haar wagen stapt, maakt de wagen dan open, pakt die verrekte stang of weet ik veel wat het is, en gaat naar de kamer van die kerel. Hij is ober, heeft bijvoorbeeld een fruitmand bij zich, en de man laat hem binnen. Klap op zijn kop en het raam uit. Hij laat dat onderdeel daar liggen en gaat ervandoor. Dat alles in een halve minuut. Hij laat de deur open en blijft daar nog een tijdje rondhangen tot hij de vrouw naar binnen ziet gaan. Een paar dagen nadat het was gebeurd, belt mijn advocaat me met goed nieuws. Justitie is aardiger voor me dan ze ooit geweest zijn. Dat is het. Dat is alles, oké?'

Toen ze weer hoog boven de glinsterende zee waren, zei Lorna tegen Paz: 'Je kunt niet zeggen dat ik geen geduld heb gehad.'

'Dat is zo, dat kan ik niet zeggen. Maar ik wilde er niet over praten voor we van het eiland af waren. Je kunt me paranoïde noemen, maar...'

'Dat zou ik nooit doen.'

Paz legde uit wat hij in zijn Spaanse gesprek met Hoffmann had vernomen.

'Dus die Mitchell is de grote baas?'

'Hij heet David Packer. Of wie zal zeggen wat zijn echte naam is? En wie is Harding of Hardy? Packer verhuurde Emmylou haar woonboot. Ik heb orders gekregen niet bij hem in de buurt te komen.'

'En die meneer Serpu?'

'Er bestaat geen meneer Serpu. Er is een Strategic Resources Protection Unit, en de afkorting daarvan, SRPU, spreek je uit als Serpu. Packer werkt daarvoor. Hij is de laatste echte overheidsfunctionaris voordat je bij de criminelen komt. Hij gaf opdracht tot de moord op al-Muwalid en bedacht dat hele plan om Emmylou voor Wilson te laten werken en haar de moord in de schoenen te schuiven, opdat... opdat...' Paz aarzelde. Het was moeilijk om alle facetten van de zaak te overzien. Misschien was zelfs dit, deze olieachtige, troebele verwarring, een deel van het complot.

'Opdat ze haar grote geheim zou onthullen,' zei Lorna met een vermoeide stem. 'Het geheim waar al-Muwalid ook achteraan zat en dat iets met olie te maken moet hebben.'

'Je vergeet het verborgen goud van de drugsbaron.'

'Ja, dat ook. En dan heb je nog het mysterieuze beeldje van jade, de nazidiamanten en de verdwenen Rembrandt.' Lorna liet haar hoofd tegen de rugleuning rusten en keek naar de oceaan in de diepte. 'Het is zo saai. Hoe kunnen mensen op die manier leven, samenzweren en moorden en stelen? Wat schieten ze daarmee op? Wanneer alles volgens plan verloopt en alle mensen die dood moeten zijn dat ook echt zijn en de schat in de kluis ligt, wat schieten die lui van de FBI er dan mee op? Een leuke vakantie? Een mooi horloge? Een iets groter kantoor? Een promotie naar salarisschaal 15? Wat?'

'Het gaat om de olie,' zei Paz. 'Dit alles riekt naar losgeslagen bureaucraten. Ze beschermen strategische middelen. Het is een gevaarlijke wereld. De schurken spelen het hard en dus moeten de goeden het ook hard spelen. Dat is de theorie.' Paz moest denken aan zijn gesprek met Oliphant en herinnerde zich hoe Oliphants vurige verontwaardiging gemakkelijk aan het wankelen was gebracht door de dreiging dat hij zijn baan en zijn pensioen zou kwijtraken. Hij vroeg zich even af wat hem, nu hij aan deze hopeloze onderneming was begonnen, aan het wankelen zou kunnen brengen. Niet zijn baan en pensioen. 'Het is iets van mannen, denk ik. Zulke mensen heb je ook bij de politie. Ze vinden het leuk om dingen te doen en ermee weg te komen, en ze willen dat een kleine groep mensen dat ook weet. Drugshandelaren neerschieten en hun geld inpikken, bewijsmateriaal planten, liegen om een zaak rond te krijgen. Ze houden van de knipoog, ze willen graag geloven dat ze insiders zijn en dat alle andere mensen outsiders zijn. Jij bent de psycholoog; leg jij het maar uit. Maar het heeft helemaal niks te maken met de nationale veiligheid. Al dat soort onzin is persoonlijk.'

Lorna hoorde wat hij zei, en het was logisch, maar het ontbrak haar aan de energie om de discussie voort te zetten. Wat maakte het ook uit? Ze gaf een kneepje in zijn hand en liet zich nog wat verder wegzakken in haar stoel. Haar hoofd voelde verhit aan en ze liet het tegen de koele ruit rusten. Ze sliep nooit in vliegtuigen, meestal zat ze de hele vlucht in de zenuwen, maar nu kon ze haar ogen niet openhouden. Ook een voordeel van doodgaan, dacht ze terwijl ze in slaap viel.

Van Tampa vliegen ze naar Atlanta en vervolgens naar Roanoke, waar ze die avond aankomen en een kamer in de Holiday Inn bij het vliegveld nemen. Ze gaat op het bed zitten en kijkt naar de vloer terwijl hij ijs gaat halen, en als hij terugkomt, zit ze er nog precies zo.

'Wat is er?' vraagt hij, en ze geeft haar gebruikelijke antwoord. 'Niets.'

Hij legt zijn hand op haar voorhoofd. 'Het is niet niets. Je bent verhit en je bent altijd moe en je hebt wel tien keer overgegeven sinds we uit Miami zijn vertrokken.'

'Het is maar een griepje,' zegt ze. Wat vervelend, denkt ze, als mensen zich zorgen om je maken. Ze wou dat hij een bruut was, een beest dat haar alleen als een stel warme, gladde lichaamsopeningen zag.

'Wil je van de reis afzien? Je kunt hier blijven terwijl ik ga.'

'Nee. Ik red me wel. Het is gewoon een virus.' Ze vindt het verschrikkelijk om tegen hem te liegen. Erger nog, ze voelt zich nu te ellendig om aan seks te denken. Een lymfoom dat snel komt opzetten. Bestaat er zoiets? Ze herinnert zich dat lymfoom een van de langzamere kankers is, en ook relatief gemakkelijk te behandelen, maar ze herinnert zich ook dat er binnen zowel Hodgkin als non-Hodgkin een groot aantal verschillende types is. Ze zal het ergste type hebben, of misschien is het een nieuw type dat zich agressief uitzaait, ze zullen er bij de sectie versteld van staan, ze worden lijkbleek, de oncologen rennen naar hun terminal om het nieuws bekend te maken, haar cellen worden bewaard voor wetenschappelijk onderzoek, ze leeft eeuwig voort in kleine reageerbuisjes over de hele wereld. Op een dag, als de wetenschap zover is, zal ze misschien gekloond worden en op een tafel in een wit laboratorium wakker worden. Natuurlijk zal ze dan superkrachten hebben...

'Wat is er zo grappig?' vraag hij in reactie op het geluid dat ze nu maakt.

'O, ik dacht alleen aan het vreemde leven dat ik schijn te lijden.' Hij mixt drankjes, wodka-tonics, ze laten de glazen tegen elkaar tikken en dan kijkt ze hem in de ogen en zegt: 'Je bent heel aardig voor me, Jimmy Paz. Ben je dat omdat je me graag mag of ben je het voor iedereen?'

'Ik denk dat ik voor jou een klein beetje aardiger ben dan voor de meeste mensen.'

'Je schijnt niet veel gebreken te hebben. Is dat echt zo of kun je ze alleen maar goed verbergen?'

'Het laatste. Omdat we toevallig samenwerken en ook privé met elkaar omgaan, is het nog niet gebeurd, maar als ik aan een zaak werk, kun je het wel schudden, want dan denk ik nergens anders meer aan. Denk daar maar eens over na. Ik bedoel, dan kom ik niet op afspraken, of ik bel dagenlang niet. Misschien moet jij dan vaak met de kleine Jason of Jennifer naar het voetballen terwijl ik had beloofd dat ik dat zou doen. Zoiets.'

'Daar zal ik zeker over nadenken,' zegt ze, en ze wendt haar ogen af. 'Ik stel het op prijs dat ik het van tevoren te horen krijg.' Ze drinkt haar glas leeg. 'Neem me niet kwalijk,' zegt ze en ze gaat naar de badkamer. Ze draait de kraan van de wastafel helemaal open en door handdoeken om haar gezicht te slaan en op de vloer te gaan liggen, met haar gezicht in de hoek bij het bad, kan ze een hele tijd hysterische tranen vergieten zonder dat Paz de rechercheur iets merkt.

In de vroege ochtend reden ze in zuidelijke richting over de 81 uit Roanoke weg, met de spookachtige bergen rechts van hen. Hij maakte zich zorgen om haar. Hij had nooit eerder bij een partner zo'n vurig verlangen in combinatie met zo'n duidelijke verzwakking meegemaakt, maar hij wilde er niet naar vragen. Margarita Paz' kleine jongen mocht dan rechercheur zijn, hij hield niet van persoonlijke vragen.

'Dit is een mooie streek,' zei hij na een uur of zo van stilte. 'De Blue Ridgebergen zijn echt blauw. Het is tegenwoordig prettig om te weten dat je op iets kunt vertrouwen.'

Ze keek uit het raam. 'Ze zullen er wel verf op spuiten om de toeristen tevreden te houden,' zei ze, en toen keek ze hem met een vaag glimlachje aan. Haar ogen waren rood, en hij wilde er bijna over beginnen, wilde bijna zeggen, o, verdomme, Lorna, de volgende keer dat ik een bord van een ziekenhuis zie, gaan we naar de Spoedeisende Hulp, maar dat zei hij niet. Het moment ging voorbij en hij speelde met de radio.

Hij had vooruit gebeld en in het kort uitgelegd wat ze deden, en hij had een afspraak gemaakt met de priores van het St. Catherine. Ze reden door een fraaie ijzeren poort en over een grindweg en parkeerden in een hoek van een aangename rechthoek tussen grote hardstenen gebouwen. Een groep zusters in een blauwe overall speelde een fanatiek partijtje volleybal op het gazon achter een groot beeld. Een kleine bruine zuster in volledig habijt begroette hen plechtig en begeleidde hen naar het kantoor van de priores, zuster Marian Dolan.

Ze kregen een stoel en koffie aangeboden. Beleefde conversatie tot de koffie er was, het mooie landschap, de geschiedenis en activiteiten van de priorij. Zuster Marian vertelde iets over de achtergrond van het genootschap en vroeg toen: 'Zo, wat kunnen we voor u doen? U zegt dat u van de politie van Miami bent?'

'Jazeker, zuster. Mevrouw Wise is therapeute. Ze heeft Emily in het Jackson Memorial Hospital behandeld.'

'Is ze geestesziek?'

Lorna zei: 'Officieel is ze door de rechter naar het Jackson gestuurd tot ze in staat is zich te verdedigen tegen een tenlastelegging.'

'Die moord op die Sudanees. Meneer Paz had het daarover door de telefoon.'

'Ja.' Lorna merkte dat de aanspreekvorm haar niet over de lippen wilde komen.

'Is ze echt gek?'

'Dat zijn we nog aan het onderzoeken.'

'Ze had visioenen. Heeft ze die nog steeds?'

'Tot op zekere hoogte,' zei Lorna. En ze bant demonen uit, dacht ze, behalve de demon in haarzelf. Onwillekeurig huiverde ze.

Een zwijgende jonge zuster bracht een dienblad binnen en zette het neer. De koffie zat in een filterpot en was uitstekend, evenals de madeleines. Paz en Lorna keken elkaar even aan toen ze die zagen, en daardoor voelde hij zich beter dan hij zich lange tijd gevoeld had.

Zuster Marian zei: 'Ik was in die tijd onderpriores, en ik had enig contact met die persoon. Wat wilt u precies over haar weten?'

Paz legde het uit: de persoon was oorspronkelijk verdachte in een moordzaak, maar nu was dat niet meer zo zeker. Hij vertelde over een complot om aan informatie te komen waarover Emily Garigeau, nu Emmylou Dideroff, beschikte, en over de noodzaak dat ze alle sporen volgden en de hele levensloop van de persoon nagingen.

Omdat zuster Marians brillenglazen het licht van het raam weerspiegelden, was het moeilijk haar reactie te peilen. Paz stelde zich voor dat het bureau en de stoelen precies om die reden zo waren neergezet. Hij zou dat zelf zeker zo hebben gedaan.

'Nou, u kent de vrouw blijkbaar beter dan wij. Ze is hier niet erg lang geweest en helaas maakte ze niet veel indruk. U zult wel weten dat dit een opleidingscentrum is, en waarschijnlijk ook wel dat het genootschap nogal ongewone manieren heeft om vrouwen met roepingen te zoeken. Veel vrouwen die hier komen, zijn op de een of andere manier beschadigd of gemarginaliseerd. De meesten van hen komen tot de conclusie dat het religieuze leven niets voor hen is en gaan dan weg, en dat gebeurt altijd zonder enige rancune aan onze kant. Daarentegen krijgen we hier ook heel opmerkelijke vrouwen, erg hard, zelfverzekerd, ervaren, het soort vrouwen waarmee andere religieuze organisaties niet in contact komen. Het een compenseert dus het ander, tenminste, zo is het in het verleden altijd geweest. Ze kwam hier binnen als patiënte. Een schotwond, volgens de gegevens, en daarna had ze een hele tijd buiten gelegen. We lapten haar op en ze is hier ruim een jaar geweest en deed onderhoudswerk. Toen ging ze weg.'

'Wist u dat ze gezocht werd voor een misdrijf?' vroeg Paz. 'Ik bedoel, u wist toch wel dat ze betrokken was geweest bij die drugsonderneming op Bailey's Knob?'

'Rechercheur, dit genootschap is zoiets als het Franse vreemdelingenlegioen. Onze oprichtster had zelfs grote bewondering voor die organisatie. Mensen die hier komen, zijn op zoek naar rust en een kans om de weerloze slachtoffers van conflicten te helpen, en we stellen geen vragen over hun vroegere leven. Natuurlijk werken we als goede staatsburgers met de autoriteiten samen. Maar in de tijd dat zij hier was is hier nooit een officiële overheidsdienst met een aanhoudingsbevel voor Emily aan de deur geweest.'

'Eh… Emmylou vertelt een verhaal dat ze naar Sudan werd gestuurd,' zei Lorna, 'en dat ze daar in de burgeroorlog heeft gevochten, aan de kant van de Dinka-stam. Ze beschikte daar over een of ander kanon…'

'Nou, wat dat betreft, ben ik bang dat Emily's onfortuinlijke achtergrond haar het soort persoonlijkheid heeft gegeven dat een beetje slordig met de waarheid omspringt. Het zou me verbazen als er echt zoiets is gebeurd, en trouwens, we hebben geen gegevens van iemand die Emily Garigeau of Emmylou Dideroff heet en die het genootschap in Sudan heeft gediend, en ook niet ergens anders. Het spijt me, maar ik heb het vermoeden dat u deze lange reis voor bijna niets hebt gemaakt.'

'Het spijt me dat we beslag op uw tijd hebben gelegd, zuster,' zei Paz met zijn beste zondagsschoolstem.

Ze liepen het gebouw uit naar hun auto.

Paz zei: 'Krijg jij ook de indruk dat we eruit zijn gegooid?'

'Misschien weten ze dat we onwaardig zijn.'

'Nee, dan zouden ze juist overdreven aardig zijn. Het is iets anders. Wat vind je van de bazin?'

'Ze is heel slim. Ze deed alsof ze alle medewerking verleende en gaf ons toch geen echte informatie, en dat terwijl ze ook vermeed echte leugens te vertellen.'

'Ja. Dat zou ze diep schokkend vinden. Evengoed wil dat nog niet zeggen dat het niet zo is gegaan zoals Emmylou zei.'

'Nee, maar ze kan het ook allemaal hebben verzonnen.'

'Ja,' zei Paz. 'Nou, we zijn weer wat verder. Ik was bang dat Emmylou haar hele verleden had verzonnen, maar nu weten we dat ze echt op Bailey's Knob is neergeschoten en dat ze hier is geweest. Die vrouw die we net spraken draaide ons een rad voor ogen, en daardoor denk ik dat Emmylou de waarheid sprak. Wat is er?'

Lorna had gewankeld en greep de zijkant van de auto vast om overeind te blijven. Ze maakte de deur open en ging zitten.

'Je zweet,' zei Paz.

'Het is warm.'

'Het is niet warm, maar koel. Het is september in de bergen. Waarom vertel je me niet wat er met je aan de hand is?'

Lorna zweeg. Enigszins tot haar verbazing bleek ze niet meer in staat te zijn te liegen.

Hij zei: 'Als je het vertelt, vertel ik jou wat er op de bembé met mij is gebeurd.'

Een lange stilte. Ze hoorden kreten van het volleybalspel en het zuchten van de wind door de oude bomen die op het terrein waren geplant, paardenkastanjes, moeraseiken en dennen.

'Oké,' zei ze. 'Jij eerst.'

'Ze wasten mijn hoofd,' zei hij. 'Zoals wanneer ze je haar in een kapperszaak wassen. Ze zetten me in een stoel en bogen mijn hoofd en hals boven een gootsteen achterover. Ze wasten mijn hele hoofd, niet alleen mijn haar, met iets wat naar kokosnoot rook. En ze brandden iets wat rookte, wierook denk ik, er hing allemaal rook. Door die rook en het water in mijn ogen kon ik amper zien wat er gebeurde. En Yemaya en die twee andere vrouwen, Marta en Isabel, reciteerden...'

'Yemaya... Je bedoelt je moeder?'

'Ik bedoel Yemaya. Het ding was meer dan twee meter groot en had een stem als een woofer van tweehonderd watt. Het pakte me op alsof ik een klein kind was. Dat ging zo een tijdje door en toen smeerden ze een soort olie op mijn hoofd, en het reciteren werd luider, en toen... toen besefte ik dat we met meer dan vier in de keuken waren.'

Hij hield even op om te slikken. Ze zag de zweetdruppels op zijn voorhoofd, hoewel het een tamelijk koude middag was. 'Wat bedoel je, met meer dan vier?'

'Ze kwamen door de rook. Ik kon hun gezichten niet goed zien, maar ik wist wie het waren. Dodo Cortez en die andere, Moore. De voodoomoordenaar. Dat is de theorie: als je iemand doodt, is je ziel aan die van hem gebonden en neem je min of meer het kwaad over dat zij bij hun leven met zich mee droegen. Spiritueel, bedoel ik. En voordat je daarvan los kunt komen, moet je het ondergaan, dus wat het inhoudt om iemand te doden, en als je dat hebt gedaan, kun je het wegspoelen. Dus dat deed ik en dat deden zij. O, het mooiste was dat er ook nog een demon achter me aan zat, maar die had niets met Santería te maken. Niet hun afdeling, sorry, en ik zou voorzichtig moeten zijn. Hartelijk dank, Emmylou Dideroff. Einde verhaal. Nou, wat is er met jou aan de hand?'

Ze deed alsof ze dat laatste niet had gehoord. 'Ik begrijp het niet. Je had dat moorden al ondergaan toen je ze neerschoot.'

'Dan is dat het verkeerde woord. Ik dóódde twee mensen. Het maakt niet uit dat het een paar geschifte klootzakken waren, of dat het hun verdiende loon was, of dat het zelfverdediging was, of meer van die juridische onzin. Volgens de theorie is ieder persoon een deel van Olodumare, de schepper, en als je iemand doodt, verstoor je de orde van de hemel en moet je gereinigd worden. Je moet het verdriet van God ondergaan. Ik huilde als een baby en kotste mijn maag leeg.'

'Maar mensen doden honderden, zelfs duizenden andere mensen en het schijnt ze niets te doen. Waarom moest jij dat alles doormaken? Dat is toch niet eerlijk?'

'Bij Santería gaat het niet om eerlijkheid. Het gaat om evenwicht en het contact met de heiligen. Jezus, Lorna! Denk je dat ik begríjp wat daar allemaal gebeurt? Wat mijn moeder met me van plan is? Ik buig alleen mijn hoofd en doe wat me wordt gezegd. En het werkt. Ik voelde me schoon en voel me nog steeds schoon. Afgezien van een demonische aanval af en toe heb ik minder gezoem in mijn hoofd. De dingen lijken helderder, ik bedoel dingen in de wereld, zoals die bloemen.' Hij wees naar een hortensiastruik. 'En je ogen.' Hij keek daarin. 'Nou, wat is er met je aan de hand?'

'Ik ga dood aan kanker.'

Zijn gezicht trok zich samen in die belachelijke apenuitdrukking die we allemaal krijgen, met een vaag glimlachje, als we onmogelijk slecht nieuws hebben gekregen. 'Wat bedoel je, je gaat dood aan kanker? Wanneer is de diagnose gesteld?'

'Nog niet. Maar ik heb alle klassieke symptomen van lymfoom.'

'O, doe me een lol! Wat is dit, een zelfhulpcursus: zelf kanker vaststellen? Lorna, er zijn tegenwoordig apparaten, microscopen, chemicaliën, noem maar op...'

'Maar ik weet het. Ik wéét het, Jimmy. Mijn oma is aan kanker gestorven, mijn moeder is aan kanker gestorven en nu is het mijn beurt. Ik heb vergrote lymfklieren, zweetaanvallen, zwakte, gewichtsverlies, jeuk. Ik voel me de hele tijd misselijk, en dat betekent dat het zich daarbinnen heeft verschanst, het heeft zich naar mijn inwendige organen verspreid, misschien zelfs naar mijn alvleesklier.'

Paz vloekte zachtjes in het Spaans en liet zijn hoofd hangen als een bokser die een stoot te veel heeft gehad. De tijd vertraagde een beetje in de auto; zelfs de wind leek te gaan liggen. Hij vroeg: 'Hoe lang is dit aan de gang?'

'Dat weet ik niet. Misschien maanden, maar ik heb het ontkend. De laatste tijd werd het zo duidelijk dat ik dat niet meer kon doen.'

Paz startte de auto en reed met grote snelheid over het pad van de priorij; het grind spoot weg onder zijn wielen. Hij verbaasde zich over zichzelf. Meestal was hij systematisch ingesteld, daar was hij zelfs trots op, en de andere delen van zijn leven had hij allemaal in hun eigen vakje zitten, het leven als gereedschapsbak of vissersvest. Hij was nu met een zaak bezig, ongetwijfeld de moeilijkste zaak van zijn carrière, zonder assistentie, zonder ondersteuning van boven, en hij moest het opnemen tegen krachten van onbekende omvang, krachten die niet allemaal uit de materiële wereld kwamen maar die zeker kwaadaardig waren, en al het andere zou niet belangrijk moeten zijn. Maar nu merkte hij dat dit wel belangrijk was, dat Lorna ziek was, en toen hij daar met grote snelheid over de bergwegen reed, besefte hij dat dit iets heel bijzonders was. Hij zei tegen zichzelf dat hij de vrouw nauwelijks kende, zeker, het was droevig als ze stierf, maar mensen stierven nu eenmaal, en trouwens, het was allemaal een reactie op Willa, hij had iets nodig en dat was zij. Sorry, het spijt me en vaarwel. Nee! Hij greep die gedachtegang vast en smoorde hem in de kiem. En toen ging hij de maximumsnelheid nog meer te boven dan hij gewoonlijk deed. Hij reed naar Roanoke en troonde haar mee naar de spoedgevallenafdeling, en hij zette zijn onderzoek helemaal stil om in wachtkamer van ziekenhuizen in Roanoke en daarna Washington te zitten, terwijl ze haar onderzochten. Hij deed of hij haar man was en zette de artsen en verpleegkundigen onder druk om er zeker van te zijn dat ze haar als een mens en niet als een zieke klomp vlees behandelden.

Lorna vraagt zich af waarom hij dit doet. Ze vraagt zich af waarom ze zich zo volkomen op haar gemak kan voelen bij een man die ze nauwelijks kent, waarom haar wil, waarvan ze had gedacht dat hij van staal was, in de afgelopen weken van karamel bleek te zijn. Ze vindt goed dat hij haar overal heen brengt alsof ze een pop is. Ze onderwerpt zich aan de onderzoeken en ondervragingen en ingrepen, al zou ze vroeger nooit hebben toegestaan dat een arts haar aanraakte wanneer die niet eerst uitgebreid onderzoek had gedaan naar haar achtergrond en medische voorgeschiedenis. Dat is heel vreemd en in zekere zin doet het haar wel goed. Ze heeft nooit toegestaan dat er vreemdheid in haar leven kwam, en nu is ze bij deze vreemde man, die haar (helaas stervende) lichaam laat gloeien zoals het dat nooit eerder heeft gedaan, die totaal anders is dan het beeld dat ze altijd van een geschikte partner heeft gehad, die aan voodoo deelneemt, sorry, Santería, en die mensen doodt. Van tijd tot tijd komt er onwillekeurig een dwaze grijns op haar gezicht en dan schrikken de zusters van oncologie ervan. De onderzoeken nemen veel tijd in beslag, dagen en dagen. Ze is in het ziekenhuis, de natte droom van de hypochonder, maar ze merkt dat ze zich niet druk maakt om wat ze daar met haar doen. Paz zal overal voor zorgen. Hij loopt in en uit, bezoekt mensen in kantoren in Washington. Hij vertelt haar dingen die hij heeft gehoord, dingen die hij vermoedt. Er bestaat inderdaad een organisatie die SRPU heet, en die valt onder het ministerie van Binnenlandse Veiligheid, en ze hebben daar nooit van Floyd Mitchell of David Packer gehoord en ze kunnen verder echt niets vertellen, want hij is niet bevoegd.

Nu kijkt ze een dokter aan. Hoe hij heet (Waring? Watson?) is haar ontschoten, al is ze er zeker van dat Jimmy het weet en hem heeft nagetrokken alsof hij van moord wordt verdacht. Hij is vriendelijk en heeft een bos grijs haar, als de mannen op tv die huismiddeltjes verkopen, en hij vertelt haar vanaf grote afstand dat ze lymfoom heeft, non-Hodgkin, stadium IV. Die diagnose stelt hij op grond van de biopsie en haar symptomen, en hij zegt dat het kan zijn uitgezaaid naar andere organen en dat ze haar graag voor nader onderzoek naar het George Washington University Hospital willen sturen. Vreemd genoeg heeft ze niet het verschrikte gevoel dat ze het moet ontkennen, het gebruikelijke gevoel bij zulke gesprekken, maar voelt ze zelfs een zekere voldoening. Ze wil het de wereld vertellen. Zie je wel! Niet ingebeeld! Ze kijkt Paz aan, haar pseudo-echtgenoot, en ziet zijn gezicht, zijn ogen. Nee, zegt ze tegen Waring of Watson, ik ga liever naar Miami terug.

Maar eerst vliegen ze naar Orlando en huren daar weer een Taurus, want ze moeten ook nog aan Emmylou denken. Dat is Lorna's idee, Paz wil meteen terug naar Miami om haar aan de therapie te laten beginnen, maar nu graaft ze haar voorpoten in en zet ze een hoge rug op en weet ze van geen wijken. Ze is niet meer zo geïnteresseerd in de criminele zaak op zich. Maar ze wil wanhopig graag weer met Emmylou Dideroff praten.

Paz wist dat hij reed als een gek. Hij zigzagde door het verkeer op de autoweg, en dat kwam hem op verontwaardigde claxon- en toetersignalen te staan van grote vrachtwagencombinaties die hij nog net kon ontwijken. Hij zei tegen zichzelf dat hij het deed omdat hij deze hele zaak zo snel mogelijk achter de rug wilde hebben, want dan kon hij Lorna aan haar behandeling laten beginnen, maar eigenlijk wist hij dat het niet de echte reden was. Met gevaarlijk rijden kon hij zijn geest bezighouden, zoals dat met gewoon rijden niet zou lukken. Het verdreef alle andere gedachten. Als zijn geest niet was afgesloten, zouden er giftige gedachten in opkomen. Dan zou hij de 'waarom'-vragen gaan stellen, de hartverscheurende vragen. Dan zou hij moeten nadenken over zijn leven en over zijn connectie met de vrouw die stilletjes naast hem zat. Dan zou hij moeten toegeven dat hij zijn leven niet meer in de hand had, dat hij doodsbang was, bang dat ze zou doodgaan, bang dat ze dat niet zou doen en dat hij zou moeten toegeven dat hij van haar hield, dat dit het soort liefde was waar zijn moeder het over had als ze over Willa tegen hem schreeuwde, onstuimige liefde. Maar als ze nu eens zei, ga nou gauw, jongen, personen zonder schooldiploma's hoeven niet te solliciteren?

Hij nam een afslag en reed naar Clewiston. Op de kleine tweebaansweg moest hij stoppen voor een ambulance en politiewagen die met zwaailichten en gillende sirenes voorbijreden. Toen ze bij de boerderij van de Barlows kwamen en hij de auto's van de politie zag, sloeg zijn hart een slag over.

Een tijdje later troffen ze Cletis Barlow in een wachtkamer van het Community Hospital in Clewiston aan. Cletis zat daar rustig in een bijbel te lezen.

'Hoe gaat het met haar?' vroeg Paz.

'O, ze is gewond, maar het is een taaie,' zei Barlow met vermoeide stem. 'Als je kwetsbaar bent, hou je het op een veeboerderij niet lang vol. Ze kwam bij in de ambulance, en het eerste wat ze vroeg was of Emmylou ongedeerd was. Ze heeft hun gezichten niet gezien. Drie stuks met tekenfilmmaskers. Porky Pig, Casper het vriendelijke spookje en Bugs Bunny. Toen ze Emmylou meenamen, sloegen ze haar zonder enige reden met een pistool. Ze is nu daarbinnen voor röntgenfoto's en nog meer onderzoek.'

'Allemachtig, wat vind ik dit erg, Cletis. Als ik enig idee had gehad dat er zoiets zou gebeuren...'

'Het is jouw schuld niet, Jimmy. We mogen niet van het goede worden weerhouden omdat het slechte daar misbruik van kan maken. Dan zou de duivel vast en zeker winnen. Wat ben je op je trip te weten gekomen?'

Paz vertelde het hem. Barlow zweeg een tijdje, en Paz had het vreemde gevoel dat de tijd was teruggedraaid, dat hij nog steeds de jongere partner van het rechercheteam was. Verrassend genoeg voelde hij geen rancune maar opluchting. Het was een van zijn goede eigenschappen dat hij wist wanneer hij hulp nodig had. Barlow keek naar een poster aan de muur, de gebruikelijke affiche van een kunsttentoonstelling.

Toen richtte hij zijn ijzerkleurige blik op Paz. Hij deed dat met een uitdrukking die Paz bijna nooit op zijn gezicht had gezien, meer Oud dan Nieuw Testament, en Paz voelde dat de haartjes in zijn nek overeind gingen staan.

'Mij is de wrake, zei de Heer, ik zal vergelden,' zei Barlow. 'Maar dit zal ik ze persoonlijk betaald zetten.'

'Waar heb je het over, man?'

'Waar jij nu heen gaat. Ik denk dat je nog één kaart kunt uitspelen en ik wil daarbij zijn.'

'Packer.'

'Ja, die. Ik ga met je mee. Je moet even wachten tot we er zeker van zijn dat het goed komt met Edna en dan gaan we samen.'

'Cletis, ik weet niet...'

'Ja, dat weet je wel. We gaan samen achter hem aan, alleen ben jij deze keer de aardige smeris en ik de kwaaie.'

21

De bekentenissen van Emmylou Dideroff

Schrift IV

Ik zei dat ik steeds prozaïscher word al zei ik dat ik dat niet zou worden, maar ik kan er niets aan doen want zo komen de herinneringen bij me op en trouwens ik ben een prozaïsch persoon, een grove ambachtsman zoals Shakespeare zegt het is nooit de bedoeling geweest dat ik degene werd tot wie Hij mij in Dinkaland maakte. Nu ben ik teruggevallen tot mijn voorouders, want ik stam af van mensen die koppelingen van oude auto's repareerden en hun knokkels schaafden aan roestig ijzer. Ik was dus gek op mijn kanon. Peter Mulvaney was van de SAS en wist dus veel over alle bijna eindeloze variëteiten van de machinerie des doods en samen lazen we het handboek en leerden we hoe je dat verrekte ding moest gebruiken. Ik verzamelde een geschutbemanning, de Kanonnenmeiden van de Dinka-Natie, vier stuks ze heetten alle vier Mary en ik noemde ze de Mary's Tok, Rou, Dyak en Nguan, dat is tellen in het Dinka en erg handig voor het schreeuwen van bevelen. Het kanon was ongeveer twaalf jaar voor mijn geboorte in Zweden gemaakt en het was een Bofors Type AL-70 met de generator boven de assen. Je liet het draaien als met een joystick van een videospel. Het had het standaard NIFE SRS 5-reflexvizier voor korte afstanden met de geïntegreerde predictor. De Bedford-transporter van vijf ton bevatte meer dan duizend patronen HCHE-multipurpose-munitie plus reserveonderdelen en gereedschap en een kist met vierentwintig TPT-oefenpatronen, en daarmee schoten we van grote afstand op de verwoeste pick-up en op grote vliegers die we maakten, voortgetrokken door rennende jongens en daarna door onze truck o, jezus christus ik ga maar door ga maar door opdat ik niet…

Zuster-prefect Alecran kwam op bezoek. Ik denk dat ze mij in de ban wilde doen, maar ze kon zien dat er iets vreemds aan de hand was in Wibok. Ze keek anders tegen me aan dan ze in Kenya had gedaan. Het hielp dat ik niet op het punt stond een kruistocht tegen Khartoum te leiden. Ik weet niet of ze ooit echt heeft begrepen dat ik niet zomaar een tegendraadse zuster met feeling voor de tactieken van kleine troepeneenheden was, maar dat net als vroeger de Heilige Geest werkelijk weer op het toneel was verschenen. Ze ging weg om het verwoeste Pibor Post weer op te bouwen en zei dat ze nog contact met me zou opnemen. De meeste helpers gingen ook weg. Sommigen waren bang voor echte religie, God die zomaar even kwam aanlopen, want dat hadden ze blijkbaar niet eerder meegemaakt, en anderen werd duidelijk gemaakt dat ze onwelkom waren, bijvoorbeeld die aardige mensen die slaven van de Baggara terugbrachten, zodat die werden aangemoedigd om nog meer slaven te halen zonder dat ze de moeite hoefden te doen ze op de markt te brengen. Zoals ik even daarvoor had gedemonstreerd, was er maar één manier om de slavernij te bestrijden: een heleboel slavenhalers doodmaken en de rest zo bang maken dat ze een ander vak gingen kiezen.

Eigenlijk hadden we niet veel hulp meer nodig. Het land was vruchtbaar geworden door de regen, en de doerra groeide weelderig groen op de vlakke velden, en het vee was vet en plantte zich goed voort. Natuurlijk bleven Trini en haar mensen wel, al moest ze niet veel meer van me hebben. De Jamesons bleven ook, een echtpaar dat een protestantse zendingspost was komen opzetten maar in plaats daarvan nuttig werk was gaan doen, want de mensen gingen liever naar de kerk van Atiamabi dan dat ze zich de finesses van de christelijke doctrine eigen maakten. Sportief waren ze wel, de Jamesons. Hij was een grote man met een rood gezicht die het echt leuk vond om auto's en machines te repareren; zij was een blond vogeltje met een kern van staal en ze vond het prettig dat ik bezig was de verhoudingen tussen de seksen bij de Dinka te hervormen. Ze had de leiding van onze lagere school en ik regelde met haar dat ze mijn officieren en Dol, mijn jonge koning, leerde lezen. Ze gebruikten het Oude Testament als tekst. Dat was voor ons zoiets als het lezen van de krant. Aardige mensen.

Twee weken nadat we het kanon hadden veroverd, kwam de Antonov geluidloos aanglijden vanuit het noordwesten. Gewaarschuwd door onze uitkijkposten, hadden we net genoeg tijd om het kanon zo'n anderhalve kilometer ten noorden van Wibok te installeren, met de vier Mary's en met mij op de commandantsplaats. Eerst zagen we alleen een stipje, geen motor te horen, diezelfde oude truc weer. Op zo'n zeshonderd meter hoogte sloeg de motor aan en vloog het toestel op ons af. Ik vuurde pas toen de afstand ongeveer vierduizend meter was. Ik gooide een stroom van hoopvolle rode stippen de lucht in en bleef schieten toen het toestel recht over ons heen vloog. De lichtspoorkogels raakten het toestel en het vloog schijnbaar ongedeerd verder, afgezien van een dun straaltje zwarte rook. Toen het over ons heen vloog, zag ik dat de ladingdeuren open waren en toen rolden er zwarte buizen naar buiten, een daarvan viel en explodeerde een andere viel bijna op ons en explodeerde niet en toen leek het of de Antonov opzij ging hangen alsof hij moe was van het vliegen en we zagen dichtere rook met een hart van oranje vuur en toen stortte hij neer, boem, en kwam er ten westen van Wibok een zwarte wolk omhoog.

We joelden en juichten en wachtten of er nog een vliegtuig kwam, maar dat gebeurde niet, de GOS heeft weinig vliegtuigen en de piloten zijn het niet gewend om te worden beschoten. We liepen naar de blindganger toe. Het bleek dat de bemanning zich van de bommen had willen ontdoen toen hun vliegtuig vlam vatte en dat ze deze bom niet van een ontsteking hadden voorzien. Hij lag kapot en half begraven in de klei en dit betekende dat ik nu meer dan tweehonderd kilo zware explosieven had om mee te spelen. Toen ik naar het rokende wrak keek, beleefde ik er geen voldoening aan dat we mensen hadden gedood, waarschijnlijk de mensen die Nora hadden gedood, al was ik op een onpersoonlijke manier wel blij, een overwinning is nog mooier dan seks, de reden waarom mannen hun vrouw verlaten en ten strijde trekken.

Ik was in actie gekomen en de GOS had daar nu op gereageerd, en dus had ik een beetje tijd om iets aan mijn oliemannen te doen, want de GOS opereert in een traag tempo. Snelheid is van de duivel, zoals de Arabieren zeggen, en dat werkte in ons voordeel. Terry Richardson, de leider van het olieteam, eiste natuurlijk dat ik hem en zijn mensen met al hun materieel vrijliet, en ik zei dat hij in mijn ogen een huurling was van de regering waarmee wij in oorlog waren en dat al zijn bezittingen ons dus als oorlogsbuit toevielen. Het was een beschaafde discussie, al werd hij een beetje kwaad toen ze allemaal gefouilleerd werden en daarvoor al hun kleren moesten uittrekken en hij een cd op zijn rug geplakt bleek te hebben waarvan ik betwijfelde of het de Greatest Hits van Joni Mitchell waren. Ik gaf ze hun kleren, voedsel, water, hun Toyota-pick-uptruck en een veilige doorgang naar de grens van ons gebied. Ze lieten een mooie buit achter: naast de speciaal verbouwde camper hadden we nu een radiosysteem met vier mobiele toestellen, twee ruggerized laptops, een mooie HP-inkjetprinter, allerlei geologische apparatuur, en vooral een satelliettelefoon die verbonden was met een laptop die er helemaal klaar voor was om via satlink versleutelde e-mails te verzenden. Ik haalde het oude verkreukelde, met rood stof bedekte kaartje van The Gun Nut tevoorschijn dat Skeeter Sonnenborg honderd jaar geleden bij zijn toffees had gedaan, en op een avond typte ik het nummer in.

De encryptiesystemen van oliemaatschappijen zijn erg goed, en Skeeter was erg blij toen ik hem via satlink vertelde welke encryptie ik gebruikte, want de FBI tapte nog steeds al zijn communicatie af. Via e-mail bestelde ik vierduizend 40mm-zwaar explosieve luchtdoelpatronen met nabijheidsbuis, voor het geval ze ooit echte gevechtsvliegtuigen op ons afstuurden, en hetzelfde aantal vingestabiliseerde antitankpatronen, en ook munitie voor al onze geweren en machinegeweren plus meer AK-47's, 82mm-mortieren en patronen, een paar honderd RPG-7 antitankraketten, granaten, mijnen, ander wapentuig en duizend paar Maleisische sandalen met autobandzolen, extra groot. Om voor dat alles te betalen stuurde ik hem de locatie van sommige goudvoorraden van Orne Foy, met de belofte dat hij na aflevering nog meer zou krijgen. Hij zei dat hij al het spul in Sharjah in de Emiraten zou verzamelen, en daarna zou het per vliegtuig naar ons toe gaan, met een tussenstop in Gore in Ethiopië. Inclusief smeergelden, vrachtkosten en commissies kostte het een vermogen, bijna al het door Orne verzamelde geld waar ik van wist, en dus financierde Nietzsche een heilige oorlog die door slaven werd gevoerd, het zoveelste bewijs, voor zover dat nog nodig was, dat de Heilige Geest gevoel voor humor heeft.

Inmiddels was het *anyoic* het einde van het seizoen Ruel, als het niet meer regent en de tweede oogst wordt binnengehaald. Niemand, zelfs niet de oudsten van de Dinka's, kon zich zo'n rijke oogst herinneren. We bouwden ronde lemen silo's om de doerra en andere granen op te slaan. Nu begon Rut, de eerste periode van de droge tijd, als de jonge mannen beschikbaar zijn voor werk. Ik liet ze een landingsbaan aanleggen en bunkers, revêtementen en schuilkelders graven, voor mensen en vee en met zandzakken tegen overstroming beschermd. Ik wist dat als de GOS begreep wat er in ons land gebeurde ze een grote troepenmacht op ons af zouden sturen, want afgezien van de strategische positie die we innamen zou het voor hen ondraaglijk zijn dat de verachte abd hen konden verslaan, en dan nog wel onder de banier van de kerk ook. Ik dacht dat we misschien een halfjaar de tijd hadden, want ze zouden willen dat het land helemaal droog was en dat onze voorraden (zoals ze zich voorstelden) op hun laagste niveau waren.

Ongeveer een maand nadat ik de wapenbestelling had gedaan, landde een oeroude Hercules op onze baan. Ik was niet zo heel erg verrast toen Skeeter zelf aan de stuurknuppel bleek te zitten. Hij sprong met een platte doos uit de cockpit en riep: heeft iemand een pizza pepperoni besteld? Ik liet hem me kussen. Hij zei: waarom zou ik voor een piloot betalen en trouwens ik wilde Emmylou van Sudan met eigen ogen zien. Peter had meteen de pest aan hem, en omgekeerd, en het kostte me veel energie die ik eigenlijk niet kon missen om te voorkomen dat die twee elkaar vermoordden. Op een avond betrapte ik Skeeter in de camper van de oliemaatschappij, waar hij laden doornam. Hij grijnsde naar me met die innemende psychopatengrijns van hem en hield een leeg cd-doosje omhoog. Veel doosjes geen dataschijfjes, schatje, hoe komt dat? Ik zei dat ik alle cd's als cadeaus had weggegeven, de mensen mochten er graag spiralen van knippen en ze als ornamenten op de hoorns van het vee zetten, en wat moest hij ermee? Informatie is geld, zei hij, veel mensen zouden willen weten wat Richardson daar heeft gevonden. Je weet dat hij dood is. Ik zei dat ik dat niet wist, en hij vertelde me dat even ten noorden van Pibor het uitgebrande karkas van hun pick-up was gevonden, met verkoolde skeletten. Het leek of ze op een mijn gereden waren, maar het was geen mijnenveld, weet jij daar echt niet van, schatje?

Op dat moment wist ik zeker, ik kan niet uitleggen hoe, dat Skeeter degene was die Orne aan de FBI had verraden. Ik begreep opeens een heleboel dingen, bijvoorbeeld hoe het kon dat hij nog in zaken was terwijl verschillende overlevenden graag zouden willen verklaren dat hij de meeste zware wapens aan Bailey's Knob leverde, en de uitdrukking op zijn gezicht toen ik dat eruit gooide! Hij lachte en greep me vast, en zijn handen kropen naar mijn hals en ik denk dat hij me ter plekke zou hebben vermoord als Peter niet opeens was binnengekomen. Skeeter ging de volgende dag weg, opgeruimd staat netjes zei Peter, wat een tuig zijn die mensen, en hij zei ook dat hij erover dacht om als bijverdienste wapenhandelaren te gaan vermoorden.

We kwamen nu in het seizoen dat Mai heet, de overgang van de late winter naar het vroege voorjaar, een slechte tijd voor de Dinka, want de rivieren worden droog en de hitte is het ergst en het vee moet naar afgelegen kampen worden gedreven omdat het gras rondom de nederzettingen helemaal weg is. Maar we hadden zoveel voer dat we de kudden dichterbij konden voeden, en dat was goed, want toen vielen de Sudanezen aan en hoorden we voor het eerst de naam van Jabir Akran al-Muwalid.

Er zullen in elk land wel mensen zijn als hij. In elk geval lijkt het er niet op dat leiders die genocidale wreedheden willen begaan ooit personeelsgebrek hebben. De aanval kwam uit het noorden en was gericht op een plaats die Ring Baai heette, een dorp van zo'n vijftig gezinnen bij de rivier de Sobat. Het gebeurde volkomen onverwachts. Later hoorden we dat ze 's nachts waren gekomen, wat erg ongewoon was voor de GOS-troepen. Ze hadden tanks en gepantserde troepentransportwagens, dat konden we zien aan de sporen en ook omdat ze bijna de hele bevolking aan handen en voeten hadden vastgebonden, 658 mannen vrouwen kinderen en op een rij gezet waarna een tank over de hele rij was gereden en ze allemaal had verpletterd en dat was het ergste wat ik in Afrika had gezien. Ze hadden ook de seintoren omgegooid en de oudsten van de clan aan de rondhouten daarvan gekruisigd. Het vee hadden ze levend verbrand in de stallen. Twee dagen later vielen ze Malual Baai aan, ten zuiden van Ring Baai en bij de weg naar Pibor, dezelfde vernietiging, alleen ontsnapten er deze keer jongens met hun vee, want ze waren daarmee in een afgelegen kamp geweest. Ze hadden het over veel tanks, veel soldaten, een heel leger. We ontdekten dat het een gepantserd bataljon was, natuurlijk – want het was immers in Sudan – geen écht gepantserd bataljon, maar toch erg genoeg: meer dan twintig tanks, waarvan ongeveer de helft Amerikaanse M-60's en de rest Type 62 Chinese lichte tanks, plus een stuk of tien M-113 APC's, gemotoriseerde mortieren en allerlei trucks en onderhoudsvoertuigen. De troepensterkte werd geschat op ongeveer vijfhonderd man. Dat was een ongewoon grote troepenmacht voor die armzalige kleine oorlog, en misschien zouden we er trots op moeten zijn dat ze die troepen tegen ons hadden ingezet en niet tegen de SPLA. Ik was echt trots, God vergeve me.

We stelden nachtbewaking in en verdeelden vuurwerk onder de dorpen, en Peter organiseerde een commando van onze Somersets en ging daarmee over de Pibor, waar ze in hinderlaag gingen liggen voor het brandstofkonvooi dat die tanks zou moeten bevoorraden en ze bliezen het op met explosieven die we van de blindganger hadden gemaakt. Het was een erg bevredigende operatie en we hadden ermee bereikt dat de vijand niet mobiel genoeg meer was om verrassingsaanvallen op nederzettingen te doen en ik zie dat ik nog acht bladzijden over heb in dit schrift. Alle kleine oorlogen zijn min of meer hetzelfde en het is ongeveer zo interessant om de details te lezen als om over een voetbalwedstrijd te lezen. We hielden contact met hen en werkten met sluipschutters. Wibok werd gebombardeerd, maar al onze mensen zochten beschutting in diepe tunnels en mijn kanon schoot met de nieuwe munitie een Sukhoi-bommenwerper uit de lucht. Ik leidde de Somerset Light Infantry om hun eskadron lichte tanks aan te vallen, die zo'n zeventig kilometer bij ons vandaan dorpen verwoestten. De sluipschutters zorgden ervoor dat de commandanten hun hoofd omlaag moesten houden, niets is blinder en dommer dan een potdichte tank, en toen renden ze weg in het gebruikelijke Dinkatempo van weet ik veel hoeveel kilometer per uur, achtervolgd door twaalf tanks in een rij en recht op mijn kanon af, dat goed gecamoufleerd in een bosje stond. We bliezen de voorste twee tanks en de achterste tanks met verborgen springstofladingen op en daarna hoefden we alleen maar door te schieten tot ze allemaal in brand stonden. Het Afrika Korps deed dat vroeger ook veel met hun 88's, en de Britten deden er bijzonder lang over om daarachter te komen. Onze krachten waren nu verdeeld en al-Muwalid koos dat moment om zijn aanval op Wibok in te zetten. Ik ging in allerijl met de commandowagen naar het stadje terug en arriveerde daar even voordat hij het omsingelde.

Natuurlijk maakten we geen schijn van kans om het stadje te verdedigen. Ze schoten het in puin en bliezen onze voertuigen op en achtervolgden ons in onze tunnels. En hun pantservoertuigen reden onze ruïnes binnen en hun infanterie volgde ons in de aarde. Toen volgden de afschuwelijke gevechten van dichtbij in het donker, met als enige verlichting de flitsen van geweren en de schitteringen van granaten. Ze dreven ons natuurlijk terug ze waren met zoveel meer dan wij, totdat we alleen nog de hoofdkwartier- en ziekenhuisbunkers hadden, met korte stukjes tunnels en een paar versterkingen.

Ik zag mijn dappere jongens en meisjes angstige blikken op mij werpen, wachtend op het wonder, maar er kwam geen wonder er was iets misgegaan met mijn plan dacht ik en dus kroop ik door een ingezakte tunnel en kwam aan de oppervlakte waar ik me verstopte en wachtte en bad tot ik het geluid van mijn kanon weer hoorde, ik zag een tank in vlammen opgaan toen de stalen pijlen zich in zijn achtersteven boorden en toen kwam de Somerset Light Infantry door de rook aangedraafd, ze hadden in nog geen tien uur zeventig kilometer gerend met volle bepakking.

De GOS-tanks zaten nu in het nauw tussen de ruïnes die ze hadden gemaakt en konden niet manoeuvreren. Onze mensen vernietigden alles met RPG's en springladingen, en toen stroomden onze mensen de tunnels in. We dreven de vijand in het nauw en joegen ze op door de duisternis, op het laatst, toen we allemaal geen munitie meer hadden, met bajonetten en machetes en schoppen.

Dus dat was mijn kleine Stalingrad, mijn miniatuur-Kesselschlacht. Mijn laatste gevecht. We hadden eenennegentig doden en tweehonderd gewonden en telden 488 doden aan hun kant, al waren kolonel al-Muwalid en zijn garde ontkomen.

De tunnels hadden afvoeren in het midden van de vloeren en die stroomden over van het bloed ik waadde tot over mijn enkels in het bloed het stroomde over de bovenrand van mijn Franse legerschoenen. Zodra ik wist dat we veilig waren, ging ik naar het ziekenhuis om naar de gewonden te kijken, ik bedekt met bloed, soppend in mijn schoenen van het bloed, en daar viel Trini met felle verwijten tegen me uit, ze noemde me monster verrader moordenaar maniak, en wat vooral pijn deed, ze zei dat Nora me zou hebben veracht om wat ik had gedaan en ik zei dat ik dat wist maar dat ik hoopte het haar in de hemel uit te kunnen leggen en ze lachte hysterisch en zei moet je jou toch eens zien, je ziet eruit als Attila de Hun. Allemachtig, laat me niet lachen! En nu mijn ziekenhuis uit!

Ik weet niet wie me heeft verraden. Iemand moet dat hebben gedaan, iemand die wist dat ik in de milde dagen van vrede in de vroege morgen buiten Wibok ging paardrijden, langs de Kongkong naar het noorden, en dat ik dat na het gevecht weer was gaan doen. Ik neem aan dat ik zelfs na al die overwinningen vijanden onder het volk had, welke profeet heeft dat niet? Ik stel me voor dat ze de verrader in hun liederen opnemen en dat hij dus eeuwig zal voortleven als Judas Iskariot. Het gebeurde in het midden van Mai, kort na de dageraad, de hemel fragiel en glazig zoals je dat in de droge tijd hebt, nauwelijks enig groen te zien en de rivier verschrompeld tot een stroompje waar je praktisch overheen kon springen. Dol wilde altijd mensen met me mee sturen, maar het was er mij juist om te doen dat ik een kostbaar uurtje alleen was.

Vanuit de dekking van een afgebrand bos schoten ze op mijn paard. Ik verdraaide mijn enkel toen we vielen, en de val pompte alle lucht uit me, en dus kon ik alleen maar op hen wachten toen ze tevoorschijn kwamen, hun wapens op mij gericht, behoedzaam alsof ik een bom was. Ik kon nu heel weinig uitrichten, al wisten ze dat niet. Even daarvoor was ik nog geweest wat ik was geweest sinds die nacht in die rokerige kamer, een profeet vervuld van Gods aanwezigheid, en toen ik tegen de grond sloeg, was ik weer gewoon Emmylou Dideroff. Zonder enige waarschuwing vooraf gooide hij me eruit zoals je een slapend poesje uit een naaimand laat vallen. Ik vraag me af of dat ook met de echte profeten is gebeurd nadat ze hun missie hadden volbracht misschien heeft Jonas de rest van zijn leven verzekeringen verkocht in Ninive en deed Jeremia de rest van zijn leven in kameelzadels en

Shit, zo weinig ruimte over en daar ga ik weer...

Nou, natuurlijk deden ze de gebruikelijke dingen, zak over het hoofd, klappen, mishandeling, verkrachting door het hele stel en wie kan het een moer schelen het gebeurt op ditzelfde moment op duizend plaatsen, nu terwijl u dit leest en u zegt misschien o, wat afschuwelijk als het u op een boeiende en artistieke manier wordt gebracht en dan maakt u misschien geld over als u een erg gewetensvol persoon bent voordat u terugkeert tot de gebruikelijke burgerlijke vergetelheid van de rijke wereld. Sorry, van gemarteld worden krijg je soms een negatieve levenshouding. Wie gemarteld is blijft gemarteld, Jean Amery, Frans verzetsstrijder, in de gevangenis gestorven, die eeuwige citaten van mij. Kolonel al-Muwalid deed de martelingen zelf, niet de fysieke aspecten maar de ondervragingen. Het was vooral bastonnade, de voetzolen met gespleten kabels aan flarden slaan en ook de veelvoorkomende praktijk waar ik de naam niet van ken maar ze binden je handen op je rug en tillen je van de vloer en laten je een eindje vallen, waarbij ze je opvangen net voordat je tenen de vloer raken. Je armen raken dan uit de kom en je hangt daar naakt met je voeten net op de vloer in mijn geval want ze hadden ze tot op het bot geranseld zodat ik evengoed ondraaglijke pijn leed. Ik zeg ondraaglijk maar natuurlijk droeg ik die pijn wel, en ik bad voortdurend zij het tot niets wat ik kon voelen. God had me verlaten zoals Hij zo vaak doet in onze uren van nood, hij speelde Zijn ondoorgrondelijke spel. Toen ik het bewustzijn verloor van de pijn had ik visioenen, meestal kleine scènes uit mijn stompzinnige leven maar soms was Nora er dat was mooi maar ze kon me niet vertellen hoe de hemel was of hoe gauw ik bij haar zou zijn, ik dacht honderdvijftigduizend jaar in het purgatorium is misschien wel genoeg. Achteraf een nogal domme redenering. Pathetisch. Ik riep niet eens waarom hebt U me verlaten, want zelfs de genade die ik kreeg had ik niet verwacht. Nou, natúúrlijk had Hij me verlaten.

Na een aantal dagen kregen ze er genoeg van denk ik of ze waren bang dat ik in een shock zou raken en ze brachten me naar wat vermoedelijk een militair ziekenhuis was, en ik werd wakker in een schoon bed met mijn aderen vol pijnstillers, mijn schouders gezet en mijn wonden verbonden. Dokter Izadi zei dat hij mijn arts was, een kleine, tengere man met een peper-en-zoutkleurige snor en een glanzende vliegeniersbril, zo duidelijk een mukhabarati dat hij net zo goed een T-shirt met GEHEIME POLITIE had kunnen dragen. Hij maakte zich grote zorgen om mijn gezondheid en zei met overdreven veel gevoel dat als ze me opnieuw te pakken kregen ik het niet zou doorstaan. Dan zul je sterven, meisje, en dat zal dan het einde van je zijn, je kunt ze maar beter vertellen wat ze willen weten, of je kunt het mij vertellen...

Enzovoort. Het zou ook hebben gewerkt, dat is het mooie van de techniek, dat je gemarteld bent en dat ze het je daarna comfortabel maken en je volstoppen met soezerige middelen, het idee dat je opnieuw geschonden zult worden lijkt dan ondraaglijk erg, de verwachting is nog erger dan de pijn zelf. Maar ik kon ze niet vertellen wat ze wilden weten. De kolonel was ervan overtuigd dat Richardson in het dal van de Boven-Sobat een goudmijn aan olie had gevonden, hij las me teksten voor die volgens hem transcripties waren van radioberichten die het olieteam had uitgezonden, voorspellingen van miljarden en miljarden liters, vijftig, zestig miljard, veel meer dan de velden bij de Bahr al-Ghazal, en dus vroeg hij me steeds weer wat heb je met de gegevens gedaan, voor wie werk je, jij bent geen non, wou je ons wijsmaken dat een non een leger van slaven kan organiseren en leiden, wie helpen je, de Amerikanen, de Russen, de Chinezen, de Israëli? Waar zijn de oliegegevens? Aan wie heb je die gegeven?

Maar er was geen olie. Richardson was daar volkomen duidelijk over geweest en ik zou niet weten waarom hij tegen mij zou liegen. Ik ben geen expert, maar terwijl ik die oliemannen te gast had, heb ik

Seely's Principles of Petroleum Geology doorgenomen, genoeg om Richardsons uitleg te kunnen begrijpen en ik las zijn seismische gegevens en hij sprak de waarheid, in elk geval tegen mij. Ik weet niet of hij een ander spel met zijn opdrachtgevers speelde, misschien loog hij tegen hén, maar al-Muwalid wilde dat niet geloven. Ik wist dat hij me zou doden, door marteling als ik niet meeging met zijn fantasie, of in elk geval met een schot in mijn hoofd, en ik nam me voor om een vluchtpoging te doen, desnoods op handen en knieën, om het tot een fatale confrontatie te laten komen, eigenlijk dom, het idee dat ik zou kunnen ontsnappen in de staat waarin ik verkeerde, maar uiteindelijk bleek het niet nodig te zijn.

Op een nacht werd ik wakker met een hand over mijn mond. De eigenaar van die hand drukte een vinger op zijn lippen, trok de lakens weg en tilde me uit bed alsof ik een klein kind was. Hij droeg me de kamer uit, een gang door en de duisternis in. Er stonden daar mannen, ze keken toe en hadden korte automatische wapens. Ik zag een lijk in een grote plas bloed en toen sjorden ze me achter in een militaire ambulance op een brancard vast. Ik hoorde een kort salvo geweervuur en een doffe explosie en toen reden we over een weg. Een man met een kort baardje onderzocht me met een kleine zaklantaarn, hij nam mijn pols en mijn temperatuur terwijl we daar over de weg raasden. Boven het gebulder van de motor uit hoorde ik Duits praten. Wie zijn jullie? Vrienden, antwoordde hij. Ga nu maar slapen. Hij had een licht accent, maar voor ik hem nog iets kon vragen, voelde ik iets koels op mijn dij, en een prik, en toen was ik weg.

Toen ik mijn ogen weer opendeed, huilde ik, want ik was niet in de hemel bij Nora, en het eerste gezicht dat ik zag was dat van Peter Mulvaney en een ogenblik dacht ik dat zij het was. Waar ben ik de gebruikelijke vraag en hij zei Malta, we zijn op Malta, in Valletta. Hij zei dat hij de bevrijding had georganiseerd, een stel vrienden uit het wereldje van speciale operaties, hij had ze op korte termijn bij elkaar gekregen, vooral Duitsers, ze gingen naar Sudan en namen het militaire ziekenhuis waar ik werd vastgehouden in bezit. Voor mij? zei ik, denkend aan de kosten. Het genootschap betaalt de rekening, zei hij. Waarom? Hij keek een beetje beschaamd. Soms werken we samen, zei hij. Veel drukte om niets, zei ik, en hij knikte. Nora zou er een enorme toestand van hebben gemaakt, zei hij, maar we hadden een wederzijds belang. Ik heb je tas meegenomen, zei hij, je spullen uit Wibok, er zit niet veel in maar ik dacht dat je het zou willen hebben. Ga je naar Wibok terug? Wil je dat?

Ik dacht daar een tijdje over na en keek in de kamer om me heen, een normale ziekenhuiskamer met een raam waardoor benzine- en kooklucht binnenkwamen en ook de geluiden van een stad, geluiden die ik niet meer had gehoord sinds we uit Rome waren vertrokken. Nee, zei ik, ik ben daar klaar. Waarheen dan? Florida, zei ik. Ik wil naar huis.

Dus toen ik voldoende was aangesterkt, vlogen ze me naar Londen op een paspoort dat op naam van Emmylou Dideroff stond, en toen naar Miami, waar ik op het vliegveld David Packer tegenkwam en het bleek dat hij de Jamesons kende en op grond daarvan verhuurde hij me de woonboot en hielp hij me aan de baan bij Wilson en ik leefde als een muis, een kerkmuis, tot aan de dag waarop ik Jabir al-Muwalid bij de rivier in sw First Street zag en u weet de rest. Ik heb hem niet vermoord.

Hier eindigt het en vraagt u me niet het uit te leggen want dat kan ik niet. Dit herinner ik me maar wie kent de bronnen van mijn herinneringen? Of het lot? Alleen God. Of zoals de heilige aan het eind van zíjn bekentenissen zegt: welke mens kan de menselijke geest in staat stellen dit te begrijpen? Welke engel kan het interpreteren voor een engel? Welke engel kan een mens helpen het te begrijpen? Alleen U kan het worden gevraagd, alleen U kan het worden gesmeekt, alleen op Uw deur kunnen we kloppen. Jazeker, zo is het ontvangen, zo is het gevonden, zo is de deur geopend.

Emmylou Dideroff
Emily Garigeau
(voorheen van het Genootschap van Pleegzusters van het Bloed van Christus)

Het is niet mogelijk om in een klein boek als dit tot in details het leed en martelaarschap van de zusters van het Bloed van Christus in de Tweede Wereldoorlog te vertellen, en nog steeds is het lot van velen onbekend. In de Poolse provincie overleefden slechts drie zusters de oorlog, van de drieënzeventig die daar in 1939 waren. (De prioresgeneraal, zuster dokter Ludmilla Poniowski, stierf tijdens de bombardementen op Warschau. Ze had een inspectieronde gedaan toen de oorlog uitbrak en was meteen naar het ziekenhuis van het genootschap gegaan, waar ze gewonden behandelde tot haar operatiekamer door een voltreffer werd verwoest.) Er zijn veel gegevens verloren gegaan toen het Moederhuis in Nemours door de Duitse bezetters in beslag werd genomen en als revalidatieoord voor het leger werd gebruikt, en het grootste deel van de Europese leiding is door verschillende regimes vermoord. Moeder generaal Sapenfeld werd in juni 1941 gearresteerd, vlak nadat de Gestapo een geheim memorandum in handen had gekregen waarin ze haar zusters opdracht gaf hun uiterste best te doen om joden en andere onschuldige slachtoffers van de nazi's te redden, aangezien, schreef ze, 'het Duitse Reich de oorlog heeft verklaard aan een heel volk en zij, omdat ze geen strijders zijn, als onschuldige slachtoffers moeten worden beschouwd en onze heilige gelofte dus op hen van toepassing is'. Ze stierf in de winter van 1943 in het concentratiekamp Ravensbrück. In februari 1944 werd het genootschap in alle door de Duitsers bezette gebieden buiten de wet gesteld. De priorijen en overige bezittingen werden in beslag genomen en veel zusters werden gearresteerd. In totaal kwamen zevenentachtig zusters om in de kampen.

– UIT ZR. BENEDICTA COOLEY, *Trouw tot de dood: het verhaal van de Pleegzusters van het Bloed van Christus*, ROSARIAN PRESS, BOSTON, 1947

22

Het was bijna middernacht toen ze op de rommelige oever van de rivier de Miami aankwamen. In het ziekenhuis had alles langer geduurd dan ze hadden verwacht, en Paz had het niet over zijn hart kunnen verkrijgen om de dingen te bespoedigen. Hij had Lorna eerst naar huis willen brengen, maar dat wilde ze niet en Barlow steunde haar daarin. Hij merkte op dat ze geen idee hadden van wat hun bij Packers woonboot te wachten stond, en ze konden geen politieassistentie krijgen zonder zelf gearresteerd te worden voor hulp bij de ontsnapping van een gevaarlijke misdadigster, terwijl ze dat bovendien juist hadden gedaan om Emmylou uit handen van de FBI te houden tot ze de hele zaak hadden opgelost. Het was heel goed mogelijk dat als ze Emmylou met hulp van de politie terughaalden ze door hen zou worden uitgeleverd aan juist de mensen die haar uit het huis van de Barlows hadden ontvoerd, of de beste vrienden van die mensen. Daarom zat Lorna een eindje bij het water vandaan in de huurauto. Ze had een mobiele telefoon in haar hand en strikte opdracht om weg te gaan en alarm te slaan als de twee mannen niet binnen een uur terug waren of als er verkeerde dingen gebeurden.

'Verkeerde dingen?' vroeg ze. 'Sorry, maar mijn ideeën over goed en kwaad zijn in de war geraakt. Wat bedoel je in dit geval?'

Paz had er spijt van dat hij dat woord had gebruikt. 'Een groot aantal schoten, automatisch vuur, grote vuurballen, auto's vol gangsters die naar het water rijden. Dat soort dingen. In de veronderstelling dat wij in grote moeilijkheden verkeren of dood zijn.'

'Oké, ik snap het, schoten, vuurballen, auto's.' Ze keken elkaar aan. 'Zorg dat je in leven blijft, Jimmy.' De woorden 'ik hou van je' kwamen tot achter in haar keel en deden hun best om eruit te komen, maar hij was haar voor. Het was voor het eerst dat ze die woorden hoorde van een mannelijk exemplaar van haar soort dat geen familie van haar was.

‘Ik ook van jou,’ zei ze. ‘Ik zou graag de rest van mijn leven met je willen doorbrengen, hoe kort dat ook is. Zou dat niet geweldig zijn?’

‘Zeg niet zulke onzin, Lorna. We zijn terug voor je er erg in hebt.’

Ze lopen het donker in. Lorna zit aan het stuur en probeert niet aan het verstrijken van de tijd te denken, de tijd van deze angstaanjagende operatie, en de Resterende Tijd. Ze schaamt zich omdat ze zo slecht is voorbereid op de ultieme dingen; daar heeft haar lange carrière in de hypochondrie haar niet bij geholpen. Oya zei tegen haar dat haar leven voorbij was, en zo was het ook, en ze merkt dat ze begint te denken dat het echt de Heer van de Dood was en niet een ziekenverzorgster met een rond gezicht daar op de bembé. Misschien is dat een vorm van genade: dat ze de realiteit van een onzichtbare wereld kan accepteren, of misschien was het lafheid, maar wat heeft stoïcijnse moed eigenlijk voor zin, op wie willen we daarmee indruk maken? Ze beseft ook dat wat de second opinion ook inhoudt (en ze is nog steeds Lorna genoeg om daarom te vragen) haar leven zoals het tot nu toe is geweest inderdaad voorbij is. Ze herinnert zich een verhaal dat haar is verteld door Betsy Newhouse. Een van Betsy’s vriendinnen had borstkanker gekregen, en Betsy had haar meteen laten vallen. Ik kan niet meer met haar bevriend zijn, zei Betsy, ze deed alle goede dingen, dieet, lichaamsbeweging, de beste artsen, tenminste dat zei ze, maar ze moet iets verkeerds hebben gedaan, toch?

Opeens walgt Lorna van zichzelf. Hoe heeft ze zoveel tijd kunnen doorbrengen met zo’n vrouw? Haar kostbare tijd heeft ze verspild door te luisteren naar commentaar op het lichaam van die of het seksleven van die. Ze wil heel graag met Sheryl Waits praten. Ook daarover voelt ze zich schuldig, ze heeft haar in een week niet gebeld, misschien is het nog langer. Het is laat, maar Sheryl staat erom bekend dat ze vierentwintig uur per dag en zeven dagen per week beschikbaar is. Ze drukt de toetsen in.

‘Het spijt me, maar wij werken niet mee aan telefonische colportage door vreemden,’ zegt Sheryl als Lorna haar te pakken heeft.

‘Kom op, Sheryl.’

‘Wat nou? Weet je hoeveel boodschappen ik op je voicemail heb ingesproken? Waar heb je gezéten, meid?’

‘Bij Jimmy.’

‘Natúúrlijk bij Jimmy. Zeg tegen me dat ik gelijk had.’

‘Je had gelijk.’

‘Natuurlijk had ik dat. Nou? Vertel.’

'We zijn naar Grand Cayman geweest,' zegt Lorna. Ze verandert de trip en het vervolg daarop in een romantische idylle, en haar vriendin reageert met opgetogen kreetjes. Ze zegt niet dat haar biopsie een slecht resultaat had, dat ze stervende is, want ze weet dat Sheryl dan meteen naar haar toe wil gaan om haar te omhelzen en haar hand vast te houden. Ze heeft ook geen zin om in te gaan op de B-filmaspecten van de situatie waarin ze op dit moment verkeert: op de uitkijk zitten voor een wanhopige onderneming.

'Nou,' zegt Sheryl, 'dit is nu officieel serieus. Is het L-woord al uitgesproken? En het T-woord?' Liefde en trouwen.

'Het eerste wel, het tweede niet.'

'Maar het zit in de lucht?'

'Het zou kunnen. De tijd zal het leren.'

'Hé, schat, is er iets mis? Je klinkt zo raar.'

Er komt een harde *boem* van de kant van de boot. Het geluid davert tegen de muren van de loodsen en werkplaatsen die hier langs de rivier staan.

'Nee, er is niets,' zegt Lorna met bevende stem. 'Zeg, ik moet nu ophangen. Ik wilde alleen zeggen dat ik van je houd.'

Een korte stilte. 'Nou, dank je, Lorna. Ik houd ook van jou. Weet je zeker dat er niets mis is?'

'Niets,' zegt ze, en ze hangt op. Ze luistert, spitst haar oren, en er komt nog een daverende klap, en dan is er alleen nog maar de stilte met de normale nachtelijke geluiden van deze omgeving. Haar telefoon zoemt. Het is Sheryl weer, maar ze neemt niet op.

Ze kropen over het dek van Emmylou's oude woonboot en keken over de meters donker water naar Packers grote doos-op-een-schuit. De ramen werden verlicht door een televisiescherm, en ze zagen het silhouet van een man door dat licht bewegen.

'Wat heeft hij daarbinnen, een motor?'

'Ja, een dikke Harley. Ik denk dat hij hem 's nachts binnen zet.'

'Heel verstandig. Er is veel criminaliteit bij de rivier,' zei Barlow.

'Hij heeft een pistool,' zei Paz.

'Nou, dat moeten we hem dan afpakken.' Barlow greep in zijn zak, haalde er twee patronen uit en stopte ze in het oude 16-gauge dubbelloops Ithaca-jachtgeweer dat hij bij zich had. Hij had ook een grote revolver achter zijn riem gestoken. Het klikken van het staartstuk klonk Paz onnatuurlijk hard in de oren. Hij haalde de schuif van zijn Glock over.

'Nou, we gaan,' zei Barlow, en in het halfduister kon Paz zien dat zijn gezicht weer de uitdrukking van de leider van een lynchmenigte had aangenomen. Barlow sprong van de woonboot af en rende. Twee stappen over het dek van Packers boot en hij was al bij de glazen deur, die hij met zijn laars en de kolf van zijn wapen aan scherven liet gaan. Hij was net om de Harley heen gesprongen toen hij Packer zag bewegen, een flits van een wit shirt in het zwakke licht van het televisiescherm. De man ging naar de boeg, naar zijn slaapkamer.

Packer greep net onder het matras van zijn bed toen de kolf van Barlows geweer boven zijn oor neerkwam. Toen voelde hij een knie in zijn rug en drukten er twee kringen van staal als een koekjessnijder in zijn nek. Hij verslapte.

Barlow draaide de man om en ramde de loop onder zijn kin. Packer was lijkbleek en zijn ogen rolden in hun kassen.

'Wat wil je? Geld?' Zijn stem piepte.

'Hou je bek!' zei Barlow. Hij trok het pistool uit zijn schuilplaats, met zijn pink in de loop, en gooide het in een hoek. Hij ging achteruit, het geweer nog op Packer gericht, en zei: 'Overeind!'

Packer kwam overeind en liep wankelend naar de huiskamer van de boot. Er kwam een stroompje bloed uit de wond boven zijn oor. De tv stond nog aan; er was een reclamespot voor een auto aan de gang. Barlow bracht het geweer omhoog, richtte het op Packers hoofd, haalde een trekker over en bewoog de loop in de laatste halve seconde zodat de kogel langs Packers oor naar de televisie vloog. De Honda op het scherm kreeg een voltreffer. Packer trok zijn hele gezicht samen en had zijn blaas niet meer in bedwang. Er vormde zich een plasje bij zijn voeten. Barlow pakte een stoel uit het eetgedeelte en gooide hem de man toe.

'Ga zitten, verrekte broekpisser!'

Packer ging zitten. Zonder zijn blik van hem weg te nemen haalde Barlow een jachtmes met een lemmet van vijftien centimeter uit een schede aan zijn riem. Hij legde het geweer op de eettafel en haalde een rol isolatietape uit zijn broekzak. Toen Packer volledig met armen, handen en voeten aan de stoel was vastgemaakt, ging Barlow voor hem staan en wette hij het jachtmes aan een kleine steen die hij uit een vakje van de schede haalde. Hij spuwde op de steen en haalde het mes er keer op keer overheen. Packer keek daarnaar alsof hij gehypnotiseerd was. Hij schraapte zijn keel. 'Wie... Wie ben jij?'

'Nou, ik ben de man van de vrouw bij Clewiston die vanmiddag thuis door jouw jongens is overvallen en die ze met een pistool het ziekenhuis in hebben geslagen. En ze hebben ook nog een vrouw gekidnapt die bij ons te gast was.' *Snik snik* ging het mes over de wetsteen.

'Daar had ik niets mee te maken,' zei Packer. 'Clewiston? Ik weet niet waar je het...'

Het mes flitste op hem af, snel als een aanvallende slang. Packer voelde dat er een hap uit zijn voorhoofd werd genomen en slaakte een kreet. Het bloed liep in zijn ogen en hij knipperde het weg.

'Ik zweer...' begon Packer, maar hij hield op toen Barlow de punt van het mes een paar centimeter bij zijn oog vandaan hield.

'Niets daarvan,' zei Barlow. 'We dulden geen ijdel gebruik van de naam van de Heer.'

Snik snik snik.

'Wat ga je doen?' vroeg Packer toen er enige tijd was verstreken.

'Nou, wat denk je? Wat vind je dat er moet gebeuren met een man die schurken inhuurt om een vrouw te slaan die in haar leven nog nooit iets onvriendelijks heeft gedaan? Heb je daar ideeën over?'

'Zeg, ik heb geld, veel geld... Ik maak het goed. Ik wist niet... Ik heb nooit tegen ze gezegd dat ze iemand kwaad moesten doen...'

'Ik wil je geld niet, smerig stuk hondenstront,' zei Barlow met een langzame, kalme stem. 'Er is bloed vergoten en dat moet met bloed vergolden worden. Onderweg hierheen heb ik nagedacht over wat ik ging doen en ik geloof dat ik iets goeds heb bedacht.'

Snik snik.

Barlow stopte de wetsteen in het vakje terug. Hij streek met het mes over zijn pols en schoor daar een beetje haar vanaf. Hij hield het voor Packers uitpuilende ogen.

'Scherp, hè?'

Geen commentaar van Packer. Barlow zei: 'Ik heb bedacht dat ik je hoofd ga villen. Lijkt dat je redelijk? Het arme gezicht van mijn vrouw, je had het moeten zien. Het brak mijn hart toen ik naar haar keek. Ze hebben haar jukbeen gebroken, weet je.'

'O jezus, o god...'

'Heb je gehoord wat ik zei over het ijdel gebruik van de naam van de Heer? Je let niet goed op, Packer, dat zou wel eens een van de grote problemen in jouw leven kunnen zijn. Zelf zit ik met het probleem dat als iemand mijn gezin kwaad doet ik helemaal gek word en me niet meer kan beheersen. Nu heb ik dit vaak met herten gedaan, vooral toen ik nog jong was, maar ik denk dat het met jou op dezelfde manier gaat. Eerst ga ik in een cirkel om je hoofdhuid, kijk, zo...' Barlow trok de punt van het mes zachtjes om Packers hoofd, maar niet diep genoeg om de huid te laten bloeden.

‘Dan kan ik mijn punt hieronder krijgen en je hoofdhuid lostrekken. Ik zou eigenlijk een vilmes moeten hebben, maar ik denk dat deze oude Randall ook wel geschikt is. Het is nu ook weer niet zo dat ik je hoofd boven de schoorsteenmantel ga hangen. Hoe dan ook, daarna snijd ik voor je oren langs, achter je kaken en omhoog. Als ik dat langzaam en voorzichtig doe en als jij je niet te veel verzet, denk ik dat ik de hele huid er in één stuk af kan krijgen. De oogleden zijn het lastigste, want die zijn zo delicaat. Ik ga nu je mond dichtplakken, want jij bent een vervloekte lafaard die andere mannen stuurt om een vrouw in haar eigen keuken te slaan, en dat betekent dat je waarschijnlijk gaat krijsen als een klein meisje en ik wil niet de hele stad wakker maken.’

Barlow plakte de tape over Packers mond en ging toen achter hem staan en legde zijn arm onder de kin van de verwoed spartelende man. Hij drukte diens achterhoofd tegen zijn eigen riemgesp. Toen legde hij het mes tegen Packers voorhoofd en trok het daar langzaam overheen.

De boot schommelde en Paz stormde de kamer in, zijn pistool naar voren gericht. ‘Verdomme, Cletis! Wat doe jij nou?’

‘Hou je hierbuiten, Jimmy!’

‘Doe dat mes weg! Ben je gek geworden?’

Barlow legde zijn mes op de eettafel maar pakte zijn geweer op en richtte het op Paz, die zijn pistool nu op hem richtte.

‘Leg neer, Cletis! Ik meen het.’

Barlow schoot met het geweer. Het schot trof de tank van de Harley, doorzeefde het op vijf of zes plaatsen. De kamer vulde zich met de giftig zoete geur van benzine.

Paz zei: ‘Oké, Cletis, je hebt je bedoelingen goed duidelijk gemaakt, maar nu heb je daar een leeg geweer. Ik wil je niet neerschieten, maar dat doe ik wel als je dat verrekte geweer niet weglegt en niet als de gesmeerde bliksem van deze boot af gaat. Ga maar ergens afkoelen! We spreken elkaar nog wel. Wegwezen!’

Na een lange aarzeling legde Barlow het geweer neer en liep de kamer uit. Hij ging de trap op naar het dek en ze hoorden hem daar heen en weer lopen onder het reciteren van: ‘U doet hen branden als vuur in een oven wanneer u verschijnt; de Heer zal hen in zijn woede verslinden, en het vuur zal hen verteren.’

Paz trok de tape van Packers mond. ‘Jezus, wat een toestand? Ben je ongedeerd?’

‘Nou, wat denk je? Maak me los! Ik zal zorgen dat die verrekte boerengek voor de rest van zijn leven achter de tralies gaat.’

‘O, zulke dingen moet je niet zeggen, Dave. Je wilt Cletis niet in dezelfde gevangenis hebben als jijzelf. O, nee.’

'Waar heb je het over?'

'Moord, Dave,' zei Paz, en hij liep achter de man langs naar de slaapkamer. Algauw vond hij een diplomatenkoffertje dat op slot zat. Hij nam het mee naar de huiskamer en legde het naast Barlows mes op de tafel.

'Je hebt een Sudanees, hij heette al-Muwalid, laten vermoorden door een zekere Dodo Cortez, onder supervisie van je vriend Jack Wilson, en daarna heb je voor alle zekerheid Wilson ook laten vermoorden. Jij gaat grondig te werk, Dave. Je kon niet weten dat ik Ignacio Hoffmann onder druk kon zetten, maar dat kon ik wel, en hij was erg tegemoetkomend voor een gangster. Hij zei dat een zekere Floyd Mitchell hem samen met die arme oude Jack heeft opgezocht. Ignacio heeft me ook verteld hoe en waarom de Sudanees door Dodo is vermoord en hij beschreef jou vrij goed. Jij bent Floyd Mitchell, Dave.'

'Daar kun je niets van bewijzen.'

'Je hebt gelijk, dat kan ik niet. Maar weet je, ik denk dat ik dat niet hoef, want jij gaat me het hele verhaal vertellen, alles over SRPU en Sudan en Emmylou Dideroff en olie, tot op het laatste detail. Of...'

'Of wat?' zei Packer. 'Besef je wel dat ik je hiervoor je insigne laat inleveren?'

'Dat is goed, dat is een goede filmtekst. Jammer genoeg zul je mijn insigne uit het toilet moeten opvissen. Ik handel nu in strijd met een directe schriftelijke order van mijn superieur, commissaris Oliphant. Hij heeft me bevolen deze zaak te laten rusten en me met name verre te houden van jou. Ik ben van plan een carrière in het restaurantwezen op te bouwen.'

Stilte, afgezien van het stampen en mompelen boven hen.

'Ja, je hebt hooggeplaatste beschermers, Dave. Jammer genoeg ben ik op dit moment je enige laaggeplaatste beschermer. Tegen dat daar.'

Paz keek naar boven.

'... verheugd is de rechtvaardige als hij vergelding ziet; in het bloed van de wettelozen wast hij zijn voeten.'

'Hij meent dat echt. Hij is een fundamentalist. Hij zal zijn voeten létterlijk in je bloed wassen. Dus je kunt maar beter praten. Ik ben moe, ik heb de hele dag in de auto gezeten en ik wil iets drinken en naar bed.'

Packer zei niets.

'Oké, zelf weten. Weet je, deze keer heb je ruziegemaakt met de verkeerde. Hij is uit de politie getrapt omdat hij de korpscommandant wilde vermoorden. Hij is een godsdienstwaanzinnige en jij bent de duivel. Als hij klaar met je is, gooit hij waarschijnlijk gewoon een lucifer in die benzineplas en loopt hij weg.' Paz pakte Barlows mes op en zette het onder de slotjes van het koffertje. Het deksel sprong omhoog en het bleek dat het koffertje vol honderdjes met bandjes eromheen zat. Hij floot. 'Nou, dít willen we niet laten verbranden, hè? Wat hebben we hier nog meer?' Paz zocht in de mappen in het vak aan de binnenkant van het deksel.

'Paspoorten? Daar hebben we je oude vriend Floyd Mitchell, en goh wat lijkt hij op jou! Verbijsterend. En hier hebben we een veelgebruikt paspoort op naam van Wayne Semple. Die Wayne reist wat af. Veel in het Midden-Oosten geweest, ook in Sudan. En dit is een identiteitskaart van de Strategic Resources Protection Unit, ook op naam van Wayne Semple. Dat zal je echte naam wel zijn, al denk ik dat ik je Dave blijf noemen. Ik vind jou typisch een Dave. Maar het is goed dat ik deze dingen heb, want het is de vraag of ze na de brand je lijk kunnen identificeren.'

'Je mag het geld hebben,' zei Packer. 'Bel alleen... bel alleen een nummer.'

'Dit is ongelooflijk. Je snapt het nog stééds niet. Dave, ik héb het geld al en jij zit daar vastgebonden. Als ik wegloop, heb jij nog zo'n twintig minuten te leven. Ik stuur de paspoorten naar SRPU terug. We willen je familie niet laten lijden.'

Paz pakte het koffertje op en liep naar de deur. Hij ging net door de deuropening toen Packer riep dat hij moest blijven staan. Paz liep terug. Hij ging naar de koelkast, pakte er een flesje bier uit, maakte het open en nam een grote slok. Hij zag Packer naar hem kijken en langs zijn lippen likken. 'Je hebt vast een droge strot, Dave. Dat krijg je van angst. Wil je er een?'

Een korte stilte. Toen knikte Packer. Paz pakte er een, trok de dop eraf en hield hem bij Packers mond. Paz ging op een stoel zitten, zijn gezicht ongeveer een meter bij dat van Packer vandaan.

'Nou. Wayne Semple is je echte naam, hè?'

'Ja.'

'En je werkt voor de federale overheid? In die SRPU-eenheid?'

'Ja.'

'En wat doe je daar?'

'Ik ben contractmanager.'

Paz lachte hartelijk. 'Bij wijze van spreken. Wat doe je officieel?'

'Dat zei ik. Ik ben contractmanager in salarisschaal 13. Ik ben niet een of ander crimineel meesterbrein. Ik heb nooit gewild dat er iemand kwaad werd gedaan. Ik wilde alleen maar wat informatie. Ik wilde weten hoeveel al-Muwalid wist. Ik wist niet dat die idioten hem het raam uit zouden gooien.'

'Ja hoor, Dave. We móéten een crimineel meesterbrein hebben, en vergeet niet: ik heb al precies van Ignacio gehoord hoe de moord in zijn werk is gegaan. Iemand volgde Emmylou Dideroff naar Miami. Iemand zorgde dat er een woonboot ter beschikking kwam voor een arme voortvluchtige vrouw en iemand zorgde dat jij deze boot kreeg, zodat je haar in de gaten kon houden. Jij hielp haar aan die baan bij Wilson, dat weten we, en we weten dat Wilson de oorspronkelijke moord heeft georganiseerd, inclusief de truc om Emmylou ervoor te laten opdraaien, en dat hij heeft geprobeerd Emmylou's bekentenis te stelen. Iemand heeft Emmylou bij de Barlows opgespoord en haar ontvoerd. Als jij dat niet was, wie dan wel?'

'De contractant. Die heeft alles geregeld. Ik beheer alleen het contract, betaal geld uit, houd gegevens bij...'

'Welke contractant?'

'Het heet GSE. Global Supply Enterprises. De plaatselijke chef heet John Hardy. Hij heeft het allemaal opgezet.'

'Wat is zijn echte naam?'

'Dat is de enige naam die ik ken. Waarom zou hij een valse naam gebruiken?'

Paz keek de man aandachtig aan. Hij wist het echt niet. 'John Hardy was de naam van een beruchte misdadiger. Een desperado. Dus je hebt helemaal geen onderzoek naar die man gedaan?'

'Onderzoek gedaan? Je bedoelt bij de Kamer van Koophandel of zo? Doe niet zo stom! Die man dook in Khartoum op en hij kon het karwei aan. We huurden hem in.'

'Hoeveel van mijn zuurverdiende belastingcenten hebben jullie hem gegeven?'

'Tot nu toe ongeveer één komma twee miljoen. Veel daarvan ging naar de Sudanezen.'

'Aan iemand met een valse naam? Eén komma twee miljoen?'

'Dat is een schijntje. God, je hebt er geen idee van hoeveel geld er omgaat in de antiterreurbusiness. Ik heb een budget van tweeëndertig miljoen dollar dat ik helemaal in mijn eentje moet uitgeven, ik een ambtenaar in schaal 13. Dat doen ze als ze niet weten wat ze moeten doen, dan gaan ze met geld smijten. En je moet het uitgeven voor het eind van het fiscale jaar, anders krijg je een uitbrander.'

'Dat is heel erg, een uitbrander krijgen,' zei Paz. 'En waar is meneer Hardy nu?'

'Weet ik niet.'

'Oké. Nou, tot kijk, Dave.' Paz kwam van zijn stoel en pakte het koffertje op.

'Dat weet ik écht niet,' riep Packer. 'Toe, daarvoor maken we nou juist gebruik van GSE: het is allemaal ontkenbaar. We betalen cash. Ik wíl helemaal niet weten wat ze doen. Hardy regelt alles. Allemachtig, man, kijk nou naar mij! Denk je dat ik een moordenaar ben? Ik piste in mijn broek toen dat pistool afging. Ik ben een bureaucraat, verdomme. Ik woon in Rockville en carpool naar mijn werk...'

'Maar je ging Hoffmann opzoeken.'

'Hardy wilde niet gaan. Hij zei dat Hoffmann hem van een andere klus kende. Hij zei dat Hoffmann niet zou meedoen als hij wist dat Hardy erbij betrokken was.'

'Oké, Dave. We zullen bij het begin beginnen. Wanneer hoorde je voor het eerst van Emmylou Dideroff?'

'In Sudan, maar we wisten niet dat ze zo heette. Het is ingewikkeld.... Jij kent de achtergrond niet.'

'Vertel het dan maar eens. We hebben de hele nacht.'

Packer vroeg om nog een slok bier, en toen haalde hij diep adem en begon.

'Wij van SRPU moeten ervoor zorgen dat de olie blijft toestromen. Olie is een belangrijk doelwit van terroristen, en daarom hebben we mensen in de olieproducerende landen, dus om te voorkomen dat er iets gebeurt. Sudan is een kleine olieproducent, maar het is ook een terroristencentrum, tenminste dat was het ooit, en dus hadden we daar mensen. We wilden er vooral voor zorgen dat de regering genoeg middelen had om de rebellen uit de olievelden en bij de pijplijnen vandaan te houden. Eigenlijk stelde het niet veel voor. Het was een miezerig klein team, alleen ik en de man voor wie ik werkte, Vernon McKay, en een stel Sudanezen. Maar ik had buitenlandse ervaring nodig om promotie te kunnen maken, een stationering van zes maanden. Nou, toen ik daar een paar weken was, hoorden we geruchten dat een exploratieteam van Almax een grote vondst had gedaan in het zuidoosten van het land, ten oosten van de rivier de Pibor...'

'Wie is Almax?'

'Een exploratieteam dat voor een Chinees-Frans consortium werkt. Nou, we luisterden hun communicatie af en hoorden de teamleider, Terry Richardson, zeggen dat ze blijkbaar een groot reservoir hadden gevonden. Het leek groot, heel groot, misschien een tweede Libië. Een diagenetische formatie.'

'Een wat?'

'Dat is een zeldzaam verschijnsel, moeilijk te vinden en daardoor vaak over het hoofd gezien. In feite is het een fossiel koraalrif dat een oliereservoir overkapt. Het Sirtebassin in Libië is zo'n formatie, en daar zit voor zo'n dertig miljard vaten in. Hoe dan ook, Richardson zei dat hij de volgende dag de gegevens zou sturen. Dat was het laatste wat ooit van hem of van iemand anders in het Almax-team is gehoord. Ze zijn van de kaart verdwenen. De regering stuurde mensen naar die regio, troepen, eerst een paar en die verdwenen, en toen stuurden ze vliegtuigen, en grotere troepeneenheden, en die verdwenen ook. De regering was razend, want het was niet de bedoeling dat er iemand aan de andere kant van de Pibor was, behalve uitgehongerde vluchtelingen en wat SPLA-militie. En toen hoorden we over Atiamabi.'

'Wie is hij?'

'Zij. Een blanke vrouw. Zo noemde de plaatselijke bevolking haar. Ze dook op in een klein plaatsje, Wibok, ten oosten van de Pibor. En plotseling maakten die haveloze inboorlingen gehakt van de Sudanezen. De hele regio werd afgezet. We hadden onze eigen SPLA-contacten en die zeiden dat ze niet bij hen was. Zij waren ook kwaad op haar, en toen ze daar mensen heen stuurden, kwamen die ook niet terug. Of ze kwamen wel terug, maar dan met allerlei krankzinnige verhalen. Ze was een non, zeiden ze, ze kon wonderen doen, de bliksem uit de hemel roepen, dat soort onzin. En dus zei McKay tegen me dat ik het moest nagaan, want hij wilde niet geloven dat een non daar voor Erwin Rommel speelde. Het moest een of andere professional zijn en die moest geïnteresseerd zijn in die olie. Ik bedoel, er is daar verder niets. We dachten dat de non een soort boegbeeld was. En dus huurde ik mensen in om naar de overkant van de rivier te gaan, plaatselijke mensen, en dat leverde helemaal niets op. En toen verscheen Hardy. Hij wist wie ze was, een Amerikaanse die Emmylou Dideroff heette. Een maniak als Bin Laden, zei hij, maar dan katholiek, en ze was echt een non. Ze haatte moslims, wilde haar eigen olierijkje oprichten en de opbrengst gebruiken om een soort christelijke theocratie in het leven te roepen. Dat ontbrak er nog maar aan, hè? Elke verrekte moslim ter wereld zou zeggen: zie je wel, de kruisvaders zijn terug en ze hebben het op onze olie voorzien. Het zou nog erger zijn dan Israël. Een catastrofe! Maar om politieke redenen konden we niets openlijk doen. Ik bedoel, kun je je voorstellen hoe die verrekte rechtse fundamentalisten in onze regering zouden reageren als ze hoorden dat wij de Sudanese moslims hielpen om zo iemand onschadelijk te maken? Om nog maar te zwijgen van de paus, die meteen de president zou bellen. Dus het moest in het diepste geheim gebeuren. Kan ik nog iets te drinken krijgen?'

Paz gaf het hem. De man dronk, boerde en ging verder met zijn verhaal.

'Zo kom ik op al-Muwalid. Hij was onze contactpersoon bij de GOS...'

'De...?'

'De GOS, de regering van Sudan. Hij deed wat wij deden, hield de oliestroom op gang. Hij had een militaire eenheid, vliegtuigen, een paar tanks en gepantserde troepentransportwagens...'

'Om de oliestroom op gang te houden? Tanks?'

'Ja, hij verjoeg mensen uit het gebied van de Bahr al-Ghazal, waar de olievelden zijn. Daar gebruikte hij vooral Arabische milities voor, maar ze hadden ook zwaar materieel voor het geval de SPLA lastig werd.'

'Ik dacht dat ze dat etnische zuivering noemden,' zei Paz.

'Het is een deel van de prijs die je aan de pomp betaalt. Die mensen zaten in de weg en hij verplaatste ze. Hoe dan ook, we financierden Hardy en hij kon hun eenheid, ik bedoel die van al-Muwalid, van beter materieel voorzien, en hij stak de rivier over en behaalde een verpletterende overwinning, tenminste, dat zegt hij zelf. Nou, tja, we hadden hem zowat een gepantserd bataljon gegeven, dus zo'n verrassing was dat niet. En hij nam dat kreng gevangen. Dat was goed, maar verder kreeg hij niets te pakken. Geen gevangenen, geen olie-exploratieteam en ook geen gegevens. Ik bedoel, laten we wel wezen, de types met wie je in dat deel van de wereld te maken hebt, je weet wel...' Packer kreeg een kleur.

'Nikkers, bedoel je,' zei Paz behulpzaam. 'Achterlijke apen. Ga verder.'

Packer schraapte uitgebreid zijn keel en ging verder. 'Oké, het was dus van kritiek belang dat we uitzochten of ze echt een grote olievoorraad hadden gevonden of niet. McKay haalde Washington erbij. Het was een belangrijke zaak. Ik bedoel, het ging helemaal tot de top.'

'Waarom?'

'Nou, áls het zoiets groots was, zeg maar een tweede Libië, dan moesten ze beslissen wat ze met Sudan zouden doen. Een land dat één komma zes miljard vaten aan reserves heeft is heel iets anders dan een land met zestig miljard vaten of meer. Daar kwam nog bij dat het land geleid werd door een stel islamitische extremisten met wie vergeleken de Saudi's een soort methodisten zijn. Moeten we dus een couppoging doen om die gekken daar weg te krijgen? Of moeten we steun geven aan de SPLA, hen de regio laten overnemen, er bij hen op aandringen dat ze de onafhankelijkheid uitroepen? Misschien is het niet zo gek om daar in het zuiden een officieel christelijke natie met een heleboel olie te hebben. Aan de andere kant zou dat de moslims kwaad maken, en dat kunnen we nu even niet gebruiken. Weet je, aan de top konden ze geen beslissing nemen tot we wísten wat het Almax-team had ontdekt. We zetten al-Muwalid de duimschroeven aan. Hij had die vrouw toen nog. Konden we haar spreken? Nee. Heb je de gegevens gevonden? Geen commentaar. Je hebt een grote overwinning behaald, je hebt de regio in je macht, laten we nog een exploratieteam sturen. Daar is de situatie momenteel te gevoelig voor, zei hij. En meer van die onzin. In dat kloteland wil niemand je ooit een eerlijk antwoord geven. Toen hoorden we drie dingen bijna tegelijk. Ten eerste was het Almax-team dood, ze waren in hun wagen verbrand zonder dat er een spoor van gegevens werd gevonden, ten tweede was al-Muwalid in werkelijkheid ingemaakt door de inboor... door de plaatselijke bevolking aan de overkant van de Pibor, zodat we niet konden hopen dat we daar een tweede team heen konden sturen, en ten derde was die Dideroff-vrouw ontsnapt.'

'Wie heeft jullie dat verteld?'

'Hardy. Kerels haalden haar uit de gevangenis waar al-Muwalid haar vasthield. Een professionele bevrijding, niet haar eigen mensen. We dachten eerst dat het de Israëli waren, maar onze bronnen daar zeiden dat die het niet waren. Intussen sprongen ze in Washington uit hun vel. We hebben goed naar haar gezocht, neem dat maar van mij aan. De enige Emmylou Dideroff in de gegevens was tien jaar geleden onder een kleine drugszaak uit gekomen en daarna verdwenen. Geen arbeidsverleden, geen strafblad, geen creditcard, geen paspoort...'

'Net als jij,' zei Paz. 'En toen...'

'Hardy spoorde haar op. Ik weet niet hoe. Ze was in een klooster op Malta, maar toen wij onze mensen in stelling hadden gebracht, was ze daar alweer weg. Intussen was ze belangrijk genoeg om er federale mensen bij te halen, en ze kozen mij. Hardy zei: ze gaat naar Miami, misschien had hij mensen die haar volgden, dat weet ik niet, maar ze stond op de passagierslijst van een vliegtuig dat van Londen naar Miami ging. Nog wel met een paspoort op haar eigen naam! En dus sprak ik haar op het vliegveld aan. Ik raakte met haar aan de praat, noemde wat namen van mensen die ze vertrouwde, en de rest weet je, de woonboot, de baan bij Wilson. We hielden haar als haviken in de gaten en ze deed helemaal niks. Belde niet naar verre plaatsen, onderhield geen contacten, had geen vrienden. Ze ging naar haar werk en naar de kerk en deed vrijwilligerswerk in een opvanghuis, en dat was alles. Toen dook al-Muwalid in Miami op. Natuurlijk waren we gewaarschuwd. En Hardy kwam met het idee.'

'Welk idee?'

'Die twee bij elkaar te brengen, microfoons in de kamer te zetten, erachter te komen waarover ze praatten.'

'Dave, dit is zwak, zelfs voor jouw doen. Het plan hield in dat de Arabier werd vermoord en dat Emmylou daar de schuld van zou krijgen. Punt uit. Jullie wisten dat ze aan godsdienstwaanzin leed en psychiatrisch onderzoek zou ondergaan, en jullie dachten dat jullie in de aantekeningen van de psychiater te lezen zouden krijgen wat jullie met die martelingen niet uit haar hadden kunnen krijgen. Daarom probeerden jullie die schriften met bekentenissen te stelen.'

Geen commentaar.

'Dave?' Paz wees naar boven. Stamp stamp van voeten en 'Hij geeft de schuldigen het loon dat zij verdienen, en om hun onrecht brengt hij hen tot zwijgen, ja, de Heer, onze God, brengt hen voorgoed tot zwijgen'.

Paz pakte het mes op. 'Misschien moet ik een begin maken,' zei hij. 'Hoe moeilijk kan dat nou zijn? Ik weet dat het veel meer pijn doet dan een uitbrander krijgen.'

Packers gezicht verslapte, net als zijn schouders. Er liep een traan uit één oog. 'O, shit,' zei hij. 'Ik kan dit niet aan. Laat me nou gaan.'

'Als ik het verhaal heb.'

'Oké. Ja, dat was het plan. En we hadden ook iemand in het gekkenhuis, een verpleegkundige, die op de dokter lette.'

'Oké, en wie maakte de foto's van ons op het strand?'

'Hardy. Ik zei tegen hem dat het stom was, maar hij wilde niet luisteren.'

'Hij is de man met rood haar.'

'Ja.'

'En Porky, Casper en Bugs?'

'Hij is een van hen. Hij heeft maar twee mannen bij zich.' Hij zag Paz kijken. 'O god, ik zwéér het. Ik wil niet meer liegen. Ik wil naar huis.' Hij snotterde een tijdje en Paz liet hem begaan terwijl hij de mappen uit het koffertje pakte en ze bekeek.

'Wat zijn dit voor dingen?'

'Alleen maar bonnen. We hebben niet alleen baar geld maar ook een bankrekening. Het is een dekmantel die we gebruiken om voor dingen als huurauto's en materieel te betalen.'

'Hier staat dat jullie gisteren een opslagruimte hebben gehuurd bij Tamiami Storage Inc.'

'Als dat er staat. Ik teken een hoop bonnen.'

'Daar zit ze, hè?' Packers gezicht was het antwoord. Hij knikte.

Paz pakte het koffertje op, pakte ook het recordertje dat hij stiekem op de plank achter Packers hoofd had gelegd en liep om de plas benzine heen door de huiskamer.

'Waar ga je naartoe?' schreeuwde Packer. 'Ga niet weg! Ik zweer je dat ik alles heb verteld! Toe nou!'

Aan dek gaf Paz een teken aan Barlow, die ophield met reciteren en naar hem toe kwam.

'Heeft hij gepraat?' vroeg Barlow. Ze hoorden Packer snotteren en tegen Paz schreeuwen dat hij terug moest komen.

'Ja. Ze zit in een opslagruimte aan West Flagler. Waar ga je heen?'

Barlow ging door de verbrijzelde deur naar binnen. 'Mijn geweer. En mijn mes. Het is een Randall.'

Packer slaakte een akelige kreet en was toen stil. Barlow kwam terug. Hij was zijn mes aan het schoonvegen.

'Allemachtig, Cletis...'

'Ik heb hem niet aangeraakt,' zei Barlow, terwijl hij het mes wegstopte. 'Die kerel had niet het lef voor dit soort werk. Zodra hij me zag, viel hij flauw als mijn ouwe oma. Ik sneed de tape op zijn polsen een beetje door, zodat hij vrij kan komen en niet in zijn broek hoeft te schijten.' Ze liepen naar de auto terug en Paz vroeg: 'Heb je dat allemaal zelf verzonnen, die dingen die je uitkraamde over doden en vuur verslinden?'

'Dat zijn psalmen, Jimmy,' zei Barlow gekwetst. 'Het woord van de Heer.'

'Ik ben blij dat ik je niet kende toen je nog wild was,' zei Paz geamuseerd, en toen zag hij in het licht van een straatlantaarn dat Barlows gezicht was veranderd. De leider van de lynchmenigte was een vermoeide oude man geworden.

'Gaat het wel, Cletis?'

'O, ik overleef het wel. Maar je kunt niet doen wat ik zojuist heb gedaan zonder dat je de duivel een beetje in je toelaat, en de stank van hem zit nog steeds in mijn mond.'

'Ik ken dit hier,' zei Lorna toen ze voor een bescheiden rij winkels en bedrijven stopten. 'Dit is het beste adres voor Cubaanse sandwiches ter wereld. Hier gingen we heen toen we naar het strand gingen.'

'Dat is zo en Tamiami Storage is er vlak naast.' Paz draaide zich om naar de achterbank. 'Hoe wil je dit spelen, Cletis?'

'Jij bent de smeris,' zei Barlow. 'Maar ik zou naar dat kantoor gaan en je insigne aan de bewaker laten zien en zeggen dat je denkt dat er een kidnappingslachtoffer in die en die opslagruimte zit. Ik blijf hier bij Lorna en hou de straat in het oog.'

Ze zagen Paz het straatje tussen de twee raamloze gebouwen van vier verdiepingen van Tamiami Storage in lopen, op het verlichte bord van het kantoor af. Cletis laadde zijn geweer.

'Denk je dat je dat zult moeten gebruiken?' vroeg ze.

'Dat hoop ik niet,' zei Barlow. 'Maar als er mensen met slechte bedoelingen komen en ze zijn gewapend en ze gooien die wapens niet neer, dan zal ik denken dat het de kerels zijn die Edna hebben geslagen en dan loopt het slecht met ze af.'

De bewaker was een versufte dikke man die grote ogen opzette toen Paz zijn insigne liet zien en een poging deed het pornoblaadje te verstoppen waarin hij aan het kijken was. Paz liet hem het huurformulier zien en eiste naar de desbetreffende opslagruimte te worden gebracht. De man keek in een kaartenbak en leidde Paz door grijze, zwak verlichte gangen naar een deur die van een groot hangslot was voorzien. Paz vroeg om een draadschaar, knipte het slot door en ging naar binnen.

Op de vloer lag een lang pakket van canvas, met koorden eromheen. Paz gebruikte zijn zakmes om die koorden door te snijden en trok het dekkleed weg als een bananenschil. Eerst dacht hij dat ze dood was, maar toen zag hij haar oogleden fladderen en hoorde hij haar ademhalen. Ze zuchtte en deed haar ogen open.

'Edna...'

'Ze maakt het goed,' zei Paz. 'Een mep gekregen, maar het gaat goed met haar. En met jou?'

'Weer eens op mijn hoofd geslagen,' zei ze, en daar was die glimlach weer. Hij trok de rest van de verpakking weg en hielp haar overeind.

'Heb je een van hen herkend?' vroeg hij.

'Nee, ze hadden maskers van tekenfilmfiguren op. Bugs Bunny gaf de bevelen. Ik dacht dat ik de stem herkende, maar dat wist ik niet zeker. Hij zei niet veel. Ze wilden het schrift. Daarom sloegen ze Edna, moge God het me vergeven.'

'Zegt de naam John Hardy je iets?'

Ze knikte en zei een tekst op: '"*John Hardy was a desperate little man, he carried a six-gun every day.*" Het was Orne Foys favoriete nummer. Hoezo?'

'Volgens Packer was dat de naam van de leider van de operatie. Enig idee wat zijn echte naam is?'

Ze haalde haar schouders op. 'Ik zou het niet weten.'

Leugenaar, dacht Paz, maar hij zei niets en leidde haar langs de stomverbaasde bewaker de opslagruimte uit en door de schemerige gangen.

Buiten stond Cletis Barlow bij de Taurus, zijn geweer in zijn armen. Het was twee uur geweest en het was mistig. De trottoirs waren verlaten, afgezien van af en toe een man of vrouw die een winkelwagentje voor zich uit duwde. Het was een geweldige buurt voor de daklozen.

Opeens hoorden ze een bulderende motor en kwam een witte Ford Explorer met donker getinte ramen snel de hoek van Nineteenth Avenue om. De bestuurder stopte abrupt aan de overkant van de straat en sprong eruit, evenals de man op de voorbank. Het waren grote mannen en ze droegen zwarte jeans en donkere sweatshirts met capuchon. Hun gezicht was bedekt met een plastic masker, Porky Pig en Casper het Spookje. Toen ze de middenstreep van de straat overstaken, stond Barlow hun in de weg. Hij richtte zijn oude Ithaca op hen.

De mannen bleven staan. Ze zagen een magere oude man met een oud dubbelloops jachtgeweer en waren niet onder de indruk. Barlow kon aan hun lichaamshouding zien dat ze dat dachten. Elk van hen wierp even een blik op zijn metgezel en ze gingen er allebei vandoor, de een naar het oosten, de ander naar het westen. Vier stappen en ze draaiden zich bliksemsnel om en hadden nu opeens een pistool van zwaar kaliber in de hand. Het was een goede truc, maar je moest hem niet gebruiken tegen een man die veertig jaar op duiven had gejaagd. Barlow schoot zijn beide lopen leeg. Uit elk daarvan sproeide hij .30-hagelkorrels, zestien naar rechts en zestien naar links.

Lorna had nooit eerder in het echt met een jachtgeweer zien schieten. Het was veel, veel luider dan in films, en de mannen op wie het geweer gericht was vlogen niet zeven meter door de lucht naar achteren. Ze zakten ter plekke als doorgeprikte ballonnen in elkaar en bleven liggen.

Paz kwam met het pistool in de hand naar buiten gerend, langzaam gevolgd door Emmylou. Hij inspecteerde de mannen op straat en zag dat ze niet meer te helpen waren. Barlow en hij trokken ze van de straat af, met achterlating van lange, brede bloedsporen, zo donker als olie in het gele schijnsel van de antimisdaadverlichting.

'Nou, je hebt dus echt hun bloed te zien gekregen, Cletis.'

Barlow zei: '"Ik achtervolgde mijn vijanden, haalde hen in en keerde niet terug voor ik hen had vernietigd." Psalm 18:37. Ik hoop niet dat je denkt dat ik hier voldoening aan beleef, Jimmy. Ze haalden een truc met me uit en ik had geen keus. Tweeëndertig jaar bij het korps en dit was de eerste keer dat ik iemand doodschoot...'

Barlow ging op de stoeprand zitten en liet zijn hoofd in zijn handen zakken. Emmylou kwam naast hem zitten en sloeg haar arm om hem heen. Lorna kwam uit de auto en ging aan Barlows andere kant op de stoeprand zitten en pakte zijn hand vast. Paz keek met een onbewogen gezicht naar het hele tableau. Hij vond het net een allegorisch beeldhouwwerk: Geloof en Rede troosten Gerechtigheid. Hij kon niet naar Barlows gezicht kijken, want hij wist dat als hij degene met het geweer zou zijn geweest hij nu dood zou zijn, niet vanwege zijn reflexen maar omdat hij niet meer de macht bezat om iemand ter dood te brengen.

Toen hoorde hij een autoportier achter zich opengaan. Hij draaide zich om en zag een man van de achterbank van de witte Ford SUV springen. Omdat het een kleine, tengere man was, dacht Paz eerst dat het een jongen was. Maar hij had niet het gezicht van een jongen. Zijn haar was kort en rood en hij droeg dezelfde donkere jeans en hetzelfde sweatshirt als de twee dode mannen. Hij had een machinepistool in zijn hand, een uzi of een MP5, dat kon Paz niet zien.

'Bugs Bunny,' zei Paz. 'Of John Hardy.'

'*What's up, doc?*' zei de man met een brede grijns. 'Paz, als je nu eens voorzichtig je wapen aan de kolf tevoorschijn haalt en het op de grond legt, en dan bij je vrienden gaat zitten.'

Paz deed het.

'Hallo, Skeeter,' zei Emmylou Dideroff.

'Emmy,' zei de man met het pistool, 'leuk je na al die tijd weer eens te zien.'

'Doe deze mensen geen kwaad, Skeeter. Neem mij mee en laat ze gaan. Ik vertel je alles wat je wilt weten.'

'Nou, dat zal wel! Maar ik heb al deze mensen nodig, schatje. Martelingen werken niet zo goed bij jou, zoals wijlen onze Sudanese vriend heeft ontdekt, maar als ik het met je vrienden hier doe, werkt het misschien beter. Niet dat ik veel ervaring met martelen heb, maar misschien ben ik een natuurtalent.'

Paz kon zijn blik niet van het gezicht van de man afhouden. Hij was blij, opgetogen, als een kind op de kermis. Paz had altijd gedacht dat het er in het leven om ging dat je blij was, maar nu niet meer, niet als deze man echt bestond.

'Het gaat om de olie,' zei Paz.

'Zo is dat, jongen. De olie. Emmy weet dat het er is en ze wil het achterhouden voor die apen daar, en dus vertelt ze steeds weer leugens. Ik dacht dat ze in haar schriften open kaart zou spelen, of dat ze het aan mevrouw Wise zou vertellen, maar nee. Alleen maar leugens. O, ik was vergeten dat jullie het laatste schrift niet hebben gezien. Ze had het verstopt, maar ik heb die oude dame bewerkt en toen kwam ze er snel genoeg mee voor de dag.'

Van Barlow kwam een diep gegrom en hij bewoog, maar de twee vrouwen pakten zijn armen vast.

Skeeter grinnikte. 'Ja, opa, je wilt niet dat je kop van je romp wordt geknald.' Hij keek Emmylou weer aan. 'Shit, meid, wat moet je toch met die mensen? Een nikker, een jood en een stomme boer, wat een combinatie! Volgens mij was je als nihilistische hoer veel beter af.'

'Skeeter, toe...' zei ze.

'Je moet me even excuseren. Ik moet iemand bellen. Ik ben maar een klein mannetje en het is lastig om zonder hulp zoveel mensen in bedwang te houden.' Hij haalde een mobieltje tevoorschijn en zette het aan. Hij vroeg aan Lorna: 'Denk je dat ik daarom zo'n slechte mentaliteit heb? Omdat ik zo'n onderdeurtje ben?'

Lorna zei: 'Nee, ik denk dat je net zo'n rottig stuk vreten zou zijn als je een gorilla was.'

Skeeter lachte. 'Niet erg therapeutisch. Je moet eens met Emmy gaan praten, medegevoel, inlevingsvermogen, al die positieve shit. En alleen al daarom denk ik dat ik met jou ga beginnen als we op onze bestemming zijn.'

Zijn wapen bewoog geen millimeter toen hij op de toetsen van de telefoon drukte. De piepjes klonken onnatuurlijk hard in de stille straat.

Vanuit het steegje tussen het opslaggebouw en de winkel daarnaast heeft Rigoberto Munoz enige tijd met een mengeling van angst en tevredenheid naar de gebeurtenissen staan kijken. Hij heeft bijna de hele fles witte port opgedronken en hij heeft aluminiumfolie om zijn hoofd gewikkeld, maar toch dringen de stemmen tot hem door. Wat hij daar ziet, bevestigt duidelijk al zijn buitenaardse boodschappen. Die aardige dokter en de vrouw met die mooie glimlach zijn gevangengenomen door de buitenaardse wezens, en dat betekent dat de buitenaardse wezens echt zijn, en dat al die stomme mensen op de psychiatrische afdeling van het Jackson-ziekenhuis het mis hebben. Dat maakt hem blij. Nu ziet hij een van de ruimtewezens een besturingsapparaat pakken en op de knoppen drukken. Rigoberto heeft een vreselijk wringend gevoel in zijn kruis, maar hij vecht ertegen. Hij haalt zijn ouderwetse Cubaanse vissersmes tevoorschijn en rent het steegje uit. Hij blijft in de schaduw tussen de straatlantaarns en manoeuvreert zich om de auto's heen om de man van achteren aan te vallen. Uit zijn tijd in het Cubaanse leger in Angola weet hij wat een machinepistool is. Rigoberto is wel gek maar niet dom.

'Ik dacht dat je alleen die twee kerels had,' zei Paz.

'O, je hebt met Dave gepraat,' zei Sonnenborg. 'Ja, je weet dat het nooit goed is om al je kaarten op tafel te leggen, zeker niet als je met stomme klootzakken zoals hij te maken hebt. Nee, ik heb mensen die jouw huis en dat van mevrouw Wise in de gaten houden...' In het mobieltje zei hij: 'Hoi, Benny. Ja, ga naar de opslagruimte. Ja, nu meteen, lul.' Hij verbrak de verbinding en draaide nog een nummer. 'Ja, met mij. Ik heb je nu meteen hier bij de opslagruimte nodig.'

Paz zag Emmylou een besluit nemen. Haar lippen gingen op elkaar en ze knikte, en toen liep ze naar Paz' pistool, dat nog op de grond lag.

Skeeter richtte zijn wapen op haar. 'Staan blijven, stom kreng!' riep hij en hij schoot een kort salvo voor haar langs. De kogels gierden over de straat en een autoalarm ging loeien. Ze knielde bij het pistool neer. Skeeter stak zijn arm uit en richtte zijn wapen op Lorna. 'Als je dat verrekte wapen aanraakt, schiet ik haar overhoop,' schreeuwde hij.

Emmylou pakte de Glock en op datzelfde moment kwam Rigoberto Munoz snel achter de witte wagen vandaan en stak hij zijn mes in het onderste deel van Skeeters rug. Skeeter liet het mobieltje vallen. Hij draaide zich snel om en zag een zwerver in het Spaans naar hem schreeuwen, een vuile, bijna tandeloze man met een kap van glimmende folie om zijn hoofd. De man danste weg en rende achter een auto. Skeeter schoot een half magazijn achter hem aan, verbrijzelde glas, doorboorde staal, maar het was niet na te gaan of hij de man had geraakt. Hij greep om zich heen naar de ondraaglijke pijn in zijn rug en voelde het ruwe houten heft. 'Wat is dit...?' zei hij tegen niemand in het bijzonder, en zakte in elkaar.

Paz kwam in actie zodra Skeeters hoofd de grond raakte. Hij schopte het wapen van de man onder de wagen en nam toen zijn pols. Hij voelde niets, nam zijn eigen pistool van Emmylou over en ging de witte Ford in. Daar vond hij, zoals hij had verwacht, het vierde en laatste schrift.

'Is hij dood?' vroeg Emmylou toen hij weer tevoorschijn kwam. Ze stond over het lijk gebogen.

'Ja,' zei Paz. 'Jij wist dat hij hierbij betrokken was, hè?'

'Nee. Ik ben geen crimineel meesterbrein, rechercheur.'

'O, ja, dat ben je wel,' zei Paz, 'op je eigen lieve manier. En je had hem rustig op Lorna laten schieten, hè?'

Ze zei: 'Hij zou Lorna niet hebben neergeschoten terwijl ik een pistool op hem richtte. Hij zou op mij hebben geschoten. Maar de Heer stuurde een engel.'

‘Dat was een schizofrene Cubaan, Emmylou.’

‘Ja, een engel van de Heer. Dat zijn niet allemaal mooie blondjes met zachte vleugeltjes.’

Paz had zin om haar ter plekke overhoop te schieten maar zei in plaats daarvan tegen Barlow: ‘Cletis, wil je de dames in onze auto zetten en ze naar Lorna’s huis brengen? Ik kom daar zo gauw als ik kan. Jullie moeten hier allemaal weg. Inmiddels heeft die bewaker daarbinnen de politie gebeld.’

‘Jij bént de politie,’ zei Lorna.

‘Misschien niet lang meer,’ zei Paz, en hij keek Cletis Barlow bedroefd aan.

Toen belde hij Tito Morales.

Het is onfortuinlijk dat de titel van dit werk zo technisch lijkt; per slot van rekening is niet iedereen in de vorming van pleegzusters geïnteresseerd. Was dat niet het geval, dan zou het grote werk van de heilige Marie-Ange de Berville misschien zijn plaats hebben ingenomen naast de *Geestelijke oefeningen* van de Heilige Ignatius de Loyola of *Kasteel der ziel* van de Heilige Theresia van Avila, monumentale gidsen voor een religieus persoon die zich wil richten op een bepaald aspect van Gods werk. Marie-Ange begint haar inleiding met de beroemde zin 'Wat is dit leven dat wij ervan zouden houden, al wordt ons door God Zelf verzekerd dat er gelukzaligheid achter de slaap van de dood gelegen is?' Zo gaat ze de directe confrontatie aan met de grote paradox van de christelijke religie: als er een andere, betere wereld voor ons ligt, wat is dan de waarde van de enige wereld die we kennen? Dit is de kern van haar opleidingsmethode, die anders is dan de methoden van haar twee grote voorgangers in die zin dat deze methode anascetisch is; ze richt zich op de waardering van het geschenk van het leven in al zijn vormen en houdt zich relatief weinig bezig met fatsoensnormen ten aanzien van de zonden van het vlees. 'Onze Heer had een goede reden om van zondaren te houden,' schrijft ze in haar inleiding, 'en trouwens, niets wast zo goed als bloed.'

– UIT *De vorming van Pleegzusters*, DOOR MARIE-ANGE DE BERVILLE, 8E DR. VOORWOORD VAN ZR. MARGARET CLARE MCMAHAN, NEW YORK, 1975

23

Paz arriveerde bij Lorna's huis in een auto die werd bestuurd door zijn partner Tito Morales, die hij juist zoveel over de gebeurtenissen van de laatste tijd had verteld als strikt noodzakelijk was. De jonge politieman maakte een sombere, geërgerde indruk, en toen Paz uit de auto stapte, zei hij: 'Jij zei toch dat je je partner alles moest vertellen?'

'Dat geldt alleen voor eerlijke politiemannen,' zei Paz. 'Pas goed op jezelf, Morales. Blijf bij gekken vandaan.'

Hij belde aan en Barlow deed open, met zijn Smith & Wesson Model 10-revolver aan zijn zijde.

'Nog problemen?'

'Nee. De dames slapen. Emmylou ging meteen onder zeil. Lorna bleef op om dat schrift te lezen.'

'Heb jij het ook gelezen?'

'Ja. "Hierna hoorde ik in de hemel een geweldige stem als van een grote menigte zeggen: halleluja; de redding, de eer en de macht zijn van onze God." Openbaring 19:1.'

'Zo goed was het, hè? Nou, dan moet ik het zelf ook maar lezen.'

'Ga je gang. Het zal je veel goed doen, denk ik. En als er verder niets is, ga ik nu maar. Ik wil graag bij Edna zijn. Ik neem jouw huurwagen, als je dat goed vindt. Je weet waar ik ben.' Barlow gaf hem zijn grote pistool zonder dat het hem gevraagd hoefde te worden en ging weg.

Paz ging naar de huiskamer, zag het schrift op de salontafel liggen en las het door, en toen hij klaar was, ging hij naar de slaapkamer, liet zijn kleren op de vloer vallen, iets wat hij bijna nooit deed, en ging naast Lorna in bed liggen. Hij lag plat op zijn rug, uitgeput maar zo opgewonden door alles wat er was gebeurd en wat hij zojuist had gelezen dat hij niet eens in de buurt van de slaap kon komen. Hij dacht aan Emmylou's bekentenis – de maniak had deze zelfs ondertekend! – en aan wat een officier van justitie zou zeggen wanneer die schriften als bewijsmateriaal werden ingediend, en hij moest er hardop om lachen, een onaangenaam schel geluid op de uiterste rand van de hysterie. Lorna bewoog en kreunde toen hij dat geluid maakte, en kwam dichter naar hem toe, en hij legde zijn hand op haar achterste en bracht zijn gezicht dicht bij haar schouder. Hij ademde de slaapgeur van haar huid diep in, als vanille dacht hij, of was dat synesthesie, ze was zo roomzacht.

Op dat moment liet Paz zijn reptielenhersenen de overhand krijgen. Ze reageerde in haar slaap en werd midden onder het neuken wakker, en ze maakte blije en behaaglijke geluiden, iets luider dan ze gewoonlijk deed, vond hij, want ze was meer een zuchter en kreuner dan schreeuwer of prater, en dat was ook zijn favoriete type van de drie. Hij dacht dat het toegenomen volume misschien iets te maken had met de vrouw die in de logeerkamer aan de andere kant van de hoofdplank sliep (of niet sliep). Sommige vrouwen mochten graag laten weten dat ze het deden, had hij ontdekt, of misschien kwam het door de bijzondere omstandigheden in dit geval.

Hoe dan ook, het verdreef de meeste ruis uit zijn hersenen, en na afloop rolde ze zich om en zag hij haar gezicht in het rozige schijnsel van haar digitale klok en was hij blij dat de spanning daarvan verdwenen is; het straalde een en al genot uit en leek tien jaar jonger. Hij zei: '"Een vrouw, aangeraakt door een man, doet soms alsof ze slaapt, om hem te laten denken dat ze ontwaakt. Daarna slapen haar dijen anders dan tevoren."'

'Heb je dat nu even verzonnen?'

'Nee, het komt uit een van Willa's gedichten. "Slaap", heet het.'

Lorna verstijfde en slaakte toen een lange, diepe zucht, alsof iets wat op een benauwde inwendige plaats verward was geraakt opeens uit de knoop kwam. 'Ik vind het niet erg. Je kunt naar haar teruggaan als ik dood ben.'

'O, hou nou je mond,' zei hij zachtjes en hij kuste haar gezicht talloze keren en ze zakte weer weg. Even later viel hij ook in slaap.

Ze sliep nog toen hij de volgende morgen opstond. Hij ging snel douchen en trok schone kleren uit zijn koffer aan, en keek toen in de logeerkamer en zag tot zijn tevredenheid het kortgeknipte donkere haar van de Voormalige Duivelse Verdachte op het kussen liggen. Naast het bed stond de tas die hij had gebruikt om haar bezittingen uit de woonboot mee te nemen.

Lorna bewoog toen hij haar kamer weer binnenkwam. Hij boog zich over haar heen en kuste haar, en dat werd meer dan een eenvoudige afscheidskus.

'Trek die kleren uit!' beval ze.

'Dat kan ik niet. Ik moet meteen met Oliphant praten. Hij heeft zijn nek hier ver voor uitgestoken en ik ben hem een verklaring schuldig.'

'Ga je hem vertellen... Wat is dat nou weer?'

'Dat is een .38-revolver. Die laat ik bij je achter, en je mobieltje ligt ernaast. Misschien hebben we vannacht alle schurken te pakken gekregen, maar wie weet? Niemand mag haar meenemen zonder: één, een arrestatiebevel en, twee, nadat je mij hebt gebeld. Oké?'

'Ja, kapitein,' zei ze nors, en ze tikte tegen de klep van een denkbeeldige pet. 'Als ik weer ga slapen, is dit alles dan niet gebeurd wanneer ik wakker word?'

Hij lachte, kuste haar weer en ging een taxi bellen.

Deze ochtend kreeg Paz zijn politiekoffie in een mok met het opschrift NATIONAAL CONGRES BELASTINGFRAUDE, SALT LAKE CITY, 1999, maar dat maakte de koffie er ook al niet beter op. Oliphant zag er moe uit, alsof hij niet meer had kunnen slapen nadat hij midden in de nacht wakker was gebeld door Paz.

Oliphant tikte op de stapel papieren die op zijn bureau lag, het rapport dat Paz in de kleine uurtjes van de nacht had opgesteld. 'Hier staat dat je een spoor volgde in verband met de moord op Wilson. Dat is niet onze zaak en ik heb je uitdrukkelijk bevolen daarbuiten te blijven. Je was alleen, ook in strijd met de orders, en je was gewapend met een jachtgeweer. Twee mannen kwamen aanrijden in een SUV, richtten wapens op je, en je doodde ze allebei met het geweer. Toen je de lijken onderzocht, sprong er een man uit de SUV, en die ontwapende jullie en bedreigde jullie met een machinepistool. Vervolgens werd die persoon, terwijl hij mobiel aan het bellen was, in zijn rug gestoken door een dakloze, die ervandoor ging. Je belde om assistentie en arresteerde later twee andere mannen, die waren opgeroepen door de man met het machinepistool, die achter de moorden op Wilson en al-Muwalid bleek te zitten, een zekere Siegfried W. Sonnenborg, alias Skeeter Sonnenborg, alias John Hardy, wapenhandelaar en internationaal veiligheidsadviseur en ook het criminele meesterbrein naar wie we zo lang hebben gezocht. Ongeveer hoeveel daarvan is waar?'

'Zullen we zeggen, de helft?'

'Laat eens horen.'

'Weet u dat zeker? Dan kunt u niet meer ontkennen dat u het wist.'

'O, hou op! Ik ben die ontkenningen zo zat dat ik ervan moet kotsen.'

'Oké, baas. Ten eerste hebben we Emmylou. Ze hebben haar ontvoerd uit een huis in het noorden van de staat, waar ik haar had ondergebracht nadat ik haar uit het ziekenhuis had bevrijd. Ze hadden haar in een opslagruimte gelegd. Ze is nu op een veilige, onbekende plaats.

'Samen met de vice-president. Ze hebben vast wel heel wat te bespreken.'

'Ja. Ten tweede heb ik die kerels niet doodgeschoten. Dat heeft Cletis Barlow gedaan. Hij gaf me dekking en ze kwamen aanrijden en vielen hem aan. Voor beiden was een federaal opsporingsbevel uitgevaardigd. Het waren wapensmokkelaars en amfetaminedealers, en waarschijnlijk worden ze niet gemist.'

'Nee. En dat Sonnenborg door een dakloze werd neergestoken? Heb je dat ook verzonnen?'

'Nee, dat is waar. Sonnenborg hield ons onder schot, ik bedoel mij, Emmylou, Barlow en Lorna Wise...'

'Wise ook? Had je ook nog de fanfare meegenomen?'

'Nee, die hadden een concours. Nou, die kerel duikt op uit het niets, steekt een groot vismes door Sonnenborgs lever en rent weg. Rigoberto is echt, een Marielista-mafkees. We halen hem van de straat en sluiten hem voorgoed op. Hij moet niet vrij rondlopen.'

'Misschien niet. Toch is het wel een heel vreemd toeval dat hij net kwam opdagen toen jij hem nodig had. In de veertig jaar dat ik bij de politie ben heb ik geleerd dat ik dat soort toeval niet moet vertrouwen.'

'Ik kan er niets aan doen, commissaris. Zo is het gegaan. Het is nu eenmaal een feit dat wanneer Emmylou Dideroff in het spel is het toeval overal opduikt, als paddenstoelen na de regen. Dat hoort blijkbaar bij haar manier van werken.'

'Hm. En het lijdt niet veel twijfel dat die Sonnenborg het meesterbrein is?'

'O, ja, hij is onze man voor al-Muwalid en Wilson en de mishandeling en ontvoering in het noorden, hij en zijn bende. Dat wordt ook bevestigd door die twee kerels die we hebben opgepakt. Hetzelfde uitschot, en ze willen heel graag praten. Wat het meesterbrein betreft, nou, Sonnenborg werkte officieel voor een FBI-agent, Wayne Semple alias Floyd Mitchell alias David Packer.'

'Die we niet hebben.'

'Nee, maar willen we hem? Ik denk dat alle gemene dingen rechtstreeks van Sonnenborg kwamen, die blijkbaar een rottig stuk vreten was. Packer schreef de cheques uit, maar hij speelt hier geen rol meer. Toen Morales en ik daar om halfvijf vanmorgen heen gingen, lag er helemaal geen woonboot meer. Packer moet zijn opruimers hebben gebeld. Waarschijnlijk zit hij alweer in een voorstad van Washington en is de boot ergens op zee, op weg naar een graf op de bodem.

Oliphant zei niets. Hij perste zijn lippen op elkaar en keek naar het plafond. Paz had het vreemde gevoel dat hij de gedachten van de man kon zien, als het nieuws dat bij CNN langs de onderkant van het scherm loopt. Paz nam het kleine cassetterecordertje uit zijn zak en legde het op Oliphants bureau. 'Dit is voor u.'

'Wat is het?'

'Een volledige bekentenis van Packer, waarin hij namen noemt. Het ging allemaal om Sudanese olie en de pogingen van agenten van de Amerikaanse overheid om het Sudanese oliebeleid te beïnvloeden en informatie over een enorme olievondst te krijgen. Ze begingen daar in Afrika en hier in Florida god mag weten hoeveel illegale daden om dat doel te bereiken, waaronder etnische zuivering, poging tot genocide en marteling, plus de twee moorden hier in Florida. Ik dacht dat als u dat op een veilige plaats bewaarde, en als u de mensen in Washington liet weten dat u het had, dat u dan geen last meer van ze hebt. Het zou een patstelling zijn. Of ben ik nu niet subtiel genoeg?'

Oliphant keek een hele tijd naar het vreemde rechthoekje en liet het toen in het borstzakje van zijn overhemd glijden. 'Nee, ik denk dat je gelijk hebt. Ze zullen mij niet in staat van beschuldiging stellen. Misschien zullen ze me vermoorden, maar die andere weg zullen ze zeker niet volgen. Ik zou je willen bedanken... Nee, ik bedank je echt, maar jezus, wat heb ik de pest aan dit alles!'

'Graag gedaan,' zei Paz. 'Er zijn nog twee dingen. Ten eerste is er Emmylou Dideroff, de gevaarlijke voortvluchtige krankzinnige die door Lorna Wise en mij uit een gesloten inrichting is bevrijd. Ik stel voor haar te laten verdwijnen, net als meneer Packer.'

'Akkoord. Je hebt een plan, neem ik aan.'

'Min of meer. Vannacht heb ik even na halfvier onze tijd naar Rome gebeld. Ik sprak met een heel aardige mevrouw van het Genootschap van Pleegzusters van het Bloed van Christus. Ik vertelde haar wie ik was en zei dat de priores-generaal zich misschien zou interesseren voor de situatie waarin een van hun dames momenteel verkeert. Ze noemen haar Emily Garigeau. Rome klonk wel geïnteresseerd.'

'Wat gaan ze doen?'

'Ik heb geen idee. Maar ze zijn heel vindingrijk. Ze bedenken vast wel iets.'

'Ja. En verder?'

Paz haalde zijn Glock en zijn insigne tevoorschijn en legde ze op Oliphants bureau.

‘Ik lever deze dingen in, commissaris. Ik stel voor dat u bekendmaakt dat u me hebt gedwongen ontslag te nemen. Dan bent u beter gedekt als er iets uitlekt. Onverantwoordelijke cowboy neemt ontslag onder druk van brandschone nieuwe leiding. Ik neem het pensioen wel in één keer op.’

‘Jezus, Jimmy, dat hoef je niet te doen.’ Op Oliphants gezicht tekende zich echte bezorgdheid af, maar enigszins onder de oppervlakte zag Paz ook opluchting.

‘Ik moet dit doen. Ik heb in het kader van mijn werk al twee kerels vermoord, en ik besefte vannacht dat ik dat niet meer kan doen, en als ik op straat blijf, kan ik het op een dag niet meer aan en dan komt er iemand om.’ Hij stond op en stak zijn hand uit. ‘Het was me een genoegen, commissaris,’ zei hij. ‘Komt u eens naar het restaurant. Dan trakteer ik u op een etentje.’

Lorna maakt zich met enige tegenzin uit de slaap los en loopt naakt naar de badkamer. Er is daar een spiegel over de volle breedte van de muur, aangebracht door een eerdere eigenaar, en ze blijft staan om zichzelf te bekijken. Het zal nog een hele tijd duren voor ze uitgeteerd is, maar het begint al. Er komt, denkt ze, een korte periode waarin ze modieus slank is, en daarna zal ze vervallen tot een vergelend broodmager wrak. Aan de andere kant krijg ik de beste seks die ik ooit heb gehad van de aardigste man met wie ik ooit ben geweest: wat is dit, een heerlijk dessert aan het eind van een waardeloze maaltijd? Wát? Ze beseft dat ze tot de Godheid spreekt en herinnert zich het laatste schrift, waarin Emmylou naar het vermeende gevoel voor humor bij de vermeende Heilige Geest verwijst. Hoe zou het zijn, vraagt ze zich af, om in dat alles te geloven? Ze zoekt even in haar geest en vindt geen houvast daarvoor; in plaats daarvan stuit ze op iets wat elke verkenning in die richting tegenhoudt en als een interne PowerPoint-diavoorstelling een materialistische verklaring geeft voor alles wat haar de laatste tijd is overkomen.

Ze betast haar klieren en merkt dat ze gezwollen maar onveranderd zijn. Ze heeft verhoging en heeft, stelt ze nu vast, een temperatuur van 37,9 graden. Nog steeds een beetje misselijk, maar niet genoeg om over te geven. Ze voelt zich alsof ze doodgaat, maar niet op korte termijn. Ze neemt een douche, en terwijl ze het liefdesvocht uit zich wegstrijkt, vraagt ze zich voor de zoveelste keer af hoe lang het zal duren voordat ze te ziek of te onaantrekkelijk voor seks wordt, en ze denkt: tegen die tijd heb ik genoeg pillen om ertussenuit te knijpen. Het is nog niet goed tot haar doorgedrongen, denkt ze als ze zich aankleedt, ik zou diep in de put moeten zitten maar ik heb het gevoel alsof ik erboven zweef, alsof het iemand anders overkomt. De beroemde ontkenningsfase? Waarschijnlijk wel.

Als ze de slaapkamer uit gaat, ziet ze dat de deur van de logeerkamer openstaat en hoort ze iemand in haar keuken. Het typische geluid van een koelkastdeur die dichtgaat. Het is Emmylou, al aangekleed, shorts en T-shirt, en met een bakje yoghurt in haar hand.

'O, je bent op!' zegt ze en ze beweegt de yoghurt even heen en weer. 'Ik hoop dat je het niet erg vindt... Ik kan me niet herinneren wanneer ik voor het laatst heb gegeten.'

'Nee, doe niet zo mal. Ik kan een omelet met bacon voor je klaarmaken, als je wilt.'

'Nee, dit is genoeg.'

Lorna zet koffie en ze gaan daarmee en met de rest van hun ontbijt naar de patio achter het huis. Het is er koel. De airconditioners van de buren zijn aan hun herfstrust begonnen en ze horen de spotvogels in het gebladerte dat over hen heen hangt. Lorna neemt slokjes koffie en knabbelt aan een stukje toast. Ze heeft nooit meer honger. Emmylou daarentegen zit in kleermakerszit in een mandstoel en eet vol overgave en met veel plezier yoghurt en vier sneetjes toast met jam.

Ze lijkt nu een jaar of veertien, en Lorna kan bijna niet geloven dat deze persoon het leven heeft geleid dat ze in haar bekentenis heeft beschreven, een leven als moordenares, hoer, legeraanvoerster, wadend door het bloed... Waar bewaart ze dat alles? Lorna kijkt naar een van haar voeten, die naar buiten steekt, en ziet de littekens, het dikke gekeratiniseerde weefsel, als rubbercement dat is gemorst en meteen is opgedroogd. Waar is de verwoesting, de verplettering van de geest, de posttraumatische stress? Ze herinnert zich alle tests die ze Emmylou nog niet zo lang geleden met zoveel zelfverzekerdheid heeft afgenomen, toen ze nog de Lorna was die nu nauwelijks nog bestaat. Die verrekte vrouw is een belediging voor de psychologie. Lorna betrapt zich op die gedachten en voelt zich belachelijk.

Emmylou ziet Lorna kijken en grijnst schaapachtig. 'Sorry. Ik ben tegenwoordig zo'n vreetzak. De Dinka zouden diep geschokt zijn.'

'Eten ze niet?'

'Ja, dat wel, maar bescheiden. Het is in strijd met dheng om blijk te geven van honger of vraatzucht. Natuurlijk is hun kookkunst vrij eenvoudig. Ze eten vooral doerrapap met dode vliegen. Insecten die met voedsel naar binnen komen of met opzet worden gegeten, zijn in Afrika een belangrijke bron van eiwit.'

Lorna voelt dat haar maag in opstand komt.

'Je raakt eraan gewend, overal krioelt het van de vliegen, en het is interessant,' zegt Emmylou, terwijl ze het yoghurtbakje oppakt. 'De Dinka hebben melk in overvloed, maar ze hebben geen yoghurt of kaas. Ik heb beide gemaakt toen ik daar was, maar het was geen succes. Ze hebben wel boter. En verder kan de melkopbrengst van hun koeien hun niet veel schelen. Het gaat ze er alleen om hoeveel koeien ze hebben. Het is net zoiets als denken dat twintig stuivers meer is dan tien kwartjes.'

Lorna luistert zonder commentaar, want ze weet dat het nerveus gepraat is. Er komt nog een heel verhaal over de veeteelt en andere gebruiken bij de Dinka, inclusief dingen die Lorna niet had hoeven te weten – bijvoorbeeld dat Dinkamannen hun lippen tegen de anus van een koe drukken en lucht in de darmen blazen om de koe te laten denken dat ze nog zwanger is – en dan gaat de telefoon. Lorna gaat naar binnen en komt even later met een verrast gezicht en het draadloze toestel in haar hand naar buiten.

'Het is voor jou,' zegt ze.

Emmylou neemt het toestel aan alsof het een granaat is die op scherp staat. Ze luistert meer dan dat ze praat, zegt alleen zo nu en dan een paar woorden. Als ze de verbinding verbreekt, zegt ze: 'Dat was het genootschap. Ze willen me terug. Tenzij onze vriend me opnieuw gaat arresteren.'

Lorna vraagt zich nauwelijks af hoe ze bij het genootschap wisten dat ze dat nummer moesten bellen. 'Dat betwijfel ik sterk. Wat ga je doen, terug naar Sudan?'

Emmylou kijkt op naar de mangoboom. 'Nee, dat denk ik niet. Zoals je wel uit mijn schriften zult hebben opgepikt, is er een discussie gaande over het al dan niet bewapenen van onze missies, en ik ben een goed voorbeeld van succes aan de ene kant van die discussie. Daarom hebben ze ervoor betaald me te laten redden en daarom sturen ze iemand om me op te halen.'

'Dus je wordt een militaire adviseur van de nonnen?'

Ze lacht. 'Zusters. Ja, inderdaad, een oorlogsdeskundige, net als Skeeter. Zuster-kolonel Garigeau. Nee, Nora had gelijk en de priores-generaal heeft het mis. Ik zal met veel plezier lakens opvouwen of wat ze verder maar van me verlangen, maar dat andere is voor mij verleden tijd.'

'Maar je hebt je oorlog gewonnen. Je hebt bewezen dat ze gelijk heeft, ik bedoel de priores-generaal.'

'God heeft de oorlog gewonnen. Als je zegt dat ik het was, zeg je dat knuppel en bal het honkbalkampioenschap hebben gewonnen. Nee,

Hij heeft mij van het begin af gevormd, mijn bijzondere geheugen, mijn geniepigheid, de duivel die in mij kwam, Orne en zijn oorlogsbibliotheek en zijn wapens, dat ik Nora ontmoette en beschaafd werd, het bombardement van Pibor, al die dingen maakten mij tot een instrument van Zijn wil en Hij gebruikte mij en gaf de Peng Dinka wat hij wilde dat ze hadden. Hij koos een ander volk voor Zijn verbond, en dat zal zo doorgaan. Ze hebben mij niet meer nodig, net zomin als de Israëlieten Mozes nog nodig hadden toen ze in het Beloofde Land waren.'

Lorna ergert zich een beetje. Ze heeft de gevoelens die ze voor Emmylou Dideroff heeft voor een groot deel verdrongen, maar nu de vrouw geen patiënte meer is, merkt ze dat die gevoelens opnieuw tot leven komen. De duivelse arrogantie! De schaamteloze manipulatie! De roekeloosheid, het gebrek aan respect voor het leven van anderen! Elke snaar van haar progressieve hart trilt van woede en ze zegt: 'En de olie dan, Emmylou?'

'Er is geen olie. Heb je het schrift niet gelezen?'

'Ja, en ik zag wat je probeerde te doen. Je was volkomen eerlijk bij het vertellen van je verhaal, je hebt alle afschuwelijke dingen die je zijn overkomen en die je zelf deed helemaal naar waarheid op papier gezet, en dat alles deed je om één grote leugen te camoufleren. Ze hebben olie gevonden, een heleboel olie, anders zou Richardson dat niet over de radio hebben doorgegeven en zouden de Sudanezen niet zo'n grote aanval op jullie hebben ondernomen, en dan zou Richardson zeker niet hebben geprobeerd een cd naar buiten te smokkelen toen jullie hem fouilleerden. Wat was het, een lége cd die hij op zijn huid had geplakt? Daar maakte je een foutje mee, het was een detail dat we niet hoefden te weten. Dat moet Sonnenborg ook hebben gezien.'

'Er was geen olie. Op de cd stonden financiële gegevens. Hij werkte freelance en het was belangrijk voor hem dat hij betaald werd.'

'Dat zal wel.'

'Lorna, als er een olievondst was, denk je dan niet dat ik dat zou hebben bekend? Hij heeft me dagenlang gemarteld...'

'Je lijdt aan godsdienstwaanzin, en dan werken martelingen niet. Trouwens, je bent het soort paranoïde fanaat dat marteling als een rechtvaardiging ziet. Je had mij door hem laten neerschieten.'

'Nee, dat heb ik Paz al uitgelegd. Hij zou alleen op mij hebben geschoten, en trouwens, er was ook nog de engel...'

'Ach, toe nou toch! En als Sonnenborg nu eens kans had gezien ons van de straat af te halen en in een geheime kelder te krijgen? Dan had jij toegekeken terwijl wij allemaal doodgemarteld werden en zou je nog steeds geen woord hebben gezegd.'

De andere vrouw wendde haar ogen af. 'God laat voortdurend mensen doodmartelen.'

'Jij bent God niet!' Het komt er als een schreeuw uit, en het doet Lorna goed dat Emmylou een beetje schrikt.

'Nee, natuurlijk ben ik God niet, maar ik geloof dat Hij mij een tijdje heeft gebruikt. Een tijdlang maakten we onze kleine stam veilig. We deden iets tegen de verschrikkelijke, gemene misogynie in Afrika, we leerden hun af om alleen maar domme trotse slachtoffers te zijn, en we leerden hun dat God hen kon gebruiken, dat Hij het belangrijk vond dat ze rechtvaardig waren. Dat zal een zaadje zijn, zoals Hij ook in Israël heeft geplant. Als de rijke wereld instort...'

'O, dank je! Ik had kunnen weten dat er ook nog wat apocalyptisch spul bij zou komen. Heb je al een datum in gedachten?'

Emmylou keek haar geschrokken aan. 'O, nee, ik heb het niet over de dag des óórdeels. Ik heb het over het feit dat je niet redelijkerwijs mag aannemen dat tien procent van de mensheid tot in de eeuwigheid over achtennegentig procent van de rijkdommen van de wereld kan beschikken. Ik heb het hier over de lange termijn. Duizend jaar geleden waren Parijs en Londen schamele gehuchten en was Bagdad de intellectuele hoofdstad van de wereld. Er waren meer boeken en geletterde mensen in Timboektoe dan in Engeland. New York was een indiaans dorp. Wie weet, wordt de wereld over duizend jaar vanuit Wibok geregeerd, of vanuit een plaats waarvan wij nog nooit hebben gehoord. Dat is niet idioter dan wanneer iemand in het jaar 1000 tegen een sjeik in Basra had gezegd dat zijn afstammelingen de voetvegen van Engelsen zouden zijn. En kijk eens om je heen, Lorna, kijk naar wat er met je land gebeurt, de stompzinnige apathie, de verslaving, de gewelddadigheid, het huurleger, het corrupte politieke stelsel, de rijken en armen die bijna weer verschillende volkeren worden, het verval van de religie...'

'Ik dacht dat dit het meest religieuze land ter wereld was.'

'Ik heb het over echte religie, niet die rijke farizeeërs met hun regels en hun delicate reinheid, terwijl ze vanbinnen rotten als beschilderde graftombes, de hypocrieten, en de heidenen die voor wasmachines bidden; die zijn allemaal verdorven en God heeft ze eruit gegooid. Kun je dat niet zien? "En de koningen der aarde die ontucht met haar hebben gepleegd en in weelde hebben geleefd, zullen om haar jammeren en treuren als ze de rook boven haar zien opstijgen. Zij blijven op een afstand, ontzet door de straf die zij krijgt, en zeggen: "Wee, wee, Babylon, grote, sterke stad! In één uur tijd is je vonnis voltrokken."' Ze verheft haar stem, spreekt met een andere stem als ze dat opzegt, ongeveer zoals wat er met de Oya-dame op de bembé gebeurde.

Een lichte bries laat de crotonbladeren ritselen en Lorna huivert en probeert een logisch argument tegen de val van het westen te bedenken, en dan denkt ze: wat doe ik toch, discussiëren met een maniak? Maar de maniak heeft nog iets anders te zeggen.

'En heb je er ooit bij stilgestaan dat Hij jou misschien ook gebruikt? Dat dit tussen ons, deze hele woordenwisseling, deel uitmaakt van iets groters, iets wat immens groot en onbegrijpelijk is? Er stond hem een doel voor ogen toen hij jou door al die gevaren leidde, iets groots, al zul je nooit weten wat het is. Jij of je zaad, een kind dat misschien degene zal zijn die de wereld redt. Dat kunnen we nooit weten.'

Nu kijkt Emmylou langzaam opzij. Ze kijkt Lorna recht aan, en in haar ogen ziet Lorna een peilloos verdriet, een onbegrensd medegevoel. Lorna voelt dat alle woede uit haar wegtrekt, al probeert ze zich er nog aan vast te klampen, het is als water dat door haar vingers sijpelt.

'Ik krijg geen kinderen meer,' roept Lorna uit. 'Ik ga sterven en er is geen God.'

En dan stort ze helemaal in. Ze gilt luid genoeg om de vogels te verschrikken en slaat op de tafel en gooit een kopje aan scherven tegen een boomstam. Ik ga dood en er is geen God, dat is haar jammerklacht, met daartussendoor een woordeloos gesnotter, beschaamd, volledig onbeheerst, God ging haar doodmartelen al bestond hij niet, oneerlijk, oneerlijk! Emmylou sprong uit haar stoel en hield haar in een stevige greep, streelde haar haar en maakte troostende geluiden.

'Het spijt me,' zegt ze als ze weer iets zinnigs kan zeggen. 'Ik heb kanker. Zou God me genezen als ik bad?' Lorna schrikt ervan als ze zichzelf dat hoort zeggen, en nog met een ijle piepstem ook.

'Ik denk niet dat het zo werkt,' zegt Emmylou, 'maar het kan nooit kwaad om te bidden. Als je wilt, zal ik voor je bidden.'

'O, wat heeft het voor zin?' snauwt Lorna. Ze walgt nu van zichzelf en dat gevoel wint het van de angst. 'Elk vliegtuig dat neerstort, moet gieren van de gebeden, maar toch stort het neer.'

'Dat is waar, maar als er mensen in zitten die oprecht zijn, bidden ze in hun laatste ogenblikken om Gods genade. Dat is eigenlijk het enige waarvoor we kúnnen bidden, je weet wel, Uw wil geschiede en ik zal me daarnaar voegen.'

'Je hebt het nu over de hemel, hè? Het zogenaamde hiernamaals.'

'Waar jij niet in gelooft,' zegt Emmylou.

'Natuurlijk niet!'

'Waar ben je dan bang voor? Vernietiging. Elke nacht van je leven onderga je vernietiging. Wat kan het dan betekenen als het licht voorgoed uitgaat? Je zou het per definitie nooit weten.'

Lorna snuit haar neus in een papieren zakdoekje. 'Dank je! Lekkere troost is dat. Voor jou zal het wel een koor van engelen met eeuwige gezangen zijn.'

'Weet je, ik heb geen idee. Het wordt ons aangeraden om er niet over te speculeren: wat het oog niet heeft gezien en het oor niet heeft gehoord, wat in geen mensenhart is opgekomen, dat heeft God bestemd voor wie Hem liefheeft. Ik ben verzekerd van een verwelkoming in de eeuwigheid en de wederopstanding van mijn lichaam, maar we weten natuurlijk niet hoe het zal zijn om een verheven lichaam te hebben zoals de opgestane Christus had. Het staat buiten de tijd, weet je, en mijn hersenen kunnen daar gewoon niet bij, de idee van een bestaan zonder duur, zoals de rups ook de vlinder waarschijnlijk niet begrijpt, al is die zijn eigen toekomst.'

Lorna kijkt haar aan en wil een cynische opmerking maken, maar dan komt er uit de tuin een vlinder aanvliegen die op Emmylou's schouder neerstrijkt. Hij is klein en lichtblauw, met oranje oogvlekjes op zijn vleugels. Dan komt er nog een, en nog een, tientallen vlinders, ze strijken neer op Emmylou, de tafel, de stoelen, op Lorna zelf. De tijd vertraagt en lijkt tot stilstand te komen, de bries gaat liggen, de bladeren zwijgen, en een onberekenbare periode lang nemen ze deel aan het bestaan zonder duur. En dan stijgen al die vlinders tegelijk op, een blauw waas dat in de hemel oplost.

'En weg,' zegt Emmylou, glimlachend van blijdschap.

Lorna voelt dat er iets mis is in haar mond, een zekere droogte, en beseft dat haar mond al die tijd heeft opengehangen. Emmylou gaat door alsof er niets bijzonders is gebeurd. 'Ik herinner me iets wat Theresia van Lisieux heeft gezegd. Ze was heel ziek, ze stierf op haar vijfentwintigste of zo, en ze zei iets in de trant van: het maakt voor mij geen verschil of ik leef of dood ben, want ik voel me nu in de hemel, dus wat zou de dood kunnen veranderen? Zo voel ik me ook ongeveer. Natuurlijk gaan de meeste mensen naar de hel.'

Lorna begrijpt dat verkeerd. 'Denk je dat ik naar de hel ga?' roept ze uit.

'Natuurlijk niet. Jij maakt veel meer kans om in de hemel te komen dan ik. Waarschijnlijk heb je in je hele leven nog nooit bewust iets slechts gedaan. Je werkt met zieken en wil ze genezen, en je doet dat voor minder geld dan je op andere manieren zou kunnen verdienen. En je doet het uit pure goedheid, niet uit angst voor de hel of om in de hemel te komen. Mijn Heer beveelt mij tot goedheid en weldadigheid, maar bij jou is het een zuivere fontein recht uit je ziel. Jij bent een veel beter mens dan ik ooit zal zijn, en de duivel heeft helemaal geen vat op jou.'

Nu springt Lorna overeind. Die laatste woorden, met de vlinders, Eskimo's, schizofrene engelen, de Kleine Bloem: het wordt haar allemaal te veel. 'Ik moet weg,' gooit ze eruit. 'Ik moet nu naar het ziekenhuis.' Ze rent op het materialisme af, ontsnapt aan al die... hóóp, wat dan ook, maar ze kan er niets aan doen.

Ze wast niet eens haar gezicht, pakt gewoon haar sleutels en haar portefeuille en de medische gegevens van het GWU Hospital en stapt in haar auto, en onder het rijden belt ze dokter Mona Greenspan en wekt bij haar assistente de indruk dat ze bijna over de rand van de psychose valt (die is nu niet ver meer). De assistente zegt tegen de angstige vrouw dat ze meteen kan komen.

Lorna in haar papieren pyjama. Er zijn uren verstreken, ze is onderzocht en er zijn röntgenfoto's gemaakt en ze heeft lange, lange tijd gewacht, en nu gaat de deur open en komt dokter Mona Greenspan, een kleine vrouw met een kap van zilvergrijs haar en een intelligent open gezicht, de kamer binnen met een dikke stapel mappen. Ze gaat op haar krukje zitten. 'Nou, eerst het goede nieuws,' zegt ze. 'Je hebt geen lymfoom.'

'Wat bedoel je? Ik heb alle symptomen van lymfoom stadium vier en ik had een positieve biopsie en CAT-scan in Washington.'

'Wat kan ik daarvan zeggen? Het GWU is een goed ziekenhuis, maar mensen maken fouten. Er zijn abnormale lymfcellen, maar die zijn niet kwaadaardig. Je hebt een infectie. Daarom zijn je klieren vergroot en daarom heb je koorts en val je af.'

'Een inféctie? Wat voor infectie?'

'Brucellose, vreemd genoeg.'

'Hè? Dat is toch een veeziekte?'

'Ja, maar mensen kunnen het ook krijgen, echt waar. Ben je de laatste tijd in de buurt van vee geweest?'

'Een paar koeien. Maar de symptomen waren er al eerder.'

'En ongepasteuriseerde of geïmporteerde melkproducten, kaas of zoiets?'

Lorna denkt terug aan de tijd voordat de vreemde verschijnselen er waren. De sportschool. Betsy. 'O, shit. Ik heb wat Albanese geitenkaas gegeten in een restaurant met gezondheidsvoedsel. Dat was zonder vet. O, jezus, wat dom!' Ze slaat tegen haar hoofd.

'Ik ben nog niet klaar. Ik neem aan dat je niet weet dat je zwanger bent.' Nu valt de gebruikelijke verbijsterde stilte.

‘Ik kan niet zwanger zijn. Ik ben aan de pil.’

‘Ik weet dat je aan de pil bent; ik ben je arts. Maar blijkbaar ben je de gelukkige één op de honderd bij wie de pil niet goed werkt. Hoe dan ook, je bent zo’n vijf weken zwanger. Is het je ontgaan dat je niet ongesteld werd?’

‘Ik dacht dat het door de kanker kwam,’ jammert Lorna. ‘O, god, daarom moest ik de hele tijd overgeven.’

‘Ja. En die jeuk is een allergische reactie op zandmuggen, een veelvoorkomend verschijnsel hier in het zuiden van Florida. Hoe dan ook. Toen ik assistente was, spraken we van het syndroom van Von Veilinghausen, een groep symptomen die niets met elkaar te maken hebben en samen als een nieuwe of meer complexe ziekte worden geïnterpreteerd. Maar om op die brucellose terug te komen: er doet zich daardoor een reëel gevaar van spontane abortus voor, niet zozeer bij mensen als wel bij koeien, maar het is toch reëel genoeg. Dus wat wil je dat ik eraan doe? Ik neem aan dat het een ongelukje was, en in dat geval...’

‘Nee! Ik wil het houden,’ zegt Lorna zonder dat ze daar bewust over heeft nagedacht.

Dokter Greenspan werpt haar een scherpe blik toe en glimlacht dan. ‘In dat geval: *mazzel tov*. We geven je meteen Rifampin.’

Toen Paz aanbelde, deed er niemand open, en hij maakte zich meteen een beetje zorgen. Lorna’s auto stond niet in de carport, maar dat kon van alles betekenen. Hij maakte de deur open, bleef in het halletje staan, zette de tas met boodschappen op de vloer en luisterde. Niets, het geluid van een leeg huis, en toen iets anders, een murmelend, brommend geluid. O ja, hij wist wat dát was. Hij ging met de boodschappentas naar de keuken en zette hem op het aanrecht. Toen nam hij zijn mobieltje, drukte op de sneltoets voor Lorna en kreeg de boodschappendienst. Hij vroeg teruggebeld te worden, en hij had het ding nog maar amper in zijn zak of het speelde zijn deuntje af.

‘Waar ben je?’ vroeg hij, en hij hoorde waar ze was en hoorde toen het nieuws. ‘Nou,’ zei hij, ‘dat is geweldig.’ Hij luisterde weer. ‘Ik heb altijd gedacht dat brucellose iets was wat je van kerels kreeg die Bruce heten, iets uit de homowereld. Nee, je hebt gelijk, zo blijkt weer eens dat ik niet alles weet.’ Nu een nog langere stilte. Paz voelde zich nu duizelig en moest een keukenstoel naar zich toe trekken. ‘Weet ze het zeker?’ vroeg hij. ‘Zo, zo, hebben wij even geluk. Dan moet ik maar met je trouwen. Daar gaat dan mijn droom van een carrière op het concertpodium. Nee, ik meen het. Nee, luister nou. Het is niet een kwestie van noodzaak. Daarmee kun je het bij lange na niet beschrijven. Al vanaf het moment dat die klootzak uit dat raam werd gegooid, is mijn hele leven net een denderende trein met iemand anders als machinist. Ik zit alleen maar bij het raam en kijk naar het landschap dat voorbijtrekt. Heb jij dat gevoel niet ook?' Ze had het ook, en voordat ze het gesprek beëindigden, vertelde ze hem over Emmylou's telefoontje.

Paz trok een biertje open en ging naar de huiskamer, waar Emmylou Dideroff op haar knieën voor het kleine Afrikaanse crucifix zat dat voor haar op de salontafel stond. Hij schraapte zijn keel. Ze slaakte een zachte kreet en sprong met een rood hoofd overeind.

'O,' zei ze, 'ik hoorde je niet binnenkomen.'

'Je zag eruit alsof zelfs een bominslag niet tot je door zou dringen.' Hij had meteen spijt van die woorden.

'Nee, een bom zou ik hebben gehoord.' Met die vreemde glimlach van haar. 'Lorna is er niet. Ze is naar de dokter.'

'Ja, ze belde. Nou, hoe staat het met God?'

'Goed, zoals altijd. Is Lorna... in orde?'

'Ja, het was geen kanker. Ze heeft een of andere zeldzame ziekte die ze blijkbaar met antibiotica kunnen genezen. Ze is ook zwanger. Wat zeg je daarvan?'

'Ja,' zei de vrouw, alsof hij alleen maar iets bevestigde wat ze al wist. 'God zij gedankt. Wat gaan jullie doen?'

'O, het gebruikelijke. Trouwen, een huis in de nieuwbouwwijk, de kinderen naar het voetballen rijden.'

'Dat is niet zo gebruikelijk meer. Nou, gefeliciteerd en God zegene jullie.'

'Je zou hier moeten blijven voor de bruiloft. Dat wordt een glorieuze dag voor mijn moeder, elke toverdokter in Miami zal er zijn. Je kunt bruidsmeisje zijn. Ik denk dat je er goed bij zou passen.'

'Dank je, maar ik denk dat ik straks word afgehaald. Ik moet me voorbereiden. Weet jij of Lorna een strijkbout en -plank heeft?'

Paz liet haar het washok aan de ene kant van de Florida-kamer zien en maakte de glazen deuren open om op de achterpatio te komen. Hij ging op een ligstoel met zachte bekleding liggen en nam slokjes van zijn bier. Hij voelde zich erg vreemd, en een tijdlang begreep hij niet wat er aan de hand was, maar toen besefte hij dat hij voor het eerst sinds hij zich kon herinneren absoluut niets te dóén had, geen mensen die hij moest spreken, geen zaken die hij moest volgen, geen gezeur van zijn moeder dat hij uit de weg moest gaan, geen vriendinnen die allemaal aandacht moesten hebben. Hij zat tussen twee levens in en voelde zich een wijze uit het Oosten. Er schoot hem iets te binnen wat Willa wel eens citeerde, iets van Thomas Merton:

Wie kan zich bevrijden van prestatie
En van roem,
Afdalen en verloren gaan
In de massa der mensen?
Hij zal stromen als de Tao, ongezien.
Zo is de volmaakte mens: zijn boot is leeg.

Paz had het gevoel dat hij daar een eeuwigheid bleef liggen. Hij keek naar de wolken die overdreven en naar de levens van de vogels en de grotere insecten, totdat Emmylou Dideroff naar buiten kwam en in zijn gezichtsveld ging staan. Ze droeg een donkergrijze katoenen jurk die tot haar kuiten reikte, met een pas gesteven en gestreken wit schort daaroverheen, hoge zwarte schoenen en een witte hoofddoek met een dunne bloedrode streep. Ze rook prettig naar stijfsel en straalde een ernstige schoonheid uit.

'Mijn boot is leeg,' zei Paz.

'Ja,' zei ze. 'Dat is goed voor je.' Ze hield een boodschappentas omhoog. 'Nou, ik heb al mijn bagage. Mijn aardse goederen.'

'Je had het habijt nog.'

'Ja. Ik kon het niet opbrengen om het weg te gooien, en nu draag ik het weer. Komt Lorna gauw terug? Ik wil graag afscheid van haar nemen.'

'Over een halfuur of zo,' zei Paz. Hij kwam uit de ligstoel. 'Nou, dan ga je nieuwe avonturen tegemoet.'

'Ik hoop van niet,' zei ze glimlachend.

'De kleine Emmylou rijdt de zonsondergang tegemoet, want ze heeft haar werk gedaan. Alleen weet niemand precies wat dat werk was, hè? Het is net of alle grote jongens aan de pokertafel zitten, de Amerikaanse overheid, de stad, de staat, de oliemaatschappijen, de kerk, de Sudanese rebellen, de Sudanese regering en meneer Sonnenborg – hém mogen we zeker niet vergeten – en als tegen het krieken van de ochtend het spel eindelijk helemaal voorbij is, wie denk je dan dat alle fiches in handen heeft? Nou, lieve help, dat is die kleine Emmylou Dideroff! Eens kijken of we ze kunnen tellen.'

Paz telde op zijn vingers. 'Ten eerste hebben we de fortuinlijke dood van de olie-explorateurs. Misschien zijn ze op een mijn gereden, maar het is ook mogelijk dat ze zijn opgeblazen door iemand die niet wilde dat ze met iemand praatten. Dan hebben we de fortuinlijke redding van onze heldin, die lang genoeg gemarteld is om elke normale persoon ervan te overtuigen dat ze de waarheid spreekt. Het loopt met Emmylou heel anders af dan met Jeanne d'Arc. Ze wordt gered door een mysterieuze militaire bende die blijkbaar wordt gefinancierd door het eigen genootschap van onze heldin, dat toevallig al zijn inkomsten uit – hallo? – aandelen in oliemaatschappijen krijgt. Dan komt een van de twee mensen die echt geloven dat daar veel olie is – toevallig ook degene die onze heldin heeft gemarteld – in Miami aan om naar haar te zoeken. Maar hoe wist hij waar hij heen moest gaan?'

'Dat moet Skeeter hem hebben verteld.'

'Skeeter werkte voor de FBI, voor Packer. Die jou in de gaten hield. Waarom zou hij dat hebben gedaan?'

'Het was een vreemde man. Hij wilde altijd degene zijn die aan de touwtjes trok. Dat was het enige waaraan hij plezier beleefde: de hele wereld voor gek zetten. Hij interesseerde zich hoegenaamd niet voor de afloop van het spel. Hij dacht dat elk resultaat even weinig betekenis had. Daarom heeft hij Orne Foy verraden.'

'Is dat zo? Ik dacht eerder dat jij dat was.'

'Je bent erg cynisch, Jimmy Paz.'

'Zeker, maar je moet toegeven dat je een voorgeschiedenis had waarin je mensen dingen betaald zette. Sterker nog, alle mensen, zonder uitzondering, die Emmylou Dideroff ooit dwarszaten of haar iets aandeden, zijn dood. Behalve die goeie ouwe Packer, en ik wed dat hem ook iets zal overkomen, als dat nog niet gebeurd is. Daar komt nog bij dat de enige die wist dat je leugens vertelde over die olievondst natuurlijk ook dood is, al moet ik je nageven dat het zuiver toevallig was dat Skeeter werd neergestoken en...'

'Weer zo'n verrekte Eskimo.'

'Hè?'

'Jij wilt geloven dat er gigantische raderen aan het draaien zijn en complexe spelletjes worden gespeeld, en dat is ook zo, alleen is het niet de mens die dat doet. God heeft me op wonderbaarlijke manieren beschermd en Zijn wil via mij gedaan, en daarbij heeft Hij gebruikgemaakt van de middelen die bij de hand waren, inclusief de plannen van slechte mensen. Weet je, God wil echt graag met ons praten. Hij heeft het met de Schrift geprobeerd, Hij probeert het met kleine stemmetjes, maar we zijn tegenwoordig allemaal ongelovigen, en daarom spreekt Hij vooral door een opeenvolging van toeval tegen ons.'

'Zo kun je het ook stellen. Kom op, Emmylou, even onder ons: wat is het ware verhaal over de olie?'

Ze keek hem een hele tijd aan en hij werd al bang dat haar gezicht zou veranderen en dat hij dit gesprek dan opeens met de Vorst der Duisternis zou voeren. Hij ging verder. 'Ik heb een idee dat je misschien wel aanstaat. Als jij me het echte verhaal vertelt, speel ik je bekentenis aan SRPU in Washington toe. Dan zijn ze er vast wel van overtuigd dat er geen olie in jouw deel van Sudan is. Ik bedoel, ze kennen je niet echt.'

Er gingen enkele ogenblikken voorbij, tot ze blijkbaar een besluit nam en even knikte, alsof ze een boodschap ergens vandaan kreeg.

Ze zei: 'Nu leg ik levens in jouw handen. Ben je daar klaar voor?'

'Ja, dat ben ik gewend.'

'Dat weet ik, en ik vertel je dit niet alleen om wat jij voorstelt, wat op zichzelf al een daad van genade zou zijn, maar omdat je meer van de waarheid houdt dan van wat ook en ik niet wil dat je hier ooit opnieuw onderzoek naar gaat doen.' Ze haalde diep adem en zei: 'Richardson vond een gigantische diagenetische structuur in het dal van de Boven-Sobat, zestig miljard vaten of meer. Ik heb al hun gegevens vernietigd en hen over een weg gestuurd waarvan ik wist dat de vijand er kortgeleden mijnen had gelegd.'

'Omdat God dat tegen je zei?'

'Nee, dat was mijn eigen idee.'

'Je speelde voor God?'

'Ja. En je moet niet over me oordelen. Dat is niet goed voor je ziel en een veel strengere rechtbank zal over mij oordelen.'

'Maar waarom? De olie zou hen rijk maken. Jouw volk. Wil je niet dat ze schatrijk worden?'

'Nee. Ze zijn gelukkig. Ze hebben hun koeien en hun God en een vrede die ze kunnen verdedigen. De olie zou hun wereld vernietigen. Uit alle aan olie verslaafde landen ter wereld zouden geld en wapens naar Sudan stromen, en er zouden huurlingen komen en de GOS zou hen tot op de laatste baby uitroeien en de wereld zou tut tut zeggen en de benzinetank volgooien. Nu maken ze een kans. Als de wereld instort, hebben ze daar misschien een veilig plekje. Misschien zullen Dol Biongs opvolgers prins-bisschop van een kleine staat zijn, en misschien zal daar iets goeds uit voortkomen. Dat weet ik niet. Maar ik zou er alles voor overhebben om hun die kans te geven. Echt álles.'

Paz zag dat de krankzinnige heilige weer in haar gezicht kwam, en op dat moment ging de bel.

'En daar moeten we het dan maar bij laten,' zei Paz, terwijl hij naar de deur liep. Hij maakte hem open en daar stond een lange, slanke jonge vrouw in een ZBC-habijt. Ze had jukbeenderen als vleugels, grote scheefstaande ogen en een huid zo glanzend en zwart als een zakkammetje.

'Jij bent een Dinka,' zei Paz, en zijn nekhaartjes kriebelden bij dat besef. *De bekentenissen van Emmylou Dideroff* kwamen meteen weer voor hem tot leven.

'Ja, dat klopt,' zei de vrouw, maar inmiddels was Emmylou er ook. Met een kreet stortte ze zich op het Dinkameisje en ze vlogen elkaar om de hals en praatten in die galmende, kwetterende taal. Toen stelde Emmylou haar voor. Blijkbaar was dit Mary Dyak, Mary nummer drie, van het beroemde kanon, nu volwassen en novice. Er kwam nog meer Dinkataal. Paz wachtte tot het even stil was en zei toen: 'Nou, tot ziens, Emmylou.'

Ze zei: 'Breng mijn beste wensen aan Lorna over en alsjeblieft, denk niet slecht over me.'

'Dat doe ik niet,' zei hij. 'Je hebt de kaarten uitgespeeld die je gedeeld kreeg. Maar ik ben politieman, tenminste dat was ik, en als mensen tegen me liegen, werkt dat op mijn zenuwen.'

Hij stak zijn hand uit voor een conventionele handdruk, maar zij nam hem in haar beide handen en keek hem strak met haar blauwe ogen als gasvlammen aan, en ze zei: 'Vergeet niet: levens in je handen.'

'Je laat me vermoorden als ik het vertel?' vroeg hij luchtig.

'Nee, maar dan zul je niet goed slapen. Je weet wat ik bedoel.'

Dat wist hij, en meteen stond het zweet op zijn voorhoofd.

Toen liepen de twee zusters weg over het trottoir, en Paz keek naar de manier waarop hun donkere gewaden heen en weer bewogen door het lopen en besefte dat een van hen een jurk van katoen droeg en de ander een jurk van wol. Hij moest tegen het deurkozijn leunen, zo zwak waren zijn knieën. Ze stapten in een zwarte auto en reden weg.

'Nou, we zullen haar wel niet meer zien,' zei Lorna na hun glorieuze hereniging. Ze waren naar bed geweest en hadden honger gekregen en naakt en giechelend door de keuken gelopen. Paz had omeletten gemaakt in een rare houding om zijn kruis niet met sissende boter te bespatten, en daarna hadden ze van een hilarische naakte lunch genoten, of misschien moest je het een diner noemen. Ze hadden buiten op de patio zitten eten en de vogels hadden er schande van gesproken.

'Ik hoop van niet,' beaamde Paz. 'Ze was een lastige tante. Heilige of duivel, zeg het maar.'

'Ik geloof niet dat er veel verschil is. Zoiets heeft ze me eens verteld. Zelfs heiligen kunnen zich nooit helemaal van demonen ontdoen, mis-